U0472890

SAUL BELLOW

THE ADVENTURES OF AUGIE MARCH

奥吉·马奇历险记

[美] 索尔·贝娄 著　宋兆霖 译

上海文艺出版社

图书在版编目(CIP)数据

奥吉·马奇历险记/(美)贝娄著;宋兆霖译.—
上海:上海文艺出版社,2015
(企鹅经典丛书)
ISBN 978-7-5321-5715-0

Ⅰ.①奥… Ⅱ.①贝… ②宋… Ⅲ.①长篇小说-美国-现代 Ⅳ.①I712.45

中国版本图书馆 CIP 数据核字(2015)第 079622 号

Saul Bellow
The Adventures of Augie March

Copyright © 1949,1951,1952,1953,1977,1979,1980,1981,
Saul Bellow
Simplified Chinese Copyright ©
Shanghai 99 Culture Consulting Co., Ltd. 2015

"企鹅经典"丛书由上海文艺出版社联合上海九久读书人文化
实业有限公司及企鹅图书有限公司共同策划。

"企鹅"、🐧®和相关标识是企鹅图书有限公司已经注册或者尚未
注册的商标。未经允许,不得擅用。

著作权合同登记号　图字:09-2015-006

总 策 划：黄育海　陈　征
责任编辑：李珊珊
特约策划：邱小群
封面设计：索　迪

奥吉·马奇历险记
〔美〕索尔·贝娄　著
宋兆霖　译
上海文艺出版社出版、发行
地址：上海绍兴路74号
新华书屋经销　利丰雅高印刷(深圳)有限公司印刷
开本890×1240　1/32　印张22　字数492,000
2015年8月第1版　2015年8月第1次印刷
ISBN 978-7-5321-5715-0/I·4557　定价:65.00元

企鹅经典丛书
出版说明

  这套中文简体字版"企鹅经典"丛书是上海文艺出版社携手上海九久读书人与企鹅出版集团（Penguin Books）的一个合作项目，以企鹅集团授权使用的"企鹅"商标作为丛书标识，并采用了企鹅原版图书的编辑体例与规范。"企鹅经典"凡一千三百多种，我们初步遴选的书目有数百种之多，涵盖英、法、西、俄、德、意、阿拉伯、希伯来等多个语种。这虽是一项需要多年努力和积累的功业，但正如古人所云：不积小流，无以成江海。

  由艾伦·莱恩（Allen Lane）创办于一九三五年的企鹅出版公司，最初起步于英伦，如今已是一个庞大的跨国集团公司，尤以面向大众的平装本经典图书著称于世。一九四六年以前，英国经典图书的读者群局限于研究人员，普通读者根本找不到优秀易读的版本。二战后，这种局面被企鹅出版公司推出的"企鹅经典"丛书所打破。它用现代英语书写，既通俗又吸引人，裁减了冷僻生涩之词和外来成语。"高品质、平民化"可以说是企鹅创办之初就奠定的出版方针，这看似简单的思路中植入了一个大胆的想象，那就是可持续成长的文化期待。在这套经典丛书中，第一种就是荷马的《奥德赛》，以这样一部西方文学源头之作引领战后英美社会的阅读潮流，可谓高瞻远瞩，那个历经磨难重归家园的故事恰恰印证着世俗生活的传统理念。

经典之所以谓之经典，许多大学者大作家都有过精辟的定义，时间的检验是一个客观标尺，至于其形成机制却各有说法。经典的诞生除作品本身的因素，传播者（出版者）、读者和批评者的广泛参与同样是经典之所以成为经典的必要条件。事实上，每一个参与者都可能是一个主体，经典的生命延续也在于每一个接受个体的认同与投入。从企鹅公司最早出版经典系列那个年代开始，经典就已经走出学者与贵族精英的书斋，进入了大众视野，成为千千万万普通读者的精神伴侣。在现代社会，经典作品绝对不再是小众沙龙里的宠儿，所有富有生命力的经典都存活在大众阅读之中，它已是每一代人知识与教养的构成元素，成为人们心灵与智慧的培养基。

处于全球化的当今之世，优秀的世界文学作品更有一种特殊的价值承载，那就是提供了跨越不同国度不同文化的理解之途。文学的审美归根结底在于理解和同情，是一种感同身受的体验与投入。阅读经典也许可以被认为是对文化个性和多样性的最佳体验方式，此中的乐趣莫过于感受想象与思维的异质性，也即穿越时空阅尽人世的欣悦。换成更理性的说法，正是经典作品所涵纳的多样性的文化资源，展示了地球人精神视野的宽广与深邃。在大工业和产业化席卷全球的浪潮中，迪士尼式的大众消费文化越来越多地造成了单极化的拟象世界，面对那些铺天盖地的电子游戏一类文化产品，人们的确需要从精神上作出反拨，加以制衡，需要一种文化救赎。此时此刻，如果打开一本经典，你也许不难找到重归家园或是重新认识自我的感觉。

中文版"企鹅经典"丛书沿袭原版企鹅经典的一贯宗旨：首先在选题上精心斟酌，保证所有的书目都是名至实归的经典作品，并具有不同语种和文化区域的代表性；其次，采用优质的译本，译文务求贴近作者的语言风格，尽可能忠实地再现原著的内容与品质；另外，每一种书都附有专家撰写的导读文字，以及必要的注释，希望这对于帮助读者更好地理解作品会有一定作用。总之，我们给自己设定了一个绝对不低的标准，期望用自己的努力将读者引入庄重而温馨的文化殿堂。

关于经典，一位业已迈入当今经典之列的大作家，有这样一个简单而生动的说法——"'经典'的另一层意思是：搁在书架上以备一千次、一百万次被人取下。"或许你可以骄傲地补充说，那本让自己从书架上频繁取下的经典，正是我们这套丛书中的某一种。

上海文艺出版社编辑部

上海九久读书人文化实业有限公司

二〇一四年一月

目 录

奥吉·马奇历险记   1

导　读   677

第 一 章

　　我是个美国人，出生在芝加哥——就是那座灰暗的城市芝加哥——我这人处事待人一向按自己学的一套，自行其是；写自己的经历时，我也离不开自己的方式：先敲门，先让进。有时候这样做出于天真，有时候就不完全是那么回事了。不过，赫拉克利特①说过，一个人的性格就是他的命运。到头来，怎么也没法掩饰敲门的性质，不管是门上装有门铃，还是手上戴着手套。

　　人人都知道，隐瞒是不可能做到面面俱到、完美无缺的。要是你想隐瞒住一桩事情，就得隐瞒住与其有关的其他事情。

　　我自己的父母对我影响不大，不过我喜欢我妈。她是个头脑简单的女人，我从她那儿学到的不是她的教诲，而是她的实际教训。这可怜的女人，她实在也没有多少东西可教诲的。我的兄弟和我都很爱她。我这是代他们两个说啦。代我哥哥这么说，丝毫不成问题；代我弟弟乔治说，我就得负责任了——他生来就是个白痴——不过他的想法倒也无需猜测，因为当他拖着僵硬呆板的脚步，沿着后院卷曲的铁丝篱笆来回逛荡时，就经常哼着自己的一支歌：

　　　乔治·马奇、奥吉、西梅②，
　　　温尼·马奇，个个，个个爱妈咪。

---

① 赫拉克利特（约前540—约前480），古希腊哲学家。
② 即马奇的哥哥西蒙。

除了温尼以外,他说的都对。温尼是劳希奶奶的一只卷毛狮子狗,它吃得太多,又肥又老。妈妈是劳希奶奶的用人,因而也就成了温尼的用人。这只狗气喘吁吁老爱放屁。它趴在老奶奶的搁脚凳旁,一只绣有柏柏尔人①举枪射狮子的垫子上。温尼属老奶奶个人所有,是她的随员。而我们其余人,特别是我妈,全都是她的子民。我妈把盛有狗食的盘子递给老奶奶,然后,趴在老奶奶脚旁的温尼再从她手里接受食物。她的手和脚都很小,脚上穿着一双皱巴巴的棉线织袜,她的拖鞋是灰色的——啊,是毛毡的那种灰色,是压制人心灵的那种灰色——上面饰有粉红色的丝带。而我妈却有一双大脚,整天套着双男鞋,屋里屋外忙个不停,鞋子上往往连鞋带也没有。她头上戴顶掸尘用的或者头巾式的女帽,看上去像个棉花做的什么人的模拟头像。妈妈秉性温顺,身材修长,一对圆眼睛很像乔治——柔和、淡绿色、圆圆的;略长的脸盘上泛出健康的好气色。由于操劳家务,她的手红红的,一口牙齿已经掉得所剩无几——还得留心生活的敲打——她和西蒙都穿着开了线的破旧毛衣。妈妈不仅有一对圆眼睛,还有一副圆眼镜,那是我陪她一起去哈里森街的免费诊疗所配来的。那一次,事先经过劳希奶奶调教,我才去诊疗所撒了一通谎。现在看来,并非定要撒谎不可,可当时,大家都认为必须那样,尤其是劳希奶奶。她是我年轻时在里弄街坊中常见的那种马基雅弗利②式的人物。总之,在我们出门前,老奶奶就把一切考虑得十分周全。她一定是在她那冷冰冰的小房间里,缩在羽毛褥垫中,花了几个小时的运筹谋划后,才在吃早饭时向我布置任务的。理由是,她认为我妈不够机灵,会把事情搞坏。可我们没有一个人想到,这也许并不需

---

① 北非土著,散居在摩洛哥、阿尔及利亚、突尼斯、利比亚一带。
② 尼科洛·马基雅弗利(1469—1527):意大利著名政治家、思想家及历史学家,主张为达到目的可不择手段使用权谋。著有《君主论》、《论李维》、《论战争艺术》等。

要什么机灵。这是一场舌战。诊疗所的人一定会问,为什么慈善机关不付这笔眼镜钱。所以千万别提慈善机关,你只说我爸有时寄钱来,有时不寄来。妈收了寄膳房客。这话倒是真的,只不过说得巧妙体面一点,抹杀和省略了某些重大事实而已。说给那班人听,这已经够真的了。当时我虽然才九岁,对这类事已能心领神会,要比我哥哥西蒙强。西蒙太直率,玩不了这套花样,而且不知怎的,他还从书本上学了一些英国小学生的荣誉感之类的东西。《汤姆·布朗的学生时代》①一书,多年来对我们就颇有影响,可是境况使我们没法身体力行。

西蒙长得皮肤白皙,金黄头发,颧骨高大,一对灰色的大眼睛,两只板球运动员的粗壮手臂——我是从插图上看来的。我们只玩垒球,和他那英国风度相反的是他那痛恨英王乔治三世②的爱国热情。那阵子市长正命令地方教育委员会选用对这个国王言辞激烈的历史课本。西蒙还恨透了康华理③。我很羡慕他的这种爱国热忱,他对康华理的满腔仇恨以及对这位将军在约克敦被迫投降的欣喜心情。他的这些高见通常都是在我们吃午饭、啃着大红肠三明治时发表的。老奶奶中午常吃清炖鸡,头发像猪鬃似的小乔治有时能捞到只鸡肫吃。他很爱吃鸡肫,朝那凹凸不平的玩意儿直吹气,主要倒不是要吹凉它,实在是因为舍不得吃。但是,西蒙虽有这套光明磊落的英雄本色,要去诊疗所完成那得玩点花招的任务,可就不够格了。他不仅不屑去撒谎,说不定还会痛骂大家一顿哩。干这类事我就很可靠,因为我爱干。我干什么都爱讲点策略,何况我还有热情。西蒙的那种热忱我也有,尽管没有那么多对康华理的仇

---

① 《汤姆·布朗的学生时代》:英国作家托马斯·休斯(1822—1896)所写小说,反映了作者在格拉比公学求学时的生活,颇受青少年读者欢迎。
② 乔治三世(1738—1820):英国国王,美国独立战争(1775—1783)即发生在他在位期间(1760—1820)。
③ 查理·康华理(1738—1805):美国独立战争期间英军高级指挥官。1781年10月,他率领的英军在弗吉尼亚的约克敦被美法联军包围,法国舰队切断他从海上撤退的后路,终于缴械投降,美国独立战争至此基本结束。

恨。而且我也有劳希奶奶的那股子劲儿。至于教我说的那些话是真是假嘛——喔，我们有位房客这可是真的。劳希奶奶就是我们的房客，她和我们一点没有沾亲带故。她由两个儿子赡养，一个在辛辛那提，一个在威斯康星州的雷辛。儿媳们都不要跟她住在一起。她的亡夫原是俄国敖德萨市有钱有势的富商——高踞于我们头顶的一尊神灵，秃头、络腮胡、大鼻子，身穿燕尾服和双排纽扣背心，扣子扣得严严实实，神气十足（他的蓝色照片，经过鲁洛夫先生放大修描，挂在客厅里，站在门廊的柱子之间，往那面大穿衣镜里看就能看到，只是他的下半身被火炉的拱顶给挡住了）——劳希奶奶喜欢跟我们住，因为多年来她已经习惯于当家做主，总揽大权，发号施令，指手画脚，运筹策划，还用上了她会的多种语言。她自诩除了俄语、波兰语、意第绪语外，还会法语和德语。可是除了分界街的那位修描艺术家鲁洛夫先生外，还有谁能测定她的法语水平呢？而这位骑士风度十足、貌似有三根脊梁骨的嗜茶先生，其实也是个不露声色的冒牌货。不过他曾在巴黎当过一阵子出租车司机。要是他讲的是实情，也许除法语外他还懂得一些别的事，像嘴里含枝铅笔吹个曲子或者边唱歌边握把硬币用拇指在桌边咔嗒咔嗒地打着拍子，以及下棋什么的。

　　劳希奶奶不论下棋还是玩克拉贝吉斯①，都像个帖木儿②，嘴角眉梢一副狡诈狠毒的样子，两眼射出锐利的金光。和她玩克拉贝吉斯的是我们的邻居克雷道尔先生，是他教会老奶奶玩这种纸牌戏的。他大腹便便，双臂粗短有力，常用他那带劲的手猛击桌子，一边甩牌，一边大声嚷道："你来试试！要你的命！跟你拼过！赢了！"老奶奶一脸讥讽的神色，朝他打量着。等他走后，她常说："你要是有个匈牙利朋友，就不愁没有敌人了。"其实，克雷道尔先生并无敌意，只是因为他那军士

---

① 两人玩三十二张牌的一种纸牌游戏。
② 帖木儿（1336—1405）：蒙古统治者。

级教官的大嗓门有时候听起来有些吓人而已。他原是一名旧时奥匈帝国的老兵,至今仍有点军人模样:使劲推大炮胀粗了的脖子,沙场老战士的赤红脸膛,牙关紧咬的嘴巴,几颗金牙,绿眼珠的斗鸡眼,柔软的短发,全然像个拿破仑。他的脚走起路来脚尖外撇,完全符合腓特烈大帝①的标准,可是个子比禁卫军的规定身高矮了一英尺左右。他看上去颇有点独立无羁的名人派头。他跟他妻子——这女人对邻里娴静谦让,在家却极爱吵架——还有一个读牙科的儿子,三人住在我们房子前面的所谓英国式的地下室里。他儿子考茨白天去县医院附近的学校上课,晚上在街角的一家杂货铺里打工。免费门诊所的事是他告诉老奶奶的。说得确切一点,是这位老太太把他叫来,要他去打听能从哪些州、县单位部门捞点什么好处的。劳希奶奶总是爱把肉店老板、杂货店主和水果小贩这些人找来,在厨房里接见他们,向他们讲明,我们马奇家去买东西非打折扣不可。我妈通常总得在一旁站着。老太太会对他们说:"你瞧,事情就这么明摆着,还用我多费口舌么?这家子没个大男人,却有群孩子要养活。"这是她最常用的论据。社会福利调查员鲁宾先生来访了,坐在厨房里。他秃头,神态轻松,和蔼可亲,戴副金丝眼镜,显得很有耐心。这时老奶奶就冲他嚷道:"你指望这班孩子靠什么来养大呀?"鲁宾先生听着,竭力保持住轻松的神态,但渐渐地模样变了,变得像个决心不让蚱蜢溜出手掌的人。"哟,老太太,马奇太太可以提高你的房租嘛!"他说。而她,十有八九是这样来回敬他的——因为她常把我们统统打发出门外,自个儿单独和他谈——"你可知道,要是没有我,情况会怎么样?是我把他们维系在一起的,你应该感谢我才是。"我敢肯定她甚至还会说:"等我死了,鲁宾先生,你就会知道,这事落到你头上有多麻烦了。"我可以百分之百地肯定,她一定是这么说的。不过,任何暗示她的统治终将结束等等有损她的权威的话,对我们,她是一向

---

① 腓特烈大帝(1712—1786):普鲁士第三代国王,在位期间为1740—1786年。

只字不提的。何况，要是我们听到这种话，会把我们给吓坏的。她对我们简直是了如指掌，能够十分准确地猜出我们的心思——她是一位洞悉她的臣民心中有几分爱、几分尊重以及对权力有几分畏惧的君主——知道我们会给吓成什么样子。可是对鲁宾，出于策略上的考虑，也因不得不表露自己确有的感情，她一定会那么说的。鲁宾先生对她感到不胜其烦，但是强忍着，心想"让我摆脱这些救济对象吧"，尽管他竭力装出能控制局面的样子。他把长礼帽夹在两腿之间（他的套装总是裤子过短，露出白色的袜子和足趾隆起、皱巴巴的大头黑皮鞋），眼睛朝帽子里看着，仿佛在暗自盘算，要是把手心里的蚱蜢放开，让它在帽子里待上一会儿是否明智。

"房租嘛，我是能付多少就付多少。"她会这么说。

她从披肩下取出烟盒，用缝纫剪把一支莫拉德牌烟剪成两半，然后拿起烟嘴。当时还是妇女不兴抽烟的年代，只有知识分子除外——她把自己打扮成知识分子。烟嘴叼在她那熏黑的小小牙床之间，她的所有诡计、恶意和专横便由此而出，这是她具有出谋划策最佳灵感的时刻。别看她皱巴巴的像只破旧纸袋儿，却是个顽固、阴险的独裁者，一只会突然飞扑过来的凶猛鹫鹰。她那两只饰有粉红丝带的灰色小脚，纹丝不动地搁在西蒙手工课上制作的鞋箱和搁脚凳上。皮毛邋遢、衰老、弄得满屋子臭气冲天的温尼，则在她身旁的垫子上趴着。如果说才智和不满不一定相伴相随的话，这我可不是从这个老太婆那儿得知的。要想让她称心如意简直比登天还难。就拿克雷道尔来说吧，我们家许多事都得靠他。妈生病的时候，他亲自给我们家拉煤，还叫儿子考茨给我们免费配药，可老奶奶却把他叫做"那个匈牙利窝囊废"或者是"匈牙利蠢猪"。她叫考茨为"烤苹果"，说克雷道尔太太是只"鬼鬼祟祟的母鹅"，称鲁宾为"鞋匠的儿子"，骂牙科医生是"屠夫"，肉店老板是"胆小的骗子"。她恨透了那个几次替她装假牙但都没有成功的牙科医生。她指责他打模子时烫坏了她的牙床，可当时是她自己拼命把他的手从嘴边推开。那情景我亲眼目睹：模样呆板、长得五短三粗的沃尼克大夫，他那粗壮结实的前臂足以抵挡住一头狗熊，可在摆弄她的嘴巴时，却小心翼翼到活受罪的地步。他态度坚决地既关注着她的哽声尖叫，又忍受着她的胡抓乱扒。看到她那副挣扎的模样，我心里感到很不自在。沃尼克大夫也不愿我在场，这我知道，可是无论她去哪儿，总得有西蒙或者是我护送。而且，在这样的场合，她尤其需要一个目击证人以证明沃尼克大夫的残忍和蠢笨，同时也需要有个肩膀支持着她有气无力地走回家来。我十岁时就已经不比她矮多少，我的个子足以承受住她那点分量的身体。

"你看见了吧，他怎么把爪子卡住我的脸，害得我气都喘不过来？"她说，"上帝本要他当个屠夫，可他干吗成了个牙科医生？他那双手太粗笨了。牙科医生最要紧的是手指触摸轻巧。要是双手不行，就不该让他行医。可他老婆偏偏千辛万苦干活供他完成学业，让他成了个牙科医生。这一来，我才不得不上他那儿，挨他的烫。"

我们其余人看病也只能去免费诊疗所——那地方简直像梦境，大得像座军械库，摆着许许多多牙医椅子，一大片全是，还有许多饰有玻璃葡萄图案的绿色盆盂，牙钻机的钻臂像虫腿似的成Z字形伸着，小煤气灯在旋转的瓷托盘上吐着火苗——这是哈里森街一个嘈杂喧闹而气氛阴沉的处所。在那条街上，沿街尽是石灰石砌的县级机关各部门的建筑，笨重的红色有轨电车车窗上装有铁格子，车身前后都有君王的胡子般的排障铁帚。车子丁当丁当、蹒蹒跚跚地走着，在冬日的下午它们的制动箱对着满地褐色的雪泥直喘气；在夏天的下午，则对着洒满灰烬、烟尘和草原风沙的褐色石头冒气。车子在免费诊疗所前总是停得很久，以便让那些瘸腿的、跛脚的、驼背的、装有腿支架的、挂着拐杖的、害牙痛眼疾的以及其他的病人下车。

在陪我妈去配眼镜之前，老奶奶为此反反复复地对我指示了一番，我得正襟危坐，洗耳恭听。我妈也得在场，因为千万不能出错。她教妈到时候不要开口。"记住,丽贝卡,一切都让他回答。"老奶奶再三叮嘱说。对着我妈顺从得连个"是"字都不敢出口,只是端坐着,一双大手交叠着搁在有绿头苍蝇那种闪光绿色的衣襟上,这件衣服是老太太特意为她挑的。我妈皮肤柔嫩,脸色健康,我们三个孩子中没有一个继承到她这种好肤色,也没有她那稍微上翘、露出一点中隔的鼻子。"这事你别多嘴。要是他们问你什么,你就像我这样看着奥吉。"说着她作了示范,教妈妈怎样转头看着我。要是她还能放下惯常的架子,那真是再逼真也没有了。"一句话也别多说。只回答问题。"她吩咐我说。我妈迫切希望我忠实可靠。西蒙和我是她的奇迹或意外的收获,乔治才是她真正的产物。在受到过分的恩赐和获得不应得的成功之后,她才在乔治身上找回自己的命运。"奥吉,你听奶奶说。听清她说的话。"老太太说出自己的计划时,这是我妈敢说的全部话。

"要是他们问起你'你父亲在哪儿',你就说,'我不知道在哪儿,小姐。'不管她年岁多大,你都别忘了称她'小姐'。要是她想知道你爸最后一次来信的地址,你得对她说,最后一次是大约在两年前从纽约州布法罗市寄来一张汇票。慈善机关的事,一个字也别提。千万别提慈善机关,你听清了没有?千万别提。她要是问你房租多少,就说是十八块钱。她问你哪儿来的钱,就说你们家有房客。有几个?两个。好了,现在告诉我,房租多少?"

"十八块钱。"

"有几个房客?"

"两个。"

"他们付多少钱?"

"我该说多少呢?"

"每个每周八块钱。"

"八块。"

"要是每个月收入只有六十四块钱,那就没法去看私人医生了。

上次我去看病，光眼药水就花了五块钱，还烫伤了我的眼睛。这副眼镜，"——她轻轻拍了拍眼镜盒子——"镜架花了十块钱，镜片得十五块。"

除了在这种万不得已的情况下，我们家从来不提我的父亲。我自己认为我还记得他的模样，西蒙对此却不以为然。他是对的，对这事我老爱凭空想像。

"他穿着一身制服，"我说，"我记得很清楚。他是个军人。"

"别瞎说了。你根本就不知道。"

"也许是个水手吧。"

"瞎扯！他是在马什菲尔德市的霍尔兄弟洗衣店开车的。他干的就是那个。我是说过他以前是穿制服的。猴子看，猴子干，猴子听，猴子说。"我们的许多思想都得以猴子为标准。在我家餐具柜的土耳其台布上，有一尊蒙眼、掩耳、捂嘴，要我们不看邪、不说邪、不听邪的三位一体小圣灵。小神的好处是你可以随心所欲地把他们的名字乱用一气。"法院里要保持肃静，猴子要讲话啦。讲呀，猴子，讲呀！""猴子和竹竿正在草地上玩……"可是，每当那个老太婆像个大喇叭似的——我总觉得她有东方色彩——指着那三个蹲坐一起，嘴唇、鼻孔涂得血红的东西，以她的博识睿智和极度冷酷说："没人要你们去爱整个世界，只要正直就行，正直。别说大话。你越爱人家，人家越来纠缠你。小孩子才讲爱，大人爱讲尊重。尊重比爱强。中间那猴子，代表的就是尊重。"这种时候猴子仍能发挥威力。令人敬畏，成为严厉的社会批评者。我们从未想到，老太太自己也会恶意地去冒犯那个双手捂嘴的不说邪的圣灵；可是，我们脑子里从来没有产生过批评她的念头，当她那伟大的原则之声在整个厨房里回响时，出现这种念头的可能就更小了。

她常常利用可怜的乔治来教训我们。乔治经常会去吻那条狗。它以前曾是老太太的恶奴，现在是个呵欠不停、爱瞌睡的怪物。由于多年忠心耿耿但未必讨人喜欢的忙碌，成了个特殊的尊重对象。不过乔治爱它——他也爱老奶奶。他吻她的衣袖、她的膝盖，双手捧住她的膝盖或一只手臂，下唇向前噘着，那么纯真、笨拙，那么亲切、轻柔，那么勤奋起劲；他那细瘦的腰背低弓着，宽大的外套鼓得像只口袋，泛白的头发既密又硬，犹如一颗带芒刺的果实或一盘剜去子的向日葵。老太太任凭他又吻又抱的，一边对他说："嘿，你这孩子，聪明的小伙子。我的侍从，我的骑士，你喜欢我这个老奶奶？真是个乖孩子。你懂得谁疼你、谁给你吃鸡肫和鸡脖子，是不是？是谁？谁给你做的面条？对，面条滑溜溜的，叉子叉不住，用手指也难拾起。你见过小鸟怎样拉扯小虫么？小虫硬要躲进地里，不肯出来。行啦，行啦，你把我的衣服都弄湿了。"她猛地用干瘦的手把乔治的手推开，接着就滔滔不绝地教训起西蒙和我来。她永远记得，向我们讲解做人处世之道是她的责任。她又对那种信任他人、对人仁慈、心地纯朴的人数落了一番，认为包围着他们的全是生性狡诈、凶恶暴戾的家伙，这是个鸟虫相斗、生死竞争的自然界，是个毫无感情、危机四伏的人世间。乔治就是个例证，但最重要的例子不是乔治，而是我妈；她头脑简单，出于爱心而甘愿做牛做马，结果还是遭到遗弃，只身带着三个孩子。劳希奶奶的真正用意所在是，眼下，在她的晚年，她还要凭自己的才华领导另一个家庭。

在交谈中，有时不免会谈到父亲，这时对我妈心里会有什么感触呢？她温顺地默默坐着。我猜她一定想起有关父亲的一些琐事——他爱吃的一样菜，也许是土豆烧肉，也许是包心菜或越橘酱；也许想到他不喜欢浆领，或者软领；他带回家来的是《美国人晚报》或《新闻报》。她只想起这些是因为她的思想总是很单纯；可是对于遭受遗弃她还是深有感触的，比她内心能意识到的更大痛苦，已在她的纯朴上添加了几分忧郁。我真不知道，在我们孤苦伶仃地被遗弃后，老奶奶还没有来接手管理这个家庭之前，她是怎么应付过来的。老奶奶来后，妈便拱手把权力交给了她，也许她根本没有想到自己还有权力，她整天辛苦操劳是在受罪。我想，她属于那些被强力的爱所征服的女人中的一个，就像那些被变成鸟兽的宙斯①所占有、后来还得躲避他那狂怒的妻子的女人。这并不是说,我可以把我那身材高大、性情温和、衣着破旧、整日忙忙碌碌的妈看作是逃避此等河东狮吼的大美人,也不是把我们的父亲比作奥林匹斯山上两腿劲健的诸神之首。她只不过是威尔斯街一家成衣厂里的缝纽扣女工,他则是个洗衣店里的货车司机——他弃家出走时,连张照片都没留下。可是,由于她不断的付出,她更有权在那些女人中占有一席之地了。至于作为一个女人的报复,有劳希奶奶代表大部分已婚妇女,按合法的标准在执行惩处了。

不过这位老太太还是有心肠的,我可没打算说她没心肠。她为人专横,讲起在敖德萨时的显贵和仆从如云的盛况傲气凌人,不可一世。不过尽管她曾经风光一时,却还是懂得感情起落的。这一点是我后来读了她差我到图书馆去借来的一些小说后,才开始明白的。她教会我俄文字母,以便我能看懂书名。她每年都要看一遍《安娜·卡列尼娜》和《叶甫盖尼·奥涅金》②,偶尔我借来一本她不要看的书,就会挨骂。"我告诉过你多少次了,如果不是'小说'③,我都不要看。你也不看看里面,难道你的手指头没劲到翻不开书?那你也就更没劲打球抠鼻子了。我看干那些你可有劲哩!我的老天爷!你的脑袋瓜还不如猫,跑了两里路,竟给我借了本讲宗教的书回来,就因为封面上有托尔斯泰的名字。"

这位老太太,我可不想对她无中生有。她是一直在怀疑,也许存在着一条遗传误线,一种家庭缺陷,我们家可能就深受其害。她不要看托尔斯泰讲宗教的书。她不相信他是个爱家室的男人,因为他为那位伯爵夫人④带来了够多的麻烦。不过,尽管她从不去犹太教堂做礼拜,逾

---

① 宙斯:希腊神话中的主神,威力无边,被称为是诸神和人类的主宰。他以好色著称,常变成鸟兽,如杜鹃、公牛等占有女人,为此常和妻子赫拉争吵。
② 前者为俄国作家列夫·托尔斯泰的长篇小说,后者为俄国诗人普希金的长篇诗体小说。
③ 原文为法语。
④ 指托尔斯泰的夫人索菲亚·安德列耶夫娜。

越节时照吃面包①,差妈到肉价较便宜的肉店买猪肉,还爱吃罐头龙虾等禁食的东西,可她并不是个无神论者和宗教上的自由思想家。安蒂科先生倒是一个。她把这收废旧的老头叫做"兰米塞"(我不知道为什么)——也许是依据《圣经》中说的和比东城齐名的那座城市②的名字演变来的吧,她不肯说出取名的灵感来自何处。这个老头子真正是上帝的叛逆者。她通常都不动声色,冷淡地听着他大放厥词,不发表自己的意见。老头红光满面,但神情忧郁;他那顶硬如皮革的粗呢便帽,把他的头发压得平平的。由于整天穿街走巷吆喝收购破布废铁——拉开嗓门喊"收——废——品——哟!"——嗓子变得粗哑刺耳。他的头发和眉毛又粗又硬,有双蔑视一切的褐色眼睛,是个身体结实、不修边幅、一副热心肠的老头。老奶奶从他那里买来一套《美国百科全书》——记得是一八九二年版——督促西蒙和我阅读。他一见到我们,也总问:"那套书读得怎么样了?"我想,他一定认为那套书是教人不要信教的。发生在他家乡一次对犹太人的屠杀,使他成为一个无神论者。他当时躲在地窖里,亲眼看见一个凶手朝他那刚遭杀害的妻弟尸体上撒尿。"所以 别跟我讲上帝,"他说。然而,每次谈论上帝的全是他自己。他的太太却依然是个虔诚的教徒。每逢重大节日,他就赶车去革新派犹太教堂,把自己那辆红眼老马拉的马车停在那些有钱犹太人豪华的钢丝辐条轮旅行轿车中间,以示反教。那帮有钱的犹太人一进入教堂便摘下帽子,仿佛在戏院看戏,他们的这种卑下作风使他一直到死都感到既可厌又可笑。他是因淋了雨着凉而死于肺炎的。

---

① 逾越节为犹太民族的主要节期,据《圣经》记载,摩西领导犹太人摆脱埃及王的奴役,上帝命犹太人宰羊涂血门楣和门框,天使击杀埃及人时见有血记的人家即越门而过,称为"逾越"。犹太历以此节作为一年的开始,约在阳历三、四月间,历时七天(也有八天的)。在此期间不可吃有酵食物如面包之类,只可吃无酵饼。参见《圣经·旧约·出埃及记》第12章。

② 指兰塞城。据《圣经》记载,它和比东城均为埃及法老强迫犹太人兴建的两座积货城。参见《圣经·旧约·出埃及记》第1章。

每逢劳希先生的忌日，老奶奶必点一支蜡烛，烤面包时往炉子里扔一块生面作为献祭，还朝婴儿的乳齿念咒及搞种种名堂来避邪。这只是厨房宗教，和那位创造万物、能使江河倒流、焚毁蛾摩拉①的伟大上帝无关。不过这也是一种宗教。讲到这方面，我倒要提一提波兰人——我们只是住在波兰人聚居区中的少数几户犹太人——他们每家的厨房墙上都贴满鼓鼓囊囊、油腻褪色的心形象，在圣餐会、复活节和圣诞节时，门口挂着圣像和花儿干枯的花篮。有时候，我们会被骂作杀害耶稣的凶手，受到追逐、吃石头、被咬、挨打，我们所有人，甚至包括乔治，不管我们喜欢不喜欢，都要受到这种莫名其妙的惠顾。不过，我从没因此感到特别伤心或者难过，因为总的说来，这玩意儿十分热闹有趣，我也就不往心里去了。看来也无需作什么特别的解释，这和街头结伙打石头仗或者秋天晚上教区里的小伙子蜂拥成群去拆毁篱笆、朝女孩子怪声尖叫和殴打陌生人没有多大不同。我生来的脾性就不愿为这类莫名其妙的事去多伤脑筋，即使从通道两头把我堵在房子中间的那伙人中甚至还有我的一些朋友和玩伴。西蒙不大和这些孩子来往。他对学习更感兴趣，总之，他有他自己的情趣，他把纳蒂·邦波②、昆丁·达沃德③、汤姆·布朗④、攻下卡斯卡斯基亚据点的克拉克⑤、以及从雷根斯堡带来好消息的信使等等人物的精神集于一身，这就使得他更为离群索居，少与

---

① 据《圣经》记载，蛾摩拉平原原像伊甸园一样肥沃美丽，后因蛾摩拉人多行罪恶之事，上帝便降硫磺和天火将蛾摩拉焚毁。参见《圣经·旧约·创世记》第 19 章。
② 美国作家詹姆斯·费尼莫尔·库柏（1789—1851）的边疆五部曲《杀鹿人》、《最后的莫希干人》、《探路人》、《拓荒者》和《大草原》中的主人公。
③ 英国作家瓦尔特·司各特（1771—1832）同名小说中的主人公。
④ 英国作家托马斯·休斯（1822—1896）的小说《汤姆·布朗的学生时代》中的主人公。
⑤ 即乔治·罗杰斯·克拉克（1752—1818），美国独立战争时期的边疆军事领袖，其战绩对于在结束战争的巴黎条约中规定将老西北地区划归美国具有决定性作用。1778 年 5 月，他曾率领一支约一百七十五人的小部队，深入密西西比河流域，一举攻下了英国人的卡斯卡斯基亚据点。

人交往。对此我只是笨拙地跟着他学上一点,就像他从不让我多花时间用他的桑多健肌器和腕力器锻炼身体一样。我这人却很容易结交朋友,不过新的交情常常会被更老的情谊突然割断。和我交往最久的要数斯泰舒·考派克斯,他妈是位于米尔沃基大街的埃斯库拉比思产科学校毕业的助产士。他家家境小康,有一架电动钢琴,每个房间都铺着油地毡,可是斯泰舒是个小偷,由于跟他混在一起,我也偷过:从火车上偷煤,从晾衣绳上偷衣服,从廉价杂货店里偷橡皮球,从报摊上偷辅币。主要是为了一尝自己手脚灵巧快捷的适意,可是斯泰舒又想出了新花样,在地窖里脱光身子,穿上了从晾衣绳上偷来的女孩子衣服。后来,他也出现在堵截我的那帮小子中间。一天下午,天气很冷,飘着小雪,我正坐在一只冻在泥浆里的板条箱上,吃国家饼干公司出的脆饼干,嘴巴里塞满甜滋滋的饼干屑,那帮家伙把我给围住了。最前面的是个约莫十三岁但个子不大的小坏蛋,样子凶狠,一股丧气相。他走上前来数落我,刚从圣查理教养院里出来、接下去就准备进庞蒂亚克哪座监狱的大个子穆尼亚·斯塔普兰斯基,也上来给他撑腰。

"你这犹太小杂种,你打我弟弟。"穆尼亚说。

"我没有。我连见都没见过他。"

"你从他那儿抢走五分钱,要不你怎么买的饼干?"

"我从家里拿的。"

突然,我一眼看到了头发蓬乱、满脸嘲笑的斯泰舒,他正在为自己的卑鄙行径和新入帮伙得意忘形。于是我对他说:"哼,斯泰舒,你这个卑鄙的尿床坯!你知道穆尼亚根本没有弟弟。"

这时,那小个子就动手打我,全帮人马,连同斯泰舒也都一拥而上,他们拉掉了我羊皮外套上的扣子,把我的鼻子打得鲜血直流。

"怨谁啊?"我回到家里,劳希奶奶说,"你说怨谁?怨你自己,奥吉,你就这么点脑子,非要跟那接生婆的尿床儿子鬼混不可。西蒙会和他们混在一起么?他才不会哩。他有头脑得多。"谢天谢地,她还不知道我偷东西的事。从某一方面来说,由于她那好教育人的脾气,我猜她很高兴,这下我应该懂得滥用感情会有什么结果了。有这种弱点的典范我妈可吓坏了。慑于老太太的权威,听她数落时,她丝毫不敢流露声色。当她把我拉进厨房,在我脸上放上敷布,用她那近视的眼睛仔细察看我的伤口时,才对我低声地叹气。乔治趔趔趄趄地跟着她那瘦长、苍白的身影打转,温尼在水槽下面舔水。

第 二 章

我十二岁那年,到了夏天老奶奶就把我和西蒙打发出去干活了,去品尝人生的滋味,也为了取得一点赚钱的本领。在这以前,她曾为我找到过一份工作。当时有个上午上课的弱智儿童班,每天早晨我把乔治送到学校后,便赶到赛维斯特的明星电影院干活,为电影院散发广告传单。这是老奶奶和赛维斯特的父亲一起作的安排,他俩是在公园的老人亭里认识的。

要是在我家的后间里见到天气好——暖和又无风,老奶奶喜欢这种天气——她就到自己的房间去穿上身体较丰满时留下的紧身胸衣和黑色套裙。妈会给她装一瓶茶。然后,她就戴上花帽,围上兽尾毛皮披肩,用獾爪扣住,到公园去。她带着一本书,可从没打算读它,老人亭里谈天说地热闹得很,哪有时间看书。这是个商定婚姻大事的地方。那位老无神论者安蒂科先生去世大约一年以后,他的遗孀就是在这儿找到第二个丈夫的。对方是个鳏夫,就是为了续弦,才特地从衣阿华城来到这里。两人结婚后,有消息传来说,他把她锁在屋子里,逼她签字放弃一切遗产继承权。老奶奶听后并没有装作为她难过的样子,只说了声:"可怜的伯莎!"可是说这话时,用的是她擅长的那种诙谐口吻,像小提琴的琴弦细声细气的,但变化无穷。她自己则因没有像她那样再嫁而得到颇多赞美。我早就不再认为所有的老年人对他们年轻时要做的事已经无动于衷,可是她却要我们这样想——常说"像我这样一个老太婆"——于是我们都信了她的话,把她看成是个收敛了虚荣心的、清心寡欲的老圣人。不过,要是从来没人向她求过婚,我可不打算说这对她来说是件无所谓的事。她不可能无缘无故对《安娜·卡列尼娜》那么入迷，还有另一本我应该提到的她爱读的书《曼侬·莱斯戈》①。而且她兴致好的时候总是自夸她的腰身和臀部，更何况，凡是我所知道的任何荣誉和权势她从不放弃，所以我看出，她回卧房去穿上紧身胸衣、梳妆打扮一番，不完全是出于习惯，也为的是招引一位七八十岁的伏伦斯基②或德·格里欧③的注意。有时候，我诱使自己撇开她那斑驳的枯黄肤色、深深的皱纹和干涩的刘海，从她的眼里看到了一个较为年轻、满怀怨艾的女人。

不过，不管她在老人亭里为自己的事打什么主意，她并没有忘记我们，还通过老赛维斯特为我找到了这份散发广告传单的工作。人们都管老赛维斯特叫"面包师傅"，因为他常穿白帆布衣服，头戴白高尔夫球帽。他还有颤抖病，人们便取笑他这是在搓面包。可是他修饰整洁，说话干脆，充血的眼睛朝人凝视时，神情庄重，明知自己来日无多，可是仍强打精神，就像他那撮马蹄形白色小胡子的髭尖那么挺括。我猜老奶奶一定照例和他讲了一通她所保护的这家人的事，于是老赛维斯特便带我去见他的儿子——一个好像老是为钱或家庭的事急得冒汗的年轻小伙子。有时候，他那电影院生意极差，两点钟时座位还是空的，那个小提琴手和放映室里的放映员只为他一个人在演奏和放映，这使他变得非常糟糕，弄得连给我两角五分钱的工钱都感到心痛。那也使他发了狠。他说："我以前雇的孩子曾有人把传单塞进阴沟了事，这要是给我发现了，可别怪我不客气，我有办法检查的。"因此，我想当我散发广告传单的时候，他也许会沿路跟踪我，我便不断注意街上有没有出现他那秃得头

---

① 法国作家安·弗·普雷沃（1697—1763）的小说，全名为《德·格里欧骑士和曼侬·莱斯戈的故事》。作品叙述一位贵族青年为一个妓女毁了自己的一生的故事，为18世纪言情小说典范之作，开后世通俗爱情小说的先河。
② 《安娜·卡列尼娜》中女主人公安娜·卡列尼娜的情夫。
③ 《曼侬·莱斯戈》中的男主人公。

发稀疏的脑袋和饱含焦虑、褐色如熊的眼睛。他警告我说："我也有几个办法专治自以为能骗得了我的小子的。"起初，我按照他的指示把广告传单卷成圆筒形，插进人家门铃上方的铜传话口里，不是乱塞在信箱里使他得罪邮局，而当他相信我干活可靠了，便请我喝汽水和吃土耳其软糖，还说等我长高一点，就叫我做收票员，或者是让我负责管理他打算购买的爆玉米花机；还说近几年内，他要回阿穆尔学院去读完工程学学位，到时候将雇用一名经理。他只需要去一两年，他妻子竭力怂恿他这样做。我想他告诉我这些，是把我当作比我大的大孩子了，就像免费诊疗所里的那些人一样。实际上，像常有的情况那样，他对我说的我并不全懂。

不管怎样，他还是受了我的一点骗。因为他说别的孩子曾把广告传单塞进阴沟，我觉得我也不能不来它一下，而且终于等到了机会，就在中午去接乔治的时候，把广告传单大叠大叠地分给乔治班上的那些痴呆孩子。那所监狱似的学校，像附近最大的建筑——制冰厂和棺材厂一样，是砖砌的，里面阴森森的，和世界各地的监狱没有什么不同，要睁大眼睛才能看出天花板，木头地板则已踏出印迹。在夏天，学校辟出一角对弱智儿童开放，进去时，你得先领教一下制冰厂的水雾，然后才能听到做纸链的剪纸声、低声的说话声和教师的指导声。我坐在楼梯上，把剩下的广告传单分成若干份。一放学，乔治就来帮我把它们分发掉，然后我就牵着他的手领他回家。

乔治虽然爱温尼，可是怕陌生的狗，由于他身上有温尼的气味，把那些狗都给招引来了。它们老是嗅他的腿，我只好随身带着石块打跑它们。

这是最后一个闲散的夏天。第二年夏天，学校一放暑假，西蒙便被打发到密歇根州的一家风景区饭店去当侍者，我则到城北的考布林家去帮考布林送报。我得搬到那儿去住，从我们住的地方到那儿，要坐半个多小时电车，而报纸早上四点钟就进发报棚了。不过，我并不完全是到了陌生人家，考布林的妻子安娜是我妈的表姐妹，所以他们把我当亲戚看待。海曼·考布林开了自己的福特车来接我。我离家时，乔治又嚎又叫的；他可以表达自己的感情，我妈受那老太婆的压制却不能有所流露。乔治硬被关在小客厅里，我把他带到火炉边坐下就离开了。表亲安娜在自己家门口等我，见我因初次离家伤心得发呆——对我来说这只是一时的伤感，差不多像是从我妈那儿暂时借来一用似的，我妈眼看两个儿子小小年纪就去吃苦真是伤心透了——便伤心地哭了，其程度足以代表所有的人，而且还不断使劲吻我。是她出面给我安排这个工作的，可结果数她哭得最凶。她赤着一双脚，头发蓬乱，黑色上衣的纽扣都扣错了。"我会像对待自己的孩子一样待你的。"她许诺说，"像待我的霍华德一样。"她从我手里接过帆布洗衣袋，把我安顿在厨房和厕所之间霍华德的房间里。

霍华德已经偷偷离家出走。他是跟殡仪馆老板的儿子乔·金斯曼一起走的，虚报岁数进了海军陆战队。正当两家人家在设法把他们弄回家时，他们已开往尼加拉瓜和桑地诺①及其叛党作战去了。安娜伤心极了，仿佛儿子已经死掉。她身材高大，精力充沛，因而一切都超乎常人，就连身上的种种也是如此：黑痣、疱疹、毛发、额上的肿块、脖子上的粗筋；她有一头颇有点魅力的螺旋形赤发，蓬松四弹，在后脑剪成鸭尾巴式，离耳根很高处缠得像乱麻一团。她本来声音很响亮，由于哭泣和气喘变得有气无力，她的眼白也因此泛成铜色，一张极度忧伤的脸，可怜巴巴的；她这人不懂得多想想。有些人就想得开，安于比她更糟的命运。劳希奶奶说过，就安娜在生活方面总的看来已可满足的情况

---

① 桑地诺（1893—1934）：尼加拉瓜游击队领导人，人民英雄。1926 年，他拿起武器支持副总统胡安·巴蒂斯塔·萨卡萨争夺总统职位。1927 年美国海军陆战队进行干涉时，他率领数百人撤到尼加拉瓜北部山区。1933 年 1 月美国海军陆战队撤离，萨卡萨出任总统后他才放下武器。1934 年 2 月被国民警卫队杀害。

来说，像她这样一个女人还想要什么呢？她的兄弟们替她找到一个丈夫，还出钱给她搞起一爿生意，她有两个孩子，房子是自己的，还有点房地产。要不，她也许还一直在闹市区瓦巴希大街那家女帽厂里干苦活哩。这是表亲安娜来和老奶奶谈话——来向一位博识的女人请教——之后，我们所听到的评语。她当时身穿套装，鞋帽俱全，坐在厨房桌旁，一面说话一面照着镜子，不是漫不经心，而是认认真真、一直不停地朝镜子里的自己看，一面愤愤地诉说着；甚至说到最伤心处，在哭得最凶、嘴巴拉得最阔时，也继续照着。妈头上扎着一条印花大头巾，把煤气灶上的一只鸡也烧焦了。

"亲爱的，你的儿子不会出什么事，他会回来的，"老太太对抽噎着的安娜说，"别的母亲也有儿子在那里。"

"我早就叫他不要再和那殡仪馆老板的儿子来往了。那算是哪门子的朋友？把他拉去当了兵。"

她把金斯曼家的人都看成是丧门星，我发现她上街买东西时，为了避开金斯曼家的殡仪馆，宁愿绕弯路多走几个街区，尽管她以前总是夸耀自己和金斯曼太太——一个个子高大、容光焕发、机警狡猾的女人——同属一个共济会分会，有钱的金斯曼夫妇是她的朋友。考布林那位当银行高级职员的叔叔死时，丧事就是在金斯曼殡仪馆办的。安娜的女儿弗丽德和金斯曼的女儿曾同一个演说技能课教师那儿去补习。弗丽德有天使指点摩西用炉灰医治的那种口吃，可后来她讲话变得很流利，不再结结巴巴了。若干年后，在一次橄榄球赛上我去买红肠面包时，听到了她在讲话；那天我戴了顶白帽子，她已认不出我了，可是我还记得我曾教她朗诵"当寒霜落在南瓜上的时候"，也记得表亲安娜曾发誓说，待我长大了一定把弗丽德嫁给我。是那天在她家门口，她流着眼泪迎接我时，搂着我说的。"听着，奥吉，你以后就是我的儿子了，我要把女儿嫁给你，我的乖孩子！"那时候她认定霍华德已经死掉。

她一直叨念着这桩婚事计划。我磨刈草机时不当心割破了手，她就说:"不要紧,在你结婚那天前伤口就会愈合的。"又说:"我敢发誓,还是跟从小就相熟的人结婚好。跟陌生人结婚最要不得。你听见没有?你听着!"她之所以要为将来作好安排,因为小弗丽德十分像她,可以预料她以后在婚姻生活方面会有困难;她自己就是全亏兄弟硬做主才结了婚。没有母亲帮助她。也许她觉得,要是不替她找个丈夫,她会被自己那强抑住的本能活力毁了一生,使她不能生儿育女;她为男人们流的眼泪,一定会像奥菲利娅投身的那条小溪里的水一样①,把她淹死。越早结婚越好。安娜的娘家那边从不鼓励孩子享受童年,她自己的母亲十三四岁便结了婚,因此弗丽德也只有四五年了。安娜自己结婚的时候,至少已超过这年龄十五岁;我想,在考布林娶她之前那几年,她一定忧伤得可怕。因此,她这时候就已在为女儿物色对象了,据我推测,我决不是唯一的一个,每个男孩都有可能被选中,而我,就目前来说,只不过是最现成的而已。她要弗丽德去上音乐课、舞蹈课以及演说技能课,还要她和街坊中的上流社会来往,这样就使得安娜和她们属于同一共济会分会完全有理由了;她这人性情太阴郁,老爱待在家里,一定要有重大意义,才肯出去参加义演和义卖。

任何人怠慢了她的孩子,就成了她的仇人,她就会散布种种谣言去损人名誉。"这是钢琴教师亲口告诉我的。每个星期六都出同样的事。她到明妮·卡森家去给她上课时,卡森先生总想把她拖进自己的房间。"无视真假,这很快就成了她的定罪之词。不管对什么人,不管钢琴教师来央求她不要再说,她都照说不误。就因为卡森家没有邀请弗丽德参加生日聚会,他们便结下一个有如科西嘉人那样誓不甘休的仇敌。

如今霍华德离家出走,她认为她所有的敌人,那伙魔鬼的爪牙和代理人,都阴谋参与其事。她躺在床上,一边哭一边对他们大声咒骂:

---

① 奥菲利娅为莎士比亚《哈姆莱特》一剧中的人物,波洛涅斯之女,因哈姆莱特待之冷热不定而发疯,最后投水自杀。

"啊,上帝,宇宙的主啊,求您让他手脚萎缩,脑袋干枯",以及其他夸张的言词,而对她来说,这些只不过是日常用语而已。夏日的阳光透进窗帘和前院那棵梓树树阴,淡淡地洒在她身上,她平躺在那儿,背后摊着湿布、毛巾、手帕什么的,她身躯很长,露出被单的一双脚板黑得像石墨拓片,就像拿破仑进攻西班牙战役中被烧毁的村庄里那些战争受害者的脚。苍蝇成排地停在长长的电灯开关线上。她一边喘息一边用悲痛和恐惧折磨着自己。在以夏娃和哈拿①为首的饱受苦难的母亲队伍中,她有一个在乐园里扛着血肉模糊的头颅直到世界末日的殉教者的决心。由于安娜极有宗教虔诚,对时空也有自己的见解,因此在她看来,天堂和永恒都不太远;她把一切事物都分割开,压扁,使它们叠成一层层,就像斜塔的层次一样,而尼加拉瓜远在有两个地球圆周距离的地方,矮小好斗的桑地诺——他跟她有什么关系,我想像不出——正在杀她的儿子。

当时她家,特别是厨房,脏得实在惊人。不过,尽管她两眼浮肿,充满怒火,行动缓慢,对着电话哇哇直叫,不知在讲些什么,脸仿佛已被那头使她成为艳后般的漂亮头发照亮,可不知怎的她居然仍能完成自己的职责。她准时为男人们开出三顿饭,督促弗丽德练琴和朗诵,考布林没能亲自处理时,她还得核对收来的钱,点数,大小钞分开,把辅币包卷好,以及处理新的订单。

"孩……子……奥吉,有电话,听着!别忘了告诉他们,现在星期六午报另外收费!"一天我试吹了一下霍华德的萨克斯管时,我才知道她能多快地从床上跳起直跑过来。她冲进房间,一把从我手中夺走萨克斯管,大声吼道:"他们已经开始在抢占他的东西了!"她使的劲那么大,把我头上和脖子上的皮都给抓破了。于是我看到一个女婿——只能

---

① 以利加拿的两个妻子之一,久不生育,后每年去示罗祈求耶和华,因心诚生子撒母耳。她将撒母耳送到示罗受宗教训练,成为士师。犹太教法典称她为七位女先知之一。参见《圣经·旧约·撒母耳记上》第1至4章。

算个女婿候选人——和她亲生儿子地位的差别。那天她没有原谅我,虽然她知道她把我抓伤了。不过我想,我内心所受的创伤看来要比皮肉的创伤大得多,可她还认为我没有悔过之意。其实主要的还是我这人不爱记仇,不像西蒙那样有南方的老荣誉观和他当时特有的那种危险的、从容面对决斗似的好汉作风。此外,怎么能对安娜这样了不起的人记仇呢?她甚至在从我手里夺过萨克斯管时,还朝衣柜上的小镜子里搜寻自己的倩影哩。我下到堆着防风窗和工具杂物的地下室里,考虑后决定,眼下还不能回家,那样只会被劳希奶奶送回来,接着我就对抽水马桶何以滴水开始发生兴趣,于是掀下水箱盖,可正当我在下面摆摆弄弄消磨时光时,厨房的地板压得弯了下来,发出嘎吱嘎吱的声音。

  这大概是五产在厨房里走动。他是安娜的哥哥,个子十分高大,臂长背驼,脑袋就像长在一段粗大的肉柱子上,他的头发细软,颜色褐绿,眼珠碧绿、晶莹、纯朴、满含讥讽,他的笑容也像爱斯基摩人①那样憨厚纯朴,露出爱斯基摩人那样牙龈很高的牙齿,爱开玩笑,快活乐天,可是并不直率,是个一心想发财的大角斗士。他开一辆送牛奶车,那种司机像舵手似的站着开的电动车,牛奶瓶和木头、铁丝做的箱子摇晃得稀里哗啦直响。他带我在他送货线上跑过几趟,给我五毛钱帮他收空瓶子。一次,我想搬一整箱,他摸摸我身上的肌肉、肋骨、大腿和胳臂——他喜欢这样——接着说:"还不行,你还得再等些时候,"他自己拖下那箱牛奶,砰的一下把它放在冰箱旁边。他送牛奶的地方是弥漫着猪油味的平静的波兰人小食品杂货店,在这些店里他很自在,跟老板们头顶头地假打取闹,或者用意大利话咒骂意大利人,说声"屌!",并在那结实的膀子上指出一段,对他们表示长度。他自己得意非凡。据他妹妹说,他是很精明的。就在不那么久以前,他还在那场帝国间的毁灭

---

 ① 分布于西半球北极与亚北极地区的土著民族。近海的主要从事捕猎海兽、鱼类,内陆的主要以狩猎为生。

性战争中担任个小角色,把一车车的俄军和德军尸体运到波兰农场上去埋掉,而现在,他在银行里有存款,在牛奶场里有股份,还在犹太剧院里学到剧中一个神气活现、人人憎恶的肥胖求婚者的一句口头禅:"五宗产业,好多钱。"

星期六早上,当卖气球的小贩在蓝天之下、枝叶葱郁的恬静街头吹着笛子时,他穿一套白衣服下楼来吃早餐,仔细地剔着牙,硬草帽下像塞西亚人那样的头发梳得很平伏。然而他还是没法去掉身上平日的那股牛奶味儿。不过这天早上他精神抖擞,兴高采烈,牙齿、牙床和面颊构成了一团龇牙咧嘴的笑容。他捏了眼泛铜色、含着泪水、闷闷不乐的妹妹一把。

"小安娜。"

"去,早餐准备好了。"

"五宗产业,好多钱。"

一丝微笑在她脸上掠过,她心情沉重,原想忍住,可是她爱她哥哥。

"安娜小乖乖。"

"去!我的孩子没了。这世界也完了。"

"五宗产业。"

"别装傻了。你自己以后也会有孩子的,到那时你就知道伤心的滋味了。"

五产对于人不在了或者死了毫不在意,而且还公开这么说。去他们的。当那些尸体在他的运货马车上颠簸着穿过枪林弹雨时,他头上戴的脚上穿的就是他们的帽子和靴子。在他有话要说时,那口气通常总像斯巴达人或总督,迅速而有力。"闻不了火药味,就别去打仗。""要是奶奶有轮子,她就是一辆手推车。""跟狗睡,醒来身上就会有跳蚤。""别在你吃的地方撒尿。"所有这些话中,都有一个简单的寓意,就是说"别怨天尤人,只能怪自己",或者像法国人说的那样——因为我曾在那世界之都待过一阵子——"你还是怨自己吧,乔治·当丹。"①

五产对外甥从军的看法如何,由此可见。不过对自己的妹妹,他还是留有余地。

"你还想怎样?他上星期才给你来过信。"

"那是上星期!"安娜说,"谁知道这会儿怎么样了?"

"这会儿他搞到个印第安小姐,正搂着她,在呵她痒哩!"

"我的儿子才不会哩,"她说着,把眼睛转向厨房里的镜子。

事实上,那两个小伙子真的都搞了一个女孩同居。乔·金斯曼给他爹寄来了一张照片,照片上是两个头发垂直、穿着短裙、手拉手的当地少女,没有说明。金斯曼给考布林看了照片,两个做父亲的都没有怎么不高兴,至少他们认为不宜向对方露出不快的神色。不过表亲安娜没有听到这张照片的事。

考布林对自己的儿子自然也担心,可是他不像安娜那样把怒气都对着金斯曼。他在办公室里和金斯曼保持着必要的联系,这当然是因为那位殡仪馆老板进不了他的家门。反正一般来说,考布林的主要活动路线是在外面,他整天来来去去,生活步调稳定而有秩序。与安娜和她哥哥相比,他的个子显得小一点,而实际上他是颇为魁梧健壮的;他的头光光的,头发已秃得一扫而光,脸膛很大,既圆又扁,眼泡皮肿胀,眨眼睛的习惯几近滑稽的地步。如果你认为他这种习惯通常是为人温顺的表现——那就算了吧,有些特征和习惯已经发展到欺骗人类的经验了。他并没有被安娜、五产或这个家里的其他人所压倒。他在某种意义上说是条堂堂的汉子,他有自己的主张,并以那种打起架来颇为凶狠的人的决心,使自己做事不容人干涉的权利得到了确认。安娜也屈服了。因此,他的衬衣一定得放在衣柜里的抽屉里,衣领里插好鲸骨片,他早上送完报回来吃的第二顿早餐,必得有玉米片和煮鸡蛋。

---

① 原文为法文。莫里哀喜剧中屡遭不幸的主人公当丹的一句口头禅。

每餐吃的饭菜怪得惊人,而且其量特多——安娜很相信吃。有几大碗不放盐、椒、奶油和任何味汁的通心粉,炖牛脑、炖牛肺、牛蹄上还留着少许毛的牛蹄冻、切开的煮蛋、冷腌鱼、塞了面包屑的牛肚、罐头玉米杂烩羹,还有几大瓶橘子汽水。这一切对五产很合适,他用手指把牛油抹在面包上。考布林吃相比较斯文,但对五产的样子也没什么意见,他好像认为这很自然。不过我知道,他到闹市区去参加送报人会议时,吃的就不一样了。

首先,他脱掉像米勒①的名画《播种者》似的每天背着一大袋报纸去发送时穿的格子旧外套,换上一套新衣服。头上戴顶帽檐可推上拉下的侦探戴的呢帽,脚穿大头皮鞋,带着账单和一份《论坛报》,为了看报上的连环漫画、球赛结果、股市行情——当时他在炒股票——以及黑社会火并新闻,以便及时了解有关在西赛罗的科洛西莫②和卡彭③以及在北区的奥巴尼恩帮④的最新发展情况。奥巴尼恩大约就是在那个时候在自己的花坛间被打死的,凶手还用握枪的那只手跟他亲切地握过手哩。考布林上了阿什兰车。他先去一家好饭店吃午饭,或者上莱克的饭店吃肉烧豆和黑面包。然后去开会,听发行经理做报告。会后在闹市区南端的餐室里吃肉馅饼、喝咖啡,接着上秣市⑤或丽尔都⑥看滑稽表演,或者去一个比较便宜的地方,那种有乡下姑娘和黑人女孩扭摆屁股、用意单一而娱乐无多的低级趣味场所。

至于,对丈夫在闹市区的所作所为,安娜有什么想法,那就不得而

---

① 米勒(1814—1875):法国著名画家,以画农民题材著称。
② 科洛西莫(1877—1920):别号大吉姆,美国著名歹徒,1902—1920年为芝加哥犯罪集团头子,后被卡彭暗杀。
③ 卡彭(1899—1947):绰号疤癞脸,美国著名歹徒,1925—1931年为芝加哥犯罪集团头子。
④ 奥巴尼恩(1892—1924):美国私酒犯,芝加哥一犯罪集团的头子,后被卡彭的爪牙暗杀。
⑤⑥ 均为芝加哥的剧院区。

知了。你不妨说她还处于正在进化的沙丘、山野之中，适应不了伯沙撒在即将灭亡的穷凶极恶日子里设宴纵饮的那种奢华场面①。其实，就连考布林也不能真正适应。他是个不太想赶时髦的平实人，一心扑在生意上，决不肯在闹市区多待上一小时，弄得第二天到规定时间四点钟起不了床。他炒股票，可那是做买卖。他玩扑克，但输钱决不超过口袋里带的沉甸甸的零钱。他没有不能自拔的不良嗜好，不像有的人那样开始只是小玩玩，后来就一直陷身其中——像多疑的法官们看到那些原来颇有名声的人在乌七八糟的场所出入时得意地指出的那样。一般来说，他对我还是不错的，尽管他也有不高兴的时候，那时他便会找我麻烦，要我加快把星期增刊夹进报纸里。这通常都是安娜的关系，这种时候安娜对他的影响最大，在她硝烟弥漫的战壕中，她能使他和她处于作战状态。可是当他独自一人时，就有了完全不同的欢乐心情。举例说吧，有一次，我走进那间舱房似的没有窗户的小浴室，只见他躺在热气腾腾的浴缸里，胯下之物笔挺，在用海绵往身上淋水。当时我想，要去弄清一个海军陆战队员和一个年轻姑娘的父亲，表亲安娜的丈夫，怎么会如此没有体统，这也许是比较麻烦的事——现在我知道，实际上比这要麻烦得多。不过我从来没有把这件事看得有多严重；我一直认为，表亲海曼基本上是个待人仁慈、体贴，对我很慷慨的人，怎么也不觉得他是个荒淫放荡之徒。

事实上他们全都很慷慨。表亲安娜是个节俭的女人，她整天叫穷，在自己身上从不多花钱，可是给我买了一双冬天穿的长筒靴，还有一把大折刀。五产爱带吃食回来，成箱成箱的巧克力牛奶，荷叶边大盒子装的糖果、冰砖、夹心奶油蛋糕等等。考布林和他都认为东西多多益善。不论是买条纹绸衬衣、衬衣袖子扣带、织花长袜，在电影院里买纸

---

① 巴比伦摄政伯沙撒晚年荒淫无度，和皇后妃嫔及一干大臣设宴纵饮，并用耶路撒冷神殿中抢来的器皿作酒具，宴会上忽现手指书文于壁上，先知但以理据此预言巴比伦城即将毁灭，当夜，果然伯沙撒被杀，巴比伦城被波斯攻陷。参见《圣经·旧约·但以理书》第5章。

杯冰淇淋，或者带弗丽德和我去划船时在公园里买玉米花生糖时，他们一买通常至少就买一打。五产付的是钞票，海曼·考布林付的是一大堆辅币，照样很得意。家里总能见到很多钱，小茶杯里、大玻璃杯里、罐子里都有，甚至摊在考布林的写字台上。他们似乎认定我决不会拿，也许是因为反正样样东西都那么多，我也就从来没有拿过钱。我这人在这方面是很容易引起兴趣的，只要人家相信我的本事，认为我能领会整个计划方案，就像老奶奶派我去完成任务时那样，我也同样能投入全部身心去干骗人的勾当。所以别认为我不想去干这类事。要是调教得当，可以把我培养成加图①那样的人物，或者是在边地的零度寒风中跋涉四英里，给顾客退还三分钱的少年林肯。我倒不想把自己看成具有这些传奇名人的天赋素质。只是说，要是激发起我的正确感情，那四英里路对我来说也不在话下。这完全要看我被哪一边拉过去了。

每逢我半天休假回家，相比之下总觉得自己家里是那么整洁、亮堂。安娜家，每到星期五下午才拖地板，这时候她从床上下来，赤着双脚，跟着拖把在水里朝前蹚。拖完后，为了吸干水分，铺上干净的报纸，一直要到周末过后才把报纸拿掉。而在我家，你每天都可以闻到清扫后打上蜡的气味，每样东西都放在经过精心计划的地方——饰面板擦得闪闪发亮，小垫巾摊得平平整整，从一角商店买来的雕花玻璃器皿、麋角、时钟，全都适得其所——整齐得如同女修道院的会客室，或者以家庭整洁来表达对上帝爱戴的任何地方；一切东西都放得远离毫无防护的墙上那幅风暴汹涌的海景。西蒙和我睡的那张床铺得鼓鼓的，十分整洁，枕头上铺着绣品；书本（西蒙的英雄丛书）叠成一叠，学校锦旗在墙上钉成一排；老奶奶和妈坐在厨房窗前，在清新的、被墙纸映成褐色的夏日空气中织着毛线。乔治在院子里的向日葵和绿色晒衣绳杆之间，

---

① 此处疑指小加图（公元前95—前46），大加图的曾孙，古罗马政治家，斯多葛派哲学家，支持元老院共和派，反对恺撒，因战败后自杀，以身殉国。西塞罗为他写了颂歌《加图赞》，恺撒则写了《反加图论》。

跟跟跄跄地跟在行动缓慢的温尼后面。那狗一处处嗅着麻雀停落过的地方。

我想,当时我看到家里可以没有西蒙和我,而且我俩不在时家里平静如常,使我心里感到难过。妈一定看出了这点,于是便尽可能地为我忙这忙那;她还特意做了一个蛋糕,我居然有点像个客人了,她摆开了餐桌,果酱碟子也盛得满满的。这表示承认我在挣钱。当我从表袋里掏出折拢的钞票时,我感到非常得意。而当那个老婆子讲的笑话引得我笑得比平时响时,发出的声音犹如百日咳患者的咳嗽声——我还只是刚刚度过童年,虽然我的个子已长得瘦高,我的头已大到不会再大,可我穿的仍是短裤和硬阔领童装。

"喔,他们那边一定教会你很多东西吧,"老奶奶说,"这是你学习文化和文雅的机会。"她的用意是在夸耀她已把我培养成型,不必害怕庸俗的影响。可是她说话中稍含讥讽,以免万一我有了受什么影响的危险。

"安娜还是那么哭哭啼啼么?"

"是的。"

"整天哭个不停。他做点什么?——朝她翻白眼。还有那说话结结巴巴的女儿。一定有意思得很。还有五产,那位美男子,还在想找个美国姑娘结婚吗?"

这就是她那熟练巧妙的损人方式。她用那瘦骨伶仃的蜡黄小手,那在敖德萨真正戴上一位有钱有势人物的结婚戒指的手,猛地拧开水龙头,水便哗啦啦冲了进来,愚蠢笨拙的人便沉下去,金钱、体力、肥肉、丝绸、糖果盒,一切的一切也随之沉下去——只剩下聪明绝顶的人含笑注视涟漪。你也应该像我一样,了解这件事:一九二二年的第一次世界大战停战纪念日①,上午十一点钟,当工厂庄严地鸣起汽笛时,老

---

① 11月11日。

奶奶本该站立静默的，她却走下楼来并在楼梯上扭伤了脚踝；在她愁眉苦脸啐着唾沫时，是五产把她抱起，急忙送进厨房的。可是她对言行失检和错误过失记性特好，就像她两眼之间那条贵族气派的皱纹一样，永远不会磨灭。而且又有不满的天性。

五产极想结婚。他对每个人都提起这件事，自然也去请教过劳希奶奶。她照例脸上不露真情，看上去一副殷勤、关心的模样，而肚子里却在暗自查核，并把她需要的材料记住备用。可是她也看到自己可以从中得到好处，一笔做媒费。她是很留意赚钱机会的。有一次，她曾策划让一些移民从加拿大偷渡入境。我碰巧知道她和克雷道尔商定的有关他太太的侄女的事，由克雷道尔正式出面撮合，老婆子则在五产这边下功夫。这计划结果落了空，开始时五产对此很起劲，把自己打扮得光鲜整洁，脸刮得一直红到眼角，来到约定的会面地点——克雷道尔的地下室。可是那女孩子又瘦又苍白，不中他的意。他心里想的是一个活蹦乱跳、黑头发、阔嘴巴、爱交际的漂亮妞儿。他虽然敬谢不敏，但颇有君子之风，还是请那瘦女孩出去了一两次，送给她一只赛璐珞娃娃和一盒深红扁圆盒装的本特牌糖果。这件事他就这样了结了。老太婆当时说，她以后不管他的事了。不过我相信，她和克雷道尔后来还继续一起张罗了一段时间，克雷道尔并没有死心。每逢周六，他仍到考布林家来，这有双重目的。除婚事外，还为了兜售犹太贺年卡，以收佣金方式为一个印刷商代销。这是他平常的赚钱路子之一，就像他廉价收买整批杂物和拍卖品，或者听到街坊中有人要买成套家具，就带他们上霍尔斯特德街家具店一样。

他狡猾地对五产做工作，我常看到他俩在车房里交谈。克雷道尔撑着那双罗圈脚，他那极欲巴结、谦恭忍辱的腰背显出了应征入伍的历史，那张壮汉的脸胀大高抬到了脑门；他力陈所说的那个女孩的优点：出身良好家庭，由母亲亲手用最纯白的食物喂养成人，已养成好习惯，从不粗鲁顶撞，胸部到时候定会隆起，至今还没有邪念，可说是毫无杂物的最新的清汤——看着五产抱着双臂咧嘴冷笑、面露讥讽在听着的样子,我可以想像出他当时的心思。她真的那么温顺、漂亮、纯洁么?要是结婚后不久她就变得粗俗肥胖呢?她会躺在舒服的床上啃无花果夹心饼干、生活腐化懒惰、用窗帘向油头粉面的小伙子打信号么?或者她父亲是个贪污犯,她兄弟都是流氓赌棍,她母亲是个荡妇或者挥霍犯呢?五产要十分当心,他的姐姐安娜在这方面曾给过他不少警告和告诫。她比他大十岁,完全有资格提醒他美国的危险,特别是那些美国女人对新从欧洲老家来的小伙子的危险。她这样做显得很可笑,然而这种可笑是残忍的,因为那正是她需要减轻悲伤的时候。

"和我这种人比那可就有些不同了,有的人懂得生活嘛。要是她想要一件皮大衣,像她那些阔朋友一样,你就得给她买,哪怕这使你流尽最后一滴血她也不在乎。嘿,一个年轻活泼的漂亮姑娘。"

"我可不要那种女孩子。"五产用坚定的口气说,和安娜说"我的儿子决不会的"时差不多。他粗壮的手指在搓着面包丸子,嘴里抽着雪茄,一对绿眼睛既清醒又冷静。

只穿着条三角裤的考布林——那天下午很热——正忙着在算账,见我停下不看书听两姐弟谈话,朝我眨了眨眼睛,还笑了笑。他从不因我闯入洗澡间侵扰他的隐私而对我耿耿于怀;情况恰恰相反。

至于我在看的书,那是本西蒙的《伊利亚特》。我正看到美丽的布里塞伊斯怎样被人从这个篷帐拖到那个篷帐,阿喀琉斯则搁下长矛,挂起铠甲①。

一贯早起的考布林夫妇吃过晚饭不久便上床,就像庄稼人一样。起得最早的是五产,三点半起床后便叫醒考布林。考布林带我到贝尔蒙特大街一家小饭馆里吃早餐,这是个卡车司机、售票员、邮局职工、闹

---

① 阿喀琉斯为希腊联军中最勇武的英雄,但因奖给他的美丽女俘布里塞伊斯被统帅阿伽门农抢占,愤而拒绝出战,从而使希腊人在特洛伊战争中险遭失败。详见古希腊史诗《伊利亚特》(一译《伊利昂纪》)。

市区的擦地女工等夜里干活的人聚集的地方。考布林喝俾斯麦酒和咖啡，我吃薄煎饼喝牛奶。他在这儿很爱和人交往，和别的老主顾以及希腊人克里斯托弗，还有女招待们聊天。他没有应对敏捷的才能，但对什么都哈哈大笑。到了四五点钟那谋财害命的时刻，连胆子最大的人也变得阴沉、严肃起来时，人变得越来越昏昏欲睡。可是考布林却不是这样。至少在夏天，他爱早上早早离家，面前有杯咖啡，腋下夹着晨报第一版。

然后我们回到发报棚，等着送报车隆隆响着开进小巷，扯下树叶，车尾的门旁立着几个小流氓（在送报车上立足，跟蹲过拘留所或驾过偷来的车兜风一样，是他们提升为正式流氓的一个必要步骤），把一捆捆的《论坛报》或《检查报》踢下车来。过后，报童们纷纷骑着自行车或踩着滑板车到来，到八点钟报纸便全部送到了订户家；考布林和年纪较大的手下专在后门送，因为要把报纸飞投过横梁和晒衣绳落到三楼，得有一手本领。这时候，表亲安娜也已醒来，重又恢复她的各项专门活动——仿佛能源用尽，一夜来这座房子里的这些活动都已处于停顿——眼泪汪汪、喋喋不休、哭哭啼啼，并且频频照镜子。可是，她也把第二顿早餐摆好在桌上，考布林吃了饭后就戴上精致的巴拿马草帽，出门去收报费。他轻轻敲开人家的纱门，两眼飞快地眨动着。因为早上第一个穿过人家院子，他裤子上挂着游丝，他还准备和任何人谈论有关黑社会私酒大王们火并的最新消息，以及股市的最新行情——那时候在英萨尔①的带头下，人人都炒股票。

我和安娜母女都待在家里。往常，在八月份时，安娜总要去威斯康星北部以避花粉过敏，可是这年因为霍华德的出走，小弗丽德就被剥夺了度假之行。安娜常常叹气诉苦说，上等人家的孩子中只有弗丽德一个

---

① 英萨尔（1859—1938）：美国公用事业巨头。联邦爱迪生公司总经理，20世纪20年代时，组织了庞大的中西持股公司。

没有假期。为了对此有所补偿,她就要女儿比平时更加多吃,结果弄得这孩子脸上有了营养过多的面色。她原来有的就是一张布满潮红、过分敏感和粗俗难看的脸。她上厕所时,老是没学会把门关上,而这连乔治都学会了。

看球赛避而不见她那天——就在球员们在结冰球场的白线上撞得砰砰倒下的时候——我并没有忘记以前弗丽德曾许配给我。她这时已是个少女,我敢肯定,那些习惯早已改了过来,她的个子已长得和母亲一般高大,有像她舅舅那样红苹果似的肤色,身穿浣熊皮短大衣,手挥密歇根大学校旗,笑得很起劲。她正在安阿伯[1]攻读营养学。这离每逢星期天考布林给我钱要我带她去看电影的那段日子,大约已经有十年了。

安娜并不反对我们去看电影,不过她自己在宗教节日是决不碰钱的。她所有这类清规戒律都遵守,其中包括根据一本希伯来文小历书上写的,每逢新月时就纱布蒙头,点上蜡烛,轻诵祷文,瞪着两眼,神情坚决,以约拿被迫进可怕的尼尼微城时[2]所怀有的恐惧和勇气,追求宗教的恐怖。她认为我在她家时,她给我讲讲道是她的责任。于是我从她那里听到了有关万物的创造和人的堕落、通天塔的建造、洪水浩劫、天使往见罗得、他妻子之受天罚、她两个女儿淫荡乱伦等[3]奇怪的故事。她是用希伯来语、意第绪语和英语混杂着讲的,凭她的记忆和幻想,讲得既具虔诚又有义愤,有小花的委婉,也有怒火的激烈。像以撒和利百加在亚比米勒的花园中交欢以及底拿被示剑奸污的故事[4]都没有多少删略。

---

[1] 密歇根州东南部城市,密歇根大学所在地。
[2] 据《圣经》记载,神要约拿去尼尼微城传达神谕,约拿避而搭船逃往他施(《旧约》中对希腊的称呼)。神掀起狂风大浪,船将沉,约拿要同船人将他抛入海中,以平风浪。他被抛进海里后被神安排的大鱼吞进腹中三天三夜,吐出后被迫前往尼尼微城。详见《圣经·旧约·约拿书》第1至第3章。
[3] 详见《圣经·旧约·创世记》第1至第19章。
[4] 详见《圣经·旧约·创世记》第26章和第34章。

"他对她施暴。"她说。

"怎样施暴?"

"就是施暴嘛!"

她认为不需要多讲,而她是对的。我不得不钦服她洞识听者的高明。在这类事情上不想有任何轻浮戏谑之言。她用她发自肺腑之言,指点我倾心于伟大永恒的事物。

第 三 章

就连在那时候,我也没有想到自己会做考布林家的女婿。当安娜从我手中把霍华德的萨克斯管夺过去时,我心里想:"你尽管拿走好了,我要它干什么!我会干得比这更好。"我的脑子里已经为自己酝酿着一个够好的命运。

对于我的命运,老奶奶有自己的主张,她据此为我继续寻找各种各样的工作。

所说的"各种各样工作",是我的罗塞塔石①,可说是构成我整个一生的基础。

她为我们挑选的那些早期工作,一般都不太粗重。要是很辛苦,那只是暂时的,为的是通过这得到一个更好的工作。她不打算让我们成为普通的劳动者。不,我们穿的应该是套装而不是工装裤。她要使我们踏上绅士之途,不顾我们生来就没有这种造化,不像她自己的儿子那样有德国保姆和家庭教师,还有中学制服。虽然他们后来只成了小镇上的商人,没能有更好的职业,那可不能怪她,因为培养时还是为了使他们在世上能有大作为的。她并没有责怪他们,他们对她也堪称尊敬。他们俩身材都很高大,大衣都扣上腰带,脚上有鞋罩。斯蒂伐开一辆史蒂倍克,亚历山大开的是斯坦利蒸汽汽车。两个人都沉默寡言,一脸厌烦神色。跟他们说俄语,他们用英语回答,对于母亲的苦心栽培,显然并不

---

① 1799年在埃及罗塞塔地方发现的碑石,用象形文字、古埃及俗语和古希腊语三种文字雕刻而成,由此得到解释古埃及象形文字的初步依据。

十分感激。可能,她对西蒙和我这般严格管教,就是要给他们看看,像我们条件如此之差的人,她都可以栽培成材。也许,她对我们兄弟俩不厌其烦地晓以爱心,就因为她自己两个儿子的缘故。尽管当他们出于礼俗俯身吻她时,她仍以一个迅速的动作把他们的头搂住。

不管怎么说,她把我们管得严严的。我们必须用盐刷牙,用橄榄油香皂洗头发,要把成绩报告单带回家,不许穿汗衫睡觉;一定得穿睡衣。要不是我们大家都能成为贵族,丹东① 何必丢掉他的脑袋,又怎么会产生一个拿破仑?这种人人皆能成为贵族的观念,到处都在教导,使得西蒙也因此有了重荣誉的气概,易洛魁人② 精神,鹰似的神采,连细枝也不会踩响的轻捷脚步,骑士巴亚尔③ 的优美仪态,有辛辛纳图斯④ 扶犁的手,有后来成为企业大王的拿骚街上卖火柴孩子的勤奋。在一个红彤彤的秋天早晨,我们穿着黑色羊皮外套、歪歪扭扭的黑袜子、表面剥落的皮鞋、戴着连指手套和西部长手套,排队站在学校操场上,鼓号队吹打得震天响,尖叫着的阵阵寒风刮得野草、树叶和晨雾团团转,旗被拉扯得硬邦邦的,钢旗杆上绳扣当咣当咣直响。这时候,没有天赋的独特眼光,也许你是看不出我们当中的大多数人有什么特别气质的。可是西蒙一定非常突出。他站在学校警卫队的最前面,头戴毛哔叽帽,身佩头天晚上浆烫过的亚麻布武装带,一头金发衬托出一张英俊的旁若无人的脸,连他额上的一个小伤疤也显得端庄威严。校舍的窗子里贴着感恩节剪纸画,黑色和橙色的清教徒移民、火鸡、一串串的蔓越橘,擦得光亮的玻璃窗映出蓝红两色的寒天、室内的电灯和黑板。一幢红色和浅

---

① 丹东(1759—1794),法国大革命时期政治家,1794 年 4 月 5 日被处死。
② 北美印第安人,重荣誉,地位完全视获得的荣誉而定;英勇善战,能神不知鬼不觉地活动在深山老林中。
③ 巴亚尔(约 1473—1524),法国军人,1494 年随法国国王查理八世进入意大利,在福尔诺沃战役后封为骑士,是个身经百战的英雄。
④ 辛辛纳图斯(公元前 519?—前 439?),罗马政治家。据传说,他在接到推为独裁官的任命时,还在自己的小农庄上扶犁耕作。

黑色的房子。一座修道院，一座福尔河或萨斯奎哈纳河畔的磨坊，一座县监狱——它全都有点像。

西蒙在学校里成绩优异。他是忠心同盟会的会长，毛线衫上佩着盾形会徽，他也是在毕业典礼上致词的毕业生代表。我不像他那么专心致志，很容易分心，只要有人想出什么有趣的玩意儿，我就会逃课，到小胡同里去捡破烂，到船坞去闲荡，到礁湖桥下去爬桥架。这一切，都在我的学业成绩上显示出来了。我一把成绩单带回家，就会挨老太太的骂，说我是"猫脑袋"，用法语骂我"坏孩子"，还恫吓说，我十四岁就得去做工。"我会从教育委员会替你弄张证明，你可以像个波兰佬那样，到牲畜围场里去干活。"她常说。

别的时候，她和我说话的口气就不同了。"你不是没有脑子，你的聪明比得上任何人。要是克雷道尔的儿子都能做牙医，你就可以成为伊利诺斯州州长。只是你太容易动心了。只要答应给你讲个笑话，让你笑一笑，给你一颗糖或一个卷筒冰淇淋，你就会扔下一切跑掉。简单一句话，你是个傻瓜。"她说着，一面双手抓住毛织蛛网形披肩往下拉了拉，就像男人翻起上衣领子那样。"如果你以为只要靠笑上几笑和吃吃桃子馅饼就能混下去，那你可不知道以后会有什么日子过哩！"是考布林使我喜欢上馅饼的；老奶奶对馅饼看不上眼。"那是纸和浆糊，"她充满仇恨和那耶和华排斥外来影响般的妒忌说，"他还教了你什么？"她咄咄逼人地问道。

"没教我什么。"

"没教你倒好！"她会让我站在那儿，忍受沉默的惩罚，作为她对我和我干的傻事的批评。那时候，我还穿着短裤，个子显得特别高大，腿很长，头很大，头上黑发浓密，下巴仿佛裂成两半，由此常被人取笑。我连我健康的肤色也白白地糟蹋了，因为她常说，"瞧，瞧，瞧他的脸！瞧那模样！"她一面咧嘴而笑，一面又得用齿龈咬住烟嘴，她的香烟中缓缓冒出缕缕青烟。

有一次，街上正在铺沥青，我从热气腾腾的熬沥青锅里拿了一块咬了咬，结果被她当场抓住，跟我在一起的是我的朋友吉米·克莱恩，他家劳希奶奶是怎么也看不上眼的。这件事，使她对我留下了极坏的印象，其持续的时间，比什么都长久。这类情况越来越多，我干的坏事也越来越要不得。由于一次次受到处罚，我心里感到很难受，便向妈妈请教，怎样才能得到宽恕，同时还托她代我向老太太说情，得到宽恕后，我便会流下眼泪；可是后来，通过与世人所干的坏事比较，使我感到我的那些坏事实在应该得到更多的宽容，于是便对受罚产生了一种对抗情绪。这并不是说，我已不再把老奶奶和那些最高贵、最美好的事物联系在一起，如她自己所说的欧洲的宫廷、维也纳会议、她家的豪华，以及从她言行中流露出的渊博知识和文化教养——她会让人想起极其重要的含义，如德国国王的威严容貌、报刊插图上蔚为壮观的各国首都，以及最深邃的思想的阴沉等等。我并不在乎她的唠叨挑剔，可我不想在十四岁时便带着证明到肉类加工厂去做工。因此，偶尔有一阵子，我曾发奋用功读书，认真做作业，老师提问时，我几乎爬出位子，使劲挥动举起的手，抢着回答问题。这时候，老奶奶就会发誓说，我不仅可以读中学，而且只要她还健在，够精神，我还能上大学。"精诚所至，金石为开"，她讲起她的表妹达霞，在开夜车准备医科考试时，为了保持清醒，竟在地板上打滚。

西蒙学校毕业并在毕业典礼上代表毕业生致词时，我也跳了一级。校长还在演说里提到了我们——马奇家两兄弟。那次毕业典礼，我们全家都去参加了。妈带乔治坐在后面，以防他闹起来，今天她可不想让他一个人留在家里，她俩坐在最后一排，也就是楼上的楼板和楼下的地板最接近的地方。我得意洋洋地和老奶奶坐在前面，她身穿黑色绸衫，戴着多股的金项链，链下垂着一个鸡心金盒，盒上还有她一个孩子长牙时咬的牙印；她鼻子尖尖的一副傲气，默然地强压着激动的心情，帽上的两枝羽毛垂向两个方向，和别的移民亲戚相比，她确实显得气度不凡。

就是她一直想使我们明白：如果我们照她的话去做，就会有很多像这样博得公众尊敬的收获。

"我要看到明年你也能站在台上致词。"她对我说。

可是，她的打算落空了。尽管我曾发奋用功跳了一级，可是已经太晚了；我过去的成绩不行，而且，我也没有从这次成功中获得持久的鼓励。我生来就不是这种料。

而且，就连西蒙他也没能再接再厉。虽然他读书依然比我用心，可是打从那年夏天到本顿港去当侍者之后，回来人就变了，不仅志向和以前有所不同，连对于品行也有了新的看法。他的改变有一个标记，我觉得很重要。他在秋天回来时，人长得更壮实，毛发也更金黄，然而有颗门牙折断了，变成尖尖的，在那一口完整、雪白的牙齿之间，显得有点变色，虽然依旧笑声爽朗，可是整张脸就因而变得不同了。他不肯说这是怎么搞的。是跟人打架被人打断的么？

"是跟一尊塑像接了吻，"他对我说，"不，是我掷骰子时，咬着一枚角子咬断的。"六个月前，这样的回答是不可想像的。此外，有些钱的去向他也没能说清，以便让老奶奶满意。

"别对我说你一共才分到三十块钱小费！我知道，雷曼是个一流的休养胜地，客人有远从克利夫兰和圣路易斯去的，你去了一夏天，当然自己要花掉一点，可是——"

"嗯，我的确花了约莫十五块钱。"

"西蒙，你是一向很诚实的。奥吉现在把挣的每分钱都带回家来。"

"我不是吗？我也还是一样！"他说道，自尊心越来越强，摆出一副神气十足、不屑撒谎的样子，"我带回来我十二个星期的工资，另外还有三十块钱。"

她没有作声，金边眼镜的后面射出两道炯炯的目光，露出一种不要以为她头发花白、面多皱纹便可欺骗的神色，双颊迅速一吸，不再谈论此事。她表示，到时候，她会给他来个不客气。不过，我第一次从西蒙那里了解到，他认为这事不必担心。他并不是准备开始公开反抗。可是他有他的一些主意。后来，我们俩便互相谈论不能在女人面前讲的事了。

　　起初，我们常在同一个地方干活。有时考布林人手不够，我们俩都到他那儿帮忙，或者在伍尔沃思百货商场的地下室，把陶器从大木桶里搬出，木桶大得惊人，简直可以在里面行走；我们还得扒出里面发霉的稻草，扔进炉子。有时候则把纸张装进老大的打包机打包。地下室里堆有变质的食品、芥末罐头、放得太久的糖果，还有草制品和纸张，它们都发出一股难闻的气味。吃午饭我们才到上面来。西蒙不肯从家里带三明治来吃；他说我们是在干活，需要吃热餐。我们花两毛五分钱买两个热狗、一杯沙士汽水，还有馅饼；小红肠夹在松软的面包卷里，撒滴着使地下室空气变坏的同一种芥末。不过要紧的是，要装成一个雇员的样子，以雇员的身份和那些女孩子搭讪，身穿工作服，在那罐头般拥挤、吱嘎作响、热闹嘈杂、出售五金制品、玻璃器皿、巧克力、鸡饲料、珠宝首饰、呢绒绸缎、防水油布，还有流行歌曲唱片之类的杂货商场里干事——这是桩了不起的事；而且，他们还是那儿的阿特拉斯[①]，在下面，可以听到头上的地板在千百人的踩踏下呻吟，隔壁就是电影院通风机房。从上面，还传来芝加哥大道驶过的电车的隆隆声——风刮起的尘土使蒙血的星期六变得阴沉沉，一幢幢五层楼房黑魆魆的轮廓，从各家店铺圣诞的辉煌灯火一直升向什么也看不清的北区的朦胧中。

　　不久以后，西蒙便在联邦新闻公司找到更好的工作。这家公司特许在火车站摆设货摊，以及在火车上出售糖果报纸。家里得先付制服押金。他开始半夜三更回家，在闹市区和火车上工作，穿着合身的新制服，十分神气，像个军校学员。星期天早上，他很晚才起床，穿着浴袍出来，派头十足地坐下来吃早餐，现在他挣钱多了，开始大胆放肆起

[①] 希腊神话中受罚以双肩掮天的巨神。

来。他对妈和乔治火气比以前大了，有时候跟我也很难相处。

"在我没看以前，别去碰《论坛报》。他妈的，昨晚上我刚带回来，今天早上还没看，就扯得稀烂了！"

不过，他也瞒着老奶奶给妈一点挣来的钱，让她自己花，还使我有零用钱，就连乔治也有了买小糖人的钱。西蒙对钱一向不小气。他有爱送东西给人的东方人的脾气；一没钱，他心里就不踏实；他宁愿不付账白吃一顿溜之大吉，决不肯不留下像样的小费就离开快餐车。有一次在咖啡馆，他留下了两毛小费，我觉得太多，拿回一毛，气得他朝我头上揍了一拳。

"别再让我看到你干这种小气鬼干的事了，"他对我说。我怕他，没敢回嘴。

在那些星期天早上，从厨房里可以看到，他的制服小心地挂在卧室里的床脚上，窗子上热气凝成的无数水珠往下流着。西蒙觉得自己的地位已经足够巩固，俨然准备把这个家的控制权抓到自己手中，因为他有时跟我说起老奶奶时，把她当成一个外人。"她跟咱们其实没有任何关系，这你也知道，奥吉，是不是？"

她需要担心的倒不是反抗，而是摒弃，是当他把报纸摊满一桌，手撑前额，颜色渐深的金发往下垂着，自顾自看报时对她不加理睬。他还没有废黜她的任何计划，也没有干预她对我们其余人的控制，尤其是仍像以前那样听从使唤的妈。她的眼睛已越来越不行，去年配的眼镜已经不够深。我们又到免费诊疗所去配了一副新的，再次通过了盘问的关。这次，这个关过得很险；他们在记录上有西蒙的年龄，询问他是否不在工作。我想我已经不再需要老奶奶的排练，自己就能胡诌出答复；就连妈也不像平常那样乖乖地默不作声，而是提高她那清晰得出奇的嗓音，说道："我的两个儿子都还在上学，放学后，我又需要他们帮助我做事。"

后来，我们差一点又被编制预算的职员识破，吓得要命，幸亏靠了那天人多，总算领到准配单，去了眼镜部。看来，我们没有老奶奶的调教还是不行。

现在，西蒙带回来的消息成了家里最感兴趣的事。他的工作岗位从火车上调到拉萨尔街车站的货摊，后来又调到出售书籍和小说的中心货摊，那儿是旅客必经之地，生意最忙，也最重要。他在那儿能见到身穿毛皮大衣、羊驼呢衣服或头戴宽边高顶帽的社会名流，在他们所带的随身行李之间走来走去，通常都比报道中描述的更加神气或者更加忧郁，更加和蔼或者有更多的皱纹。他们从加利福尼亚州或俄勒冈州搭乘波特兰玫瑰号，冒着从拉萨尔街高楼大厦顶端那不近人情的高处旋转而下的雪花，使劲地沿着火车的高速线路抵达这儿。他们乘二十世纪号列车前往纽约。在他们乘坐的小客厅似的包房里，装点着鲜花，陈设擦得发出暗光，地毯、窗帘、沙发垫套等一律深绿色；他们在银水盆里洗手，用瓷杯呷咖啡，抽的是雪茄。

西蒙对我们报告说："今天我看到约翰·吉尔伯特[①]，戴着一顶大号的丝绒帽，"或者是"参议员博拉[②]今天买《每日新闻》时，把一毛钱找头留给我了"，或者是"如果你看到洛克菲勒[③]，你定会相信，他真像人们说的那样，有个橡皮肚子"。

当他在饭桌上讲着这些事的时候，他心中燃起了一线希望，既然他已接触到这些名流，说不定有一天他也会出名，会进入名流的圈子；也许他会被某位大人物看中；可能英萨尔会注意到他，给他名片，要他第二天早上去他办公室见他。我感觉到，过不多久，老奶奶就在暗自责怪西蒙不肯上进了。说不定是他对出人头地关心不够，或许是他的态度方法不对，也有可能是举止冒失莽撞。因为老奶奶相信，一个突然的机遇

[①] 约翰·吉尔伯特（1897—1936），美国著名电影演员。
[②] 博拉（1865—1940），美国共和党参议员，为美国历史上任期最长的参议员之一。
[③] 洛克菲勒（1839—1937），美国著名实业家，美孚石油公司创办人。

或者灵机一动会使你受到大人物的注意。她收集了不少有关这方面的故事。每当她读到朱利叶斯·罗森沃德①又要给学校捐款时，她便打算写信给他。她说，他总是把钱捐给黑人，从不给犹太人，这实在把她给气坏了，她大声叫骂道："那个德国鬼子！"她这一喊，那只老迈的白狗便站立起来，竭力想快跑到她跟前。

"那个德国佬！"

其实，她还是钦佩朱利叶斯·罗森沃德的；他属于和她地位相等的那一阶层的内圈；他们对事物的理解和我们不同，他们坐拥一切，操纵一切。

当时，西蒙正竭力为我在拉萨尔街车站找份星期六的工作，好把我救出那家百货商场的地下室。至于他原来的位置，已由吉米·克莱恩顶补。非但老奶奶，就连妈也催他快想办法。

"西蒙，你得把奥吉也弄进去。"

"是啊，我每次见到鲍格都央求他了。唉，可是你们知道，那儿人人都有亲戚的呀！"

"怎么样，他肯不肯收礼？"老奶奶说，"相信我的话，他正等着你去孝敬呢。请他来吃饭，我教你怎么做。在餐巾里裹进两三块钱。"

她要教我们怎样处世哩。当然，除了尼禄②那种在餐桌上用毒羽拂对头或眼中钉咽喉的行径之外，什么手段都可以。西蒙说，他不能请鲍格来吃饭，他只是个临时雇员，跟鲍格还不熟，而且他也不想做得像个马屁精，被人瞧不起。

"得啦，我亲爱的波托茨基伯爵③，"老奶奶说着，眼睛一眯，露出

---

① 朱利叶斯·罗森沃德（1862—1932），美国商人和慈善家，以资助黑人教育著称。由他建立的罗森沃德基金会，拨款为南方十五个州建立了五千余所学校，还为芝加哥大学等校提供了巨额捐款。
② 尼禄（37—68），罗马暴君，在位期间为54—68年。
③ 波兰历史上著名政治家，被视为开明贵族。

冷漠的神色，西蒙则已不耐烦得直喘气，"所以你宁愿让你弟弟留在伍尔沃思百货商场，让他和克莱恩家那傻小子一起在地下室里干活了！"

几个月之后，西蒙终于把我弄到了闹市区，证明老奶奶对他的控制权尚未告终。

一天早上，他带我去见鲍格。"现在要记住，"在电车上时，他警告我说，"别搞鬼。你这是将要给一个老狐狸爷爷做事。他可不容你玩半点儿花样的。干这工作，你要经手好多钱，这事会一直让你够呛的。一天工作下来，如果发现钱有短缺，鲍格就会从你那小小的工资袋里取出补上。你是试用。我见过有些笨蛋就气得走掉了。"

那天早上他对我特别严厉。当时天气十分寒冷，地面冻得硬邦邦的，野草在严霜中东倒西歪地立着，河流冒着水汽，火车的汽笛把蒸汽喷向威斯康星似的广阔蓝天。草编座位上的铜扶手已被手磨得雪亮，硬硬的草垫颜色金黄，连橄榄色和褐色外套的褶痕也映出金色。西蒙粗腕上的黄毛更亮，他脸上的汗毛也是如此。现在他脸刮得比以前勤了。他还有了压低呼吸、向街上大声清嗓子的新的粗鲁动作。他的一切都有了变化，而且还在变化之中，但仍没失去那股子能支配我的魁梧壮健、独立不羁的帅气。虽然我的个子已长得和他差不多高大，我还是怕他。除了脸以外，我们俩的骨架不相上下。

我在火车站的工作注定干不好。也许是西蒙的那些警告害了我，我第一天去干活就被扣了工资，惹得西蒙老大的不高兴。我实在不行，每天几乎都要少块把钱，甚至做到第三个星期还是如此。由于每天准许我用的钱只比车费多两角五分——车费是四角——所以根本就无法掩盖住账目上的短缺。于是一天晚上，在搭车回家的路上，西蒙绷着脸，简单地告诉我说，鲍格已把我辞退了。

"人家少给我钱，我又没法追上去要，"我不断为自己辩护说，"他们扔下钱拿了报纸就走。我总不能离开摊位去追他们呀。"

他终于冷冷地给了我回答，充满怒火的两眼冷漠地朝寂然不动的冬日里黑溜溜的铁桥钢缆瞥了一眼,桥下河水中缓缓浮动着的乱七八糟的东西连同垃圾往回倒流着。"你呀,你不会从给别人的找头里扣回那笔钱!"

"什么?"

"还用我再说么,你这笨蛋!"

"你干吗不早告诉我?"我提高嗓门反问道。

"告诉你?"说着他气得把我推开,"要我告诉你别忘了扣上裤子纽扣么?仿佛你也像乔治一样没有脑子!"

他听任那位老太太对我大吼大叫,一句话也不给我辩护。在这以前,凡遇要紧事,他总是出来为我说话的。现在,他一直站在厨房里灯光暗处,一只拳头抵在臀部,上衣搭在肩上,不时去掀一掀正在热着晚餐的炉子盖,捅一捅煤。他对我这样无情无义,我感到很难过,不过我也知道,是我让他在鲍格面前栽了跟头。他曾经对他夸口说,自己的弟弟如何如何精明能干,结果却是一个十足的笨蛋。可是他派给我的是柱脚边的一个小摊位,那里几乎只有几个零星的顾客,加上鲍格发给我的制服只有一件上装,而且没有衬里,袖口破烂,穗带也已脱落。我独自一人站在那儿,即使有名流大亨过来,也没人给我指点。我只好靠胡思乱想打发时间,等待着午饭时间和下午三点休息时间到来,这时我就去西蒙的中心摊位,爱在那儿看他做生意——那儿生意兴隆值得一看——钱财滚滚而来,黑压压的来往旅客人流都知道,他们自己要的是什么口香糖、水果、香烟,还有那厚厚的一叠叠堆得像堡垒似的报纸和杂志,他这像盏中央大吊灯似的中心摊位,占了那么大的面积和空间,显得多有气派。我想,要是当初鲍格让我在这儿开始,而不是把我派到那只听见回声连火车都见不到的冷僻角落里去,我的情况就会好一些。

因此,我就有了被炒鱿鱼的耻辱,还在厨房里挨了一顿严厉的训斥,那位老太太好像就在等着这事发生似的,仿佛早就准备告诉我,我生来不幸,是个被遗弃的家庭的孩子,没有父亲管教便会出乱子,而家里只有两个手无缚鸡之力的女人，根本无法保护我们，使我们免受冻饿、苦难，不致犯罪，以及不惹世人之怒，因此我是犯不起错误的。也许，要是像妈曾经想过的那样，把我们送进孤儿院，情况反而会好些。对我来说，至少在吃苦耐劳方面会好些，因为我有好逸恶劳的性格。她说着这些令人难受的话时，那数落人的手指对着我直摇动，在这之前，她只是痛心地喃喃自语的；而随同那些话一起而来的是一连串闪电般的预言，这些预言是她平日里坐在那不大生火的火炉边，一点一滴地在脑子里积聚起来的。

"到我死了，躺在坟墓里的时候，奥吉，你都别忘了我这话！"

她那只渐渐垂下的手落在了我的手臂上；这动作纯属偶然，可令我大为惊骇，我大叫起来，仿佛这轻轻的一拍使我的灵魂受到十倍的重击。也许我是为我的性格而叫，使我意识到它的最坏之处，觉得自己这辈子直到老死，也没有希望变得好一点了；没有力量使我摆脱它，清除它，把我从中拯救出来。她已对我作出直到她身后再也不能撤消的判决。

"到我死了，奥吉，你都别忘了我这话！"

可是，口口声声讲到自己的死，她自己也受不了。在这之前，她从来没有对我们提到过她的死，所以这可说是她的一时疏忽。就连在这种时候，她还是像个法老①或恺撒②，大有一变成神之势——只不过不会有金字塔或纪念碑使她永垂不朽，因此比起他们来，她要差多了。不过，她张大着没有牙齿只有牙床的嘴，痛心地、可怕地喊出对我的判决时，使我大为震动，她有本领使这样的恫吓比普通人讲出来有力得多，只是，她也得为此付出使自己也感到的恐惧作为代价。

现在她又讲回到了我们没有父亲这点上。在这种时候讲这个实在

---

① 古埃及王称号。
② 此处为罗马皇帝之尊号。

糟糕,使我又连累了妈。西蒙一直站在煤烟熏黑的镀镍炉子旁,闷声不响,一味用火钳玩弄着炉盖杆上的钢圈。妈坐在另一个角落里,神情凝重,心有内疚,她被我们那爸轻易地弄到了手。老太太那天晚上想要把我烧成灰,人人都免不了要被灼伤。

我不能再回伍尔沃思百货商场去干老行当了。于是便和吉米·克莱恩一起找工作,虽然老奶奶警告过我不要和他来往。他非常爱交朋友,干劲十足,个子瘦小,黑脸、小眼睛,一副机灵相,大体上愿意做一个老实人,但不大受良心束缚——这点被老太太说中了。他不能到我家来;老太太说,她决不纵容我结交坏伙伴。可是克莱恩家欢迎我去,就连乔治也受欢迎。每逢下午,我不得不带他出去时,我可以把他留在他们那里,让他和他家养的小鸡玩,或者让他在房屋之间的通道里悄悄地玩泥土,克莱恩太太可以从地下室的厨房里看住他。她坐在离炉灶近便的桌子旁,又剥、又削、又切的,把肉切成一块块煨炖,或者做成肉丸子。

这位太太体重两百多磅,两腿长短不一,不能久站。她整天无忧无虑,长得五官端正,两道眉毛皱在一起,鼻子短而弯曲,头发用从阿尔土纳邮购来的药水染得乌黑;她是用放在洗澡间窗台上一个玻璃杯里的旧牙刷染的。这使得她的辫子有着一种特别的印第安人的光泽。辫子沿两颊往下挂着,一直拖到层层多样的下巴上。她的黑眼睛长得虽小,但慈祥到糊涂的程度;她像个教皇似的,乐于对人迁就和宽容。吉米有四个兄弟和三个姐妹,有的干些很神秘的事,可是都和蔼热情,连已婚的女儿和已届中年的儿子都如此;克莱恩太太有两个子女离了婚,一个女儿守寡,因此她的厨房里总有孙辈孩子在,有些从学校来吃中饭,放学后来喝杯可可,还有一些在地板上爬,或者躺在那几辆老爷汽车上。在那些繁荣的日子,人人都挣钱,可是也都有麻烦。吉尔伯特付赡养费,而他那离了婚的妹妹维尔玛却不能如期收到赡养费。离婚前,两夫妻吵架,她丈夫打掉了她一颗牙齿,如今他常来求丈母娘劝她女儿回去。我曾看见他长满红发的头伏在桌子上哭,他的女儿则在门外他的出租车上玩。他赚的钱不少,但仍不肯给维尔玛足够的钱,心想,要是他一直让她受穷,她就会回到他的身边来。可是,维尔玛向家里借钱用。我从没见过像克莱恩家的人这样爱把钱借进借出;老是有钱从这个人手上转到那个人手上,没有一个人不愿把钱借给别人的。

克莱恩家的人似乎需要许许多多东西,这些东西他们全都用分期付款购买。付款时常派吉米去——我也跟他一起去——他把钱放在帽子的护耳里。要付钱的有唱机、辛格①缝纫机、马海呢全套家具连同装有小球不易翻倒的烟灰缸、老爷汽车、自行车、铺地油毡;要付牙医费、接生费、克莱恩先生父亲的丧葬费;还要付克莱恩太太穿的撑背胸衣和特制鞋子费,以及结婚纪念日拍的全家照的照片费。干这件差使,我们几乎跑遍了全城。克莱恩太太并不介意我们去听歌看演出,因而我们常去听索菲·塔克②拍打着自己的屁股唱的《火热的妈妈》,或者去看脱衣舞后玫瑰小姐装模作样地以懒洋洋的节奏脱去衣服。就是这种娇慵媚态,使得考布林对她赞不绝口。"那妞儿不只是漂亮,"他说,"漂亮的妞儿多得很,可这妞儿摸透男人的心。她脱衣服不像别人那样,而是把衣衫往上拉过头顶。她今天是她那一行的第一把手,原因就在这里。"

我们更多的是在不应该去时去闹市区,经常在上课时间撞见考布林在戏院门口排队买票。他从不告发我逃学的事。他只是打趣地说:"今天怎么啦。奥吉?市长把学校封掉了吗?"他照常春风满面,在戏院门口遮檐下红色和酸橙色的灯光下开心地咧嘴笑着,颇像苏格兰浓雾中那位半张脸是红宝石,半张脸是绿宝石的老国王。

"有些什么主要节目?"

---

① I·M·辛格(旧译胜家,1811—1875),美国发明家,研制出第一台实用的家庭缝纫机,后创设辛格公司(胜家公司)成为世界最大的缝纫机制造厂。
② 索菲·塔克(1884—1966),美国女歌唱家,在其六十二年的舞台生涯中,主要在滑稽剧、轻歌舞剧、夜总会及英国杂耍剧场中演出。

"有巴德利歌舞团的演出，还有戴夫·阿波仑和他的科马林斯基舞蹈团。来，来，来，陪我一起看。"

当时，我们常逃学是有原因的。绰号叫"水手布尔巴"的史蒂夫跟我合用一格衣帽柜。他有一个凶蛮的野兽似的鼻子，红通通的，长头发梳得整整齐齐，连鬓胡子一股流气，这表明他是个危险人物；他像只狗熊，屁股很大，穿着一条纽扣很多、直拖到地的喇叭裤，脚上则是一双令人害怕的尖头鞋。他是个梁上君子，专偷水管设备，最近更闯进空房子，敲开电话辅币箱偷钱——这坏小子拿走了我的科学课作业本，当作自己的。我拿他没有办法，吉米便把他的借给我，可我也稀里糊涂地涂掉了他的名字，写上我自己的。结果被老师发现了，西蒙被叫去学校。他跟我一样，不让妈到学校去。他终于说服了那位科学课老师魏格勒。而那个眼睛细小、貌似和气的"布尔巴"，则什么也没看见似的泰然处之，一直在教室里冬日的柔光中蹙额皱眉，想让他的折叠刀靠刀刃立住，像只有触角的甲虫。

在这之后，吉米要劝诱我跟他逃学到闹市区去便不难了，尤其是在上科学课的下午。要是没有什么更好玩的，我们就带他的弟弟汤姆去市政厅坐电梯，从金碧辉煌的会议厅坐到市法院。我们在电梯里和大亨、投机商、地方官、贪心汉、小政客、告密者、流氓、色狼、行贿者、告状的、警察、戴西部帽子的男人、穿毛皮外套和蜥蜴皮皮鞋的女人，摩肩接踵，同上同下，热气冷气，混在一起，残暴的情节、色情的气氛；有大吃大喝、蓄意欺诈、精心盘算、受灾遭难、漠不关心的蛛丝马迹，还有在浇注混凝土中捞一大笔的渴望，以及整个密西西比河流域私酿、私卖威士忌、啤酒的活动。

汤米曾差我们到他那家投机商号的股票经纪人那里去拿一本手册，这商号在湖滨街，前面有家雪茄烟店。汤米的地点很有利，能获得各种股市信息。可是，就连在那些极易赚钱的日子里，他也只能做到不蚀本而已，要是不把他添置的衣服和送给家人的礼物算在内的话。克莱恩家的人都爱送东西。互送的浴袍、晨衣、活动镜子、有古堡月色图的挂毯、带轮茶台、茶几、缟玛瑙底座台灯、咖啡壶、烤面包电炉，还有小说——成箱成盒的东西堆在壁橱里或者是床底下待用。可是，除了星期天盛装打扮一番之外，克莱恩家的人看来很穷。老克莱恩的背心就穿在长袖汗衫的外面，用一架小机器卷自己抽的香烟。

克莱恩家还有一个没有出嫁的女儿，叫艾丽诺，颇有吉卜赛人味道，穿一件颜色浓艳的日本印染大花布衫。她长得胖胖的，脸色苍白，眼睛上部有一个切尔卡西亚人①的聪明额头，心地十分仁慈，和坏蛋过分和好；她自认为长得太胖，一定找不到丈夫，但对比她幸运的已婚姐妹和矫健的兄弟们毫无怨意，只是像个男人似的轻声暗泣一番。她对我特别好，把我叫做"情郎"、"小兄弟"、"小冤家"，用纸牌替我算命，还给我织了顶黄绿两色的三舌溜冰帽，戴着它使我在溜冰场上看起来像个挪威冠军。她有风湿病和妇女病，身体好时，在城北一家肥皂厂的包装车间干活，在家则陪她妈坐在厨房里，身穿艳丽的大花衣服，浓密的黑发顶上梳个髻散披在背后，喝咖啡、织毛线、看书、剃腿毛、听小歌剧唱片、染指甲，就在做这些有必要做、可做可不做或者是完全多余的事情中，她无形中越来越深地陷入了一个久坐少动的女人的心境之中。克莱恩家的人尊敬和钦佩劳希奶奶为我们家担当起责任。可是老太太从她的一个私人侦探那里听到说，有人看到乔治在房屋之间的通道里玩小鸡——那些鸡因为阳光不足，饲料不好，从来没有长大长肥过，宰杀时拔了那稀稀拉拉的毛，看起来样子长得很怪——便把那家人指名道姓地骂得很难听。

可是她并没有当面骂过他们，因为这种口舌毫无益处；有时候他们能为我找到些零星活干，这靠的是吉米的舅舅丹波，他能拉到所在选区里亲戚们的选票，是该区共和党政治圈子里的大红人。每次选举之前我

---

① 原苏联高加索人的一支。

们都有一个月的好差使，四处散发竞选宣传品。有人给他一笔于他有利的买卖时，如标卖邮局里无人招领的失物或出售破产者的抵押商品，丹波经常需要我们帮忙。不过，必须是值得做的买卖，才能把他拖离牌桌。当他买下那些剃刀、磨刀皮带、玩具碗碟、玩具木琴、割玻璃刀、宾馆肥皂或者急救包等等不需要执照即可出售的货品时，就在米尔沃基大街设一摊位，雇我们替他卖。他自己的几个儿子都不愿为他干。

他已离了婚，独立住一间房。他长个大鼻子，脸上的皮肉松弛，眼泡肿得像鱼鹰，看上去灰灰绿绿，模样让人讨嫌。他耐性十足，外表勤恳，长得臃肿肥胖，坐在椅子里像个深陷在鞍子里的拉美牛仔；由于身子过重，又叼着雪茄，呼吸时老发出嘘嘘声。他的须毛从鼻子处开始，在戴着各种戒指的关节处也长满毛。他一年到头都一个样，不论是五月还是十一月，都是十一点钟吃早餐，吃的是加牛奶、方糖的茶和甜面包卷，晚餐是牛排加烤土豆，每天抽十到十二支本·贝斯牌雪茄，穿和市议员们一样的裤子，一顶深色呢帽盖住他原来就颇具威势的脸，显示出他的社会地位；他心里一直在盘算着得吞进些什么，什么时候该打出手中的杰克或爱司，或者是要不要给常来讨钱的儿子克莱门蒂两块钱。克莱门蒂是他的小儿子，和他母亲及继父同住在他们的婴儿服装店后面。"拿去吧，我的孩子！"或者是"明天来拿吧！"丹波会说。对有了继父的儿子，他也从来不说"不"。在他的原罪中不少是因为钱，他坐在他那弥漫着油脂味、茶味，还有洋葱味的餐馆大本营里，烟灰落在膝盖上，一只手摸着牌；他虽有其他罪过，但不用愁钱；他跟克莱恩家的人一样，花起钱来像个大公爵。克莱门蒂也爱挥霍，喜欢请客，可是他不愿干活，既不愿为父亲干，也不愿为别人干，所以老丹波就雇我们在行人众多的米尔沃基大街设摊卖货，通常由赛维斯特负责。丹波跟警察打好交道，不会来干涉我们之后，便回去打牌。

这时候赛维斯特正走倒霉运，他没能续租到那家电影院，不过反正电影院也没生意——现在成了一爿墙纸和油漆店——他跟他父亲住在一起,因为他老婆已离开他,他自己告诉我们说,他每次穿过后院想去看看她,她就朝他扔石头。他当她是个疯子,对她已经死了心,便去信同意离婚,他本想回阿穆尔学院读完工程学学位,为了筹措学费,他卖掉了家具和电影放映设备,可现在他又说,由于离开学校太久,上课已经不太行了。他和我们一起站在米尔沃基大街上,十一月的寒风刮得眼睛直淌眼泪,他的肥手插在大衣口袋里,缩着脖子,两只脚不断互相碰着,讲着意气沮丧的笑话。虽然我们之间年岁相差不少,他也全不在乎。他把心里的想法全都讲了出来。他打算读完学位之后,就去周游世界。外国政府迫切需要美国工程师。一切条件都可以由他说了算。他还打算去金伯利①,据他所知,当地的工人常把挖到的钻石吞进肚子藏起来是真的。要不,他就去苏俄——现在他把一切全都告诉我们,他说他同情赤色分子,钦佩列宁,尤其钦佩托洛茨·基,他坐着一辆坦克到处跑,一面读读法国小说,结果打赢了那场内战,把沙皇、神父、贵族、将军和地主统统撵出皇宫府第。

当时,我和吉米坐在丹波的两只大手提箱上,一面大声吆喝"来买刀片喽!"一面照顾着买卖。赛维斯特则负责收钱。

---

① 南非好望角北部一城市,以产钻石闻名。

第 四 章

一切于我有影响的人，都对我集合以待，我一出世，他们便来塑造我，这就是为什么我要对你们多讲他们，少谈自己。

当时——以后也一样——凡事我都很少想到后果，尽管老奶奶一再警告并预言等待着我的是：打工证明、牲畜围场、抡铁铲的苦活、监狱里的石堆、面包和水，还有终生的愚昧和堕落，可始终没能使我有所省悟。她乞灵于这一切警告和预言，讲得越来越激烈，特别是自从我跟吉米·克莱恩交往以后。她也竭力在家里对我加强管束，上学前检查我的指甲和衬衣领子，对我在餐桌上的举止管得更严，还恫吓我说，如果我晚上十点之后还待在街上，她就把我整夜锁在门外。"你可以到克莱恩家去，要是他们肯收留你的话。听我说，奥吉，我这是在想方设法让你成个器，可我总不能要你妈出去跟着你，看你做些什么呀。我要你成个堂堂正正的男子汉，你可不像你想的那样有那么多时间来改好。克莱恩家那小子会让你倒霉的。瞧他那一对贼溜溜的眼睛。老实说出来吧——他是不是个坏蛋？啊哈！他不回答。是真的了。"她说道，接着又厉声催逼："说！"

我软弱无力地回答了一声"不是"，可心里暗暗嘀咕，她都知道了些什么，是谁告诉她的。因为吉米跟斯泰舒·考派克斯一样，的确从商店里和货摊上偷过他需要的东西。而且就在这时候，我们正受雇在迪弗街区百货商店的玩具部做圣诞节临时工，一身小精灵打扮，画着脸谱，充当圣诞老人的助手，并趁此机会在浑水摸鱼。

我们当时已是中学二年级学生，干这种差使个头已嫌太大，不过圣诞老人本人身材高大，是个瑞典司炉工，也干杂活，就住在商店附近的小巷里，以前在德卢斯①的铁矿石运输船上当司炉工；他肌肉结实，眼窝像尼安德特人②，脑门上有烈酒灌多了的肿疱，胡子遮住的嘴唇上沾着哥本哈根海豹牌鼻烟。他在千疮百孔的内衣外面绑了几个枕头，使得腰身粗壮，又填衬了裤子，因为他的腿又长又细，最后我们帮他套上外衣。我和吉米身穿台球盘面绿呢小丑服，抹了一脸演员化装油彩，浑身撒满云母片假雪花，摇着铃鼓，吹着卷舌小喇叭，在店里来回阔步走动，一面翻着筋斗，把一大群孩子招引到三楼，那瑞典圣诞老人就坐在这儿的鹿车里，拉雪橇的驯鹿巧妙地从天花板上挂了下来，玩具火车咔嗒咔嗒③在开动，装钱的小筐像耗子似的沿吊线自动奔向收款员。我们就在这儿负责出售惊奇袋，盛袋的大桶用红绿纸、冬青、金刚石粉和银色鬃毛圈装饰着。这种圣诞袋每只售价两角五分，吉米认定这些袋数量有多少不可能有账目，于是每卖十袋就把一袋的钱塞进自己的腰包。开始几天他没把这一手告诉我，只是请我吃午饭。后来，生意越来越好了，他才让我知道这一秘密。按规定，每卖到十块钱，我们就得把钱交给收款员。"她径自把我们交的钱和别的零钱一起倒进钱袋，"他说，"她只忙着收钱，根本没记下钱是哪儿来的，所以我们何不斩它一刀呢？"为此我们商议过多次，最后议定每卖十袋扣下两袋的钱。这儿人声嘈杂，一切绚丽夺目，人人都被圣诞节的铃铛声、转轮声、颂歌声和信号钟声所吸引，我们偷偷摸摸做的这些手脚，不会引起人们的注意。我们偷了不少钱。吉米比我更多，不仅因为他下手早，而且还因为我们大吃奶油馅饼之类的油腻东西，我把肚子吃坏，有几天没去上班。也许是由

---

① 美国明尼苏达州东北部一城市和主要内陆港口，在此转运的货物有铁矿石、粮食和原油等。
② 旧石器时代广布于欧洲的猿人，其人骨化石最初于1856年在德国杜塞尔多夫城以东的尼安德特峡谷发现。
③ 内装奖券和糖果玩具等。

于我们干的坏事得手太易，成就辉煌，而我又不知道怎么来花掉到手的钱，所以心里愈来愈紧张。吉米花了不少钱买东西送人——给每个人都送了漂亮的男拖鞋或羽带女拖鞋，还有吸烟服、花哨领带、小块地毯和铝制品。我送给妈一件浴袍，给老奶奶一枚雕花别针，给乔治一双方格长筒袜，给西蒙一件衬衫。克莱恩太太、艾丽诺，还有几个女同学，我也送了礼物。

不上班工作的日子，我喜欢待在克莱恩家。他家的窗台跟马路的人行道平行，可以品尝一下自己安坐在客厅里，而外面正因我们的罪行闹得天翻地覆的滋味，像个罗杰·图伊、托米·奥康纳、巴西尔·班哈特，或者是迪林杰①那样的人物，他们面部动过手术，指尖上抹着麻醉药，玩单人纸牌戏，关心体育比赛结果，叫人送上汉堡包和冰淇淋牛奶，最后在去电影院时或在房顶上中埋伏被捕。有时，我们就在吉米家的家谱上用字母标出宗亲关系，克莱恩家的人相信，他们家的祖先可以追溯到十三世纪一家姓阿维拉的西班牙人。他们家有个远房本家，在墨西哥城开皮夹克厂，祖先是西班牙人一说，就是他倡导的。以我来说，我非常乐于相信他们家有幸有这么一位祖先。经过一番努力，我和吉米在一张机械制图纸上，用红墨水和墨汁画出了他家的家系图。这对我来说可不是一件容易的事。

圣诞节假日结束时，我们的事被迪弗商店逮住了。部门经理来到我家和老奶奶作了一次谈话。原来那些惊奇袋是有一份清单的。对于侵吞货款一事，我不想否认，就连那经理说的吞进七十块钱的数目，我也不作任何辩解，尽管我们拿的实际上没这么多。起先，老太太不肯管我死活。她冷冰冰地对西蒙说，他最好还是去把社会福利调查员鲁宾叫来，因为她实在精力不济。而且她答应承担的只是协助教养孩子，而不是对付罪犯。后来还是西蒙说服了她。他说，那样一来，慈善机关肯定

---

① 以上四人均为二三十年代时横行于芝加哥的著名黑帮歹徒。

要打听我们已工作多久,为什么不告诉他们。当然,老太太丝毫无意像她恐吓的那样把我送进教养院。可是单凭她这么一吓,我已做好准备,被迫承认他们的惩罚权,以中国人听天由命的态度上少年法庭受审,然后进教养院。而且事前也知道自己不学好会有什么下场。这多少有点表明,我认为人们是对的,因为他们全都发火了。可另一方面,我并不真正感到自己是个罪犯,不认为是站在宇宙广阔分界线错误的一边,已和那些人类的渣滓在一起,和那些眉留疤痕、拇指残缺、耳鼻开裂的人为伍了。

这一回,我受到的不仅是恫吓和叱责,而且还有货真价实的屈辱。老奶奶以最大的嗓门朝我狗血喷头地痛骂一顿之后,便冷若冰霜地对我不理不睬。西蒙对我也非常冷淡。我不能对他回嘴,说是他先教我少找人零钱的。他只是简单地说我是个笨蛋,那神情仿佛不明白我在讲些什么。妈一定觉得这是她倒运的时辰,是她不幸对父亲以身相许的结果开始呈现最后的报应。连她也对我说了几句刺耳的话。我难受极了。可是他们没能使我乞求宽恕——虽然想到要被判入狱我不是无动于衷:头发剃光,吃粗菜淡饭,在泥地里集合,受尽威逼,任人驱使差遣。要是他们认为这是我自作自受,那我就不知道我还有什么可说的呢。

不过,我根本没有进教养院的真正危险。浴袍、饰针和其他我送人的礼物都退赔给了人家。我在考布林家干活积攒的钱已足够赔偿。吉米家的人也替他了结一切。他挨了他父亲一顿痛打,他母亲哭了一场,在我的羞辱稍有缓解之前,他家对他的事早就作罢了。我们家对这种事要严得多。克莱恩家的人对我也没有生气,在他们看来,这不是什么值得生气的大问题,也不认为这是我灵魂上的一个什么污点。不几天,我便像往常一样受到欢迎,艾丽诺依旧叫我"情郎",给我织一条围巾,以便顶替我得退还的那条。

在这场风波中,吉米始终保持着镇定自若、毫不在乎的态度,他父亲穿着内衣挥臂朝他乱搡狠揍时,他也一点没有畏缩。事后他气的只是迪弗商店反而赚了我们的钱。他们的确如此。他想出一些报复的办法，甚至说要放把火把它给烧了；可我已经吃够了迪弗商店的苦头，其实他也一样，不过想想报复计划至少可以消除他几分心头之恨。

吉米的表兄克莱姆·丹波[1]对我们放火烧店的主意和别的暴力计划，大大嘲笑了一番。他建议，如果我们真想捞回一些损失的钱，不妨去参加在韦伯举行的查尔斯顿舞比赛，设法挣点正当的钱。他并不是在开玩笑。他一心想做一名演员，已经在业余演出晚会上试过身手，模仿一个英国人讲一个有关开伯尔山口事件[2]的长篇故事。波兰人和瑞典人不断地嘘他，晚会主持人只好请他下台。他哥哥唐纳德唱了一首《玛吉塔》，跳了一只踢踏舞，确实赢过五块钱。唐纳德长得很帅，一头乌黑鬈发，是他母亲的宠儿。他母亲也长得娟秀、端庄，在自己店里时常穿一身黑衣服，戴着夹鼻眼镜。她经常挂在口边的话题是她那位当实业家的哥哥，他在大战期间因患斑疹伤寒死于华沙。克莱姆长得像父亲，脸色红润，颧骨突出，鼻子很高，发脚很低，嘴唇又厚又大，除了体重以外，样样都像；他的两腿细长，老是摇晃不定。他曾大言不惭地说，要不是雪茄烟烧伤了他的心肺，以及健康手册上所谓的手淫阳痿伤了元气，他本有希望获得本市半英里赛跑冠军。他嘲笑自己的丑恶行径，嘲笑使那些爱训诫人的世人不满的一切事物。他神气十足地在跑道上走着，他的大腿跟小腿一样瘦得皮包骨头，上面长满笔立的黑毛，对竞争对手既俏皮又傲慢，那些人都老老实实地在蹦蹦跳跳或摆正姿势。可他依然有点神情恍惚，提心吊胆，在他那张既诙谐又严肃的长脸上，一对黑眼睛时常显得异常忧郁。他会消沉得像一摊烂泥。他说，只要我努力去干，干什么都会比他强。"真是这样，"他说，"你能惹得妞儿们对我不屑看一眼。"他称赞我，主要是这一点。"像你那样的牙齿，真是好极

---

[1] 即克莱门蒂·丹波。
[2] 阿富汗和巴基斯坦之间的一个重要山口，连接喀布尔与白沙瓦。该山口长期以来均具有战略重要性，经历过许多历史事件。

了。我妈由着我把牙全给毁了。要是将来我一旦成名走红,我就只好戴假牙啦。"无论他说什么,我几乎都会乐得合不上嘴,因此他常对我说,我是个傻小子。"可怜的马奇,什么都能逗他发笑。"

总的说来,我们相处得很好。他对我的幼稚无知宽厚相待。在我害了相思病时,曾得到他和吉米的不少帮助。我的病有着典型的症状:不思饮食,心神专注,日夜渴慕,讲究外貌,精心打扮,自感无能,以及满脑子电影里学来的念头和流行歌曲中的词句。我的意中人名叫希尔达·诺文森,她个子颇高,但脸蛋较小,面色苍白,且有其他肺弱的症状,说话声音轻而快,羞羞答答。我从没跟她说过一句话,只是笨拙地装作偶然从旁经过。内心兴奋得怦怦直跳,热流痛苦地在周身沸腾。我拖着沉重的脚步从她身旁走过时,看起来似乎无动于衷,仿佛心里正在想别的事。她有一张俄罗斯人的脸型,灰白的双眸低垂,不愿直眼看人,就像那些年纪较大的女人。她穿一件绿色上衣,抽烟,走在路上时胸前抱着一摞课本,脚穿开面套鞋,鞋扣丁当作响。那双开面高筒套鞋迈开的脚步和快速的丁当声,对我这为爱所苦的人,犹如枝枝火热的飞镖,直射我的心窝,使我如痴如狂,直想立刻跪倒在她面前。后来,待到我懂事多了,失去了这份虔诚,色欲之心便占了上风。在那些初恋的日子,我一味渴求风度的优雅,感情的纯真,而我在有关爱的一切物质条件方面是颇有底子的,这也许是由于遗传。

我没有想到希尔达会因我对她的盯梢而感到飘飘然,当克莱姆和吉米告诉我这一点时,使我大为惊讶。我在走廊上跟踪她,看篮球赛时设法钻到她背后,还加入幸福联谊会,为的是每星期一次放学后能跟她在同一房间里待上一小时。她乘电车回家,我就站在车后门的梯阶上受罪。她从前门下车,我就急忙从后门跳下,跳进积得厚厚的污雪,跳到西区街湿透的灰黑木板上。她父亲是个裁缝,家就住在铺子的里面。希尔达走进门帘——她进去后干些什么呢?摘下手套?脱掉套鞋?喝杯可可?抽支烟?我自己不抽烟。摆弄摆弄她的书?诉说头痛?向她母亲吐露说，我在一个冬日的下午，身穿羊皮袄，脚步沉重地在她家那条阴暗街道的微光中踯躅？我想她不会那么做。她那位做裁缝的父亲也不像知道我守候在那里。他是个瘦骨嶙峋、不修边幅、弯腰弓背的男人。他正在店堂里忙着用针把衣服别住，用水湿润，然后烫熨平整，已是一副疲惫不堪的样子，别的什么都顾不上了，我尽可以朝他看个仔细。不知怎么的，希尔达一进了屋，便再也不出来了。她就那么待在家里，似乎已没有出来的必要。

"让人着迷的妞儿有的是！"克莱姆·丹波皱起鼻子奚落说，"我带你去嫖一次妓女，你就会把她忘得一干二净了，"他说，我当然没有答腔。"那么我替你写封情书给她，"他自告奋勇说，"请求跟她约会一次。只需跟她溜达一回，吻她一次，你就一定会倒胃口的。你就会看出她有多笨，而且人也长得不漂亮。她的牙齿糟透了。"就连这我也谢绝了。"好吧，那就让我来对她说。我会告诉她，要她趁你眼睛还瞎的时候把你抓到手。她决不可能搞到比你更帅的了，这一点她自己心里一定很清楚。你怎么会看上她的？是因为她抽烟吧，我敢肯定。"最后，吉米说："别再烦他了，他喜欢单相思。"说罢两人都猥亵地握住自己的生殖器，在克莱恩家的起居室里乱蹦乱跳，在家具上东碰西撞；那起居室是我们经常聚会的场所。但是我无法扼制心中的渴念，在那阴郁的下午，我依旧怀着仰慕的心情，伤心地在裁缝铺对面的街口转悠，或者直愣愣地站在那儿，像根涂上颜色的木桩。她那位骨瘦如柴的父亲，佝偻着身子，一直在忙着穿针引线，想必不会去留意通过那灯光通明的窗口，自己会把怎样的形象映到街上。她那个瘦小的小妹妹，穿一条黑色运动裤，在用一把大剪刀剪纸。

过了好几个星期，这种炽热的单相思才渐渐有所减缓，但我在家里却仍然失宠。在这段恋情来袭期间，我挣的钱极少，我的处境当然也就无从改善。西蒙现在进进出出的，行动颇为古怪，又不便问他，因为他正忙于工作。我们不再回家吃午饭，因此，以前我们中午回家做的杂活，都得由妈来承担：搬煤、遛狗、去学校接乔治，还有在洗衣服的日子独自拧干被单等等重活。由于增加了许多活儿，她越发变得瘦弱憔悴。不管怎么说，家里已出现混乱的、不受管束的状态和气氛。掌权的虽因年迈行动迟缓，然而暗中正在策划恢复宫廷旧状，在朝臣们意想不到的时候突然收拾他们。

"啊，奥吉，怎么？你活儿干完了？"老奶奶冲着我说，"没活干了，呃？你想一辈子靠慈善机构救济？"

当然，我工作倒有一份，在一家花店里，只是，每当下午，在我要去参加幸福联谊会聚会，或者跟踪穿着牵动心弦的高统套鞋在泥雪地里走着的希尔达·诺文森时，我可以轻而易举地推诿说，布鲁格伦没货让我送。

不定哪个下午，布鲁格伦会随心所欲地给我一份活儿干；通常多半是帮助他整理稻草并用铁丝结扎花圈的稻草芯（他有不少黑社会歹徒顾客）而不是去送货，因为他料到送货我能捞到小费，这一点大体说来是相当公平的。我不愿带着大花圈或丧户的门上花饰乘电车，因为将近傍晚时，正是人们下班回家的高峰时间，我得抢占位置，守住一个角落，还得用身子挡住花圈，不让售票员和心情不好的乘客过来，实在是活受罪。如果是送到殡仪馆去，我就像个大提琴手似的，把我的货品摇摇晃晃地举在头顶，慢慢地穿过喇叭嘟嘟响、刹车吱吱叫的车流和拥挤的人群，可是在那陈设讲究、桃花心木泛出红光的肃静无声的殡仪馆厅堂里，几乎从来没人给过我小费，只是来个用人招呼我一下。当时，我头上戴顶尖顶溜冰帽，流着鼻涕，偶尔不得不用我的毛绒手套擦抹一下鼻子，以免有失体统。有时候，我会碰上人们在守灵，踩着木板铺的一条长长的小路，穿过院子里潮湿的泥地，来到一间绿色的平房里，一屋子的朋友和守灵人，一大罐私酿的威士忌酒正在他们手中传来递去。你把花圈送进这样一间酒气熏天的吊唁室里，嘿，决不会像别的哀悼场合里见过的那样，人们个个都全神贯注而对你不理不睬，离开前准能得到块把钱小费,放在帽子里沉甸甸的。可不管怎么样,我还是宁愿待在铺子里——待在堆在后屋泥箱四周或冰柜厚玻璃后面那天堂乐土的花堆中。有玫瑰花、康乃馨,还有菊花。尤其是因为我正在热恋中。

布鲁格伦也是个仪表堂堂的男子汉,皮肤白净,身材高大,肌肉结实,是黑社会匪徒和私酒犯们的朋友,和理发师杰克以及当年的北区帮头子狄昂·奥巴尼恩等人过从甚密;奥巴尼恩本人也可以说是一个花店老板,据说他就是在自己的花店里被乔尼·托利奥①派去的三个人干掉的,行凶后他们乘一辆蓝色的朱伊特牌轿车逃之夭夭。布鲁格伦在抽出一枝玫瑰花来进行修剪时,通常都戴着手套以防刺手。他的蓝眼睛冷冰冰的,随时准备应付不测,大鼻子肉嘟嘟的,对于一切都有点厌腻。我想,思想敏锐而脸膛宽大,或者思想宽宏而脸膛尖瘦,都会导致紊乱。布鲁格伦属于第一种人,我猜是因为他和黑社会匪徒来往,心里害怕或者深感世事无常的关系。所以他变成那个样子。他会变得粗鲁、凶蛮,有时候十分爱骂人,尤其是在吉纳和阿依诺②等歹徒被谋杀之后。那年冬天,许多家伙吃了枪子儿。

那个冬天,人人都不好过——不仅是知名人士,就连那些除了个人的沉浮别的什么都不管,只忙于自己身心有限度交流的芸芸众生也是如此。像克雷道尔、艾丽诺,或者是我的母亲。在这些日子,克雷道尔大发神经,在自己那英国式地下层房间里穷发脾气,摔盘子跺脚。艾丽诺精神委靡不振,常常一人躲在房里为自己生活的一般化而流泪哭泣。当时,这一类的刺激很多,足以感染和影响所有的人,那年月的气氛就是如此。要不是一心迷着希尔达·诺文森,我自己的感受也许会更深。

妈心里也很不安。她并没有像通常那样露出什么痕迹,你须得善于察言观色才能发觉。我注意到她恭顺中含有倔强,她那双视力不好的

---

① 乔尼·托利奥(1882—1957),芝加哥犯罪集团头子,以贩运私酒、开设赌场、妓院为业,曾将经营项目转给卡彭,退休意大利,后回纽约,死于心脏病。
② 均为当时芝加哥著名黑社会歹徒。

绿眼睛，时常久久地停留在周围的物品上。有时候，不论干多少费力的活，也不见她高耸的胸脯有所起伏。她怀着极度的警觉，以防某种预兆之类的侵扰。

没过多久，我们便都明白是怎么一回事了。老太太准备来一惊人之举。她等到一天晚上我们都在吃晚饭的时候。我送完吊唁花圈回到家里，西蒙不必去火车站上班。老太太突然出击，声称乔治已渐渐长大，我们该替他作个打算了。饭桌上摆着炖牛肉，大家都继续吃着肉，抹着肉汁，包括乔治在内。老太太以为乔治不知道是在讲他，可我从不像她那样想。就连她那只狮子狗也不是这样，甚至在它死之前耳朵聋了，也知道人们在讲它。有时候大家议论到乔治，他会露出蒙娜·丽莎般的表情和微笑。我敢断言，他确实如此，有一种微妙的表情掠过他那白色的睫毛和双颊，那是被机能不全所囚禁住的智力的某种反应，是对我们所有人的生活充满批评的某种表示。老奶奶讲到乔治的前途这不是第一次，可这次决不是再来议论一番，而是正经八百地要着手处理这件事情了。我从妈脸上那种等待的神情，料想她已经知道要讲的是什么。老太太说，乔治的问题迟早都得解决。他现在已长得这么高，像个大人了，已经不好管束。要是他脑子里动了邪念，对哪个女孩子动手动脚，她说，我们就得对付警察了，那可怎么办？这十足是对我们所有人的斥责，责怪我们难调教，不听话，恣意妄为，无视自己的实际情况，而其中主要的是指我。这我很清楚。她说乔治应该进福利院。不管怎么说，他不能跟我们生活一辈子，这是显而易见的事，因为直到现在为止，我们并没表现出多少能挑起这一重担的能力。而且，乔治也得学点像编篮子、制刷子一类的弱智的人能学会的手艺活，赚点钱补贴补贴自己的生活费用。最后，她态度很强硬，恫吓说家有小女孩的邻居们，看到他在院子里到处乱窜，已经生气，他已长大，都该穿长裤了。她丝毫也不把她看不顺眼的事说得委婉点，她说乔治已发育成大人。她把这说成是一件淫猥的事，无论如何得正视。她板着她那张老太婆的脸，一副厌恶的神情，她竭力要大家理解她的这番话，要我们也能体会到她所感到的厌恶和恐惧。

啊，她让我们深深咽下一口她的现实的药水，见我们眼里渐渐显出清醒的神色，不禁大为高兴。她讲完乔治的时候，眉飞色舞，得意非凡。我始终认为，乔治虽然继续在吃着牛肉，抹着肉汁，可他对所讲的事是有所领悟的。我并不想说老太太心中全是邪恶，而乔治只有崇高。真实情况不可能如此。她确有艰难的实际负担，就连她这样提出这件令人震惊的事，恐怕于我们也是有益的。我们自己就没有胆量和才智提出这个问题。就跟许多心地仁慈的人一样，不管怎样，他们也得像别人那样过活，因而不得不依靠性格较为坚强的人搀扶他们一把。可我这是让老奶奶有了最好的借口了。因为这里面仍有她从中得到的乐趣。她自言自语地轻轻发出一声"啊哈"，她下棋围住敌方时也是这样。情况总是如此：我们拒不正视我们的错误会有什么后果，可怕的后果也就接踵而来。就像以利沙的熊扑向戏弄他的顽童①，或者像那个犹太人轻率地伸手扶住约柜②不让掉下牛车而被神击杀③一样。这是对不及时改正错误的惩罚。事情就是这样。能一直警告我们人生就是如此，并能为这种严酷无情有所作为，她为此感到高兴。

乔治坐在那里，一只脚踏在另一只脚上，以他那毫无所觉、心智不全、天真无邪的样子吃着肉汁，和这种世俗的推论形成鲜明的对比。妈伤心地提高嗓门想回答老奶奶的话，可是说得含糊不清。她平时话就不

---

① 据《圣经》所载，以色列先知以利沙去伯特利城时，路遇一群顽童骂他"秃头"，他一气之下以上帝名义诅咒他们。此时林中突然窜出两只母熊，一连撕裂他们中间四十二个顽童。详见《圣经·旧约·列王纪下》第2章。
② 贮放法板的包金柜子。据传法板上刻有上帝和以色列人立的约，古称"约柜"或"法柜"，为至圣之物，除掌教的大祭司外，任何人不得窥探，即使无意触摸到，也要遭到上帝严厉惩罚，乃至丧命。
③ 据《圣经》所载，犹太人乌撒奉命赶运送约柜的牛车，行至拿艮的禾场，牛失前蹄，乌撒伸手扶住约柜，上帝大怒，击杀乌撒于约柜旁。详见《圣经·旧约·撒母耳记下》第6章。

大讲得清楚，在她激动或伤心的时候你就根本别想听懂了。接着，乔治也停下不吃了，开始呜咽起来。

"你！安静点！"老太太说。

我出来帮着他和妈说话。我说乔治还没干出什么不好的事，我们应该让他留在家里。

她料到我会这么说，心里早有准备。"我的聪明才子①，"她以辛辣的讽刺口吻说，"你真是天才！你莫非要等到他惹出祸来？需要你的时候，你能在家照顾他吗？你跟着那个小流氓克莱恩在大街小巷鬼混，学着偷东西，还干着各种各样的坏事。也许你很乐意做你弟弟和那个浅发波兰女孩的私生子的伯父吧？你还要对她那位在牲畜围栏里干活的父亲解释说乔治会成为他的好女婿？他定会像宰牛那样一锤子把你给砸死，再放把火把这幢房子给烧成灰。"

"不过，"西蒙开口了，"要是奥吉真的愿意负责照管他……"

"即使奥吉比现在的他强，"她抢上来回答说，"那又有什么用？奥吉偶尔有个工作时，挣的钱还不如惹的麻烦多。要是他一点不工作，你想想，那就够你瞧的啦！他会随随便便把这孩子往克莱恩家一丢，顾自和他那班狐朋狗友到处去鬼混。哼，我了解你这位弟弟，我的好孩子；只要不让他麻烦，他慷慨大方得很，心地再好没有，一感动什么都能答应你。可是他可靠到什么程度，那就用不着我来告诉你了。即使他说话算数，在他挣不到他那点钱时，你能代他负担吗？怎么样？你莫非继承到一笔遗产了？你能像劳希先生那样为我们的儿子花费毕生心血，为他们提供仆人、保姆、家庭教师么？我已经尽我所能给你们一点教育和良好的教养，甚至还想把你们培养成有身份的人，可是你们必须明白自己是什么人，是怎么样的人，而不要想入非非。所以我告诉你，这个世界对待你们决不会有什么仁慈，你最好还是先为自己着想。我比你总懂得

---

① 原文为德语。

多一点。我知道错误该怎么纠正,也知道单单由于愚蠢就有多少条丧生的路,更不用说别的了。我曾对你的弟弟讲过这些道理,可他什么都听不进,想法固执得像醉鬼撒尿。"

就这样,她一个劲地讲着这些世道的艰难和不祥的预言。她用不着争取西蒙的支持,在乔治这件事情上,他和她完全一致。只是出于对妈的同情,他才不想公开站出来附和她,可当我们俩单独在卧室时,任凭我又是谴责,又是论证,他总是摆着一副高人一等的面孔,悠然自得地平躺在床上——在瑞雷苏达牌面粉袋缝的床单上——直到他认为我打算听他说了,才开口:"谁信你那一套,小家伙。趁你的脑子还没变成尘土吹散,干吗不时常用用它呢?老太太说得对,这你也清楚。别以为只有你一个人关心乔治,可他的事总得有个安排呀。你怎么知道他会起什么念头、会干出什么事?他不再是个小毛孩了,我们不能看守他一辈子。"

自从我丢掉火车站那份工作,和魏格勒及水手布尔巴惹了麻烦,直到在迪弗街区百货商店干了丑事以来,西蒙一直对我很凶。他对克莱恩和吉米也看不顺眼,我还犯了个错误,把自己对希尔达的恋情告诉了他,结果白挨他的讥笑奚落。"嘿,"他说,"弗丽德·考布林长大了也会比那妞儿好看。不过不管怎么着,她的乳房大概会长大的。"当然,西蒙知道我不是个记仇怀恨的人,而是火气上得快消得也快的脾气。他认为他有资格这样对待我,因为他在上进,而我却尽干糊涂事,他有心等时机一到便带我出头,就像拿破仑照顾他的兄弟那样。我和老太太关系搞得最僵的时候,他对我态度冷淡,保持一定距离,可是他也对我说过,只要我遇到的是真正的麻烦,确实值得帮助,他一定会帮我摆脱困境。他不愿看到我那班笨蛋朋友拉我陷入泥坑。没错,他对我有一种责任感,对乔治也如此。我不能说他在乔治的问题上态度虚伪。

"你刚才只让妈说,自己不开口,真把我给气坏了,"我对他说,"你明明一清二楚,除非我退学在家照顾他,要不我为那孩子做不了什么。可要是妈想把他留在家里,你就该遂她的愿,你不该干坐在那儿让她出尽洋相。"

"这事对妈来说,可以分期处理,也可以一次性解决。"西蒙躺在黑色的铁床上,身体壮健,皮肤白皙,毛发金黄。他说话的口气十分坚决。后来他停了停,镇静地用舌尖舔了舔那颗断牙。他似乎预料到这次我会比以往更猛烈地对他开炮,待我说了最尖刻的话之后,他才接着说出不用他说我也一清二楚的话,"她可真把你说得对极了,奥吉。你自己心里明白,这一阵子你很不振作。可是不管怎么说,我们至多能让这小家伙和我们一起再待上一年。即使你拼了老命为他争也没用,而且你并没有替他争。"

"嘿,她认为她现在是一家之主了。"

"随她那样去想吧,"他说,短促地大声吸了口气,通了通鼻子,这是他头脑最冷静时的迹象,接着用脚丫子打开电灯,开始看起书来。

于是,在这之后,我也就没什么可说的了。我不能再承认老奶奶是一家之长,昔日的某些权威也已改属西蒙。我宁愿待在房里和西蒙在一起,不想出去见妈妈。她洗了碟子,把桌布上的食物碎屑抖落后,便仰身躺坐在自己的椅子上,普鲁士帽尖形灯泡射出炫目惨白的光线,经过她的头,照在布满被压扁的果子似的疙瘩、气泡和条条刷痕的墙壁上。每遇伤心事,她从不装腔作态,而是悲从心起。她不吵不闹也不哭,似乎只以一种极端痛苦、骇人的神态,两眼直勾勾地盯着厨房的窗外,直到你走近她的身边,才能看清她那满眶的泪水、绿色加深的眼睛、越发红润的脸颊和缺牙少齿的嘴巴。她把头横靠在椅子的扶手上,从不直靠。她生病时也是如此。她穿着睡衣爬上床,把头发打成辫子,不让它缠结弄乱。她躺在床上对谁都不理不睬,一直到她觉得能够起床下地为止。我们拿了体温表去也毫无用处,她拒绝量体温;她默默地躺在那儿,静待两种力量斗争的结果,一直不动脑筋,她也不会动脑筋。她对于死亡还是痊愈,自有她某种独特的看法。

行了，眼下乔治的事已定，她没有责怪任何人，照常做自己的家务，劳希奶奶则加快速度来实现她的计划。她亲自去杂货店，给社会福利调查员鲁宾打电话。单这件事本身就意义重大，因为自从那个寒冷的第一次世界大战停战纪念日，她扭伤脚踝之后，下了雪她就几乎不上街。她说，上了年纪的人，常常因断了骨头不能接合，成年累月地吃尽苦头。而且，哪怕是走一个街区，她也决不会穿着居家的便服出去，那可不成体统。她一定得打扮一番，脱掉毛线袜子——实际上是用缠结的松紧带扎住的高尔夫球袜——换上丝袜，穿上黑色的外套，戴上她那顶三圈式小帽，脸上还要搽粉，那模样实在难看。可不顾我们看来有多不顺眼，她还是用帽针别上几枝在空中扫动的羽毛，大模大样地站起身来，以老年人动怒的姿态快步走出门外，可是在下楼梯时，每走一级她仍得双脚并立停上一会儿。

　　那天是选举日，交叉挂着的旗帜飘扬在投票站上空。身材魁梧的政党要人站在雪里，哈着热气，手里挥舞着长长的选票样张。学校不上课，我可以陪她去，但是她不要。半小时后，待我端着一簸箕炉灰出去倒时，只见她单膝跪在积雪的通道上。她摔倒了。看见她趴在那儿真让人心里难过。以前她从来没有单独一人出去过。我急忙扔下铁簸箕，朝她跑过去，她用戴着雪水沾湿的手套的双手，紧紧抓住我身穿单薄衬衣的手臂。可是她一站起身来，就不要我搀扶她。这要不是由于一种夸大虚浮的奉献意识，也许就是出于对报应观念的迷信。她坚持独自一人上楼，一瘸一拐地径直走进自己的房间，还破例倒锁上了房门。在此之前，我甚至从来不知道那房门还有一把钥匙；她一定早早就把它和她的珠宝及家庭文件一起藏起来了。妈和我站在门外，非常惊讶，问她是不是摔伤了，我们一直站到她怒气冲冲、斩钉截铁地要我们走开，别去打扰她。刚才见到她沾满雪的脸孔，我已惊骇不已，现在听到她那愤怒的猫叫似的声音，不由得浑身发抖。原定的主要家规已有所改变：原来很少有人想到要上锁的房门，总像教堂的大门那样敞开着的，现在竟有了钥匙，而且这把钥匙居然用上了！老奶奶在选举日摔跤的事，意义则更为深远，因为平时她划破点皮或者在厨房里烫了一下，都看成是一桩了不起的大事，弄得手忙脚乱，总是忧心忡忡，怕得要死。涂上碘酒或抹上油膏，用纱布包扎好以后，她总得抽支烟定定神。可是莫拉德牌烟在厨房中她的针线筐里，她并没有从房里出来。

中饭时间早已过去了，下午已过去很久，她才走出房门。她的腿上有一处裹着厚厚的绷带。她沿着屋内惯常走的路走过，从客厅壁炉边到通向厨房的小过道铺的鹦鹉色地毯，已经磨损得露出根根绳线，厨房里亚麻油毡经常踩到的地方已变成褐色，这主要是她那双脚和那双灰石色拖鞋在那上面踩踏了十来年的结果。她重又换上平日穿的衣服和围巾，因此看上去像是一切都已恢复正常，或者近乎正常，可实际上是一种神经紧张的沉默。她的脸由于竭力想保持镇静，变得十分苍白，仿佛真的因失血过多，或者是因看见血失去她长期以来的女性的沉着。她一定是由于极度惊慌害怕才锁上房门的。然而显然她主意已定，尽管脸色苍白如旧，她必须复出行使自己的权力。但是，毕竟已经有所失落。就连那只疲惫气喘、眼圈四周白毛已变成褐色的老母狗，也用它那咔哒咔哒的爪子慢慢走了一程，仿佛已经意识到新时代正在推动旧统治的末日到来。到那时，议员和大臣们将目睹自己的威风荣耀寿终正寝，眼下，罗马教皇的瑞士卫兵和罗马皇帝的禁卫队员们已经惶惶不可终日。

接着，我开始抽出全部时间陪伴乔治度过最后一个月，用雪橇拉着他四处跑，带他逛公园，还到加菲尔德公园的温室看柠檬花开。管理机构已经行动起来，最后的努力也无济于事。鲁宾一向说乔治还是进福利院比较好。他带来了委托书，妈由于西蒙没有支持她反对老太太（恐怕即使西蒙支持，也阻拦不了她，因为老奶奶采取了断然行动，她是凭着预感会有祸事发生的冲动来执行这一方案的），只好在上面签了字。不，我深信，没有办法能拦住劳希奶奶。现在不行，这次不行。经过全面考虑，不论有多伤心，还是把小家伙送进福利院较为明智。正如西蒙所说，这件事现在不做，将来我们自己也得做。可是老太太完全没有必要硬搞，做得这么不聪明，一股霸道作风。这是我们所不懂的一些东西引起的：失望的心情，因自寻的烦恼和自尊心受到打击气得发了昏，损害她判断力的风烛残年的孱弱，也许是倔强精神的一声尖叫，或者是盲目地从内心深处冒出并正在飘落的人类进取心中的一个气泡。

我怎么知道？不过，把乔治送走的方式，本来是可以不同的。

通知书终于来了，说福利院里有个名额给他。我只好去海陆军合作社给他买了只提包——一只棕黄色、哈巴狗式的旅行包，是我能买到的最好的一种。这提包他将要用一辈子，我要买得让他非常适用。我教会他怎样扣扣子。怎样开锁。他去的地方自然会有人帮助他，不过我想，他以后从一个地方调到另一个地方时，有些事应该自己能做。我们还在服装店给他买了一顶帽子。

那是个春天来迟、没有太阳、却在融雪的天气。树木和屋檐滴着水。他戴着那顶大人的帽子，穿着没有穿妥帖的大衣——似乎没有觉得肩膀处必须拉正——看上去长大了，像个出门的人。说实在的，他长得并不赖，像个经过长途跋涉的旅客，脸色苍白、心力交瘁、虚弱清秀。看到他这模样，真让人伤心得想哭。可是谁也没有哭，我说的是我们俩，当时送他去的只有我妈和我。西蒙早上离家时，在他头上亲了亲，说了声："再见了，小老弟，我会去看你的。"至于劳希奶奶，她在房间里没出来。

妈说："去告诉奶奶，我们要走了。"

"是我，奥吉，"我在老奶奶门口说，"全都准备好了。"

她回答说："好了？那就走吧。"这次，她的口气还像以前那样急躁干脆，然而没有你可以称之为真正命令的那种响亮、明快。房门锁着，我猜她正躺在羽绒褥垫床上，裹着围巾，套着拖鞋，她在敖德萨生活时的那些小摆设，摆在她的梳妆台上，食品柜上，挂在墙壁上。

"我想妈是要你话别一下。"

"有什么好话别的？以后我会去看他的。"

她没有勇气出来看一看她为求继续掌权一手造成的结果。这拒绝和乔治话别，如果不是衰老虚弱和心力交瘁，又能作什么解释呢？

妈终于气得直发抖，这是性格软弱的人受到很大刺激才会有的。她似乎下定决心，要那个老太婆向乔治话别。可几分钟后，她独自一人从老太太的卧室里走了出来，厉声说："把提包拿上，奥吉，"我知道她气的不是我。我抓住乔治宽袖筒里的手臂，经前室走出门外。温尼正在门口的石松丛中睡懒觉。我们出去时，乔治轻轻地咬住自己的嘴角。一路上乘的都是汽车，花了不少时间；一共换了三次车，最后一程是在西区，经过诺文森先生的裁缝铺。

走了大约一个小时，才到福利院。那儿房子的窗上都钉有铁丝网，装着卷筒形的防狗铁丝围栏，柏油地的院子，阴森森的。在楼下的一间小办公室里，一个脸色阴沉的女管事接过文件，把乔治的名字填到名册上。我们获准送乔治到宿舍，宿舍里的孩子们都站在装在墙壁高处的暖气管下，注视着我们。妈给乔治脱下大衣，摘下那顶大人的帽子。他只穿着件大纽扣的衬衣，露出浅黄泛白的头发，白净、冰冷的手指——麻烦的是这些手指长得和大人一般大——他紧挨我在床边站着，我则再一次教他给提包上锁、开锁那点简单本领。可是我白费力气，没能使他消除对这地方和这些跟他一样的孩子的恐惧——他以前从没遇到过这种场合。现在他明白我们要把他留在这儿了。他开始发出心声，就是说，他开始呜咽起来，这比眼泪还要让我们伤心，虽然声音比哭泣低得多。这时，妈再也支持不住，完全垮了，可直到把他那长着鬃毛般的头捧在两手之间吻别的时候，她才哭出声来。当我待上一会把妈拉走时，乔治想跟着一起走。我也禁不住哭了。我把他带回到床边，对他说："坐在这儿，"他便坐下了，继续呜咽着。我们走回到车站，站在嗡嗡作响的黑色电线杆旁，等待着从市郊开回来的电车。

打那以后，我们的家庭生活松散淡漠了，仿佛照顾乔治是一家人团结一致的主要基础。现在一切都乱了套，大家都只顾自己，各有各的打算，而那位老太太是聪明反被聪明误。唉，说来我们也太让她失望了。开头那阵子，她大概梦想我们当中可能有个把神童，能由她来调教成名。也许是如此。这股力量，本想支配我们这些高级生物的一切，使情人们聚在一起生下天才，日后领导世界朝至善至美的境地缓缓迈出一两步，或者找到那一呼百应的声音来激励众人迈出那一步，可是事实却相反，找到的却是乔治，还有我们。我们身上远没有她所要求的那些禀赋。我们的门第如何倒并不那么重要，这不只是出身名门或出身合法的问题，富歇①还不是跟塔列朗②一样显赫。重要的是天赋。在这方面，她深感痛心，认为我们生来就缺乏才华。不过，我们还可以被培养成体面人物，有绅士风度，穿白领，刷牙齿，指甲整洁，用餐懂规矩，不论我们在什么单位任职，在什么商号做事，都显出有很好的教养。在出纳台上款项清楚可靠，在电梯里待人彬彬有礼，问路时先打招呼，对女士温文尔雅，见妓女板脸不加理睬，坐船乘车时能体谅别人，走那个不出风头、不露锋芒的卡斯蒂利奥内③的路子。

可是，我们却日益粗俗无礼。声音愈来愈低沉，说话越来越粗鲁。早晨穿衣服时，我们只穿着裤衩扭扭打打地闹着玩，乒乒乓乓地摔在弹簧床垫上，摔在地板上，碰翻了椅子。然后才穿过过道去洗脸，在那儿，经常见到老太太瘦小的身影，她在朝我翻着白眼，牙床间露出一个

---

① 约瑟·富歇（1758—1820），法国政治家和警察组织的建立者。虽非出身名门，但在1792—1815年间的历届政府中都担任要职。曾任拿破仑的警务部长和内务部长，并被封为奥特朗特公爵。
② 塔列朗（1754—1838），法国政治家和外交家。出身贵族，在法国大革命时期、拿破仑时期、波旁王朝复辟时期和路易-菲力浦时期都任过高官。曾任拿破仑的宫廷侍卫长，并被封为贝尼文托亲王和公爵。
③ 博达塞尔·卡斯蒂利奥内（1478—1529），意大利外交官、侍臣。他的《侍臣论》（1528）采用对话体，描写理想中的侍臣、贵妇人以及侍臣和王公之间的关系，从而使他成为文艺复兴时期贵族礼仪权威人士。

可怕的不见牙齿的小裂口,两颊缩进,默不作声。可是她的权力已经丧失了,完蛋了。有时西蒙会对她说:"你知道什么啊,老奶奶?"有时甚至称呼她"劳希太太"。我可从没有对她狂妄到这种地步,也没想到要从她手中夺回那只剩下一丁点的旧权力。眼下,西蒙对她的口气已经不像以前那样不恭敬。不过现在,这已无关紧要了。她已看清我们是些什么人,我们会干出些什么。

我们觉得家里这所房子也变了,变得无足轻重,暗了,小了。那些曾是闪闪发亮、令人起敬的东西,已经失去了它们昔日的诱惑力、华贵和重要性。搪瓷剥落处,露出铁皮,裂痕累累,污渍斑斑。地毯中央图案被磨去的地方,露出了织纹。一切迷人的魅力,光洁的漆面,厚实的生活,兴盛的时日,都已荡然无存了。温尼临死前几天,身上发出一股臭糯糊味,妈和老奶奶一直待在家里显然没感觉到,可我们一进门就闻到了。

温尼是那年五月死的,我把它装进一只鞋盒,埋在院子里。

第 五 章

威廉·艾洪是我所认识的第一个伟人。他极有头脑,掌管许多事业,不但有真正的指挥能力,而且还颇具哲理才能。要是在作出重大而实际的决定之前,我也能有条不紊地仔细考虑一番,而且(注意),如果我真是他的亲弟子而不是别的,我就会问自己:"恺撒大帝会容许这么做吗?马基雅弗利会有什么意见?尤利西斯①会怎么做?艾洪会有什么想法?"我把艾洪放入这些伟人之列,可不是开玩笑,我只认识他,我是从他身上弄清他们那些人的气质和才能的,除非你要说我们始终是站在队伍末尾的矮个子,是毛头小孩,我们能分享到的伟大崇高,只能像童话中国王面前的孩童那样,可那是另一码事,他们生活的是比当今美好、强大的时代。要是我们拿大人和大人比,不是拿大人和小孩比,也不是拿人和半神半人比,那就会使我们芸芸众生中的恺撒高兴,而我们如果不是在这些和别的古代圣贤金光灿烂的面前,对自己的毛病觉得有愧,颇想变成某种低等生物的话,那我就有权赞美艾洪,即使遭到那班认为现在人类已根本不再有我们所尊崇的那些大人物的品质的人们嘲笑,我也不在乎。不过我不想被这种看法驱使得夸大其辞,这是一种学生之见,那班学生不论年纪多大,一谈过去,便有一股子孩子气。

我念中学三年级时,便到艾洪那儿做事了。当时,已临近胡佛②当政时期的那次经济大崩溃。可艾洪仍是个有钱人,不过我不相信他后来

---

① 即奥德修斯,荷马史诗《奥德修记》中的主人公,希腊传说中伊萨卡国王,相传为智勇双全的英雄。
② 赫·克·胡佛(1874—1964),1929—1933年任美国第三十一任总统。

所说的那样有钱，他的财产损失大半后，我仍留在他那儿。后来他实际上已非有我不可，我不仅是他的左右手，而且成了他的四肢了。艾洪是个残疾人，两腿完全丧失功能，只有双手还能活动，但也无力驾驶轮椅。在家里走动时，都得由他的妻子、兄弟、亲戚或多半叫个雇用的人或有关的人推着，不管他们是替他做事的，或者只是在他家或他的办事处转转的，他都有本领使他们为他跑腿。总是有很多人想靠艾洪家发财，即使本来已有钱的，也想靠他家变得更富。艾洪家是我们这一区最大的地产经纪人，拥有和控制着许多产业，其中包括他家住的那幢有四十套公寓房的大楼。大楼拐角处那家商店里的台球房，也全归他家所有，就叫艾洪台球房。那大楼里还有六家别的店铺——五金店、水果店、罐头店、餐馆、理发店，还有一家殡仪馆。殡仪馆是金斯曼开的，跟我的表兄霍华德·考布林一块参加海军陆战队去打桑地诺的，就是他的儿子。那餐馆就是替共和党拉票的丹波常去打牌的地方。艾洪家是他前妻的亲戚，不过他们在这件离婚案上从没袒护过任何一方。艾洪的父亲老艾洪，这位老局长自己就结过四次婚，有两个前妻现在还在拿赡养费，在这种事情上对别人严厉，对他来说是不适宜的。老局长实际上从没做过官，只是人们开玩笑叫叫而已。他年纪虽大，还很健朗，是个老活泼，下巴留一把野牛比尔①式尖尖的白胡子，身上穿一套白衣服，到处出风头，用色迷迷的大眼睛看人。人人都因他精明能干非常尊敬他。他一开口用简洁的言词讲到什么动产抵押或土地租赁时，整个办公室里所有那些身材魁梧、态度严肃的买卖人便都住嘴恭听。他向人们提出许多建议，考布林和五产都曾交过他一些钱，托他代为投资。曾替老艾洪做过一阵子事的克雷道尔认为，他聪明得像神仙。"那小子是精明，"他说，"可局长是你在这世界上真正得让步的人，"我当时就不同意他的这

---

① 即威廉·科迪（1846—1917），美国陆军侦察兵，善捕野牛，曾在写其事迹的剧本《草原上的侦察兵》演出中担任主角，"野牛比尔"为其绰号。

一说法。现在仍然如此。不过，局长遇事总爱抢镜头，引人注目。我在夏天的任务之一是陪他到湖滩去。他每天去那儿游泳，一直到九月份的第二个星期才停止。我的责任应说是不让他游得太远，以及在他脱光衣服，露着大肚子和又黄又秃的膝盖，还有两腿间那好大的活儿，躺在气枕上在防波堤附近漂浮时，给他递上一支点着的香烟。他脑后的白发，像北极熊的皮毛似的散浮在水面，泛出淡黄色；他那饱满的天庭晒得红红的，朝上仰着；他的大嘴巴喷喷有声，鼻子喷着烟，泡在密歇根湖暖和莹蓝的湖水中，既悠闲又适意。船舷涂着柏油的木壳拖网渔船，在泳区外噗噗地冒着气驶过，泳区内则是喧哗戏闹，相互泼水，千姿百态，色彩斑斓的人群；水边的建筑、塔楼，还有后面的那些摩天大厦和急忙拐弯躲开的湖岸，形成了一个很大的直角。

艾洪是局长第一个妻子所生，他的第二个也许是第三个妻子也生了个儿子叫谢普，他那些台球房里的朋友则叫他丁巴特，因为市政坛有个风头人物叫约翰·丁巴特·奥伯塔，是波兰佬萨姆·辛考维兹的朋友。可是谢普既不认识奥伯塔，长得也不像他，而且和十三区或任何其他一区的政界都毫无关系。我说不清他究竟怎么会得了这么个绰号。不过，他本人虽非黑社会匪徒，但对那班匪帮的新闻和所干的罪案却颇感兴趣，可以称之为是个研究黑社会人物的业余专家；还有他那身打扮，你很可能认为他和危险人物德鲁西斯或大个子海斯·胡贝赛克有来往。他头戴金融家戴的尖顶帽，一套紧身衣裤，西班牙安达卢西亚式衬衣，纽扣一直扣到领子，不系领带，脚上的鞋时髦触目，尖尖的，不大正经，擦得像探戈舞演员穿的，走路时把皮后跟跺得直响。丁巴特的头发浓密黑亮，烫有波纹。他个子矮小、瘦削，近于单薄，但动作敏捷，有一张毫无理性的脸。和残暴不同，它不是残暴，他这张脸上流露着各种各样的情绪。而是粗野、好斗、恶意、固执和心术不正，还因刮脸后扑粉马虎，露着黑黑的皮刺，一张刽子手行刑时的嘴；不过我们得知道，他并不是个杀人凶手（他用拳打人，有杀人的狠劲，但没有杀人的本意），而是一个脾气很倔强的人。就这方面来说,他总是饱尝别人的老拳,脸上有个难看的伤疤。是一次被人在颊上猛击一拳挨了铜环留下的,可他还是继续跟人打架,冲出台球房,挑起新的殴斗,脚上的探戈舞鞋一转,挥出他那急速而没什么分量的拳头。虽然挨了不知多少次打,仍没有使他失去斗志。有个星期天,我也在场,亲眼看到他找碴儿跟身材魁梧的五产打架,他的拳头频频落在对方的胸脯上,可是对方纹丝没动,后来,五产把他一把抓起,扔在地板上。丁巴特爬起身来再挥拳冲上去,五产咧着嘴笑,但心里害怕,一直向后退避,靠在了球杆架上。人群中有人大叫起来,说五产是个胆小鬼。大家认为五产应该把丁巴特按住,让他气得发昏,歪斜着脸死死挣扎。五产的一个好朋友说,一个参加过蒂耶里堡之役的老兵竟被一个初出茅庐的小子逼得东避西退,实在丢脸,五产听了耿耿于怀,从此以后便再也不进这家台球房。

丁巴特曾一度管理过这家台球房,可是他不可靠,局长便请了个经理代替他。他现在以小老板的身份在球房里混——圈圈球。有时发现球桌的绿色毯划破了点,他的脸色便变得像煤块一般——他是球房里的要人、打手、裁判、赌注管理人、运动专家和黑社会火拼史权威,还时时留心弄笔小买卖做,做个拳击手的经纪人,或者打每球一角的转球赛。有时,他也做他父亲的司机。局长有辆红色的黑鹰——斯塔兹大轿车——艾洪家的人对小车子一向看不上眼——可是自己不会开,天热不能步行的时候,丁巴特便开车送父亲去湖滩。老头儿毕竟已经快七十五岁,不能让他冒中风的险。我陪局长坐在后座,丁巴特挺着被人打歪的脖子,偶尔才紧握一下方向盘,身旁的座垫上放着尤克里里琴[1]和浴衣。他开车时欲火特旺,跟在女孩子后面大叫大嚷,狂吹口哨,还穷揿喇叭,这很让他父亲高兴。有时候,克莱姆或吉米,或者是经营电影院失败的赛维斯特跟我们一块儿去。现在,赛维斯特已因考试不及格从阿

---

[1] 类似吉他的夏威夷四弦琴。

穆尔学院退学,没有拿到工程技术学位,他讲起要离开这儿去纽约。在湖滩上,丁巴特像个运动员似的,扣着腰带和护腕带,为了在倒立时不让沙子落进头发,还包了头巾,身上涂了防晒油,跟一群女孩子和其他湖滩健儿一块跳舞。他弹着尤克里里琴,唱道:

> 漂亮的棕色姑娘安尼卡,
> 要我跳呀跳呀跳呼拉①
> 在怀基基②的海滩上,
> 是她教我跳呼拉……

兴致高时,他便变得猥亵起来,扯着破嗓子吼出闷哑的声音。

他那小公鸡似的欲火吞食了他的一切,把他弄得疯疯癫癫、怪声怪气。他那态度粗暴、脸带嘲讽的老爸被他逗得乐极了。他躺在海滩椅上,俨然像个伊特鲁里亚人③中的野牛比尔,浴巾往上拉成阿拉伯人式的头巾外衣的样子,为了不让阳光耀眼——同时还用一只肉嘟嘟的手臂挡着——他笑得合不拢那张满是胡子的嘴。

"傻——瓜!"他对儿子说。

如果湖滩盛会是一天中最热的时候过去以后举行,威廉·艾洪也会来参加,轮椅就搁在斯塔兹大轿车的行李架上,他的妻子带着一把阳伞,两人合用。是他弟弟或者是我把他从办事处背上汽车,再从汽车上背到湖边适当的地点的。他气度不凡,观察入微,正派高贵,不动声色,一副贵族气派,完全像位爵爷,目光也很尖锐。他本是个大个子,和局长的身材差不多,体态优美,面貌英俊,但比局长温文优雅,丁巴特当然没法跟他比。艾洪面色苍白,脸上的肉有点松泡。大鹰钩鼻

---

① 即夏威夷波利尼西亚人跳的呼拉舞、草裙舞。
② 夏威夷檀香山著名海滩。
③ 意大利伊特鲁里亚地区古代民族。

子，小嘴巴，头发灰白，又密又长，一直碰到耳朵；他总是注意地观察着周围的事物，目不转睛地一直盯住目标不放。他的那位个子笨重、面貌却娟秀的妻子，打着阳伞坐在他身旁，懒洋洋地面带微笑，另一只空着的、柔软棕色的手，握成拳头搁在膝上，一头浓发，烫成电影里常见的那种埃及发型斜披式，底部剪得齐齐的，像把黑刷子，围着后颈。夏季的微风，随波上下的小船和那些恣情地又跳又唱的人们，令她高兴不已。如果你想知道她在想些什么，那就是：家里的后门已经锁上，煤气灶的架子上有两磅热狗，两磅用来做色拉的冷土豆，还有芥末，一个已切成片的黑面包，要是有什么东西不够，她可以差我去买。艾洪太太喜欢觉得一切都准备妥当。老头子要喝茶，得让他高兴，她也乐意做到这点，只是回过来要求他别再把痰吐在地板上。这事她没有直接跟他说，太不好意思了，是叫她丈夫转告他的，而他，却把这完全当成是件开玩笑的事。我们其余的人都喝可口可乐，这是艾洪最爱喝的饮料。我每天的工作之一就是替他去拿可乐，从台球房里拿瓶装的，或者从药店里拿一杯一杯的，这完全取决于那一天他认为哪一种味儿好。

我哥哥西蒙看到我用盘子端着个杯子，穿过聚集在人行道上的人群——艾洪的办事处门前总是挤满生意人，还夹杂着去金斯曼殡仪馆吊丧和进出台球房的人——吃惊得哈哈大笑，说："原来你干的是这种活！你是个听差！"

可是，这只不过是我所做的几百种工作之一，有些更低下，更不足为外人道，还有一些则需要聪明才智和经过一段时间的训练才能胜任，如秘书、代表、经理人、男伴等等。艾洪经常需要有人在身边；因为事情都得别人替他做，所以他变得很专横。在凡尔赛或巴黎，法国国王路易十四身边，总有贵族侍候他早上穿衣，一个递给他袜子，另一个递给他衬衣。艾洪得有人把他从床上扶起来穿衣服，有时候这事得由我来做。房间里光线很暗，空气又不新鲜，因为他和他妻子总是关窗睡的，因此房间里充满两人过夜的臭气。我懂得，这类事不容我说三道四，很快也就习惯了。艾洪是穿着内衣裤睡的，因为换睡衣实在是件麻烦事。他和他妻子起得很晚。灯一打开，就看到艾洪穿着内衣，失去功能的手臂长满斑点，几近扁平的脸上挂着灰白头发，还有那显得精明的鹰钩鼻子和修剪整齐的小胡子。要是他发脾气了，他有时候这样，我就得平心静气地等他心情好转。早上一起床就发脾气不是他的一贯作风。他还是比较喜欢开玩笑。他爱逗乐，好打趣，但往往流于粗野和猥亵。他常常挖苦他妻子准备早餐时声音太响，让人讨厌。给艾洪穿衣服时，照顾乔治的经验对我颇有用处。不过艾洪的豪华穿戴是我所不熟悉的。他穿的是高档丝袜，裤子是银行家穿的那种；他有好几双鞋子，全是名牌货"顺风牌"，鞋面当然丝毫没有皱纹，鞋底磨损也极少；他的皮带上有自己姓名的哥特体交织字母。穿好上身衣服，就把他抱到黑皮椅上，然后拖动颤动的轮椅去卫生间，有时候他在黑皮椅上一坐下便皱眉头，有些时候则露出比较含蓄的无可奈何、愤然忍受的神色，不过大多数时候是一种泰然处之的态度。我小心翼翼地拖着他，随后把他倒推进卫生间。这是个阳光充足的房间，东面有扇窗朝向院子。只是局长和艾洪父子俩的卫生习惯实在差劲，难以保持这儿的清洁，不过人们对于有点不凡的人在这方面总是宽容的。据我所知，只要他们高兴，英国贵族至今在法律上还有权在马车后轮上小便。

艾洪太太对弄湿的地板束手无策，有时候，打杂工人巴伐茨基去波兰人区很久未归，或者醉倒在地窖里了，她就叫我去把湿地板收拾干净。她说，她不想强迫我去做，因为我是个学生。可我是拿人家钱的。虽然是杂七杂八的额外差使，我还是接受了，这种杂差倒是我所喜欢的事情之一。我这人，也像我的朋友克莱姆·丹波那样，喜欢花样多变，不爱循规蹈矩；和他不同的只是，一旦我爱上一桩工作或者看中一个目标，就孜孜不倦地干。不用说，当艾洪发现了这一点，他很快就发现了，便让我不断地做这做那；这对他来说，再好也不过了，因为他有许许多多事得有人去做。要是他的事做完了，我站在一旁，他就再想出一些事来让我去做。因此我不常做侍候他上卫生间这类琐事。他要我去完成的重要任务太多了。可当我不得不去干这种事时,劳希奶奶调教出来的我就会想到,这种侍候人上厕所的杂活实在是勤杂工干的活儿。

不过此刻我正在侍候艾洪上厕所和梳洗。他叫我给他念《检查人报》的大字标题、金融消息、华尔街和拉萨尔街的收盘行情,接下去是念本地新闻,有关大比尔·汤普森①的一些消息,如说他租了考特剧院,带了两只从牲畜栏里弄来的大老鼠亲自登台,他称那两只老鼠为共和党叛徒——我知道艾洪先要听的是这类新闻。"对,汤普森说得对。他平时废话连篇,可这次说对了。他从檀香山赶回来,从监狱里救出了那个叫什么名字的家伙。"他记忆力极好,几近分毫不差。他看新闻十分仔细,感兴趣的事还专门存档,他是个办事非常有条不紊的人。我的工作之一就是替他整理档案,这些档案放在他四周的那些钢制的和木制的长柜子里。他很会摆主人的架子,当我把一些材料放在他面前建议扔掉时,他常常为了莫名其妙的原因小题大做地唠叨半天。资料都得放在他伸手就能拿到的地方,他的那些剪报和纸纸片片,都分门别类地放在标有"商务往来"、"发明创造"、"本地重大交易"、"罪案和黑帮"、"民主党人"、"共和党人"、"考古"、"文学"以及"国际联盟"等等的卷宗里。我不明白,他怎么会对国际联盟有兴趣,不过他是信奉培根那套要使人成为这样那样的思想的,而且对于完整的资料也有一种偏爱。艾洪讲究每件事情都要做得地道。他办公桌上和桌子周围的东西都放得井井有条——莎士比亚作品、《圣经》、普卢塔克②著作、字典和同义词汇编、《商务法律入门》、不动产及保险指南、年鉴以及工商通信录;然后是罩着黑罩的打字机、口述录音机、有托架的电话机,还有一把用来拨

---

① 大比尔·汤普森(1869—1944),美国政治家、演说家,曾任芝加哥市市长多年。
② 普卢塔克(约46—约120),希腊历史学家、传记作家,以其代表作《名人传》著名。

弄电话机上投币计数器的小螺丝起子（因为艾洪即便在最发达的时候，也不愿每打一次电话就乖乖地付一次钱；公司还从电话投币盒里捞笔进账。扒进其他客户来办公室打电话时丢进的钱），标明"收""发"的铁丝文件格、浇铸的埃特纳砝码、有链的公证人印章、订书机、润湿用的海绵，以及取钱、机密文件、记事本、避孕套、私人信件、诗集和文选的钥匙。所有这些东西都在一定的地方放好之后，他便可以开始工作了。他坐在擦得雪亮的栅栏里面，有两扇门直通他的办公室。他很有老板派头，这位脸色苍白的主管，十分清楚自己的地位，甚至也知道自己那古怪、任性的精明，这种精明有时候损害了他的尊严和高傲，还有那像章般的堂堂仪表。

他得赶上他父亲。老局长的生意头脑也许不如儿子灵活，可是为人豁达得多。他始终和一批有钱的老朋友保持着密切关系。艾洪家的钱财都是他挣来的，大部分财产现在仍在他自己名下，这并不是他不信任他儿子，只是为了要表明，对生意界来说，艾洪家当家的是他，有事得先跟他接头。威廉是继承人，也是他儿子阿瑟和丁巴特的股份的受托管理人。阿瑟是伊利诺斯大学二年级学生。有时候，艾洪颇不满意父亲那种私人放款的习惯。局长那马克·吐温式上装的口袋里，总放着一大叠钞票，他常从那儿掏出钱来借人，有时候数目很大，可是他更常夸耀他父亲是个开拓西北部的创业者，而且对自己的艾洪家族很有时代观念——先是征服者，继为组织者，接下去便是诗人和哲学家，整个发展是典型的美国式，是在一片公正角逐之地，一个充满机遇的世界上，运用智慧和力量得到的结果。不过说实话，局长固然了不起，艾洪毕竟还是精力充沛，春风得意的时候，不但有他父亲那种凌驾一切的权力，而且还有政治家的风度，精明的手腕，帕西人①的头脑，高深莫测的密谋本领以

---

① 为逃避穆斯林迫害，于公元 8 世纪前后自波斯移居印度的祆教徒后裔，以过分节俭、吝啬、善于经商闻名。到 19 世纪已成为印度的富有集团。

及教皇亚历山大六世①那种藐视习俗的态度。有天早上，我正在给他念一篇有关一位继承巨产的美国女子和一位意大利王子在戛纳②通奸的专栏报道，他叫我停下，引述了一段话："'亲爱的凯蒂，你我不能受一国时尚那脆弱绳子的束缚。我们是创造风气的人，凯蒂；凭着我们的身份和特有的自由，就能堵住所有那班爱找岔子的人的嘴。'③这是亨利五世说的话，意思是说，一般世人有一套礼法，而那些天生要干出不平凡事来的人，则另有一套礼法。这套礼法世人想要而不可得，只要他们知道存在着特权，虽然他们不能享受，也能使他们打起精神。除此之外，虽有法律，还有天道，有舆论，也有天性。必须有人超越法律和舆论而为天性说话，这甚至可说是一种公益义务，这样，习俗才不能掐住我们大家的脖子。"艾洪的教导变得和劳希奶奶的颇为相似，两人都认为他们能够告诉你怎样来对付这个世界。这个世界可以对之顺从，也可以对之反抗。在这个世界上，你可以满怀信心地向前跑，或者只能摸索前进，被迫跌跌撞撞地走着。因为他儿子在大学住读，他身边只有我这么个学生。

艾洪总是摆出明智的样子，事情不论进行到哪一步，当他准备作罢的时候，就要鸣金收兵。他把不能活动的手臂放到写字台上，用的是一种巧妙的办法，要分几步进行，先用左手手指揪住右边的袖子，吃力地把右臂拖上去，然后再靠右手手指把左臂拖上去。他这样做的时候，丝毫不动感情；这只是一项作业，可是这项作业极为重要，就像一个身强力壮、精力充沛的人走上布道坛向上帝忏悔一样。艾洪开始虽然显得很孱弱，可是一待他坐定，便能用强有力的语气说出强有力的话。听他用

---

① 亚历山大六世（1431—1503），西班牙籍教皇（1492—1503在位），是文艺复兴时期腐化堕落教皇中的典型。
② 法国东南部港口城市。
③ 引自莎士比亚历史剧《亨利五世》中亨利王要求吻凯瑟琳公主遭到拒绝时说的话。

这种口气讲话，使人感到非常奇怪，尤其是在亲眼目睹到这儿的日常生活大概之后。

还是让我们再回到卫生间，讲一讲艾洪早上梳洗的事吧。以前有一阵子，由理发师替他刮胡子，不过他说，这太容易使他想起住院的滋味了。他在医院里前前后后待过两年半。而且他喜欢有事尽可能自己动手；实际上他不得不依赖的人已经太多了。所以现在他把保安剃刀装在一个小装置上自己刮胡子；他发誓说，这玩意儿是一位捷克发明家亲自卖给他的。刮胡子得花半个多小时，下巴靠在洗脸池边上，双手放在水里，朝脸上洗擦一番，然后捞出毛巾捂在脸上。我可以听到他透过毛巾突起的地方发出的呼吸声。他抹上肥皂，又搓又擦，摆弄了一番，然后刮脸，再用指头检查胡子根，我则坐在抽水马桶盖上，读报给他听。水蒸气熏蒸出陈旧的气味，他用的剃须膏有一股涩味，直冲我的鼻孔。刮好脸以后，他又在湿漉漉的头发上抹上发蜡，戴上用一段女丝袜做成的压发帽，擦干身子搽好粉，就得帮他穿上衬衣，打上领带，打好的领结他总要用手指检查好几遍，然后才带点紧张地抽紧，使它刚好翘曲在第一颗钮扣上面。接下去穿好上衣，又用衣刷嚓嚓嚓干刷了一遍。再次检查了裤裆的拉链有否拉好，擦去鞋上的水滴。一切都准备停当，经他点头同意，我便把他拉到厨房去吃早饭。

艾洪的胃口很好，吃起来狼吞虎咽。一个实头实脑的陌生人，一定觉察不到他是个瘫痪的人。看见他吮吸戳了孔的鸡蛋，会以为他精神不正常，那人类的狡猾模样，那用爪子似的把玩，那异乎寻常的馋相。还有套在他头上的那顶女丝袜做的压发帽，请原谅我用了卑俗的比喻，就像从另一种欲场，也即肉搏之场得来的纪念品。他自己也意识到这一点，他这人几乎样样都想到，他的脑袋瓜子能别出心裁地干出许多让人惊叹的事情；这么干，或者是不愿让自己停下来，或者是不能不干，或者认为这只是出于人类的天性，或者是喜欢这么干，爱好这么干；他沾沾自喜的是，他的疾病并没有使他的才能丧失，反而使他比许多正常人更有才能。许多人出于憎恶与羞愧难以启齿的许多事,他能毫不在乎地对自己说,或者告诉像我这样一个真正的(或者几近真正的)心腹。他尽量把握和运用自己的各种心情。有很多事要做;他是个大忙人。

喝过咖啡,他先花了点时间神气活现地管了管家务。从地下室里叫来满脸皱纹、身体精瘦、闷闷不乐的小个子巴伐茨基,吩咐他该做些什么,还警告他白天不要酗酒。巴伐茨基蹒蹒跚跚地走开干活去了,嘴里嘟囔着威胁的话。艾洪太太虽然抱怨卫生间地板弄湿,老局长随地吐痰,自己实非管家能手。倒是艾洪事事想得周到,设法使家里的一切走上轨道,有条不紊,而且还不断做着改进——耗子消灭了,后院浇了水泥,机器都擦洗干净还上了油,门廊换了新木头,住户的清洁卫生有了改善,垃圾桶盖上盖,补好纱门纱窗,还喷了驱虫剂驱除了苍蝇。艾洪能告诉你这些耗子苍蝇繁殖有多快,装一块窗玻璃得买多少油灰,还能告诉你钉子、晒衣绳、保险丝以及诸如此类的许许多多东西的正确价格。对家政,他十分谙熟,就像世人认为知道这些有失身份以前的古罗马元老院议员一样。一切安排妥帖后,他就自己驾着格格作响的特制轮椅进办公室。我得掸掉写字台上的灰尘,并替他去拿一罐可乐,供他在抽第二支烟时喝。待我拿回可乐时,他已在看信。他的信很多——非如此不可,来信的人各行各业都有,遍布全国各地。

天热的时候——我讲的是暑假中我全天替他做事的日子——他在办公室里只穿着背心。早晨,像这么一早,往往有着草原上那样冷暖宜人的天气,远没有让人活受罪的时候——你替他们干活久了,在最难受最辛苦的时候就会天真地那么想——我指的是事务繁忙和芝加哥夏天下午的酷热。可是这也只是给你喘息的时候。局长还没穿好衣服,他拖着拖鞋,背带松垂,走进街上柔和的阳光中,克拉洛牌雪茄的烟雾袅袅上升,在他的白发周围缭绕。他的一只手舒舒服服地深插在腰带中,艾洪坐在办公室的尽头,忙于拆读信件,写下要回的话,查阅案卷,或者把材料交我为他核查——我这不知所以的助手,就得竭力弄清他在那许许多多小骗局中究竟搞些什么花样。在这方面，他简直没有一样不搞。比如像订购他不打算付钱的那些试用品——打印器、小瓶丁香香水、亚麻布香粉袋、在水里会展开的日本纸玫瑰以及星期增刊最后几页上做广告的各种东西。他要我用假名写信去订购，不用说，以后的催款信他就一丢了之。还说，那些人早已把这类损失算进定价中。凡是免费赠送的东西，他都一概写信索取：食品、肥皂、药品的试用品，各种活动的宣传品，美国人种局的报告书，史密森学会①和夏威夷毕晓普博物馆②的出版物，国会记录，法律条文，小册子，新书简介，大学概况一览，骗人的保健书籍，隆乳指南，消除粉刺法，长寿术，库埃疗法③，弗莱彻饮食法④手册，关于瑜伽修行、降神召鬼和反对活体解剖的小册子。他还被列入亨利·乔治⑤学会、伦敦的鲁道夫·斯坦纳⑥基金会、本地的律师协会和美国退伍军人协会的邮赠资料者名单。他必须对一切事物都有所了解。而且所有这些资料他全都妥为保存；放不下，便放到地下室去，由巴伐茨基、我或者每周来三天的烫衣工洛莉·菲尤特搬下去。有些资料绝版之后，他便卖给书店或图书馆。有的他盖上艾洪的印记转寄给自己的客户，以示友好。各种各样的竞赛，只要有一点风声，他也就要积极参加，替新产品取名字、提口号；他杜撰警句以及最尴尬的时刻、最欢快的梦境、应该注意的预兆、心灵感应的经历，还有广播电视中的广告诗歌。

---

① 由英国科学家詹姆斯·史密森（1765—1829）捐款创建的美国研究机构，领导美国多所博物馆、陈列馆、研究中心等。
② 1889年创建于美国檀香山，是夏威夷和波利尼亚的考古、自然史和文化的研究中心。
③ 法国心理疗法医师库埃（1857—1926）倡导的一种自我暗示的心理疗法。
④ 美国营养学家霍勒斯·弗莱彻（1849—1919）倡导的一种细嚼慢咽以增加营养的饮食方法。
⑤ 亨利·乔治（1839—1897），美国土地改革论者和经济学家，主张取消其他的土地捐税，实行征收经济地租的单一税利。
⑥ 鲁道夫·斯坦纳（1861—1925），奥地利科学家、艺术家、编辑、人智学的首创者。以他命名的基金会在欧美兴办各类研究所、学校多所。

> 收音机一出现，我便入了迷，
> 为它积下每分钱，
> 甚至忘了去刮脸，
> 我要带着我的宝贝戴纳米克机进棺材。

这首诗，使他获得《美国人晚报》的头奖五块钱。我的工作之一，就是把要寄去参赛的稿件，填写总统名字、州首府地名的字谜游戏，以及辨认组成大象的那些写得极小的数字（还要算出总数）的数字游戏之类弄清楚。这些参赛稿件都誊写得整整齐齐，贴得端端正正。四周还用尺画上线，同时附上必需的赠券、盒盖和标签等等。我还得替他在他书房里和市中心的图书馆里查找资料，他的计划之一，是出版一部像基甸版《圣经》①那样有索引的莎士比亚全集。索引拟分为"生意不振"、"天气欠佳"、"难对付的顾客"、"为大批老款式存货所困"、"女人"、"婚姻"、"合伙人"等等。骗钱的买卖多的是，生意不嫌大，金额不嫌小。艾洪老爱说话，好开玩笑，言辞典雅，富有哲理，且带说教口吻，但也粗野俚俗，拿克拉克街新奇物品商店买来的法国裸体美女照和模拟粪块，以及色情的恶作剧的东西和淫画等，到处给人看。他还常常戏弄刚从产煤区来的洛莉·菲尤特，这年轻姑娘拿着打蜡布步姿婀娜地走到男人堆里时，她的绿眼睛不想抑制住往外冒的欲火，而且还袒露出她那长满雀斑的胸脯。是的，艾洪就是这么一个人，他明明拖着一双木头似的腿，小心翼翼地高坐在椅子上，可他会当着你的面否认他和别的男人有什么不同。他从不讳言自己的瘫痪，有时候反而以此作为他已克服的大障碍夸耀一番，讲起来就像一个成功的生意人讲自己怎么从一个

---

① 基甸：《圣经·旧约》中以色列人的法官和英雄。1899年，建立一个以他命名的"基甸社"，该组织的主要活动之一是赠送他们印刷的《圣经》，此即"基甸版《圣经》"。

乡下穷孩子发迹起来那么得意。他也决不放过利用自己瘫痪的机会。他从卖轮椅、撑拐、矫正架和其他残疾人用品的店家那里收集到一份购物人名单,按名单邮寄去一份他编写的叫做《困居者》的油印报纸。其中有两页是短评和散文,全是抄袭自《埃伯特·哈伯德的剪贴簿》①的一些充满感情的段落和摘自《死亡之我见》②的陈词滥调。"不像受他鞭笞的奴隶",而像一个清心寡欲的斯多噶派希腊人。或者是抄录惠蒂埃③的诗句:"您是王子,成熟的人/才是共和党员",以及别的诸如此类的作品。"为你建造更伟大的大厦吧,啊,我的灵魂!"第三页则全部留作发表读者来信。这份东西——由我油印、装订并运送到邮局——有时会使我感到提心吊胆,忐忑不安。可他说这是对困居室内者的服务。这对他也有好处,靠这拉到很多保险业务,因为他署名"威廉·艾洪,街坊保险经纪人",而且出版费是由各家公司付的,他也像劳希奶奶那样,懂得如何利用那些大机构。他对那些大公司的代表人摆出要人架势——神态一本正经,一小抹胡子显出精明,黑眼珠机灵地滴溜溜直转,鸡翅膀似的两臂搁在那儿一动不动。他的衬衣上有扣袖带——另一种妇女用品。他千方百计耍花招让各个保险公司作竞争性投标以提高他的佣金。

他说,他的方法是多次重复施加压力,它的作用等于一下重击。他特别引以自豪的是,他和别人一样善于运用时代所提供的方法;要不是在现在这样一个进步的时代,他会被关在一间小屋子里,木乃伊似的任人摆布,或者是靠别人帮助在教堂门前乞讨为生,近乎一具活僵尸,或者更难受的是,让你时时想到自己在死去以前还会受什么活罪。可是现在——啊,跛足的赫菲斯托斯④能造出精巧的机器,大概不是出于偶

---

① 作者为美国编辑、出版家埃伯特·哈伯德(1856—1915)。
② 美国作家休巴德(1856—1915)的作品。
③ 惠蒂埃(1807—1892),美国诗人。
④ 希腊神话中宙斯和赫拉之子,天生跛足,是火神和锻冶之神,也是工匠的保护神。

然；一个正常人不需要用曲柄、链条和金属机件使自己升起来越过障碍。艾洪所以能干这么多事情，完全是由于人类进步了；尤其是全人类都那么爱上各种各样的器具、设备，别人也都少不了这样那样的用品、器械、小装置、滑动门、公共设施什么的，相比之下，艾洪对此的依赖程度也不见得多出多少；这些东西让人摆脱了许多繁琐的劳动，而使得脑子成了最辛苦的部分。每逢艾洪那张鹰钩鼻子高耸，高贵的波旁王族成员①似的胖脸若有所思的时候，他会表情严肃地向你讲述机器时代的真情，它的长处和弱点，其中还离题夹杂着讲一点残疾人的历史——斯巴达人是傻瓜，俄狄浦斯②实际上是个跛子，神人通常都有残疾，摩西③说话结巴，巫师德米特里一只手臂肌肉萎缩，恺撒和穆罕默德都有羊痫风，纳尔逊勋爵④有一只衣袖是用别针别住的——可他特别强调机器时代以及必须加以利用的这种时代的优点。而我，就像一个士兵在恭听一位学识渊博且喜论说的绅士先生大作报告。

　　从小所受的教养使我惯于听人讲话。艾洪风度优雅，学识丰富，能言善辩，而且他的目的并非要对我施加什么实际影响。他不像劳希奶奶那样，教育起我们来，用七十五厘米口径重炮猛轰。他用的是循循善诱，因势利导的方法，妙语生花，令人钦佩，不是摆出父亲的架势。我也从来没有奢望自己成为这个家庭中的一员。艾洪家的人在谈话中，不会像谈论他的独子阿瑟那样讲起我。每当家里有什么重要事情，他们就先把我打发出去。为了确使我不会有任何非分之想，艾洪不时会问起

---

① 欧洲过去最重要的统治家族之一，从16世纪至19世纪，曾在法国、西班牙、那不勒斯建立王朝。
② 希腊神话中误杀生父并娶母为妻的底比斯国王。据荷马以后的传说，他的父亲曾事先得到神谕警告，因而他出生后即被其父将踝骨穿在一起（俄狄浦斯意为肿脚），弃于山中。
③ 《圣经》中率领希伯来人逃出埃及的领袖，自称是个"拙口笨舌的人"。
④ 纳尔逊勋爵（1758—1805）：英国著名海军统帅。在1797年的一次海战中右臂受伤截肢；1805年，在特拉法尔加角海战中大胜拿破仑，并在该战中殉职。

我家里人的情况,仿佛他没从考布林、克雷道尔、克莱姆和吉米那些人嘴里打听到我的底细。他做得很聪明,用这样的方式让我知道自己的地位。如果说老奶奶心存奢念,盼望西蒙和我可能会受到有钱人赏识使我们发迹的话,艾洪则完全相反,不让我以为我和他关系密切,他喜欢我便会把我列进遗嘱。他叫干的那些活儿,替他去干的随便是哪一个,都得和他关系密切才行。艾洪和他太太那么处心积虑地要让我明白自己的地位,有时候真使我生气。不过他们也许没看错;老太太就一直给我们灌输这种受阔佬赏识的念头,尽管我从来没有认真接受过。不过,这种念头还是有的,因而也就使我多少增加了几分怒气。艾洪和他太太都自私,但并不吝啬,我得说句公道话,在这方面,通常我是能保持公道的。他们夫妇俩只是自私,比如两人在草地上野餐,不请你同享等等。如果你自己不是极想弄片三明治尝尝,那甚至是一副令人愉快的景象,但见他们撒上芥末,切开蛋糕,剥去鸡蛋壳,削去黄瓜皮。不过艾洪确实自私;他的鼻子一刻不停地在嗅,能嗅闻出一切,有时候严肃认真,有时候全无风度,鬼鬼祟祟,偷眼看看可有人注意,可是即使有人注意,他要干还是会干的。

我想,即使他们没有一面强调我不可能继承财产,一面又总在讨论继承问题的话,我也决不会认为自己是局长的一个遗产承受人的。

他们这些人嘛,不用说成天都泡在保险和财产、诉讼和败诉、拆伙和赖债以及争夺遗产之类的事情中。在那些有钱的阔佬们聚会时,你所听到的就是这些事。他们一个个坐在那儿,显得各有各的特征,戴戒指,抽雪茄,穿高级的袜子,戴崭新的巴拿马草帽;他们的运气各有好坏,他们的智慧也各有高低;脸色阴沉,出于长相或者由于烦恼,对妻子、女人和儿女任意支配或是一味顺从;所受创伤有轻有重;他们在人生的喜剧、悲剧、性闹剧中所扮演的角色也各不相同;他们或者玩弄人或者被人玩弄;他们或者掌握自己的命运或者受命运折磨摆布;他们精心策划各种骗局、破产、纵火;不管一生前途如何,不顾离死亡还有多远。他们也各有优点：其中那位年已半百的强汉为人规矩，有的乐善好施；有的有同情心；有的有胆识，头脑精明，善赚外快；有的虽然不会签名，但心眼好，乐于借钱给人，有一个把羊皮纸手卷赠给犹太教堂，有一个保护波兰亲戚。这大家都知道，艾洪把这一切全都记了下来。显然，每个人都知道每件事情。他们彼此都很坦诚，互相也很尊重。也有许多见不得人的卑鄙事。不过，在栏杆围绕、摆着凳子的地方，或者在办公室旁的小房间里玩牌时，谈的几乎全是生意经——什么监管他人财产权啦，不动产转让啦，遗产继承啦等等，除此之外，简直没有别的。就像说到拉布拉多①时，不外是严寒，在安第斯山脉②顶峰，人们关心的是呼吸，对海底矿层中的康沃尔郡③矿工来说，主要是空间。而且，在那些房间的墙上贴满有关保险的各种广告画：在着火时无法逃生的房子中陷于绝望的人们，老鼠在咬坏房梁，家庭主妇跌倒时把碗柜一并拖倒等等。这一切都表明，你怎么也回避不了遗产问题。老局长是不是喜欢我？艾洪太平时虽然是个和善的妇人，可有时也会给我使我想起撒拉和夏甲的儿子④那种眼色。虽然她没有什么可担心的，一点都没有，我不是他们的亲人，而且那老头也有家族观念。我又没有试图以钻营来弄到遗产，谋取将来属于他那温文尔雅的儿子阿瑟的任何名分。不错，局长是喜欢我，摸摸我的肩膀，给我一点零钱；不过他想到我的仅此而已。

蒂莉完全不了解她公公和她丈夫。她那埃及法老式的短发，虽然高耸在一颗貌似聪明的脑袋上，可她一点也弄不清那父子俩想的会是什

---

① 北美哈得逊湾与大西洋间的半岛，以"拉布拉多寒流"闻名。
② 纵贯南美大陆西部的雄伟山系，主峰阿空加瓜山海拔达 6960 米，为西半球最高峰。
③ 英国西南部之一郡。
④ 相传犹太人始祖亚伯拉罕的妻子撒拉因自己久不生育，劝丈夫纳使女夏甲为妻，夏甲生子以实玛利后，撒拉亦生子以撒。撒拉恐以实玛利继承财产，将夏甲母子逐于巴兰旷野。

么,尤其是她丈夫,那么机灵,那么有才智,那么能随机应变。她崇拜他、顺从他,也像我们其余人一样,照他的吩咐替他东奔西走,做这做那。他常派她去市政厅,向档案室或执照局查询资料;他要把问的都写成书面,因为她永远也讲不清他要的是什么,然后她带回管理人员写的资料。为了不让她在跟前碍手碍脚,每当要搞什么名堂,艾洪就打发她去城南看亲戚,坐上一整天电车。自然,每次她都乖乖地去了。而且,她也知道他的用意。

假定现在是艾洪有代表性的一天,在午饭的时候。艾洪太太不愿为煮饭烧菜操心,喜欢买现成的或做起来方便的饭菜,买点熟食,开听鲑鱼罐头,放点洋葱,浇上点醋,或者是汉堡包加炸土豆。这种汉堡包可不是午餐车卖的扁塌塌靠面粉充数的那种,夹有几大片放许多大蒜煎得发黑的肉片,还抹上辣根沙司和肉辣酱,倒也不难下咽。这是艾洪家的家常便饭,就像他家的气味和陈设那样经久不变。哪怕你是远方的稀客,吃的也是这种你从没吃过包你不会肚疼的饭菜。局长、艾洪和丁巴特对此从无异议。而且一吃吃很多,照例是用茶或可乐送下。饭后,艾洪还服一白匙铋纳多。喝一玻璃杯沃基肖①矿泉水,帮助肠胃通气,他常常以此开自己的玩笑,可是从不忘记服用。他很当心自己身体的各种情况,不让舌苔太厚,注意各部分机能良好。有时候,他装作替自己看起病来时,样子十分认真。他爱说医生遇上他就要晦气,尤其是那些说过他没有多大希望的医生。"我送掉两个医生的命了,"他说,"他们都说我一年之内便要呜呼哀哉,可是一年没到他们自己倒先归天了。"他把这件事告诉其他的医生时,心里觉得很痛快。可他还是无微不至地关心着自己的身体,对于他所爱护的自己这个身子,他常常像个顽皮孩子似的大力进行嘲讽,不断加以取笑。他故意吐出舌头,扮出鬼脸,装成呆头呆脑的样子,用眼睛画着十字,然而他始终想到自己的健康,按时

---

① 美国威斯康星州东南部一城市,以矿泉闻名。

服药粉，吞铁质肝精丸。你几乎可以说，他念念不忘他的消化系统和吸收作用；死亡已经潜入他的全身，潜入他脑子的中心，他的性生活和他那双工于细察的眼睛。啊，当然，他眼下的身体还不错，很不错。可是对自己他得比对别人多用心思，因为他若一有闪失，他便整个儿完了，没什么可说的，他就成了一笔死账，一个失去四肢的可怜虫，一个累赘，一个废物。我知道这个，因为他把什么心思都说了出来，虽然不公开讲他银行里的存款和他拥有的产业，对于生死大事却绝对坦率，他会把他的心事告诉我，尤其是当我们俩在他的书房里忙着搞他的一个计划的时候，这种计划他越想搞得系统却越不切实际，越杂乱无章，以致最后变得一团糟，让你既没法推行，也无从着手。

"奥吉，要是换一个人，像我一样，也许早就完蛋了。有人认为，人不过是个要吃要喝的酒囊饭袋；《哈姆莱特》里就有这种论调。你要找多少就能找到多少。人是一件多么精美的作品，身在金光灿灿的天地中，可是他却悲观厌世。你瞧我，我连活动都不自如，不灵活。你可以说，像我这样的一个人，应该乖乖地躺下来撒手人间，可是如今我反而在主持大买卖，"——这句话并不完全正确；掌舵的实在仍是局长，不过说得还是有点意思。"要是我躺在里屋，盖着毯子听凭自己慢慢地死去，或者喋喋不休地诉苦发牢骚，没有人会责怪我，那些身强力壮的人也都会避开我，为的是不想见到我。比如，像你这样一个结实得像野马、脸红得像苹果的小伙子。你真像个招人喜欢的亚西比德①，我不知道你的脑力怎么样；你还嫌太活泼，哪怕你以后变精明了，你也永远不能和我的儿子阿瑟相比。要是你有幸有人对你说实话，你听了可不该生气。不管怎么说，你这样的人能做个亚西比德，已经很不错了，和你同

---

① 亚西比德（约公元前450—前404），古希腊雅典政客和将领。他仪表堂堂，机敏过人，但自私自利，缺乏责任感，当时以挥金如土、作战如虎驰名。他非常钦佩哲学家苏格拉底，苏格拉底也很喜欢他。在战争中，两人曾并肩作战，亚西比德负伤时，苏格拉底竭力救护他，亚西比德也曾掩护过苏格拉底撤退。

类的人相比,已经高出许多了。不过也别以为没有人恨这个怪人。除了苏格拉底,大家都讨厌他,他们说他讨厌得像只老狗。不只是因为这小伙子在驾船去西西里之前,敲掉了神像的阴茎①。现在言归正传吧,像萨丹纳帕路斯②那样沉溺于享乐之中是一回事,一心指望扑通一下正好掉在看得到的好事前是另一回事。是不是这样?你需要有一种使你超越这一点的才华。"

在里屋的书房里好安静啊!沉寂、宁静的下午,大书桌上铺着油布,墙上挂有半身胸像,看不见的汽车发出嘟嘟声,颤抖着驶向公园,在装有防盗铁栅的窗子外面的院子里,布满阳光,台球在绿呢和海绵橡皮的台面上撞击和滚动,殡仪馆的后门越来越寂静,几只猫蹲在小巷那头路德会教堂花园里的小径上,头巾包到颏下的几个丹麦籍女教士常在那儿清扫,但很少见到她们从小径上走过。她们是从她们的教堂那有弧形拱顶、总是油漆如新的门廊里出来的。

他拿我和他儿子相比的方式使我有点难过。不过把我比作亚西比德,我并不在乎,而且让他去以苏格拉底自居吧,因为他原本就是这么个意思。我们冠上这种头衔,正像把穿上锁子甲的英国君王比作布鲁图③。如果你想在那些气度清明、生活严峻的古代完人中,挑选你自己心目中的理想人物,并且想跻身于伟人之列的话,我一直认为这没有什么不可以。比彻牧师④曾对会众说:"你们是神!你们像水晶般明澈晶莹,你们的脸容光焕发!"我不能百分之百同意像他这样一个人的意

---

① 公元前 415 年,亚西比德作为指挥官之一率雅典舰队远征西西里对叙拉古作战,临出发前,赫耳墨斯(希腊神话中丰产之神,男性生殖器是他的象征)神像被人严重破坏,政敌咬定亚西比德是亵渎神灵的肇事者。
② 传说中的亚述国王,以其奢侈的生活方式闻名。
③ 布鲁图:罗马古代历史中传说人物。据传公元前 509 年,他把伊特鲁里亚暴君卢齐乌斯·塔奎尼乌斯逐出罗马,然后建立罗马共和国。
④ 比彻(1813—1887),美国基督教公理会自由派牧师,废奴运动领袖,主张妇女参政,赞成进化论。

见。从我见到的现实中的一张张脸——集体的或者单个的——来看,我可没有那么乐观。应该永远承认,能洞察事物的真相是一种天才,尤其是在全球遭受特殊破坏,世界陷于奢华淫靡,低劣丑陋的碎石和火山白榴拟灰岩看来比水晶更为常见——在有一般情理的人看来——似以满足于中等的石英为宜的时候。我不知道,在这个世界上的什么地方,听到大叫一声"我是人"时会有很多人恍然大悟。不过我一直都准备尽可能冒一冒风险,即使在艾洪他穿着银行家的裤子,打着大人物的领带,一双拐曲无用的脚架在那张特制轮椅的理发椅般的踏脚上,春风得意的时候,想要让我按他的意志行事,我也从来没有就范。我也始终没能断定,他的意思是说他是一个天才还是他有天分。我想他是故意要别人对他的意思有点怀疑。他并不是那种在还有一线成为天才的希望时却贸然公开声称自己不是天才的人。不过在某些人眼中,比如他的同父异母弟弟丁巴特,他顶呱呱是个天才。丁巴特总是口口声声说:"威利是个奇才。给他两毛五分钱的电话代币,他就能把它变成一大笔钱。"艾洪太太也无条件地对此表示赞同,说艾洪是个奇才。他做的任何一件事——这些事涉及范围很广——她都认为是对的。没有比艾洪水平更高的能人了。就连她那位经管着哈罗威企业管理公司、自己也是个赚钱能手的表亲卡拉斯也比不上他。卡拉斯那个卑鄙下流的坏蛋,是只老狐狸,精通一切鬼门槛,他穿着十分讲究,挂着微微的歪笑,一对敲诈勒索者的眼睛,连艾洪太太都怕他,不过人们都认为他够不上艾洪那个级别。

艾洪并不是个在声色之乐面前不动心的人。他也拈花惹草,特别需要像洛莉·菲尤特那样的女孩子。他解释说他是在步他父亲后尘。老局长亲切体贴,昏昏然、色迷迷、神魂颠倒地爱抚所有女性,和她们表示亲昵,手随心所欲地乱放。我猜想,这老头以这样的态度来和女人亲热,而她们居然不大生气,是因为他挑选的全是她们各人自认为最值得珍视的地方——肤色、胸脯、头发、臀部,以及她们用以强调自己优点的所有小小的隐秘和可以默许之处。你不能简单地说他只是一般地好色；他实在像一位老酋长或一只老海狮那样以所罗门①似的睿智来鉴赏女性。他用他长有老年斑的男人大手，抚摸应允他这样做的已婚女人和未婚女人，甚至是小孩，而她们从来没有一个会为此生气，也不会因他赐给诸如"红橘儿"、"小雪橇"、"昨日夫人"、"小鸽子"之类的芳名而恼怒。他是位乐天的老先生，知足常乐。从他那纯真的欢乐中你可以感觉到，他和他所夙识、现已人老珠黄或许与世长辞的女子间有过的欢快，以及为这个俊秀鼻子和那个丰盈胸脯有过的敬慕。

他的两个儿子可没有这种气质，你当然不能指望年纪轻的人有这种密西西比河上的黄昏般的恬静境界，可是那兄弟俩都没有多少见色不动或见美鉴赏的修养，相比之下，倒还是丁巴特比他哥哥多几分罗曼蒂克的情调。丁巴特几乎是时刻忙着和一位漂亮姑娘约会。他发疯般认真地使劲梳洗得干干净净，穿着打扮得漂漂亮亮去见他的所爱。有时他看似一往情深得随时准备哭出声来，在刻意准备去相会时奔出香气扑鼻的洗澡间，敞着浆洗干净的衬衣，露出毛茸茸的瘦骨嶙峋的胸脯，提醒我快去布鲁格伦的花店取花束。他没完没了地向这些女孩子献殷勤，而且总认为自己做得还不够，可是他越敬慕她们，越是经常抽空在居伊昂乐园搭上个妓女，带进斯塔兹牌车，一起到森林旅舍或者是卡拉斯的哈罗威公司在威尔逊大街开的一家小旅馆去过夜。可是每逢星期五晚上，全家在一起吃饭的时候，往往有他的一位未婚妻在场，有时是一位钢琴教师，有时是一位时装设计师或记账员，有时只是一位良家淑女，她戴着订婚戒指和送给她的其他礼物；丁巴特系着领带，紧张不安，傻乎乎的，用他那沙哑低沉的嗓音，低声细气，殷勤奉承地对她一口一个"宝贝"、"伊莎贝尔我的爱"、"亲爱的珍妮丝"。

---

① 所罗门：以色列最伟大的国王，在位约四十年（约公元前977—前937）。据《圣经》记载，所罗门王贤明睿智博学多才，他继承王位后，剪除政敌，强化对全国的统治，还以联姻方式加强自己的地位，相传他有成千后妃。

艾洪却根本没有这种感情，他的感情倾注在别的方面。他也像他父亲那样肆意开玩笑，可是他的笑话没有局长那么风趣，这倒并不是说他的笑话不好笑，而是他说这些的时候只有一个目的：在于勾引异性。笑话的题材是他自己的残疾；他勉强地对此嘲弄一通，接着便不那么隐讳地对女人们说，要是她们进一步地仔细看一看，她们就可以惊奇地发现他的那个好东西仍在，并没有残废。他还赌咒起誓地作了保证。所以，当他发出他那邪恶淫荡的魅力，貌似无害，像得到一位大师或者长者的一句打趣或逗笑的称赞时，他其实是在动坏脑筋，一心一意想着一件重要事情，也就是男女一块儿干的那件事情。他对她们全都一个样；当然，并没有预料会有多大成功，然而还是盼望其中能有一位漂亮、放肆、想和他勾搭、愿意和他玩秘密游戏，也许有点性变态的（他认为）会看中他，抓住他，追求他，为他疯狂。他盼望每个女人都这样。

艾洪，他可不甘心于自己是个残疾人，他没办法处之泰然。有时候那情形非常可怕；他会忘记自己曾无数次想要认命的一切念头，变得像动物园圈场里的狼，嘴贴墙角一直走来走去。这种情况不常发生。发生的次数大概不会超过平常人那样偶尔不顾一切发泄一通。可是这种情况发生过，是在他胃口不好或者着了凉有点发烧的时候，或者是在企业中产生裂痕，或者他觉得他的声名还不够卓著，他所得到的尊敬和邮件没有他所需要的那么多，或者就是在构成他生活的诸多要素中突然显现出他所畏惧的真理时，这种时候他就会说："我常想，我要么又能走路，要么就吞碘酒。我曾接受按摩，作过运动锻炼，还曾把意念都集中在一块肌肉上，心里想我是在用我的意志来增进我的健康。其实，什么库埃疗法等等之类的花样，奥吉，全是骗人的鬼话，毫无价值。《事在人为》和那位大人物特迪·罗斯福① 在书里写的那些话，也都是胡说八道。没人会知道，在我最后确定这一切统统不行之前，试过多少种花样。我

---

① 即西奥多·罗斯福（1858—1919），于1901—1909年任美国第二十六任总统。

受不了而居然受了。我真捱不起,但还是在捱。可是多受罪!你受得了二十九天罪,但总有他妈的受不了的第三十天;这一天,你会觉得自己就像臭苍蝇遇到第一阵秋寒,看看周围,你会想到你就是骑在辛巴达脖子上的那个海老人①;为什么每个人都得有一具令人羡慕的臭皮囊呢?要是社会有头脑,就该让我安乐死,或者像爱斯基摩人对待长辈那样来处置我,放两天食品把老人遗弃在一间冰雪小屋里,你别摆出这么一副可怜相啦。去吧,看看蒂莉是不是有什么事要你做。"

不过,这是艾洪的第三十天,是难得有的一天,因为他通常都显得很健康,自认为是一个有用的公民,甚至是个了不起的公民。他吹嘘说,只要他用心去做,几乎没有一件事情不能办成,他也的确干了些顶呱呱的事。他能设法把我们全都支使开,让他一人和洛莉·菲尤特待在一起,他会安排我们都开车去奈尔斯中心②,让局长去看一处房地产。他装作我们离开后他要埋头一项工作——有关的档案和资料都替他放好在他面前——他戴着玳瑁眼镜,心情平静,态度温和,不慌不忙地详细回答每一个问题,甚至最后还要和他父亲讨论一通朝向和改建什么的,以致拖延了我们的出发时间。"等一等,让我给你看看地图,公共汽车支线刚好经过那儿。奥吉,把地图拿来,"他又叫我去拿地图,直到把局长都弄得不耐烦了,丁巴特也急得使劲按喇叭。艾洪太太则已经提着几袋水果坐进汽车后座,一面直嚷:"快来呀,热死啦,我都要昏倒了。"洛莉提着拖把在房间和办公室之间已经擦亮的微暗过道上,悠闲地来回走动着。她长得高大柔软,身穿一件薄衫,脚套一双草凉鞋,在热天里显得很惬意,像个发育过快、抱着玩具娃娃散步的小姑娘,一

---

① 辛巴达为《一千零一夜》中的巴格达行商,他因七次惊险的航海而致富。这一故事讲辛巴达在一次航行中船遇风暴沉没,漂上海滩后,被不会走路的海老人骑上脖子,成了他的奴隶,日夜受他指使。最后海老人因喝醉酒,失去神志,被辛巴达扔到地上,用大石头砸死。

② 即奈尔斯,密歇根州西南部城市。

面为这种母性的婚姻游戏而暗自窃笑；她懒洋洋，吊儿郎当，你可以说她是有意留着精力，为了接下来干那玩意。克莱姆·丹波曾想让我了解事情真相，可是不能使我信服，不仅因为对此难以想像，以及我对艾洪有一种幼稚的尊敬，还因为我自己也和洛莉开始有所勾搭。她在熨衣服时，我就找借口跟她一起待在厨房里。她告诉我在富兰克林县产煤区的老家情况，还讲到那里的男人，他们想对她怎么样以及干了些什么。她弄得我情窦大开，只要有一点苗头，我便飘飘然地站不住。没过多久，我们便进入接吻、抚摩阶段；她有时拉开我的手，有时让我的手伸进她的衣服，说是为了有所教导；知道我还是个童男，逗得她咯咯直乐。终于有一天，她大发慈悲，对我说，要是我晚上再回来，可以送她回家。她使我色心大动，几乎弄得寸步难行。我躲在台球房里，生怕艾洪会派人来叫我。可是克莱姆带来了她的口信，说是她已改变主意。我听了很气愤，不过我想我也有一种如释重负的感觉。"我不是告诉过你吗？"克莱姆说，"你们俩都为同一个老板做事，她又是他的小骚货。她是他的，也是另外几个家伙的。可不是你的。你什么都不懂，又没钱。"

"呸！他妈的！"

"是呀，艾洪什么都能给她。他迷上她了。"

我真没想到，原以为像艾洪这样的人，是不会把自己的宝贵感情浪费在一个下流女人身上的。可是他确实那么做了。他迷上了她。艾洪也知道，台球房里还有几个流氓和她也有来往。他当然知道，在他的生活中，情报消息必不可少。他有一个蚁冢似的大信息库，提供信息的人像一条条蚂蚁组成的黑线从四面八方蠕动而来。他们告诉他林格尔案件下一步的进展，或者是货物财产公开拍卖的时间，上诉法院尚未发表的裁决，以及哪儿可以搞到赃货，从毛皮到学校用品等等。因此，有关洛莉的情况，他从头到尾一清二楚。

艾丽诺·克莱恩问过我一些感情方面的问题，我有了情人没有？

这是用以表明我已成年得做的一件事情。我们的老邻居克雷道尔先生也曾问过我,不过问的方式不同,是偷偷地问的。他判断我已经不是个孩子,可以对我泄露自己的私事了,他的斗鸡眼变得色迷迷的,兴奋热辣。"你有女朋友了么,奥吉?搞上好几个了吧?我儿子还没有。他从店里回来只知道看报,对别的全没兴趣。你已经不太年轻了,是么?我开始干那事比你还小哩。我玩得简直没个够。考茨一点都不像我。"他很有必要宣称,他在家里是个较有雄风的,事实上是惟一的男人。在他龇起牙,使自己那张过惯户外生活、粗糙结实的脸皱成微笑时,看上去确实壮健刚毅。他曾饱经风霜,背着样品包徒步走遍整个西部。还不得不每分钱都斤斤计较。他也很有耐性和毅力,在一个月里可以经过一座有铅白窗子的工厂二十次,最后连他和目的地之间每块空地里的野草都记得一清二楚。他到一个地方,为了要得到几毛钱的佣金或一条消息,就能待上几个小时。"考茨就像我太太,是个冷血动物。"事实上我很清楚,在他家里大吼大叫,又是跺脚,又摔东西的正是他自己。

"你哥哥怎么样?"他很感兴趣地问道,"听说小妞们都为他湿了裤子。他现在在干什么?"

说老实话,我也不知道西蒙这些日子在搞点什么,他没告诉我,就连对我的近况似乎也漠不关心,因为他已认定,我只不过是艾洪家的一个打杂的而已。

有一次,我跟丁巴特参加他一个未婚妻开的晚会,碰见我哥哥和一个穿件橙色毛皮镶边衣服的波兰女子;他穿了套宽松、笔挺的方格衣服。看上去英俊潇洒,颇为自得。他没逗留多久,我觉得,他是不愿跟我同在一个地方消磨时间。要不,也许是因为丁巴特把晚会弄成那种样子让他失去兴趣。丁巴特的朗诵,那声音沙哑的打油诗,他蹩脚的嘲讽讥笑和猥亵的无聊谈吐,引得女孩子们尖声大叫。有几个月,我和丁巴特来往密切,我跟他在晚会里鬼混,装傻,做他的配角;或者完全像他那样,在走廊上或后院里搂抱女孩子。在台球房里,他护着我;我们也颇为友好地比比拳击——对此我不太高明——打打台球——稍好一点——或者跟那班流氓和爱起哄打闹的阿飞泡在一起,我坐在绿色球桌上方的高椅子上,戴着一顶开了菱形通气孔的帽子,上面缀有三色堇形铜饰针和艾尔·史密斯①的像章,穿着胶底球鞋和莫霍克汗衫②,爵士乐震耳欲聋,棒球广播哇哇直叫,记分器嗒嗒走动,台球杆乒乓击球、吐葵花子壳声、踩碎蓝粉笔声。空气中弥漫着滑手用的滑石粉尘,要是劳希奶奶见到我这副模样,一定会认为以前说过我的那些最严厉的话,实在是说得太轻了。在台球房里厮混的人里面,有带血腥味的恶汉、匪帮里的新手、偷牛贼、抢劫犯、打手、急于想成为刺客的小流氓、鬓发一直长到下巴、牛仔打扮的街坊青年,还有大学生、小赌徒、小歹徒、拳师、退伍军人、逃避家庭的丈夫、出租汽车司机、卡车司机以及二流运动员。每当有人想揍我——这儿有很多人火气极大,常会误解你的目光——丁巴特马上过来保护我。

"这小家伙是我的朋友,他替我老哥做事。谁要是碰一碰他,脑袋上就会开花。怎么,你是逞能还是饿了?"

遇到这类有关忠诚和荣誉的事,他是非常非常认真的;他那双瘦骨嶙峋的手已经握拳以待,他的古巴鞋后跟深深陷进地里;他那满是皱纹的下巴也已在浆过的衬衣肩部摆好作战姿势。接下来他便准备起步跳动,开始挥拳猛击了。

可是决不会因我大打出手。如果说劳希奶奶的教诲有一点是使我折服的,那就是以柔克刚,尽管就她来说这是一种策略,而不是出于仁慈,动粗是野蛮人、傻瓜和蛮汉干的事。因此,我不能自夸是涵养架开了怒火,或者是我的清白正直(我怎能这样说呢!)使得那班恶汉尊重

---

① 即艾尔弗雷德·史密斯(1873—1944),前后四任纽约州州长,1928年曾被提名为总统候选人。
② 一种短袖圆领紧身汗衫。

我;我一点也不欣赏险象环生的场面,不欣赏狡猾的泰波特① 那种眼睛一眯便整个人蓄势出击,为的是江湖礼数,并不是因为有喜欢打人和挨打的癖好,所以我也就拒绝一切邀请,既不参加挑战,也不参加应战。

关于这一点,艾洪的见解对我也有影响。他爱说的一个例子是,有一次他正坐在那辆斯塔兹牌车的驾驶座上——他有时被移到前面来坐是为了看网球赛或者看空旷沙地游戏——忽然有个运煤工手里拿着根换胎钢钎跑了过来,他已按了一两次喇叭,要斯塔兹挪动一下,可是丁巴特跑开了,车没人开。"要是他不问一声就挥拳朝我脸上打过来,"艾洪说,"那我可怎么办?由于我两只手正搁在驾驶盘上,他会以为开车的是我。我得赶快跟他说。可我能来得及跟他说清楚吗?我怎样才能说服这么个野兽般的凶汉呢?我是否应该假装昏过去或者装死?啊,我的天哪!就连我没有得病之前,还是个相当壮实的小伙子时,我也是尽可能先礼后兵。实在不行,才动用拳头,跟任何一个狗娘养的混蛋,只想动拳头的傻瓜或存心找岔子的坏蛋打个明白。在这个城市,一个人出门去安分守己地散步,回家时可能已被打得鼻青脸肿;他也很有可能像挨到几个德国佬的拳头一样,吃到一个警察的警棍;那些个德国佬,为了要搞到几个钱到河景区的高马道上去追妞儿,就在冷僻的小巷里游荡,图谋袭击某个行人。你知道,警察现在已经不是靠市里的薪水过活,也不是只靠偶尔弄点黑社会组织的钱。哪辆运私酒的货车不是由警车一路护送?所以警察也不在乎知法犯法。我听说,有些人因为英语不行,回答不出警察的提问,差一点儿被打死。"

这时候,他的鼻子和肿胀的眼睛显出了热切机灵的表情,开始扩大了他的话题;他还不时将白发往耳后一拢,头朝后一仰,样子十分神气,看上去更多的是甘愿为事业去受难,而不是因疾病缠身而痛苦;他那自我保护的紧张心情放松了。"不过像芝加哥这种地方的粗野也有好

---

① 莎剧《罗密欧与朱丽叶》中的人物。生性狂暴,死于剑下。

处，也就不会给人以假相。因为世界上的各个大都会，都有某种原因让人觉得在人文方面是很不相同的。所有那些古老的文化，米开朗基罗①和克里斯托弗·雷恩②的那些完全公之于众的美妙绝伦的艺术作品，还有像英国皇家骑兵卫队的列队升旗仪式，以及在巴黎伟人祠③安葬伟人仪式等等。看到那些美妙的事物，你会以为一切野蛮都已属于过去。你会这么想的。然而接下去你又会有另一种想法。你会看到，在他们把妇女救出煤矿，捣毁巴士底监狱，废除星法院④和逮捕密令⑤，驱逐耶稣会⑥会士，发展教育，建立医院，推广礼节的后面，他们进行了五六年的战争和革命⑦，杀了两千万人。难道他们认为对生命的威胁就比这儿小了么？真是天大的笑话。还不如让他们更确切地说，他们摧残的大多数是好人，而别想骗我说，嗜血成性的人只是远在奥里诺科河⑧一带猎取人头，或者只是西赛罗⑨才出黑帮头子卡彭。最善良的人总是遭受虐待或被杀害。我见过一幅图画，亚里士多德居然被一个下流的妓女当作马来骑。毕达哥拉斯⑩只因一个图解而被杀害，还有被迫剁去双手的塞内加⑪；这些都是殉难的哲人和圣贤。"

"可是我有时候想，"他说，"要是有个家伙持枪闯进来，看见我坐在这写字台旁，那怎么办？要是他说，'举起手来！'，你想，他会有耐性等我解释我两臂残废吗？他会开枪打死我。他会以为我伸手到抽屉里

---

① 米开朗基罗（1475—1564），意大利文艺复兴盛期雕塑家、画家、建筑设计家和诗人。
② 克里斯托弗·雷恩（1632—1723），英国杰出的建筑师。
③ 原为圣吉纳维夫教堂，法国革命时改为伟人祠，用以纪念法国伟大人物。
④ 英国古时设于威斯敏斯特王宫内的法庭，以滥刑专断闻名。
⑤ 法国大革命前国王常用于不经审判监禁或放逐臣民的秘密命令。
⑥ 由西班牙人依纳爵·罗耀拉（1491—1556）创立的天主教修会。
⑦ 指1789—1794年的法国革命。
⑧ 南美洲主要河流之一，流经委内瑞拉和哥伦比亚。
⑨ 美国伊利诺斯州北部库克县的一座城镇。
⑩ 毕达哥拉斯（约公元前580—约前500），希腊数学家、哲学家。
⑪ 塞内加（约公元前4—公元65），罗马哲学家、政治家及悲剧作家。

拿枪或者按警铃。那我艾洪就完蛋了。你可以去看看抢劫案的统计数字，然后再告诉我这是不是我危言耸听。我本该在头顶挂块写有'残疾人'三字的牌子。可我一直不愿见到墙上有那玩意儿。我只希望这满屋子的布林克捷运公司和平克顿保安公司的招贴能使那班歹徒离开。"

艾洪常常想到死，尽管他在许多方面思想很先进，可死神仍在他脑际萦绕，还是那个穿着皱瘪长内裤的老形象；也就是美貌少女在镜子里见不到的那个，因为映满她们镜子的是她们自己雪白的乳房，古老的德国河流泛出的蓝光，还有像地板那样有格子的窗外那些市景。这死神是个生性狡诈的老坏蛋，鹿皮外套中露出枯骨，决不是我在一个戏里见过的那个在苹果树上向孩子们打招呼的好心的塞德里克·哈德威克爵士[①]。艾洪对这个可怕的索命者没有好感，但是对此十分迷信；他只是表面上装得像个对死亡认命的斯多葛派分子模样，实际上一直在想方设法击败这个对手——已经赢了他这么多的死神！

死神也许是他惟一真正相信的鬼神。

我常常觉得，艾洪在心里已完全认输。可是，当你以为你通过他的行动已经追踪到他，将要把他捕获时，你却发现自己并不是在一座迷宫的中央，而是在一条宽阔的通衢大道上；他从一个新的方向来——一位坐着大型高级轿车的州长，一大排州警察卫护着他，显赫一时，不可一世，人人喜爱，死亡只是他隐私中的一个部分，而且是一个微不足道的部分。

[①] 司各特小说《艾凡赫》中的人物。

第 六 章

　　从这一切之中，我想要为自己得到点什么呢？我没法告诉你。我哥哥西蒙年纪比我大不了多少，他和一些我们的同龄人都已想到应该不负此生，而且已经选择了方向，可我仍在团团转。至于艾洪，需要我为他做些什么，他心里一清二楚，而对我能从他那儿得到点什么，则不甚了了。我知道自己有强烈的渴望，然而不知道自己到底渴望些什么。

　　一个人成年以后，每逢对生活感到厌腻，通常就会听凭自己暴露出种种恶习和缺点，令人讨厌，可是在这之前，都有或理应有一段天真自然、优美如画、不知不觉而过的时光，就像一幅西西里岛上牧羊人谈情说爱的田园画，也像伊里克斯山① 中能用石块赶走的狮子和从缠结中散开钻入岩缝的金蛇。我说的是早年的生活情景；因为每个人都一样，开始是伊甸园，然后经历尘世的种种束缚、痛苦和扭曲，最后死亡，进入冥冥之中，据说从那儿可以盼望永远进入新生。可是眼前，有的只是对周围一切的恐惧，阴暗无望的生活、预兆死亡的危迫、恶语中伤的嘴巴和可怕吓人的眼睛，还有那使欢乐茫然不复记忆，对幸福自馁不敢希冀的害怕一切的战战兢兢。没有牧羊人谈情说爱的西西里风情，没有任意涂抹的生活画卷，只有城市中深切的烦恼。而你又被迫过早地卷入那高深莫测的城市生活目标之中，既没有穿上法衣被送到以利面前，开始在

---

　　① 位于意大利西西里岛。

神殿里侍奉①，也没有由眼泪汪汪的姐妹们放上马背，送到波哥大②去学习希腊文，而是流落在台球房里——这又怎能使你飞黄腾达？还能得到什么幸福和解除困苦的良药来替代短笛、羊群和音乐般的、吮乳的童真？怎么有可能跟一位戴着眼镜、脸色苍白的教师哪怕只是一起散个步，或者学学小提琴呢？朋友、伙伴、哥们和弟兄都没有概要、摘录，或者速记之类的东西来告诉你这样会走向何方。鲁滨逊在茫茫的苍穹之下，只身和大自然相处，仅仅对付那几个动物，日子尚且过得够麻烦的，何况我是处在一群做出成绩要困难得多、勉强得多的人之中，而且我自己也是其中的一员。

有一段时间，丁巴特对我也有过影响。他曾讲过高深莫测的城市中的生活目标。他认为他有许多东西可以教我，这些东西就连他哥哥也教不了。我发现丁巴特一心一意想在局长和艾洪面前证明自己有能耐，千方百计想搞出点名堂，这是他的一个特点。他发誓说他一定能做到，达到名利双收。他要做一个响当当的经纪人，名列主要比赛前广播宣布的名人之中，传遍整个拳击场，他的眼睛像钻石般闪烁发光。他时常能物色到一个有可能吸引人的拳击手，为他经理一切。当时他就做着一个重量级拳击手的经纪人。他说，他终于有了一个好拳击手——奈尔斯·纳杰尔。丁巴特曾经有过几名中量级和次中量级拳击手，可是一名优秀的重量级拳击手，只要是冠军的料，就最能赚钱，而丁巴特一口咬定——他大声吼叫着，认真得打算要跟人干上一架——奈尔斯正是块冠军的料。奈尔斯有时候自己也这样认为，可是心里也许不这么想，要不

---

① 此处指以色列先知撒母耳的故事。撒母耳的母亲哈娜多年未孕，便去神殿求子，并许愿如蒙得子，必将他送到神殿侍奉耶和华。后果得子撒母耳，断奶后便将他送到神殿，交给祭司长兼士师以利，后来成为先知。详见《圣经·旧约·撒母耳记上》第1至3章。
② 哥伦比亚首都。

他会把全部时间都花在这上面，不再回拆旧汽车厂工作的。他双手肮脏，动作缓慢又有点抽搐，双臂白皙粗壮，关节部位筋肉发达，挥击时特别有力。他那迟钝黝黑的下颏也同样坚强有力，僵硬地朝刮光的喉部缩下以躲避来拳；他头顶戴着鸭舌帽，伸出的帽舌遮住深藏的眼睛。他给你的感觉，是个心灵曾受伤害、为人正派、不想损人伤人、像卷马鬃或像个破球的粗笨壮汉。他非常结实，很挨得起打；他那高大魁伟、侧腹壮实、皮肤白皙的身躯的移动速度，作为一个重量级拳击手来说，已经是够快的了。他所缺乏的是临场应变头脑。他全靠丁巴特告诉他应该怎么打，他情愿受人支配，不能据实力争，因为他那张牙齿不全的嘴非常木讷，所以台球房里那些爱说俏皮话的人说："换成轻油吧，要不在这种天气发动不起来。"这个卖鸡女人的儿子本不适合当拳击手。他母亲多年来一直在一家家禽店的后堂干活，给鸡鹅拔毛，穿一身粗麻布衣服，闭嘴掩不住牙齿。她赚的工资倒不错，奈尔斯向他妈拿的钱仍比他自己挣的还多。他干拳击，只是因为他表面看上去在这方面很有潜力。

不过，要是他被作为拳击手受到倾慕，他会欣喜若狂。丁巴特有个台球房的哥们，是一个少年俱乐部的赞助人，有一次请丁巴特去分界街一个地下室给这个俱乐部做报告，丁巴特把奈尔斯也带去了，让他站在旁边，他高兴得简直令人难以置信。经过情况大致是这样的：丁巴特和奈尔斯都穿了自己最好的衣服，黑色麂皮皮鞋，戴着一尘不染、紧压眼睛的浅顶软呢帽，挂着钥匙链。"孩子们，你们必须懂得的第一件事是，生活俭朴正派十分重要，要刻苦锻炼，多喝牛奶，多吃蔬菜，要开窗睡觉。就拿我手下的这位拳击手来说吧，"——奈尔斯高兴地龇牙咧嘴笑着，粗声粗气地向听众说了祝福的话——"外出巡回比赛时，无论人在哪里，奈尔斯每天至少要锻炼到全身出一次大汗。然后用热水淋浴，冷水淋浴，再迅速用力擦干，让体内的毒都从毛孔排出去。只有在他打赢以后，我给他一支雪茄，他才抽烟。我曾在《邮报》上读到过一篇德克斯·理查德的文章。文章说，在和威拉德①决战之前，当时在俄亥俄，连阴凉处的气温都达到华氏一百度，可是登普西②训练有素，赛前他穿着内衣小睡了一会，醒来后衣裤居然还是干干的，浑身上下一滴汗也没有。孩子们，我要告诉你们，这是多么的了不起！这是值得下功夫的一条路子。所以请听我的忠告，别去玩弄你裤裆里的那个小东西。这一点真是说不出有多重要。千万别去碰它。你要是想做运动健将，那就别去碰它，而比做运动健将更美的差使是没有多少的；而且即使你有别的志向，碰那东西也是使你行为变坏的第一步，所以别去碰它，那会使你脑子变得稀里糊涂。也别跟你的小女朋友胡搞，那对你们和她们都没有好处，听我的话没错。我这是给你们讲的老实话，因为我不喜欢遮遮盖盖、瞒哄骗人的那一套。至于我在街上看到的那班紧跟不放的小妓女——你们别去理睬她们就得了。要是你真想有个女朋友，我认为那也未尝不可，有很多规矩的女孩子可供你们选择，就是那种决不会来抓你裤裆、决不让你在台阶上糊着不走，一直缠到夜里一点钟的女孩子。"——等等，等等。他一面讲，一面用含着诚意的炯炯目光注视着坐在折椅上的会员们。

当个经纪人对丁巴特再合适不过了，这正是他所需要的。他好发表演说（他哥哥就是一位常在集会和宴会上演说的人），一大早会把奈尔斯拖出房间到公园去练跑，在特拉夫顿体育馆里，又会连哄带骗，又叫又喊地指导训练，为争用设备到处挥拳作势，经常怒气冲冲地坚持自己有权一直使用纱袋和吊带。训练室里，擦剂气味熏得人昏昏沉沉，拳台栏索时时来回摆动，白铁衣物柜不断乒乓作响，房间里一片昏暗；在里面练拳的有肌肉发达、全身汗津津的波兰人、意大利人和黑人。聚集

---

① 威拉德（1881—1968），美国职业拳击运动员，1915年4月在哈瓦那以二十六个回合击倒约翰逊，获世界最重量级拳击冠军。
② 登普西（1895—1983），美国职业拳击运动员，1919年7月在俄亥俄州托利多市以三个回合击倒威拉德，获世界最重量级拳击冠军。

在这儿的,还有衣冠楚楚的拳手老板和股东们。把奈尔斯训练到具备参赛水平,丁巴特便带他外出比赛。带着向艾洪借来的钱,搭长途公共汽车去了西部。可是后来他从盐湖城打来电报说,他们在那儿被打败弄得破产了。他们回来的时候饿坏了,脸色苍白。奈尔斯打了六场只赢了两场,在台球房里备受人们的嘲笑。

丁巴特有很短一段时间停搞拳击赛事;那是在乔利埃特发生大越狱的时候,丁巴特是国民警卫队下士,应州长之召出动围捕逃犯。他立刻换上卡其布军装,戴上有棱纹的战斗帽,可是他并不讳言,担心在参加巡逻时,会使他所崇拜的汤米·奥康纳,或飞行员拉雷,或布格西·冈萨雷斯①陷入走投无路的绝境。

"笨蛋,你假装跌进沟里,待在那儿不动就行了。"艾洪对他说,"不过看来没等你上火车,州警察就会把他们给逮住,要不最多是坐一趟拥挤的火车,吃吃豆子罢了。"

局长的身体近来不太好。他从床上喊道:"谢普,你走之前,让我看看你,"当丁巴特面带委屈,扎着使裤子变了形的绑腿,站在他面前时,老人不禁被儿子这副少见的模样逗乐了,说了声:"傻——瓜!"丁巴特挺直了身子,他误解了老人的心情,心里感到老大不快。艾洪太太怕见到他这副军人打扮,伏在洛莉·菲尤特肩上低声哭泣。丁巴特到了乔利埃特附近,在阴雨天气中露宿了几天,回来时人变得又黑又瘦,折磨得疲惫不堪,连激怒的眼睛也累得眯成一条线。可是他立刻就着手进行奈尔斯的赛事,安排他在密歇根州的马斯基根出赛一场。艾洪派我跟他们一起前去,搞清丁巴特和奈尔斯陷入困境时的真相。他说:"奥吉,我得给你放一次假。要是你那位我不太相信的朋友克莱恩,能在下午来代你做一两天替工,你可以去旅游一次。有个人坐在奈尔斯的台角里,也许可以使他提高信心。丁巴特在他头上鞭子噼啪噼啪的抽得太

---

① 三人均为黑社会头子,大越狱中的著名逃犯。

紧，弄得他意志消沉。也许旁边有个心情愉快的第三者，会使他'鼓起勇气'①。你的拉丁语怎么样，好不好，小家伙？"艾洪对自己这个主意得意非凡；他想做的如果是一桩好事，便会使他热情高涨。他对他父亲说："爹，给奥吉十块钱吧，他要替我出一次差。"——以此表示他的慷慨并非没有障碍。局长欣然照给，不管给多少他都很爽气，满不在乎，在给钱大方这点上，他是堪作楷模的。

丁巴特很高兴我去，还给我们讲了一通话，充满他一主事就有的那股大言不惭的蛮劲儿。"好吧，伙计们，咱们这次非赢不可……"可怜的奈尔斯，他身穿美国陆军航空兵妇女队②飞行员的深紫红色夹克，把身上的肌肉绷得鼓鼓的，鼓起的衣服一直拖到他那笨重得像管子工工具的粗壮的罗圈腿上，看上去实在不像样。他那张大脸就像花园里刚刚耙过、需要浇水的土地。在这多孔的干土上，一对白多黑少的眼睛露出担心大难临头的神色，还有一只已被拳头打得七歪八扭的鼻子。

那天，最不幸的事已发生在另外一个人身上。有人发现艾罗家的兄弟中有一个被人枪杀在他的小敞篷汽车里。《检查人报》对此以很大的篇幅作了报道，我们是在驶往码头的电车上读到这条新闻的。奈尔斯想起，他曾和这个艾罗比赛过垒球，他不免有些垂头丧气。不过当时还很早，天刚亮，贫民区街道上一片空寂，只有屋檐上有点亮光。当我们走上码头，朝"索格塔克城"号走去时，一出检票处，突然间，城市的阴沉不见了，眼前是一片闪着红光、上下起伏的蓝莹莹的湖水，从黑黢黢的岸边一直伸向金光明亮的东方。铅白色的甲板刚冲洗过，闪耀着墨西哥湾暖流的水色，海鸥顺着气流在翱翔。丁巴特终于开心了。他叫奈尔斯趁甲板上人不多时绕船跑步。在船上八小时不运动，到晚上出赛时四肢会太僵硬的。于是奈尔斯就微笑着小跑起来。阳光美如流金，海鸥几

---

① 原文为拉丁文。
② 该组织已于1944年解散。

乎从静止不动中飞落水面啄食面包碎片。在此情此景中，奈尔斯像完全变了一个人。他自胸部上端猛发几拳，虎虎有劲，老练凶狠。丁巴特穿着有蝉腿状条纹的衣衫，指点奈尔斯要多用膂力，他们俩都深信他们必胜无疑。后来，他们到铺有粉红色地毯的休息室里喝咖啡去了。我留在甲板上，欣悦地领略阳光、色彩和从底舱传上来的干草味。底舱关有一个乡间巡回演出马戏团的马匹。我坐在蓝天碧水之间，沐浴在和煦的阳光中，懒洋洋的空气从我的穿着印有黑字的大号破球鞋的脚上，往工装裤里向上爬着，我感到心情万分舒畅。我把头靠在舱壁上，有浓浓的头发垫着。

在我们驶出码头，在温暖的淡水湖面上航行许久后，丁巴特才带着两个年轻的女子走出休息室。她们是他的伊莎贝尔或者珍妮丝的朋友，他在这儿和她们邂逅相遇。她们俩都穿着打网球的白色衣裙，头发用丝带扎在头顶，她们是去度假的，打算在索格塔克的一处度假胜地的草地网球场上打打球，又跑又跳一番，还准备在近岸的平静水面上划划独木舟，展示展示自己漂亮迷人的胸脯。丁巴特拿着帽子，指点着渐渐远去的景色，他那头杰出的头发便得以有机会沐浴在阳光下，蒸发出洗发水的香气——对一个事业如日方升的年轻拳赛经纪人来说，还有什么比穿着白皮鞋，裤子上饰有快艇驾驶人那种波纹带，在风和日丽的早晨，满怀希望，漫步在甲板上，向女孩子献殷勤更好的事吗？奈尔斯仍留在休息室里玩铁爪机，他想得奖。那是一架有玻璃罩的小起重机，罩子里堆满廉价糖果，间有照相机、自来水笔和手电筒。你投入一枚五分镍币，就可以通过两个小机件来操纵那台小起重机，一个机件用作瞄准，另一个是控制铁爪的。奈尔斯花了五毛钱，结果只抓到一把味同嚼蜡的糖果。他本想为他母亲抓一只照相机的。

于是，他和我就在甲板上分吃了那些糖果，后来他说，他玩那机器用眼过度，觉得头晕，实在是船的晃动和湖水不断溅打船头使他头晕的。当船驶近密歇根湖岸和近岸的巨浪区时，他突然把那死人般的脸转了过去,面色苍白得像珊瑚虫,连那些有最深的皱纹的地方都像。他呕吐的时候,丁巴特使劲从背后扶着他——是自己的拳手,必得帮助他脱离苦海——毫不掩饰痛心的失望央求道:"啊,伙计,看老天爷的面,忍着点!"可是奈尔斯继续大口呕吐着,剧烈喘息着,他的头发披散在那张冰冷的脸上,盖住那双渴望早点登上陆地的眼睛。到达索格塔克时,我们没敢告诉他,离开马斯基根还有几个小时的航程。丁巴特扶他到下面去躺下。在整个世界上,奈尔斯能感到安全的,只有几条街。

抵达马斯基根,我们搀着面色蜡黄、体弱无力的奈尔斯下到码头上。这儿的湖底是沙地,浪小,使鲈鱼得以藏身,躲过那班午后的钓客。我们来到了基督教青年会,给奈尔斯冲洗了身子,吃了一顿烤牛肉,然后就到健身房。尽管奈尔斯诉说头痛,想躺一下,丁巴特还是逼他作跑步锻炼。"要是我让你躺下,你就只会躺在那儿自怨自艾,今天晚上你就打不出像样一点的结果来了。我知道你需要什么。奥吉会给你去买包阿司匹林来。你得跑步,好把吃的消化掉。"我买了药片回来,奈尔斯在那光线阴暗、空气又不流通的房子里跑了十圈后,脸色发白,四肢痉挛,坐在篮球架下直喘气。丁巴特在揉他的胸口,一面仍颇有信心地试图给他打气,可是不知为什么他没有用威吓来增强他的信心,只是说:"伙计,你的毅力呢?你的后劲哪儿去了?"把奈尔斯弄得更难受。

毫无用处。太阳已经下山,再过一小时就要出场了。我们走出健身房,坐在广场上。那儿淡水的气味很浓。奈尔斯仍然眩晕欲吐,垂着头,瘫坐在长凳上。"嗨,打起精神来,"丁巴特说,"咱们得尽力而为。"

拳赛在狮子会堂举行。奈尔斯排在第二场,对手叫王子贾沃斯基,是布伦斯威克工厂的一个钻工。观众都为他助威,特别是在奈尔斯跟跟跄跄躲开他或者把他抱住,在干硼砂闪烁的拳台上露出怕得要死的神情,呆呆地凝视着台旁的脸孔和震耳欲聋的狂热叫嚣时。贾沃斯基以越来越大的弧度挥拳追打他。这家伙身材比可怜的奈尔斯高,手臂也较长,而且据我估计,比奈尔斯大约年轻五岁。丁巴特被不绝于耳的嘘声气得快发疯了,当奈尔斯回到台角时,他对他吼道:"这个回合你要是再不至少击中他一拳,我就一走了之,让你一个人留在这里!""我对你说过,咱们应该坐火车来的,"奈尔斯说,"可你偏要省那四块钱。"不过,在第二个回合,他听着对他的倒彩,眼露震惊,突然斗志奋发,用他那又白又大的拳头不顾一切地朝贾沃斯基死命乱打。可是在第三个回合,他最挨不起打的肚子那里中了一拳,就此四脚朝天倒下,在可怕的呐喊和叫嚷声中,裁判员数到十时他还没起来,便被判击败,还受到假装击倒和比赛作弊的指控,急得丁巴特连忙爬到拳台第一条栏索上,朝裁判员直挥帽子,裁判员却用双手做了个马笼头,掩住了耳朵。奈尔斯弯着腰离开了拳台,在雪亮的灯光中,两眼就像死人,在石化海绵似的双腮上,拖着两条口水。我帮他穿上衣服,带他回青年会,把他弄上床,锁在房间里,然后在街上等候丁巴特,为了使他不会冲进去踢房门。可是丁巴特已颓丧万分,根本没打算这么做。他和我一起在街上走了一阵,向街头小贩买了些猪油炸土豆,然后回青年会。

第二天早上,为了付青年会房钱,我们不得不退掉回程票,丁巴特满以为这次出赛能得到一笔收入,可现在囊空如洗了。我们只好搭便车回芝加哥。途中,在圣乔过来不远的哈伯特的沙滩上过了一夜。奈尔斯把自己的拳师袍裹在身上,我和丁巴特则合盖一件油布雨衣。第二天,我们在弗林特搭上一辆拖挂车,经过加里和哈蒙德,一路上有许多码头以及硫磺和煤的堆场,在中午的空气中,在那些乌黑、巨大的帕西费奥母牛和别的柱形无头巨兽①之间,居然还见到火焰。不是光,是炽热的火焰,还有赤褐色的滚滚浓烟,鳞次栉比地连成大片的炼炉和厂

---

① 前者指有烟囱帽的烟囱,后者指高炉等。

房——在满是青蛙产卵洞的通心草地上,到处是旧锅炉或炉渣堆。要是你见过冬日的伦敦,在它那道河光即将消逝的可怕的最后时刻,张开吼叫的大嘴的情景,或者曾在十二月里,冒着严寒乘车越过阿尔卑斯山,在一片白色的水蒸气中进入都灵,你就能了解这一带的类似壮观。在拥挤的三十英里油渍斑斑的道路两旁,高炉、煤气和机器的火山,按恩培多克勒①的原理,生产出生铁、钢梁和铁轨;接下来是十英里疏松的城市和五英里密集的贫民区。我们在离闹市区不远处下了拖挂车,走进汤普森餐馆吃了一顿炖肉和意大利面条。那馆子邻近侦缉局,四周尽是电影公司的大型广告。没人对我们的归来有多大兴趣,因为当时艾洪家刚失了火,烧毁了起居室——马海毛沙发上全是发出焦臭的大黑洞,东方地毯遭了殃,红木长书桌和桌上那套哈佛古典名著丛书都烧焦了,被灭火机浇湿了。艾洪已提出要求赔偿两千元;可是,调查员不同意失火原因是电线短路,而是暗示有人故意放火,有人说他这是要好处费。巴伐茨基不在,我只好暂时顶替他的部分工作,可我很知趣,没去打听他的下落,我想他一定躲起来了。失火那天,艾洪太太正去看她的表亲,吉米·克莱恩则陪有病的局长去了公园。看来,老局长对这场火灾很生气。他的卧室就在起居室旁边,焦臭味好几星期都不散。他躺在那儿默不作声地皱着眉头,暗暗责怪儿子的赚钱手段实在失当。艾洪太太一直想要一套新家具,所以局长对她也怀恨——女人对家具永远不会知足,总想把家弄成个七弯八拐的窝。

"你将从保险公司骗到的那五六百块钱,我可以给你呀,"局长对儿子说,"那样我就不用在快要死的时候来闻这臭味了!威利,你知道我在生病。"此话当然不会假。艾洪挺着鹰钩鼻子,脸色惨白,神情凝

---

① 恩培多克勒(约公元前490—前430),古希腊哲学家、诗人、医生,据传为证明自己的理论,投入埃特纳火山的火山口自杀。他认为万物皆由火、水、土、气四种元素构成,只是比例不同,而且不生不灭,互为转化,其动力为爱和憎,爱使元素结合,憎使元素分离。

重，一副承认该骂的孝顺样子，受着局长的斥责。局长下了床，身穿长内衣裤和长可及地的敞胸锦缎晨袍，虚弱无力地站在厨房里，却仍要逞强，连现成的椅背都不肯扶靠一下。"你说得对，爹，"艾洪回答说，干坏一桩事的内疚，就像两三个尚未扣紧的箍套套在他的脖子上。他毫无幽默，而是紧张地、几乎是生气地看着我。现在我终于知道了，那场火确实是他搞的，他大概在想，我渐渐地了解到他的一切秘密了。我是不会去泄露这些秘密的，不过这些事露了底毕竟有损他的自尊心。我竭力不让自己显眼，那个星期他忘了给我工资我也没有跟他提起。也许我这样做不免过于审慎，可我正处在爱夸张的年龄。

夏天过去了，学校又开学，保险公司仍没有答应赔偿。我听克莱恩说，艾洪正缠着老丹波，求他在市议会里找个人，去跟保险公司的一位副总经理疏通一下赔偿的事，我知道艾洪自己也写过不少信去，抱怨说，作为数一数二的保险经纪人，竟连一笔小小的火灾赔偿都不能解决，公司怎能指望他让客户相信，他们的损失能迅速得到赔偿呢。正如大家所料，他是向跟他生意往来最多的那家公司保的险。由他经手的光是一家哈罗威企业公司，就要付价值二十五万元资产的保险费，因此，故意纵火的证据想必实在太明显，因为我确信，那家保险公司是很想赔偿的。那些用帆布盖着、发出臭味的烧焦家具一直放在原地，直到老局长坚持不让再放在那儿，才把它们搬到孩子们玩官兵捉强盗游戏的院子里。旧货商前来提出愿意收购，他们汗流浃背，一直谦恭地在办公室外面泡着，直到艾洪肯出来见他们，回答说他不愿出售，他打算在赔偿问题解决后，把这些东西全都捐赠给救世军。

其实，他已答应卖给克雷道尔，克雷道尔打算把它们修补翻新。特别是因为这件事搞得很棘手，艾洪一心想从这些东西上尽可能多捞回些钱。还因为受到局长的嘲弄。不过总的看来，他认为他干得不赖；这就是解决你老婆要一套新家具的办法。那套封面已被碳酸喷剂毁坏的哈佛古典名著丛书，他送了给我。我把那些书全放在床底下的一只板条箱里，并且开始阅读普卢塔克的作品、马丁·路德致日耳曼贵族的信①，还有《猎兔犬号航行记》，我还只读到蟹偷傻水鸟的蛋那里。

　　我没法多读一点，因为晚上没有多少可供专心学习的安宁。老太太已经变得神经不正常，又因年迈十分衰弱，很难对付。虽然她总是说，即使她没教妈别的，至少也把她培养成一个好厨子。可是现在，她硬要自己烧自己的饭，把锅子、盘子什么的统统单独分出，供自己专用，还把放在冰箱里的食品和小瓶小罐全都盖上纸，再用橡皮筋扎好，可是放进就忘了，一直到发了霉，扔掉后又对妈大发脾气，指责妈把这些东西偷走了。她说，两个女人不能共用一个厨房——她忘了她们俩共用这个厨房已经多久了——特别是其中一个要是既不规矩又肮脏。她们俩都在颤抖。对妈来说，不仅由于委屈，更多的还是出于害怕，她竭力想用她那迅速变坏的眼睛看清这老太婆在哪儿。老奶奶对西蒙和我几乎已经不再说话，当她儿子斯蒂伐给她的那只小狗——其实她认为没有一只狗能代替温尼，可她还是要了一只——一向我们跑过来时，她便喝道："你这畜生！畜生！"可那黄褐色的小母狗只想玩耍，不肯像以前那只老狗那样成天躺在她脚边。老奶奶甚至没替小狗取名字，也没有好好训练它的大小便习惯。现在两个女人已经处于这样的状况。西蒙和我答应轮流担任清洁工作，这活儿妈已经不再吃得消。然而西蒙在市中心工作，因此没法公平分工。现在家里连给狗取个名字、驯养它的人都没有了。而我也不能老是爬到劳希奶奶的床底下去，那儿是个最脏的地方，而她却两眼瞪着书本，拒不说话，对我一直装瞎装哑，除非她的小狗绕着我的裤管直吠，她才尖声喊叫。我的时间很多就是这样花掉的。

　　而且，妈由于视力不行，她已经没法单独去看乔治，每次都得我们

---

①　马丁·路德（1483—1546），德国人，16世纪欧洲宗教改革运动发起者。基督教新教路德宗创始人，写出《九十五条论纲》抨击教廷发售赎罪券，否定教皇权威。此处所说的"信"，系指路德遭迫害后，于1520年写的呼吁世俗当权者干预教会改革的小册子，全名为《告信奉基督教的日耳曼诸贵族》。

陪她去老远的西区。乔治现在已长得比我高大,有时候对我们有点怒气,他还是原来那样脑子迟钝而外表英俊,是个走动起来气不急的大汉。由于两腿不够发达,那拖动的脚步,有一种老练的沉重。他穿的是我和西蒙的旧衣服,看到衣服穿在如此不同的一个人身上,让人觉得颇为奇特。在这所福利院里,他们教会他扎扫把和编织,他曾把他用羊毛织的有蓟花图案的领带给我们看。可是他在这所儿童福利院里,年龄愈来愈显得太大了,再过一两年,他得调到曼坦诺或者州南部别的福利院去。妈对此很难过。"那样,我们一年也许就只能去看他一两次了。"她说。去看乔治这痴呆的娃娃脸大人,对我也不好受,所以后来,每逢去看他时,只要口袋里有钱,我便带妈到克罗福特路一家高级的希腊餐厅去吃冰淇淋和蛋糕,为的是想使她暂时摆脱一下那积压在心头的沉重忧虑,我想,人世间有不少人,总是让岁月默默地蹉跎在这种地方的。虽然价钱贵得令她吃惊,用自己也不知道有多高兴的嗓门大声反对,她毕竟让我多少为她消愁解闷了一下。这时,我会镇静地对她说:"妈,没问题,你放心。"因为西蒙和我还在上学,我们家仍领取救济金,不过我们俩都在工作,乔治又在福利院里,我们家经济上从来没有像现在这样宽裕过。只是现在掌管余钱的已是西蒙,不再像以前那样是老奶奶了。

有时候,我在客厅里瞥见老奶奶,在阴暗过道有亮光的一头,她有意避开我们,独自待在水晶宫塔楼式的火炉旁,身穿下坠的灯笼裤和衣边浆得笔挺的衣服。她现在认为,我们不对的地方太多,不能原谅,也无从说起。一切皆因她已经老迈,脑子不灵了。我们以前一直认为她是个强者,什么都难不倒她的。

西蒙说:"她已经快不行了。"我们俩都承认她已老迈无用且将不久人世,这是因为我们已跨出家门,走向社会,妈却丝毫没有这种看法。老奶奶对妈颐指气使任意欺压,俨然像个女主人、主管、太后、女皇,可是,就连她硬要赶走乔治,还是似因衰老引起的厨房里的恶意诽谤,也动摇不了妈对她多年来形成的尊敬和臣服之心。妈常为老奶奶变得乖张古怪而对西蒙和我流泪,照她现在这副傻劲,她是应付不了她的。

西蒙说:"妈实在受不了啦。劳希家凭什么要把这个老太婆扔给我们不管?妈做她的奴仆已经够久了。她自己也越来越老了,眼睛又不好,连小狗在她脚旁都看不见了。"

"嗯,这件事我们应该让妈自己做主,"

"我的老天!奥吉,"西蒙说,直截了当——他表示瞧不起时,那颗断牙龇得很显眼——"你别一辈子做傻瓜啦!行不行?老实说,你让我觉得,咱们家只有我一个人头脑健全啦!让妈做主有什么好处?"遇到有关妈的理论或实际问题,我通常都提不出多少意见。我们俩待妈的态度是一样的,可是对她的看法却不同。我所要说的只是妈不习惯一个人待在家里。老实说,一想到这个,我心里就感到不好受。她的眼睛已经快瞎了,独自一人坐着干点什么?她没有朋友,出门办点事总是穿着男人的鞋,戴顶黑色宽顶无檐圆帽,红润瘦削的脸上架副厚眼镜,走起路来拖拖沓沓,是街坊上的一怪,一个心不在焉的怪女人。

"可老奶奶算得了什么伴儿?"西蒙说。

"啊,也许她脑子会清醒过来一点。她们俩有时候还聊聊天,我想。"

"她什么时候跟妈聊过天?你指的是把妈骂得狗血喷头,把她气哭吧。你说这些的唯一意思是,咱们应该听之任之。那只是出于懒惰,尽管你也许对自己说你是个老好人,不想对那个老太婆忘恩负义。别忘了,咱们也帮了她的忙。她骑在妈头上这么多年了,一直利用咱们来摆阔,作威作福。得了,妈现在再也受不了啦。要是劳希家肯雇个女管家,那倒还算是个解决问题的合理办法。可要是他们不愿,那就得把她从这儿接走。"

他写了一封信给她在雷辛的儿子。我不知道她那两个教友派教徒脾气[①]的儿子,在各自居住的城市境况怎样。每逢我经过一个像雷辛那

---

① 喻指沉默寡言。

样的地方，总会联想到，那幢有橡胶轮胎做的给孩子玩的秋千，里面有人在练钢琴的房子，像是斯蒂伐·劳希的；斯蒂伐有两个女儿，从小就受到一切文雅的教养，其中包括学习钢琴。我还会想到，老奶奶那两个在敖德萨出生、如此寡言少语的儿子，经过多方陶冶，怎么会走上这样的途径。他们两人都那么规规矩矩，神色镇定，他们追求的是什么呢？喔，斯蒂伐的复信中，在这方面至少有了个暗示。信里很冷静地说，他和他弟弟都觉得找个女管家不是解决办法，他们已为他们的母亲作了安排，决定把她送进纳尔逊老人院。要是我们能把她送到那儿去，他们将十分感激。鉴于他们的母亲和我们家多年的关系（挖苦我们的忘恩负义），所以他们毫不犹豫地提出这一请求。

"那就这样办吧，"西蒙说，可是就连他的神情，也流露出我们似乎做得太过分了。可是事到如今不容反悔，要做的只有最后细节了。老奶奶也同时收到一封俄文信，她的反应十分冷静，就像你可以想到的那种爱面子的人会有的态度那样，甚至还夸口说，"哈！斯蒂伐的俄文写得多好！在欧洲的中学里，你真能学到些东西。"我们还从妈那里听到老奶奶讲的有关那所老人院的话，说那是个既古老又优美的处所，简直像一座王宫，是位百万富翁建造的，有温室和花园，邻近大学，所以住在里面退休养老的大部分是教授。她现在要到一个更好的地方去了。她很高兴儿子把她从我们这儿救了出去；在老人院，她将和那些身份地位相当的人在一起，和他们交换聪明的见解。妈被这件事弄得不知所措，完全给惊住了，她虽然头脑简单，可能连她也不相信，老奶奶和我们一起生活这么多年以后，会自己想到要到老人院去，像老奶奶现在表面上说的那样。

收拾东西花了两个星期。从墙上摘下画，还有那些鼻孔粉红的猴子、塔什干的赛跑手、蛋杯、药膏、药剂以及从壁橱架上取下的鸭绒被。我从贮藏室里取来她的大木板箱，这件黄色的老古董上，贴有雅尔塔、汉堡航运公司、美国运通公司的标签。从地窖里取来的俄国旧杂志，发出霉气，里面还夹有一包纸包的蓝色林中小花。她把每一样贵重东西都仔细包好，容易压坏弄碎的放在最上面，再洒满樟脑片。走的那天，她以一种严厉骇人的督察神色，注视着搬运工背上那只大木板箱摇摇晃晃地下了楼，并以同样的神色监视着搬下的每一件东西、每一只箱子。她的脸色惨白得可怕，连嘴角的根根汗毛都历历可见，但仍昂首挺胸，一副贵族气派，正视这次重要的搬迁，她要搬往一个更好的地方，搬离一个弃妇和她儿子这个寒伧丢人的住所（现在她讨厌这儿了），而这家人家，在她暂时客居这儿时，她曾尽力给予保护。啊，不管她容貌多么衰老，她当时的神态的确了不起。这会使你忘掉，她的神经曾变得多不正常，过去一年她的脾气有多坏。现在，在这紧要关头，她的脑子不再糊涂，仍能摆出她最风光的贵妇时的严厉和威仪，那一年又算得了什么呢？我的心为她软化了，钦佩之情在我心中油然而生，可她并不指望从我这儿得到这一切。是啊，她把被迫放逐化成自愿退隐，获得解放的人们，心中的怨怒犹未冷却，却已感到对被废的太君有欠忠诚而心怀内疚，众人默默无言目送她登上那辆大轿车。在这不义的历史时刻，老太君和她的家人说了临别赠言。

"自己多当心，丽贝卡。"老太太说。妈眼泪汪汪地在她颊上吻了一下，她并没有完全拒绝，不过主要还是受到客观环境的限制。我们搀扶她坐进向艾洪借来的车子。她神情紧张地匆匆道了别，我们便出发了——由我驾驶那辆漆成刺眼的西红柿色、挂有消防队长铜钟的又大又笨的汽车。丁巴特刚教会我开车。

我们在车上彼此没说一句话。我没有把她对密歇根大街拥挤的话算在内，因为那只是她对交通的批评。驶出华盛顿公园，我们便在第六十街向东拐，一点都不错，大学俨然在望，校舍在深秋常青藤叶沙沙声中显得奇异而静谧。我找到了绿林街和老人院。房子前面有一道四英尺高、顶上锯成尖角的栅栏，围住两方园地和花坛。花坛上长着翠菊，用木棒和破布条扎的支架撑着；通向人行道的小径上，有一些黑色木头长凳。在灰石门廊上的长凳上，给嫌阳光太强的人坐的门厅里面的椅子上，以及客厅里更多的长凳上，坐着许多老头子和老太婆。他们全都注视着老奶奶下车。我们循着人行道走去，两旁都是脑子迟钝、蓬头垢面的老人，满脸老人斑，血管阻塞，脑袋干秃或浮肿，颈肩上的筋肌饱受摧残，堪萨斯的酷热，怀俄明的严寒，厨房里的操劳，西部的挖掘，辛辛那提的零售，奥马哈的屠宰、叫卖、收割，事无巨细，全是国家的劳作苦活，或埋头苦干，或惨淡经营。就连这儿的某个老人，别看他或她穿着旧拖鞋和背带裤，或者穿着紧身胸衣和印花棉布衫，也许曾经是个保护世界人民的有功之臣，不过，这需要像奥利金①那样的有识之士亲自来寻找，才能从这些白发苍苍、红斑累累、青筋毕露、手握拐杖、扇子和各种语文报纸、模样可怕的老人中找出。这些人，有的在晒太阳，有的在屋外烧落叶，有的在充满米面霉气和肉汁馊味的屋子里，他们脸上的皮肤和眼神都呈现出死色。这老人之家，根本不是什么百万富翁建造的宅第，它只是从前的一幢公寓房子，屋后也没有什么美丽的花园，只有玉米和向日葵。

货车运来了老奶奶的其余行李。他们不准她把那只大木板箱放在自己的房间里，因为房间是她和另外三人合住的。她只得到地下室去挑出她需要用的东西——在那个皮肤褐色的大块头女管理员看来，她的东西太多了。我把她挑出的家当搬到房间，帮她放妥挂好，然后奉她之命到那辆斯塔兹牌车内查看，看看是否有什么东西忘了拿。她没跟我谈论这地方；当然，要是她找到什么优点，可以表明她这次迁居的好处，她一定会大夸特夸的。她也没有让我看到她精神沮丧。她不理不睬女管理员劝她换上便服的意见，仍旧穿着她那件敖德萨的黑衫，在摇椅上坐了下来，眼望着屋后那片玉米、向日葵、卷心菜地。我问她可要抽支烟，可

---

① 奥利金（约185—约254），早期希腊教会最有影响的神学家和《圣经》学者，一生主要从事校勘希腊文《旧约全书》和注释全部《圣经》，所著《六文本合参》系《旧约全书》各种文本的合参。

是她不想接受任何人的意见，尤其是我的意见——因为她认为把西蒙和我培育了这么多年而我们竟这样回报她。我知道，她要是想不让自己哭出来，便得生气，便得不理不睬。我一走，她必定会哭起来，因为她年纪虽老，还不至于昏聩糊涂到不明白儿子是怎样对待她的。

"我还得把车送回去，奶奶，"我终于说，"要是你没别的什么事，我现在就得走了。"

"别的什么事？没有了。"

我准备离开。

她说："我的鞋袋忘记拿来了，那只印花棉布的，在衣橱里。"

"过几天我带来。"

"给你妈好了。麻烦你送我来，奥吉，这个你收下吧。"她打开自己那只已失去光泽的大银褡扣的钱包，手势利索地掏出一枚刺眼的两角五分币。这笔赏钱，我既不能拒绝，又不能放入口袋，我的手几乎握都握不住。

艾洪家的情况也有点蹊跷。局长在后面那个大房间里奄奄一息，而在前面的办公室里，成千上万财产的契约正在易手，生意比以前大大兴隆。艾洪一天内要亲驾轮椅到父亲床前好几次，征询意见，获取资料，现在一切都在他掌握之中。他神情严肃，紧锁眉梢，看来，他开始感到他得经管的一切颇难驾驭，办公室里所有那些喊喊喳喳的应酬话，都成了功过是非的危险暗示。现在你可以看出，他受到局长多大的庇护。当然，他年纪轻轻就成了个残疾人，是婚前还是婚后，我一直没弄清——艾洪自称是在婚后，可是我从各处听说，局长曾用钱收买艾洪太太的表亲卡拉斯（哈罗威），好让他那个瘫痪的儿子有个老婆。不能把艾洪太太之爱艾洪作为反对这一说法的证据，因为她的秉性就是敬爱丈夫的。总之，不管艾洪如何大言不惭，他都是个生活在父亲的翼护之下的儿子。这一点，我是不会看不出的。他的那些欺世骗人的信件和活动，还有那些想入非非的计划，只不过是些孩子的伎俩而已，尽管他自己已有一个儿子在上大学。他一直受纵容溺爱，直到中年，现在怎能撑得起大局？他以为只要凶狠认真就行了。他停止了他那些旧计划；《困居者》不再出版，寄来的试用品包拆都不拆——我把它们，连同那些邮寄来的小册子和其他日用奖品，一股脑儿送进底下的贮藏室——他自己完全忙着做生意，按照局长的日程表完成交易和开展业务，为在郊区买地皮、开杂货店和人谈判合伙或拆伙的事，他自己又从急需头寸的人那里低价买进二次抵押——这是他爱做的买卖。他坚持向一向和局长称兄道弟的水管、暖气或油漆承包商们收佣金，因而得罪了不少人，可他并不在乎，他认为最重要的是，在查理曼①之后就不应该有懒汉——人们只要明了这一点就行了。而且，纠葛越多，越不正当，他觉得越安全。因此不遵守协议的争执时有发生；不拖到宽限期的最后一天，他决不付账；大多数人因为局长的关系也就没有和他计较。他十分蛮横地事事要抢占上风。"我可以一天到晚都说：因为收账员还没回来，"他说，"即使我明明知道他已经回来。千万不可让人觉得能使你让步。"

他就是这样在清净的间隙教我如何耍手腕，并讲解有关理论的。可是这样的间隙越来越少了；而且，他所教的这些内容，多半是为他自己的行为做注脚，用以解释他的所作所为都是对的。

这时候，他的一切需要都很强烈，连以前不在意的东西，他也要家里都有——一种特制的咖啡，全市只有一家店出售，他还向克雷道尔买了几瓶走私的朗姆酒。贩卖私酒是克雷道尔的一项副业，他用草提包把酒从城南送来，在那里他跟各种各样的恶棍坏蛋、危险分子有间接或间接又间接的来往。可是，克雷道尔有一种为别人弄到他们所渴望的一

---

① 查理曼（约742—814），即查理大帝，法兰克国王。他扩展疆土，加强集权统治，建成庞大帝国，并且极力提高臣民的文化水平，鼓励学术，兴建文化设施，使其宫廷不仅成为政治中心，而且成为学术中心。他本人也勤奋好学，懂得多种语言及数学、天文学知识，参加各种社会文化活动。

切的才能——一种管家、马弁、奴仆、莱波雷洛①或皮条客的本领。五产的婚事,他还在为他奔走。可眼下,老局长快要死了,丁巴特将继承到很多钱,他还没有结婚,克雷道尔成天泡在艾洪家,在卧室里陪伴局长,和丁巴特聊天,还私下和多方利用他的艾洪长谈。

他们的话题之一是洛莉·菲尤特,她已于九月间辞职,去闹市区干活。她不在了,艾洪很难过,虽然他父亲病重,他的工作增加,不可能再像悠闲的夏天那样和她打情骂俏。在公寓里和办公室里经常不断人。可是现在他很需要她,他不断给她写信或捎口信,还老把这件事挂在嘴上。而且是在这种时候!这对他也不利。然而,尽管不是时候,他还是继续盘算,怎样才能实现,而且不仅仅用心思,还执意地具体讨论,怎样可以达到目的。我就听到过他和克雷道尔讨论此事。但是他是个头儿,一家之主,身负重责的主管,一个长于管理和思考的人,一个了不起的父亲的了不起的儿子。真是太了不起了!就连他把眉毛朝日益斑白的头发一扬,都是如此。可要是除此之外,他内心还滋长着个人的恶习、情欲,甚至于淫念,不体面的猥亵念头,那又怎么办呢?就因为他是个残疾人,所以就不配么?即使你答复这个难题时会说,一个身患残疾或受过其他祸害的人,他应该放弃什么,这不该由我们来断言,可艾洪能为非作歹仍然是个事实。你可以根据一个人的恶行和损人方式来认识他的真面目。不过我相信,这种人自己也得冒受伤害的危险。因此你可以断定,要是他认为干这类事自己没危险,那他就错了,而要是对与己无关的事就不加节制,那也不对。至于艾洪呢?天哪,他真能讨人喜欢——世界上一个迷人的家伙。但也能让人心神纷乱。你可以对之抱怨;你也可以说,这是有天赋的人耍的手段或谋略,为的是转移你的目标,要你不去注意他们的欲念中那些毒辣丑恶、乱七八糟的东西,可是,如果这种手段耍得非常高明巧妙,给人以极大的欢乐,那就超越其

---

① 奥地利作曲家莫扎特(1756—1791)的歌剧《唐·乔万尼》中的男仆。

原来的用意了。艾洪有时候便是这样,尽管别有用心,可是喜笑颜开,要得让人高兴。他能表现得天真无邪。不过,他这一套有时仍使我感到厌恶,心想,他真不是个东西——狗屎一堆。自私自利,专横跋扈,装腔作势,爱找岔子,妒忌心很重,十足是个伪君子。可是,每次到了最后,我都对他十分敬重。原因之一是,想到他不得不时刻和病魔作斗争。毫无疑问,在冰上攻击乘雪橇的波兰佬更费劲,做个贝利萨留[①]或者寻找圣杯[②]则更为崇高伟大。不过总的说来,以他所处的战场和到手的武器而论,他的表现还是颇为不凡,由于他的悟性,他联想到要有我提到过的那种节制。他知道,当你的父亲垂垂将死时,由于你对待老婆和女人的手段,你的那些恶行可能会有什么报应,知道对声色之娱应该有怎样的态度,对忙于蝇头小利的小商人似的行径应该有怎样的看法;他有智力作出比较。他有着超群的智力。可是,超群的智力不能只作为一些人专有的天赋,全系与生俱来,像个天生的白化病人。要是那样,我们对它还能有什么兴趣可言呢?不,超群的智力应能在最恶劣的环境中活下去,能为自己找到一个干燥的角落,避开那班疯狂的、血淋淋的、弄得污泥四溅的官僚政客、军警狱吏、马尔伯勒公爵[③]和老看金表的普勒格森之流、残害儿童的、食肉的生番,以及业务遍及全球的圣约翰的骑士们。因此,为什么还要厌恶双腿瘫痪、恼恨自己残疾缠身但仍满怀渴望的不幸的艾洪呢?

[①] 贝利萨留(505—565),东罗马帝国名将。在征战北非、意大利和波斯中战功卓著,后引起查士丁尼一世皇帝的疑忌而遭贬黜。
[②] 相传为耶稣在最后的晚餐中所用的杯子,后来亚利马太的约瑟用以盛接钉在十字架上耶稣的鲜血,系亚瑟王传记中骑士们所寻找的著名物件。十二世纪以来,以这一故事为主题的诗歌、散文作品有《伯斯华,或圣杯的故事》、《亚利马太的约瑟》(又名《圣杯传奇》)、《帕尔齐法尔》、《第尤·克龙》、《寻找圣杯》及《亚瑟王之死》等。
[③] 马尔伯勒公爵(1650—1722),英国著名军事将领,曾在布伦海姆战役中率军击溃法军,为英国历史上一有争议人物。著名作家斯威夫特、萨克雷均认为他政治上投机取巧,朝秦暮楚,唯利是图,毫无气节。

不管怎么说，我都站在他一边。他对我说："啊，那下贱的淫妇！那满脸雀斑的煤矿婊子！"他托克雷道尔几次去闹市区带信给她，提出痴狂的建议。可是他也说："我知道，在这种时候，我他妈的，实在不该这样去想小妞儿。这会毁了我。"洛莉虽有复信，人却没有回来。她为自己另有打算。

这时候，老局长渐渐地销声匿迹了。起初，还有许多朋友到他那曾豪华一时的卧室里来探望他，这间卧室是他十年前离他而去的第三位妻子布置的，一张法国十九世纪初叶款式的四柱大铜床，镀金穿衣镜，头钻在弓里的丘比特①像。地板上还摆着痰盂，梳妆台上有雪茄，还有支票存根和玩皮纳克尔②的纸牌，现已成了一个老生意人的房间。老同乡和犹太教堂里的老朋友，以及从前的生意伙伴来看他时，他好像很高兴，对他们说，他完了。他一辈子说笑惯了，要忍都忍不住。考布林常在星期天下午来探望，五产则在工作日驾着送牛奶车来——他虽然年轻，却颇懂传统礼节，至少态度毕恭毕敬。我不能说我相信他非常乐于这样做，但他来探望并不是坏事，表明他至少懂得做人心术要正。他大概也赞许局长对自己不久人世非常泰然自若的态度。金斯曼因为是开殡仪馆的，又是艾洪的房客，对自己不能来探望老局长深感不安，他在街上拦住我询问局长的病况，还央求我不要提起这件事。"每当一个朋友去世，人们像接待为我干活的老格兰纳姆一样接待我时，"他说，"那是我最难受的时刻。"老格兰纳姆是个守灵人和诵唱赞美诗的，体衰力弱，脸带死色，身穿唐人街的黑色羊驼呢衣服，一双小小的脚上套着拖鞋。"要是我去探望，"金斯曼说，"你知道人们会怎么想。"

老局长离死亡越来越近，允许进去探望的人越来越少，以他那低沉的俏皮话声为主的聚谈也停止了。现在大部分时间是丁巴特陪他。丁巴

---

① 罗马神话中的爱神。
② 流行于北美的一种纸牌游戏，用两副牌的 A 到 G，共 48 张，常为 3 人同玩。

特不待艾洪提出便主动离开台球房来照料父亲。他十分伤心,最不肯接受医生的预测,而是信心十足地说:"一个上了年纪的人病了时,医生总是这么说的。啊,说真的,局长的身体结实得很,他健壮着哩!"现在,他踩着那嘎嘎作响的探戈舞演员鞋的高后跟,忙着在房间里跑进跑出,给局长喂吃的,为他擦身子,赶走堆在后院的家具上玩的孩子。"走开,你们这些小捣蛋,这儿有病人!讨厌的东西,你们怎么这样没有教养!"他使病室保持光线阴暗,自己则坐在一只跪垫上,在值夜的阴暗灯光下看《凶狠船长》、《野蛮医生》之类的通俗消闲小说。在这段时间,我只见过局长下床过一次。当时,艾洪派我去他书房取一些文件,在阴暗的起居室里,看见穿着内衣的老局长正慢慢地移动着步子,在找艾洪太太,诘问他衣服上的纽扣怎么不见了。令他生气的是,从脖子直到底下只剩下两颗扣子,中间一段裸露出光光的身子。"这不像话!"他说,"烧得我光身子。"他对那场火还在生气。

后来,局长多数时间都处于昏睡状态,就是醒来,也不大认识人了。最后,丁巴特只好把他在病房里的位置让给金斯曼的格兰纳姆。可是在餐巾纸罩住的十二瓦的灯泡下,老局长居然认出了格兰纳姆那张涨开的海绵球似的砖色的脸,说道:"是你?这么说我这一觉睡得比我想的要久了。"艾洪把这件事说了许多遍,同时还提到以死时镇定闻名的加图①和布鲁图②等人。他爱搜集这类资料,他从他读过的书中搜寻一切,什么星期增刊、周一布道词、霍尔德曼-尤利乌斯蓝皮书、各种谚语格言集的,从中搜寻出合适的比喻。可他的比喻常常牛头不对马嘴。这倒不是说,老局长临死时没有惊慌怨恨、丝毫不改生平习惯不值得赞扬。

那天晚上局长就躺进了金斯曼殡仪馆的一口大棺材。我早上去上

---

① 即小加图,战败自杀。详见第二章注。
② 马·琼·布鲁图(前85—前42),古罗马政治家,刺杀恺撒的主谋者,后逃往希腊,在腓利比战役中战败自杀。

班，办公室的门关着，还挂上了绿黑两色皱起的帘子，挡住干冷秋日的阳光。我绕到后门进去。艾洪太太十分迷信，所有的镜子都被蒙上了，在阴暗的餐厅里，局长的遗像前，一只灰白色的教堂里用的那种玻璃杯里，点着一支蜡烛。拍这张照片时，局长那比尔·科迪①式的络腮胡子还很浓密，且有光泽。阿瑟·艾洪从香潘回来奔祖父的丧。他坐在桌子旁，有一种大学生的超然的文雅，一只手插在蓬松的知识分子式头发中，面对在这种场合可以料到家里人会有的愚蠢表现，他显得从容镇定。他风度动人，谈吐隽永，不过，虽然他那年轻人常穿的浣熊毛皮大衣放在碗橱上，大衣上还搁着一顶贝雷帽，他的外貌看上去并不年轻，两颊已有皱纹。艾洪和丁巴特的背心上都有剃刀割的裂口，这是租来的衣服的特征。前丹波太太是和儿子唐纳德一起来的，她的头发梳成家庭教师式，还戴着拱形的夹鼻眼镜。唐纳德常在宴会和婚礼上唱歌。囿于亲戚间的礼节，哈罗威公司的卡拉斯和太太也来了，这位太太的前额留着一簇鬈发，她仍旧极不安定，对什么都反感。她浑身是肉，脸色红润，怨这恨那，满嘴挑剔。我知道，她一直告诫她表妹自己要多加小心，免受艾洪家的人欺凌。她不信任这家人。她也不信任自己的丈夫，虽然他给了她一切，在南区有一大套装饰豪华的房子，有哈维兰瓷器②、威尼斯软百叶窗帘、波斯地毯、法国挂毯、十二电子管的豪华型收音机。这就是卡拉斯，他穿一套双排纽扣的雪克斯金细呢衣服，看样子他刮脸困难不少，梳头发则更不在行，脸上的疙疙瘩瘩一概绕道而过。头发梳成一马平川，又瘪又塌。他手段圆滑，自己大为得意，虽然他的英语说得怪声怪气，在欧洲老家又是个无名小卒，可是并未妨碍他发财，见到他那细细的皱纹和小小的眼睛，以及他那辆可以与之媲美的六汽缸车、一辆黄色的帕卡德猛冲过来时，人们便会让步。

―――――――
① 即威廉·科迪，详见第五章注。
② 1839年，大卫·哈维兰在法国利摩日市创立的一家工厂生产的瓷器。这种优质瓷器专为出口美国而设计。

很久以后,在杰克逊公园附近一家面包糕点店里,我和卡拉斯太太有过十分钟古怪的邂逅。当时我带着一个希腊姑娘走进店里。我们穿着夏季的法兰绒运动衫,手挽着手,一大早就那么亲昵,她便以为那是我的老婆。她一眼便认出了我,脸上显得非常高兴,可是她的记忆错误百出,又没法加以阻止或纠正,还错得这么古怪。她告诉那姑娘,说我简直就是她的亲戚,她像爱阿瑟一样爱我,她在家里款待我如同款待亲人——她认为,这是一次极其愉快的重逢。她搂住我的肩膀,说我长得有多漂亮英俊,而我的肤色,一直受到女孩们的羡慕(仿佛在办公室和台球房里,我是少女们中间的阿基里斯[①])。我得说,她这样千方百计想用虚情假意来掩饰过去,使我大为困惑。人们都一直待我如同养子,好像我真的是个孤儿,她却从来不是这样,只因有钱脾气变得很坏,老对她那神秘莫测、短小精悍的丈夫发火,也数落艾洪家的人。我只是作为艾洪的司机去过她家,他们叙谈时,我坐在另一个房间。从餐桌上拿三明治和咖啡给我的也不是女主人,而是艾洪太太。现在,卡拉斯太太出来买早餐面包卷,碰上个好机会,得以用这种别有用心的花言巧语来粉饰她的过去。我什么也没有去否认,我说这都是真的,让她讲得热情奔放。她甚至责怪我为什么不去看她。可我还记得她那张恨得要砍人脑袋的板起的脸和葬礼前的那顿早餐,当时我在厨房里帮忙。巴伐茨基在煮咖啡。

艾洪只是疲惫不堪,并没有悲痛欲绝,他吸烟时,把黑呢帽推到后脑勺上,除了偶尔吩咐一声外,没跟我说一句话。丁巴特用沙哑的嗓音坚持由他推车送哥哥到金斯曼的殡仪馆。此后,就由我护送艾洪,不是阿瑟,阿瑟陪他母亲步行。我把艾洪背上背下那辆大轿车。墓园里秋色正浓,到处是低矮的灌木丛和墓碑。回来又请送丧的人吃了什锦冷盘晚餐。天黑以后,艾洪穿着丧服去犹太教堂,他的脚没有凳子可踩,两边

[①] 希腊神话中的英雄,据传长得高大、英俊,除脚踵外全身刀枪不入,曾被扮成少女,在吕科墨得斯的宫廷和国王的女儿们生活在一起。

也没有什么可依靠，他的面颊贴在我的背上。

艾洪并不笃信宗教，去教堂是出于礼仪，不管他心里想法如何，他懂得怎样为人。考布林家也是这个教堂的会众，我陪着安娜姨妈坐在楼上变相的东方式帷幔里。她在为自己的爱子霍华德流泪，周围那些衣着华丽、唏嘘作声、用嗅盐提神的妇女，则为来年将死于水火之灾——如经文的英译本所说——的人而哭泣。不管怎么说，这跟在楼下和那些围围巾、戴生意人呢帽的会众在一起祈祷的情况不同；挂在两脚支架卷轴丝绒装饰上的铃铛在丁当作响。天黑了，会堂里只有为数不多的一些蓬头垢面的来做晚祷的常客，他们一张张苍老的脸，声音各异，粗哑的、低微的、上气不接下气的、咕咕哝哝的、嗡嗡刺耳的，吟诵着希伯来文的晚祷词。轮到丁巴特和艾洪吟诵孤儿的哀悼祈祷文时，不得不由别人给他们提示。

我们是和克雷道尔先生一起乘卡拉斯的帕卡德车回来的。艾洪低声对我说，要我让克雷道尔先生回家去。丁巴特已上床睡觉。卡拉斯返回南区。阿瑟去看朋友了，他明天早上就要回香潘。我帮艾洪换上较为舒适的衣服和拖鞋。后院里寒风飒飒，洒满月光。

那天晚上，艾洪要我留下陪他，他不想独自一人待着。我坐在一旁，他则以当地报纸社论的格式在写一篇有关他父亲去世的讣告。"灵车离开新坟归来，留下长眠其中的人去经历大自然最后的变化。他初来芝加哥，此地还是一片沼泽；他谢世时，这儿已是一座大城市。他在大火① 之后来到这儿。据传，那场大火是因奥利里太太的母牛为逃避哈布斯堡暴君的征用而引起的。在他生前，作为一个建设者，他证明伟大的建筑和城市并不一定要建造在奴隶的白骨上，像法老的金字塔和在沼泽中蹂躏了千万人才在涅瓦河畔建起的彼得大帝的都城那样。像家父那样一个美国人的一生，给人的教训和那位谋杀施特雷利茨家族和自己亲生

---

① 指1871年的芝加哥大火。

儿子的凶手迥然不同,他说明成就是能以正当手段取得的。家父并不知道柏拉图说过'哲学就是对死亡的研究'一语,然而他去世时俨然一位哲学家,临终时对床边看守的那位老人说……"那篇讣告的风格就是如此,他在半小时内奋力写就,在他写字台上一张张油印出来,他吐着舌尖,身子在睡袍中缩起,头上戴着压发帽。后来,我们带着一只空纸板文件夹去他父亲的房间,锁上门,打开灯,开始清查局长的文件。他一面把文件递给我,一面吩咐说:"把这撕掉。这要烧掉,我不想让任何人见到这个。千万要记住这份材料放的地方,明天我要问你要的。打开抽屉,把里面的东西全倒出来。钥匙在哪儿?把裤子口袋里的东西抖出来。把他的衣服都放在床上,仔细掏掏每只口袋。啊,这就是他和范伯格的交易?多精明的老家伙,我爹,真是个天才。好,现在让我们来理东西——这是最主要的事。把桌上的东西都拿掉。我们好整理资料。这儿许多衣服,凡是我没法穿的,除了式样很古老的外,全都卖掉。注意,不管什么小纸片都别扔掉。他常把重要的事情记在这种小纸片上的。这老头子,他以为他会长生不老,这是他的一个秘密。我想,所有掌大权的老人都是这样想的。即使在他去世的日子,我觉得我真的还是这么看。尽管所有史书上都写了,可人们从来不吸取任何教训。从来不。那些史书只不过是人们为这和自己争辩的方式,不过这是人们应该铭记心头的、来自外界的唯一真知灼见。只要人们能虚心对待,真是一座极好的常备意见库。要是我们未能得到改进,那并不是因为没有多少可以吸取的真知灼见,而是因为我们的虚荣自负的重量超过了它们的总重量。"艾洪说,"啊,这里有一张关于马戈利斯的条子。他昨天还撒谎说没欠我爹钱。'罗圈腿,两百元!'他非得还我不可,要不,我吃掉他的肝,这两面派,狗娘养的骗子!"

到了午夜,我们撕碎的纸已经有了一大堆,就像枢机主教[①]们的选

---

① 天主教梵蒂冈教廷枢密院成员,亦称红衣主教。

票，它们的冒烟就宣告新教皇的产生。可是艾洪对文件资料的情况并不满意。他父亲的债户名字，都像马戈利斯的那样，大部分用的是诨名绰号——"臭牙"、"锈头"、"马屁精"、"笑哈哈"、"山姆总督"、"阿克特翁"①、"巴珊②国王"、"汤勺"等等。他借了钱给这些人都没有借据，只有这些记载，借出的款子总计数千元。艾洪知道这些人是谁，可是他们如果不想还钱，尽可不还。这开始表明，局长留给他的钱并不像他所想的那么多，而那些钱还与不还，这就得看他一直未加善待的那些人是不是讲义气了。他开始伤起脑筋来了。

"阿瑟回来了没有？"他不放心地问道，"他得乘早班火车去。"老头子生前居住的这间曾经具有女性奢华的漂亮房间，现在变得乱七八糟，艾洪坐在那里，睁着鸟一般的圆眼睛，在思量他的儿子。后来，他显得轻松多了，说："唉，反正这些东西他也不感兴趣；他是要跟诗人及有才智的人交往的。"他总是这样讲起阿瑟，这使他感到非常宽慰。

---

① 疑为希腊神话中阿里斯特俄斯和奥托俄耶之子。一说因吹嘘自己的狩猎本领，而受到女神惩罚（一说看到女神沐浴）。
② 《圣经》中常提到的国家，约在今叙利亚德拉省。

第 七 章

我想起了那个古老的克罗伊斯①的故事,艾洪就像他那样不幸。起初,这位骄傲富有的国王对来访的梭伦②大为恼火,那位雅典政治家在和他讨论幸福的时候,想必自以为来自大城市,见多识广,用一种降尊纡贵的态度来对待一位有钱的孤岛上的乡巴佬。我曾想,梭伦既然那么才智横溢,为什么就不能对这位拥有无数黄金财宝的半野蛮人和气一点呢。可是不管怎么说,梭伦是对的,克罗伊斯却错了,他哭哭啼啼向居鲁士大帝③诉说自己的教训,居鲁士大帝饶他一命,把他从火刑柴堆上放了下来。这老头由于身遭不幸,成了一个思想家、神秘主义者和爱进诤言的人。后来,居鲁士的脑袋落到了和他不共戴天的女酋长④手中,她把他的脑袋按到一皮囊鲜血中,骂道:"你不是要喝血吗?喝吧,让你喝个痛快!"居鲁士那疯狂的儿子冈比西斯把克罗伊斯继承到手,就想把他杀死在埃及,像杀死他自己的兄弟那样;他还刺伤了可怜的小公牛埃皮斯⑤,惹得那班毛发剃得精光的僧侣们切齿痛恨。股票市场的大崩溃,等于是艾洪的居鲁士大帝,银行倒闭是他的火刑柴堆,台球房是

---

① 克罗伊斯(?—公元前546),小亚细亚西部古国吕底亚末代国王,敛财成巨富,后与波斯作战中失败被捕,苟且求生。
② 梭伦(约公元前630—约前560),雅典政治家和诗人,希腊七贤之一,为古雅典的立法者。
③ 居鲁士大帝(公元前599—前530),波斯阿契美尼德王朝开国君主。
④ 居鲁士率兵东进,打败了游牧民族马萨格泰人的女酋,俘获了女酋长的儿子。由于女酋长的儿子自杀于狱中,女酋长发誓报仇。公元前529年,她打败并杀死了居鲁士。
⑤ 即神牛,古埃及人信奉为神的化身的公牛。

他被逐出吕底亚的流放地，那班流氓恶棍就是冈比西斯，不过居鲁士居然得以应付过去，避开了他们的威胁和恐吓。

局长是在经济全面大萧条之前去世的，他入土不久，便开始有人在拉萨尔街和纽约闹市区从摩天大楼跳下。艾洪也是最先垮台的人之一，一部分是因为局长生前借钱给人的办法不当，一部分是由于他自己经营不善。他成千上万的钱财，都在发行额超过资产实值，而又连续投机的英萨尔公用事业股票上亏得一干二净，考布林也在这上面损失了好多钱。他又把自己、丁巴特和阿瑟继承的遗产，统统投入了那最后也没能保住的建筑业，结果只剩下新辟区和机场附近的几块荒芜的空地，有几块还因要付税而脱手。我有时驾车陪他兜风。他会说："那边那排店铺的房子本来是我家的。"或者指着两座棚屋之间的一片杂草丛生的空地说："爹八年前在一笔交易里弄到那块地，本想在那儿盖座车库的。幸好他没盖。"所以开车陪他兜风是件很凄凉的事，不过他并没有大发牢骚，只是随口淡淡地说上几句。

连他住的那幢大楼，局长从前花十万现金盖的，也因店铺关门，楼上的房客又不付房租，最后也白丢了。

"不付房租，就不供暖气。"冬天时他说，决心要发狠。"做业主的应该像个业主，要不就把产业放弃。不管日子好坏，我都要贯彻始终，严守经济法则。"他讲这话是为自己的行为辩护，可是被人告到了法院，官司打输了，还得付诉讼费什么的。艾洪后来又把空的店面当作公寓房出租，一处租给一家黑人，另一处租给一个算命的吉卜赛人，那人在橱窗里挂了一幅画，上面画着一只大手和一个加有标志的大脑子。大楼里经常发生殴斗和水管、卫生设备被窃事件，这时，租户们都成了他的死对头，挑头的是那个红头发的理发匠波兰人贝泽夫斯基。此人以前脾气好的时候，常在路边的人行道上弹奏曼陀林，现在在艾洪的玻璃门前经过时，却瞪目怒视，冷若冰霜。艾洪着手进行起诉，要撵走他和另外几家人家，结果因此受到一个共产党组织派出的纠察队的包围。

"好像我对共产主义懂得还不及他们多似的。"他愤愤地说,"那班无知无识的混蛋,他们对共产主义懂点什么?就连那个赛维斯特,他又懂得什么叫革命?"赛维斯特现在是共产党的积极分子。于是便坐在局长那张正对前门的办公桌后面,故意让纠察队看见,以等待行政司法部门采取行动。他家的玻璃窗上被人涂上了烛蜡,一纸袋粪便扔进了厨房。丁巴特从台球房里召集了一个机动小队来保卫大楼,他对贝泽夫斯基气得不可开交,要冲进他的铺子砸他的镜子。在这大萧条时期搬进的贝泽夫斯基这家铺子,实在算不上什么店铺,只是在地下层有一张理发椅而已,在那佛兰芒人式的惨淡昏暗中,他也还养着几只金丝雀。克莱姆·丹波仍到他那儿去刮脸,说是只有这位红头发的理发匠熟悉他的胡子。为这事,丁巴特对克莱姆很生气。不过贝泽夫斯基还是被撵走了。他的老婆站在人行道上大骂艾洪是个臭犹太残废,丁巴特拿她没有办法。不管怎么说,艾洪有过吩咐,"我不开口,不准动粗。"他并不排除动粗的可能,只是打算尽量抑制而已。虽然艾洪把丁巴特那份遗产亏得一文不剩,可丁巴特还是对哥哥俯首帖耳。"受打击的不仅是我们,"他说,"大家都有份。要是胡佛①和摩根②都不知道会来大萧条,威廉又怎能知道?不过他会使我们恢复元气的,我信他的。"

把贝泽夫斯基他们撵走的原因是,有个雨衣厂商要租用楼上的房间。等到把几套房间的隔墙拆掉打通后,市政厅追究艾洪违反消防和分区法令,并且企图将工业用电引入住宅区。这时,有些机器已经安装好,那厂商本身的资金也极有限,坚持要艾洪负担拆迁机器的费用。艾洪也不顾一切原则要赖了,硬说那些机器是钉在地板上的,因此是属于他的不动产,于是又打上了官司。这场官司艾洪也打输了,而且那厂商发现,把窗子拆掉,用滑车把机器吊下去,要比把机器拆开搬走省事,

---

① 赫·克·胡佛(1874—1964),于1929—1933年任美国第三十一任总统。
② 约·皮·摩根(1837—1913),美国金融家和工业组织家。

便搞来一份准于照此施行的通令。艾洪那块用链条挂着的大招牌也遭了殃。不过这已无关紧要,他已丧失了这座大楼,他最后的一笔产业,现在也完了。办公室已关闭,大部分家具都卖掉了,写字台叠在餐室里,卷宗档案堆在他床头,因而只能从一边走近床。为了准备以后形势好转,他想尽可能多留一点家具,几张转椅都放在起居室里,那些遭火烧的家具(那家保险公司已倒闭,根本没有赔偿)也搬回来了,廉价换了新面子,但仍有火烧味。

艾洪仍拥有那个台球房,从此亲自经营。他在前厅的角落里,围绕着收款机稍微布置了一下,作为自己的办公室,好歹总算还能继续做买卖。贬谪到这么蹩脚的地方,他一直耿耿于怀,过了好久才慢慢恢复过来。他成了这儿的头子后,为了开始积累资金,他产生了改组的念头,先是挪开球台腾出一块地方,办了个餐台,后来又安装了一个绿色的二十六点①掷骰盘。他依旧是公证人和保险经纪人,还取得了替煤气、电力和电话公司收费的资格。这一切都是慢慢发展起来的,因为在这种逼死人的日子,事情都进行得很慢,而且由于跟斗栽得太快太大,就连他的足智多谋也不灵了,盘桓在他脑子里的多数是追悔,他本应该设法至少保住阿瑟的钱,还有丁巴特的钱的。此外,还有个环境问题,现在他所有其他产业都已丧失殆尽,只剩下一条街的一处地方,四周又凝结着一片机器停开后浓重的沉寂,它笼罩着这特别空旷而又凄凉的地方。再加上以前花钱都是几块几十,现在连一角一分都得精打细算。他,一个身患残疾,上了年纪的人,从高瞻远瞩订大计划沦落到行奸使诈搞小钱。在他自己看来,这场大灾难并没有替他完全开脱——是他的那股冲劲往往模糊了别人的视线——还有,他好像一继承了局长的财富,财富便像一群只听局长话的小金兽似的,纷纷逃散了。"当然,"他有时解释说,"对我个人来说,并不算怎么惨。我以前是个残废,现在也一样

---

① 一种掷骰赌博。

是。就是事业兴旺了,也没法使我站起来走路,要是说有人事先能知道自己会有什么遭遇的话,那就是我威廉·艾洪了。你可以相信这一点。"嗯,是啊,我可以相信,又不能相信。我知道,他这话是在心情沮丧的时候说的,消极成分多,积极成分少。他丧失了那幢大楼,而且,为了顾全面子而不是出于生意上的考虑,他还要孤注一掷,为保住大楼花掉了阿瑟所得遗产中剩下的那几千块钱。可以想像,那以后他的日子有多艰难。后来,他正式让我走了,有气无力地说:"奥吉,我用不起你了,只好把你辞退。"在那段痛苦的日子里,照顾他的是丁巴特和他太太;他所受打击沉重,已被打垮,成天躲在书房里,心情忧郁,好多天不剃胡子不刮脸——而他是个全靠整个生活节奏一贯有规律的人——后来,他才离开那死气沉沉满是书籍的房间,宣布他要接管台球房,就像亚当斯①,竞选总统失败,回到家乡的州首府,当个低微的众议院议员。除非他要阿瑟辍学去做事——只要阿瑟答应——不然他非得想点办法才行,因为老本已经光了。为了要为那幢大楼筹措现款,他甚至退掉了保险。

阿瑟没有一技之长;他学的是文学、语言和哲学,不像克雷道尔的儿子考茨那样做牙医,现在能养家。突然间,儿子搞什么成为举足轻重的事了。考布林的儿子霍华德·考布林则靠吹萨克斯管挣钱。克雷道尔现在已不再向我嘲笑儿子对女人的反常冷淡了,反而劝我求他儿子在诊所的药房里给我找份工作。考茨为我弄到一份救济性的差使,在药房的小卖部站柜台,卖冷饮。我感到很高兴,因为西蒙中学毕业了,慈善机关已不再给我们救济,他在拉萨尔街车站打工的时间也减少了,工头鲍格把活儿都安排给自己那些失业的舅爷妹夫什么的,把别的人全都赶跑。

至于积蓄,西蒙作为老奶奶的接班人,家里的钱一直由他掌管,可

---

① 指约翰·亚当斯(1767—1848),美国第六任总统,曾在前一任总统选举中落选。

也全完了。银行在第一次抢兑时便关了门,那有石柱子的行址现在成了鱼铺,艾洪从他那台球房的角落里可以看见。西蒙毕业时的成绩仍然优秀——我真搞不清他是怎么弄到的——还当选为毕业班的司库,负责采购纪念戒和校徽。我想,这是他看上去很诚实的关系。有关经费收支情况,他得呈报校长,可是这并不妨碍他和首饰商的私下交易,为自己净赚了五十块钱。他整天都很忙,我也一样。至于忙点什么,我们则互不相告。不过,因为我一直以来注意他已成习惯,对他所作所为,略有所知。至于我在干点什么,他是不屑停下来回头看上一眼的。他已向市立学院报了名,跟当时一般人的想法一样,希望读完后可以参加公务员考试。申请进气象局、地质勘探队和邮局工作的人陡增,这从学校和图书馆布告牌上成叠的黑体字公告中可以看出。

西蒙能给人以鹤立鸡群的感觉。这也许和他所读的书多有关,还有他练就的那种炯炯有神的当头儿的目光。像约翰·赛维尔①的、或者像杰克逊②的,在决斗中,当对手的子弹擦过他外套的大纽扣,他正准备开枪的一刹那——一种俨如天神、凛然正视的目光。那神情显得光明磊落而又成竹在胸,那深谋远虑但非为个人忧戚。我认为,西蒙一度确有真诚,而既然一个人有过真诚,你怎能肯定说,他现在就完全没有真诚了呢?可是他是运用这些东西,是利用它们。这一点,我知道得很清楚。那么,故意运用的时候,这些表情是否就变假的了?当然,话又说回来,在争斗的时候,谁会不利用自己的长处呢?

也许,以前劳希奶奶就是出于对西蒙这种天赋的赏识,才把自己别出心裁的梦想,寄托在罗森沃德或卡内基③的善行计划上的。西蒙在街

---

① 约翰·赛维尔(1745—1815),美国独立战争中的英雄,曾担任田纳西州州长和众议员。
② 安德鲁·杰克逊(1767—1845),美国军事英雄和第七任总统。
③ 安德鲁·卡内基(1835—1919),美国钢铁企业家,退休后致力慈善事业,以资助文教科研事业闻名。

角看人打架,在十多个主动自荐的目击证人中,警察偏会挑中他问他情况。或者是,教练从健身房储藏室里拿出一只新篮球时,有几十只手臂挥舞着要那只球,可是他却会把球扔给并未争着要的西蒙,西蒙也料到教练会把球给他,因而他接球时丝毫也不感到意外。

眼下西蒙处境欠佳,因而不得不减慢他迈向秘密目标的速度。我当时不知道他的目标是什么,也不甚明白为什么需要一个目标。对这我还理解不了。不过他确实无时无刻不在获取各种各样的知识和本领,例如跳舞、和异性交谈、求爱、送礼品、写情书,了解各餐馆、夜总会和舞厅情况,怎样打领带领结,胸袋里的手帕怎么插法才算正确,怎样选择衣服,在那班粗野的流氓无赖群中如何保护自己,以及在体面的人家举止应该怎样等等。最后这项对我来说是个难题,我不曾学会老奶奶有关举止的教诲,可是老奶奶在讲时,西蒙看似没用心听,却掌握了要领。我讲述这些许多人认为不足为道的事,是因为我们对这些全然陌生,一无所知。我看着他讲究怎样戴帽子、抽香烟,怎样折起手套放进里面口袋,心里既佩服又纳闷,他是从哪儿学来这一套的。我自己也学会了其中的一些,可是我做时,从来没有他有的那种津津有味的乐趣。

西蒙是从那些时髦豪华场所的客厅、按摩院、挂着有流苏门帘的餐室里学来的,里面点着细蜡烛,弦乐队一直演奏着节奏轻快的圆舞曲。西蒙学到了这一切。他虽然对这一切采取冷嘲态度,但却深受影响。因此,我本该知道,在死气沉沉的冬日下午,在这种沉闷萧条的地方,他身穿大衣,两天不刮胡子,在一家杂货店里,或者和共产党员赛维斯特一起待在齐克曼的专卖小册子的书店里,有时甚至在台球房里混日子,对西蒙来说,这种生活有多难受。他只有星期六在车站干活,而且据他说,那还是因为鲍格喜欢他。

在那时光流动迟缓的冬日。我们总算有点时间,坐在窗前的台球房餐柜旁聊上一阵,从那儿可以看到被马粪、煤渣、煤灰染脏的积雪,以及在下午四点的灯光中缭绕的褐雾。在家里,我们帮妈做了生炉子、买菜、倒垃圾煤灰等必做的事情后,便不在家里陪她——我陪她的时候比西蒙还少。西蒙有时就在厨房桌上做作业,妈便在炉子上给他煮一壶咖啡。吉米·克莱恩和克莱姆曾问我,赛维斯特是否在使西蒙接受他的政治信仰,这事我没有转问西蒙。我相信我给他们的回答是对的,我说西蒙是迫切需要设法来打发时间。他出席会议、参加讨论、座谈、联欢和筹措房租晚会,全是出于无聊,也为了要会会女孩子,并不是因为他把赛维斯特看成是个新明星,他结交的是那些穿皮夹克、低跟鞋、条格布工作服、戴贝雷帽的大小子。他带回家来的那些宣传品,使第二天早晨的餐桌上不会出现咖啡杯的痕迹,或者用他那长满金色汗毛的大手,把油印的小册子撕碎生炉子。出于一种莫名其妙的好奇心,那些宣传品我读得比他多。不,西蒙和他的是非观念,我很清楚。他认为,他有妈和我需要照顾,除此之外,他不会再想担负整个阶级的重任,他不会接受赛维斯特的道德观,就跟他不会买下一套尺寸不合身的衣服一样。可是,他坐在齐克曼的店里,从容镇定,在煽动性的无产阶级标语下,吸着伸手牌香烟,听着夹杂着拉丁语、德语和别的外国语的谈话,在迷漫着黄色烟雾的冷空气中,青春焕发的大下巴靠在衣领上,脑子里完全反对这一切。

西蒙到台球房来使我颇为惊讶,因为他曾批评我和艾洪家的人搞在一起。不过解释仍然一样——还是出于无聊,因为他身无分文。不久,他便一面跟眼带忧伤的赛维斯特一起,用小册子和资产阶级展开宣传战,一面跟丁巴特学台球。没过多久,他的台球便打得不错,常能在五分钱一球的轮换打中赢钱,但是他不跟球室里那些职业神球手打。有时候他在后室掷骰子,手气也相当好。他避免跟那些流氓、杀手和窃贼有职业上的往来。在这方面,他比我聪明,因为我不知怎的竟参加了一次偷窃。

原来我常跟吉米·克莱恩和克莱姆·丹波在一起,到中学的最后几个学期,我和他们俩见面都少了。吉米家的人受失业的打击很大——共和党被赛尔马克①赶下台后,汤米失去了市政厅的工作——吉米得干很多活,晚上还要学簿记,也可以说在试学,因为他对数学不在行,或者说他对任何要用脑子的事都不行。不过他有为他家奋勇直前的决心。他妹妹艾丽诺已一路乘公共汽车去墨西哥,去找那儿的一个亲戚,就是那个使吉米对家谱发生兴趣的,看看是否能搞得好一点。

至于克莱姆·丹波,他非常看不起学校,把尽可能多的时间用来躲在床上读影视新闻,看刊登赛马消息的杂志。他渐渐变成一个顶呱呱的懒汉。通过他的母亲,他和他继父展开了一场旷日持久的争论,争论他的习惯、脾性问题,那继父是他母亲的第二个丈夫,也没有工作。邻居家就有个儿子,在闹市区一个保龄球场里干放置木瓶和送球的杂活,每小时工资三毛钱。因此,为什么他就拒绝找活干呢?他们一家四口,都住在前丹波太太自己经营的婴儿服装店后面的房间里。克莱姆的继父,秃顶,后脑勺的头发也稀稀拉拉,常穿着内衣在火炉旁看《犹太信使报》,或者替全家人准备午餐吃的沙丁鱼、脆饼和茶。桌子上摆着两三听打开的奥斯卡王牌罐头,还有罐装牛奶和油煎玉米小丸子。他不是个脑筋灵活的人,也没有多少话题。我去时,看见他穿着卷云形织纹的羊毛内衣,话题不外是问我挣多少钱。

"要我去干低头弯腰的活?"当他的母亲对他提起工作的事时,克莱姆便这样回答。"要是找不到好一点的工作,我就吞氰化物自杀。"而一想到吞氰化物,他便"哈!哈!哈"大笑,嘴张得老大,摇动着刺猬刺似的头发。"不管怎么说,"他说,"我宁愿躺在床上自个儿玩乐。妈,"——他母亲穿着裙子,两条腿像跳西班牙舞演员似的——"你又不算老,该懂得我说的意思。你别忘了,你的房间就在我的隔壁,你跟你丈夫那一套,"他弄得她瞠目结舌,可又因我在场,不好答话,只得气愤地对他直瞪眼。"还跟我装腔作势,得了——要不,你结婚为的

---

① 赛尔马克(1873—1933),曾任芝加哥市市长,当地民主党领袖。

什么?"

"你不该对你妈那样说话。"我私下对他说。

他对我笑笑。"你应该在这儿待上两天两夜——那你会说我对她还算客气了。她那夹鼻眼镜骗了你,你不知道她是怎样一个骚货。咱们得正视事实。"不用说,他把那些事实全都告诉了我,而且似乎连我也牵涉在内。她曾拐弯抹角地打听过我,还说我看上去多么身强力壮。

下午,克莱姆要外出散步;他带着一根手杖,一副英国绅士的派头。他从图书馆借了一些贵族的自传来看,看得直乐,还曾打扮成皮卡迪利大街①上的绅士,耍弄过那些波兰佬店主。他几乎总是准备纵情哈哈大笑,红彤彤的脸上,乐得十分轻松,显出一条条因恶作剧而得意忘形的大皱纹。一旦从他父亲那儿弄到几块钱,他便去赌赛马;赢了就请我吃牛排,抽雪茄。

我也跟别的各种各样的人来往。有一些能读大部头的德文或法文书,能将物理学和植物学课本倒背如流,还有尼采和施本格勒②的读者,而一些是罪犯。只不过我从没想到他们是罪犯,是我在台球房里认识的,在学校里也见过,中饭时在健身房里跳双人舞或在热狗店里混熟的一些小伙子。我结交各方面的人,没有人知道我属于哪一方面,就连我自己也不太清楚。要是我不认识艾洪,没有替他做事,我会不会在台球房里鬼混呢,这很难说,我的确不是一个爱啃书本的学生,也不是一个死记硬背的怪人,可我也不反对这两种人。不过,要是那些歹徒坏蛋把我看成是这两种人中的任何一种,那倒安全多了。一个名叫乔·戈曼的窃贼,开始和我谈起一桩盗窃的买卖。

我没跟他说不干。

戈曼人十分聪明,长得英俊高挑,打得一手好篮球。他父亲开一

---

① 伦敦的一条繁荣街道。
② 奥·施本格勒(1880—1936),德国哲学家,代表作为《西方的没落》。

家轮胎店，境况很好。他显然没有必要去偷窃。可是他有过多次盗窃汽车的案底，蹲过两次圣查尔斯监狱。现在他打算盗窃林肯大街上离考布林家不远的一爿皮货店。去干的是我们三个人，那第三个人是水手布尔巴，就是从前和我合用一个衣帽柜、偷我科学课笔记本的那个人。他知道我不会泄底。戈曼计划得手后驾父亲的车逃走。我们将从店后面的地下室窗子钻进去，扫空店里的全部女用手提包，先由布尔巴负责隐藏，然后再由台球房里一个专事销赃的名叫乔纳斯的替我们脱手。

四月里，一天晚上一点钟，我们开车来到北区，把车停在巷口，接着一个一个溜进后院，水手已来探过路，那地下室的窗子只有普通窗子的一半大，可是没有铁栅条。戈曼去开窗，他先用撬棍，后来又用自行车胶带（这是他在台球房里听来的技巧，但从没试过）。没有用。后来水手用自己的便帽裹住一块砖头，猛砸玻璃。玻璃的破碎声一响，我们就飞快逃进小巷，后来没见有人来，就又蹑手蹑脚地溜了回去。此时，我对干这种事已经倒了胃口，可是已不容我就此退出。水手和戈曼进去了，留我在外面望风。这种干法其实很不明智，因为只有一条从窗口脱逃的路，要是我被驶进小巷的警车逮住，他们俩谁也休想逃走。不过戈曼是个老手，我们得听他指挥。除了老鼠奔跑和废纸飞动的声音外，没有别的声音。最后，地下室终于传出声响，戈曼那张轮廓分明、颜色苍白的脸从下面露了上来；他开始把裹在薄纸里的软绵绵的女用手提包一个一个递给我，我把它们塞进藏在我雨衣下的粗呢口袋里。布尔巴和我背着赃物，穿过后院溜到相邻的一条街上。戈曼则把汽车开过来。我们把布尔巴送到他家屋后；他先把袋子扔进围墙，然后跳了进去，他的水手裤宽松地飘扬着，落在空罐头和碎石子上。我穿过空地抄近路走回家，从铅皮信箱里取出钥匙，走进人人都已进入梦乡的屋子。

西蒙知道我很晚才回来，他说半夜时妈曾进房来问我到哪儿去了。他好像并不关心我干了什么勾当，也没注意到我虽然装得若无其事，心里却很不好受。我一直睡不着，心里拼命在盘算，该怎样来解释我可能分到的二三十块钱赃款。我想要克莱姆说我们一起赌赛马赢的,可是看来行不通。其实,这一点也不难,我可以在几个星期内一点一点地交给妈。而且,就像老奶奶当权时那样,没人会密切注意我在干些什么。可我由于心惊胆怯,过了好一阵子才想清楚这一点。

不过我并没有折磨自己很久。由于脾性的关系,我仍去学校上课,只错过一堂。我也照常参加合唱队的练唱;下午四点去台球房,水手布尔巴穿着喇叭裤,正高坐在擦鞋椅上,看人打彩色台球。平安无事。一切都已和销赃的乔纳斯谈妥,他将在当天晚上去取货。我把这件事完全抛到了脑后。春光明媚,树木开始抽芽,更使我容易把它忘掉。艾洪对我说:"他们在公园里举行自行车比赛,我们去看看吧。"我满心情愿地把他抱上汽车,就去了。

我决定不再参与盗窃勾当,我现在已尝到它的滋味了。我对乔·戈曼说,以后他别再指望我参加盗窃活动了。我准备被人叫做胆小鬼。可是戈曼既没有对我生气,也没有鄙视我,只是平静地说:"好吧,要是你认为这不合你胃口的话。"

"正是这样——这不合我的胃口。"

他若有所思地说:"没关系。布尔巴是个笨蛋,不过我跟你倒可以合作得很好。"

"要是我没这种能耐,干也没多大出息。"

"何必这么认真呢?当然随你的便啦。"

他性情温和,自尊心很强。他照着口香糖机上的镜子,梳了梳头发,拉直吹歪了的领带,就走了。打这以后,他便不大答理我。

我请克莱姆出去玩,一块儿把那笔钱花得精光。可这件事对我来说,还远没有了结哩。艾洪从克雷道尔那里知道了这件事,那销赃的曾向克雷道尔兜售了一些女用手提包。大概克雷道尔和艾洪决定为此要给我臭骂一顿。于是,有一天下午,在台球房里,艾洪叫我挨他身边坐下。从他那板着的面孔,我就知道他要对我大发雷霆了,我当然明白是为了什么。

"我可不想眼看你变成个罪犯，"他说，"你落进这种环境，我认为我该负一部分责任。你到这儿来连年龄都还不够，你还没有成年。"——要说的话，布尔巴、戈曼，还有其他几十个人全都是这样。然而没人来管这闲事——"尽管你已成熟得超过实际年龄。我决不让你去干那种事，奥吉。丁巴特虽然没什么头脑，可他也懂得盗窃的勾当干不得。不幸的是，我不得不容忍迁就，让各种各样的人都到这儿来。我也知道谁是小偷，谁是持枪歹徒，谁是拉皮条的。但我没法子。这是台球房。可是奥吉，你是懂得好歹的；你曾跟过我，要是我听说你也干上那种勾当，我一定会把你从这儿撵走的。你就永远别想进这儿。永远别再见到我太太和我。要是你哥哥知道了这件事，那就够戗了！他会揍你。我知道他一定会的。"

我承认他说的一点没错。艾洪一定看到了我内心的恐惧，虽然只是通过小小的缝隙。我的一只手正搁在他够得着的地方。他把自己的手按在我的手上，"年轻人就是这样开始腐化堕落，身败名裂的，健康容貌全都会毁个干净。这种人一干就不再干孩子干的事，而是干大人干的事。一个孩子偷的只是苹果、西瓜。要是他在学校里就不老实，也会开出一两张不能兑现的支票，可能去做持枪抢劫的强盗……"

"我们没有带枪。"

"要是你敢发誓戈曼没有枪，"他激动地说，"我就拉开抽屉立即给你五十块钱。告诉你，他有枪。"

我脸上发烧，泄了气。这可能是真的，听起来可信。

"要是当时警察赶到，他会开枪，企图逃跑。那样你就给自己招了灾啦。对，一点没错，奥吉，会打死一两个警察。你知道，杀死警察的，打从抓进警察局起，会尝到什么厉害——脸会揍得不成样子，手会打得稀烂，还有比这更厉害的，这还只是你人生的开始哩。你别对我瞎说，你这只是小孩子想闹着玩。你干那种勾当到底为的什么？"

我不知道。

"你真的是个歹徒？你真有那种天性？我想我可从没见过这种情形，一个人的外貌竟能这样骗人。以前你在我家里，东西那么到处随便放着，你有过偷的念头没有？"

"嗨，艾洪先生！"我心里又气又急。

"不用你告诉我，我知道你没有。我所以问问，只是想知道你到底是不是真有干那种勾当的冲动，可我是不相信你会有的。好啦，看在上帝分上，奥吉，以后你可千万别再跟那班窃贼混在一起了。要是你开口对我说，我是会给你那守寡的母亲二十块钱的。你是不是真那么急需钱用？"

"不是。"

他很给面子，明知妈并非真正守寡，却那样称呼她。

"还是想找刺激？现在，别人连躲都来不及，你还要去找刺激？你可以去游乐场乘滑行飞车、飞橇和惊险滑梯。去河景区公园。可是慢着。我忽然发觉你身上有一种东西。你有一种反抗性。你并不是真的什么都无所谓。你只是表面上装作这样。"

这是第一次有人对我说出多少有点像我的真相的话。我感到震动很大。如他所说，我身上确有一种反抗性，心里极想进行抵抗，想说"不！"，这是确切无疑的，这种感觉就像是令人痛苦的饥饿感。

艾洪发现了这一点，他煞费苦心地考虑我的事，惦念着我，使我对他充满感激之情。由于我有着被他发现的这种本性——我的反抗性，而我是掩盖着的，所以我不能有任何申辩的表示，也不能表白我的感觉。

"别做傻瓜，奥吉，生活才给你布下第一个陷阱，你就失足掉进去了。你们这些在苦境中长大的小伙子，天生是使监狱常满的料——还有教养院、收容所之类的地方。州当局早就为你们预订好面包和豆子了。他们知道一定有些人到监牢里去吃的。他们也知道，预计能敲出多少铺路的碎石，可以指望哪些人来敲，预料什么人会到公共卫生所去接受痎病①治疗。他们所预料的人，都来自这儿周围和全市类似的地区，以及全国各地相同的地区。这几乎已是命运注定的。要是你也让自己被这种命运所注定，那你就是个大傻瓜了。就像人们预料的那样，那些凄惨糟透的地方正等着你去哩——那些监狱、诊疗所和施食站知道什么人是天生的失败者，这些人很快会油尽灯枯、老朽无用，像个屁似的一下子变得无影无踪，毫无目标地鬼混一阵就完蛋了。要是你也这样，没人会觉得奇怪的。你现在摆的就是这个架势。"

接着他补充说，"不过我想，我会觉得奇怪的，"还说，"我可并没有要你拿我做榜样。"话语之间的矛盾，真是再明白不过了，因为我清楚他那些五花八门的骗人勾当。

艾洪有在煤气表上做手脚的专长，能把电线接到总线上去偷电，他还为违章和逃税行贿；在这些方面，他真是无限聪明。他有一脑子的鬼主意。"可是当我在考虑问题，在真正考虑问题的时候，我并不是个卑鄙的人。"他说，"最终，当然不能靠思考来拯救自己的灵魂和生命，但是要是你好好想一想，这世界就是最低的安慰奖。"

他继续说着，可是我的心思早就顾自飞驰他处了。不，我不愿做他所说的受命运注定的人。我从不接受命中注定的说法，也不会变成别人要把我造就的样子。我对乔·戈曼也曾说过"不"，对老奶奶，对吉米，对许多人都说过。艾洪已看出我这一点。因为他也想左右我。

为了使我不惹麻烦，也因为他惯常需要有个代表、通讯员或可靠的助手，他再次雇用了我，不过给的钱比以前少了。"别忘了，老弟，我一直在注意着你。"他不是一直在注意着力所能及范围内的许多人和事么？不过反过来，我也在注意着他。眼下，我对他那种种欺诈行径的兴

---

① 性病的一种。

趣，比起我在他家当小听差、他家的生意红火得我都闹不清那阵子，要大多了。

在我最初帮忙他干的那些事情中，有一件是非常危险的——欺骗歹徒多事佬穆奇尼克。几年前，穆奇尼克还只是个小流氓，为北区帮卖力，干的是朝不肯付保护费的干洗店的衣服上喷洒硫酸之类的行径。可现在，已不同以前，他发了，有钱找投资机会了，特别是在地产方面。有个夏天的晚上，他曾认真地对艾洪说："我知道在帮里一直混下去会有什么结局，到头来只能吃枪子儿，我已经见得够多了。"

艾洪告诉他说，他知道有一块很好的空地，他们可以合伙买下来。"我和你合伙买，你就不必担心它不涨价了。要是你亏了，我也会一样亏。"他真心诚意地对穆奇尼克说。那块地原本开价六百元，他一定可以杀价到五百。这确是个说一不二的保证，因为那块地就是他艾洪自己的，是他从他父亲的一个老伙伴那儿用七十五块钱买的；现在，他只卖出一半所有权，还能赚一票。这笔交易是运用种种手段，冷静地完成的。结果很好，穆奇尼克找到了一个买主，很得意自己在一桩合法的买卖里赚了一百块钱。可要是他发现真相，他会亲手宰了艾洪，或者叫别人给他吃枪子儿的。在穆奇尼克看来，为了保全自己的颜面，这样做，是最简单不过，最天经地义的了。我一直担心，生怕穆奇尼克会动念头到土地登记处去查一查，发现那块地只是名义上属于艾洪太太的一个亲戚。可是艾洪说："你干吗为这去伤脑筋呢，奥吉？这人我早就把他给揣摩透了，他是个大傻瓜。我还在不断为他出种种对他有利的主意哩！"

就这样，艾洪不花分文，在这么一笔买卖上，就净赚了四百多块钱。他在我面前显得既得意又高兴；这是他真正爱干的行当，是他的得意杰作，他要的是一辈子都能干上这种好事，而且要越干越大。他坐在掷二十六点的铺呢骰子台旁，在摇骰子的皮杯前纹丝不动，一片绿色映照在他的脸上、在白皙的皮肤上和已有底色的眼睛上。他把贵重的象牙母球装在身边的一个盒子里，盒子则放在一个装廉价糖果的箱子里，对台球房里的一动一静都密切注意着。他完全按自己的一套经营着台球房。

我从不知道在别的哪家台球房里,会有个像艾洪太太那样的女人一天到晚坐在便餐柜台旁。她能烧出非常可口的辣味肉末、煎蛋饼和菜豆汤,也学会怎样用大壶煮咖啡,甚至还懂得该在什么时候放盐和生鸡蛋,使煮出的咖啡更纯净。她积极有为地对付了生活上的变化,身体似乎比以前更壮健了。她显得精力充沛,而那些男人们又使她变得恬静。有许多话和叫嚷,她根本听不懂,这倒是件好事。她没能使台球房里的空气变得温和平静,也没有像英国酒吧女招待和法国小酒馆女掌柜那样,对言行加以限制;这儿太粗野,太低级了,根本没法改变它;喧哗、殴斗、满口脏话的谩骂、拍桌子摔板凳,此起彼伏,没个完。可是,她居然也成了这儿的一部分,不过只限于卖她的辣味肉末、小红肠和菜豆汤、咖啡和馅饼而已。

经济大萧条使艾洪也有了变化。回想起来,在局长还活着那阵子,他实在不够老练,以他的年龄来说,在某些方面,还不成熟。现在,他在家里年龄上已不再排行老二,是年纪最大的了,预计也不会有人死在他之前。你可以说,忧患直朝他扑面而来,这从他的脸色即可看出。他不能优柔软弱,必须表现得硬实坚强。他就是这样做的。可是对待女人的态度,他却丝毫也没改变。当然,他交往的女人比以前少了。什么女人会进台球房啊?洛莉·菲尤特没有再回到他的身边。至于他呢——嗯,我想心情不太好的人,总得想法搞点名堂,才能打起精神来,也得刮刮胡子,也得穿衣打扮。对艾洪来说,玩一个不是他老婆的女人,就是这种名堂。洛莉于他想必十分重要,因为他一直注意她的行踪动态长达十多年,直到她最后被她那当卡车司机的姘夫开枪打死才作罢。那司机已有好几个小孩。他们俩一直合伙搞黑市买卖,后来他被捕了,很快就得蹲牢房,她却免于监禁,于是他就把她给打死了,说:"这样,就免得让另一个家伙和她去姘居,过阔绰生活,而让他去吃苦了。"艾洪把报上登的有关这件血案的报道全都剪了下来。"你看到他说的了吗？——'过阔绰生活'。我可以告诉你，她一心一意想的就是过阔绰生活。"她要让我知道，他能告诉我一切。他当然会告诉我，没有几个人能像我一样和他接近，听到他讲真心话。

"可怜的洛莉！"

"唉，真可怜，可怜的姑娘！"他说，"不过，奥吉，我想她迟早会那样送命的。她有一种男子汉的心理意识。我认识她的时候，她长得很美。是的，她后来有钱了。"他满头白发，身子也比以前萎缩了些。对我讲起她时，却仍然充满激情。"他们说她最后变得非常邋遢，而且贪财如命。那可就糟了。光跟男人睡觉就够惹麻烦的了。她是注定要不得好死的。这个世界是容不得血性子的人逞快的啊。"

这番话的含意是，要我记得他艾洪也是一个血性汉子。由于为他服务多时，曾使我处于某些颇不平常的境况——也许，他是想知道我对这些境况有什么想法；或者，也可以说是人之常情，想知道我是否会和他一起去赞赏这些境况。嗨，这些全是不值得得意的地方啊！

我高中毕业的那天晚上，特别令我回想起这番谈话。艾洪一家对我非常厚爱，他们家三人合送我一个钱包，里面装着十块钱。在那二月的晚上，艾洪太太还和我妈、克莱恩家、丹波家的人一起，亲自参加了我的毕业典礼。过后，克莱恩家要举行晚会，我得去参加。毕业典礼结束，我开车送妈回家——我没有西蒙那样，在毕业典礼的节目表上有名字，不过妈还是很高兴。我牵她上楼时，她抚摸着我的手。

艾洪太太在车里等着我。我把她送回台球房后，她说："你去参加晚会吧。"在她的心目中，我读完高中是件了不起的大事，从她说话的声调中可以听出，她为我感到非常光荣。她是位热心肠的女人，对大多数事情头脑都很简单。她想给我祝福，可是我想，我的"教育程度"突然使她对我感到胆怯。因此，当我们在下着细雨的阴冷的黑暗中，开车回台球房时，她连说了好几遍："威利说你有很好的头脑，你日后定会成为一个教师。"接着,她扑到我的身上吻我的脸,流下充满深情的高兴的眼泪,直到要走进台球房前,才从脸上擦去。也许是因为我是个"孤儿",毕业典礼使她想到这一点。那天晚上,我们都穿着自己最好的衣服;她穿的是喜庆日子才穿的海豹皮大衣,她的丝绸围巾和胸前有银扣的绸衫,在车子里还发出香水味。我们穿过宽阔的人行道朝台球房走去。下面,一排窗子全都按规定挂着窗帘,高处,招牌和广告的霓虹灯管在雨雾中翻闪着各种颜色。由于毕业典礼的关系,今晚台球房里的人不多,因而,可以听到从最远处洞窟般的灯光下传来的台球相撞声,球在绿呢台面上的轻轻滚动声,还有小红肠在烤架上发出的吱吱声。丁巴特手里拿着木头三角框①,从里面走出来和我握手。

"奥吉还要去参加克莱恩的晚会。"艾洪太太说。

"恭喜你,孩子,"艾洪态度庄重地说,"他是要去的,蒂莉。不过不是马上去。先要让我请他一次客。我要请他去看场戏。"

"威利,"艾洪太太不安地说,"让他去吧。今天晚上是他的。"

"不是到附近影院看电影,是去麦维克剧院,看小妞儿演出,看驯兽。还有个从巴塔伯林来的法国人,能在汽水瓶上拿大顶。奥吉,你觉得怎么样?不赖吧?这是我在一个星期前就计划好的。"

"当然可以,没问题。吉米说他家的晚会要开得很晚。我可以在十二点以后去。"

"丁巴特可以陪你去,威利。今天晚上,奥吉是想跟年轻人在一起的。不是跟你。"

"我走了,丁巴特得留在这儿照顾。"艾洪堵住了她的嘴。

这天虽是我的晚上,可我并没有因此冲昏了头脑。我仍能看出,艾洪坚持要我跟他去定有道理,这个小小的秘密虽还不及田鼠大,可是速度飞快。

---

① 台球比赛开始前固定台球位置用。

艾洪太太把手垂在身体两侧。"威利他一想到要——"她向我表示歉意。现在既然已不存在继承遗产问题,我和他们便简直像一家人了。我替他披上斗篷,把他背上汽车。在晚风中,我的脸红红的,心里有点不大自在。带艾洪去剧院是桩苦差使,有许多章程,而且还得跟人商量。先得找个地方停下车,接着要找到剧院经理,向他讲清为什么要他安排两个靠近太平门的位子,还得请人打开防火铁门,把车开进通道,然后再把车倒出,找到另一个停车的地方。可是在剧院里,坐的却是角度极差的位子。艾洪坚持要坐紧靠太平门的地方。他说:"你想想看,要不,如果剧院起火,我困在拥挤的人群中,那还得了!"这么一来,我们看到的演出全是侧面,只看到演员脸上的粉和油彩,声音忽高忽低,有时候像从幽谷中传来,经常闹不明白是什么惹得观众哈哈大笑。

"别开快车。"车在华盛顿大街上行驶时,艾洪对我说,"这儿要开得慢点。"我忽然看到他手里有个地址。

"那地方是在萨克拉门托附近。你不会认为,今晚上我真的要把你拖到麦维克剧院去吧,奥吉?不,我们不去闹市区。现在我要带你去的地方,我以前从没去过。我知道这个地址是个后门,是在三楼。"

我停下来,先下去探察了一下,找到要找的地方后才回来背他。艾洪常说,他就像是骑在辛巴达脖子上的那个海老人。可是还有一个在特洛伊城大火时,背着老父亲安喀塞斯逃出城的埃涅阿斯①;那老头居然被维纳斯选中,当了她的情人②。我觉得这个比喻倒是比较贴切,只是

---

① 埃涅阿斯为古希腊、罗马神话传说中的英雄。据传系特洛伊王安喀塞斯和女神阿芙洛狄忒(古罗马神话中的维纳斯)之子。特洛伊城陷后背父携子逃出火城,率领劫后犹存的众人,经长期流浪,到达意大利,在那里建了城邦,其后代就在此基础上建立了罗马。
② 据希腊传说,维纳斯爱上了安喀塞斯的英俊容貌,同他生了埃涅阿斯。由于酒后失言,泄露了孩子母亲的名字,触怒宙斯,被用闪电打瞎了眼睛(另一说被击成跛足)。他被儿子埃涅阿斯冒着大火背出特洛伊城后,四处漂泊,最后老死于西西里。

眼下四周既没有大火，也没厮杀之声，大街上只有死一般的夜间的阴冷和寂静。我在睡意正浓的窗口下，沿着狭窄的水泥人行道走着，艾洪用响亮清楚的嗓门，吩咐我当心走好。幸亏那天我清理了我的衣帽柜，穿着搁在柜底已有大半年的一双套鞋，因而脚步没有打滑。可是走起来还是很吃力。上了木楼梯，钻过门廊上的晒衣绳。"最好是在这儿。"走到三楼，我按门铃时，他说，"要不，人家就要问我来干什么了。"不论到哪里，他总是主要人物。

不过我们没按错门铃，一个女人开了门。我上气不接下气地问道："怎么走？""往前走，往前走，"艾洪说，"这儿是厨房。"没错，这儿确是厨房，一股啤酒味。我小心翼翼地把艾洪背进客厅，把他放在长沙发上，里面的人见了都怔住了。他一坐下，便觉得自己和他们完全平等，打量着周围所有的女人。我站在他的身旁，同样用非常热切和兴奋的神情看着她们。不管把艾洪带到哪儿，我总觉得自己责任重大，而在这儿，我觉得比以往责任更大，我感到他多么依赖我。可现在，我真不想为这担心。虽然如此，他看来并没有处于不利地位，神情傲慢沉着，毫无一个重要人物急需别人帮忙那种丢脸尴尬的感觉。"听说这儿的妞儿很好，"他说，"看来的确不错。你挑一个吧。"

"我？"

"当然是你。你们这班妞儿里，哪一个打算接待今晚中学毕业的这个英俊小伙子呀？小伙子，好好看看，要沉住气。"他又对我说。

鸨母从一个房间里出来，走进客厅。奇怪的是她脸上的化妆，像抹着除虫粉、油烟，还泛出飞蛾翅膀的红色。

"先生。"她开口说。

不过，没问题，艾洪有某人的名片，她想起这事事前已作了安排。只不过，我看得出来，那人没告诉他艾洪是要人背进来的。要是没人介绍，他是不敢贸然前来的。

不过，还是有点尴尬，艾洪鞋贴鞋地坐着，深色的条纹裤盖着他那两条不会动弹的腿。后来我冷静地一想,艾洪问由谁接待我,很可能就是表示他预计到他选的妞儿会讨厌他。就连在这儿,他付钱的地方,也难免有这种情况。不过事情也许并非如此。在这个男人称雄的地方,在这既卑俗又豪华的客厅里,我的脑子已经昏昏然,他大概也没有他说的那么大胆从容吧。

艾洪终于对被他叫过去谈心的妞儿说:"哪个是你的房间,小妞?"口气非常镇定,毫不理会这句话引起的震动,而叫我把他背到那儿去。床上铺着粉红色床罩(后来经过比较,我才知道这是个较为上等的房间),她掀掉床罩,我把艾洪放到床上。那妞儿在房间的角落里开始脱衣服时,他示意要我过去俯下身子,对我耳语说:"把我的钱包拿走,"我便把他那沉甸甸的钱包掏出塞进自己的口袋。"守住它。"他说,两眼睁得老大,咄咄逼人,甚至怀着愤恨。我想,他恨的是自己这种姿势,而不是我。他的脸上露出急迫的神色,头发散在枕上。他开始用命令的口吻和那女人说话。"把我的鞋子脱掉!"他说。她照办了。他注意看着,目光沿着自己整个身躯向下移动,一直移到穿着便袍、替他脱鞋的女人身上,她正俯身在床边,脖子很粗,手指甲涂得红红的,穿着一双毡拖鞋。"还有一两桩事我得告诉你,"他说,"我的背;得让我慢慢地躺好了再开始,小姐。一切都得按部就班地来。"

"你怎么还没走?"他见我立在门边,"快走,难道要我告诉你怎么干吗?过后我会要她们来叫你的。"

我用不着他来教我,我所以还待着,是因为他没叫我走。

我回到客厅,有个女人在那儿等我。别的人都走了。这么说她们替我选好了。也像别的新手那样,我装出仿佛我干这事很在行,心知在紧要关头,得有自己的冲劲,这才是最好,也是最得体的。她并没有使我气馁。她的工作和责任是在那桩事儿里保持镇定(别人是做不到的),而且有着强者的优点。她并不年轻,那鸨婆替我选对了——脸上皮肤粗糙,可是她鼓励我把她当作爱人一样来对待。她脱去衣服,她的内裤镶有逗人的穗子和尖齿形的边饰——这些装饰和令人赞叹的女性本相,那众妙之门,配合得十分和谐。我也脱去衣服,等待着。她走上前来,把我紧紧搂住,甚至还把我放倒在床上。仿佛因为那是她的床,她得教我怎么干似的。她挺起胸脯紧贴着我,双肩弯向背后,闭起眼睛,两手按在我的身体两侧。因而我得到了仁慈的对待,完事以后也没有被推了下来。后来我才知道,我有幸碰上了她,她不想对我干巴巴的,也没有嘲笑我,而是待我以好心肠。

然而,飘飘欲仙的滋味刚过,一切便似闪电划过,消失在地下。我知道,这从根本上说,只不过是一笔交易而已。不过,这没多大关系。那床,那房间,想到那女人也许会觉得艾洪和我很可笑,可笑到不顾一切——这么个怪人,让人背着来到这种地方,瞧他两眼通红,欲火如焚,却还摆出一副镇静自若、自命不凡的模样——这些全都没关系;付钱没什么大不了,用别人用过的,也无所谓。城市生活就是这样。所以,它并不像它应有的那么光彩,也没有任何赞美温柔情人的颂歌……

我只好在厨房里等候艾洪,心中不由想到,此刻他还在附近,为了快感承受着剧烈的动作。鸨婆看来对此不太高兴。别的男人陆续进来了,她正在厨房里调制饮料,我进去时遭到她的白眼相待,直到艾洪的妞儿重又穿好衣服,进来叫我去接他。鸨婆跟我一起去收钱,艾洪巧妙地付了账,另外再给了小费。我背他穿过客厅时,我那个妞儿正抽着烟,在和另一个男人亲热。艾洪对我悄悄耳语说:"别朝任何一个人看,懂吗?"这是他怕别人认出呢,还仅仅是穿着深色衣服的他,趴在我背上再度穿过客厅时保持最镇静的方法?

"你下去时可千万要当心,"他在走廊里对我说,"真糊涂,没想到带支电筒来。要是摔一跤,咱俩就都惨了。"他笑了起来,虽然语带嘲弄,但确是笑了。不过,那妓院很会体贴嫖客,有个妓女走了出来,穿着外衣,看上去就像任何一个普通女人,她用电筒为我们照着路,一直送到院子里,我们谢过她,彼此都彬彬有礼地道了晚安。

我把艾洪送回家中,把他背进屋子。虽然当时台球房还没打烊,可他对我说:"用不着照顾我上床了,去参加你的晚会吧。你可以开我的车去,可是别喝醉了胡开一气。我只要求这一点。"

第 八 章

由此开始,一个新的行动方向确定了——由我们,也为我们,不过我不想把所有的缘由一一说明。

回顾起来,对于一丝不挂时的我,我还能认出自己,手脚有我自己和家族的特征,眼睛绿中带灰,一头竖立的头发;可是对于衣冠楚楚、具有新的社会身份的我,则要细看才行。我不知道自己怎的会突然话多起来,爱说笑话,好发牢骚,还突然有了自己的看法。尽管有看法,可是不知道这些看法是怎么来的。

西蒙和我就读的市立学院,并不是神父们主持的那种神学院,那班神父只知道教亚里士多德和诡辩术,培养你欧洲式的玩意儿和恶习,一切事物,不论是真是假,不管是否真实,都非要说成真的不可。试想一下,这儿有多少学问要我们去钻研——亚述巴尼拔[①]、欧几里得[②]、阿拉里克[③]、梅特涅[④]、麦迪逊[⑤]、黑鹰[⑥]——要是你不下一辈子的功夫,你怎能学得了那么多?同学们都是来自各地的移民子女,有的来自"地狱的厨房"[⑦],有的来自小西西里,还有黑人区来的,波兰移民区来的,洪堡

---

① 亚述巴尼拔(前668—前627在位),亚述的末代国王。
② 欧几里得(约前3世纪),古希腊数学家、光学家和天文学家。
③ 阿拉里克(约370—410),西哥特人领袖,曾三次率军入侵意大利。
④ 梅特涅(1773—1859),奥地利政治家,参与组织反拿破仑的"神圣同盟",并曾镇压奥地利和德意志的民主运动。
⑤ 麦迪逊(1751—1836),美国第四任总统,美国宪法的主要起草人。
⑥ 黑鹰(1767—1838),美国印第安人索克和福克斯部族领袖,为抵抗白人侵占领土,于1832年发动黑鹰战争,失败被俘。
⑦ 指纽约市曼哈顿区西部,因一度犯罪率高而得名。

公园附近的犹太居民街来的,都经过各门功课的初步考试,同时也带来他们自己的聪明才智。他们把狭长的走廊和大教室都挤满了,带着各自的性格和细菌,经过熏陶锻炼,然后按计划成为美国人。在这种混合型的人身上,有着一种美——比例调和——还有年轻人的狂妄,叛逆型的脸孔,嚼过的口香糖般的纯洁,注定的劳工材料,未来的秘书队伍,丹麦人的稳重,拉丁佬①的机灵,老要感冒的数学天才,塞满耳朵屎的铲土工的儿子,有意施布雨露的生意人的女儿——这些都是庞大人群中形形色色极好的标本,是《圣经》里所讲的众生,受原动力驱使向西方迁移的父母的子女。或者像我,一个旅行推销员一夜风流的副产品。

按理说,西蒙和我中学毕业后就应该去做事,可是工作怎么也找不到。市立学院里挤满情况和我们相同的学生,由于失业,便得到了市政当局资助继续深造的机会,意外地得以研究莎士比亚和别的大师,他们的作品以及数理化知识,都是在公务员甄别考试中要考的。理所当然,这是不可避免的;要是你打算培养贫寒的青年去从事艰难的工作,或者只是不让他们捣乱滋事而要他们读书,在这班人中都会产生一些了不起的人物。我认识一个瘦弱多病、穷得没有袜子穿的墨西哥学生,身上、衣服上全是斑点和污渍,却能解出黑板上的任何方程式;另有一个中东欧移民劳工的子弟,对希腊文十分精通;有脑子灵得出奇的物理学家,有在手推车下出生的历史学家,还有许多性格坚强的穷孩子,忍饥挨饿,苦干八年,最终成了医生、工程师、学者和专家。我可没有这种特殊的热忱,从来没有人要我这么想过,而且我也从来没有为自己未来的职业着急担心过。我不认为应该为这事认认真真地去想一想。不过,法文和历史两门课,我摆弄得相当不错。至于植物学之类的课,还有我的图画,糟透了,乱涂乱抹一气,是全班最差的。尽管我做过艾洪办公室里的雇员,却没有学会多少整洁的习惯。而且,我现在一星期得工作五

---

① 尤指西班牙人、葡萄牙人和意大利人。

个下午,星期天是全天。

我已经不在艾洪那里干了,而是在闹市区一家服装店地下室的女鞋部,西蒙则在楼上的男鞋部。他的情况已有改善,工作的更换使他很兴奋。这是家时髦的商店,老板要你穿着整齐,而西蒙穿得比对一个售货员要求的还要讲究,不仅整齐,而且时髦,穿一套双排纽扣的条纹衣服,脖子上搭着一根皮尺,在那里我简直都认不出他来了。在这幢高耸在环形商业中心的八层大楼里,他在一面面镜子、一块块小地毯、一排排成衣架之间忙碌着;他个子高大,动作迅速,精力充沛,脸色绯红,血气旺盛。

我在人行道下面的廉价部;透过嵌在混凝土中一面面绿色圆形玻璃窗,能看到和听到买东西的人匆匆走过,人影掠过这些镜头时,厚大衣扬起下摆,脚底走向不同方向,窗玻璃发出吱吱声,连他们身体的重量确实都能感觉到。这个地下售货部是为那些贫困阶层的顾客、难弄的单身妇女、想买和衣服相配的帽子、装饰品什么的女孩子以及要在同一天为三四个小女儿买鞋的女人设立的。货品都按尺码大小一堆堆放在桌子上,在人行道的蜂窝下面,纸盒子砌成一堵堵墙,试穿坐的凳子摆成一圈。

在这里当了几个星期学徒后,主管把我调到了地面层。起初,只是做助手,帮售货员们取取货,或者把纸盒放回货架。后来,我才成了鞋部的售货员,只是主管要我把头发剪得短一些。他是个整天发愁的人,他的胃不好。由于每天要刮两次脸,他的皮肤弄得很脆弱。有个星期六早上,开门营业前,他召集售货员训话,嘴角上竟渗出一点血来。他盼望自己尽可能严厉一点,可我认为,他的麻烦是他确实不是管理一家时髦商店的料。这儿布置得像个沙龙,墙上臂形托架上支着法国式火炬,还有拉拢的帷幔,中国式的家具,走上去毫无声息的东方地毯,这样的布置,使拐弯抹角处不致太突出,而且还能挡住外面的空气,即使是里沃利大街吹来的空气。那些帷幔壁挂使得你不得不悄声说话,注意礼仪。可是,里面和外面存在的差别很难调和;因为一走到像这样一座沙龙的门口，会使人感到极度的紧张，反而会产生抵触情绪，要让它平静下来是办不到的；更何况，要想强加克制，只会引起烦闷、颤抖，这种情况有可能会突然爆发成戈登①或宪章派②那样的流血暴乱，像焚烧一大堆鸡蛋箱似的胡乱开起火来。这种不可知的、脱缰野马般的过剩力量，正在芝加哥又冷又湿又暗的时日里四处打转，这力量是从硬要使它平静而不可能平静下来的东西中迸发出来的。

从经济收入来说，西蒙和我都可算是一等的了。他除了十五块周薪，还另有佣金，我的周薪是十三块半。因此，虽然失去了接受慈善机构救济的资格，我们也不在乎。妈的眼睛差不多已经瞎了，再也不能料理家务，西蒙雇了个叫莫莉·辛姆斯的黑白混血女人，她长得精瘦，三十五岁左右，就睡在厨房里——原来乔治睡的那张旧帆布床上——我们回家晚的时候，她会对我们悄声说话或者大声嚷嚷。我们从来没有从前门出入的习惯，老奶奶在世时，不许我们走前门。

"她说的是你，讨人喜欢的小伙子。"西蒙说。

"胡说，她一直盯着看的是你。"

新年元旦那天，她没来上工。我忙着干这干那，还得做饭。西蒙也不在。他是去参加除夕晚会的，离家时穿了最好的衣服，圆顶硬礼帽、圆点丝巾、双色皮鞋上罩着鞋罩，还有猪皮手套。可是他直到第二天傍晚才冒着纷飞大雪回家来。他全身肮脏邋遢，绷着脸，两眼通红，金黄色的短须处还有抓痕。这是我第一次得以好好瞧瞧他毫无节制胡来的本性。只见他从悄无声息的飞雪中吃力地爬上后门廊，在砖地上踹干净鞋子，又用扫把扫了扫，接着便露出一张满是条痕的脸，仿佛刚从荆棘丛

---

① 戈登（1751—1793），伦敦反天主教暴乱（1780）的煽动者，组织并领导新教徒联合会，率群众向议会递交反对天主教的解救法案的请愿书，引起一星期暴乱，死伤近五百人。
② 英国工人阶级为争取实行《人民宪章》的宪章运动（1838—1848）参与者。运动中，因请愿书遭议会否决，左翼的"暴力派"曾举行武装起义，但很快被镇压。

中钻出来似的,再把圆顶硬帽放到椅子上,帽子已经有个大洞。幸好妈看不见他,不过她知道事情有点不妙,提高嗓门问话。

"唔,没事,妈。"我们对她说。

为了不让妈听懂,他用俚语告诉了我一个荒诞无稽的故事:他在韦尔街的高架火车月台上,遇上了一对醉鬼,两个凶神恶煞般的爱尔兰人,一个抓住他的衣领往下猛一拉,用衣服缠住他的双臂,另一个按着他的头,把他的脸直往栏杆上的铁丝网上撞,最后还把他推下阶梯。他这故事我压根儿就不信。它根本没有讲清这一天一夜他到底在哪里。

我对他说:"你知道,莫莉·辛姆斯今天没来上工。她本来说今天要来的。"

他没有打算要抵赖,承认他是和她在一起。他毫无生气地坐在那里,精疲力竭,身上那套最好的衣服弄得又湿又脏。他叫我帮他烧水洗澡。他脱掉衬衣,背上露出了更多皮肉抓破的地方。他不管我对这有什么想法,只是既不夸口也不埋怨地告诉我说,他是今天一清早跑到莫莉·辛姆斯的住房里去的。和两个醉汉大打出手也是事实,不过那是他在晚会上喝醉之后。那一道道伤痕全是她抓的,而且一直干到天黑她满足了才放他走;这以后,他又在风雪中误进了黑人区。他掀开被子上床时,对我说,我们得把莫莉·辛姆斯辞掉。

"你这'我们'两字是打哪儿来的?"

"要不,她会以为她是这里的主子哩。那女人真是个野猫子。"

我们是在我们那破旧的小房间里,多层发硬的墙纸鼓出一个个气泡,自由自在的雪片频频落在窗上,在窗台上越积越厚。

"她打算要在这儿搞出个名堂。她已经告诉我了。"

"她告诉你什么?"

"她说她爱我。"他咧嘴惨笑说,"她真是个发疯的骚货。"

"什么?她都快四十了。"

"那又有什么关系?她是个女人。是我去找她的。我跨上去以前并没问她几岁。"

就在那个星期,他把她给辞掉了。

吃早饭时,我注意到她老是看着他那抓破的脸。她长得瘦瘦的,有点像吉卜赛女人,一脸精明泼辣的样子;兴致好时,她还能和颜悦色,在她心里不痛快绷着脸时,她也根本不在乎有谁看见,顾自让那双锐利的绿眼珠含着冷笑。她并没有使他感到窘迫不安,他已经认定她是个让人讨厌的女人,她也立刻明白,他决意要把她撵走。她是个饱经沧桑的女人,受过不少苦,吃过不少亏,从一个城市流浪到另一个城市,从华盛顿到布鲁克林①,又到底特律,以及别的一些你永远不会知道的地方,在这儿镶了金牙,在那儿脸上挨了一刀,可她独立惯了,从来不乞求同情,也从来没人给过她同情。西蒙辞退她之后,雇了个叫萨伯伦卡的波兰老太太,她是个寡妇,始终讨厌我们,爬楼梯很慢,嘴里老是嘀咕着什么,一脸横肉,身体肥胖,脾气坏,假虔诚,烹调技术也很糟糕。可是我们兄弟俩很少在家。她上工没几个星期,我甚至连晚上也不回家了,辍了学,改去埃文斯顿工作,就住在那儿。有一阵子,我沿着一条穿过有钱人住的市郊的特殊路线——高地公园、凯尼尔沃思,还有温内特卡——推销商品,是个以高贵家庭为对象、专卖奢侈品的售货员。这份工作是那位鞋部主管介绍给我的,他在埃文斯顿有个商界朋友,请他推荐一个人,他便推荐了我。这位伦林先生是个体育用品商,我走上前去,好让他看个仔细。

"他是哪儿来的?"他问道,此人冷若冰霜,毫无表情,自说自话,喜怒不形于色,腿长长的,衣着时髦,看样子像个苏格兰人。

"西北区来的。"主管说,"他的哥哥在楼上做事。他们兄弟俩都很能干、机灵。"

"是犹太人吗?"伦林先生问,仍以喜怒不形于色的目光看着主管。

————————

① 纽约市的一个区。

"是不是犹太人?"主管问我,他早知道答案,只不过把问话传给我。

"我想是的。"

"啊,"伦林说,这次是对我,"嗯,在北岸那边,他们不喜欢犹太人。不过,"说着他露出一丝冷淡的微笑,"有谁能让他们喜欢呢? 他们几乎什么人都不喜欢。不管怎么样,反正他们决不可能知道。"他又转向主管说,"嗳,你认为能使这孩子有魅力么?"

"他在这儿干得很不错。"

"北岸那边强行推销的方法用得多一点。"

我想,这种审查恐怕跟准备卖身当家奴,或者女儿被娘送到老鸨那里去学当妓女时受到的一模一样。他要我脱去上衣,好让他看看我的肩膀和臀部,我正要对他说去你的吧,他却说我的身材正符合他的要求,于是,我的虚荣心比自尊心产生了更大的影响。他然后对我说:"我要把你安排在我的鞍具商店里——卖骑装、马靴,以及城里人去度假牧场穿戴的装束和时装玩意儿。你在学生意的时候,我给二十块周薪,学成之后,给你周薪二十五块,外加佣金。"

我当然接受,我赚的钱将比西蒙还要多。

我搬进了埃文斯顿的一座学生公寓,我的衣着很快就成了公寓里最神气的。也许,我得说我的工作服,因为是伦林先生和伦林太太要我穿得这么体面的,实在是他们要我成为一个穿着讲究的人。他们给我预支薪水,还亲自给我挑选花呢衣服、法兰绒裤子、方格呢披风、丝绸领带、运动鞋、墨西哥式的编网皮鞋,还有衬衣和手帕——一切都为了能博得一个通常有英国癖好的高雅顾客的好感。等我把这地方弄清楚之后,我并不怎么喜欢,可是起初的时候,由于太激动,太热情,没看清楚。我穿着讲究的衣服,工作在从没见过的最令人激动的玻璃门窗里面,这家时髦的商店坐落在一条绿树成荫的大街上,在西部的树木下,离伦林那专卖渔具、猎具、野营、高尔夫球及网球用品、独木舟和舷外发动机的总店只有三步之遥。

现在你该明白,我为什么说我不得不对自己的社交才能感到惊奇了;我突然在这一行上信心十足,成绩显著,我能对那班有钱的女孩子、在乡村俱乐部活动的人以及大学生,讲得头头是道,语气坚定,一只手里拿着货给人看,另一只手上夹着装有香烟的长烟嘴。因而,伦林不得不承认我已克服了所有预见到的困难。我还得学会骑马——学的钟点不太多,学费很贵。伦林并不想要我成为一个骑术高明的骑手。"这有什么必要?"他说,"我卖这些精制的猎枪,可我自己一辈子也没打过一只动物。"

可是伦林太太要我成为一个好骑手,而且在各方面陶冶我,教导我。她还要我报名选修西北大学的晚间课程。在店里工作的四个人中,数我最年轻,有两个是大学毕业生。"以你的仪表和气质,"她说,"要是你有个学位……"嗨!她连会有什么结果都给我指明了,仿佛这我已经到手似的。

她充分利用我的虚荣心。"我会把你造就得完美无瑕,"她说,"十全十美。"

伦林太太快五十五岁,淡色的头发,只有一点花白,身材矮小,脖子比脸蛋白,脸上长有红色干性小雀斑,眼睛也是浅色,但并不温柔。她说话带外国口音,她是卢森堡人,对于自己和欧洲王族家谱年鉴上所列该地区贵族世家有亲戚关系深以为荣。有时,她对我断言说:"这是很无聊的。我是个民主主义者,是这个国家的公民,我投考克斯[①]的票,投史密斯[②]的票,还投罗斯福的票。我没把贵族放在眼里。他们到

[①] 詹姆斯·考克斯(1870—1957),美国报纸发行人,俄亥俄州州长。1920年由民主党提名为总统候选人,但被共和党击败。
[②] 艾尔弗雷德·史密斯(1873—1944),美国民主党人,前后四任纽约州州长。1928年由民主党提名为总统候选人,但被共和党击败。

我父亲的庄园里来打猎，卡洛塔皇后①常来我家附近的教堂，由于拿破仑三世的关系，她一直不能原谅法国人。她死的时候，我正要去布鲁塞尔念书。"她和各地的贵族夫人有通信往来，还和一个住在杜恩、据说和德国皇室有关系的德国妇女交换烹饪法。"两三年前，我去欧洲，见到了这位男爵夫人。我认识她已经很久了。当然，她们这些人是永远不会真正把你当作自己人的。我对她说：'我实在是个美国人。'我带了些我做的泡西瓜去。那边没有这种东西，奥吉。她教我怎样用科涅克白兰地②烧小牛腰，这是世界上的一道珍奇名菜，现在纽约有一家餐馆有这道菜，可就连眼下这种经济大萧条时期，也得预订才能品尝到。她把这道菜的烹调秘诀卖给了一个包办筵席的，得到五百块钱。要我，决不会干这种事。我可以去帮朋友做菜，但我认为，出卖祖传的秘诀，实在有失身份。"

她在烹调方面确有一手，知道有关的一切窍门。她主办的晚宴很有名气，她在别处做的菜也是这样，因为她有时会决定在任何地方请朋友吃饭。常跟她交往的有锡明顿的旅馆经理太太，珠宝商，专卖贵重器皿——镌有家族饰章、又沉又大、像铙钹似的水果盘和叫阿尔戈号③的船形肉卤盘——给有钱人的弗列托尔德，还有一个卷入国会丑闻的人的太太，此人爱好饲养马车狗④。像这样的朋友，她有不少。对那些没品尝过她的小牛腰的朋友，她会先在自己家里准备好一切，然后拿到他们家去现烧给他们吃。她很乐意请人吃饭，还常常替售货员们烧菜；她不

---

① 卡洛塔（1840—1927），比利时国王利奥波德一世的女儿。1864年随丈夫马克西米连大公去墨西哥接受法皇拿破仑三世授予她丈夫的墨西哥皇位。1866年，由于墨西哥的革命和美国的反对，拿破仑撤出驻墨西哥的法国军队。卡洛塔回欧洲寻求援助失败，次年丈夫被墨西哥人处死，她在比利时度过余年。
② 产于法国西部科涅克一带的上等白兰地。
③ 希腊传说中，以伊阿宋为首的众英雄乘着去寻找金羊毛的快船。
④ 一种黑斑或棕斑的白色短毛大狗。据说原产于南斯拉夫的达尔马提亚地区，因曾用于护随大马车而得名。

喜欢我们去餐馆，常用她那没法打断的装出的外国口音说，馆子里的东西没有一样不质量低劣，全是黏糊糊的。

伦林太太就是这样，在她兴致上来时，目光如淡淡的火焰，什么都拦不住打不断。只要她高兴，她会给你烧饭，指点你，教导你，和你打麻将。你几乎一点办法都没有，她的精力比这里的任何人都充沛。她有一对浅色的眼睛，搽过粉的脸上透出淡淡的雀斑，手背上露出丝丝青筋。她告诉我，我应进大学的新闻学院修广告学，并已替我缴了学费，于是我便去读了。她也替我选了获得学位必需的其他课程，还强调说，一个有学识修养的人，在美国，只要你需要，可以获得一切。在社会上的地位，犹如煤矿中的灯烛。

我的生活很忙。我成了个新人，当时自己对此荒唐地引以自傲。我去上夜间的课，晚上在图书馆里研读历史和那些写得诡妙、为消费者制造不满的书；还参加伦林太太在她那丝绸墙面的公寓顶楼客厅举行的桥牌或麻将晚会，既有点像一个听差，又有点像一个侄甥，给大家递糖果盘，在食品室里开姜味汽水，嘴里叼着烟嘴，既懂事又乐于服务，背后常有打情骂俏的暗示，头上发蜡雪亮，衣襟上插一朵吐艳的鲜花，身上散发出石南洗剂的香味，还偷偷学习举止和礼仪方面的诀窍。后来我才发现，举止和礼仪很多都是没有成规的，许多人全是看你怎么做就怎么做的。真正的试金石是伦林太太，她的领导权决不能被否定。伦林先生似乎不太在乎这一套，他只顾以冷静超然的态度玩纸牌打麻将，话也说得不多。伦林太太则径自说自己要说的话，丝毫不听不同的意见。那些不同的意见，主要是有关佣人、失业或政府方面的，在她看来都十分荒唐，她认为不可能存在两种情况。伦林知道这一点，可是他不在乎。这些人都是他的商界朋友，一个生意人总得有这样一些朋友。因此，他常去拜访他们，款待他们，可是照常没能感动人，也没能让人感动。

他只有在生意方面才表露出个性。偶尔，他也会洒脱一下，用根绳子表演他的打结本领，或者唱道：

这么说，这，这就是温尼斯，
我们在哪儿才能停车？

他上唇小，下唇大而外突，看上去阴郁而有耐性。他是个冷漠圆滑的人，就像许多不得不伺候别人但留下点儿什么给自己的人——像餐厅或旅馆的侍者领班——他们参加了一场特殊的生活赛事，虽然约定必输无疑，暗地里却仍在进行苦斗。他是个拳击迷，时常带我到蒙特罗斯公墓附近的一个拳击场去看拳赛。十来点钟的时候，他便当众说："奥吉和我有两张票，不去看浪费了实在可惜。我们要是现在去，还能赶上看压轴赛。"既然是男人们认为必须去做的事情，伦林太太也就说了："好的，那就去吧！"

看拳赛的时候，伦林先生从不大喊大叫，也不会干出其他傻事，而是目不转睛地看得入神。凡是需要体力耐力的事，他都着迷——为期六天的自行车比赛、跳舞马拉松、竞走、坐旗杆、持续性的世界拳赛、甘地或知名囚犯的长期绝食、被深埋地下靠竖井呼吸供食的人——总之，任何耐力和体力的奇迹，仿佛人要和汽缸壁或经受蒸气、瓦斯和一切非人压力的机器设备竞赛一样。如有这类表演，不论多远，他都要开着自己那辆大马力的帕卡德牌车，去看个够。他把车开得飞快，但又装出不是急急忙忙赶路的样子。他一动不动，稳稳地坐在绿色皮车座上，膝盖高踞在变速杆的绿玉色握球旁，长着沙色汗毛的手把着方向盘，发动机运转得极度平稳，虽然速度计指在八十码上，可让你还以为自己看错了。直到你注意到，一英里长的林带变得像一英寸长似的一闪而过，鸟像苍蝇，羊像飞鸟，红、黄、蓝色的小虫飞快地纷纷落到车窗上，你才相信你没看错速度计。他喜欢我跟他一起外出。可是他要人做伴的想法使我感到莫名其妙，因为我们来去都像一阵旋风，没有热烈的交谈来抵消这种来不及看景色的单调奔驰。无线电天线微微摇晃着，仪表盘上有金色网罩的孔里喋喋不休地传出广播声。我们偶尔谈上几句,讲的也大多是这辆车的性能和耗油量之类。有时,我们就在某个有松树的地方停下来吃烤鸡,坐在暖和的沙土上,像一对前来探访尘世的冥界之人。我们身穿讲究的衣服,料子不是犬牙呢就是褐色哈里斯花呢,身上挂着店里拿来的带盒双筒望远镜,呷着啤酒,我们看起来一定像一个忧郁的有钱绅士和一个奢侈的侄儿或者是势利的年轻表亲。当时,我的心思尽在自己的衣着上,高级衣料紧裹在身上的感觉,或者想到我帽子上那个锦鸡绿的蒂罗尔①帽饰,还有脚上的英国皮鞋有多棒,没能像后来那样看清伦林先生。他是个喜啃硬骨头的人,他在路上飞车,他爱慕高强本领,崇拜耐力,他爱啃障碍、困难和阻力,能把它们一一嚼得稀烂,吞下肚去。

有关他自己,有时候他会三言两语地说上几句。有一回,我们在北岸一座高架桥下驰过时,他说:"造这桥我也出过力。当时我年纪不比你大,干的是帮着把水泥传送到搅拌机旁。记得是在巴拿马运河通航那一年②。我原以为干这活会让我的腹肌受不了的。那时候,一元两角五是相当高的工资了。"

他就是这样借我做伴的。也许是我这么喜欢上这种生活,让他觉得有趣。

有一阵子,我主要是盼望自己有一身晚礼服,能被邀请参加正式宴会。还着实动过一番脑筋,考虑怎样才能加入青年商会。并不是我有什么做生意的念头,我在店里虽属于中上之才,但没有更大的赚钱本领。在我心里作祟的是我的好社交、爱时髦、喜欢穿着打扮。架起腿来露出一双紧紧的菱形花格袜,在普林斯顿衣领上扎个相配的漂亮领结,使我向往异常,渴望不已。

---

① 中南欧一地区,位于奥地利西部和意大利北部。
② 指 1914 年。

我和锡明顿来的女招待威拉·斯坦纳泡了一阵。我带她到欢乐园去跳舞,晚上一起去沙滩。她是个多情妞儿,大多数时间对我都很宽容,不计较我爱摆臭架子、浮夸自大的作风。她自己一点也不害羞腼腆,对于我俩搞在一起为的什么直言不讳。她在老家也有个情人,她曾讲起要跟那人结婚——我敢肯定,她说这个决不是暗想要使我吃醋,因为有许多事情上她是不赞成我的,也许她是对的,我夸夸其谈、废话连篇、骄傲自大、自以为是,只是讲究穿着,死要打扮。过不多久,有人把我和威拉鬼混的事告诉了伦林太太,她为这狠狠地批了我一通。就连艾洪对自己周围动态的了解,也没有这位太太对她地盘里的一切消息这样灵通。"奥吉,你真让我吃惊,"她说,"她是个连模样也不好看的女孩,她的鼻子像支小玉米,"——为了找到话题,我还特别夸奖和抚摸过这个漂亮的鼻子,我没有为它辩护,真是没种——"而且还满脸雀斑,我也有雀斑,可是跟她的完全不一样。不管怎样,我只是作为一个年纪大一点的人跟你讲讲。那女孩是个小妓女,而且还不是个老实的妓女,因为老实妓女要的只是你的钱。要是你非干那事不可,你尽管来跟我说——别不好意思——我会给你钱,你可以到威尔逊附近的谢里丹路去,那里有这种地方。"这是有人表示愿意出钱,要我别惹上麻烦的另一桩事,就像艾洪当时教训我,要我别去抢劫时一样。"奥吉,难道你没有看出?这小娼妇是想让你把她搞出麻烦,弄得你非要娶她不可哩!在你事业刚开始的时候,就跟她有了孩子,那你就完了。我想,你该懂得这一点。"

有时候我想,她这样跟我谈话倒是亲切坦率,但有时又觉得实在太傻。我有一种感觉,她是在用她那张满是雀斑、爱管闲事、让人难受的脸,从隔间里朝外窥看,她一心一意想要拉住她需要的人,给他灌输自己的想法。在世界各地的爵爷领地、别墅和首都,那些貌似聪明实在很蠢的年轻人,从女保护人以及将军政要的夫人那里听到的,就是这类话。

"可是伦林太太，你对威拉还没有真正了解，"我傻气地说，"她并不是……"我没有讲下去，因为她一脸的冷笑。"我的好孩子，你讲话像个白痴。要是你硬要那样，你就跟她搞下去吧。我又不是你妈。可是等她把你套住之后，"她用她那装出的外国口音说，"你就会明白了。你以为她指望从生活里得到的，就是当女招待侍候顾客，为维持生计埋头干活，为你保养好姿态身段，让你什么都不用干，只要尽情享受她的美色就行了么？你对女孩子的事一窍不通。女孩子是想结婚的。现在的女孩子不像从前那样，羞羞答答的，坐在家里干等着，直到某个发善心的人找上门来。"她气愤地说。她有一肚子愤恨要发泄。

伦林太太要我开车陪她到本顿港去洗矿泉浴，治疗关节炎，我没想到她的用意是使我离开威拉。她说她不会想到会独自一人去密歇根州，定要我开车送她去，还要我一直陪她住在旅馆里。后来我明白了。

本顿港我到过，那次我和纳尔斯、丁巴特一起搭便车从马斯基根回家，曾路过那儿，那时候，运动衫扎在脖子上，两条腿走得酸痛不堪，可这一次就完全不同了。我们住在密歇根湖畔圣约瑟夫的梅里特饭店，就在湖边，光洁的粉红色墙壁的房间里弥漫着清新的大海气息。饭店很大，房子全是砖木结构，布置模仿旧日萨拉托加温泉旅馆的风格①，到处是花草和柳条家具，门帘上镶有穗带的流苏，菜单是法文的，大厅中铺着白色长地毯，十分阔绰，石子路上停着大型高级轿车，不惜工本栽培的花卉大得出奇，三层草的草坪长得很茂盛。在别的任何地方，在七月流火中，这种草都是稀稀拉拉的。

我为自己保留下很长的洗澡时间，为的是可以看看周围的景象。那一带主要产水果，种植的是德国人，男人和别的地方的农民没有两样，

---

① 萨拉托加温泉位于纽约州中东部，19世纪时即有华丽的维多利亚式旅馆，为全国最时髦的矿泉疗养地之一。

年纪较大的女人，戴着有带的无边帽，身穿长长的外衣，赤着脚，在自己院子里的大柽树下走动着。桃树枝丫上树胶闪闪发光，树叶因刚喷过农药一片乳白。道路上，还有些骑自行车开福特卡车的大胡子、长头发的正统犹太人，他们是一个不吃肉的教派，虔诚，爱好和平，善于经营。有一座很大的种植园，那等于是他们自己的王国，那些农舍就是王宫。他们讲起示罗①和哈米吉多顿②来，就像鸡蛋和马具那样熟悉。他们有价值千百万的事业，拥有农场、温泉，在一座巴伐利亚人的大山谷里，有一个很大的游乐场，还有一条小铁路，一个棒球队，一个爵士乐队，每晚在舞会上的演奏声，连公路上都听得清清楚楚。实际上有两个乐队，一个是清一色男的，一个是清一色女的。

我带伦林太太到那里去过几次，跳舞，喝矿泉水。不过那儿的蚊子太厉害，她吃不消。后来，我有时就一个人去，她不明白为什么我那么爱去那儿，也弄不懂为什么我一早就去镇上溜达，为什么我吃过薄饼、鸡蛋和咖啡的丰盛早餐后，喜欢坐在国内战争时期的法院广场那宁静的绿荫丛中晒太阳。可是我喜欢，坐在那里晒晒肚子和小腿，看小小的蝉似的电车丁丁当当响着缓缓驶向港口，在横跨沼泽的大桥桥架下，活泼的小生物和摇动着香蒲草的小鸟，一直在那儿起劲地喧闹。我带去一本书，可是阳光在书页上留下了太多的影迹。这儿的长凳是白铁的，又宽又大，足够让三四个老头坐在上面，在这温暖清香的沼泽气息中打瞌睡。这种温暖的气息，使红翅黑鹂变得凶猛迅速，使花瓣卷起了边缘，却使别的生物变得慢吞吞懒洋洋。我沐浴在这种浓郁滋养的空气之中，这种亲切的气氛犹如一块精美的生日蛋糕，它能激发起人们的爱心和柔情，也会令人微感动情地惆怅。这种状态让你浑身轻松自如，你坐在那

---

① 《圣经·旧约》中地名，迦南一城市，士师时代（前12—前11世纪）以色列人的主要圣地。
② 《圣经·旧约》所载发生多次重大战役的战场，亦有"善与恶最后决战地"之意。

里不用再受任何拘束，而是逍遥自在，像人类第一个老祖宗那样尽情地品尝大自然的原汁原味，不受尘世的纷扰，甚至不受自己衣着的拘束，你身上的衣着，虽然手脚照常能触摸到，但在阳光下只是一种幻影，没有作用，你的鞋带结也是如此。至多像梳子和头发的遮挡对脑子的那点作用而已。

伦林太太不喜欢一个人吃饭，连早餐也这样，得由我陪她在房间里吃。每天早上，她只喝一杯掺牛奶不加糖的茶，吃几片烤面包。我吃的就多了，大部分都归我，从葡萄柚到米布丁；我坐在打开的窗前一张小桌旁吃着，湖上的新鲜空气吹拂着印有圆点花纹的瑞士窗帘。伦林太太坐在床上，一边解去睡觉时扎在颏上的纱带，开始往脸上抹美容液和冷霜，拔眉毛，一边说个不停。她的话题通常是饭店里别的客人。她常拿他（她）们来品评一番，巧妙地把他（她）们说得一无是处。早晨闲来无事，是她勇敢地装点门面的时刻。她这人，到死的时候都会是一位保养得很好的太太，恪尽从菲迪亚斯[①]经波提切利[②]发展起来的一切文明职责——按照那些显赫一时的宫廷大师和贵妇们所开具依循的全部良方妙法，做得一丝不苟，怎样在眉眼间流露出聪慧，怎样表现出温柔可亲却又具有权威。可是，她是个心怀激愤、好动肝火的人，在这富有柔和之美的夏日，在这明亮清莹的套房里，她在做这些女性日常功课时，要是不揭别人的底，不倾吐心中的怨气和敌意，她便会觉得不痛快。

"昨天晚上的邦科[③]牌会上，你有没有注意到坐在我左边的那对老人——齐兰德夫妇？了不起的荷兰世家。他不是位多可爱的老人么？他是芝加哥数一数二的著名公司法律顾问，也是罗宾森基金会的理事，罗

[①] 菲迪亚斯（活动时期约为公元前490—前430），希腊雅典雕刻家，主要作品有雅典卫城的三座雅典娜纪念像和奥林匹亚宙斯神庙的宙斯坐像。
[②] 波提切利（1445—1510）：意大利文艺复兴时期画家，运用新的绘画手法，创造出富于线条节奏，且擅长表现情感的独特风格，代表作有《春》、《维纳斯的诞生》等。
[③] 一种纸牌游戏。

宾森是玻璃业大亨；大学授给他荣誉学位，他生日时，报纸写社论祝贺；可是他太太笨得像她自己的脚板，她还酗酒，她女儿也是个酒鬼。要是我事先知道她也来这儿，我就改去萨拉托加了。我真希望有办法先向这些旅馆拿到客人名单。应该有这样的服务。他们家在芝加哥有一套每个月六百块钱的住房。早上，司机一来把老头子接走，侍者便出去替她们买一瓶波旁威士忌①，还替她们下注赌马——这我知道！——然后她们就一边喝酒，一边等待赛马结果。可是那女儿——她打扮得有点老派。要是昨天晚上你没注意到她，你见到有个身材笨重、头戴羽毛的女人就是。她曾把一个孩子掷到窗外，害了那条小命。他们运用一切人事关系才使她无罪释放。如果是一个穷女人，就得上电椅了，像露丝·斯奈德那样，受刑时四周站满提着裙子的阔太太，弄得摄影师一张照片也没能拍下。我不知道她现在这般打扮，是否觉得自己和干出那事的那个浪女完全无关。"

听了这些损人的闲话仍觉得清晨的美好，这需要有坚强的体质。在她提高嗓门、哇啦哇啦大讲那些可怕的事件，启示录中的死亡骑士，教堂走廊上那些把裸体的罪人拖往地狱受罪的魔鬼，还有她那些杀害婴孩、天灾人祸和乱伦故事时，我好不容易才得以挺住。

我只好设法敷衍着。可我享受的是一个有钱年轻人所能享受到的一切，因此我便强压住自己的感情，尽量掩盖住心中的厌恶和反感。不过有时候很不好受，譬如在她讲起处决露丝·斯奈德的现场，太太们如何卫护这个在数千伏电压下抽搐的女人的端庄时。虽然我一直避开不合我意的一切，她那描述劫数难逃和罪孽恶行的拿手本领，确曾使我深受刺激。万一真像她说的那样怎么办？例如，要是那女人确曾把自己的婴孩扔出窗外呢？现在讲的可不是从前的那个追杀亲生儿女的美狄亚②，

---

① 美国一种主要用玉米酿制的烈性威士忌酒，原产于肯塔基州的波旁，故名。
② 希腊神话中一女巫，曾帮助伊阿宋取得金羊毛，并与他私奔；后被遗弃，愤而杀死亲生儿女。

而是我在餐厅里亲眼见到的戴着羽毛、和自己的银发父母坐在一起的女人。

不过,他们旁边一张桌子上有两个人,很快就引起我更大的兴趣——那是两位年轻姑娘。她们的漂亮容貌使我不再去想那些可怕的事,或者想得愈来愈少。有一阵子,我对她们俩都着了迷,可是后来,我渐渐地偏爱上更苗条、更年轻的那个。我爱上了她,只是不再像追求希尔达·诺文森时那样,像个随从似的站在电车后门口盯梢,或者在她父亲的裁缝铺附近徘徊。这一次,我有一种不同的狂热精力,也已知道性的滋味。我所抱的期望更大,也有更多的邪恶之念,也许是受伦林太太的影响吧,她经常讲些色情肉欲的事,毫无顾忌;因而我也就让自己尽情地想入非非,从没想到对这些邪念应该有所自责。不过那时候,我在抑制邪念方面的经验确实也很有限。是啊,我同意劳希奶奶对我们提的警告,说我们血统上的危险(由于妈的关系)是易于动情,不同意的是她污蔑我们,说我们是害人的带菌的人。因此,我便落得个受人摆布。此外还有一个不利条件,因为我表现得——和伦林太太有关——仿佛上帝赐给了我一切,我是在宣扬上帝对我的慷慨:容貌英俊,衣着华贵,彬彬有礼,风度潇洒,言谈风趣,有美男子的笑容,舞技精湛,对女性善献殷勤,这一切全都贴有最漂亮的金叶。可麻烦的是,我有的是你可以称之为假证件的东西。我担心埃丝特·芬彻尔会发现这一点。

我像个骗子似的,没命地卖力,以求在这有限的范围内获得最大的成功。花很多时间把自己打扮成一份活生生的求婚书。我默不作声地全神注视着,力求引起注意。我已被情爱冲昏头脑,只能想出这个办法。可是,在这微风轻拂、安全宁谧的港湾美景中,采用这种暗示的方法,尽管我看起来神志清楚,情况正常,却实在等于把一片痴情空抛在空气中,沙滩上,鲜花盛开的草坪上,还有那敞开的一片白色和金色的大餐厅里,而我本希望把这份痴情洒在那姑娘的秀发上的。我深深地想念着她的香唇,她的纤手,她的乳峰,她的大腿,还有两腿之间。她在网球场上俯身击接球的时候——我直挺挺地站在那儿，围一条绿底有棕色马图案的绸巾，它巧妙地套在一只手雕小木环里，这种小木环是伦林先生那个季度在埃文斯顿推广普及的——看到她那臀部的曲线，洋洋得意的少女背影，还有那严加保护的柔软的秘处，我心中充满爱念和崇拜的冲动。在允许有性爱存在的地方，世人定会赞同，这种爱不是用暗示和低语来表述无聊糊涂和冰冷干巴的恐惧，而是十分必要的，完全正当的，由喜悦证明是有道理的。要是她肯吻我，用手抚摸我，能让我沾上她腿上的球场尘土、香汗、还有她贴身的污垢和汗珠，使我从折磨人的弄虚作假中解脱出来——从而表明，任何虚假、损人的做法和愚蠢的想法，都是可以改正的！

可是到了晚上，由于一天白费力气，毫无所得，我躺在房间的地板上，已穿好衣服准备去吃晚饭，满怀注定无望的耐心徒劳地冥思苦想着，渴望能想出什么高招———一项像鲜花般完美、星星般辉煌的行动，来摆脱自己的愚昧和笨拙。我已经仔细地记下了我能搜集到的有关埃丝特的一切，以便研究出怎样才能诱使他憧憬和我在一起时的美妙，也就是那种崇高的纯情境界。我只要她让我和她在一起，骑马划船，相亲相爱，施展她那纯洁、伟大的女性魅力和姣美，毫无疑问，由于我的赞赏，她一定会更有魅力，更加姣美，还有她的胳膊肘，她那紧绷在运动衫中的乳头。我曾看她在网球场上动作有点笨拙地去追球，一只快球过网来时，怎样保护自己的胸脯，怎样并起双膝。我对她的研究并没给我的希望增添多少力量，因而我只好躺在地板上，太阳晒黑的脸上满是渴望的神情，张大着嘴巴胡思乱想一通。我认定，她知道自己很有价值，她心里并不着急。总之，埃丝特·芬彻尔并不是我这种人，她不想听人讲到她的汗珠和身上的尘垢。

然而在我看来，这世界上没有人有比她更好的姿色，也没有人有比她更好更得体的口才了。我也从来没有过这么多钩心的烦恼。我觉得，就天性和乐趣能形成人类和其他一切生灵的归宿来说，我已身临真正的境地。

我也表现得很机灵。我找机会和老芬彻尔交谈，他不是姑娘们的父亲，是她们的叔父，一个经营矿泉水的商人。这可并不是件轻而易举的事，因为他是个百万富翁，他开的是一辆帕卡德牌车，型号和车色都和伦林夫妇的那辆一样。我在车道上把车停在她的后面，因此他必须再三细看后才能认出哪一辆是他的。这一来，我们就攀谈上了，谈得像地位平等的人。可他怎么能知道我的周薪才二十五块，这辆车子也不是我自己的呢？我们谈了一阵子。我递给他一支皇后牌中号雪茄，他笑笑谢绝了。他在大得可以放手枪的皮盒子里装有自己特制的哈瓦那雪茄，由于他身材非常魁梧，雪茄盒放在口袋里一点没有鼓出来。他的脸胖胖的，长有皱纹，黑眼睛——眼珠黑得像中国的荔枝肉——头发斑白，剪得像德国佬似的，后面和两侧都短得露出了头皮。让人有点扫兴的是，他马上告诉我说，这两个女孩子是他的财产继承人，大概是想到我这样讨好献殷勤是不是为了算计他这个白发黑斑、有个臃肿大鼻子的伦勃朗①似的老头子。为了弄清这一点，他要我明白，我是在什么社会阶层里厮混。我丝毫没有让步。对男人，不管他是小伙子还是老头子，我从不向他们示弱，也从不让父亲和监护人使我难堪。

接近埃丝特的姊姊比较困难，因为她体弱多病，腼腆寡言，有阔人身体不好时的那种心情。她的衣着和首饰都很讲究，可是这位可怜的太太脸上一副强作自制的神情，为此还有点装聋作哑。我用不着装出关心的样子，我确有这种心肠（天知道是从哪儿来的）。凭着本能，我知道，她体弱多病，有的是钱，长时间来延医吃药，因而最使她感兴趣的是常人的健康。于是，我便和她聊这个，颇受她的欢迎。

"我的好奥吉，跟你坐在一起的是芬彻尔太太吗？"伦林太太说，"她什么事也不做，成天看着喷泉发呆，我看她神经有点不正常。是你

---

① 伦勃朗（1606—1669），著名荷兰画家。

先跟她说话的吗？"

"嗯，我凑巧坐在她旁边。"

这一回答得了个高分，她听了很高兴。可是继而想到的就是我的目的意图。有关这，她立刻毫不客气地揭了出来。

"为的是那两个妞儿，就这么回事！唔，她们长得是很漂亮，不是么？尤其是黑头发的那个。真是个尤物。她看上去爱捣鬼，鬼花样不少。不过，你得记住，奥吉，你是跟我在一起，我得为你的行为负责。那妞儿可不是个女招待，你最好打消你有的那种念头。好孩子，你既聪明又能干，我要看到你上进。我会看到你有出息的。你跟那妞儿自然是不会有什么缘分的。当然，阔小姐有时也能变成小娼妇，也有普通女孩那样的欲火，有时候甚至还要糟。你不知道德国人的家教是怎样的吧。"

这么说来，这对芬彻尔家的家财继承人，注定要给有财势的人了。不过，伦林太太并不是个永不犯错误的人，她已经犯了个错误。她以为我爱上的是西亚·芬彻尔，而不是埃丝特·芬彻尔。她也不知道我爱得有多深，爱得死去活来。虽然我通常乐于把事情告诉人，可我不想让伦林太太有另外的看法。我也不喜欢推测伦林太太对此会作何解释。因而，让她以为我单恋的是头发卷曲、同样漂亮的姐姐西亚，我使了点诈。我没有花多大工夫，便使伦林太太得意非凡，自以为又快又准地道破了我的心病。

事实上，西亚·芬彻尔不止是对我和颜悦色。有天早上，我正在对她叔叔下工夫，而那老头子刚好心情不好，脾气很坏，很难伺候时，她问我去不去打网球。虽然对我来说这不是时候，可我还是不得不笑着对她说，骑马是我的运动；心里却急切地想，得赶快弄个网球拍，马上到本顿港的公共球场去学。说实在，我也不是天生爱骑马，说自己爱骑马，只不过多少可以掩盖自己的出身，有一个受人尊敬的当当响的名头而已。

"我的球伴还没来,"西亚说,"埃丝特又在沙滩上。"

不到十分钟,我也出现在沙滩上,虽然我已答应过伦林太太,待她洗过矿泉浴后跟她玩纸牌。她说,矿泉浴后她人太吃力,不能看书。我热烘烘地肚皮贴地趴着,神志恍惚地盯着埃丝特,脑子里却乱得很,很浪漫,很色情,还有一大半是痛苦。当她俯身用防晒油把双腿抹得发亮,扭头朝我这边转过来时,我既希望她注意到我,又害怕她看见我。我这时已心迷意乱,正一味地在掂量她那优雅地套在游泳衣里的乳房和小小的肚皮的重量;她摘掉头上的白色橡胶游泳帽,梳起头发来,我觉得她的手很有劲。

沙燕纷纷飞出峭壁上的岩孔,掠过清澈的褐色水面,重又飞回到白色、褐色、黑色、从流动到静止的沙波、浸水的树林以及在日光下蜷缩扭曲的树根。

不久,她就站起来了,稍过一会儿,我也跟着站了起来。由于我晚到了,伦林太太对我冷冰冰的。我躺在自己的房间地板上,鞋跟搁在床罩上,像个落马的全身盔甲披挂的骑士,踢马刺被缠住,得用辘轳才能吊起来似的。当时,眼见自己神不守舍的模样惹得伦林太太生气,心想,不管怎样,总得让她看到一点我的进步。我站起身来,用她给我的两把军用刷子,无精打采地刷了刷身上的衣服。我乘那座慢速的白色电梯下到底层,在地面大厅里转了一通。

太阳已经下山,将近晚餐时分。明亮的水面变得愈来愈暗,餐厅里餐巾和菜单都已摆妥,长颈花瓶里插着玫瑰花和蕨类植物,乐队正在幕后校音。我独自一人站在走廊上,心烦意乱,头晕目眩,后来缓步走向音乐室,里面在放卡鲁索[①]的唱片,那种先是哽咽,而后高喊的歌声,意大利风味的歌剧式的母亲的渴念,儿子的呼唤,听来华丽,

---

[①] 卡鲁索(1873—1921),意大利著名男高音歌唱家,歌剧演员,曾演唱过歌剧《费多拉》、《波希米亚人》、《弄臣》等。

其实忧伤。身穿白色套装,头上戴的白色缀珠小圆帽,近似主教的法冠,双肘搁在有盖唱机上的正是埃丝特·芬彻尔。她站在那儿,踮着一只脚。

我便说:"芬彻尔小姐,不知您肯不肯赏脸某个晚上跟我去大卫之家跳舞?"她猛吃一惊,抬起头来。"那儿每天晚上都有舞会。"

我知道注定要失败,从第一句话说出口,我便觉得遭到猛击,四面八方都朝我打来。"跟你?我可要说不了。我肯定不能去。"

血仿佛涌出了我的脑袋、脖子、肩膀,我晕了过去。

没靠人帮助,我自己清醒了过来。也没有人愿意帮助我。埃丝特见我晕了过去,片刻也没多待。显然,使我清醒的是那接近尾声的壮丽歌声和乐声,起初如海螺的呜呜,后来愈来愈响,如同整个乐队走上一座宏伟大厅的楼梯,到了最最伤心处,鼓声突然停下消失,一切便戛然而止。

我不知道,究竟是因为她的断然拒绝,还是由于相互交谈的激动,使我昏晕过去。情况不允许我去思考和探究触发的缘由,以及为什么会有一种全身散了架似的感觉。我只要发现它的力量有多强大就够了。这是一种尴尬处境发出的冲力。当时,我一直拼命地吸气,满脸冷汗,空气寒飕飕的,我颓倒在沙发上,觉得自己被一种什么东西浑身践踏,而那东西的重量多少和我妈及弟弟乔治有关。乔治这时候也许正在扎扫帚,或者放下扫帚跟跟跄跄地前去吃饭。也有可能是和纳尔逊老人之家的劳希奶奶有关。不知怎的,我仿佛被什么东西一碾而过,这东西总是和他们形影不离,而我,原以为已经安然避开它了。

当时,齐兰德小姐正站在门口,就是那位著名公司法律顾问的女儿,一直注视着我。她穿一身晚礼服,身子裹在褶裥的长衣裙里,整个人成了一个长卷;脚上穿的是金色的鞋子,白手套一直套到肘部,看上去像梦幻中似的,颇有东方色彩;她浓密的秀发向上卷成塔状,和她的大胸脯恰好相称;她的脸显得清冷,像一种天气;不过要是她打算打破沉默，说几句十分重要、意味深长的话，也许对我解释一下什么是爱情之类，她上唇那长长、清晰的沟纹，是随时可以动起来的。可是她什么也没有说，她不想让我知道她的心思。不过，她一直到我站起来关掉唱机，才悄悄地翩然离去。

我到洗手间用一点热水洗了洗脸，然后去吃晚饭。我没怎么吃东西，连酒烧桃子也没吃几口，这没能逃过伦林太太的注意，她说："奥吉，你这种胡闹的恋爱打算什么时候停止呀？你会伤了自己的身体的。难道就那么重要？"接着，她用最疼爱的口吻对我说，想哄我恢复理智，并以一个女人的身份，想要我对女性的幻想达到她认为的顶点就停止下来。还对我解释女人把什么看得重要，什么看得不重要，并且赞美男人对一切的态度，仿佛她是在代表雅典娜[①]说话。这使得我差点气疯了。我的脑子反正本来就已不正常，听到她用刺耳的言词贬低女人，惹得我眼露凶光，朝她直盯着。我还几乎像打摆子似的全身颤抖着，等待埃丝特在餐厅里出现。老芬彻尔夫妇已经坐在餐桌旁。后来西亚也来了，可是她妹妹显然不想吃晚饭。"你要知道，"过了一会儿，伦林太太说，"那小妞打从进来以后，眼睛一直没离开过你。你们俩之间是不是已经有点儿什么啦？奥吉！你已经干了什么了吧？所以你才这么没精神是不是？你干了什么啦？"

"我什么也没干。"我说。

"你最好没干！"她严厉精明地诘问着我，俨然像个女警官，"你长得太讨女人喜欢了，这对你没有好处，将来会有苦头吃。那小妞也是，色心可重哩。"

她和西亚两人对视着。侍者点着了芬彻尔家桌上的酒烧桃子，在绿色的苍茫暮色中，到处冒着小小的火光。

我没再说什么便离开了餐厅，沿着湖滨公路走去，想要驱散心头受

[①] 希腊神话中智慧、技艺和战争女神。

辱的创伤，化解心中的烦恼和不快。我心里非常难受，我觉得埃丝特使我丢了脸，我对她很生气，也很想在伦林太太头上狠狠砸上一拳。我沿着湖边走着，接着又在庭院里徜徉，不愿走向饭店的门廊，我知道伦林太太正在那儿等着我，准备因我的粗暴失礼而要把我辞退。后来，我又走到饭店后面的儿童游乐场，在秋千的板条座上坐了下来。

在那儿坐着，我突然想像出，埃丝特经过仔细考虑，跑出房间找我来了，于是我又呻吟起来，我的傻劲又来了，淫思复起，而且比以前更厉害。后来，我听到有人悄声走近，只见树荫下有个女人快步走来，走到秋千架旁孩子们踩出的浅沟处。原来是埃丝特的姐姐西亚，就是伦林太太警告过我的那个，过来要跟我谈话。她身穿白色衣衫，脚穿白鞋，在秋千架旁朦胧的暮色中，那鞋犹如一对飞落在那儿的小鸟，她的袖子上饰有网眼花边，镶着暖色的袖口，在她头后面的叶阴疏密不同。她站定了看着我。

"不是埃丝特，失望了，是么，马奇先生？我猜你心里一定很难过，你在餐厅里脸色很苍白。"

不知她知道些什么，有什么目的，我没有吭声。

"你好一点儿没有？"

"什么方面好一点儿？"

"你刚才晕了过去。埃丝特以为你大概发羊痫风了。"

"嗯，也许是吧。"我回答说，觉得心头沉重，愠怒，精神快要崩溃了。

"我不这么想。你只是伤心过度。你不愿我打扰你吧。"

那倒不是，恰恰相反，我希望她留下。因而我说，"不，"她在我脚旁坐下，她的大腿碰到了我的脚，我想挪开一点，可是她摸着我的脚踝，说："别动，你不必因为我弄得自己不舒服。究竟是怎么回事？"

"我约你妹妹去玩。"

"她说'不'的时候，你就晕过去了。"

我想，她对我很同情，不只是好奇。

"我完全为了你，马奇先生，"她说，"所以我要把埃丝特的想法告诉你。她想你是为跟你在一起的那位夫人服务的。"

"什么？"我喊了出来，从秋千座上一跃而起，头撞在秋千架的暗销上。

"她说你是她的小白脸，跟她上床睡觉。你为什么不坐下来？我想我应该对你说清楚。"

我仿佛原来特别恭敬虔诚地捧着什么，可突然泼翻了，还烫了我的手，这就是我当时的感觉。我一直认为年轻姑娘，即使是女继承人，脑子里最坏的念头，照艾洪台球房的标准来衡量，也还是很天真纯洁的呢。

"是谁那么想的，是你还是你妹妹？"

"我不想把一切都推到埃丝特身上。我也觉得可能是这样。尽管这是她先提出的。我们知道你和伦林太太没有亲戚关系，因为我们曾听她对齐拉德太太说，你是受她丈夫保护提拔起来的人。你从不跟任何别的人跳舞，你和她手挽着手，就年龄来说，她还是个颇为性感的女人。你应该知道你们俩在一起的样子！而且她又是个欧洲人，他们不认为一个女人有个年轻得多的情人是件坏事。我也觉得这不算什么不好的事，只有我那位死脑筋的妹妹觉得不像话。"

"可是我不是欧洲人。我是芝加哥人，我在埃文斯顿替她丈夫干事。我是他店里的店员。那是我惟一的职业。"

"别生气，马奇先生。请别生气了。我们到过很多地方，见过许多世面。我为什么要跑到这儿来跟你讲话，你想到了吗？别再为这费神了。要是你干过，那就干过，要是没干，那就没干。"

"你不知道你在说些什么。把我，也把伦林太太看成那样，有多卑鄙。伦林太太只是对我一片好心。"我很生气，说话的声音也带气，可她没有回答；她也激动得血往上涌，全身紧张。我不仅感觉到，也看到她两眼在深深地打量着我。她本来还偶尔露出一丝微笑，现在脸上一点幽默感都没有了，她的脸在暮色、园土和果树叶中，看起来很清楚。我开始明白，我遇上了一个不同平常的人，因为这是一张热情、果断、好追根刨底并且近乎乞求的脸。这张脸俊美俏丽，但也坚毅果断，而且还有一种不顾一切的神情，见到这出现在一个少女的身上，既会让你担心，又会使你钦佩，就像看到两只小鸟相斗得冒血时那样。它们似乎全不明白，一点点小伤就很容易使它们死去。当然，这也许是男人的一种天真想法吧。

"你不是真的相信我是伦林太太的小白脸，是么？"

"我已经对你说了，哪怕你是，我也不在乎。"

"当然，这对你又有什么关系！"

"不，你不明白。你爱上了我妹妹，到处盯着她，所以没注意我也在到处盯着你。"

"你这是为什么？"

"我爱上你了。我爱你。"

"走吧，你并不是爱上我。那只是一个念头。要是这正是一个念头的话。你想告诉我什么？"

"要是你了解埃丝特，你就不会爱上她了。你像我。你坠入爱河就是这个原因。她不会爱你的，奥吉！你为什么不改爱我呢？"

她捏住我的手，把它拉到自己身边，上半身从臀部起向我斜过来，她的臀部很美。啊，伦林太太说中了，我原以为我已取得胜利，她怀疑错对象了哩！

"我不在乎伦林太太，"她说，"就算你干过，也没什么。"

"从来没有！"

"一个年轻人可以干各种事，因为他身上有那么多精力不知该怎么办。"

我说过这世界从未有过更美的色彩么？我忘了一点，忘了一种颓然不振的顾虑，一遇上美人和奥里萨巴①花，这种顾虑似乎便不复存在，可是你很快会发现它又来到你面前。

"听我说，芬彻尔小姐，"说着我站了起来，想要她继续坐着。"你很漂亮，可是你想想我们在做什么？我没有办法，我爱埃丝特。"可是她不肯坐着不动，我只好逃离秋千架，逃进果树林。

"马奇先生——奥吉！"她大声喊着。可是现在我不想跟她讲话。我从边门进了饭店。一走进自己的房间，我便摘下电话，这样伦林太太就没法和我联系上了。我脱下我的高级衣服，扔得满地都是，一面对自己解释说，这只是她们姐妹俩之间的事，并不是真的针对我，我只不过碰巧卷进去罢了。不过我也有另一种想法，要是不是这样，这类事就没什么碰巧可说了；可是每个人似乎都会被引上错误方向，因此想相会的欲望是不正常的事。如果把这些欲望看得如此具体，把它们落实在一个人身上，那也许是一种不可允许的冒昧，太单纯，太特殊，把事情的真相完全给曲解了。

第二天早上，我进伦林太太房间和她共进早餐时，没把房门带上。

"怎么，你是在煤筐里出来的？"她说，"把门关上。我这还躺着呢。"我无可奈何地只好去关上房门，她又责怪我衣服太皱了。"吃完早饭，你就下楼到裁缝那里，叫他把衣服给烫烫。你一定是没脱裤子就睡的。尽管你昨晚上对我态度那么不好，我还是原谅了你，因为你正在闹恋爱。可是你大可不必把自己弄成个流浪汉。"

吃过早饭，她去洗她的矿泉浴，我去到楼下大厅。芬彻尔家人已经结账离店。西亚在柜台上给我留了张便条。"埃丝特把你的事告诉了叔叔，我们将去沃基肖几天，然后去东部。你昨晚真傻。再仔细想想，我真的爱你，你会再见到我的。"

那以后，我一连几天都很难受，整天委靡不振，闷闷不乐。我思

---

① 墨西哥东部城市。

忖,自己深受赏识,在美好快乐的环境中过着最舒心的生活,像个快乐的年轻伯爵,仿佛生来就要过讲究的生活,享受甜蜜的爱情,连骨头都是糖做的,哪儿还来的忧愁苦闷呢?还得记住我一向极少在意的那些事,就是我的出身门第,父母的身份职业以及其他的情况等等。以前,我从没把这些看作是什么麻烦事,因为我生性平等待人,乐于跟每个人交往,把别人都设想成跟自己一样。

与此同时,本来使我深以为乐的一切,越来越使我感到难以忍受,例如住在这儿,这家乳白色和金色的梅里特饭店,现在觉得简直是受罪——它的服务、晚餐时的音乐、跳舞;那些大得出奇的花朵,突然都变得像涂了色的铁块;华丽的东西成了沉重负担;最让人要命的是伦林太太和她给我精神上的铸铁般的重压。现在她一挑剔起来,我就受不了。连天气也是够糟糕的,直到最后天天都变得阴冷多雨,我不愿留在她身边,让她抓住我,向我横加指责,逞施淫威,我成天泡在银滩的露天游乐场里。场里飞轮车的座位上都盖着雨布,变得黑黢黢的,我的雨衣(是以前的,不够我最近的精美标准)也湿透了。我坐在热狗摊上,和游乐场的工作人员、小吃摊的摊主们,还有摆藏豆赌博[①]摊的,混在一起,等待那整个矿泉浴疗程结束。

假期快要结束时,西蒙给我来了一封信,说是要带他的女朋友到圣乔岛来。他真走运,那天天气也好了点。那艘白色的轮船靠岸时,我站在码头上。雨后的蓝色和绿色显得格外新鲜,雨天的阴冷已经缩小成一点点。说到下船的人,个个都显出城市生活给予他们的辛劳,只是在经过这四小时的水上旅行后才稍有消解。全家人、单身男人、成双的有工作的女子,都带着湖滩和夏天的衣物用品,有的虽不太看得出带的是什么,但背带的东西都很沉重。由于命运不同,性格各异,有的坚强

[①] 用几个胡桃壳或杯子,在其中之一内藏豆一颗,然后迅速变换其位置,猜中者赢。

刚毅，有的心灵受创。他们下船后，经过汽车往来的湖边，走进天光明朗、宁静安详的草滩，阳光不时映出一张张特别兴奋或高兴中仍带谨慎的脸，也映出丝巾、头发、脑门、草帽；胸中开始呼出紧张的重负，或者提高了被压低的真诚，这些心情和最古老的城市一样悠久，甚至更为久远；还有那潜入腹胸、肩膀、腿部的种种欲念和逃避之心，是早在伊甸园和人类堕落①时就有的。

我那位像德国人的哥哥，比一般人都长得高大，白色皮肤，金褐色头发，穿得像庆祝七月四日独立纪念日那么花哨，有点像个快活洒脱的吉卜赛人。他微笑着，最先映入我眼帘的是那颗断了的牙齿，双排扣和花格布上装敞开着，双手紧拎着两只手提包。他的蓝眼睛中迸发出奕奕神采，十分英俊潇洒，这种英姿也从他的双颊延伸到脖子，精神抖擞，一股子男子汉气概。他脚穿尖头皮鞋，双手被提包拉得笔直，步子四平八稳地走过跳板，一面往码头阴处张望寻找着我。我从没见过他像此时此刻这般帅气，衣冠楚楚，沐着阳光，和人群一起拥上前来。他搂住我，和他的身子相贴，闻到他的味儿，我有说不出的高兴。我们相对咧嘴而笑，做起怪相，拍拍彼此的脸颊，摸摸对方的胡子，还逗趣地使劲较量了一番握力。

"怎么样，你这个傻瓜？"

"你呢，大阔佬？"

西蒙这么说并不是有意刺我，虽然他有一阵子因为我赚得比他多，生活奢侈，而对我有点冷淡。

"家里怎么样——妈好吗？"

"嗯，眼睛不行，你知道。不过她很好。"

接着，他把女朋友叫上前来——是个高头大马、皮肤黝黑的女孩子，名叫塞西·弗莱克斯纳，我在学校时就认识她，她就住在我们那一

---

① 指《圣经》中所载，人类始祖亚当和夏娃在伊甸园受引诱偷吃禁果而堕落。

带。她父亲在破产以前开一家服装用品店——卖工装裤、帆布劳动手套、长内裤、高统套鞋之类的东西；他身体肥胖，脸色苍白，胆小怕事，是个性格内向的男人，总是在那些货箱后面忙碌着。可是他这个女儿，虽因自己身材高大而不安，却实在是一件漂亮的杰作，两腿修长，精致，丰臀外翘；她的嘴很大，要不是有点爱吮咂，真可说是美得很；还有那双眼睛，眼皮层次虽多，但那慢悠悠的眨动，十分迷人，颇有撩人欲念之妙；因而，她不得不稍微垂下这对眼睛来保持自己的端庄，反正她还有高耸的乳峰，滚圆的臀部以及其他天赋之美，润滑柔软，就连一个正在发育的早熟的小女孩，也会对此感到惊奇。她似乎有点怪我老盯着她看个不停，可是谁能忍得住不这样呢？更可原谅的是，她有可能成为我的嫂子，因为西蒙眼下正在热恋中，他对她已经以丈夫自居，他们俩漫步在水天一色中，紧紧偎依，热烈亲吻，还做出种种亲昵举动，我则独自在湖中游泳，有意和他们拉开一段距离。在沙滩上也是这样，西蒙擦了擦自己浓密的胸毛，便赶紧替她擦干背脊，还吻上一通，这使我一时觉得嘴里很难受，仿佛我也闻到她背上温暖的体香，触到她凝滑的皮肤。她拥有的本钱这般充足，长得如此俏丽迷人，真像个勾人魂魄的尤物。

可是，我对她并不怎么动心，部分是因为我单恋上了埃丝特。另外，也由于她本人的缘故，这是说，她除了自己的女性魅力之外，头脑是够迟钝的。也许是她被自己的天赋之美，那杀人力量弄傻了。一定像自然界任何巨大力量一样，把她的思考能力给压下去了。就像灰熊或老虎这类猛兽生来就有的兽性，以沉重的压力压住它们的头脑，而且一直扩展到皮毛的斑纹和利爪上。可是，就是有了超大自然掌握的特权，又怎么样？一种物种的使命是什么？在塞西身上，思考能力比一切其他成分都薄弱。不过她看上去虽然有点蠢，实在是个狡黠的女孩。

塞西四肢舒展着躺在沙滩上。爆玉米花的热油气和芥子酱的辛辣味，随着爆裂声一阵阵从各个摊位上袭来。她不断在给西蒙答话。西蒙穿着红色游泳裤,侧卧在她身旁,他说的什么,我听不到。"哦,傻瓜,不行。胡说八道!宝贝,你这个笨蛋!"可她看上去很高兴。"你带我来这儿我真开心,亲爱的。这儿多干净,真像是天堂。"

我不喜欢西蒙跟她死死纠缠的样子——因为他确实那样——他是想说服她,打动她的心,使她就范。他提出的建议,她差不多都拒绝,只有"别说这些了,还是说点别的吧!"之类的推托的话。这使得西蒙变得很粗俗,以前我从没见过他这样。他那么煞费苦心,像耐心地挖壕作战,吹嘘自己,又奉承她,实在令人恶心。他热情洋溢,一片痴情,说得连舌头都拖出来了。他也有捺不住性子发火的时候,在他脸上,眼睛下面,鼻子两边会径直升起两片红晕。这我明白,因为我们遇到了同样的困难,同在爱神面前苦苦挣扎。我们的这种处境,会使劳希奶奶因自己的预言应验而得意万分——至少心灵上是如此,至于她的肉体,则在老人之家里苟延残喘,是参加下一次谁将淘汰游戏的最后决赛者之一。所以,我替她把她似乎言中的这件事记录了下来。至于西蒙,在分歧和距离产生之前,小时候他和我曾经联合一致的一切地方,开始油然重现,手足之情几乎又要热烈起来。但这种重新亲热实际上并没有产生,可是我依然爱他。当他肩上披着印花的海滩巾站起来时,在他那晒得黝黑的赤裸身子上,淌着道道水流,显得既粗鲁又大胆,仿佛把博得这个女孩的欢心,当成是一场游戏。

我送他们上了晚班的轮船,他们不愿留下来过夜。我和他们一起在甲板上度过了夕阳西下那段漫长的时刻,直到天空只剩下最后一片蔚蓝,没有别的任何光芒。云层摆脱了太阳的威力,渐渐下沉、叠叠重重一直落向城市,下沉到水面上的山丘和建筑上,灰蒙蒙的一片,气势非凡。

"喂,花花公子,我们有可能在近几个月内结婚。"他说,"妒忌我吗?我敢打赌,你一定妒忌了。"他用双手捧住她的头,下巴搁在她的肩上,热烈地吻着她的脖子。他动作这样夸张地向她求爱,使我感到奇怪——他一条腿直插进她的两腿之间,双手捂住她的脸,她丝毫没有拒绝,尽管嘴里说不同意;她在嘴上是没有慈悲的。她站在一根吊艇柱旁,迫于寒意,双手拉起白外套的袖子,紧搂在胸前。由于身子受了太阳的灼晒,西蒙仍只穿着衬衣,但是戴着他的巴拿马草帽,微风吹起了他的帽檐。

第 九 章

就在伦林太太在我周围布的网接近竣工时，我便抽身走人了。促成这一结果的主要原因是她提议要收我为养子。她要我把姓名改成奥吉·伦林，跟他们一起生活，继承他们的全部财产。要看清这背后究竟是出于什么原因，也许需要比我更锐利的眼光。不过最重要的一点恐怕是我本人具有某种可以让人收养的东西。毫无疑问，这与我们小时候多少有点像由劳希奶奶收养有关。为了讨好她和报答她，我得像个养子般听她的话，以示感激她。如果说我并没有真的那么驯良温顺，这是因为我身上潜藏着会让人吃惊的反抗力。为什么艾洪夫妇为了保护他们的儿子阿瑟，不得不再三强调他们不打算把我变成他们家的人呢？因为我身上有什么东西让人想到收养。而且，有些人是特别喜欢收养子女的，也有的人也许是希望完成他们在尘世间的功德。伦林太太精力充沛，但又无所事事，她的善意是想把感情上的压抑转变成热切的目的。她也有自己在尘世的使命。

有一件事你很难从伦林太太那儿探究出来。由于她脾气古怪，言谈机敏，我怎么也搞不清她最强烈的愿望是什么。也许她想试着做个母亲。不过当时我一直在摆脱她在我身上打的一切主意。我为什么要成为这些自己都不知道自己是谁的人中的一员呢？说句老实话，这对我来说并不是一个好命运。因为当我变成他们的儿子，和他们成为一家人时，这个问题也就显露出来了。除此之外，我对他们并没有什么可指摘的，相反，在许多方面我都非常感激他们。可是尽管如此，我还是不想置身于伦林太太的世界，让她得以完成她所认定的大业。这不仅是她一个人，而是整个阶级都如此，他们深信他们是完全正确的，他们的思想就像在上面建了罗马城的七座小山①那么坚实可靠，他们还要扩大自己的势力，建造起一座永恒之城，待到那一天，当别的建设者由于想法不现实，在松软的沼泽上建筑的城市成为破砖残木而败落时，他们就得以证实自己的正确。这儿说的并不是单单一座需要共谋众策的巴别通天塔②，而是分散地遍布美国各地的千千万万个创建项目。奋发有为的人含辛茹苦、积极创业，懦弱无能者只希望他们一事无成。伦林太太简直可以说身强力壮，可是从没见她干过任何得以强身的活儿，她的那身发达的肌肉，一定是暗地里练就的。

　　伦林先生也很乐意收养我，还说若能做我的父亲，他会十分高兴。我知道，他对别人是决不会这么说的。在他看来，我是穷女人养的孩子，把我从疲于奔命的生活中拯救出来，并用慈爱来抚护我，这是我天大的福气。上帝能拯救一切，可是人能救助的只有少数人而已。当我告诉伦林太太西蒙正打算结婚，他的女友塞西是个破产的纺织品商的女儿时，她便开始设想出他婚后的情景，对我上起社会学课来。她绘声绘色地给我描绘出那狭小的公寓房，厨房里挂着的一排排尿布，赊购的家具衣物分期付款时的烦恼，我哥哥由于忧心焦虑，三十岁便变得像个老头，心甘情愿地做了妻子儿女的俘虏。"而你呢，奥吉，你到三十岁时才开始考虑结婚的事。到那时，你有钱，又有文化，女人任你挑，就连西亚·芬彻尔那样的姑娘也行。一个既受过教育又有事业的人，是天之骄子。伦林人很聪明，事业上取得很大成就，可要是再有科学、文学和历史方面的修养，他就成了一个真正的天之骄子了，不会只是一个普通的有钱的……"

----

① 意大利首都罗马有七座小山，古罗马城即建于此七座小山之上。
② 据《圣经》记载，挪亚的后裔企图在巴别建造一座通天塔，因而触怒上帝，为此他变乱了天下人的语言，使众人分散各地，语言互不相通。详见《圣经·旧约·创世记》第11章第1—10节。

她提到芬彻尔家，确实点到了我心头的痛处。这使我怦然心动，不过只是有点心动而已，算不上什么。我不相信埃丝特·芬彻尔对我有过意思，现在尽管我依然迷恋她，但对她的态度跟以前已经有所不同。我愈来愈相信她姐姐说的话。后来，当我对自己完全说实话时，我不得不承认，在这门亲事上，我是毫无希望的。不管怎么说，伦林太太依旧对我施加温柔的压力。她叫我"儿子"，把我介绍给别人时把我称为"我们的孩子"，然后摸摸我的头，以及做出诸如此类的动作。我已是个强壮的小伙子，已有自己的性欲。我的意思是说，这可不是在摸一个满头光滑新发的八岁儿童。不能想当然地把我看成是个孩子。

她从来没有想到我会不愿让人收养。她想当然地认为，似乎这是符合常理，而又心照不宣的事，跟所有人一样，我也是个追逐私利的人。因此即使我心存异议，那也微不足道，而且我会放在心里不说出来的。或者，即使我想到要照顾我的兄弟和我妈，这种念头也会先隐藏起来，留待以后再说。她从来没有见过我妈，也不想见她。在圣乔时，当我告诉她西蒙要来时，她也没说要见他。我和她，多少有点像摩西和法老女儿①的味道。不过不管从哪种意义上说，我都不是藏在蒲草箱中的婴儿。我有足以配我的家庭，也有足以信赖的历史，决不像一个因家庭子女过多而被丢掉的弃儿。

所以我决定抽身后退，同时拒绝掉一切暗示。而当暗示变成公开提议时，我便婉言作了谢绝。我对伦林先生说，"我非常感谢你们的一片好意。你们两位是世上少有的好人，我一辈子都会感激你们。可是我自己还有亲人。而且我觉得……"

"你这个傻瓜！"伦林太太叫了起来，"什么亲人？什么亲人？"

---

① 据《圣经》记载，埃及国王下令将新生的希伯来男婴一律丢进河里淹死。摩西出生后在家中藏了三个月，因无法再藏，就把他放进一只蒲草箱中，箱外抹上沥青，然后把箱子放在河边的芦苇丛中。埃及法老的女儿到河边洗澡，发现了他，就把他收养为儿子。详见《圣经·旧约·出埃及记》第2章第1—10节。

"哦,我妈,我兄弟呀。"

"他们跟这事有什么相干?胡扯!你父亲在哪儿——告诉我!"

我说不出来。

"你就连他是谁都不知道。得了,奥吉,别犯傻了。一个真正的家庭总得有人给你提供点什么。伦林和我就能做你的父母,因为我们会给你提供一切,其余的全是空话。"

"好了,这事就让他先想想吧。"伦林先生说。

我想,那天伦林一定心情不好。他的后脑勺上有一撮头发翘着,背带的环扣从背心里露出。这表明他有心事,有他自己的烦恼,与我无关,因为在正常情况下,他总是衣冠楚楚,很注重外表的。

"嘿!这有什么可想的!"伦林太太嚷着,"你瞧他是怎么想的!要是他情愿当傻瓜,一辈子给别人卖苦力,那他就得先学会怎么想才成。要是我由着他去干,他早就跟隔壁那个女招待、那个塌鼻子的印第安人结了婚,现在就等着抱娃娃了。因此不出两年,他准会开煤气自杀。给他金子他不要,宁可选要大粪!"

她一个劲地用这样的口气说着,不断地对我进行着恐吓,弄得伦林先生都有点儿心神不安起来。他倒并不是非常不安,那神态犹如一只夜鸟,它知道白昼的一切,到迫不得已时,它会展开那有着褐色条纹的粗大形体穿过白昼——可是只有在迫不得已时——然后飞向森林深处,回到黑暗世界。

而我——女人们总说我对人生缺乏更深一层的认识。我既不懂得它对人的损害和折磨,也不懂得它给人的狂喜和荣耀。我身体不弱,心中也无忧无惧,但看起来总不够坚强,不能成为一个与生活较量的高手。旁人都向我展示他们的成就,所有权和专利权,天堂的欢乐和地狱的痛苦,他们勘探所得的标本——往往是一起涌在他们的脸上——同时他们,尤其是女人,总说我太无知。此刻,伦林太太正在威吓我,嚷嚷说我是傻瓜的儿子,她坚信我一出大门就会被踩得粉碎,在生存斗争中会被碾成肉酱。听她说来,我天生就是个过舒适生活的,早上从一张松软的床上起来,然后就去享用丰盛的早餐,蘸着蛋黄吃面包,抽着雪茄喝咖啡,舒舒坦坦沐浴在阳光中,既无忧虑也无污点。世界上有这样一班好心人要我,要是我拒绝了这样的好机会,等待我的必将是默默无闻的一生,我一定会落到坏人的手中。我尽量不去否定这番话中的真理。我一向尊重女人的威力,知道该怎么办。

不过,对这件事我要求给点时间让我考虑一下,我也应该可以考虑得很周到,因为天气十分宜人,利于思考——这是个晴朗的初秋日子,是打橄榄球的好天气,淡黄的翠菊在清新的空气中吐艳,传来赛马下注的喧闹声,还有马道上清晰可闻的马蹄声。

我请了一下午假,去请教艾洪。

艾洪又开始时来运转,他开设了一个新办事处,把他的大本营从弹子房搬到对街的一套房间,从那儿他可以继续密切注意弹子房的一切动静。这一变迁使他显得有点自私自利;还有一件事是有个女人爱上了他,这使他精神大振。他已恢复出版为困居者编印的那份油印报纸。他的一位读者,一个叫米尔德丽德·斯塔克的残疾姑娘爱上了他。她不是青春少女,已有三十岁左右,体态粗笨。她的头脑由于生活煎熬有所削弱,但依然生气勃勃,头发、眉毛粗浓乌黑。她写诗和艾洪那些激励人的诗章相互应和,最后还要自己的妹妹送她来艾洪的办公室,当众大吵大闹,直到艾洪答应让她为他工作,才肯离去。她不要任何工资,只求他把她从闷得无聊的家居生活中解救出来。米尔德丽德双脚残疾,穿着矫形鞋,这使得她行走非常不便。我后来才知道,米尔德丽德这样的人,感情极易冲动,而且非常强烈,而当这种感情碰了壁反弹回来,由于淤积在心头,脸都会憋得黑黝黝的。至于她的外貌,我已说过,她体态粗笨,眼珠黑色,皮肤暗无光泽。囚身家庭,囿于居室,从一个残疾女孩长成一个残疾妇女,经过这样的腐朽,这样的折磨,也就不能不使人变得心情忧郁,沉默寡言,一肚子坐久产生的怨愤。从未在窗口露出过一张称心如意、并非不满足的脸。

可是米尔德丽德不甘心一辈子躺着，慢慢死去，尽管她一直没能消除那人近中年、阴沉愁苦的容貌，那像是一个被迫静坐、失去孩子或者被男人欺骗的女人的脸色。虽然由于她对艾洪的爱（艾洪也由着她爱）使这种脸色有所抑制，但要想消除是不可能的。开始时，她一星期来两三次，替他打打信件，后来成了他的专职秘书，还有别的角色——他的佣人和知心女友。真像《圣经》上说的那种"您的女仆"。为他推轮椅时，由于自己一拐一拐地只能拖着脚走，她也得靠轮椅的支撑。艾洪坐在轮椅上，觉得伺候周到，十分满意。他看上去脸色严肃，甚至有点不耐烦，其实恰恰相反。我发现他的神情犹如一只雄鸡，我指的是那种雄性的锐气和阳刚，坚硬结实的肌肉，充血的鸡冠，痉挛地抽动，扬扬得意，目空一切，容光焕发，垂下的翅膀淫猥地拍动着。

啊，作了这番比喻之后，还有别的一些情况也必须加以正视。虽然有些糟糕，但情况确实如此。人类毕竟没有那么简单，并不是用一根棍子在地上画的一条直线，而是一具有无数圆盘耙片的大耙。他有股锐劲，可也不能不提一提他那瘦弱的容颜，衰老枯干，色如死灰，再加上那新居的简陋。有的时候晦暗，有的日子冷冰冰，既阴暗又破旧——还有那条街道，冷清、昏暗、毫无生气，真是糟透了。有的只是生意上的幻想美梦，企望的畸形生长，可怕，险恶，既有添油加醋的传说，也有破绽百出的新闻，星星点点，到处遍布，充满谎言，既有事实依据，也有信口开河。

据大伙所知，对蒂莉·艾洪来说，米尔德丽德是可以接受的。艾洪的威力对蒂莉是如此之大，要她认为艾洪错了是绝对不可能的事。此外，你还得考虑人们的这样一种境况，它对人的强压就像把鞋撑塞进鞋子一样。对蒂莉来说，鞋撑就是艾洪作为残疾人的特殊需要。她已经习惯于忍气吞声。

总之，在我登门向艾洪请教时，他的情况就是如此。我发现他太忙,顾不上关心我的事。我给他讲述事情的经过时,他不断地朝街上张望,接着要我推他上厕所,我照办了。像往常一样,轮椅的轮子还是吱嘎直响,需要加油。他的全部答话只是:"哦,这是很少有的事。这提议很好。你天生是个幸运儿。"他对我的事连一半心思也没用上,以为我只是来告诉他伦林夫妇要收养我的消息,而不是我正在考虑回绝。当然,他的心思是在他自己的事情上。要是我想找个例子来说明,一个人怎样渐渐粘住别人,然后被吸收进一个家庭,只消看看米尔德丽德·斯塔克就行了。

我在闹市区游荡完那个下午,当我在埃夫曼餐馆一面吃着肝馅三明治,一面闲望着迪波恩街角那些在卖艺的失业乐师时,发现一个叫克拉伦斯·鲁勃的家伙从窗前走过,我忙用戒指敲敲玻璃橱窗,他这才注意到我,进店叙谈起来。我认识这位克莱恩学院的鲁勃,他曾在那儿的艾纳克酒吧主办过一个棒球普尔①。他话虽不多,但尽讲脏话,面容光净,臀部肥大,额上留着缓慢滑动、油光雪亮的亚述人式刘海,穿着软胸式外套,丝绸衬衫,系着黄色丝绸领带,衣服是灰色法兰绒的。他朝我上下打量了一番后,看出我混得还不错,不像那班大萧条期间的乐师和其他食客,我们便相互询问起对方的情况来。他和一个手头有点钱的堂嫂嫂合伙在南岸开了一家小铺子,专卖台灯、画、花瓶、钢琴盖布、烟灰缸之类的小摆设。因为在经济大萧条前,他的堂兄和这位堂嫂一直为几家大饭店搞内部装饰,两口子的生意做得很不错。"这生意很赚钱,是一种容易发财的行当。人们为了装饰得与众不同,很肯花钱。这是宗让人眼花缭乱的买卖。因为,要是他们懂行,可以在廉价商店里买到大批这种便宜货,可是他们不相信自己的眼光。这是桩赚女人钱的买卖。"他说,"你得懂得怎样吊她们的胃口。"我问他混在这班乐师堆里干什么。"乐师,我的傻瓜,"他说。他刚才是去本汉姆大楼看一个人,此人

---

① 普尔为一种在球类比赛结果上下赌注的赌博方式。

发明了一种专供浴室用的橡胶漆,这种防水产品,再加上他堂寡嫂和饭店的关系,可以使他发财。这种漆可以使墙壁不受腐蚀,水浸损不了泥灰。发明人刚开始投入生产。鲁勃正准备亲自外出兜售,因为这买卖有大钱可赚,因此他说,他们需要有个人在铺子里顶他的位子。既然我在接待阔绰时髦的顾客方面有经验,顶他的位子再适当不过了。"我再也不想让那班混蛋亲戚在我身边了,他们尽惹我生气。如果你有兴趣,就提出来研究一下如何安排。要是你乐意,咱们就谈谈条件。"

看来,除非我答应做养子,否则我是没法再在伦林家待下去了。现在我已经知道,做他们的养子会把我闷死,而回绝他们后便不可能有别的安排了。于是我当即和鲁勃达成协议。我编了一套谎话,告诉伦林夫妇说,我遇到了一个一生难逢的极好发财机会,跟一个中学时的同窗好友合伙做生意。随后便在一片冷冰冰的气氛中离开了埃文斯顿。伦林太太脸色铁青,对我怒气冲冲,伦林先生本人则冷淡地祝我有好运。不过他还是说,不管怎么样,要是遇到我需要帮助时,尽管来找他。

我在南区黑石大街的一幢房子里租了一间房,要爬四道楼梯,三道铺有一狭条廉价的红地毯,一道是满是裂纹的裸露木板,楼梯上全是灰尘垃圾,我的隔壁就是厕所。这儿离纳尔逊老人院不远,因为我是星期天上午搬的家,安顿好之后还有空闲时间,于是便去探望劳希奶奶。据我看来,她现在已和院里别的老人差不多了,已经失去她原来卓尔不群的独立气概,变得衰弱,脸色近乎深灰,和我见面打招呼时,需要左顾右盼寻找她旧日的神采,仿佛她已把它搁在一旁,记不起放在哪了。她好像也不再记得以前对我有过的怨恨,我们一起在客厅里的一张长凳上坐下来,中间隔着几个默不作声的老人,她向我问道:"那个……那个小的,那个白痴,好吗?"她竟忘掉了乔治的名字,这使我感到震惊。是的,这使我大为惊讶,直到我想起,她和我们一起度过的那段岁月跟她的一生相比,只不过是小小的一段时间,在一条蜿蜒曲折的古老航道两岸,有着多少沼泽和死水啊。也因有一股不愿别人讲起自己真实情况的倔强精神，还因已到一个无论事实或真情都已无济于事的时候——对一个生命垂危的老妇又有什么意义呢？——这看来似乎只是昏花的眼睛见到旧日的神情而已。人离死亡已如此之近，这种情形又能有什么好处呢？这只不过对目睹者有益罢了。因为我们人类有许多理由相信，任何事物对某个人总有利益和好处，甚至是肮脏的泥土、废料和有毒的副产品。化学药品和化学工业的魅力，就在于能使煤灰、炉渣、骨头和粪便都有无穷妙用。可实际上我们远远不能使一切东西都对我们有好处。是的，而且就连真理也会由于与世隔绝和单独囚禁而变得冷漠，它在巴士底狱外面不会存在很久。如果去解救的拥护共和的群众掌握生死大权的话，那它根本就不能存在。劳希奶奶现在的情况就是如此。她只剩下几个月可活了。她那件敖德萨黑色礼服满是油污，已洗得泛白。她像老猫似的呆呆地望着我，也许已不太弄得清我是谁。她把原先在她心目中最重要的事，都弄成一团糊涂了，就像斜着眼睛看上一眼似的，虚弱无力，甚至带着婴孩和疯子的神色。这便是我们一直认为那么坚强有力、无法撼动的她！这实在令我大为吃惊。不过我还是认为她的确记得我是谁，她原来的意识并没有失去，只是她那唱盘已处于转得太慢的阶段。我甚至还觉得她很感激我去看她，而且说我现在是她的邻居，得再去看她。可是我没能再去，那年冬天她死于肺炎。

我的新工作打一开始便走下坡路。鲁勃的堂寡嫂是个爱挑剔的女人。她对我很不信任。这位太太——她在店里穿着件斗篷式毛皮大衣，她戴的那顶同样兽皮的帽子，就像是一顶荆冠。一张自知难看因而愁眉苦脸的脸，皮肤很差，嘴唇没有血色——她有胃病，强压住自己的坏脾气。她千方百计不让我施展我的作风，而我这作风是从接待我认为较为上流的顾客中学来的，可她根本不让我接近重要的顾客。在店堂里，她把大小抽屉都上了锁；她不想让我知道货品的成本。她想把我圈在店堂后面，干干打包、包装、衬垫、装框，以及在灯罩上蒙玻璃纸一类的活儿。就这样，我不是在店堂后面干杂活，就是被派到瓦巴希大街一带那些设在统楼面里的小工厂或陶器作坊办琐事。我很快明白,她这是在把我往店门外推。橡胶漆一开始投产,我便成了它的推销员,我想鲁勃也一直有这样的打算。他说店里实际上用不上我,因为我似乎只满足于当个跑腿的,对做生意没有多大兴趣。"我原以为你有点主意,不是个只拿薪水的人,但看来不是么回事。"他对我说。

"啊,"我说,"鲁勃太太对我有成见。"

"没错,"鲁勃说,"我看出她一直想不让你捞到好处。可问题是你为什么由着她摆布呢?"

现在他减去了我的薪水,只给我佣金。我看我无可奈何,只好接受,随身带着一罐漆乘电车和高架火车四处奔走,到饭店、医院等单位兜售,千方百计想弄到订单。结果销售活动毫无起色,我一点油水也没捞到。银根这么紧,而且我是在跟一班特殊人物打交道。我根据鲁勃太太的引荐去了一些饭店,其实她和他们并不像她自己吹嘘的那么熟识(或者是那些经理在弄清我的来意前不承认认识她)。而且,要想在那些侍者林立、装潢豪华、陈设如王宫的乳白色上等大理石的湖畔饭店后楼梯和工作间里抓住他们,可不是一件容易的事。况且许多饭店都有自己的油漆承包商,或者是受贿于某人。那些原来的业主由于已经破产,企业就由法院指定的破产产业管理人一手把持,这些管理人本身就参与保险、水电、包办宴席、装饰、酒吧、租地营业,以及其他有关连锁系统中的行业。经理打发你去见油漆承包商,就是要你跑得团团转。他们对我的橡胶漆甚至连看也不看一眼。我在外部办公室等他们简直等够了,这类会见我无法说是好主意,我很快就看清了这一点。

当时正是隆冬季节,肆虐的天气阴冷刺骨。坐在线路像蜘蛛网似的公交车上,连续数小时在市区各地奔走,由于车内拥挤,密不透气,闷得你昏昏沉沉,傻得像一只火炉边的猫。人恍恍惚惚的,像是堆成一堆的相同的东西,就像是小零件,报纸专栏的字符,建筑物的砖块。坐在车里滚滚向前,你会感到,有一种变成绕不完线的线轴和卷不完布的卷筒的危险。总之，要是乘车没有什么目的，就会有这样的感觉。如果有几缕从车窗上抹去灰尘的水迹处透进的阳光，对大脑来说，这甚至有可能比那些难以清除、令人不快的乌黑霉斑还要让人难受。没有城市就没有文明，可是没有文明的城市会怎么样呢？让这么多人聚集在一起，互相之间不发生关系，这是一种非人状况。不过，这是不可能的。沉闷能产生自己的火焰，因此这种情况从来没有发生过。

我到底还是做成了几笔生意。艾洪的姻亲，哈罗威公司的老板卡拉斯给了我一个面子，买了几加仑橡胶漆，在范布伦街靠火车站附近的一家寝具全是灰色的小旅馆中试用，这简直是个流浪汉、叫花子的窝。他说他决不会把这种漆用在他较好的企业里，因为在湿热的浴室里，这种漆散发出浓烈难闻的橡胶味。还有一位湖滨区医院的医生，鲁勃的好友，专门替人堕胎的，要重新装修他那套房间，我从他那儿搞到一张订单。可是鲁勃想赖掉佣金，说这笔生意用不着我来做。当时要不是我对《论坛报》上的求职栏了如指掌，本会当场就辞职不干了。我赚的钱虽然不再够赡养我妈，不过至少还能打发自己的开销，不必依靠西蒙的资助。由于我离开了伦林家，他当然大为不满。如果要靠他一个人来赡养妈，那他还怎么结婚？我说，"你和塞西可以搬去跟妈一起住。"这话使他大为恼火，我当下明白，是塞西不愿住我们那老房子，也不想照顾妈。"得了，西蒙，你知道我不想粘住你不放，"我说，"我一定会尽力而为的。"当时我们俩在拉克里奥斯的店里喝咖啡，桌上放着我的那罐漆，我的手套搁在漆罐上，手套的一些接缝处已裂开，这表明我已经多么落魄。我已变得愈来愈邋遢，而对于一个推销员来说，其仪表有一套规矩，用以保证人格具有一定的稳定可靠性。我已经达不到那些标准，花不起钱来洗刷打扮，也顾不上为这多花精力了。

我的日子过得越来越简陋，在学着过一种擅自占屋者的生活，暖气不足，上不到我的房间，我只好彻夜穿着外套和袜子睡觉。早上起来，下楼去小店喝杯咖啡暖过身子，便按当天的路线出发。我把剃刀放在口袋里,利用闹市区公厕里的免费热水、液体皂和纸巾刮了脸,然后在基督教青年会的自助餐厅或廉价小饭馆里吃饭,而且尽可能瞅机会溜掉不付账。早晨九点时我精神抖擞,可是到了中午便筋疲力尽了,接下来的一件苦事是没有休息的地方。我可以设法在艾洪的新办公室里泡一个下午,他对坐在栅栏外长凳上无所事事的人已经习以为常。可是我曾为他当过差,总得为他做点事,他便经常差我替他跑腿。既然我已坐上电车,也就不妨为自己干点活。而且我已向西蒙保证过,决不闲荡混日子,尽管漫无目地四处奔走本身也没有什么好处。停着不动不仅对我是不允许的,而且大家都在动,人们都从旮旯角落里被驱赶到大庭广众之中,那些地方对他们来说毫无价值也不宜居住。例如上帝之子耶稣,竟无容身之地,或者他是属于全世界的。可是人们对此没有悟解,也没人去过问这地球上到底怎么啦。我随身带着我那罐漆,也不比别的人强。我一上路,电车就不够大,就连芝加哥也容不下我。

那是积雪渐消、残冬将尽的一天,我一从高架火车站出来,就碰见了乔·戈曼,打从那次偷女式手袋的事后我就没见过他。他穿一件上好的紧腰身蓝色外套,戴一顶新近用帽模撑过的软呢帽,那帽的样子就像一只用手指按出窝来的软面包。他正在买挂在报摊旁边墙上的杂志。他的鼻子向上翘着,由于美味的早餐和清晨的寒冷,他看上去红光满面——说他刚打完一通宵扑克出来,也许更符合他的生活习惯。他朝我和我带的那罐样品漆打量了一下,一眼就看出我很潦倒。我有饱受生活打击的面容。

"你这是搞的什么行当?"他问我。听了我的解释之后,他说,并没有得意的神情,"傻瓜!"他说得当然对,我就没怎么多花力气为自己辩护。"这样可以结识一些人,"我回答说,"说不准哪一天会有个出头之日。"

"是啊,"他说,"一个无底洞。就算你真的遇上什么人——你以为自己是个漂亮小伙子就会有人帮你吗?给你一个大好运?这年月人们首先照顾的是自己的亲戚。你在亲戚方面有什么指望吗?"

我的亲戚不多。五产仍在开他的送奶车。可是我不想求他找工作。在破产风中,考布林除了那条送报路线外,已经失去一切。总之,打从局长的葬礼以后,我一直没怎么见到他俩。

"走,去吃点奶酪和馅饼,算我的。"他说道,我们便进了一家餐馆。

"你混得怎么样?"我问道,我不想问得太明显,那样不太礼貌,"见到过水手布尔巴吗?"

"没见过那笨蛋,他对我没多大好处。他现在加入了一个组织,替一个工会当打手。他只有那么点能耐。而且我眼下干的这种行当,用不着像他那样的人。不过要是你想捞点来得容易的钱,我倒可以给你点事做。"

"危险吗?"

"不会像上次那样让你心惊肉跳。那行当我自己也不再干了。我现在干的,虽然不合法,但容易得多,也保险得多。你想想,哪一行能来钱这么快?"

"好吧,是干的什么?"

"从加拿大偷运移民入境,从罗斯岬附近运到纽约的马西纳泉。"

"不,"我说,我没有忘记和艾洪的谈话,"我不能干那个。"

"不会出事的。"

"要是被逮住呢?"

"要是被逮住呢?要是没被逮住呢?"他以粗俗的幽默取笑我说,"你要我东奔西走到处去兜售油漆吗?那我宁愿坐着不动,像煤气炉里常燃的小火苗。我可不能到处乱蹲,那样我会发疯的。"

"这可是犯法的。"

"用不着你来告诉我这是什么。我只是问问你,因为你看来好像想碰碰运气。我一个月跑两三趟,一个人驾车跑全程,我都有点腻了。所以邀你一起去。要是你愿意，路上替换我一下，只要开到马西纳泉，我就给你五十块钱以及负担全部开支。要是你决定一路到底，我就付你一百块。这事路上还有时间可以仔细盘算。我们三天就回来。"

听他这么一说，我便同意了，还认为这是个走运的机会。净得五十块钱，这对缓解我和西蒙的关系，会大有帮助。我对四处奔走兜售橡胶漆已经厌透了。我盘算着，要是有点钱暂时让我渡过难关，那我就可以花上一两个星期的时间去找别的工作，说不定还能设法重返学院学习哩，因为我对那还没完全放弃。这是我外在的想法，至于我的内心，我想要换换空气，离开这个城市。有关对移民的看法，我的想法是管他呢。如果他们乐意，为什么不可以来这儿和我们待在一起呢？这儿一切都够大家分享的，包括倒霉在内。

我把那罐漆给了艾洪太太，让她去刷浴室。第二天一大早，戈曼就开了一辆黑色别克来接我。那辆车是加大了马力的，我一看它那种根本不给你时间考虑的快劲儿就知道。我把带的用报纸包着的换洗衬衣放在后座，外套摊平压在屁股下。人还没坐定，车就开进南区好远，经过卡耐基钢厂，接着是一堆堆像硫磺似的沙丘，转了两个弯便驶出加里驶上赴托莱多的公路。从这儿开始汽车加速，发动机张开大口像要吃人，它不是气吁吁的，而是像获得解放，可以大大发挥本身的威力。

又高又瘦的戈曼，紧把着方向盘，他的长鼻子像断了鼻梁，血色迅速跑上脸膛，在前额划了个十字。他神态完全像个对车子倾注着自己感情的司机。你可以看出，他找到需要以什么来掩饰自己紧张心情时有多得意。出了托莱多，改由我开车。不时可以瞥见他那狭脸侧过来时有一种讥讽的神情，由于疲劳或者心神不安脸色灰暗混浊，他朝我投过来阴沉的目光，重又对我打量了一下说——仿佛对我第一次开口说话，其实不是——"开快点！"

我连忙道歉说我对这辆车还不熟，同时按他说的加快了速度。可是他不喜欢我开车的样子，特别是我不大敢在坡道上超车。我们在克利夫兰没走多远,他就从我手中要回了方向盘。

当时是四月初,下午的日子很短,快到拉卡瓦纳时,天就渐渐黑下来了。又往前赶了一段路后,我们停下来加油。戈曼给了我一张钞票,叫我到隔壁的店里去买几只汉堡包。我先去上厕所,进去后从窗子里看到有个州警察正站在油泵旁边检查我们那辆车,却不见戈曼的影子。我悄悄溜进肮脏的侧堂,朝厨房里扫了一眼,有个老黑人正在洗盘子。接着我就没让他发觉偷偷从他身后经过,跨过门廊里的一只一蒲式耳① 容器,走进一个内院,或者是一块空地。我猛地瞧见戈曼正沿着停车房的墙跑着,朝田野那边的树林和灌木丛飞奔。我也连忙撒腿跟着跑去,一口气跑出十来码,在树丛后面和他相遇。在没有认出我之前,险些酿成大祸,因为他手中握着一支手枪——艾洪曾警告过我说他随身带着枪。我飞快伸手抓住枪筒,把它推向一边。

"你拿出这东西来干什么?"

"快撒手,要不我就用它崩了你。"

"你怎么啦?干吗要逃避警察?只不过超速行车呀!"

"那辆车是偷的。去你的超速行车!"

"我还以为是你自己的车。"

"不,是偷的。"

我们又撒腿飞奔起来,一听到摩托车开进空地,就一头扑倒在耕犁过的田里。那是一片开阔地,不过暮色已浓。那个州警察走到树林边查看了一会,但没有进树林。幸亏他没有发现我们,因为戈曼已经把手枪支在一块草皮上,瞄准他的胸膛,那神气俨然是个准备射击的牛仔,吓得我嗓子眼里一阵恶心。可是那州警拐了个弯,他的前灯的光束掠过了树林。我们窜过耕地,来到一条离公路很远的乡间土路上。这真是个鬼地方,阴森一片,地面凹凸不平,一股油味,机器在我们背后不远的茫

---

① 容量单位,在美国等于35.238升,在英国等于36.368升。

茫夜色中响个不停,浓烟从拉卡瓦纳林立的烟囱冒出,直冲天际。

"你并不打算开枪,是吧?"我问道。他抬起肩膀,一只手伸到袖子里,活像个女人拉文胸带。他在把枪藏好。我觉得,我们俩心里都在各打各的主意,都认为彼此已经不能再做搭档——我由于这场突然的历险有点飘飘然,他却讥笑我是个窝囊废,给弹子房丢尽了脸。

"你干吗要跑?"他说。

"因为我看到你跑了。"

"因为你害怕了吧。"

"确实这样。"

"停车房里的那个家伙注意我们俩了吗?"

"他一定注意到了。如果他没有,汉堡包铺子里一定有人会奇怪我去哪儿了。"

"那咱们最好还是分头行动。这儿离布法罗市已经不远,明天早上九点我开车到邮政总局门前接你。"

"开车接我?"

"开车接你,到那时我一定能弄到一辆车。你拿着我给你买吃食的那张十元票子——它会照顾你的。这儿一定有进城的公共汽车,你去大路上乘车,我再往前走一段,让它开过去几辆再上,这样我们就不会乘上同一辆车。"

他的个子瘦高,双肩尖削,帽子、脸庞也都轮廓分明。当他看着我抬腿朝大路走去时,那神情似乎像个熟知城市的人到了陌生的城市之间地带。接着他迅速转过身子,曲着双腿,踢碰着石头,快步走下坡去。

我深一脚浅一脚地走了相当长一段路,才见到第一条岔路,想沿它折回到公路上。一辆汽车渐渐驶近拐弯处,前车灯照在一座谷仓上,我急忙趴到地上。那是一辆警车。要不是为了逮我们,它开到这条小路上来干什么?大概戈曼嫌麻烦,偷到那辆车后连牌照也没换。我立即离开小路窜进田里,打定主意抄最近的路回拉卡瓦纳,不到布法罗和戈曼会合。我觉得他做事太随心所欲,他那套无法无天的作风不合我的胃口。所以我凭什么要在泥地里连滚带爬地活受罪,等着他发疯似的作案,害得我也成为同谋犯被判重刑呢?在我离开他上路的时候,我就已经开始想到这点,实际上就踏上回芝加哥的归途了。

我开始在田野上飞奔,因为我对择路而行已经厌烦了,不久我穿过田野来到了市镇附近的公路上,这儿已靠近伊利湖畔。我看到前面黑压压的有一大群人,他们正在爬上一辆辆老旧汽车,车上插着旗帜和标语牌,阻塞了交通要道。我想这是个失业者的组织,里面有许多戴着军帽的退伍军人。我被黑夜中那肆虐的寒风刮得头昏眼花,一时搞不清这究竟是怎么回事。看来他们正在集合队伍,准备向奥尔巴尼或华盛顿进军,要求提高救济金,这是出发去和布法罗的队伍会合。我慢慢走上前去,看到四周有更多的州警,他们正忙着设法使道路畅通,还有一些镇警。我推测,混在这些人群中间要比独自进城安全。借着灯光,我看清自己身上沾满了泥,可由于太湿无法擦去。四周人声鼎沸,旧发动机轰隆隆地响个不停,汽车在排成一列。我走到一辆老爷车的后门,帮一个人用厚木板架成长凳,又在车顶蒙上防雨布,趁着朦胧的暮色,我把自己伪装成他们当中的一员。现在,虽然离拉卡瓦纳根本不远,可是不管怎样我都要去布法罗了。要不我就得返回荒野绕道进城,可是我心里暗想,瞧我现在这副模样,那样有可能会被逮住的。

我正忙着在驾驶室后面扎防雨布,突然看到人群被迫步步后退,从那来回反复照在人们身上的红黄光束看来,我知道有辆警车正在竭力从人群中挤出一条路来。接着就看到了那在车顶上骨碌碌地转着的警灯。我站在汽车的踏脚板上扭身一看,正像我所担心害怕的那样,乔·戈曼坐在警车后排的两名州警之间,下巴上留着一条条血迹,这表明他大概还想对州警抗拒一番,所以他们让他的嘴唇开了花,以尽他们的职责。这便是他远route而来所求所得的结果。他看上去并没有昏迷,而是非常清醒——也许只是外表如此而已,就像红色的血看起来已经发黑。看到他这副模样,我心里难过极了。

警车过去了,我们的卡车也悠悠晃晃地动了起来。在低沉地吼叫着的引擎后面,小腿贴小腿地挤坐着二十来个人。天气异常恶劣,先是暴雨,后是寒风,人体散发出的气味,如同清洗牛奶场时蒸发出的热气。我们的车吱吱嘎嘎、摇摇晃晃地在高低不平的路上走着,我心里惦念着乔·戈曼被捕时所吃的苦头,他是否有机会拔枪,他们一定是猛地抓住了他。由于有防雨布挡着,我没能看到那加油站,不知我们抛下的车子是否还在那儿,以及其他的情况。在卡车进城以前,我什么也没看见。

到了市中心,我从后门下了车,找了家小旅馆,连价钱也没问就住下了。不过我当时更关心的是不让旅馆的接待员看到我身上的泥浆,我把外衣搭在了手臂上。除此之外,当时我为乔·戈曼的被捕心里弄得七上八下的,别的根本没有多想。第二天早上,他们敲竹杠要我付了两块钱,几乎等于这种廉价小旅馆原价的两倍。付了不能不吃的一顿丰盛早餐的钱,所剩的钱已经不够买回芝加哥的汽车票。我给西蒙拍了个电报,要他汇点钱来,然后就去逛了大街,又去尼亚加拉大瀑布游览。那天似乎没有多少人有闲情逸致,只有稀稀落落的几个人站在那轰然作响的瀑布旁,如同巴黎圣母院开门之前飞到教堂广场上的几只早来的燕子。然而,在这严酷悲凉的雾霭中,你知道,这道带硫磺味的寒潮从来都不曾降服一切,这有那大教堂般的巨岩为证。

于是,我就沿围绕着滴水的黑色巉岩的栏杆溜达着,直到天又下起蒙蒙细雨,才回来看看西蒙是否已来了回电。我一直问到近傍晚,最后弄得营业柜台内的姑娘看到我好像就烦了。这时我已明白,我要么在布法罗再住一夜,要么立即上路。我已被自己陷入的困境搞得迷迷糊糊,开快车和逃跑,戈曼坐在从人群中排开一条路的警车中,然后是尼亚加拉瀑布吓人的奔泄,还有去布法罗车上的一路颠簸,吃了花生和硬面包后肠胃里像有根橡胶螺杆在打转,那城市既不友好又潮湿——因为要不是我这样迷迷糊糊,我早就会明白西蒙是不会寄钱给我的。他可能根本拿不出钱来,本月的第一天刚过,房租还等着他付呢。

一想到这一点,我便告诉电报局的那位小姐,别再管那回电的事了,我这就要离开这个城市。

为了避免在纽约北部的公路上被逮住,我在"灰狗"车车站买了张去伊利的车票,当天晚上便到了这个宾夕法尼亚州的一角。在伊利下车后,我一点没有到达异地的感觉。这是个独立自在的地方,但是它依靠位于别的城市之间,等待别的城市给予它生命,它的存在还那么微不足道,只是刚刚出现,正在等待。

我找到的投宿之地是一家有着高高护墙板的小旅馆,这仿佛只是个房子的骨架,板条多于泥灰,毯子烧得满是焦孔,床垫上的床单露出条条裂缝,上面污渍斑斑。可是我已不在乎住在什么地方,多在乎只会增加烦恼。我脱掉鞋子爬上床。那天晚上听上去湖上好像有大风。

不过第二天早上,当我走在路上跷起拇指要求搭车时,天气暖和而晴朗,我不是孤单一人,有不少人在公路上走着,有时成双结伴,但通常多为只身一人,因为单身搭车比较容易。远处,地方资源养护队的人正忙着在沼泽地里排水植树,而公路上却走着这班流浪汉。在他们的心目中,没有耶路撒冷或基辅之类的神圣目的地,没有圣徒遗物要亲吻,也不想赎除自己的罪孽,只希望到下个城镇运气也许会好一点。在这样的竞争中,要想搭上车非常困难。我的一身装束也对我不利,伦林家的这套服装虽然时髦,可是肮脏邋遢。由于急于要离开戈曼落网那段离拉卡瓦纳不远的公路,我没有耐心久站挥手拦车,只得继续徒步前进。

汽车一闪而过,或者颤抖着驶过身旁,当我走到俄亥州的阿什塔比拉附近时,经过这儿的镀镍铁路线[①]紧靠着公路。我看到有列货车正朝克利夫兰方向驶去,棚车车厢顶上、平板车上和敞篷车厢的四角,都坐着一些人,另外还有八九个人跟着火车紧追不舍,朝火车的踏梯直扑

---

① 即从纽约经芝加哥到圣路易斯的铁路线。

上去。我也撒腿跑了起来,跑下倒霉的公路,跑上碎石斜坡——我感到自己的鞋底太薄了——使劲抓住一级踏梯。由于我动作太不灵巧,一直被火车拖着跑,没能窜离地面,幸亏有人从后面托了我一把。我根本没看见是谁助了我一臂之力——一定是追车的人中有人不忍心看到我的双臂从骨臼里拔下来,或者是折断腿骨。

就这样,我爬到了车顶上。这是一节加高的运牲口车厢,顶上有宽阔的红色木板。车头的慢行钟左右摇摆着。跟我在一起的人很多,这是铁路线上一群蓬头污面、不买票乘白车的旅客。我感到牲口在碰撞厢板,而且还饱闻了它们散发出的气味。直到克利夫兰带着大调度场、建房过密的小丘、滚滚的黑烟、草屑和沙砾朝你扑面飞来。

消息传来,有一列去托莱多的直达快车正在调车场中编组,一两个小时内即可发车。趁这当儿,我赶忙到市区去买了点吃的回到调车场,我爬下一条陡峭的小路,它一直在工厂的地基之下,陡得像毗斯迦①的峭壁,待我露出头来时,看到的是舍温·威廉斯油漆厂附近生锈的铁轨——那一大片地方尽是铁轨和崎岖不平的荒地,四周杂草丛生,我们就在那儿等车,有的在打瞌睡,有的看旧报纸,有的在缝补衣服。

这是个既沉闷又紧张的下午,天刚黑不久,雨就随之而来,我们仍蹲在草丛中等待着,既难受又紧张。因此,当我看到沿着渐渐模糊的铁路线缓缓驶来的列车时,立刻冲了过去。就在朝空地和铁路突然冲去的一刹那,仿佛有几百人一跃而起,最前面的人已经逼近火车。火车头像野牛似的缓缓开来,锅炉的铁乌黑。

火车头咣当一声撞在车厢上,接着往后倒退了一下。它已挂上了最后几节车厢。就在这时我钻到了一节运煤的敞篷车上,爬进了斜面一头和车轮之间的一个角落里。列车前进时,车轮嘎吱作响,像磨石一样

---

① 《圣经》中山名,位于死海东北方,以陡峭险峻著称。相传摩西临终前曾登此山,遥望上帝应许的迦南之地。详见《圣经·旧约·申命记》第34章第1—4节。

发出火花，车钩动作自如，把车厢钩得紧紧的。你的注意力和思绪不得不被吸引进这场机械运动。身后是成吨的煤，你挤在这又小又黑的过道里，两边黑乎乎的雨朝你扫来，你得意识到落入了谁的天下。占据着这块地盘的一共有我们四个人。一个瘦削、像狼一样的人，他伸开双腿径直伸过轮子踩在横杆上，我们其余三个人都把腿蜷起。在他点燃一个烟蒂时，我看到了他的脸，他龇牙咧嘴的，有点病态，两眼下面有着链环似的青斑。他把手放在大腿之间。他旁边是个小伙子。第四个人，直到我们在洛雷恩被赶下车时我才看清，是个黑人。我们逃跑时，我所看到他的一切只有他的黄雨衣，可是等我跑到铁轨旁的小木屋时，他正斜靠在木板墙上，一对大眼睛紧闭着，人长得又矮又胖，艰难地喘着粗气，嘴周围的胡子亮晶晶的，不知是汗珠还是雨珠。

列车在洛雷恩停了下来，它根本不是直达快车。也许是要它停下是因为它载的免费乘客太多了。人们乱七八糟地站成一列，就像列车经过时，在夜色中闪到火车灯光两旁的铁路道班，不过人数要多得多。手电筒光柱晃来晃去，警察逐个车厢清人。清除掉免费乘客的火车继续开动，朝信号灯和油亮发蓝的铁轨驶去。

那个粗壮的小伙子——他叫斯托尼——主动跟着我，我们俩一起进了城。从泥泞的大街就可以看到港口和那些人力堆起的沙丘和煤山。在挖泥机、起重机和电缆上挂的电灯光中，雨看似消失不见，毫无作用。我掏出点钱买了面包、花生酱和两瓶牛奶，我们吃了晚饭。

十点钟已过，雨仍下个不停。我可不打算当晚再去赶另一列货车，我实在太累了。我说，"咱们找个地方过夜吧。"他也同意。

在铁路的岔道上，我们发现了一些淘汰多年不用的旧棚车，腐烂鼓胀，里面尽是旧报纸和干草，一只破烂的旧铁桶臭气熏天，里面的废弃物只能招引老鼠，车壁上蒙着一层白乎乎的东西，不知是泥灰还是霉菌。我们就在垃圾中间躺了下来。我扣上衣服纽扣，一是为了安全，同时也为了御寒，然后舒展四肢。开始时车厢里很空，可是人不断进来，直到深夜，还有人推开车门，在我们身上跨来跨去，商量着哪儿还能睡人。我听到他们沿着一排排的车厢走过来，发出沙沙的脚步声，直到我们的车厢挤得满满的，新来的人朝里一看便继续往前走去。现在不是保持清醒或半醒的时候，可是呻吟声、患病的咳嗽声、吃了坏食物后肚子的咕噜声、放屁声，像因不满而叹气似的纸张和干草的窸窣声汇成一片。后来我总算睡着了，可是没能睡上多久，因为睡在我旁边的那家伙朝我身上压来。我原以为这只是他夜间无意识的习惯，习惯有个床伴，于是便把身子缩开，可是他也跟着凑过身来。他一定早就摆弄很久悄悄解开了自己的裤子，先是仿佛无意间碰上了我的手，接着便拉着我的手要听他使唤。我费了很大的劲才挣脱，因为他最后居然用双手死死抓住我的手腕。我抓住他的脑袋往车厢壁上猛撞了几下。这肯定不会把他撞得有多疼，因为车厢的木板已经烂得几乎软绵绵了。他放开了我的手，几乎带着笑声说，"这用不着大惊小怪的。"说完翻过身去，和我空开了一点。我坐起身来，心想如果我不换个地方，他也许会以为我不是不欢迎他。事实上他正在等着哩。他开始用颤抖的声音讲起女人的肮脏来，语气既冷峭又满怀希望。我一听到这些，便起身走开，后背贴着车厢壁，跨过一个个倒卧的人体，来到我先前看到斯托尼躺下的地方。真是个倒霉的夜晚——雨点先是敲打着车厢的一边，后来又敲打着另一边，就像有人在钉一只箱子或鸟笼。我发出一个有思维能力动物的感慨，心潮翻涌，悲凉心酸，难以自慰。我的心像一个球似的堵满我的胸膛，它大得我胸中再也无法容纳，倒不是出于厌恶，我得说我一点没有感到厌恶，我所感到的是人们普遍的痛苦和悲惨。

我在斯托尼身旁躺下，他有点惊醒过来，认出是我，便又倒头睡去。只是天太冷，近黎明时，更冷得要命。有时我们发现互相紧贴在一起，脸挨脸，头碰头，便分开一点。可后来冷得实在顾不上相互原是陌路人了——我们抖得太厉害了——不得不紧抱在一起。我脱下外衣，合盖在两人身上，以便能暖和一点，尽管这样，我们还是躺在那儿抖个不停。

附近有个司闸员家养有一只大公鸡，它出于天性或者鲁莽在后院的烟尘雨雾中啼鸣着。这对我们是个极好的报晓信号，我们走出车厢。真的天亮了吗？天空滴滴答答下着雨，云朵飘动着轻如烟雾，云中泛出一抹粉红，可是你怎能断定这是阳光的反射还是车站灯光的反射呢？我们走进车站，里面生着一个火炉，它的底部已经烧得通红，我们凑近它取暖，热气直扑你的脸庞。

"请我喝杯咖啡吧。"斯托尼说。

结果，经过了五天这样的旅行，我才回到芝加哥，因为我误乘上开往底特律的火车了。有位司闸员告诉我们说，很快就要来一列开往托莱多的火车，我连忙赶去搭乘，斯托尼也跟来了。我们的运气看来不错。由于时间关系，这列火车几乎是空的。我们俩独占了整整一节车厢。这节车厢上一趟车一定装运过家具，因为地板上还留有干净的细刨花。我们便用这些纸花般的东西当床，躺下睡着了。

我一觉醒来，发现射进车门来的阳光角度很小，我猜想一定是中午了。要是时间真的已那么晚，那我们一定已过了托莱多，现在正在横穿印第安纳州了。可是这一片片橡树林，林木深处的座座农庄以及牲口的稀少，并不是我和戈曼穿过印第安纳州时见到过的景象。我们走得飞快，因为只有火车头和一节节的空车厢。后来我在一个十字路口看到一辆卡车上的密歇根州车牌。

"咱们的车一定在往底特律开，已经错过托莱多了。"我说。

太阳渐渐南移，照在我们的身后，而不是左边。我们正朝北驶去，也没办法下车。我坐下来，两腿荡在敞开的车门外，腰背像断了似的，口干舌燥，饥肠辘辘，我的目光追随着随车旋转的新近耕播的田地和残留着硬硬的古铜色叶子的橡树林。远方一望无际，晴空飘着朵朵柔云，令人心旷神怡，好一片美丽风光。

短暂的下午不久就渐渐昏暗下来，林间变成一片蔚蓝，一个个城镇愈来愈工业化，工厂越来越多，铁路支线上停着油罐车和冷藏车。说也奇怪，我偏离我的归途几百英里，而口袋里只有几个二角五分的硬币和面额更小的零钱，总共不过块把钱，可我对此却毫不在乎。在这残冬的黄昏时分坐着火车，也许旅程既微不足道，又十分重要，节节相连的列车奔驰急转，钢铁、铁锈和血红的油漆伸展开直达天际，然后又是另一番景象，一方后面接一方。

工厂的浓烟随风飘荡，我们到了一个工业小镇的郊区，旧战场、墓地、垃圾坑、紫罗兰色的焊焦，堆积成山的老化轮胎，汽船前头波峰泡沫般的灰烬，胡佛村①板条箱搭的小屋，瘟疫和战火就像一切洗劫和拿破仑焚烧莫斯科的顶点。列车随着咣当一下猛烈震动，突然停下了。我们纵身跳下车厢，正打算越过铁轨时，突然有人从后面抓住我们的肩膀，朝我们每人的屁股上踢了一脚，原来是个路警。他戴着斯泰森帽②，背心前面挂着一支手枪，他那张喝过威士忌酒的脸红得像一只冬天的苹果，下巴上有一抹狂嚣时喷出的唾沫在闪光。他吼道："下一次我会开枪把你们的屎都打出来！"我们拔腿就逃，他还朝我们扔石块。我真恨不得在他下班时能把他放倒，把他的气管给拽出来。

不过我们还是飞跑着跨过铁轨，一面留神张望，是否有东西从那静卧在黑暗中的冰冷铁轨上飞驶而来，是否有放出的蒸汽、独眼的车头灯，以及单节滑动过来的车厢。这时，煤块从底卸式车厢轰隆隆地漏下，重重地落在地上。我们飞快地跑着，已经不再生气了。

从公路上的一个路标得知，我们离底特律还有二十英里。我们正站在路标前时，那个和我们同坐敞篷车从克利夫兰来、长得像狼一样的家伙也走了过来。虽然天色已晚，我还是认出走过来的是他。他似乎没有什么特别的打算，只是在四处闲荡。

---

① 20世纪30年代初美国经济大萧条时期所设立的失业工人临时收容村。
② 美国西部牛仔戴的一种阔边高顶毡帽。

我对粗壮的小伙子斯托尼说:"我还有一块钱,原来打算回芝加哥路上用的,现在咱们就拿它去买点吃的吧。"

"你还是留着吧,咱们可以去偷点吃的。"他说。他在公路旁的几家店里试了试身手,不多一会儿,便搞到了一些已经不新鲜的果冻圆饼。

一辆载有金属板的卡车把我们三人全都捎进城去。天气很冷,我们躺在下面。卡车挂着低档吃力地慢慢往坡上攀爬,走走停停,花了好几个小时。斯托尼睡着了,长着狼脸的人看上去一脸凶相,对我们不像有什么恶意。他跟我们在一起,只不过想跟我们结伙搭车罢了。深夜时分当我们又开车朝城里驶去时,他开始对我们讲起了这个城市的粗野,他听说,这儿的警察非常凶恶,事事都很粗暴。他说他以前从没来过这儿。

当我们循着漏斗似的两溜灯光继续朝城市驶进时,他对这个城市的一番描述使我感到有点沮丧。突然,车停下了,司机让我们下车。我弄不清已到了哪儿。时间已过午夜,四周空空荡荡,一片寂静。除了一家小餐馆外全都关着门。于是我们便进店打听这是什么地方。餐室狭窄得像条过道,桌上铺的是油布。店里的人告诉我们说,我们离市中心还有一英里左右,只要从下一个十字路口开始沿汽车道往前走就行了。

我们刚走出店门,就见门口停着一辆警车,车门敞开着。有个警察拦住我们的去路说:"上车。"

车内坐着两个便衣警察,我不得不让狼脸坐在我的腿上,斯托尼则蹲在地上。斯托尼说来还只是个大孩子,他一声不吭。他们把我们带到了警察局——是混凝土结构,到处都是小孔,从离警官办公桌不远的一小段楼梯的楼梯口开始装着铁栅栏。

警察把我们押在一边,因为正在审理另一个案子。办公桌上的台灯把周围的四五张脸照得古怪狰狞。审案的警官脸上一大堆肉,又白又肥。还有一个女人,令人难以置信的是她竟会卷入一场斗殴之中,她外貌那么端庄稳重,衣着入时,帽子上有个绿色鲑鱼形的结。她旁边站着两个男人，其中一个扎着一头血淋淋的绷带，像个蜂窝，脑袋耷拉着，另一个满脸轻蔑，闷声不响，用他的双手把自己的不安压在胸前。他想必就是肇事行凶的人，我说"想必"是因为警察正在叙述事情的经过。三个主犯都是聋哑人。他说那行凶的人用铁锤袭击另一个人；他说这女人是个荡妇，无论委身给谁都不在乎。尽管她看上去像个女教师，实际上这母狗是聋哑人中最大的祸水。我转述的都是那个警察向警官报告的话。

"我的看法是，"他说，"这个倒霉的蠢货自以为她已许身给他，但他却捉住她在跟另一个家伙鬼混。"

"他干了什么？"

"我不知道。那要看他醋劲有多大了。不过他肯定来了个措手不及，这我不会觉得奇怪。"

"我真奇怪，是什么使得他们这么好色，他们为争风吃醋打架比意大利人还多。"警官说，他的脸上有一只眼睛表情特殊，他的脸颊如同非常粗糙的墙，卷起袖子的一只胳臂十分粗壮，我可不想它挥动起来。"他们干吗老要打架？也许是因为他们用手讲话。"

斯托尼和狼脸都咧嘴笑了起来，希望以同样的幽默来迎合警察。

"哦，绷带里面有什么伤口吗？"

"他们在他的脑袋上缝了几针。"

满头血污、扎着绷带的人被推到灯光亮处，以便警官能看清。

"行了，"他看了看后说，"把他们全都关起来，看看明天能不能找到一个人来翻译。要是找不到，明天上午就叫他们滚蛋。在教养院里不知他们是怎么对付这种骄傲自大的家伙的？不管怎样，坐一夜牢会让他们明白，天底下不光他们几个人，不能为所欲为，好像只有他们几个人似的。"

接下去轮到我们，在这段时间我一直提心吊胆，生怕我们的被抓和戈曼的被捕有关，不过看来没有这种联系。只是凭着那辆偷来的别克车后座上那件衬衣来追踪我。上面有洗衣店的号码。这未免有点牵强了，可我不知道还有什么别的可想的。我一听到他们是认为我们在废车场里偷汽车零件而抓了我们，不禁舒了一口气。

"我们以前从没来过底特律，"我说，"我们刚到这儿。"

"是吗，从哪儿来？"

"克利夫兰。我们是搭车来的。"

"你这狗娘养的在撒谎。你们是弗利帮的人，一直在偷汽车零件。这下把你们给抓住了。我们要把你们一网打尽。"

我说，"可是我们根本不是底特律人。我是芝加哥人。"

"你要去哪儿？"

"回家。"

"从克利夫兰回芝加哥，打这个镇子过，这一走法真高明。你的故事编得太臭了。"他转向斯托尼，"你打算说自己是哪儿人？"

"宾州。"

"在哪儿？"

"在威尔克斯巴勒附近。"

"去哪儿？"

"内布拉斯加，去学兽医。"

"那是干什么的？"

"照顾狗啊，马啊。"

"你是说光顾福特、雪佛莱吧，你这满口屁话的小阿飞！还有你，你的家在哪儿？你的故事呢？"他开始盘问狼脸。

"我也是宾夕法尼亚人。"

"在哪儿？"

"在斯克兰顿附近，是个小镇。"

"有多小？"

"大约五百来口人。"

"它叫什么名？"

"它的名字不怎么样。"

"我想是这样。行了，告诉我，叫什么？"

他一边说，一边眼睛急得骨碌碌直打转，这可破坏了他竭力装出的笑容，"它叫德拉姆镇。"

"那一定是个坏透的小洞，所以才养出你这样的耗子来。好吧，我们来看看，它在地图上的什么地方。"他拉开了自己的抽屉。

"地图上不会有，它太小了。"

"没关系。只要它有名字，我的地图上就有，全能找到。"

"我的意思是说，它实际上还没有编进地图，它还只是个小村子，还够不上编进。"

"那儿的人都干点什么？"

"挖点煤。不多。"

"无烟煤还是烟煤？"

"两种都有。"狼脸说，他的头垂了下来，依旧有点干笑着，可是他的下唇有点缩起，露出了牙齿，青筋暴了出来。

"你是弗利帮的朋友。"

"不，我以前从没来过这个城市。"

"给我把吉米叫来，"警官吩咐一名警察。

吉米通过狭窄的楼梯从下面的单身牢房慢吞吞地走了上来，他老态龙钟，一身肥肉，活像个胖老太婆。他穿着一双布拖鞋，一件前襟扣扣的毛衣紧裹着宽阔的胸膛。他似乎每喘一口气就衰弱一点。他那颗死灰、蜡黄、斑斑白发的脑袋无力地低垂着，一切都显得那么呆滞模糊，只有那双眼睛却那么明晰，毫不含糊。它们被训练得除了它们长期的功用之外，对别的一切都毫不关心，没有个人的情感。这个吉米盯着斯托尼和我看了一会儿，然后目光扫过我们转到狼脸的脸上，对他说："你三年前在这儿。偷过一个人的东西，关了六个月。不过要到五月才整整三年，还有一个月。"

警方的这个人的脑子真是个了不起的分类器官！

"行啦，骗子，还是宾夕法尼亚吗？"警官说。

"没错。我是关过六个月。可是我不认识弗利，这是实话，我从来没偷过汽车零件。我对汽车一窍不通。"

"把他们全都关起来。"

我们不得不把衣服的口袋全都掏空。他们要查的是刀子、火柴之类有危害的物品。但是在我看来并非如此，而是让更大的人物来照管你那些小小的东西，使你意识到没收的东西是一种标志，表明你已不再像在街上时那样是个自由身，你口袋里的东西别人无权过问。这才是它的真正目的。就这样，我们交出了自己的随身物品，然后被带到下面，经过一间间牢房，听到牲畜栏里发出似干草的沙沙声，有些囚犯从铺位上起来朝铁栏外张望。我瞥见那个受伤的聋哑人像个术士似的，抱着头坐在铺位上。我们被押到这排牢房的尽头。那个记忆力超群的家伙坐在那儿睡着了，也许他整夜都只能坐在那儿迷迷糊糊地打打盹儿，他坐的椅子就放在一条系在通风口铁栅上打有鱼尾结的带子下面。他们把我们硬塞进一间大牢房。一片吼声朝我们冲来，"没地方了。我们这儿再也没地方了！"猥亵的咂嘴声、呸呸声、冲马桶声，粗俗的俏皮话和愤怒的抗议声汇成一片。这间牢房确实已经很挤，可是他们不管这一切，还是把我们硬塞了进去，我们只得将就着，蹲坐在地上。另一个聋哑人也关在这儿，坐在一个醉汉的脚旁，蜷缩着仿佛坐在统舱里。一盏很大的电灯二十四小时都亮着，它看上去沉甸甸的，就像压在这座坟墓上的墓石。

然而天一亮，靠墙的地方就开始传来沉闷而巨大的隆隆声，让人喘不过气来，卡车上铁管子的碰撞声，重型机械的轰隆声，还有快如蜻蜓的有轨电车的加速声。

我得说，我一点也没有因为受到这种不公正的待遇而大惊小怪。我只想早点出去，走我的路，几乎就这些。我为戈曼的被捕挨打感到难过。

然而,就像我一进宾夕法尼亚州的伊利城就感到的一样,周围存在着一片黑暗。对每个人都是这样。你不可能像有的人想像的那样,把它当作"九月之晨"理发馆,跨一只脚进去试试。不能像东方的老君王钻进玻璃球沉到水草里观鱼那样,怀着观光者的好奇心,沉进它里面看看。也不能像拿破仑在阿考尔河边跌进被匈牙利人的子弹打松的河岸泥土,站着埋到他那若有所思的鼻子时被拉出来那样,在不幸跌进去之后能被直接拉出来。只有一些希腊人和他们的崇拜者,在他们的鼎盛时期,对人的一切最为友好时,以为他们和这种黑暗是完全隔绝的。其实这些希腊人同样也处于这种黑暗之中。可是这些在泥中扑腾、受饥饿煎熬、在街道流浪、遭战争惊吓、历尽艰辛、尝遍苦难、满腹怨气、一肚悲酸、软骨头的人类,有的在吮煤吐烟的维苏威火山[1]下,有的在喘不过气来的加尔各答午夜中,他们都深知自己的处境,这些芸芸众生中其余的人,仍羡慕着那些希腊人。

在灰蒙蒙的天色和清晨的气息中,他们给我们喝了咖啡吃了面包后,释放了我和斯托尼,狼脸因有嫌疑被继续扣押。

警察对我们说:"滚出城去。昨天晚上我们给了你们一个过夜的地方,可下次就要定你们流浪罪了。"黎明时分,警察局里烟雾腾腾,一片纷乱,值夜的巡警正忙着卸下身上的装备,解开枪带,摘下帽子,在写报告。要是多比[2]的隔壁有个警察局,即使天使来访的那天,这地方早上的情景也不会有所不同。

我们一直沿着主要运输线往前走,最后走进了一个练兵场。它不像我见过的别的练兵场。这儿全部用砖砌成,像页岩般有着一股油烟味,还散发着汽车的燃气味。

---

[1] 欧洲大陆唯一的活火山,在意大利南部那不勒斯东南十公里处。
[2] 《圣经》的《外典》之一卷《多比传》中主角。由于生平乐善好施,有难时得到上帝派来的天使解救。

我们乘有轨电车朝市区的边缘驶去。后来售票员摇了一下我的肩膀,提醒我车已到转车点。我跳下车来,原以为斯托尼会跟在我身后,可是当车门关上开过时,我发现他仍靠在车窗上睡着。我敲了敲窗玻璃,但没能唤醒他。我在那里等了大半个小时,然后又赶到这路车的终点站,那儿连接着公路。我又在那儿待到将近中午。他可能以为我有意要甩了他。可事情完全不是这样。失掉他我心里感到十分沮丧。

　　后来我开始招手搭车。先是一辆卡车把我捎到杰克逊,我在那儿找了一家小旅馆过了一夜。第二天下午,一个电影公司的推销员让我搭了车。他要去芝加哥。

第 十 章

夜幕降临时，我们离开加里市朝芝加哥南部驶去。芝加哥张开它那喷着火焰和浓烟的大嘴吞噬着我们，如同那烟火迷漫的港湾颤抖着迎接回乡的那不勒斯人①。

我心里明白，我回来不会有安宁和好日子过。麻烦会相继而来。首先是那位波兰女管家，她总爱在钱上找岔子；其次是我妈，她一定觉得我靠不住；还有西蒙，他一直伺机要跟我算总账。我已准备好听他的骂声，我觉得我这一趟贸然出门确实该骂。当然我也有几句关于电报的话要回敬他。不过，我不打算用激烈的情绪和蛮不讲理的斗嘴来对待这种常有的家庭纠纷。这不同于别的事，而且要棘手得多。

应声来开门的是一个新来的陌生波兰妇女，她不会说英语。我以为原来的那个女管家走了，现在这个顶了她的位子。可奇怪的是，这位新来的女人竟在厨房里到处摆满画像，有哀伤的民众，耶稣受难像，还有圣徒像。当然，如果她非要把这些画像放在她干活的地方，那也没有办法，反正我妈也看不见。可是还有几个小孩。我心里纳闷，是不是西蒙又让住进来一家人家。然而，从那女人让我干站着来看，我开始明白，这已经不再是我们的家了。一个年龄较大、穿圣海伦教区学校校服的女孩，走上前来告诉我说，她父亲从原来的房主手里买下了全部家具，接收了这套房子。这一定是西蒙干的。

"可是我母亲是不是不住在这儿了？我母亲在哪儿？"

---

① 维苏威火山在海港城市那不勒斯东南十公里处。

"那位瞎眼的太太？她在楼下的邻居家里。"

克雷道尔家把我妈安置在原来考茨住的小房间里，房间只有一扇安着铁栅的小窗，窗外是一条过道，人们为抄近路常常经过这条小巷猫腰钻过地下砖拱道，或者在这儿停下来撒泡尿。因为我妈只能勉强地分辨出明和暗，不需要看景色，根据这一点来讲，把她安置在这儿不能说是不近人情。由于长年累月在厨房里操劳，她的手掌留下了道道深深的裂痕，一直没能变得柔软平滑。当她抓住我的双手时，我能感觉出这些裂痕。她用比往常更怪的破裂似的嗓音问我："你听到老奶奶的事了吗？"

"没有，怎么啦？"

"她死了。"

"啊，不知道！"

这真像一支利箭！它冷飕飕地直射进我的心窝，我直不起腰来，也没能挪动一下，弯腰坐在那儿，一动不动。死了！想到老太太死了，躺在一口棺材里，埋在地底下，脸被蒙着，沉重的土石压在她身上，她默默无声，这真是太可怕了！一想到这样的暴行，我的心就缩成一团。因为这场争斗一定很激烈。就像对待牙科医生的手那样，她老要甩开一切阻碍和干涉，所以就非得要把她闷死不可。尽管她身体衰弱，她依然是一名坚强的斗士。可是，她奋战时，是穿着衣服、站着、活着的，而如今，只能想像成她已被俘，拖进坟墓，一动不动地躺着。这太使我受不了啦。

我内心的悲痛再也忍不住了，泪水夺眶而出，我连忙用袖子擦了擦眼睛。

"她怎么死的，妈？什么时候？"

她不知道。是几天前，她还没搬下楼时，克雷道尔告诉她的。打那以后，她便一直戴孝，用她自己的方式表示她的哀悼。

她这间地窖似的小房间里，只有一张床和一把椅子。哼，我要设法从克雷道尔太太那里打听出西蒙为什么要这样干。当时已是晚饭时间，克雷道尔太太在家。下午她通常都不在家,去跟别的家庭主妇打牌。她们打得很认真,简直要拼命。她怎么会安静得像只大绵羊的呢,你用不着问我,因为她赌钱之后,或者跟丈夫吵架之后,总要暗地里发一次烧。

她没能告诉我有关西蒙的任何事。他是为了要结婚把一切卖掉的吗?在我离家之前,他就急于要和塞西结婚。可是那些家具全是旧的,那波兰人会出多少钱?厨房里那个破炉灶,能值几个钱?还有那几张床,更旧了。还有我们小时候在上面滑溜摇滚的那套人造革沙发?它是拉米西斯《美国百科全书》那个年代的,是上个世纪的。这家具也许是我父亲买的。一切都不堪回首。西蒙一定是要钱十万火急,所以才卖掉了全部金属和人造革的旧家具,把妈妈丢在克雷道尔家的这间小房间里。

当我向克雷道尔太太打听时,我的肚子空空的,饥肠辘辘,可我不能张口向她要饭吃,因为我记得她在食品方面是不太大方的。"你有钱吗,妈?"我问道。她的钱包里总共只有一枚五毛钱的硬币。"哦,你身边带点零钱是个好主意,"我对她说,"万一你想要买点什么,像口香糖或巧克力什么的。"要是西蒙给她留下一点钱,我会向她要一块钱的。不过,不拿她那最后的五毛钱,我照样能设法对付着过一阵子。要是拿了那五毛钱,我想,会吓坏她的,而且也太不近人情了。尤其是老奶奶刚去世,她已经有点害怕了。就像生病时那样,她坐得笔直,像在等待悲哀过去;这样停着,一动不动,就像是有位乐队指挥叫"停!"的那样。她不肯跟我讲西蒙干了些什么,宁愿死抱着自己的看法。她不希望我对此多嘴多舌。我知道她的脾气。

我又稍微多待了一会,因为我感到她盼着我这样。可是,到了我终于该走的时候了,我往后拖开我坐的椅子时,她说:"你要走了?你去哪儿?"这话是问我在卖房子时为什么不在。这我没法回答。

"噢,我在南区的那间房还在,这事我以前跟你说起过。"

"你在工作吗？你有没有工作？"

"我一直有些事做。你不知道？别担心，一切都会好起来的。"

我一面答话，一面稍稍避开她的脸，虽然没有必要这么做，但总觉得脸上火辣辣的，就像一把有凸齿凹槽的钥匙，一把可耻的、存心不良的钥匙。

我沿着林阴道朝艾洪家走去，在芝加哥四月傍晚可爱的紫色雾霭中，道路两旁的树木开始泛绿吐翠，空气中弥漫着碳和清理出的阴沟泥的气息。借着犹太教堂的灯光，可以看到人们穿着新衣，戴着生意人的帽子，手拿放有祈祷用品的方形绒盒，走出教堂大门。这天正是逾越节[①]的第一夜，死亡天使穿过所有没有鲜血标志的大门，夺走埃及人头生子的生命。后来犹太人就成群结队往沙漠进发。我没有继续向前走，考布林和五产把我给拦住了。我刚来到大街上，绕过人群走时，他们就看见我了。他们站在路边，五产一把抓住我的袖子。"瞧！"他说，"今天晚上谁进教堂啦！"两人都咧嘴笑着，看上去他们刚洗过澡，全身干干净净，雄赳赳地浑身是劲。

"嗨，猜猜是什么事？"考布林说。

"什么事？"

"他不知道？"五产问。

"我什么也不知道。我到外地去了刚回来。"

"五产终于要结婚了，"考布林说，"是位大美人。你得瞧瞧他要送她的戒指。哦，我们现在不玩妓女了，是吧？嗨，小伙子，有的人可不肯罢休哩！"

"真的？"

---

① 据《圣经》记载，摩西率以色列人出埃及前夕，耶和华命以色列人宰羊把羊血涂在门框上。当夜耶和华走遍埃及，击杀埃及人的头生子及头生牲畜，门框上有血迹的便越过去，使以色列人免于灾祸。这一天即为逾越节。详见《圣经·旧约·出埃及记》第12章。

"我敢对天发誓，"五产说，"小伙子，我请你参加我的婚礼。下个星期天，在北大街的雄狮俱乐部大厅，下午四点。带个姑娘去。我不想让你对我有什么过不去！"

"我有什么对你过不去的？"

"是啊，你不该对我过不去的。我们是表亲，所以我请你来。"

"好，祝你幸福！"我强打起精神，对他说。多亏天色已暗，他们没能把我看清。

考布林伸手拉我的手臂。他要我去他家吃节日盛餐。"去，到我家去。"

我满身监牢臭味，我的忧愁苦恼还没消除，还没找到西蒙，就去吃饭？"不了，改日再去吧，多谢了，考布林。"我边说边倒退着。

"干吗不去？"

"让他走吧，他有约会。你是不是有约会？"

"说实在的，我的确得去看个人。"

"他正在开始过风流生活呢。带你的小妞来参加婚礼。"

表亲海曼·考布林依旧微笑着，不过他大概想到了自己的女儿，也就没有再坚持邀我；他不再作声。

在艾洪家门口，我遇见了巴伐茨基。他正下楼去换保险丝，艾洪太太用烫发钳时把它给烧断了。有两个女人拿着蜡烛在楼上走着，一个一瘸一拐的，另一个由于身体胖重，步子不稳，走得也很慢，从而再一次使我想起了这是出埃及之夜。可是艾洪家既无仪式也无盛餐。艾洪只过赎罪日这个节日，这还是因为他太太的表亲、哈罗威公司老板卡拉斯的一再坚持，他才同意过的。

"那个醉鬼巴伐茨基是怎么回事？"

"因为地下室的门锁上了，他进不去换保险丝，所以他到看门人的老婆那儿去要钥匙了。"米尔德丽德说。

"要是她家有啤酒的话，那今晚我们就要摸黑上床了。"

艾洪太太蒂莉借着碟子里蜡烛的烛光，突然看到了我。

"瞧，是奥吉！"她说。

"奥吉？在哪儿？"艾洪连声问道，他的目光飞快地在摇曳不定的烛光间扫过。"奥吉，你在哪儿？让我瞧瞧。"

我走上前去坐在他身旁，他抬了抬肩膀，表示要和我握手。

"蒂莉，到厨房去煮点咖啡。米尔德丽德，你也去。"他把她们都打发进那漆黑的厨房，"拔掉烫发钳插头，我真要让她们那些电器搞疯了。"

"已经拔掉了。"米尔德丽德应声说，那声调表示对老要她负责答话已经厌倦，可她仍然准备着尽职。不管怎样，她连最细小的事也百依百顺。她出去时带上了门，于是我便单独和艾洪在一起了。在他的夜间法庭里，我想至少他会对我板起脸。他同我握手只不过是个形式，让我碰碰他的手指，同时让我感到他的态度是多么冷淡。亮着的蜡烛现在使我觉得那般亲切，就像是夜间插在大面包上，飘浮在黑沉沉的印第安湖上，寻找沉入湖底的尸体。此时，他头发中间的那绺白发，低垂着几乎快碰到他写字台的玻璃板，同时像往常那样拿出一支烟来点上。这是一番有条不紊的努力，用袖子拉起胳臂，如同蚂蚁搬运苍蝇。然后他一边吞云吐雾，一边考虑着如何开口。我打定主意，不能为乔·戈曼的事甘愿像个十岁孩子一样受呵责。看来那件事他现在已经一清二楚。我得跟他谈西蒙的事。可是，后来我发现他似乎根本不打算教训我。我的样子一定太难看了——情绪低落、脸色憔悴，走投无路，精疲力竭。上次我们见面时，我还有埃文斯顿的一身阔绰，那次我是来向他请教有关收养问题的。

"哦，你最近干得不太好。看来是这样。"

"是的。"

"戈曼给抓住了。你是怎么脱身的？"

"全凭傻运气。"

"傻？开着一辆偷来的车，连个牌也不换！没脑子透了！哼，他们把他押回来了。《时代》周刊上有照片。你要看吗?"

不,我不要看,因为我知道那照片会是什么样子:夹在两位彪形警探之间;大概还会竭力用被抓住的手拉下帽子,遮住双眼,以免自己那双见不得人的眼睛和那张丢丑的脸摄入镜头。通常总是这样。

"你怎么过了这么久才回来?"艾洪又问。

"我流浪了一段时间,运气不太好。"

"你干吗要流浪?你哥哥跟我说他要寄钱到布法罗给你。"

"怎么,他来跟你说过?"我使劲皱起眉头,"你是说他想来向你借钱?"

"他向我借了钱。我还借给他另一笔钱。"

"借了多少?我没从他那儿拿过一分钱。"

"这太不像话了。我真傻。我应该亲自给你寄去的。是吧?"他伸出舌头,两眼一瞪,一副感到意外的样子。"他骗了我——是啊,他骗了我。可是他不该让你白等一场。尤其是这笔钱是在我借给他那笔钱之外的。即使他境况不好,这样做也太过分了。"

我感到非常不快,也很生气,可我觉得,除了眼前这种困境外,还有更糟糕的事朝我袭来。"你说什么——他境况不好?他干吗要借钱?他想要干什么?"

"要是当时他告诉了我,我也许还能帮他一把呢。我借钱给他是因为他是你哥哥。要不,我又不大认识他。他竟跟多事佬穆奇尼克去合伙赌博——就是跟我搞过地皮买卖的那个,记得吗?——我能对付得了他,可你哥哥还嫩着哩。他迷上了赌台球。白袜队在这个赛季里才赛了第一场,他们便告诉他,他那一份赌金已经输掉,并说如果他要继续赌下去,他得再交一百块钱。现在我整个事情都弄清楚了。他们又骗走了他一百块钱。他发火跟他们吵了起来,结果牙床上挨了一拳。穆奇尼克手下的那班流氓把他打进了排水沟。这便是事情的全部经过。我猜你知道他为什么这样急着搞钱?"

"是的，为了结婚。"

"为了爬到乔·弗莱克斯纳女儿身上，那妞儿把他给迷疯了。现在他可再也别想了。"

"为什么？他们已经订婚了。"

"尽管他不太聪明，而且即使我那七八十块钱真的借丢了，我还是为你哥哥感到难过……"得知西蒙挨打、血流满面倒在水沟里的痛心事，我只是默不作声地听着，没有讲起老奶奶的死、变卖家具以及我妈被逐出家门。"现在她不会嫁给他了。"艾洪说。

"不会嫁？哪有这种事！"

"我是从克雷道尔那儿听来的。是他给她做的媒，许给你的一个亲戚了。"

"不会是五产吧——是跟他？"我惊叫了起来。

"正是你那位天真的表亲。掰开她那双漂亮大腿的将是他的手。"

"该死的！不！他们不能这样对待西蒙！"

"他们这么干了。"

"事到如今，我猜他知道了。"

"他当然知道！他到弗莱克斯纳家大闹了一场，砸坏了好几把椅子。那妞儿跑进了厕所，把自己锁在了里面。后来她家的老头子不得不叫来了警察。警车赶到后，把他给抓走了。"

他也被捕了！我为西蒙暗暗感到难过。啊，这多么不像话！听到想到这一切，我的心都碎了。

"无情的贱女人，是吗？"艾洪说，说时两眼古怪地朝我盯着，样子严肃，他这是要我从整个事件中吸取教训。"就像克雷西达[①]投向希腊军营……"

[①] 据古希腊神话传说，克雷西达原与特洛伊王子罗斯相爱，但在特洛伊战争中，希腊英雄狄奥墨得斯以三个特洛伊王子换得克雷西达后，克雷西达便委身于狄奥墨得斯。

"西蒙在哪儿？还在监狱里？"

"不，他答应不再找麻烦后，老弗莱克斯纳便撤销了控告。弗莱克斯纳是个正派的老人，他虽然破产了，但谁的钱也没欠。他不忍心那样做。他是个堂正大度的人。他们把你哥哥关了一夜，今天早上就把他放出来了。"

"他昨天晚上是在牢里过的？"

"只过了一夜，"艾洪说，"现在已经出来了。"

"那他现在在哪儿？你知道吗？"

"不知道。不过我可以告诉你，你在家里肯定找不到他。"克雷道尔已将我妈的情况告诉了他，他正打算把一切都讲给我听；可是我说我已经回过家了。我面对他坐着，现了原形。我没有地方可去，也没有勇气离开。

直到现在，作为一个家庭，我们总有一些隐私，即使人们知道，我们还是孩子的时候就遭到遗弃，靠救济生活。但在老奶奶在的时候，没有人知道我们的底细，就连社会福利调查员鲁宾也不知道我们的确切情况。我去免费诊所使诈，不仅是因为钱，还因为我们应该有权掌握自己。如今什么秘密都没有了，只要有兴趣，任何人都可以打听个一清二楚。也许正是出于这种考虑，使得我没有对艾洪说起老奶奶去世这件最令人痛心的事。

"我为你难过，尤其是为你母亲难过。"艾洪开口说道，他想替我打气，"你哥哥自以为是，自作自受。也太容易受女人诱惑了。他怎么会这样好色？"

我想，这问题一部分出于妒忌，一个人竟会如此易受诱惑，如此好色。不过在这方面，艾洪也绝不会全然无动于衷的。

说着说着，他渐渐忘了开始时的想要安慰我的目的了。后来愈讲愈气，竟然竭力握紧拳头，捶起桌子来了。"你哥哥自作自受，要你操什么闲心？"他说，"他活该。他任你陷入困境不管不问，擅自卖掉房子，还借你的名义从我这儿拿走钱，可你一分钱的影子也没看到。要是你真诚坦荡，你就该为这高兴。这样说对你只会有好处。我也会因此更看重你。"

"说什么？说这完全是他的错，我为这感到高兴？说他堕入情网使他不管妈的死活？还是说他卑鄙可耻？我有什么值得高兴的呢，艾洪？"

"你难道还没认识到从今以后你所占的优势吗？你最好不要轻易放过他。他必须把一切都原原本本地对你讲清楚。优势已转到你这边，你已经抓住了他的把柄。这你都不明白吗？要是有一件事你现在已经弄明白了，那你至少得承认你为他遭殃感到高兴。天啊！谁要是这样耍了我，当我知道他自作聪明反而害了自己，我一定会非常高兴。要是没有这种感觉，我一定会担心自己的脑子不正常了。他干得好！好，好！"

我真不明白，艾洪为什么用这样近乎处于绝望的疯劲拼命劝我，他甚至忘了大骂戈曼了。我猜想，其背后的原因是他想起了被他弄光的丁巴特那份遗产，也许他不想让我被人瞧不起，就像丁巴特没有为这生气反被他瞧不起一样。不，尽管他两手无力地搁在写字台上，可是他如此竭力强调的这种观点，是有着更深的用意的。他的意思是说，因为用老方子来治疗已经不灵，因为我们的梦幻已经破灭，所以，在人处于尚未定型的赤裸状态时，就当教之以选择和掌握力量；应该能从逆境中奋起，应该遇敌手无畏勇进，怒气冲天，凛然以对；应该反复强调做弟弟的身份，而不被这种身份所压倒；应该竭力慷慨陈词而使别人噤若寒蝉——不但个人应该如此，民族、政党、国家也应该如此。要这样，不要做小鸡似的人，做那种被人拔光毛，瘦削干瘪，愁眉苦脸，忧心忡忡，被人用扫帚赶来逐去的人类禽畜。

巴伐茨基在保险丝盒里拨弄了半天，现在电灯开始闪烁着亮了起来。这时我发现自己不但没有去考虑应该考虑的事情，反而哭了起来。我想艾洪一定感到失望，也许甚至是惊愕。我说的是他为自己的判断错误而惊愕，完全没有料到我竟没有遵循他的思路来领悟他应该怎样做人的宏论。他待我冷淡却又不失礼貌，就像在应酬一个女孩子似的。"别伤心，咱们一定可以为你母亲想点办法。"他说，他似乎认为我伤心主要是因为母亲，他不知道我也在为老奶奶的死感到哀痛。"把蜡烛吹灭。蒂莉会端咖啡和三明治来。今天晚上你可以跟丁巴特睡。明天咱们再想办法。"

第二天、我到处找西蒙，可是没有找到他。他没有回来看妈。不过，我找到了正在家里的克雷道尔。他在吃熏鱼和面包卷当早餐。他对我说："来，坐下来吃一点。"

"我才知道，你终于给我表亲找到一个新娘了。"我对这个斜眼的老炮兵说，一面看着他前臂那粗短、结实的肌肉来回扭动着，剥掉金黄色小鱼的皮，他的刀鞘似的嘴动着。"是个美人儿。有那么一对大肉球！你别怪我，奥吉。我没有强迫任何人，谁也没强迫。尤其是像那样有一对大肉球的人。你对那班年轻小妞有所了解吗？但愿你了解！哎，姑娘有了那样的东西，谁也没法要她做这做那。你哥哥错就错在这里，因为他试过。我很为他难过。"他抬起眼睛朝四下看了看，认定他太太在远处，然后才悄声对我说，"那妞儿弄得我的小家伙都挺起来了。在我这样的年纪，还要行敬礼哩！总之，一个小伙子是驾驭不了她的。她需要一个年纪大一点的男人，一个头脑比较冷静，说一套做一套的人。要不就会毁了你。也许西蒙还太年轻，成家还早了点。当你们俩还是拖着鼻涕的时候，我就认识你们了。对不起，可这是真的。现在你们已经长大，所以这么猴急，认为自己应该成家了。可是着什么急呀？你们在成家立业之前，还有许多快活事要干哩。如果给你，你就要！一定得要！决不要拒绝。跟一个在你耳边柔声细气、哼哼唧唧的小妞在一起销魂，那才叫人的生活哩！"这个教唆人的拉皮条老手，他眨着自己那难看的眼睛，对我解释说。他居然把我给逗笑了，尽管我根本不想笑。"而且，"他说，"你也可以看清你哥哥是哪号人了，他一打定主意，就可以卖掉家里的东西，把自己的母亲撵出门去。"

我料到他会提到这件事,把话题从自我辩解转到赡养我妈这一实际问题上来。以往,克雷道尔一向是个心肠很好的邻居,但是我们不能指望由他来照顾我妈,尤其是现在西蒙已把他看成是死对头。更重要的是,我不能再让她待在那个小砖窑里。我告诉克雷道尔,我要给她另作安排。

我来到坐落在阴沉沉的威尔斯街的慈善机关向鲁宾求助。从前,他一直像远房的义叔似的来探访我们。在他的办公室里,在我这双已较成熟的眼睛看来,他显得跟以前已经有所不同。在他神情中的某种东西表明,捐钱的社会阶层要我们这些可怜虫成为怎样的人:言行节制,恭顺尽职,沉默寡言,干净利落,性情温和,不存奢望。他所从事的这一行中出现的惨状和混乱,使他变得通情达理。只有他那惹人注意的厚鼻翼造成的沉重呼吸,使你觉得有一种困难感,其次是一种竭力保持耐心的感觉。我注意到这位为人宽厚、性情温驯的人已被提拔起来掌权当政。这和因为犯罪从伊甸园赶下来那个受到破坏的上帝创造的形象迥然相反,和那个由于神恩允许恢复其神性和金身而激动的同一个拙劣的形象也完全不同。鲁宾认为他不是堕自天堂,而是升自地穴。可他是个好人,我这并不是对他的诽谤,只不过表达他本人的见解而已。

我告诉他说,西蒙和我不得不给我妈找个安身的地方,毫无疑问,他一定认为我们这是在把家里人一个个都摆脱掉——先是乔治,后来是老奶奶,现在轮到我妈了。因此我对他说明:"这只是暂时的解决办法。等我们站得住脚了,到那时我们就会给她另找一套房子,再找一个女管家。"可是鲁宾对我的话颇为冷淡,这也不奇怪,因为我的模样完全像个流浪汉——我的那身漂亮衣服已经破烂不堪,双眼红肿,看起来就像是靠吃垃圾长大的。不过他还是答应说,要是我们能负担一部分费用,他可以把我妈安排进阿辛顿街的一所盲人之家。每个月我们得付十五块钱。

这跟我所指望的差不多。他还给我写了一张便条,要我拿着去职业介绍所找工作。可是那个年月,这毫无用处。我回到我在南区的那间屋子,把我的大部分衣服都拿去典当了,其中有晚礼服、运动服、犬牙格子呢大衣。我把妈安置好，然后就开始找工作。正如人们说的，当时面临非常时期，人人走投无路，我一有了工作机会便接受了，而我从没干过这么古怪的工作。

是艾洪通过哈罗威的卡拉斯替我找的，卡拉斯在这个行业里有经济上的利益。那是北克拉克街上的一个豪华犬类服务社，四邻尽是下等夜总会、当铺、古玩店和乏味的廉价小饭馆。每天清晨，我开着一辆小型客车沿黄金湖岸去接狗，我从公寓大厦的后门，或者乘湖畔公寓旅馆的工作电梯把狗接到俱乐部里——人们都把它叫做俱乐部。

我的头头是法国人，是个给狗整毛打扮的狗美容师，是位狗专家。此人委琐鄙俚，粗俗不堪，是蒙玛特山脚下的克利希人。据他告诉我说，他在学这门手艺时，曾在当地的嘉年华会上当过摔跤手的雇用骗子。从某些方面来说，他的尊容缺乏人性，成天硬邦邦，脸色变化极快，就像打了针似的。他跟动物的关系是争斗关系。他竭力想从它们身上拧出点什么，是什么我不知道。也许那些狗的心目中认为狗应该像他那样。他在芝加哥，情况就像色诺芬[1]的一万希腊兵在波斯时一样，他得自己洗熨衣服，亲自上市场购物，还得在一个角落里做饭——他把这狗窝似的地方用纤维板隔成实验室、厨房和卧室。我现在对一个法国人侨居国外的滋味了解得多了，一切都显得那么不合常规，他不单是在国外，而且是住在北克拉克街。

我们的俱乐部位于黄金湖岸附近，不仅有太平门等设施，而且占了一幢新建现代化大楼的两层，离圣瓦伦廷节残杀[2]现场不远，离格兰德大街上的动物保护协会也不远。这个服务社的一大特点是经费是由会员

---

[1] 色诺芬（前431—前355？），古希腊将领，历史学家，曾率一万希腊雇佣军参加波斯王子小居鲁士反对其兄阿塔泽克西兹二世的战争。

[2] 美国推行禁酒时代，贩卖私酒的各帮派间在芝加哥的一次激烈争斗。1929年2月14日，艾尔卡彭帮分子装成警察，迫使莫兰帮的七个人在汽车房中靠墙排成一行，然后残忍地将他们全部枪杀。

缴纳，因此是狗的俱乐部。这些宠物在这儿不但能享受到洗蒸汽浴、按摩、修剪爪子、修毛以及其他娱乐等款待，还要学会懂规矩，养成好习惯。每月收费二十元。狗主顾非但不缺，而且多得难以应付，为这纪尧姆不得不老跟经营部的人争吵，因为他们只顾超量接纳。俱乐部里已经被狗吠声闹得翻了天。待我拉着最后一趟班车的狗赶到，换下开车时穿的制服，穿上高筒胶鞋和雨披时，刻耳柏洛斯[①]们正涎沫四溅闹得不可开交，吠闹声震得天窗玻璃也在颤抖。可是，管理工作是极为出色的，纪尧姆确实有真本事。让人稍微宽松一点，他们就会为你造一座宫殿。这片中央车站里似的震耳欲聋的喧闹声，不过是混乱奋起对秩序的抗议——火车正点发车，狗也得到了款待。

不过我认为纪尧姆不应该打那么多麻醉针。他不论为什么都给狗打针，而且还额外收费。他一面说："Cettee, chienne est galeuse[②]——这条母狗真不是东西！"一面把针扎了进去。每当正常的秩序受到威胁时，他便会给那些撒野的狗来点麻醉剂，并且大声说："让这针麻醉剂来治一治你！"因此有时候我把一些十分无精打采的狗送回家时，要把一条酣睡的拳击狗或牧羊狗弄上一段楼梯，并且向黑人女仆解释狗只是玩得太高兴或玩累了，实在不容易。对于发情的狗，纪尧姆也同样不能容忍。"荡妇！想交配！"[③] 接着他又会着急地问我："后面车里没出什么事吧？"然而我在开车，我怎么知道？他会对这些狗的主人大发雷霆，特别是如果这是只"纯种母狗"[④]，这是它的贵族血统没有受到尊重。他要营业部向它的主人增收额外费用，以惩罚他们把这种情况下的狗送来俱乐部。凡是见到出身名门的狗，他变得像个奴才，恭恭敬敬地待之以上礼，而对待贱种狗，如果他想要那么做，他会把双唇紧闭成一

---

① 希腊神话中守卫冥府入口的有三个头的猛犬。
② 法文，意思和"——"后面同。
③ 原文为法文。
④ 原文为法文。

条线，以示厌恶——反对饲养。他把全班人马、两个黑人小孩和我叫到跟前，给我们指明名种狗的优点。我得替纪尧姆说一句，他的主张是搞个工作室，使自己像个传经授艺的师傅。所以当有只良种鬈毛狗需要剪毛时，我们则放下手头工具看他示范给我们看。此时，我们便对他和那羔羊般驯良、机灵的小狗有了一份好感和尊敬。啊，马可·奥勒利乌斯①并不总是把人们日常的愚蠢行为，比作小狗的烦恼或者是它们的互咬和争斗，不过有时候，我偶尔也能领悟到他指的是什么。但是狗也有其和睦相处的秉性，如果仔细研究一下狗的目光，它们之中有许多也都闪烁着这种神色。

只是这工作实在太累人了，而且我满身都散发出狗臭。在电车上，人们都像避开牲畜饲养场的工人一样避开我，在拥挤的乡间别墅林阴道的公共汽车上，人们都朝我瞪着眼，瘪着嘴巴。而且，我意识到这项工作有点庞贝城的味道——狗过得豪华奢侈，这反映了文明开化的心态，受宠者娇惯坏的脾气，反映了神经过敏的状态。还有一个常常对我刺心的想法，狗俱乐部的会员费竟比我为妈付给盲人之家的费还要高。所有这一切凑在一起，有时真使我气馁。由于我疏于上进，心中更增添了刺心的隐痛。我应该有更大的抱负。我常常在杂志上找一些有关职业指导方面的文章看，考虑到自己如有志向，也可以去读夜校，将来做个法庭记录员，甚至还梦想重返大学，以便能做更大的事情。后来我还常常想念起埃丝特·芬彻尔，因为我常在养狗的上层社会中走动。我每次从后门的门缝中朝里张望，便会因想到她而感到一阵揪心，还是那么一股孩子气。甚至在更大更热的星球已经升起，把你消融，支配着你时，那儿时心中的太阳却仍然放射着万丈光芒。今天的星球可能更辉煌，更炫目，可是昔日的太阳依然久久留驻心中。

我有过几次患相思病的时候，后来又受到性欲的更为痛苦的折磨；

---

① 马可·奥勒利乌斯（121—180），罗马皇帝，新斯多噶派哲学的主要代表。

也许是因为伺候狗的缘故。街上的情景也太刺激性欲，低级夜总会、裸体照片、装饰着闪光片的大腿。再加上纪尧姆的女朋友。她是个十分丰满的大块头，臀部肥大柔软，一扭一扭的，非常撩人，胸脯像一块硕大的奶酪。每天晚上，我们还刚刚开始关门打烊，这位中年的太太便径自上床等他，在床上吱吱嘎嘎的像段白色的大木桩。可是要想解决我的需要，我可没多少办法。我手头太拮据，没条件去追妞儿。我曾冒着被住在附近的伦林夫妇撞见的危险，到埃文斯顿找过我的女朋友锡明顿人威拉，可是她已经辞工嫁人了。我坐着高架火车回来时，途中尽想着床笫之事，想到五产会和塞西怎样怎样，也想到我的哥哥，他一想到他们的婚礼和蜜月，一定会发疯。

在此期间，西蒙一直在躲着我。我留在妈那儿和其他地方的信，他一概不回。我知道他的境况一定不好。他没有给过妈一分钱，见过他的人都告诉我说，他看上去那么沮丧潦倒。所以他就独自一人躲在一间像我一样，甚至更糟的洞穴似的小屋里，不愿见人，这是可以理解的。他以前从来没有在我面前表示羞愧过，要作解释或者请求原谅什么的，现在自然也不会这么做。我在最后给他的一封信里附了五块钱，他收下了，但直到他能够还我这笔钱时，才得到他的回音，那是几个月以后的事了。

在卖家里的家当时，我的东西只有一样得以幸存，即艾洪家失火后艾洪送我的那套已经破损不堪的艾略特博士编的《哈佛古典名著丛书》，我把它搬到自己房间里，一有空闲就埋头阅览。一天，在一个冷清的商业区转车时，我正在啃亥姆霍茨①的一段话，忽然我在克兰学院时的一位老同学、墨西哥人佩迪拉一把抢过我手中的书，看我在读什么，然后他把书还给我说："你干吗在这种东西上下工夫？这早就过时了。"接着

---

① 亥姆霍茨（1821—1894），德国物理学家、生理学家，论证并发展了能量守恒和转换定律，对生理学、光学、数学、气象学、电动力学等均有重要贡献。

他开始告诉我一些最新的情况，我不得不承认我比他落后了。后来他又问起我的境况如何，我们叙谈了很长时间。

在我所在的数学小班里，佩迪拉是最好的解方程能手。他坐在教室的后排，摸着他那窄长的尖鼻子，把别人塞在课桌里的纸抚平，用来演算题目，因为他买不起练习本。每当别的人都难倒了，就把他叫到黑板前去演算题目。他穿一件肮脏、发白或者是乳白色的衣服，那种布是用来做最便宜的夏帽的，光脚穿一双也发白的救世军义卖的鞋子，急匆匆地赶到前面去演算。他那瘦削的身躯遮住了他用粉笔写的潦潦草草的算式，无穷大的符号活像一只截断的蚂蚁，希腊字母往下对准最后一个等号。依我看来，一个人能把相互间的层层关系搞得如此一清二楚，真是像神仙了。有时候，由于没穿袜子，鞋子松大，当他啪嗒啪嗒急匆匆走回座位时，教师跟他握手表示对他的演算满意，可是他那长着个尖尖的小鼻子和出过天花的麻脸上，据我们看来，丝毫也没有露出自满的表情。总之，他脸上一向很少有表情。他常常看来很冷，我现在讲的不是他的性格，而是说在严冬季节，有时我看到他穿着那套发白的衣服，在麦迪森街上飞跑，穿过雪地，从家里一口气跑进学校大楼去取暖。他看上去一直都穿得不够暖和，总是既怕冷又一副病态，还有一种不让任何人接近的原始心理。他抽着墨西哥卷烟，独自一人在学校的各幢楼里穿来走去，他还随身带着一把梳子，经常拿出来梳理一下他那乌黑漂亮、浓密高耸的头发。

可是，现在他已有了一些改变。他看上去比以前健康，至少脸上已不再有以前那种蓟花紫色。衣服也穿得比从前好了。他腋下夹着几本厚厚的书。

"你仍在上大学吗？"我问。

"我得到了数学和物理学奖学金。你怎么样？"

"我给狗洗澡。你看不出我成天跟狗打交道吗？"

"不，我什么也看不出来。那么你正在做什么事？"

"我干的就是这个。"

听到我在干这种仆人的活,刷洗狗笼,打扫狗毛,又看到我虽然不再是个大学生,但仍在钻研在他看来是个死数的亥姆霍茨。换一句话说,我将成为默默无闻的芸芸众生中之一员,他心中感到十分不安。我常常碰到这种情况,人们总觉得这个世界应该让我有出头之日。

"我在大学里能干什么?我不像你,曼尼,你有特殊的天才。"

"别贬低自己了,"他说,"你应该知道,大学校园里有的是蠢货。除了有钱,他们还有什么特殊的东西?你应该上大学,去发掘出自己的长处。过上四年,即使你没有学到任何专长,至少也有个学位,那样就不是随便哪个混蛋都可以仗势欺侮你了。"

我这隐隐作痛的背脊啊!我心里思量着。眼前还有许多恶势力等着踢我,要是我有了学位,蒙受的侮辱也许不会更大。我会因而心碎成灰哩!

"你不该浪费光阴,"他继而说道,"现在,就连找个芝麻大的事做,都得经过考试,都得付学费弄个证书或者文凭什么的,这你难道不知道?你最好能了解这一点。要是人们不知道你具有什么资格,他们就不知道该把你摆在什么位置上,那是很危险的。你一定得上大学,为自己下番功夫。即使你是在等待,你也得心里明白,你在等待什么。你也得有个专长。而且别等得太久了,要不你会错过机会。"

尽管他讲得挺有意思,而且也许都是大实话,可是打动我的并不是他的那番话,而是他的友谊使我深为感动。我不想让他就这么走掉,我要紧紧地拉住他。他这样为我着想,我很感动。

"要是我穷得一个子儿也没有,曼尼,我怎么上大学呢?"

"你猜我是怎么干的?奖学金根本不够,只够交学费。国家青少年局给我补助一点。我还干偷书的行当。"

"偷书?"

"像这一些,是我今天下午才偷的。技术书、课本。我甚至还接受订货。要是一个月能偷上二三十本，每本卖两块到五块钱，那我的生活就不成问题了。课本卖得起钱。怎么，你是个正人君子？"他边说边朝我上下打量着，看看他是否跟我说了把事情搞糟了。

"不完全是。我只是感到惊奇，曼尼，因为我以前只知道你是个数学天才。"

"还有一天只吃一餐，没有大衣穿。这你都知道。哦，现在我吃得多一点了，我也要过得稍微好一点。我偷书不是为了找刺激，一有办法，我就洗手不干。"

"可是万一你被逮住怎么办？"

他说："我会解释我对这事的看法。你知道，我内心并不想偷。我并不是一个真正的贼。我对这一行丝毫没有兴趣，所以谁也不能给我定下这么个命。我不是那个命。我也许会遇上点小麻烦，但我决不会让他们把这搞成我一生的麻烦，明白了吧？"

我完全明白了，因为我曾跟着乔·戈曼闯荡过一阵子，他是完全用另一种方法来对待这同一个问题的。

然而，佩迪拉毕竟是个有天才的小偷，他对自己的技艺颇为自傲。我们在约定的星期六再见面时，他给我做了示范。我们走出一家书店时，我根本看不出他到底搞到了什么没有。他的手法真是高明，出门后他拿出一本辛诺特著的《植物学》，或者是一本史莱辛格著的《化学》。他只偷价格贵的书籍，从不接受廉价书的订单。他把书单给我看，告诉我下一本要偷的书的书名。哪怕那本书就放在收款台的后面，他也能偷到手。他带着一本旧书去，拿它盖在他要偷的书上面。他从不把书藏在大衣里面，因此，万一人们拦住他，他总会辩解说，他把自己的书放下去看别的书，后来他拿起自己的书时无意间把另一本书也一起带上了。因为他把偷来的书当天就处理掉，所以他的房间里没有留下任何罪证。他有一个非常有利的条件，他看上去一点也不像个小偷，而只是一个年轻的墨西哥人。狭窄的双肩，动作敏捷，只是有点沮丧，不像个做坏事的。他走进店门，戴上眼镜，交叉着双脚，站在那儿，一心沉浸在热力学或物理化学之中。正是这种看上去完全不像小偷的纯朴，使他得以屡屡得手。

在一个意大利的画廊里，我曾见过一幅非常奇妙的荷兰古画。画中一位老哲人正冥想着在一片旷野中踽踽而行，而在他身后的一个小偷正在割断他的钱袋带子。这位身穿黑袍的老人大概正在冥想着上帝之城，可是他的鼻子很长，有些蠢相，对自己的美梦过分沾沾自喜。但此画的独特之处在于那个小偷，他被罩在一个玻璃球中，玻璃球上有一个十字架，看上去是帝王的统治象征。意思是说进行盗窃的是尘世的掌权人物，而那些荒唐可笑的哲人贤士都在做着当今世界和未来世界的美梦。也许由于没有关注当今世界，结果他们将变得一无所有，无论是当今世界还是未来世界。因此在这幅饶有风趣的作品中，蕴含着辛辣而沉痛的讽刺。就连那画中的旷野，也没有太多吸引人的地方，那只是一片平地而已。

然而，有偷窃行为的佩迪拉并不属于这个掌权阶级，他根本没有想到自己的行为和整个世界有关。那并不是他真正的职业。但他欣赏此道的高超技艺，喜欢这个行当的全部学问。有关这方面的资料他应有尽有，有关窃贼的、扒手的，以及他们的各种各样招数；什么西班牙的扒手技艺高强，能伸进祭司的法衣偷到钱包啦；什么罗马的小偷学校学费高昂，学生入学时签约规定，在毕业后的五年内，需将偷窃所得的一半缴付给学校啦等等。他对芝加哥那些专敲竹杠和专搞非法勾当的场所知道很多。这已成他的癖好，就像别的人热衷于棒球明星击球的成功率一样。使他醉心的是那种能抗拒中心磁力、顾自在周边跳舞的小人物。他熟知酒吧女招待的内情，了解嬉皮女郎在大饭店里的活动。他常读的一本书是芝加哥的梅女士自传。她是个非凡的女人，常把陪伴她的男客的衣服从窗口扔给躲在小巷里的同伙。

佩迪拉自己在寻欢作乐时也毫不吝啬。他会把所有的钱都花个精光。他曾邀我去湖滨公园大街的一套公寓做客,那儿合住着两个黑人姑娘。他先在希尔曼食品公司买了火腿、鸡肉、啤酒、泡菜、葡萄酒、咖啡和荷兰巧克力。然后我们去了那儿,在那个有一间厨房、一间卧室的两室小公寓里,度过了星期六晚上和星期天。那儿惟一隐蔽的地方就是厕所,因而一切都共同享用。这很合佩迪拉的胃口。快到天亮的时候,他提议我们应该交换一下,这样就不会滋长排外独占的感情。姑娘们非常乐意,一致认为这是个好主意。她们很赏识佩迪拉,钦佩他对事物的见解,所以她们自己也纵情尽欢。彼此既不那么认真,也没多少拘泥,但是非常情投意合。我比较喜欢我的第一个姑娘,她乐意跟我更亲热些,喜欢两人的脸颊紧紧相贴。第二个个子高些,没有那么热情,她似乎有更多的私生活不愿让我们知道。她比较有风度,年龄也大一些。

不管怎样,这就是佩迪拉的娱乐。无论他是从床上起来吃东西还是跳舞,他都要我也跟着做。在那天夜里,他还断断续续地坐在枕头上,讲了自己的身世。

"我结过婚,"当话题转到这方面时,佩迪拉说,"在奇瓦瓦①,当时我才十五岁,我还没有成年便先有了一个孩子。"

他夸口说自己把老婆孩子抛弃在墨西哥,我听了不以为然。可是,后来那个子高的姑娘说她也有孩子,另一个姑娘说不定也有,但是没说,所以我也就放过这个话题,没再多说,因为既然有这么多人干了同样的错事,也许其中有什么明显不对劲的地方。

我们四个人躺在两张床上,只有从窗帘透进的一丝微光,照映出模模糊糊的形体。星期天缓缓来临,东方泛白的晨曦,洒落在外墙垂直的遮阳壁上,变成了灰色。这些街上的黑人旧屋的墙壁,虽然看起来显得可怕,但也有一种独特的庄严气势,从外部证明存在着现在你看不

---

① 墨西哥一城市。

到的芸芸众生。这景象就像是卡拉卡拉大浴场①。这些隐居的芸芸众生一觉睡到了星期天的早晨。我喜欢的那个小妞在床上躺着，扁塌塌的鼻子，含着睡意的双颊，一张敏感而轻率的大嘴，对着高谈阔论的佩迪拉微笑着。我们躺着，像君王般有姑娘温暖着身子，直到临近傍晚。然后我们起身告别，穿衣服时一边亲吻一边抚摸，走到门口时我们许诺下次再来。

钱花光了，佩迪拉带我去他的住所吃晚饭。这儿比我们刚才离开的那套房子还要空荡无物。那儿至少还有旧地毯、旧软椅，以及心灵手巧的女孩子的小摆设，可是佩迪拉跟几个年迈的女亲戚住的麦迪森街附近的这座大铁路公寓里，简直是空空如也。一间屋子里只有一张桌子和几把椅子，另一间屋子里除了放在地板上的床垫便一无所有。有几个老太太坐在厨房里做饭，扇着炭火，她们肥胖臃肿，动作缓慢，死板的脸上毫无表情，佩迪拉对她们甚至连话也没说一句。我们喝了有碎肉沉在碗底的汤，吃了用餐巾包着的送上来的玉米饼。佩迪拉匆匆吃完便先走了，把我一个人留在餐桌旁。等到我去看他是怎么回事时，发现他已躺在床上，一条军毯一直盖到脸上，只露出尖尖的鼻子和向后梳的头发。

他说："我得睡一会儿，明天第一节课就有个测验。"

"你准备好了吗，曼尼？"

他说："这玩意儿要么很容易，要么根本不行。"

这话一直留在我脑子里。因此我在电车上还想着。太对了！

要么很容易，要么根本不行。人们发疯似的拼命想克服困难，因为他们认为困难是干正事的标志。于是我决定验证一下这种说法，先从试验偷书开始。如果干来容易，我就离开那狗俱乐部。要是我能捞到像佩迪拉一样多，那就相当于纪尧姆付给我工资的两倍，那就可以开始攒钱

---

① 古罗马混凝土建筑的杰出代表，也是惟一保存较完好的古罗马大浴场，建成于公元217年，主体建筑230×115米，另有庭园、附属房屋、花园、运动场、游泳池等。中世纪时受到过严重破坏。

供作上大学的学费了。即使干来容易,我也不想以偷书为业,这只不过给自己的好事开个头罢了。

于是我开始干了。起先,紧张得简直让我受不了。得手后走到大街上,我感到恶心,直冒汗。我偷的是一本厚厚的乔伊特[1]著的《柏拉图》。但我严格要求自己完成这项试验。我按照佩迪拉对我说的那样,把这本书存进伊利诺斯中心车站租金一角的存物箱,接着立即去偷另一本书。后来我进步很快,干起来变得非常冷静。困难的时刻并不在走出书店,而是在拿起书夹在腋下时。不过后来我感到比较自在了,深信万一被人拦住时,我能为自己作出解释,笑着说这是粗心大意的错误,用花言巧语使自己得以脱身。佩迪拉告诉过我,暗探决不会在店里抓人,要等你走到街上时才抓你。不过,要是在百货公司里,我就头也不回地走向另一个部门——卡森·皮瑞的男鞋部、马歇尔·菲尔德的糖果部或地毯部。我从未想到要扩大我的偷窃范围,去偷别的东西。

我比原定计划提前辞去了狗俱乐部的工作。促使我这样做的,不仅是因为我对自己的偷书本领有了信心,而是突然染上了读书瘾。我躺在自己的房间里潜心读书,如饥似渴的吞噬着每一行、每一页。有时候,我竟舍不得把书给预订它的那个客户。有很长一段时间,我所感兴趣的只有读书。我的感觉是有个活蹦乱跳的东西被赶进了饥饿感的罗网之中,我要用网把它拖上来。当佩迪拉来到我房里,看到那一摞摞早该脱手的书时,非常恼火,大发雷霆。把书留着是很危险的。要是他限制我只偷数学、热力学、机械学之类的书,情况可能会有所不同,因为我身上没有克勒克·麦克斯韦[2]和麦克斯·普朗克[3]那样的细胞。可是他交

---

[1] 本杰明·乔伊特(1817—1893),英国教士、古典学者,以翻译柏拉图著作而知名。

[2] 克勒克·麦克斯韦(1831—1879),英国物理学家,经典电磁理论的奠基人,创立电磁场基本方程,即麦克斯韦方程。

[3] 麦克斯·普朗克(1858—1947),德国物理学家,量子物理学的开创者和奠基人。

给我的订单尽是有关神学、文学、历史和哲学方面的书籍。我为神学院的学生偷了兰克①著的《教皇史》和萨尔皮②著的《特伦托会议全史》，或者布尔克哈特③著的或梅尔兹著的《十九世纪欧洲思潮》，这书我正在潜心阅读。佩迪拉就为梅尔兹的这本书对我大动肝火，因为这书我得好久才能读完，而历史系的一个人正向他催要这本书。"你可以用我的借书证到图书馆去借。"他说。但这毕竟有些不同，我想，就像吃你自个儿的饭，味道是和别人赏给你吃的不同的。即使热量的卡路里完全相等，但人体吸收起来也许就不一样了。

总之，我突然发现了某种前所未知的匮乏，我逐渐意识到，在一般情况下，一种爱好或者渴求，在明朗化或看准目标之前，总表现为一种厌烦或某种其他的苦恼。至于跟这些书中的许多重大事件和重要人物，我应该看成是怎样的关系呢？啊，首先，我读到了这些事件和人物。因此，即使我生来就不配宣读重大的宣言或掌权当政，或者派人送信到阿维尼翁等等，但我还是读到了这些。所以，在所有已发生的事件中，仍有我的一份。多大的一份呢？我知道，有一些事情我在书本中是无论如何也读不到的，因为书本中是决不可能有的。这和遥远而永存的死神坐在欢爱的卧室角落里没有多大不同。死神虽在角落里寸步不离，你并不会因此停止欢爱。因而我也不会停止阅读。我坐在那儿读啊读啊，对任何其他事物都视而不见，听而不闻，毫无兴趣——那就是说，通常只是去偷下一份订单上的书，吃燕麦片，只见到常见的事物，缠结在一起的鞋带、电车票、洗衣店的取衣单，平淡无奇的生活，无以名状的忧郁，不知就理的羁绊。陷身绝望的生活，或者是循规守旧的生活，都意味着用默默的容忍来排除意外的发生。然而，现在谁会真正指望日常的现实消失，苦役和监狱废除，麦片粥和洗衣店取衣单等等全都一扫而光，坚

---

① 兰克（1795—1886），德国著名历史学家。
② 萨尔皮（1552—1623），威尼斯爱国主义者、作家、学者。
③ 布尔克哈特（1818—1897），瑞士历史学家。

持要把每时每刻都提升到最最重要的高度，要求每个人在最困难的时候，都能呼吸到星星提供的新鲜空气，彻底拆除所有地窖似的砖瓦房屋，扫尽一切沉闷忧郁和凄苦悲伤，而像先知和神祇一样过活？可是，人人都知道，这种欢庆式的生活只能是昙花一现。因此对此有了分歧。一些人说，只有这种欢庆式的生活才是真正的生活，而另一些人则说，只有日常的现实才是真正的生活。我认为没有争论的必要，我要快马加鞭投奔前者。

就在这时，我得到了西蒙的回音。他在电话中对我说，他要来还我寄给他的五块钱。这就是说他觉得有脸来见我了——要不他会只把钱寄来。所以他一进来，我就觉得他一副神气活现、厚颜无耻的样子。这是他准备好的，要是我抱怨责怪他，他就准备把我压下去。而当他看到我周围全是书，我光脚穿着件旧睡袍，大概还注意到了吹来的阵阵冷风，墙纸上有泛黄的气泡，灯光又这么昏暗，他就更加自以为是、轻松自如了。因为他很可能认为我还是老样子，我的轮子转动得太随便，我急躁轻率，过于热心，或者一言以蔽之，多少是个傻瓜。如果他讲起老奶奶的死，我很容易会被他说得哭起来，那样他就把我完全给击败了。让他始终疑惑不解的是，我是天性如此，还是自己的选择。如果是自己的选择，我或许是可以改变的。

就我来说，他的到来使我感到非常高兴，我早就渴望见到他。我永远不会接受艾洪的劝告，凶待西蒙，把他制服。我从布法罗给他发了个电报，他本该把钱寄给我，这是对的。可是当时他有困难，这我可以原谅他。后来他向艾洪借钱的事，也不能过分责怪他，艾洪自己也向很多人借了钱没有按时还，而且数额比这大得多；何况艾洪这人宽宏大量，颇有绅士风度，他不会为那点钱大叫大嚷或者唉声叹气。事情到此为止也就罢了。可他卖掉房子，不管妈的死活，这他怎么交代？老实说，这口气我很难咽下去。要是那天我从楼上奔下到克雷道尔家找妈时见到西蒙，我肯定会把他打得头破血流。可是后来仔细一想，觉得那个老家我们本来也就不可能再维持多久，能让妈在那儿安度余年，因为我们弟兄俩谁也没有天生的单身汉那份在家侍母的孝心。我们俩心里都赞成把这个家拆了。西蒙只需讲明这一点就行了；要是他没有讲出来，那是由于他过于自责而头脑不灵清了。我原以为会看到他憔悴不堪，谁知他反而比以前胖了，不过并不是那种看上去舒坦的福态，而像是饮食不当的虚胖。看到他笑起来有皱纹，下巴上有金黄色的胡子茬，足足过了一分钟我才放下心来——不刮胡子，这不像他平日的作风；不过一切都还好，他坐下后，粗大的手指交叉合拢在胸前。

那是夏天，时近黄昏，虽然我住在这座破旧的木板房顶楼，可是那棵遮阳的树高大耸立，漫过了屋顶，所以四周一片绿荫，就像在树林之中，而且光泽照人。在下面的草坪上，有只鸟在草丛中发出锤子敲打水管似的声音。这种气氛本该使我们感到宁静安详，但是没有。

我相信，人们决不会知道我们哥俩像现在这样损人地打量着对方。不用说，还是亲人哩。我尽量避免跟西蒙这样，可是避免不了。有那么一会儿，我们各方都起过最坏的念头。后来他开口问道："你在南区弄了这些书干什么？想当大学生？"

"但愿能当。"

"那你一定在干卖书的生意了。不过生意大概不怎么样吧，我看到你自己也在看这些书。亏你给自己找了这么个行当！"他轻蔑地说，或者是想那么说，但是这种轻蔑应该有回响的地方都一片死寂。接着他转而通情达理地说："不过我想你会问我，我的高明脑袋把我搞到什么地步了。"

"我用不着问。我知道，我看得出来。"

"你还生我的气吗，奥吉？"

"不生了，"我嗓音沙哑地说。他一眼就可看出我已经没有丝毫怒气。他只要看一眼就够了。接着他垂下了双眼。"刚知道时，我的确很生气。事情都凑到一起来了，其中还有老奶奶的消息。"

"是的,她死了,是吧?我猜她年岁一定很大了。你弄清她多大了吗?我看我们永远也……"他就这样用反问、悲伤、甚至敬畏的口吻,把这事对付过去。我们一直微笑着,把种种不平常的事都归到她的身上。

接着,西蒙撕去了进屋时的厚脸皮,说道:"我真是个傻瓜,竟跟那帮人混在一起。他们抢走我的钱,还揍了我。我知道他们是帮危险人物,不过原以为我对付得了他们。我的意思是说,我没有好好想一想,因为当时我正在恋爱,在恋爱!她只让我发展到这一步。晚上同坐在阳台上,我美得像灵魂出了窍,为她弄得死去活来,实在只是摸摸那儿罢了,我只不过到了这一步。"他说这番话时,鄙夷地带着粗鲁的怒气,这使我不由地打了个冷颤。"听到他们结婚的消息时,我不断梦见他们在做爱,活像一个女人跟一只猿猴。她不会在乎的。你知道他像个什么。不过这没关系,他在那方面像任何别的男人一样,上去,他妈的照样能搞得很带劲。而且他还有钱。她想的就是钱!他有的只不过是几幢房子,就像鸡食一样算不了什么。可在她看来像是多得不得了,以后她会看清楚的。"这时他的脸涨得通红,情绪和刚才那鄙夷的怒意完全不一样。他说:"你知道,我恨自己这副样子。有这种想法。老实对你说,我为这感到很羞愧。因为她根本没有那么漂亮迷人,他也不完全是那么要不得。我们小时候,他对我们并不坏。你没忘记吧,啊?我不想让她把我弄成一条该死的爱斯基摩狗,为讨片鱼肉吃伸长脖子。我小时候一直把自己的志向定得很高,可是过了一阵子你就会发现,什么是你真正得到的东西,什么是你没有得到的。于是你渐渐变得聪明起来,认识到这样一个事实:得把自私和妒忌放在第一位,你不必去管别人的死活,只要你自己能得到好处就行,你会开始觉得,如果某个跟你亲近的人死了,让你可以无拘无束,那该有多好。于是我认为,要是我死了,有些人也会这么想的。"

"你这是什么意思,你死了?"

"自杀呀。在北街的监狱里,我差一点就要自杀了。"

他这次提到自杀说的完全是实情。西蒙决不会以这来骗取我的同情,他似乎从来不需要我的同情和怜悯。

"我对死没有多大反感。你呢,奥吉?"他说。四周变幻着的叶影中,他坐在自己的位子上,显得较为平静,但颇为沉重。手中的帽顶上,映出树叶的绿阴和黄斑的种种变化。

"哎,说呀,你呢?"

"我可不怎么想到死。"

这一个还有另外那两三个念头接连在他脸上掠过之后,使他对我的态度变得较为轻松自在,也较为温和了。他终于失声笑了起来,说:"你也会像别人一样死去。不过我得承认,人们看到你时,他们决不会想到你会去干那件事的。你是个好小伙子,这点我可以说。可是你不太会照料自己。只有你,要是换了别的兄弟的话,早就从我身上榨钱了。要是你犯了我这样的错的话,我早就对你不客气了。不管怎么说,要是我看到你遇上我那种倒霉事的话,我一定会幸灾乐祸地说:'你活该!干得好!'好吧,既然你不会照顾自己的事,我看就得我来为你照顾了。"

"我的事?"

"当然,"他被问得有点生气了,说,"你不相信我会想到你?我们俩倒霉的事都碰得太多了,我都搞腻了。"

"你现在住哪儿?"我问。

"在近北区,"他轻描淡写地一语带过,不想让我知道他的确切情况。他不打算告诉我屋里是不是有洗手槽,地上铺的是地毯还是油毛毡,房子朝着汽车道还是冲着一堵墙。对这些细节有这样的好奇心,对我来说是完全正常的,可他不想让我满足这种好奇心,因为一多讲细节,就意味着你难以摆脱它们。而对他来说,这些全是匆匆而过的东西。"我不打算在那儿久住。"他说。

"你一直靠什么生活?"我问,"你现在在干什么?"

"你这是什么意思,靠什么生活?"他反唇一问,反倒把难题甩到我头上来了。他太要面子了,不肯讲这些事,不愿让人知道他的境况有多糟,他一向有的那种做哥哥的豪迈气概,他是不会放弃的。前一阵子,他一时糊涂,做了错事,因而面带菜色,而且让他稍微有点丢脸的是他胖了——仿佛过量饮食是他对自己惨遭失败的回敬——为此,谈话中他老是吞吞吐吐的,不打算向我吐露那些具体细节。他把我的询问看成是在他竭力从耻辱的洞中爬出时给他的当头一棒,所以他挥臂挡开说:"你这是什么意思?"仿佛过后才想起我这是想在伤害他,或者至少是刺激他。后来,他曾毫不介意地告诉我说,他曾在一家低级小餐馆里打工擦地板,不过这事他是很久以后才告诉我的。而现在,他坚持闭口不说。他满满地坐在那张黑色的硬板扶手椅里——我这么说是因为他发福的体态——聚精会神——我看得出他在这么做——开始对付我。他这种强硬的态度和帕夏①的威势,完全没有必要。"我没有在浪费时间,"他说,"我一直都在忙一件事。我想我快要结婚了。"他宣布这事时,脸上毫无笑容,语调也不那么悦耳。

"什么时候?跟谁?"

"跟一个有钱的女人。"

"一个女人?一个年纪不轻的女人吧?"这是我的看法。

"哎,你怎么啦?没错,我是要跟年纪不轻的女人结婚。有什么不可以?"

"我敢说你不会的,"他仍能把我逗乐,仿佛我们依然是孩子。

"我们用不着为这争论了,因为她年纪并不大,听说她大约二十二岁。"

"听谁说的?你还没见过她?"

---

① 旧时奥斯曼帝国和北非高级文武官员的称号。

"是的，我还没见过她。你还记不记得那个部门主管，我们那位老上司？是他为我牵的线。我有她的照片。她长得不错，只是胖了点——不过我也胖了。她长得还算漂亮。不管怎么说，即使她长得不漂亮，只要那部门主管在财产问题上没说谎就行——据说她家的钱堆成了山——我决定娶她。"

"你已经打定主意了？"

"我想我打定主意了。"

"可要是她不要你呢？"

"我能使她要我的。你认为我不行？"

"你也许行，但我不喜欢。这有点冷酷无情。"

"冷酷无情！"他突然激动地说，"这有什么冷酷无情？要是我一直这样混下去，那才叫冷酷无情哩！对这门亲事我看得很清，也看得很远。我再也不会为婚姻的事瞎胡闹了。你所见到的每一个人，除了也许像你我这样少数人外，都是合法婚姻所生。你是否看到它有什么异常或奇特之处，值得在这上面大做文章？为什么要傻乎乎地去瞎操持那种十全十美的婚姻呢？它能给你带来什么好处？它给任何人，那些笨蛋、傻瓜、白痴、小偷、醉鬼、吸毒者、窃贼、胆小鬼，或者正派的不幸的人，或者你所说的有教养的人带来过好处没有？他们全都结过婚，全是合法婚姻所生。因此，如果鲍勃爱上玛丽，而玛丽却嫁给了杰瑞，你怎么能对我假装说这有所不同呢？那是电影里耍的一套把戏。你难道没有见过，有的人一心想着如何为爱情而结婚，结果被骗得精光，落得个一无所有吗？因为当他们在忙着寻找最佳配偶时——我认为这也是你的毛病——把其他的一切全都丢失了。这很可悲，也很可怜，可是事情就是这样。"

我还是老样子，依然强烈反对他的观点。他看出了这一点。即使当时我认为自己还够不上列入求爱积极分子的名单，而且我已经不再为埃丝特·芬彻尔闹单相思了。从他的脸上看到一副做错事理亏的神色。我认为，他周围生活的噪音太多了，造成了他不能作出正确抉择。此外，还有我正在读的书——我注意到，西蒙深知这些书助长了我的反对情绪，他的目光表明他把它们看成了死敌。在他那匆匆的一瞥中，还包含着一丝嘲笑。可是我不能因为挑战者这狠狠的一瞥或一丝嘲笑，便抛弃或不忠于我在读书时心中认为重要和赞同的事物。

"你干吗要我同意你的看法？如果你坚信你说的那一套，我同意或不同意，又有什么不同呢。"

"哼，见鬼！"他说了声，坐着往前探出身子，睁大眼睛朝我逼视着，"别自以为是了，小子。要是你真的懂得了，你就会同意我的看法。那自然很好。不过，要是我认为有必要，即使你不同意，我也会干的。而且，尽管这不会让我们当中的任何一个高兴，我们俩其实完全一样，要的也一个样。这你心里明白。"

我不同意这种看法，并不是出于清高，只因为这是事实。不过，看到他急于要我跟他取得一致，我便默不作声了。要是他讲起血缘的神秘作用，讲起我们器官能接收同样波长的电波和量子，那我所知道的便不足以和他抗衡了。

"好吧，也许你说得对。可是你凭什么认为这个姑娘和她的家庭一定会看上你呢？"

"我有什么本钱？好，首先，我们都是家里的美男子。就连乔治，要是他脑子正常，也是一样。老奶奶深知这一点，认为我们应该加以利用。而且，我娶一个富家小姐，并不是要靠她的钱生活，过舒服日子。那些人，他们会从我身上取得充分的价值。他们会看到我不会轻易就范。决不会。我一定得赚钱。我不是那种一认清自己要什么便予以放弃的人。我需要钱，我的意思是需要。我也能操纵钱。这就是我的本钱。所以我对待他们再正当不过了。"

你不能责怪我带着一定的怀疑来倾听他的这番高论。不过具有一定野心的人是做得出这种事的。我不喜欢他说话的口吻，比如他吹嘘说我们都是美男子——让人听起来好像我们是专供配种的雄性动物。然而，我无论如何也不能盼望他再次遭到失败。他不是那种心胸豁达想得开的人。

"让我看看那姑娘的照片。"

他把照片放在裤子的口袋里。她看上去很年轻，个子高大，有一张俊俏的脸。我认为她长得相当漂亮，虽然性格可能不太开朗随和。

"她挺迷人的，我跟你说过。也许稍微胖了点。"

她叫夏洛特·麦克纳斯。

"麦克纳斯？给艾洪家送煤的不是有一辆麦克纳斯的卡车吗？"

"那是她叔叔，做煤生意的，有四五个大煤场。她父亲产业很多。有几家旅馆，还有几家廉价商店。我打算做煤的生意。我认为干这一行最赚钱。我想要个煤场作为结婚礼物。"

"你把一切都盘算好了。"

"当然，我替你也作了打算了。"

"什么，要我也结婚？"

"到时候就结。我们会替你安排好。现在你得先帮我渡过难关。我们得有个家。听说他们都是家庭观念很重的人。像我们眼下这个样子，他们不会理解，也不会喜欢。我们得把它弄得像样一点。到时候会有宴会之类的排场。可能有个盛大的订婚宴会。你不希望我到州南部把乔治带来让他们看吧？不，我必须有你。我们需要有像样的衣服。你有吗？"

"全当了。"

"把它们赎出来。"

"我哪来的钱呀？"

"你一点儿钱都没有？我还以为你在做什么书的买卖哩。"

"我把省下的钱都给了妈了。"

他颇为尴尬地说："行了，别神气了。不用多久我就会照料一切的。

我来想办法弄这笔钱。"

  我心里纳闷,他的信誉怎么有这么好。也许是他的那位部门主管朋友借给他一些钱。不管怎么说,几天后我收到了西蒙寄来的一张邮政汇票。我把衣服赎回后,他来借去一套我在埃文斯做的衣服。没过多久,他说他已跟夏洛特·麦克纳斯见过面。他相信她已爱上了他。

第十一章

眼下是一段昏暗的威斯敏斯特①时期，许多东西都模糊不清。它们聚集得过于稠密，加上岛内滂沱大雨，北海阴暗无光，泰晤士河奔腾汹涌。这种昏暗不只是局部的，它同样也笼罩着非常明朗的炎热的墨西拿②，在这种昏暗中，人们必须作出判断。至于冷雨的凄寒呢？它抽打在人们脸上并没能消除他们的愚傻，既冲刷不掉蒙蔽，也纠正不了缺点，但这雨象征着大家共同的境况。它的意思也许是说，减少愚傻和消除蒙蔽所需要的东西，总是到处多的是，而且不断地提供给我们——查灵克罗斯③的昏黑，佩瑞雷斯广场的灰暗，在那儿，你可以看到那么多形形色色的人在雨雾中来来往往。在这儿的这条笔直的瓦巴希大街上，则是一片褐色。让人生气的是，这儿往往是一件事情已成定局，恩赐、幸运和机会都已失去，解决的办法才提了出来。

我在南区住的房子是一幢学生公寓。这儿能听到学校里的钟声，夜阑人静时，连校园里小教堂的钟声也能听见。它的狭小的房间里，拥挤得就像中世纪的学舍，每个窗口都有一张张的人脸，每一寸地方都尽其所用。这儿有我的几位买书的学生主顾，而且还有几个朋友。事实上，这儿的人我全认识，因为经营这个公寓的威尔士老人欧文斯，叫我

---

① 威斯敏斯特为英国伦敦西部一行政区，在泰晤士河北岸，区内有白金汉宫、议会大厦、首相官邸、政府办公大楼、威斯敏斯特教堂及众多豪华旅馆、剧场等。伦敦多雾，此地尤甚。此处系喻指。
② 意大利西西里岛东北岸一港市。
③ 伦敦威斯敏斯特市的一处地方，常被视为首都的中心。

在那间油漆过的所谓"门厅"的鸟窝似的小房间里,传呼电话和分发邮件。我干这活顶替房租。我因为负责分发邮件,所以也就不可避免地看到了寄信人的地址和明信片的内容;又因为由我按铃叫人来接电话,且又没有隔开的电话间,因而我没办法不听到打电话人的谈话。欧文斯也偷听,他,还有他那当宿舍管家的老处女妹妹。他们那间陈旧的小客厅的门总是敞开着——厨房里的气味盖过了屋子里的所有其他气味——每天晚上,我都要坐在那张柳条摇椅上值两小时的班,从那儿可以看到他们兄妹俩晚饭后的情景。胡桃木的方柱子,到处是浆过的花边饰带,从虫眼得到灵感的刻花玻璃品,一些蕨类植物样子很怪,千姿百态,有的似提琴的颈,有的铺展得很开,一幅幅水果静物画线条都很生硬,护墙板上挂着一轮轮的蓝色盘碟。这一组组的陈设构成了他们室内的总画面——我万万不能忘掉那头用三根链条挂着的玻璃大水牛——他们表现出要在这儿久住下去,忍受一切。他们的房客大多属于暂住性质,因而欧文斯兄妹需要这一类东西为自己建立一个固定的家,使整个屋子充满浓烈的家庭气息。

克莱姆·丹波常来看我。他那位老政客父亲已经去世。克莱姆和他弟弟平分了他的人寿保险金。他弟弟现在是洛伊巡回演出团的踢踏舞演员。克莱姆不肯透露他继承了多少遗产,不知是出于他本人古怪的谨慎,或者为了不暴露隐私,也许是由于迷信。不过他已在大学注册,在心理系,就住在附近。

"你认为给我留下钱的老头子怎么样?"他笑着问道,颇为自己那张大嘴和满口蛀牙感到难为情——像孩提时一样,他仍有着清晰的大眼白,后脑勺的头发仍高高竖起。他不断对我诉说,长得丑陋给他带来的苦恼,为鼻子的难看老是愁眉苦脸。可是他的抱怨诉苦常被自己那爽朗的笑声打断,连忙迅速地伸手扶稳差一点掉落的雪茄烟。他现在有钱了,上衣胸袋里总塞着一排女王牌雪茄。

"过去我对我家的老头子了解不够。我只是一心一意敬爱我母亲。

我是说一心一意。我可能还是老样子，可她现在实在太老了。这件事情上我不能再哄骗自己了，特别是读了几本心理学著作以后。"

一讲到心理学，他总是哈哈大笑。他说："我是为了小妞才上大学的。"接着他神色忧郁地说："现在我有了点钱，所以不妨及时物色。要不我什么都别想搞到，怪都怪我这张鱼儿嘴和丑鼻子。受过教育的女孩子，你可以在她们的心智方面多下点工夫，她们并不指望你在她们身上挥霍过多。"他并不把自己看成是个大学生，倒有点像个付学费的游客。他在法学院的地下室里打牌赌钱，在雷诺俱乐部里打台球，到五十三街的一个赌注登记处去赌马。如果他去听课，在肯特大演讲厅——半圆形的阶梯教室——面对学术上任何常识性笑料，也许是出于自得其乐，他常常会禁不住哈哈大笑起来。

"可是，"他解释说，"那个傻瓜想要推销一点行为主义的破烂货，说什么一切思维活动都得用言语，因此它有一部分必定是在喉咙里和声带上进行的——这就是他所谓的'受抑制的默说'。因而他们对哑巴的思维活动感到非常好奇，于是就弄来几个哑巴，在他们的脖子上装上仪器，然后给他们讲三段论。可是他们想要的资料全从指缝里溜掉了，不用说，因为哑巴是用手语交谈的。于是他们又给哑巴的双手都上了石膏，把它们固定住。哦，就在那家伙说到这儿的时候，我实在忍俊不禁，开始哈哈大笑起来，于是那傻瓜就叫我离开教室。"说到这儿，克莱姆先是不好意思地一笑，接着便纵声大笑起来。哈哈哈！高兴得满脸通红，但随之又变得闷闷不乐起来，他想起了自己的苦恼，老天爷给他的赐予太短斤缺两了。我再三劝他说，他的想法不对头，他不需要在任何方面装扮弥补。现在正是他偷情猎艳的时候，他的外貌有着刚健的男性气概，尽管有些夸张的地方，比如他蓄的那撮小胡子，还有那套二十二块五角钱买的赌徒们穿的条纹外套——尽管他有钱，但他喜欢分期付款。他说："别对我讲好听的话，奥吉。你大可不必。"有时候，他会对我摆架子，那神气就像叔父对待年纪差不多的侄儿。他极力想装出中年人的老成。他认定这合那些偏爱有阅历男人的女人口味，可以得到她们的青睐。一位有点憔悴，有点愤世，也有点放荡不羁的叔叔。这就是他想扮演的角色。

"啊，你呢，奥吉？你怎么样？"他问道，"你在这儿鬼混点什么？你的好机会多得不知道怎么办才好。你的毛病是你老要找个人当你的经理。现在你又跟那个墨西哥人搞在一起。你干吗把一切事情都丢到脑后？"

"什么一切事情？"

"我不知道。不过看你躺在这把柳条摇椅上，胸前抱着一本书，悠闲得很，让大好时光白白地流过，其实你本该有千百桩事情可以做的。"

克莱姆的胃口很大，他认为世界上有许多应当得到的东西。只要想到他认为自己得不到这些东西时有多伤心，你就知道他的这种想法是很自然的。我知道，他指的是金钱、荣誉以及被你的爱弄得完全不由自主的女人，还有大笔财产。他受到了这千百桩事情的困扰，有时我也如此。他坚持认为我应该有所作为，至少也应该练习一下怎样才能使自己有所作为。他认为我应该专心致志于如何出人头地，不该自甘落后而应奋发向上，独立不羁等等。我对于自己被吸纳入某种比我更强大的东西，心里当然有点不满，我也无从成为一颗独特杰出的星星，吸纳能量，成为世界上一群人心目中光彩夺目的太阳——给他们的不一定是温暖，而只是普卢塔克那种光辉。能出人头地，那当然很好，让人高兴，可是做太阳神的儿子？我连做梦都不敢想。我从来都不妄想超越我自己的素质和体能。总之，每逢克莱姆这样的人规劝我恭维我时，我从不认真听取。我有我自己的顾问班子，倒不是它不会出错，而是它出的错是我担当得起的。

克莱姆跟我谈这类大事倒不是在跟我开玩笑，不过他来这儿跟我谈天并不是他的主要目的。他不是特意来给我打气，或者告诉我吉米·克莱恩的消息，说他已经结婚，有了一个孩子，现在在一家百货公司工作,或者是说他兄弟想去百老汇闯天下。他来是因为他正在追一个住在这幢房子里的一个叫咪咪·维拉斯的姑娘。

咪咪不是大学生,她在埃利斯大街一家学生餐馆里当女招待。我曾以鉴赏的眼光注意过她,也许我较有资格对她作出评价,因为我从未想到要把她搞到手。她皮肤白皙而红润,脸上有一股不顾一切的野性美,两道修长的柳眉用细淡的眉笔画得稍微上翘,宛如眼虫藻的鞭毛,离开天然眉线伸向那紧贴着脸藏在鬓发中几乎难以窥见的白皙耳朵;一张大嘴,表明她有一颗狂野不驯的心;她毫无顾忌,什么都敢说,根本不知道还有什么东西能妨碍她。她的臀部又长又窄,胸部丰满;她穿一条紧身裙子和套头毛衣;高跟鞋使她腿肚子上的肌肉绷成欲张的弓形;她的步子小,姿势优美;她的笑声狂放,纵情,并且含有批评。她很少能使我回想起同是女招待的锡明顿的威拉。就我个人来说,我更喜欢威拉那个乡下姑娘——我想当时要是真的有那份缘分,我跟威拉会在一个乡间小镇上幸福美满地过上一辈子。至少我有时候对自己这么说。

咪咪来自洛杉矶。她父亲是个无声电影演员。每当她要发泄对英国人的愤恨时,她总要说起他来。她原本是来芝加哥念书的,可是由于她在格林厅的休息室里有越轨行为,超过了搂脖子亲嘴的范围而被学校开除。她天生是个要被开除的人物。你不用怀疑,只要是越轨的事,她全都干得出来。至于她受处分的事,那是她说露骨的风趣话时爱说的话题。

我心里清楚,克莱姆追求她毫无希望。她的脸色那么红润,不完全是因为身体健康或者自我激动,爱情对这也起着很大作用。事出巧合,她的情人是佩迪拉转给我的一个顾客,名叫胡克·弗雷泽,是政治学专业的研究生助教。此人很难对付,因为他订的那些书不是珍本就是绝版书。尼采的两卷本的《权力意志论》,那是我拼了老命才偷到手的,因为它们放在经济书店关着的书柜里。我还给他弄到过黑格尔的《法的哲学》,还从分界街的共产党书店里搞到了《资本论》的后几卷,赫尔岑①的《自传》,以及托克维尔②的一些著作。他讨价还价精明极了,就像他讲话一样滴水不漏,简洁异常。大学有他这样的人才实在应该感到高兴。他高高的个子,风度潇洒,一脸聪明,由于勤于思考,过早出现了鱼尾纹,俨然是个年轻的卡尔霍恩③似的政治家;蓝眼睛一片明澈,表明其思维一贯严密,额上提前出现的皱纹,酷似的震仪上的曲线。他不是那种让你觉得一定由不同机械原理的部件拼凑成的高个子,虽然他姿势不太精确,但并不笨拙。他住在伯顿大院,那儿极像一座新的基督教堂或妓女收容院,以大学教师的身份,过着做学问的独身生活,单凭这一点就让我羡慕不已,而佩迪拉则对此不以为然,他有吉萨④的木乃伊般僵直尖削的鼻子,青灰色的眼窝,狭窄拱起的双肩和背部,还有那踏惯古老石板的有劲的脚步;而且他出生在穷山沟,天性不爱文化,对欧洲文明也不太感兴趣。

总之,胡克·弗雷泽才是咪咪·维拉斯的情人。看见他俩一块儿走在欧文斯公寓的楼梯上,我羡慕极了。他们是天生的一对,她坚强活泼,口不择言,他气度不凡,可能是克罗马努人⑤的直接后裔——当然也有其当代人的不同之处,包括身心失调在内。他的脾气和他身上的其他方面,和他的沉着甚至高傲都不太相称。他的牙关总是咬得紧紧的,笔挺的鼻子末端会变成一种紧张的怪样。这一定不是遗传的缘故,而是性格的关系。然而,就连不太喜欢他的佩迪拉,也说他是个不可小看的人物。可是,由于他对我们那副傲慢的态度,佩迪拉对他颇为不满。弗雷泽对我比对佩迪拉更高人一等,因为他知道佩迪拉在数理方面是个

---

① 赫尔岑(1812—1870),俄国社会哲学家、激进思想家、作家。
② 托克维尔(1805—1859),法国政治学家、历史学家和政治家。
③ 卡尔霍恩(1782—1850),美国政治家、共和党领袖,曾任副总统(1825—1832)。
④ 埃及东北部一城市,其南郊有著名的金字塔,狮身人面像和大理石陵庙等古迹。
⑤ 1868年被发现于法国南部克罗马努山洞中,是旧石器时代晚期新人的总称。

天才。可是他对我们俩都以"先生"相称,仿佛他是西点军校出身,对待我们就像逗弄有趣的小偷,好像他本人从来没有销过贼赃似的。他常说:"马奇先生,你能不能到闹市区去一趟,从剥削者那里没收一本版本好的《论法的精神》[①]来?那天我在阿耳戈斯书店看到有一本。"听到他那浮华造作的辞藻夹杂着革命术语的话,用变腔的田纳西口音说出,我禁不住会笑出声来。起先,他似乎认为我是个讨人喜欢的傻瓜,还拿我的脸色开玩笑。"马奇先生,从你那红润的脸色来看,人人会说你一定整天都待在牧场上,而不会想到你是呼吸书店里的空气的。"后来,他对我的态度变得比较严肃正经了,还主动借一些共产党和托派的旧报刊给我看——这些资料在他房间里成捆成束地堆着,各种语言的都有,他还收到各种各样的期刊和学报。有一次,他甚至还邀我去听他的讲座,也许因为我是为他供货的廉价货源。他要我给他赊账,所以他总想跟我搞好关系。佩迪拉听说我把书赊账给他,冲我大发雷霆,我还以为他会挥动胳臂,用他那瘦骨伶仃的长手指攥成的拳头揍我一顿哩。他声嘶力竭地朝我大吼"蠢货"和"你这个笨蛋外国佬!"我说我给弗雷泽最多只赊到二十五块钱为止。我这是哄他消火息怒的假话,其实弗雷泽已经欠我近四十元了。"狗屁!我一分钱都不赊给他!这正是他要显出比你强的办法。"曼尼说。可是我没有为他所动。也许我太喜欢给他送几本书去,以便趁机在他房间的那种气氛里待上半小时,听听他的议论了。出于好奇,他订的书我常常同样的偷两本,留一本自己看,因此有些下午我便乏味透顶,头痛难捱了。

　　我从不因为把这些书扔在一旁不去发奋读它们而责怪自己,因为它们没有在我脑海中留下一丝印象。我听从了佩迪拉的劝告,遇到不顺当的事情时,没有再折磨自己。不管怎么说,反正我还没有专搞哪一行,现在只不过各行各业都试上一试罢了。

---

① 法国政治哲学家孟德斯鸠(1689—1755)的代表作。即严复所译之《法意》。

可是，我不得不告诉克莱姆，咪咪·维拉斯他是无论如何也搞不到手的。

"为什么？"他说，"因为我长得难看？我觉得她不是那种看重相貌的人。她是个骚妞。"

"跟你的相貌无关。她已经有一个男人了。"

"什么，你认为她决不会再要第二个？你呀，就懂得这么多。"

因此，他一直执拗地坚信自己对她的看法，常到我这儿来闲坐。他全身洗刷干净，刚刮了脸，尖长的黑皮鞋油光雪亮，带着忧郁的豪侠风度，甚至把我当作了练习对象，只缺饰带和佩剑，要不就像衰败流亡的斯图亚特王室的侍从了——这是他的一出让人乏味的严肃剧。只有他的后脑勺那簇孩子气的头发，眼白的柔和光泽和发出的哈哈笑声，显示出他的另一副精神面貌。我很高兴有他做伴，不过我当然不能告诉他我所知道的咪咪的一切。这不仅是因为我看到过明信片，不能不听到电话中的交谈，还由于咪咪不在乎泄露隐私。她过的是她毫不讳言的生活。她一打开话匣子，就什么都存不住。弗雷泽有时给她寄张明信片来，说明不能来赴约，她便大发脾气，把明信片一扔，一面扯开钱包，一面怒气冲冲对我说："我打个电话。"在电话上她对他说："你这没种的兔崽子，你就不能打电话告诉我你为什么不能来吗？别再跟我胡扯什么要写论文那老一套鬼话了！那天晚上就说要写论文，可你跟那班肥头大耳的傻瓜在五十七街上干什么？他们是些什么人？其中有个英国佬，是个同性恋，我在一英里之外就能认出他来。别对我说我不明白。你那套胡说八道我已经听腻了，你这个假道学！"

我伸开四肢仰坐在摇椅上听着，在她喘息之际，可以听到弗雷泽的声音依然有板有眼地在电话里响着。就在这时，欧文斯那粗壮的手臂伸出来把门砰的一声关上了。房客在房间里干什么他从不过问，可是他不喜欢她的满口咒骂传进他的客厅——他正坐在他的皮椅子上嘎吱嘎吱的活像踩着干雪。在近处听，主要的声音是他的喘息声，在远处听，是他身体的挪动声。"你休想活着听到我求你什么,"这是咪咪对弗雷泽说的最后一句话。当她把听筒砰地一下狠狠地扔到机座上时,那副劲头就像一个音乐家毫无差错地弹完难度极大的强和音后把钢琴盖砰地盖上一样。

冲心上人发一顿脾气,是她最最喜欢的乐趣,然后她对我说:"要是那兔崽子回电话来,就说我一路骂着跑出去了。"其实她会等着他下一个电话。

然而,使我确信她至少目前不会对克莱姆感兴趣的是,最近弗雷泽经常打电话来,我按电铃通知她时,她故意磨蹭半天才走下楼来。弗雷泽知道是我在接电话,便说:"马奇先生,你能不能叫她快一点?"对这我回答说:"我可以试一试。不过你知道,我可不是克努特国王①。"说完就让大把子的听筒在电话线上挂着。

"你找我干吗?"她把点着的香烟往电话机盒盖上一放,劈头问道,"我没法去跟你谈,我脱不开身。你要是真想知道我怎么样了,你可以亲自来一趟问问。"接着她用得意狂放的口吻大大发了一通火,"好吧,如果你不在乎,我也不在乎。不,我还没有改变主意,不过别担心,你用不着娶我,我决不会嫁给一个不懂什么是爱情的人。你并不需要一个老婆,你需要的是一面镜子。什么!你这是什么意思!钱!你还欠着我四十七块钱哩!那好。我不管那是怎么花的。要是我落入困境的话,我自己会想法对付的。没错,你谁的钱都欠。别给我来这一套,你还是把这说给你老婆听吧,她好像什么都受得了。"

弗雷泽还没有跟他原来的妻子离婚,咪咪自称是她把弗雷泽从他老婆手中解救出来的。

"你还记得有一部叫《莫罗博士岛》②的电影吗?那个疯狂的科学家

---

① 克努特(995?—1035),英格兰国王(1016—1035)和丹麦国王(1019—1035)。
② 英国作家 H·G·威尔斯(1866—1946)于1896年发表的一部科幻小说,后改编为电影。

把牲畜变成了男人和女人？他们把实验室叫做'苦难库'？没错，弗雷泽跟他老婆住在一起的时候，过的就像那班牲畜一样的日子。"这是她有一次讲起她俩如何邂逅相遇时告诉我的，"那婆娘有一套公寓——你根本就没法相信，像胡克这样一个人竟能住在里面。不管我对他的脾气有什么看法，我总认为他人很聪明，有思想；他是一个共产党员时，曾被选派到列宁学院学习，那是培养像加香[①]和毛泽东那样的民族领袖的地方。但他没能完成学业，因为他在德国问题上有不同看法而被开除。啊，在那套公寓房子里，就连厕所里都铺了绒线地毯，你穿着鞋子在上面走，总觉得像做错了事一样。一个男人要是能容忍那样的事，一定不会有多大出息。女人实在不行，奥吉，"她带着她特别喜爱的、含有幽默的愤怒说，"女人真不是东西。她们老想在家里有个男人。就那么待着，守在屋子里，坐在自己的椅子上。她们装出对他所想所说的都很认真。是有关政府的事吗？是有关天文学的事吗？于是她们就装得让人相信，她们对政党和行星也感兴趣。她们把男人当小孩一样地哄，不在乎耍的是什么把戏。只要屋子里有个男人就行。如果丈夫是个社会主义者，她也是个社会主义者，而且比他还要起劲。而要是他变成个专家治国论者，那她一定跑在他前头——是她使得他这样想的。她真正关心的只是屋子里有个男人，一点也不在乎她自己是个什么东西。连点儿虚伪都没有，这比虚伪还要差劲。一心只要有个男人。"咪咪总是想用诸如此类的话——这是她的许多妙论之一——来把你批倒。只要说得头头是道，我觉得，她就认为这事情一定是真的了。她相信言词，信服雄辩，因此要是她说服了你，那她就相信自己的灵感所告诉她的东西。至于讲到雄辩，她从弗雷泽那儿学到了一些东西——那种私下的争论方式在个人之间的交谈中并不总是适用。他展开双膝，胳臂肘支在上面，十指交

[①] 加香（1869—1958），法国共产党创始人和领导人之一，二战期间组织和领导法国人民抵抗运动。

叉合抱，两眼充满真诚，作为坦率交谈的进一步证明，他的沙色头发中间有一条笔直的白色头路。咪咪尽量模仿他的样子，而她的内心感情则更为错综复杂。说话的速度之快，使你觉得就像小口径的高压喷枪中喷出似的。

就像艾洪正确地给我指出过的那样，她也是一个对抗情绪很足的人，只不过她指名道姓说出什么不对，在我按照自己的脾气运用其他方式的地方，她也一味猛攻，是个攻击手，但是她没能说服我。我不因为她语气坚定就相信她是对的。"好吧，"她说，"如果你不同意我的意见，你为什么不吭声？为什么你只是用微笑来表示不赞成，而不把你的想法说出来？你想让人看起来比实际更单纯，这可是不诚实。要是你有更好的见解，那就照直说出来好了。"

"不，不，"我说，"我没有什么更好的见解。不过我不喜欢低俗的见解。你一把它们说出来，这就约束了你，你也就成了它们的奴隶了。话讲多了，最后会使人相信它们原本感到不真实的东西。"

她把这看成是我对她的批评，而且她所认为的严厉程度大大超过我的本意。她像一只突然发怒的猫似的露出一副怪相，恶狠狠地作了回答。

"哼，你真是个大笨蛋！你竟连一点义愤都没有——天哪，连一头母牛也会生气！你这是什么意思，低俗！你想对垃圾发表高见吗？你想变成什么，一座污水处理厂？去你的，我说不行！一样东西如果是坏的，那它就是坏的，你要是不恨它，那你就是偷偷地爱着它。"

她像连珠炮似的冲我数落着，责备我对可憎的事物没有足够的义愤，对它们置若罔闻，不知道自己脚底下踩着多少坟墓，缺乏憎恶感，不能坚强地反对恐怖，不能愤怒地对待欺诈。最为恶劣的欺诈是，在本该相亲相爱地进行肉体交合，建立起人生一切真实事物基础的事情上，让人吃了大亏，付出可怕的代价。应该为此受到谴责的女人，比娼妓还要坏得多。我猜测，在这次谈话中她所以对我大发雷霆，是因为我对这类事不够敌视痛恨，反而笑眯眯地对待这样一班用女人的软手段毁了丈夫的妻子。我对她们，对床都太纵容姑息了；那些床先是会陈腐，接着会变得有毒，因为它们的女主人想的是绒线织品和提花布床罩的征服力，还有用窗帘挡住光线，以及客厅中那能激起男人冒险的粗俗的黄褐色沙发。在我看来，这些东西并不具有它们会有的那么大的威胁性。可是不管怎么说，在这个问题上，她认为我是个傻瓜，而且也会蜷缩起双腿，被粘在白色的蜘蛛分泌液里，瘫痪在女人构筑的安全网中。是她把弗雷泽从那里面拉扯出来的，他是个值得一救的男人。

从这里我可以看出，她对男人的才智有多重视。要是他们不能竭尽全力以求壮志凌云，那她就希望他们平平淡淡地了此一生，安于死气沉沉的生活，甘心受饭碗的束缚，折腾生意清淡的店铺，不承认对无望婚姻的绝望，也不介意那日常生活中无时不在的忧愁怨愤，而它们会使人们的心上长出无名肿毒，会使花枝上长出疖瘤。她有一个绝对的高标准，宁愿让人由于遭难、堕落、犯罪、腐化或因愚蠢的冲动而达不到这个标准。到了我对她有了更多了解之后，我才知道原来她也是一个小偷。她从百货商店里偷衣服，偷得很多，因为她十分讲究穿着打扮。她甚至还被逮捕过，只是因为缓刑而没有坐牢。她的方法是在试衣室里套上多层衣服，包括内衣和内裤。她摆脱罪名的办法是使法庭的精神病医生相信，她完全有钱付得起衣服款，只是害了偷窃癖。她对自己的这套办法颇为得意，还极力劝我说，要是哪一天我失手被抓住了，不妨也来个如法炮制——她自然知道我是个偷书的。另有一件事她却不那么引以为荣了。大约一年前的一个深夜里，她经过金巴克大街的一条小巷时，有个打劫的想抢她的皮包，她朝他的裤裆一脚踢去，随后拾起对方掉在地上的手枪，一枪打穿了他的大腿。一想起这件事，她就会感到难过。每当讲到这件事，她的双手就会神经质地颤抖起来，伸向腰部——她的腰很苗条，扎着一条宽腰带，显出它的纤细——满脸通红，就像生了猩红热。她本想到布雷德韦尔医院去看他，但没让她进去。

"这可怜的家伙，"她说，悔恨自己出手太快，太鲁莽，同时对那个手持快速决定生死的玩意儿在巷口徘徊的男孩，有着一片怜悯之心。就抢劫来说，钱可以是很小的小事，你很快就可以十分满意地处理好这种局面，但让另一个人乖乖地按你说的去做，那又是另一码事了。况且还是个女人。她并不把这看成是那个袭击者的懦弱胆怯，而是看作一种原始爱情渴求的特殊标志，一个城市养育出来的野孩子，挣扎着想要满足自己的本能。可是说句公道话，他所得到的关怀照顾，还不如林中的野兽，它们至少还有大自然的保护。然而，她还是不得不出庭作证，解释她开枪打他的原因。不过，她不想控告他，而且还试图为他向法官说情，结果没能如愿。于是那男子因持枪抢劫罪被判五年徒刑。现在她常写信和寄包裹给他。这并不是因为她怕他出狱后会报复，而是出于懊悔和自责。

现在，如她自己所说，并没有到没办法的时候。她终于能给弗雷泽一些好点的消息了。可她故意让他眼巴巴地等着，要他焦急不安，让他通过切身体验来学会为她牵肠挂肚，而不是为自己。她对他毫不宽容。她认为，她对他的爱要是超过他对她或对别人的爱，那是不公平的。但是爱不是他的职业，而是她的。她对此十分郑重其事，而且还为之颇为得意。为了爱，她甚至可以住在荒无人烟的荒野之中，靠吃蝗虫为生。

我开始从她那儿学到的这一点极其重要：这就是，每一个人都务必做到或者设法做到与别人共命运。你也许会说我早就应该懂得这一点。我是应该懂得，从某一方面来说也确实懂得这一点。不然的话，无论是劳希奶奶、艾洪、还是伦林夫妇，都能在我身上取得更大的成效。可是这一点，在任何人身上都没有像在咪咪·维拉斯身上表现得这样明显，她的肉体就是她的招募处，她还更为惹人注目地发出自己的授权书、许可证、特准证，坦率无遗地表明自己是怎样的人，但是她没有任何通常的合法活动场所，如商店、办公室、家庭或会所等等，而是全凭自己锲而不舍的意志、不容置疑的理由和倔强固执的看法。我想她一定已经看清——这怎能不给她带来强烈的痛楚？——冷酷的见解和她这种爱的信念之间的矛盾。可是世间有组织的抵抗力量外皮极厚，使这种矛盾成了不可避免。因而，这也是共有的命运和另一种内心的痛苦。

到了夏末，我们已经成了知心密友，克莱姆·丹波甚至疑心我们有了更多的关系。然而根本没有那种关系，这不过是由于他的妒忌心理，尽管不是纯属幻想，而以她时常穿着衬裙来我房间这种不足为凭的表面现象作为证据。她穿着衬裙来我房间，只因为我们住在同一层楼。她进凯约·奥伯马克的房间也是这样——这个顶楼就住着我们三个人，完全是因为住得近的关系。即使不无挑逗之意，其实只不过是习以为常了。就像一名小提琴手，当他乘火车去参加演出时，他的驼绒大衣口袋里总带着一个橡皮球；尽管沿途会碰上不少事，又有景色可看，可是他决不会忘记捏球练手指这件对他来说最重要的事情。不，她来只是为了借一支香烟或者是使用壁柜，里面装满了她的衣服，或者是来聊天。

现在我们可聊的事情更多了。因为我们逐渐发现我们俩另外还有一层关系。这跟那个皮肤黝黑的赛维斯特有关，就是那个我曾替他散发过电影广告传单，还曾想把西蒙培养成共产主义者的人。他始终未能在阿穆尔技术学院读完学位。他自称是由于缺钱，还暗示说他的政治任务是在别的地方，但大家都认为他是被学校淘汰了。就算是这样吧，他现在住在纽约，在地下铁路上干技术工作。在四十二街的地面下。他似乎命中注定要在暗处干活。现在这已使他染上一种古怪的色彩，他的脸色灰黄泛黑，双颊松弛，他的眼睛本已伤于忧虑，现在更像土耳其人的眼睛了；由于连续工作，也许是老是眯起眼睛盯着地下办公室里那一排排的红绿电钮，眼皮也增厚了——就在这种地方，他坐在制图板前复制蓝图，抽空还看点小册子。他跟弗雷泽一样，也被开除出了共产党。罪名是有"左"倾幼稚病和托洛茨基异端观点——这些术语使我感到古怪陌生，更怪的是他总认为我懂得这些术语。现在他已加入另一个政党，托洛茨基派，仍算是个布尔什维克。他透露说，他一直有任务在身，未经党内领导批准，决不能去任何地方。就连回芝加哥，名义上是探望父亲、劳希奶奶把他叫做"面包师"的那个老头，他也负有使命，就是跟弗雷泽接头。我由此推断出弗雷泽也要被接纳进这个新的政党了。有一天，在五十七街上，我碰巧走在他们的后面。赛维斯特拎着一只鼓鼓囊囊的手提包，抬头望着弗雷泽，用一种特别缓慢的政治性腔调说着，弗雷泽则以一种敬而远之的神情，倒背着双手，两眼掠过他的头顶，望着远处。

我也见到过赛维斯特和咪咪一起站在公寓的楼梯上。他是，或者说曾经是咪咪的姐夫，他在纽约娶了咪咪的姐姐安妮。她现在已经离开他，正在跟他办离婚。我不由回想起当年他跟第一个妻子的事，他想穿过她父亲的后院，跟她谈话，她竟朝他大扔石头。我甚至清楚地记得他把这件事讲给我们听时的情景。当时我和吉米·克莱恩正在米尔沃基大街上凛冽的寒风中兜售刀片和割玻璃刀。赛维斯特想要咪咪帮忙，替他向她姐姐求情。"去他的吧！"咪咪私下对我说，就像她平时发表意见时那样，"要是我早在他们结婚之前认识他，我肯定会劝安妮别嫁给他。他彻头彻尾是个讨厌鬼。我真奇怪，安妮怎么能跟他在一起捱过整整两个年头。年轻的女孩子尽干些最荒唐的事。凭他那张烂泥脸和那两片嘴唇，你能想像出跟他同床的情景吗？哼，他看上去倒真像个青蛙王子。我倒盼望安妮现在正跟一个年轻力壮的码头工人睡在一张床上。"谁要是惹了咪咪的亲人，她是决不肯饶他的。她一面听着赛维斯特的诉说，一面幻想着她姐姐正直挺挺地躺在一个壮汉的身下，强烈的快感使她两臂乱舞。她冲着赛维斯特把眼睛瞪得老大，为了让他能看到她脑子里幻想的这一切。在这片刻之间，我对她这种冷酷的做法颇为反感。因为假设他看不到，才使这成为让人开心的玩笑。当然，他大概是看不到的。

有必要解释一下，按照咪咪那令人难以接受的观点看来，从过去民族的混合和双亲的邂逅（就像得克萨斯的牲口一样）所继承的只是原材料，必得由你本人加工，把它制成美妙的肉体。换句话说，把这种观点用在赛维斯特身上,他的相貌丑陋主要应归罪于他自己;他的灵魂是座低劣的加工窑。他留不住妻子和女友,也是他自己的过错。"我听说他的头一个老婆是个疯疯癫癫的骚货。安妮身上也有那么一点放荡劲。开始时她们怎么会看上他的呢?我觉得这事真有趣。"咪咪说,她揣想她们一定把他那点忧郁误当成真正的邪恶了,以为他会像一个真的魔鬼一样,浑身是刺和火,夜闯她们的香闺。当他有负众望,证实原本只是一块尚未成形的泥巴,于是她们便朝他扔石头了(不仅是比喻,真的这么做了)。咪咪蛮悍成性,而且颇为自己的这种脾性自傲,以此来证明她从不捣鬼胡闹。她是实实在在的,无论是惩罚别人还是接受打击。

赛维斯特虽然丢脸露丑,双腿罗圈,头发稀疏,眼睛受损,可是这位在地面下工作的制图员,未来苏维埃美国喜剧式的政委,渐渐学着让自己有了风度,甚至还有了胜利者的微笑和信心。可不是,他将要炸掉旧的石灰岩,让金子和大理石为一个崭新的人间放出光芒。他极力想对我卖弄一番他所掌握的马克思主义原理,历届党代会的日期、派系斗争的历史以及列宁和普列汉诺夫的著作,而他真正具有的,是那遥望未来的梦幻似的眼神和搬弄术语口号的才华,这令他眯眼微笑,眼皮层层叠叠,犹如闻到香水味儿似的。他对我以长者自居,摆出一副屈尊的样子,对我说话用的是严厉的口吻,因为他知道我喜欢他,但不知道我了解他多少底细。这事我是一定会原谅他的。不管怎么说,对他的缺点我并不像咪咪看得那么严重。他跟我在一起时信心十足。而要是没有这种自信,他的某些可爱之处便会不复存在。"近来怎么样,小家伙?"他满面春风地说——可是脸上的阴郁和悲苦永远也没法完全抹去——他的手掌在胸腹部的双排扣上装上揉摸着,"你在忙些什么?混得不错吧?你在这儿干什么,是学生?不是。是个干活的?是个无产者?"最后这个字眼,虽说是开玩笑,可是说时还是很恭敬的。

"嗯,算是一个学生吧。"

"咱们的这些小家伙,"他说,笑得更欢了,"就是不肯老老实实地干活。你哥哥西蒙怎么样？他在干些什么？有一阵子我以为我可以吸收他入党。他本该成为一名优秀的革命者。优秀的革命者如果不从你们这种社会背景的人中培养，还能从哪儿来呢？我想是我没能使他看到这一点。不过他非常聪明，总有一天他自己会觉悟的。"

大凡人们交上好运气突然发财致富时，在这骤然之间，往往会使人感到有一种梦境似的威胁，让你以为这不是真的，而只是一场梦。既然人终归要老死，何不舒舒服服地度过这段时间？但这一建议并不能让人心安理得，在这奇怪的环境中，事物往往变化得太快，为了克服这一困难，思悟也许是一个补救的办法。拿出魄力则是另一个办法，还有大肆挥霍，周密得无懈可击，组织上一丝不苟等等。因此存在着各种各样的补救办法，而且还有许多别的老方法。但在所有这些花样繁多的方法中，实际上你不可能作出充分的选择，尤其是无形世界中的那些老方法。大多数人都将就着使用手头有的方法。在现有的有形世界里努力奋斗，这自有其顽强的价值。

西蒙不仅做了他所能做的，而且达到了最大限度。他那种先定出目标、然后按部就班地去完成既定方案的本领，真令我惊诧不已。当他跟他们还素不相识时，他就能为此精确地按计划去操纵他们，这实在近乎不道德。夏洛特爱上了他，不仅如此，而且他们已经结了婚。急急忙忙地赶着要完婚的不仅是他，夏洛特也一样心急火燎的。部分原因是因为他太穷了，求爱时间太久他负担不起。他跟她讲明了这一点，她和她的父母也都认为他们不应该再浪费时间。只有一点，为了避免新闻界发表消息，婚礼在郊外举行，家里的其他成员得参加一次订婚仪式和一次结婚仪式。夏洛特和她母亲把这一切都安排得妥妥帖帖。西蒙虽然在闹市区一家很好的单身汉俱乐部租了房子，其实他一直住在西区麦格纳斯家那老式的大寓所里。

他度过一天的蜜月后来看我，因为是秘密结婚，只能给他们这点时间。他们去了威斯康星。现在他有了许多新的气派,我已无法一一说清。穿着一套舒适大方的法兰绒衣服,有了一个新打火机,口袋里的那些东西,连他自己都还没用惯呢。他说:"麦格纳斯家待我没说的。"路边停着一辆灰色的庞蒂亚克牌新车,他从窗口指给我看的。现在他正在麦格纳斯家的一家煤场里学做煤的生意。

"那你自己的煤场呢?你不是说过……"

"没错,我是说过。他们答应,一到我能独立经营,立即就给我。这不用多久。没什么,经营煤场并不那么困难,"他明白我还没提出的问题,便进一步说,"他们宁可找一个穷苦的小伙子。一个穷小伙子干起来热情高,有急迫感。当年他们自己也是这样,他们心里有数。"

他身穿上等料子灰色法兰绒衣服,脚穿新皮鞋,看起来已经不像是一个穷小伙子了;他的衬衣带着服装店的气味,还没进过洗衣店呢。

"穿上衣服,我带你去那儿吃晚饭,"他说。当我们来到外面,沿小路朝车子走去时,他深深地吸了一口气,大声地清了清嗓子,和那天我跟他一起去拉萨尔街车站时的动作完全一样,当时我显然太笨,不知道该怎么卖报。只不过眼下他眼睛四周有了大黑圈。我们上了车,车里有一股新橡胶和座位皮革的酸香味。这是我第一次看到他开车。他像个老手似的转动着方向盘,甚至还有点马马虎虎的样子。

就这样,我被带到了麦格纳斯家,屋子里铺着地毯,灯光辉煌,暖气熏人。屋里的一切陈设都笨重难看,又宽又大。就连画在灯罩上的鹦鹉,也同红毛罗得鸡[①]一般大小。麦格纳斯家的人也全是大个子,他们有一副荷兰人的大骨架。我嫂子也是这么个尺寸。她意识到这一点,或者是觉得自己不够秀气而不好意思,只伸手让我稍微碰了一下,仿佛那是只小手似的。其实她大可不必如此。大个子担心见生人,事情就麻烦了,尤其是心里暗嫌自己个子太大的女性。我嫂子有一双美丽动人的眼

[①] 原产美国罗得岛,羽毛红褐色,尾羽黑色。

睛，非常温柔，虽然偶尔也会流露出不满的目光，但十分敏锐，显示有无限治家理业的能力，而且也很热情。她的胸部也非常丰满，臀部又肥又大。她对我怀有戒心，好像怕我数落她，起初挺担心我跟西蒙单独在一起时会说长道短。她心里必定认为，西蒙娶她是给了她很大的恩惠，他那么精明强干，才貌出众；同时她也有点愤愤不满，生怕人家说她配不上他，是钱在其中起作用。最引人关注的问题是，要是她没有钱，他会不会娶她。这问题太让人尴尬，不便直说，所以只用说笑戏谑的口吻提起。西蒙在谈及这件事时，态度有些粗俗，引人发笑，因为要是认真对待这个问题的话，是会要命的——例如我们三个人为增进了解待在客厅里时，他说："不管付出多大代价，没人能干得这么让人销魂了。"这句话说得这样暧昧，又如此透彻，至于谁付出代价，这只能看成是一句逗乐的话了。她显得有点慌张，不再摆出一副浪漫多情的样子，矢口否认这一切，假装出这种猥亵的话只不过是含带真诚的玩笑而已。他们有着和谐一致的深深的基础，有着更为现实的爱。她俯身倚着他，仿佛像一座镶着荷叶边的比萨斜塔——她一身盛装艳服，袒胸露背——一只手搭在他的头上；她在我的面前，有时候感到相当尴尬。

　　不过，她的尴尬只是不多一会儿，她很快就从西蒙那里总结出对我的看法。我这人脑瓜子迟钝，感情丰富，但不大有见识，用不多久，她便学会怎样应付我了。不过当时她还没有找到信心，还处于苦恼之中。我想她是还没有从蜜月中恢复过来；西蒙曾坦率地告诉我说，蜜月糟透了。他没有说明在哪方面，不过他所表示的已经足以让人深信不疑。他的话中分明有一些弦外之音，我实在不愿听到其中流露出的厌世之意，可我又不得不倾听他所说的一切，他的这一基调从头到尾都在回响着。我敢说，在这铺着地毯、有着褐色天鹅绒沙发的安详宁静的客厅中，还从来没有人讲过这种古怪的笑话。这些话本是玩笑，是新郎的性情活泼、精力充沛和喜欢恶作剧，完全可以一笑置之。可是我逐渐觉察到，他一直受着自杀念头的折磨，其强烈的程度远远超过了暗示的表露。但与此同时,他又能紧紧抓住自己的种种补偿,比如他引以为豪的冒险精神、身心的强健、他将要享受到的奢华,此外,还有一种不顾一切的强求;一心只想到自己能干些什么,能捞到些什么,对任何人的看法都置之不理。

后来,麦格纳斯家的人都进来了,要来看看我是怎么样的人。我对他们的想法也是如此。他们一个个都长得这么高大魁梧,真会让你想到他们为什么没把西蒙和我当成小孩子,虽然我们并不是矮小的侏儒——西蒙身高六英尺,我只比他矮一英寸。差别在于他们的身子宽阔,尽管西蒙现在发福了,但也远远比不上他们。他们在生活上也像他们的腰板一样丰腴厚实,他们对家里的老人非常孝敬——那天晚上就有一位祖母在场——样样都给他们买最好的,不论是衣服、家具,还是用品。他们感激西蒙为他们带来的欢乐,羡慕他具有他们自己所缺少的伶俐机智,也喜欢他那些戏剧性的自我表现。他大大地博得了他们的欢心,使他们全都为之倾倒。他已经登堂入室成了这儿的明星和君王。他们有德高望重的男女老长辈,可是在他出现之前还没有王子。为了使自己成为这儿的王子,西蒙已经有了彻底的变化。这又使我惊奇不已。我在别处曾经说起过,西蒙即使默不作声,也始终惹人注意,可现在他不再默不作声了,他昔日的矜持寡言早已荡然无存;他变得吵吵嚷嚷,逞强任性,傲慢自负,吹毛求疵,随心所欲,模仿别人的声音动作,用恶作剧戏弄人,他又是欢呼,又是怪叫,又是扮鬼脸,就差没把这稳重正经和富有人家大餐厅里的桌子摆弄得团团旋转起来。掠过有花边的白面包,去刺的鱼和烛光,我在他身上看到了劳希奶奶的嘲讽——没错,老太太那硬装出的坚强,嘲弄地模仿别人的粗俗,甚至还有某种俄国人的尖叫。我没有料到西蒙竟从她那里学了这么多。我不由回想起过去那六七百个星期五的晚上,看到他那双眼睛不露神色地盯着老太太的一举一动。那些东西竟如此深深地渗入他的内心,甚至未在表面留下丝毫痕迹。一听到他惹起的哄堂尖叫,我仿佛听到了老太太那轻蔑的评议声,至于评议什么，西蒙也并非一无所知。他既借用她的手法又嘲弄她。现在，他在外表上的新的改观不止在一个方面，不仅是衬衫或手指上戴的戒指，袖扣上的小宝石，甚至也不仅是他的肥胖，以及两次表演间隙显出的厌恶所造成的憔悴。怀着不愉快的心情去干冒失放肆的事，实在是一件苦差事。当他模仿他那位可敬的王后似的岳母大人的口音时，在一定程度上，他也使他们付出了代价。不过她和他们全都不觉得这是对他们的无礼冒犯；大家都很高兴，哄堂大笑。不过他并不是只供他们开心娱乐的人；每当他态度变得严肃，带着忧郁的眼神终止这种表演时，大家便都庄重地静默无声，等待他发表高见，对他充满极大的尊敬。

虽然他是在对我说话，不过，他的话主要还是讲给他们听的。"奥吉，"他说道，一面伸出胳臂搂住夏洛特，她则把染过指甲的手指搭在他的手上，"你可以看到，我们有多不幸，没有这样一个亲密无间、真诚相待的家。他们为了彼此相爱，什么事都肯去做。我们甚至不理解这是怎么回事，因为我们从来没有体验过这种感情，在我们的一生中还从来没有过。我们没有这种福分。现在他们把我接纳进这个家庭，把我当成他们当中的一员，就像是他们自己的亲生子女。直到现在我才明白，什么是真正的家庭，你该知道我是多么地感激。你也许觉得他们有点笨，"麦格纳斯先生和麦格纳斯太太没怎么听清这句话，不过单凭西蒙的声调就够他们高兴的了，他们对他十分满意。可是夏洛特听到他这句损人的戏语，不由地从喉头发出一声哑笑，打断了他那副严肃的架势，"不过他们有一点你必须学习体会，即他们的好心肠和自己人的抱成一团。"

当他对我说着这些胡言乱语时，我突然恨起了这个发了福的胖家伙，我真想对他说："真是卑贱，把他们捧得这么高，把自己家贬得这么低！妈妈，或者说是老奶奶，她们又有什么问题？"不过，他说的有关麦格纳斯家的话，也有一定道理，这你不能视而不见。我对家庭之爱也非常着迷。这事虽然西蒙干得不高明，不过我不太相信他完全是虚情假意，装模作样。当你发现自己已来到一张张热情的面孔中间，许多异议是会随之消解的，如同敌对的女人有可能交口相吻。许多习以为常的谎言和虚伪也都如此，在这样的时刻只不过是逢场作戏而已。至于西蒙，他还因为心有愧而感到极度痛苦，需要在他的以西结山谷的杀戮①中留下一条性命。因此他便讲了一大堆他感恩戴德的理由。所以我也就没有对他作任何回答了。

当西蒙在对我说着上面那些话时，麦格纳斯家的人都在一旁注视着，而且心存狐疑，因为我没有从这爱的筵席中捞到一点油水。我已经答应帮他演好这场戏，可是我的头脑反应不够快，没能干好每一件事。此刻我心里正七上八下的，颇为紧张。这时我想到他们心中对西蒙所有悬而未决的疑团，都集中到了我的身上，他们似乎希望我能出来澄清事实——他们一个个全都红光满面，身材魁梧，连那位老奶奶也是这样，尽管她已经渐渐失去红润，身材也有所萎缩，但是这个一身黑色衣服、戴着假发和护身符的老人，看来具有超自然的判断力。啊，他们拥有不少店铺，也许他们已经嗅出我是一个小偷。不管怎么说，他们一个个都目光炯炯地审视着我，使得我都可以用他们的眼光来认识我自己了。他们打量着我的大脑袋，看不出所以然的微笑，还有我那不听话的头发。他们并没有对西蒙和我发问："他们是什么人？"而是在心里问自己："他是什么人？"是啊，我算是什么人，居然在灯火辉煌的晚宴上分享他们金光灿灿的浓汤，把他们精美的调羹伸进了自己的嘴里。

西蒙一看到这种窘境，连忙过来给我解围，说："奥吉是个好小伙子，只是自己还不太拿得定主意。"他们因消除了对我的疑惑而感到快慰。他们都盼望我应该和大家一样，跟大家多聊聊，说说笑话，大家笑时也跟着笑笑。我不应该跟西蒙有这么大的不同。当然，要想跟他一样

---

① 据《圣经》记载，古代以色列著名先知预言，邪恶之人必将被杀死于山中。详见《圣经·旧约·以西结书》第6至7章。

有着一个困难，我还没有摸透他的新性格。不过没过多久我便开了一点窍，饭后在客厅里参加打趣耍闹，跟大家一起跳舞，从而使大家比较满意，甚至受到了欢迎。对麦格纳斯先生来说，我惟一一个近乎严重的缺点是，我不会玩皮纳克尔①。一个受过体面教育的小伙子竟不会玩这个，这怎么会呢？在其他方面，麦格纳斯先生是个宽容随和的人，可是在这件事情上他心里颇为不满。就像塔列朗②遇上不会玩惠斯特③的人就会紧闭嘴巴一样。西蒙会玩皮纳克尔，（他是在哪儿学的？说到这一点，是啊，他的这些新玩意是从哪儿学来的呢？）"噢，奥吉是个书呆子型的人，他不大爱好这些东西。"西蒙说。光秃的大脑袋上长着几根灰白长发的麦格纳斯先生对这一解释显然不太满意。"我也不喜欢青年人去赌博，"他说，"不过打打牌娱乐一下还是应该的。"我觉得他的话不是没有道理，便说："只要你肯教我，我就玩。"兜了这么个大圈子，情况才有所改善，这一来，我也成了这家人家的一员了。我跟几个年纪较小的孩子坐在一个角落里，学起玩皮纳克尔来。

亲戚们陆续赶到，人越来越多，大公寓房子里挤得满满的。星期五晚上聚会，本是麦格纳斯家的惯例，再说夏洛特订婚的消息已经传了出去。人人都想见西蒙。他们当中的大多数人西蒙已经认识，那些身材魁梧的叔叔和裹着西伯利亚裘皮的婶婶，都是坐凯迪拉克和帕卡德牌轿车④来的。查理·麦格纳斯叔叔拥有好几处煤场；艾迪叔叔有一家很大的床垫厂；罗比叔叔是南水街的一个代理批发商，他体态臃肿，皮肤皙白，头发像羔毛——就像劳希奶奶的儿子斯蒂伐——耳朵里塞着一只助听器。另外还有他们的儿子、女儿，有的是孩子，有几个儿子穿着军校的制服，另一些穿着上面印有橄榄球队队名的运动服。西蒙对这些叔

---

① 一种纸牌游戏。
② 塔列朗（1754—1838），法国政治家，曾任外交部长。
③ 类似桥牌的一种纸牌游戏。
④ 均为名牌轿车。

叔、婶婶已经应对自如,十分亲热,甚至已经显得有点得意忘形。他对他们那一整套交情和鄙视,天生就很在行——知道怎样才能在任何情况下都不至陷入看似不可避免的遭人白眼的境地。因此,在他笨拙地转过身去时,你从他的后背就可看出,他认为你是个傻瓜。

我得说,西蒙的自信心实在顶呱呱,他把他们全给镇服了,尽管他对有几位女眷还是颇为恭敬的。对她们,他既不打得一团火热,也不厚着脸皮卖乖,这必不可少的表现是为了证明,除了一切能耐之外,他还是一个大情人。我也可以断言,他不会因为有我在而觉得不好意思;他断定我会跟他串通一气,所以就指点我,引导我。于是我就一直跟在他屁股后面转来转去,因为没有别的人能让我跟得这么紧又这么自在。只差白袜子和扇子就活像总管大人了——我这是想到黎民百姓突然闯进了帝王宫殿。可麦格纳斯家的人似乎更不知如何是好。不过,在这整个世界上,没有人比他们更只有钱财而没有别的东西了——这个缺陷也许可以弥补。

满屋子熙熙攘攘,全家人热热闹闹,皮纳克尔牌桌上大声乱叫,孩子们互相追逐,一壶壶可可和茶送来,一堆堆咖啡蛋糕端上,男人大声谈政治,女人尖声嚷叫,在这充满欢乐、生气勃勃的喧闹声中,查理叔叔站立,或者不如说像野兽般人立在戴假发穿黑衣的母亲身旁,监督着一切。如果说我突然想到加上的"人立"二字是适当的话,那是因为他的肚子绷得紧紧的,全身那么大的重量全靠两条腿支撑着,另外也许是因为那位老太太脖子上戴着一串像一颗颗牙齿似的金项链。这一切使我联想到动物。查理叔叔皮肤白皙,身材粗壮,脾气乖戾,有着那种有时候刺得让人得雪盲症似的傲慢。这不由使人想到有了百万家财就会变冷漠。至少在大萧条时是个百万富翁的移民有这种令人目眩的情况。并不是查理叔叔在各方面都让人望而生畏,我讲的是他在一展风采的时候,即一个侄女要结婚、一个新亲戚要进门的特殊时刻。

通过西蒙的关系,我也弄了个候补者的资格。要是他一切搞得顺利，那我也有可能被他们考虑招作东床快婿。他们有的是待嫁的女儿，其中有几个长得还漂亮，而且个个都有钱。到目前为止，西蒙一帆风顺，事事成功。几个星期来，他一直在查理叔叔的眼皮底下工作，起先做过磅员和出纳，后来学着进货，跟经纪人和推销员打交道，熟悉运货价格，了解各个煤矿情况。查理叔叔证实他聪明能干，有天生的生意人头脑，大家都很高兴。西蒙已经着手在找自己的煤场了，他希望能找到一个有高架轨道的，那样就可以降低卸货费用。总之，查理叔叔对他格外纵容，认为他是一个大有发展前途的后起之秀。西蒙受到这个老小孩的一切宠爱表示，如直率亲切的粗话，用手拍打肩膀等等。他把头凑近西蒙的脸摇晃着，毫无拘束地跟他开玩笑。他的风趣惹得每个人都高兴得哈哈大笑。当查理叔叔说："你这个小混蛋，你想干，小子，那就干吧。你有本钱。我想你也可以在床上干它一通，是吗？"没人会因为有小孩和年轻姑娘在场而责备他，因为他说话通常就是这样。

"你看怎样？"西蒙说，"交给我来干吧。"

"行，我看就这样。让你来干。你想这事我会自己来干吗？别让夏洛特笑话了。瞧她多性感，全身圆鼓鼓的。她非得有个年轻力壮的小伙子不可。"

就在这时，注意力一下子落到了我的头上。一位远房姻亲、给罗比叔叔开卡车的凯利·温特罗伯开口说："瞧他弟弟，小妞们看他都看傻眼了。尤其是你家闺女露西看得最带劲。小子，你不害臊吗？这家人家的小妞们可是一个个都等不及了呢。"

应声响起了一阵尖叫。在这嬉闹声中，露西·麦格纳斯继续对我媽笑着，不过脸上泛起深深的红晕。她的身材比这家的大多数人都苗条。在整个家族的注视之下，她毫不羞怯地表露了自己正大光明的春心。麦格纳斯家的人，谁也不会自找麻烦来掩饰这类事，那是多此一举。年轻人可以直截了当地告诉他们的父母，他们需要什么，我对这深为赞赏。我也可以盯着露西看个够。她姿色平平，但面色红润，皮肤白净，高兴时便晃动着她那对丰满的乳房。只是她的鼻子要能更俊俏点就好了。它稍微大了点,她的嘴也是这样。不过她那对乌溜溜的眼睛既有神又能表达心声,她的头发乌黑纤美。这使我联想到她那处女的柔毛,这种种欲念油然而生,我丝毫也不想规避,不过这全是情人的思慕,而并非丈夫的念头。我并不特别想结婚。西蒙在这方面的难处我看得太清楚了。

"过来,"她的父亲对我说,我只好经受他的严格审查。"你在干什么活?"他问道,两眼眨巴着,像患了雪盲症。

西蒙代我回答说:"他在做图书生意,准备攒够了钱就返回大学读完学位。"

"闭嘴,"他说,"讨厌鬼!我问的是他,不是你,小子!你在干什么活?"

"像西蒙对你说的一样,我在做图书生意。"我心里暗自揣测,这老头子一定能凭着他的怀疑劲看穿我的不轨行径,洞察欧文斯公寓的那些怪事和我的那班朋友。在他看来,做图书生意大概只是那些沿街兜售《摩西五经》①的人,他们饿着肚子,胡子里长满波兰虱子,双脚裹着麻袋片。我猜不透他的心思。

"该死的学校。现在的有些学生念书念到头发花白。那么你读出来是干什么的?当个律师?他妈的!我看我们少不了他们,那帮坏蛋。我的儿子都不上学,我的女儿全上学,只要别让她们在那儿惹出麻烦就行。"

"奥吉是打算读法学院。"西蒙对露西的母亲说。

"对,是这样。"我也说。

"很好,很好,很好,很好,"查理叔叔说。对我的盘问到此结束。他转过那张厚皮白脸,就把我们给打发掉了。他以极大的关心和钟爱对自己的女儿露西恫吓了一番,她则以微笑作答。我看出,她答应保证听

---

① 即《圣经》的前五章。

他的话，他则反过来许愿，只要她听他的话，她的一切合法要求都可以得到满足。

另外，还有一个人特别注意着我，那就是我的嫂子夏洛特。她那双眼睛含带着探询、温情和些许绝望。我毫不怀疑，她已经知道西蒙的一些让人不愉快的事，也许她正想在我身上也看到这些东西。我猜她是在掂量她堂妹跟我的话，得冒多大的风险。

就在这时候，凯利·温特罗伯开口了："奥吉他有一对色迷迷的眼睛。"不过在场的主要人物中，只有我听到了这句话。我朝他仔细打量着，看看他对我真正有多大的恶意，又有几分是在开玩笑。这位英俊的卡车司机，头发光亮，自己就有一双色迷迷的眼睛，还有一个让人想到会搬弄是非的下巴。

"我认识你们弟兄。"他对我说。

这时我认出他来了，说实在，他现在跟从前穿着运动衫在学校操场上的样子并没有多大差别。

"你原来有个小弟弟，叫乔治。"

"他现在还在，只是已经不小了，"我说，"他长得又高又大，住在州南部。"

"在哪儿？是在曼特诺？"

"不，在另一个城镇。在平克尼维尔附近的一个小地方。那一带你熟悉吗？"我自己也不知道那地方。家里人只有西蒙去过。当时伦林夫妇不肯放我去。

"不，我不熟悉。可我还记得乔治。"他说。

"我也记得你，偷搭运冰车。"我耸了耸肩膀，笑着说。他暗示要进行威胁实在傻。他以为他可以阻挠西蒙的行动，可西蒙要比他略胜一筹。

"夏洛特当然知道，"当我把凯利·温特罗伯的事告诉他时，西蒙说，"我们干吗要保密呢？她还想要把乔治转送进私立慈善机构哩。别担心,没人会理睬这个家伙的。他在这儿没有地位。不管怎么说,是我先认出了他,走在他的前头。这事归我了,他们都逃不出我的手心。"他补充说,"你要是肯听我的,你也能做到这个地步。你给大家的初步印象很不错。"

我很快就看清,他对他们真正拥有多大的力量。他说的他有为我打算的计划,绝对不假。每个星期他都来找我几趟,带我出去转悠。我们常和那班叔叔、伯伯、堂兄弟们,在各家富商聚会的饭店、俱乐部以及豪华的牛排馆一起共进午餐。西蒙对他们态度强硬,无论是开玩笑还是争论问题都寸步不让,一面还低声轻蔑地对我讲他们的底细。我发现他已磨炼出一套唇枪舌剑的厉害功夫,不管涉及什么问题,他一概跟他们唱反调。话题可能涉及裁缝啦,演员啦,重量级拳手啦,或者是政治什么的——由于他平时不断学习,对各类事情都有所了解。甚至连开玩笑他也耐不住性子;他使得侍者也怕他三分,他把菜退回厨房,但却留下丰厚的小费。他似乎一点都不在乎钱——现在他随身总带着一大沓钞票——不过事实上,单看他那打开皮夹拿钱的样子,我就深信,他对自己的所作所为,心里还是非常有数的。

他对我说,"跟这班人在一起时,你一定得肯花钱。要是让他们看到你用钱小里小气,你就会在他们心目中失去地位。而我必须在他们心目中立得稳稳的。他们熟人很多,我打算不久就自立门户,这需要他们帮忙。这些谈天说地的午餐,上巴丽之家、格拉斯·德比这些豪华饭店,无非要证明我一点也不比他们差劲,你要知道,这是第一件要紧的事。他们是决不肯跟不属于他们同类的任何人交往的。现在你该明白了,为什么像凯利·温特罗伯那样的坏货根本无足轻重。在这些餐馆里吃午餐他花不起钱,他哪怕在巴丽之家这样的饭店里请一次客,人人都会感到不安,认为他付不起这笔钱,因为他一星期挣多少钱他们都一清二楚。你瞧,他是个微不足道的家伙,没有人会听他的。不过我会记住他的。"他说道,许下了危险的诺言。我知道他存着一大笔账要算。塞西和五产是否也包括其中呢？我想一定是的。

"啊！"他说，"跟我到市中心去，去理个发。"

我们驾车来到帕尔默大厦，走下楼梯，走进灯光灿烂的理发馆。要不是那个黑人侍者及时跑过来双手接住，西蒙差一点就让自己那件高级的英国大衣掉在地上了。我们坐在理发椅上，面对着大镜子，剪发、洗头。西蒙还享受了蒸烤热烫、修剪指甲等全套服务。他不仅是催促我，而且是强迫我跟他一样做。他要想尝试一下他们所能享受到的一切。

弄到后来，我在他面前出现时，就得接受像录用高级官员似的严格审查。我的鞋后跟磨损程度不得超过八分之一英寸，裤脚的翻边必须碰到鞋子的适当部位；他还给了我一些领带，把我的都给扔掉了，架子上留有他亲自为我挑的十几条领带。要是没有完全按他的心意穿着打扮，他就会对我大发雷霆，横加指责。可自从离开埃文斯顿以来，我对这些事已经毫无兴趣。我修了指甲，咪咪一定会嘲笑我。我也只好随它去了。我并不把自己的手指看得有多重要。不过作为一个偷书贼来说，它们可能是我的宝贵财富哩。我打量着自己的双手和领带，谁还疑心我呢？当然，那时候我还没有洗手不干。我已经不用再赡养妈妈，一切全由西蒙负责照顾。不过虽然我们出去全由他付账，但跟他出去还是很费钱，有时候，他会忘了付小账、酒钱、烟钱，或者是忘了给夏洛特买花。我的清洁费和洗衣费也比以前增加了。而且星期六的晚上，我有时还要跟佩迪拉去湖滨公园大街，跟我们的朋友一起欢度良宵。除此之外，我正千方百计在积攒上大学的学费。西蒙很精明，只给我很少的钱，他大多给东西。他想要我染上奢侈的习惯，这么一来，对金钱的欲望也就会愈来愈强烈。要是我开始伸手向他要更多的钱，我就上了他的钩。

从理发馆出来，我们又到菲尔德公司，西蒙给自己买了十来件衬衣，还有进口的意大利内衣、便裤和鞋子。这些衣物其实他已经有大量多余的。他拉开抽屉，打开衣柜，拉开搁架，全都塞得满满的，可他还是一个劲地买。其中部分原因是因为他以前站过柜台,曾经弯腰曲背、低三下四地帮买主试过鞋。另一部分原因是想以此来诱惑我。不过我心里有数,不管是去理发馆还是去逛街买东西,目的无非是让自己振作起精神。他睡不好觉,看上去肌肉松弛,一副病态。有一天早上,他来找我时,把自己反锁在厕所里哭了。打那以后,他来时就不再上楼来了,他只在街上按汽车喇叭叫我。他说:"你住的那地方我实在受不了,他们也不打扫打扫干净。你敢肯定他们没有收留过睡床的牲畜吗?厕所脏得要死。我真不知道你怎么走得进去。"没过多久,每逢他说到这件事时,那探究的目光跟审视我的仪表时完全一样。"你打算什么时候才能搬出这个老鼠洞呀!天哪!这就是那种传播瘟疫和流行病的地方!"最后他干脆不来找我了。他有事找我就打电话来,有时还拍电报。开始那一阵子,他老要我陪着他,所以我们时常行进在灯光闪烁的街道上,置身在温暖如春的百货公司中。可是一开始返回西区,打着新领带、一时心情较好的西蒙,突然之间便会兴致全无,猛踩油门,他一定觉得自己的速度已经超过了自身精力的极限。不过就像车子尖叫着拐弯后重又调正方向一样,他人也平静了下来。尽管如此,但从他开车的样子以及有人碰了他的车,发生争吵,他便冲上前去想动手来看,他显然有一种自暴自弃的心情。他在座位下面放了一件换轮胎的工具,以备在行车中和人争吵时当武器用。他骂街上所有的人,闯红灯,惊散行人。所有这一切,其背后的真正原因是,他口袋里装满的钱都是他许下诺言保证能发财别人先垫借给他的,而现在他非得兑现诺言不可了。

到了春天,耗煤旺季接近尾声时,他租到了一个煤场。它上面没有高架轨道,只有一条长长的侧线,头几场春雨就把这儿全都泡成了一片沼泽。不得不先把水排掉。第一批运到的煤就是雨中卸车的。办公室只是间简陋的棚屋;磅秤需花不少钱修理。开头的几千块钱一下子就用光了。他不得不伸手再要。他要跟经纪人建立信誉,到期能付清欠款极为重要。查理叔叔在这方面给了方便。只是还得要让查理叔叔本人满意才行。

除此之外，还得给身兼煤场经理和司磅员的哈贝·凯勒曼支付数额可观的工资。此人是西蒙从西区一家老字号的大煤场挖来的。要是这份工作我能干得了，他一定会雇我的（大概工资会低一点）。他一再坚持要我来跟哈贝学这方面的本领。因此，现在我有不少时间都泡在这间办公室里。因为当他像喝醉酒似的抓住我的手腕，用那张由于长时间激烈讲话变得又脏又干裂的嘴，声音低沉沙哑，狠狠地对我说"这儿一定得有一个我信得过的人。非有不可！"时，我无法拒绝。不过哈贝能做手脚的地方并不多。他是个啤酒鬼，有点萎靡不振，个子矮小，幽默风趣，脸色憔悴，身体虚弱，声音沙哑聒耳，肚子下面的裤子皱折不堪；他的鼻子弯曲上翘，有着既像生气又像受惊的鼻孔，一双缺少坦率的圆溜溜的眼睛，表明他有着防人之心。他是个纵情玩乐型的人，是个经常出入妓院的老嫖客。他的格调就像最低级的剧院里的舞蹈演员，挥舞着手杖，跳着单调的舞步，唱着"我跟玛吉·墨菲一起去上学"之类的歌曲，讲些下流的故事，而那班痴癫的观众，则眼巴巴地等待着一丝不挂的明星出场大扭屁股。哈贝有一肚子无伤大雅的小笑话，学狗叫，学放屁；他最拿手的恶作剧是从后面偷袭上来，猛地抓住你的一条腿，装学哈巴狗叫。遵照西蒙的意愿，我不得不在每天下午跟哈贝学做生意。尤其是打从我听到他在厕所里哭泣之后，他的要求更让我难以拒绝了。

我经常在吃午饭时替哈贝代班。他就搭车去霍尔斯德街，因为他讨厌步行。两点钟回来时，他步履沉重地在车道口下了车，手里拎着外套和平顶宽边草帽，背心口袋里塞满香烟、铅笔和名片——他有自己的商业名片："哈贝·凯勒曼，马奇煤炭公司代理人"，还有一幅公鸡疯狂追逐母鸡的图案，下面有一行小字："我说话算数"。他一进煤场，便去核校秤杆，接着把《时代》扔进火炉里，绕煤场走一圈，然后，因为正是三伏天，暑热蒸人，我们便坐在过磅的水泥坑那儿有凉气升上来的地方。办公室的景象活像擅自占地者的棚屋或者是西区街旮旯里的小屋。

附近有一条通往一个牲畜场的铁路侧线,浑身尘土的牲口在待发的车厢内乱叫,红红的鼻子和嘴唇贴在车厢的板条缝隙之间。卡车的轮胎在融化的柏油路上一路舔过,煤粉四处飘扬,把木桩染成了黑色,牛蒡枯死在茎秆上。煤场的一角老鼠横行,见了人从不惊慌逃窜,成窝的老鼠在那儿哺育长大,到处悄悄走动,我从没见过这么驯良的老鼠,它们随心所欲地来来往往,从你脚边走过时也毫不害怕。西蒙买了一支手枪——"我们总得有支枪,"他说——用它来打老鼠。可是它们只是一时惊散,过后便又回来。它们甚至怕麻烦不愿挖洞,只是挖几个浅坑作为栖身之地。

做成了几笔生意,卖出了一批煤。哈贝把账记在那本黄色的大账本上。他写得一手好字,时常为此自鸣得意;他头戴平顶草帽,坐在高凳子上,写出笔画有粗有细的字。这张黄色桌面的老式记账桌上刮痕斑斑,我把脸转向磅秤上方那个小小的方形窗口,有时会看到西蒙坐在那儿,在一本宽宽的三联支票簿上开支票。起初,开支票使他很入迷。他曾煞费苦心地从我口中探得我还欠佩迪拉两块钱,为的是他可以借此开张支票,签个名,还掉我的这笔债,从而满足自己的嗜好。随着结存的金额日益减少,现在这种追求满足的心情也越来越淡薄了。他念念不忘上次为了要娶塞西,不顾一切地铤而走险搞钱的事。而这一次,他深信自己的整个生命都押出去了,是孤注一掷。那天,他来告诉我他准备结婚时,他决非信口空谈他对钱多么心急意切,现在,凭他流露出的内心伤痛、苍白死灰的脸色和近乎疯狂的举止,都可以证实这一点。在这夏天生意不振的沉闷气氛中,他呆望着这黑压压一片马尾藻似的煤场的神情,有时真吓得我毛骨悚然。要说我不惜抽出偷书和读书时间,双手插在衣兜里跟他一起绕煤场散步是为了排除孤寂,这是不够恰当的,其实是因为我非常害怕。他随随便便地开枪打老鼠,在我看来就不是个好兆头。而且他老是抱怨说,他的脑袋里像开了锅似的,他说:"我的脑汁沸腾得快要从耳朵里流出来了。"

有一次，哈贝突然抓住西蒙的腿学起狗叫来，可是玩笑开得不是时候，我不得不拦住西蒙，不让他去揍哈贝。这件事说来好险。就在这事发生前的一刻，哈贝讲了在佛罗里达地产暴涨时他如何做诱购者雇用的骗子，又讲了他跟一个不让他出屋子的土耳其女人的艳事，以及他第一次得淋病的情况，说痛得简直像"插进一罐火热的蚯蚓里"，西蒙还听得哈哈大笑。这种从哈哈大笑一下子变成凶神恶煞的脾气，使得哈贝差一点要辞职不干。他那双又大又精明的眼睛水汪汪地充满忧郁，含着泪水，带着警告。我则竭力调停，因为只有我才能使他们和好如初。"就是在再大的公司里，我也没有受过这样的鸟气。"哈贝用嘴角对我说，不过这话西蒙应该能听到。从西蒙那垂头张嘴、露出没补好的门牙，我可以看出，他的心一定在怦怦直跳，恨不得揪住哈贝的裤裆，把他扔到大街上去，可他不得不抑制住自己的冲动。

最后，西蒙终于还是开口说："好吧，我要说声对不起。我今天的心情不好。你应该觉察到，哈贝……"一想到麦格纳斯一家人，就使他不寒而栗，他全然忘却自己是个生意场中的新手，哈贝只不过是个讨厌的家伙，自己居然为这种无聊琐事大动肝火，这太不值得了。西蒙的耐心和忍气吞声，在我看来，比他的暴怒和发火更让人难受——那是一种可怜巴巴、强制性的肉体上的忍耐。另一桩这令人难受的事，是他以强忍的口气低声和夏洛特通电话，一再克制着重复回答她的问题，简直到了屈膝投降的地步。

"行了，"他对哈贝和我说，"你们俩干吗不开我的车去拜访几个客户呢？想办法拉点生意。拿五块钱去喝啤酒。我跟考克斯留下来把后面那道篱笆修一修，要不修好，他们光天化日之下都会来偷的。"考克斯是个打杂工人，一个老酒鬼。一顶像意大利军帽似的油漆匠帽歪扣在头上。西蒙叫他沿西屋公司的围墙边找找，看看有没有旧木板。考克斯干活就为了能挣上汉堡包和一瓶加利福尼亚州的阿拉凯林雪利酒，或一瓶约克酒。他也是个看守人，睡在绿格子网后面的一堆破布上，就在很少用的前门的前面。他一瘸一拐地走着——他自称腿上还留有一颗子弹，是圣胡安山战役①中受的伤——沿着西屋公司那长达一英里的大钢丝网围栏。在这个公司里，像造围栏这样的事，都是由办事员招营造商投标的。这种紧密结实的钢丝网围栏，使大家都能看到里面远处的闪光，一座座的砖塔，一幢幢狭长的电力大楼，和堆得像维苏威火山般的烟煤，衬映在一尘未染的夏日晴空和美景之下。

我随哈贝去了，由他开车。他一直捏着一把汗，生怕在住满中、东欧移民的鲍亨克街上撞倒一个孩子，那样愤怒的人群就会把他撕成碎片。"如果是他们的孩子，任何事都会发生，即使不是你的错；在他们追逐玩耍的地方，你千万要当心，"因此他老是为这提心吊胆，不肯让我开车；我可不像他这么害怕，也没有他这么小心警惕。我们把一些冬天卖煤、夏天卖冰的小商人请进小酒馆，一边喝啤酒，一边聊天。在这些令人昏昏欲睡、闷热阴暗的地方，连苍蝇也只会爬而飞不动，似乎全都被小便池的樟脑丸和麦芽酒的酸味熏得晕乎乎了。还有那热烘烘的空间和棒球赛广播中传出的击球声，使这弄不清说不出的混沌增添了更多的压抑。假如你对外界的事物产生遐想，那很可能会想到佩迪拉在推论宇宙的大小；他对科学的兴趣使这个论题不至于令人生畏。不过在这样的场所，那毛茸茸的苍蝇慢悠悠地从一滴酒爬到另一滴酒，从一颗星爬到另一颗星，你大概要祈求千万别从这儿进入那非人类的宇宙，这可不是宇宙的袋底，碰巧就是库克县和伊利诺伊州北部。

西蒙从不会受这类念头的困扰。不管在什么地方，他都只想到要有所收获。这是他唯一关心的。像岩石中流出的水，像荒山中挖出的石油和铁矿，这就是钱。要不是为这个，人类不会甘愿去那些地方：那些不毛之地，纽芬兰岛，旱得龟裂的土地，以及被采自得克萨斯或伊朗的燃料烟灰染黑的南极冰川。

---

① 1898年美—西战争中，美军攻占圣地亚哥附近圣胡安山之战役。

我们邀的几位商人叫赫拉皮克、德罗兹和马图辛斯基。我们在他们的货棚里找到了他们，有的在教堂附近，有的在殡仪馆附近，也有在运货途中找到的。他们是论吨论袋卖煤的；他们都有带棚栏的运煤车或者是自动倾卸卡车。你必须赢得他们的信任，说服他们，招待他们，给予特别的照顾，奉承他们，开开玩笑，告诉他们矿脉的秘密，胡诌些关于热量单位和含灰率等似是而非的技术资料。哈贝对付他们很有办法，他是一位颇有才智的商业行家，水平跟船具商人不相上下；他的酒量跟他们一样大，杯杯对敬，而且很有成效。终因受到削价和任凭挑选的诱惑，他们都开始来我们煤场进货了。

为了打开销路，西蒙自己也跑了几趟买卖。他还叫我去唐人街散发传单，大肆宣传最受开洗衣店的中国人赞赏的焦炭，渐渐地招徕了一些顾客。他还跑遍全市，要他的新亲戚订货。查理叔叔也把生意给了他，于是买卖渐渐好了起来。

西蒙还逐渐摸清了怎样在政治上做文章的门路——取得了向市政府的生意投标的地位——他去拜访政客的走卒，跟警察搞得像亲兄弟，他还跟巡官队长之流交游，也跟律师、地产商来往，他还结交赌棍、赌注登记经纪人以及各色兼做合法买卖、财力雄厚的人物。在汽车司机和高空电线维修工人罢工期间，他请警局派警车护送他的两辆运煤卡车，以免被罢工工人把煤倾倒在大街上。我得坐在警察局里等他来电话，通知警察我们的煤车何时从煤场出发，这是我第一回合法地坐在这个地方，在巨大的社会细胞质内部，从黑暗走向光明。可是这个西区分局暗无天日！黑暗异常。它乱七八糟、弊病重重、千疮百孔、脓血横流。这些身材不行、面貌不正的人，有的弯腰曲背，有的蹒跚而行，有的大步流星，有的两眼定神，有的贪生怕死，有的俯首听命，有的什么也不在乎——这是些用不完的、多余过剩的人类原料——你不禁会感到惊异，这一切原料都生为人类，具有人形，却鱼龙混杂，不加选择。也别忘了警方的丑恶勾当，榨取油水，非法体罚。而这还不是闹市区的大新门警察总局,只不过是个街区的小分局而已。

西蒙跟中尉警官纳佐的交情颇深,一则他也是麦格纳斯家的女婿,二则因为他自己要这么做。很少有人看上去能像他那样五官端正、和蔼可亲。我猜不透他是怎么保持住这副神态的。一个警察,即使在友好地跟你开玩笑时,也会像逮捕人一样抓住你的肩膀。他那双手已经练成一双铁掌。在某些方面,纳佐中尉依然保持着瓦伦蒂诺①的风度,尽管他体态肥胖,脸部已缺乏弹性,像睡觉时压的皱痕或指印等都很难消失。我们经常跟他一起去巴丽之家聚餐——一共五个人,后来我带露西·麦格纳斯去了,变成六个人——我们吃意大利细面条、鸡肝,喝晶莹闪亮的勃艮第葡萄酒或香槟酒。这位中尉,他朝四周打量着,活像个从一家好得多的夜总会前来察访的司仪。他的太太则好像一个缓刑女犯。跟一个中尉警官坐在一起,人人都免不了多少有点这种样子,就连他的妻子也不例外。他是个意大利人,依然带有某些古代帝王的气派。他们许多人都这样。权力的背后必须有死亡。砍下马萨尼埃洛②的脑袋,吊死众多海军将领,像纳尔逊勋爵③在那不勒斯港干的那样。我认为应该这样来看待中尉那张平静和蔼的面孔,现在他正坐在巴丽之家那令人愉快的喧哗声中,观赏着维洛兹和约兰德或者是那些几乎一丝不挂的少女,连她们自己也不知道是在跳些什么,只是撩拨起这些忙人的欲火,使他们的淫乐达到顶点。不管怎么说,这家夜总会还是一流的。西蒙和夏洛特是这儿的常客,他们很精明,因为在那儿可以搞到内幕消息,还可以有许多公众生活和生意上的交往,闪光灯一亮,还有人给他们拍下各种照

---

① 瓦伦蒂诺(1895—1926),美国电影明星,出生于意大利,由他主演的无声影片《血与沙》、《鹰》等均富有浪漫色彩。
② 马萨尼埃洛(1620—1647),意大利那不勒斯的起义领袖,原为渔民。1647年,为反抗当地贵族横征暴敛,领导群众起义,后被贵族杀害。
③ 纳尔逊勋爵(1758—1805),英国著名海军统帅。1799年,他奉命率舰队护送那不勒斯国王返回那不勒斯。当地共和政体垮台后,他参与镇压共和政体的拥护者,绞死了一批海军将领。

片，有正在开怀大笑的，有头戴纸帽、身披纸带搂抱着胡闹的，或者是有位重要人物出现在他们的桌子上，一个穿袒胸晚礼服的歌女迷人地露出漂亮的牙齿，或者是有位董事长正在干杯。

西蒙很快就认识到这种密切交往对生意的重要性。美国大总统不就是因为斯大林头两天没有笑脸而在雅尔塔度过几个不眠之夜吗？对那种既不为诱惑所动又不以友爱原则进行交易的人，他感到难以对付，不得不以娱乐和友好气氛来调和一下那些没法使大家都很愉快的决定，至少显出点个性的光彩还是有帮助的。这方面西蒙心里还是很清楚的，怎么讨人喜欢，怎样跟处境相同的人秘而不宣地达成协议。

仲夏时节我依然跟他在一起。那是他最困难的时候，他惶惶不可终日地害怕自己会破产。我敢肯定，他不得不承认，他确实害怕麦格纳斯家的人，他被自己所背的担子吓坏了。所以在那几个月里，我大多数时间都跟他在一起。虽不敢自夸我们从未这般亲密过——他总是固执地把自己最隐秘的想法深藏在心底——不过我们从来没有像这样形影不离过。从清新爽朗的早晨到肮脏昏暗的傍晚，我一路驱车跟他同行，前往他的各个目的地——闹市区、工会总部、银行、夏洛特为她罗比叔叔经管的南水营业处，以及麦格纳斯家的厨房，我们在那儿停下来向黑人厨子要三明治吃，或者去他们安置有婚床的后屋——这场婚事仍属秘密，只有近亲知道。房门一开，显露出让他挨受着沉重生活的安乐窝。这房间是为他和夏洛特重新布置的，丝绸灯罩的台灯、床边铺着羊毛毯，窗帘遮住了窗外后巷的难看景物——就像在一座大宅里用来挡住运河的臭气一样。床上铺着软缎床罩，长垫枕上还放着备用枕。

为了少走几步，西蒙就踩在床上跨向衣橱。他把换下来的衣服随手一放或一扔，鞋子往角落一踢了事，用内衣擦干光身子上的汗水。有时候，他一天得换三四次衣服；另一些时候，他会在办公室的椅子上不言不语地一坐几小时，然后站起来说："我们出去转转。"

有时候他并不回家换衣服，而是开车去湖边。

我们常去已故局长喜欢的北街的湖边游泳。那时局长漂浮在水面,我就往他嘴里塞香烟。西蒙一头跳进水中,两腿随意伸开,笨拙地抱着双臂,我真担心他会让自己就这样沉进水中,不想再活着浮上来了,他这是仿佛想领略一下沉在水底的滋味和好处。他冒出水面时面容憔悴,有气无力地不住喘气,脸色憋得紫红。我心里明白,沉下去不再浮上来,对他具有多大的诱惑力啊。即使他没有泄露出这种半真半假的心意,他时而露出水面,时而潜入水中,满脸忧郁,一头粗发平贴头皮,以老练的动作在水中游着。湖水旋转着涌向湖岸,又折回头来,把黑沉沉的漩涡带向远方的地平线,在炎热的天空中构筑了一串阴凉明净的幻想世界。

我哥哥在水里,就像亚历山大在险恶的塞德纳斯河中一样,他在战斗后跳进去时;冰凉的河水使他冷得要命。我穿着条纹运动裤站在岸边,脚趾钩住一根桩木,准备在必要时跳下去,他下水时我没跟着下。他打着冷颤顺梯子爬上岸来,几只苍蝇讨厌地围着叮人,喧闹的湖滨游艺团吵得你头晕目眩。我帮西蒙擦干身子,他躺在石头上简直像个病人。可是当他暖过身子,重又感到舒适之后,便开始跟妇女和姑娘们信心十足地套起近乎来,他的眼睛又红又大,就像是弯腰从他的午餐袋里挑了颗李子,把它献给一位帕西费①似的。随后他开始像铜号似的嘟嘟怪叫,捅捅我的手臂说,"瞧那个四肢张开躺着的娘们!"忘了他不仅结了婚,而且还正式订过婚——订婚仪式是在饭店的宴会上公开举行的。他丝毫没有想到这点,而只想到很有可能在停在林肯公园近旁那辆崭新的庞蒂亚克车里玩上一玩,因为他有钱;也想到在某条街的某幢房子的某个房间里所干的事,不必与当天在其他地方发生的事有任何关联。想到这些,他心荡神迷,色心大起,挪着碎步,侧身而行,脑袋向

---

① 古希腊神话传说中人物,古老太阳神赫利斯与海神佩尔塞斯之女,曾与牡牛交合,生一牛首人身魔怪"弥诺托"。

前伸出，把自己的脖子当成了一堵围墙，他浑身是劲，猛向前冲，就像一个挨了拳头但未受伤，只是激怒起来的拳手。

在北大街的沙滩（名为沙滩，其实是石板铺的滨水区），不管西蒙怎么新潮粗俗和随心所欲，都算不了什么。这一带粗野蛮横，小伙子爱打架，姑娘们好斗嘴，都是些工厂工人，商店店员，还有克拉克街的妓女和舞女。因此西蒙上去说时，既不讲究举止，也不挑字眼。"我看你不错，有兴趣吗？"直截了当，毫不造作，甚至连半句多余的话也没有。也许这种大实话会让人觉得此事并不下流，反而能引起敬畏，那满腔的欲念使他的血脉再也难以承受，下巴几乎都被挤压得有掉下的危险了，他的双眸由于炽烈的欲火已经发紫，几近黑色。姑娘们通常都不怕他，因为他精力充沛，容貌英俊。我不知道，他赤脚进出的那些拉上窗帘的闷热房间是在几楼。不过仅仅在一年之前，他对这类放荡女人是看都不会多看一眼的。

现在，他无论到哪里，都有我所得不到的情报，不过我推测，他不得不以某种牺牲来换取各种利益和特权。是的，大人物可以动不动就发怒，而别的人是不允许的。他们或者像残忍嗜杀的康茂德①一样，在元老院众人面前，把自己扮演成神，或者像卡拉卡拉②那样跟骑师和摔跤手们厮混在一起。他们知道那些要推翻他们的人为了暗算他们正在某个地方逐渐集中意见，就像编织时织针上的线团一样。西蒙正处于这种境况之中。因为在这以前，当他在巴丽之家头戴一顶女帽神气活现地到处走动，或者带我去参加一个单身男子聚会，看两个裸体的杂耍女子用假刀具表演惊人绝技时，我就有机会见到了。从看杂耍到私下的放纵，他不过做了许多别的人所做的罢了——只是由于他个性的魅力，他总是居

---

① 康茂德（161—192），罗马皇帝，实行暴虐统治，精神逐渐失常。自以为是大力神赫丘利转世，后被一摔跤冠军勒死。
② 卡拉卡拉（188—217），罗马皇帝，嗜血成性的暴君，杀害岳父、妻子、兄弟等，后被罗马近卫军司令刺死。

于超群出众的主导地位。

"你呢？你搞吗？"西蒙对我说，"这实在用不着问！跟你住在同一楼那个小妞是谁？这是不是就是你不想搬家的原因？咪咪，这是她的名字吧？她看样子就是个风骚的娘们。"

我矢口否认，可他根本不相信。

至于咪咪，她对西蒙倒是很感兴趣。"他出了什么伤心事啦？"她问我，"我听到在厕所里哭的就是他，对吧？他衣服穿得那么时髦干吗呀？是怎么回事？有女人缠着他不放，是吗？"尽管她的话里带刺，可对他还是打算赞许的，因为她发现他身上有某种言行放肆、蔑视法规的脾性，而这是她所仰慕的。

不过，西蒙倒也并没有一味颓丧下去，一头扎进绝望之中。不，他也在做出极为精彩的表演。这时候是夏天，煤炭生意的淡季，他自然亏了不少钱。夏洛特是位精明能干的生意人，作为他的支持者、顾问和高参，地位十分重要，这使得他们之间的关系比一般的婚姻关系更为密切。虽然他跟她经常争吵，甚至几乎一开始就冲她大吼大骂，尽说些令人吃惊的话，可她始终态度坚定。一个细心的人就会发现，她先是退缩一下，接着便会返回追逐那高于一切的东西，那就是他命里注定应该是个有权有势的人。他大骂她"你这笨牛！"这种粗暴的行径，就是一个例证。她听了只是神经质地笑笑，这一笑倒使他的头脑变得比较清醒，使他想起这类事只能当儿戏收场。因此他几乎从未忘记在这时添上一点逗趣的笑料，尽管他的眼睛中也许还残留着凶光。即使双方的感情几近破裂，伤害到难以用粗鲁的亲昵来哄骗自己的时候，她也能使他那么可笑起来。夏洛特所以一再力争的首要目的和原因是，通过婚姻关系致富，从而认真地保持他们之间的这种结合。她对我说："西蒙有做买卖的真正才能。现在这点钱，"她说这话时他已在赚钱，"算不了什么。"有时候她在说这话时，认真得可说没有性别之分了，因为为此需要极大的力量。这既不光是男人也不光是女人的事。就像麦克白夫人在祈求中所说的"取消我的这种性别吧!"[1]呼声是这般强烈,祈求是如此坚决,这使她成了个中性人了。

不论是她那贵夫人式的打扮,华而不实的修饰,衣着如何讲究,公寓布置得有多豪华,或者是举止多么轻率,一切都无关紧要。婚姻关系所依赖的真正基础,是那些与银行、股票和税款相关的事;对这些重大的事,两人首先共同商量,进行认真细致的测算,有了必胜的信心,然后作出决策。尽管她继续哼唱和用口哨吹出歌曲《我的蓝天》和《凋谢的夏日恋情》,修饰指甲,改变发型,可是并不真把心思放在这些虚荣上。这类事确实没有意义。但她仍一一照做不误,而且还不仅如此。她穿高跟鞋、薄丝袜、漂亮套装,戴帽子、耳环、羽饰,讲究化妆粉饼的颜色,用电针去痣拔毛,接受蒸汽出汗减肥,在易受爱慕之处暗藏别针等等。在这些方面她样样都不放过,她的举止颇为端庄,也能把自己打扮得非常漂亮。然而,她对这些最不相信却明明白白地表现在她那张真实的嘴上,这张嘴跟那张抹着口红的不一样,它缺乏耐性,把那些不太重要的事不当一回事。她决不会挑选钢琴乐谱上印的小伙子结婚,就像不会挑一个小学生作为结婚对象一样。她坚定地胸怀大志,不管多么粗暴,多么鲁莽,多么严峻,多么让人难堪,她都准备忍受,为实现自己的目的决不动摇。经过再三考虑,她心里已经有了数,她并不一定会真正遇上上述的大部分情况。她是事先想到了这些问题,然后就在脑子里想出了解决这些问题的办法。

说来奇怪,在这些方面西蒙满口称赞她。他说:"她的头脑和能力比六个女人加在一起还要强。她百分之百地诚实,不做假。像人们说的心肠也不错。"这话中有相当一部分是事实——"她也喜欢你,奥吉。"他说这话是希望我开始追求露西·麦格纳斯,因为不久前我已同意这么做。"她一直给妈送东西去。她想把妈安顿在一家人家。这是她的想法,

---

[1] 详见莎士比亚戏剧《麦克白》第1幕第5场。

妈从来没有抱怨过盲人院。那儿的伙伴待她都很好。你的意思呢？"

我们驾车在城里到处兜的时候，有时会停下车来去看看妈。而大多数情况下我们都从旁匆匆驶过。可是，跟西蒙一起外出，你根本不知道目的地。他只是说一声"上车"，说不定他自己也不知道要去哪儿，而只是顺应他尚未弄清的内心需求。也许他想要吃东西，也许是打一次架，也许是闯一场祸，或许是找个在车后召唤的女人，或者是想做一笔生意，想打一场台球赛，或者是想去律师事务所，想去健身俱乐部洗蒸汽浴。阿辛顿街的盲人院就在这些可能要去的地方之间。

那是一幢灰石房子，门廊只是把门口加宽一点，门廊里摆着两张长凳。室内也有一些凳子，布置得像会议厅或公众会堂，所有的公共场所全都空空洞洞的；只因为窗户脏得不成样子，外面的人才没有往里张望；窗玻璃上积满污垢尘土，还有一些透明的斑痕，可能是人们的手指留下的痕迹，他们触摸之后发现这不是墙纸而是窗户。在这座破旧的房子里，一切可能构成危险的东西，全都已经除去。所以原先是壁炉台的地方，现在只留下一片灰泥。门槛上架了软木斜坡。不过盲人极少四处走动。他们安安稳稳地坐着，相互间似乎也很少交谈，你很快就会发现，这种闲暇是一种痛苦和不幸。在艾洪心情不好的日子里，我也曾领略到其中的滋味。或许不是因为心情，而是发自灵魂，这让人难熬的痛苦，你甚至不知道为什么一切都在折磨你，尽管你早已听天由命，准备忍受任何恶劣的境况。

院长和他的太太都夸口说，他们的伙食很好。不错，凭着厨房里飘来的味儿，你就知道下一顿吃些什么了。

总之，我认为妈为人纯朴是她的福分。我暗自思忖，要是这儿有那种爱搬弄是非或斗嘴吵架的人物——怎么会没有呢？——在这座房子的最隐蔽的地方，一定会有一些很不好的事。不过妈多年来一直抱着息事宁人或设法避开的态度。西蒙的探望，结果很可能使她增添许多烦恼，甚至比她跟伙伴们之间产生的还要多。因为西蒙是来检查她受到的待遇如何,而且他查问时的口气咄咄逼人。他对待院长的态度很粗暴,院长则想通过他从阿瑟·麦格纳斯那儿买到批发价的床垫。西蒙答应帮忙。可他气势汹汹,满嘴威胁的话,对一切都不满意。他反对妈和别人同住一个房间,给她弄到了一个单间;可是那房间就在厨房隔壁,既吵闹又有气味,没什么可感激他的。后来,在一个夏天的下午,我们发现妈坐在床上往罗斯福竞选徽章上装别针。装一百只得一毛钱,一个星期可赚几块钱,这是选区竞选团负责人好心帮忙的。看到她那双做惯粗活的手笨拙地在装别针,发现她膝头上一起放着的两种配件,西蒙勃然大怒,吓得她缩起身子。她知道我跟西蒙一起来,便转过脸来找我,想要我从中劝说一下。发觉自己无意中做错了事,她也感到害怕。

"别大喊大叫了,"我说,"看在上帝的份上!"

可是,我还是没能拦住他。"他们这是怎么搞的?瞧他们逼她干些什么?那个混蛋在哪儿?"

急忙赶来的是院长太太,她还穿着便服。她特意保持着恭恭敬敬、但并不低三下四的态度,她脸色苍白,微微颤抖着,已经作好争斗的准备,不过说起话来,声音响亮,句句切实,不失尊严。

"是你对这件事负责吗?"他冲她喊道。

她说,"我们决不会要马奇太太做她不愿做的事情。我们问过她,她说要做。让她有点事做对她是有好处的。"

"问过?我知道怎么问人家就不敢说'不'的。我要让你知道,我母亲决不干这种一小时一毛、两毛、三毛,或者甚至是一块钱的零活。她需要的钱,全由我给她。"

"你不必这样大喊大叫。这儿的人都很敏感,很容易受惊。"

我看到过道里已聚集了不少盲人,厨房里那个头发蓬乱的大个子厨师,也放下正在切的一大块肉,手里握着刀,扭过头来看着。

"西蒙,是我要做的,我自己要求的。"妈说。她没能加重自己的语气;她从来都不会;她缺乏这种经验。

"镇静一点，"我对西蒙说，总算有了点作用。

看来，不碰碰他那激起的自命不凡的地方，他是再也没法打消他心中原先的意图的。他就像巴兰①那样，既祝福错了人，也诅咒错了人，但又没有外界的神灵叫他回心转意，只有他自己一意孤行，结果使得他加倍专横。因此，他在为妈说话时，就硬要人家对他另眼相看。

接着，他又走到衣橱前，查看夏洛特送妈的东西，鞋子、手提包、衣服是否都还在，他立刻发现少了一件薄外套。这是件一个身材更粗更胖的人穿过的，给妈穿根本不合身。

"它到哪儿去了——他们把那件外套弄到哪儿去了？"

"我把它拿给洗衣工去洗了。她在上面洒了些咖啡。"院长太太解释说。

"我是洒上了咖啡。"妈说，声音清楚，但语调不行。

那女人接着说，"等取回来后我要给她改一改，双肩太宽了。"

西蒙挂着一脸的怒气和憎厌，没有作声，两眼仍打量着衣橱。后来说："要是需要改的话，她请得起好裁缝。我要她看上去像像样样的。"

他每次去都给她留下一些钱，全是一元面额的，以便她使用时不会被人骗。他倒并不是真的不相信院长夫妇，他只是想让他们明白，他并不需要依仗他们的诚实。

"我想让她每天都出去散一次步。"

"这是规定，马奇先生。"

"我知道那些规定。想要遵守就遵守。"我低声对西蒙说，他却说，"得了，别说了。我要她每星期至少去一次理发馆。"

"我丈夫会开车把所有的女士一起送去。他不能一次单送一个人。"

"那就雇个女孩子。你就不能找个念高中的女孩子每周陪她去一趟吗？我会付钱的。我要让她受到很好的照顾。我不久就要结婚了。"

---

① 《圣经》中人物，详见《圣经·旧约·民数记》第22至23章。

"我们会尽量照你的意思去办,先生。"她说。她看上去毫不动摇,面无惧色,但他听出了她话中的嘲讽之意。他瞪了她一眼,自言自语地嘟哝着,拿起了帽子。

"再见,妈。"

"再见,再见,孩子们。"

"把这些破烂拿走,"西蒙说着用力一扯床单,把别针撒了一地。

他走了,那女人酸溜溜地对我说:"我希望他至少该认为罗斯福这个人还是好的。"

第 十 二 章

寒季一来,西蒙的买卖便开始赚钱,一切都很顺利。他的精神大振。他们的婚礼在一家豪华饭店的大舞厅内举行,排场很大;新婚宴设在接待州长的套房里,西蒙和夏洛特也要在那儿度过新婚之夜。我是男傧相,露西·麦格纳斯跟我配对儿,是女傧相。西蒙陪我一起去租晚礼服,看到它穿在我身上那么合身,便干脆买了下来。举行婚礼那天,咪咪帮我扣上浆领衬衫上的装饰扣,系好领带。住在同一层的邻居凯约·奥伯马克赤着肥脚,坐在我床上看着,咪咪那些挖苦婚姻的话惹得他笑个不停。

"现在你自个儿看上去像个新郎了,"咪咪说,"你大概也想不久就当上新郎,对吗?"

我拿起上衣便跑,因为我还得去接妈。为这我特意开了西蒙的庞蒂亚克去。妈由我负责照顾,我得在旁照应她直到婚礼结束。西蒙事先就吩咐过我,要我让妈戴上墨镜。那天天气很冷,寒风阵阵,一片晴空,湖中碧波汹涌,拍击到外车道旁的岩石上,堆起层层白浪。我们来到那座豪华的高级饭店,它宏伟庄严得如同神殿,到处都是大理石装饰,仔细看去则愈来愈多,这儿还有一个巨大的花盆,那儿又有一尊雕像,还有一件白色的铁制作品。室内温暖如春——就连我停车的地下车库,也有这种怡人的温暖。走出洁白的电梯,你恍若步入爱尔汗布拉宫①,盛

---

① 古迹,在西班牙南部城市格拉纳达,为13世纪至14世纪时的摩尔人宫殿,15世纪末为西班牙人攻陷。

开的玫瑰，分格式天花板，描金象牙色，羽毛状的佛罗里达植物，消音的地毯，宽阔无比。处处都完全为了让人过得舒适。注重对身体的保养，珍惜；洗澡、擦干、抹粉，备有软缎座垫，负责传递，提供饮食。我曾参观过申布伦府邸①和马德里的波旁府邸②，可以看出它们所有的装饰都是为着显耀权势。可是奢华本身作为一种权势则有所不同——奢华并不隐含着任何更深远的意义。不过就欲望而言，不管渴慕的是什么，只要是范围广泛，便是一系列秘密中的一环，因而总是有所隐而不宣的。可是这种权势对你又有什么作用呢？我知道，比方说，要是我现在置身于古城威尼斯或罗马，沿着大人物们曾坐过的雄伟城墙走过，体验到作为一个小不点儿、作为掠过眼睛角膜的微粒，一颗粒子，几乎是个空白，几乎一无所有，会是什么滋味；我在那些大人们心目中仅此而已。然而，这种古代显赫权贵的宏伟遗址，连同精湛的艺术和许多珍贵的遗址，即使我不愿让它那显赫华贵的气势所压倒，我也可以尽情地加以欣赏。可是，在这座现代奢华权力的大厦中，尽管它有大批的服务人员和技术人员，主要的是那些物品本身，是那些著名的产品，一个人的地位跟它们的总和是完全不相等的。最终它们便发展成一股浩大的声势——无数间热水不断的浴室，巨大的空调设备，精巧复杂的机器仪表。相对立的浩大声势是不允许存在的，会引起麻烦的人是那些不肯受雇用或不愿享受而加以拒绝的人。

我还不知道自己对这一切持什么观点，也还不清楚自己应该赞成抑或反对。可是，人们是怎样做出反对或坚决反对的决定的呢？他什么时候进行选择？什么时候反而会被人选择？这个人会听到不同的声音；而那个

---

① 哈布斯堡家族的洛可可式夏季别墅，位于维也纳郊外海齐恩。于1711年建成，1737年，1744年曾改建。其花园于1765年重新设计。
② 西班牙波旁家族的府邸。波旁家族为欧洲过去最重要的统治家族之一。1700—1808年，1814—1868年及1874—1931年间，这个家族的成员曾任西班牙国王或女王。

人也许是个圣人，是个酋长，是个演说家，是个贺雷修斯①，是个神风突击队员②；一个说我只能如此——愿上帝保佑！那为什么我就不能走别的路子呢？人类是否把一项秘密任务委派给了某个没法拒绝的不幸者？就像大多数人讨厌一件事物，可又没法把它永远打发掉，于是便指派一个人留下来继续守着它？总之，有人便经受重大困难而成了典范人物。

不难想像，西蒙认为我就是这种易受摆布的人物，看来有可能成为一个典范。因为老天知道，有的是被遗弃、受饥饿、无依无靠、寻找归属的人。所以他要先使我有所着落。西蒙的主意是，我应该娶露西·麦格纳斯，她的钱财甚至比夏洛特还多。这就是他为我的未来所规划的蓝图。我可以一面为他工作，一面在晚上上学，先修完法学预科课程，然后上约翰·马歇尔法学院。他替我交付学费，并且每周付我十八块钱的工资。总有一天我会成为他的股东。要是他的生意适合我，我们可以合资从事房地产生意，或者从事制造业。要不，如果我情愿做律师，也不必去做那种专门怂恿交通事故受伤者起诉的小律师，或者是专门替人出主意办个小案、赚点小钱的讼棍。我应该做露西·麦格纳斯的丈夫，不仅为了贪图钱财，她也是个俊俏的风骚姑娘，尽管西蒙不喜欢她穿晚礼服时突出的锁骨，不过她自己倒是洋洋自得的。他说，在我追求她的时候，他会做我的后盾，所需的开销，我也不必担心。他可以把他的庞蒂亚克借我，供我带她出去兜风游玩。他会帮我跟她家建立好关系，排除各种障碍。我所要做的就是扮演好我的角色，使自己成为她的意中人，尽我的本事扮演好她父母心目中称心如意的东床快婿。这事轻而易举，不成问题。

在这间州长套房的卧室里，只有我们兄弟俩。这间屋子四壁洁白，粗丝绳挂着几面沉重的镶金边的镜子，一张路易十四式的大床。西蒙走出玻璃淋浴间，用一块厚厚的土耳其披肩擦干身子，穿上一双黑袜子和

---

① 罗马传说中的英雄，曾为保卫罗马跟伊特鲁里亚军队奋勇作战。
② 第二次世界大战中日本空军敢死队。

一件笔挺的衬衣。现在他正躺在床上，抽着雪茄，一面对我说明他的主意，态度实际，神色严肃。他舒展着高大的个子，身体的中部裸露着。他喋喋不休地向我宣扬的并不是这种舒适和奢华，而是该做的事：不要因为选择太多而昏了头，而要学他的样，横下一条心，学会固守住为自己所必需的主要的东西，不要被那些琐碎的次要的东西所分心。这就是他的想法。在某种程度上我也是这么想的。为什么我就不能娶一个有钱人的女儿呢？要是我不想在各方面都步西蒙的后尘，我能把自己的生活安排得有所不同吗？有没有别的方法可以完成这件美事呢？要是露西跟她的堂姐有所不同，为什么就不行呢？我并不是不愿意考虑这件事，靠西蒙的帮助得到好处。我已经在这么多的事情上对他惟命是从，花费了这么多的时间，我真不如干脆也领他的工资算了，全都听他的，正式这么做。我不妨说我愿意照他的意思去做，完全是出于手足之情和对他的前景的热心。对这个前景我基本上缺乏信心，不过我不应该认为我不屑像他那样做，这一点对他来说极其重要。我天生倔强，总是要跟他作对，说不出是什么原因，反正理由也不充分，而现在，这种情况似乎过去了。我已不再反对他，所以他对我说话异常亲热。

他翻身下床，穿上衣服，说："现在我们就要出头了，你跟我。我真不知道你什么时候才能显出点机灵劲来，要是真有的话，我真担心你一辈子是个不中用的窝囊废。来，给我扣上后面的饰纽。这副饰纽是我的岳母大人给我的。天哪！让我上哪儿去找我的礼鞋呀？这儿全是包装纸，什么也找不着。把它们埋掉，扔到垃圾桶里留给州长吧，"他兴致勃勃但不太自然地笑着说，"这个世界还没有封闭得太紧，要是你能找到进去的通道，里面还有地方。只要你能下工夫研究，你准能找到通道。说起来，霍纳也是个犹太人，开始时大概境况不见得比我们好，而现在是州长。"

"你想在政界试试吗？"

"也许吧。为什么不呢？这当然要看情况的发展了。艾迪叔叔认识一个人,他因经常给竞选运动捐款而做了大使。两万、三万,甚至是四万块钱,对一个有钱的人来说,这又算得了什么?"

靠这样成为大使,在从前是不可想像的——一个从佛罗伦萨来的满脸聪明的圭恰尔迪尼①,一个来到威尼斯的俄国人,或者是一个亚当斯②——那想像中走在红地毯上的堂堂一国使臣,竟变成了为防锈往利马水管中喷虫胶清漆的杂工,这还有什么神圣高贵可言。

西蒙穿上晚礼服后,便从这面镜子照到那面镜子,他屈起手指往下拉拉白袖口,或者往上抬抬下巴以便让他的粗脖子在蝴蝶领结中比较松动,他有魄力使这儿能无愧于他;而且他比那班州长更有魄力——这种想法非常明显——尽管这套房间是专门接待州长的。可他连州长候选人都不是却能住进来,也许他不必经过任何竞选或者进那令人讨厌的政治圈子,就可以远远超越他们。他已经有了想改变的念头。我也能看出,一个人生来只是表面上受一定的局限。这是你在普通群众中会听到的话。我并不是说我跟他的情绪完全一样,也有法国王太子的坐骑那种烈性子,得意傲慢得差一点扯下挂着的帷幔,用肩膀使劲撞进镜子。不过现在跟他在一起,我确实感到比以前任何时候都较少拘束。从来没有人为我做过这等难以想像的安排。

可是,人们现在都在楼下等着,西蒙却慢条斯理的,拖延了一切。夏洛特亲自上楼来了,她披着婚纱,扎着饰带,手里还抱着一束长茎的鲜花,看上去活像一座高大的新娘雕像。对她来说,没有多少使一个男人长受爱的束缚的隐秘的幕后生活,就像卢克莱修③劝人应为人性着想时所提的忠告。你只需看看他那张注重实际的嘴,你就知道她早已承认

---

① 圭恰尔迪尼(1483—1540),意大利历史学家及政治家,1511年出任佛罗伦萨驻阿拉贡国王南宫庭的使节。
② 亚当斯(1735—1826),美国第二任总统,1785年曾任驻英国首任大使。
③ 卢克莱修(约前93—约前50),拉丁诗人和哲学家,著有长诗《物性论》,表述希腊伦理学派创立人伊壁鸠鲁的原子论。

有关人性的一切了，尽管她也跟别的女人一样，只是形式上承认而已。他的坦率反倒给她增添了高贵的气质。当她走进这个房间，这儿便是通向州长们的官邸和大使职务的便利途径，西蒙也就只好回到她的身边。

"别人都准备好了。你在干什么呀？"

她是冲我说的，因为只要是能责怪我的地方，在任何情况下她便不责怪他。我是他的替罪羊。

"我一面在穿衣打扮，一面在闲扯，"西蒙说，"有的是时间——要那么急干什么？再说你也用不着亲自跑来，打个电话来就行了。好了，宝贝，别紧张。你真漂亮，一切都会顺利的。"

"要我亲自盯着才行。你现在该去跟客人们应酬一下了吧？"她以吩咐的口吻说。

她往床上一坐，打电话给包办宴席的、乐队、花店、饭店经理部和摄影师，她把一切都紧紧地掌握在自己的手中，亲自安排一切，不依赖别人。她的白鞋搁在一张椅子上，膝上放着一本拍纸簿，她一面计算一面跟摄影师讨价还价，直到最后一刻还一个劲地杀他的价。"听着，舒尔茨，要是你敢敲我的竹杠，今后你就别想再做麦格纳斯家的生意。我们的人多着哩。"

"奥吉，"我们出来时，西蒙说，"你可以开我的车带露西出去。你也许还需要点钱。这十块钱你拿去。我会叫辆出租车送妈回去。不过我要你八点钟来办公室。我要你给她搞的眼镜她戴了没有？"

妈已经乖乖地戴上墨镜，可是他看见她拿着根白手杖，心里老大不高兴。妈正和安娜·考布林坐在休息室里，手杖放在两膝之间。西蒙想把她的手杖拿走，妈却不肯撒手。"妈，看在上帝的分上，把手杖给我！看上去多不像样。他们要照相的。"

"不，西蒙，人家会撞着我的。"

"他们不会撞着你的——你可以跟安娜表姨在一起。"

"算了，让她留着吧。"安娜说。

"妈,把手杖给奥吉,让他替你拿着。"

"我不要,西蒙。"

"妈妈,你不是要一切都好看一点吗?"他想掰开她的手指。

"算了!"我对他说,安娜表姨也气红了脸对他嘟哝了什么。

"你住嘴,你这笨母牛!"他对她说。他走了,但给我留下了话,"你把她的手杖拿掉。我们这边都来了些什么人物!"

我让妈仍拿着手杖,又安抚了安娜表姨,求她看在妈的分上千万别走。

"钱都把你变成疯子了,"她说道;她穿着紧身胸衣,又高又大,怒气冲冲地朝那间豪华休息室里瞪着眼。

我对妈表现出的决心深为赞许,暗自惊叹温良恭顺的人竟也有此惊人之举。不管怎样,西蒙已把这事搁下了。他太忙,没法打完每一仗,这时他又跑到为举行仪式布置就绪的大舞厅里去了。我到处转了转,想在宾客中找到我所熟识的人。他请了艾洪一家,包括阿瑟。他已从伊利诺斯大学毕业,现在在芝加哥,还没有工作。我偶尔在南区碰见过他,知道他跟弗雷泽那班人很亲密,据说他正在从事法国诗歌的翻译。任何用智力的工作,艾洪总是会支持他的。在大舞厅里,只有艾洪一家人,这位老人披着一件军大衣式的灰色斗篷,看来他好像也曾有过这样的风光时刻,但他并没有格外怨愤,而是深知世事的沉浮变迁,眼看着浮华易手。他对我说,"奥吉,你穿上这套晚礼服帅极了,"他妻子蒂莉用她那双浅黑色的手捧住我的脸,吻了我,阿瑟也朝我微微一笑。他的举止风度具有异常的魅力,但这是在无意之间传递给你的。

随后我接待了哈贝·凯勒曼夫妇,他的太太是位像拨浪鼓似的瘦长的金发女人,挺着肚子,上上下下,一身珠光宝气。接着我又看到了五产和塞西。西蒙请他们来的动机不难明白,一是要向塞西炫耀一下他的成就,二是存心让五产在相比之下甘拜下风。可是塞西击败了一切。她穿了件前胸开得很低的上衣,一对乳房紧靠在一起,狡猾地运用她那女人的天赋，颇为得体地进行了挑逗。她话虽不多，但都说得悦耳动听。五产是来跟表亲恢复和好的。塞西已教会他把他那塞西亚人的头发梳得颇为别致，现在他的头发低垂在粗犷的前额上，丝毫也没有改变他眼中那种含带怀疑的笑意。那对野蛮的绿眼珠总是把他的心意暴露无遗。他也穿着一套晚礼服，他那粗大的躯体上穿着这套晚礼服，跟西蒙邀他来看的这种奢华排场颇为相称。因此，他露着深陷牙龈内的牙齿，泛着绿眼睛，对四周的人一个劲地咧嘴陪笑脸。塞西显然教导有方，教他要举止文雅——别忘了他曾在波兰土地上赶车搬运过相互厮杀致死的俄国人和德国人的尸体。她一直在教导他，但尽管如此，她仍然没能用自己的微笑和慢声低语，来阻止他摸她的后背和抚弄她。"怎么了，宝贝？"他一边问道。

接着，婚礼的乐曲奏了起来。我过去把妈带到一张高级的凳子旁，她的位子在圣坛旁摆满花的围栏里——考布林夫妇跟她坐在一起——然后我来到行列中排练时规定的位置上，站在露西·麦格纳斯的旁边。主要的人物沿着白色的地毯鱼贯而来：先是夏洛特和她的父亲，前面还有几个撒玫瑰花的儿童，接着是麦格纳斯太太和查理叔叔，然后是西蒙和露西的哥哥山姆，他是密执安橄榄球队的正式后卫，走起路来脚步沉重。在整个婚礼过程中，露西一直心意分明地用含情脉脉的眼光看着我。当把结婚戒指戴上，西蒙转身当众和夏洛特接吻时，众人热烈鼓掌，四周一片欢呼，露西也走过来挽住我的胳臂。我们一起去赴婚宴，每客十块钱——在当时是个惊人的价钱，然而我却没能安安静静地吃完。一个侍者过来说有人找我，并且急匆匆地拉着我来到大厅的后面。五产怒气冲冲地正要走出门去，因为他和塞西被安排在柱子后面的一张小桌子上。这事该由夏洛特负责，还是西蒙本人的主意，我始终没有弄清。反正他俩都能干得出来。不管是谁干的，可把五产给大大地惹火了。

"没关系，奥吉，我对你没有什么。他请我，我来了。我恭喜他万事如意。可是怎么能这样对待一个表亲呢？算了，我要去哪儿吃都行。

但愿别再发生这种事！我不需要吃他这顿饭。亲爱的，我们走。"

我去给她取出皮大衣，知道劝说也没有用，我把他们送到车库的电梯上，心里感到，用这样的方法来炫耀成就和医治旧创，实在太粗俗无礼了。塞西走进电梯时对我说，"替我向你哥哥道喜。他的太太非常漂亮。"

在这场游戏中，我可不打算当中介人，当西蒙急切地问我五产夫妇走时的情况时，我故意淡然地说，"噢，他们没空留下来吃饭，他们只是来参加婚礼仪式的。"我没有让他感到满足。

不过他要我参与的其他更为重要的游戏，我都全力以赴，尽心照办，上夜总会，参加妇女联谊会的舞会，看演出，看夜场橄榄球赛，等等。在这些场合，露西和我都要亲热一番，又是亲吻又是爱抚的。不管对什么，她都表现得放纵无度，喜欢追根求源，大胆探索；于是她到达什么程度，我也到达什么程度。尤其是跟很少有生活守则的人在一起时，你永远也别想弄清什么才叫自尊。我尽情享受着所允许的一切，但始终把持住自己，没有越轨。不过在其他方面，我就颇多失去故我，这令我感到非常不安，有时压在我心头非常沉重，觉得我已到了自己所能适应的极限。而能使这一切看起来似乎轻松自如，这真是我的骄傲。因此，要是在某个星期天的下午，你偶然看到我待在查理叔叔家，晚饭后，跟他们全家人坐在壁炉旁，麦格纳斯太太在织一条用绒绣毡袋盛着的披肩；露西的哥哥山姆站在一旁，他的下巴微微上翘，以便给颔下的绸围巾腾出地方，他的晨衣在臀部鼓起，不时还心爱地摆弄一下他那抹油的头发；查理叔叔在收听库格林神父①的广播。当时，这位神父还没有开始声讨那班金融家，但已有精力充沛、给你误导的人那种让人讨厌的热情。他不肯让你安闲自在，硬要你感受到底特律和芝加哥之间冬天

---

① 库格林神父（1891—1978），美国天主教"电台司铎"，20世纪30年代，他在广播史上最早拥有一批通过电台做弥撒的虔诚听众，他还经常在广播讲话和布道中抨击当时美国的政治、经济政策。1942年，天主教当局命令他停止广播。

那令人发抖的冰天雪地——要是你看到我在那儿，坐在壁炉一旁，面对查理叔叔，他往前伸出一条腿，手伸进衬衣在胸毛上抚摸着，我可不是羡慕我的人所认为的那种成功者，我相信，我自己所羡慕的是明净的灰色窗玻璃外那些在打雪仗的孩子，雪球砸在黑色的树干上，或者飞向千姿百态的枝丫。露西身穿一件深色毛料上衣，正好盖住长统袜的袜口，就在前一天的晚上，她还曾帮我松开过衣扣，让我抚摸她的皮肤。并不是说她不足以补偿我失去的东西。在某种方面来说，我对她的感情既不是最深也不属浅薄，我是在可能的范围之内和她交往，我真情实意地拥抱她，她也同样拥抱我，舔我的耳朵，对我恭维称赞，向我作出许诺。她已经叫我丈夫了。

　　从女人深思的目光中可以暗暗看出，她们对欲望所以慎重考虑，主要是出于害怕，因为她们所做的每一件事，都是为了要继续过上正常的生活。就是这种心理上的负担使菲德拉① 苦喊着要脱掉自己身上这套有害的衣服。在露西的身上也可以发现这一点。这使得她在选择我时也是这样。在她家看来，我显然不及西蒙称心如意。他们对我的调查，主要是弄清我是否愿意在一切事情上都跟他们一致。他们始终不太踏实，总是要再看一看我可以信任的程度。容许我打个譬喻，仿佛我是在西点军校似的，他们不敲门就可以进来，看看一切是否都整齐清洁，医院的各个角落是否都符合条例。露西则站在我一边为我说话；据我这个倔强而又缜密的形势观察者看来，这是她从小到大惟一的抗命行动。当我提议我们私奔到克朗波因特去结婚时，她断然拒绝。从这件事我可以看出她跟夏洛特之间的不同，我或许也不应该忘记西蒙跟我之间的差别。他就曾说服过夏洛特跟他一起私奔。咪咪·维拉斯定会毫无恭维之意地说，如果露西已经叫我"丈夫"，她身为妻子，并没有尽到做妻子的全部责

---

① 法国戏剧家让·拉辛（1639—1699）于1677年写成的一部悲剧中的女主人公。菲德拉对养子伊波利特怀有狂热激情，因性欲的煎熬而万分痛苦并招致灾难的结局。该剧取材于希腊神话，被认为是拉辛创作的最佳悲剧。

任。换句话说,只要少量的淫欲而不要麻烦。除非她已从我这里探查到麻烦的根源而要找麻烦。

可是现在,我就像在伦林家一样,一直受人左右,而不是左右别人。我得设法使他们改变看法,要给人形成一种有办法的印象,我有车开,有钱花,有衣服穿,在我还没搞清我究竟要不要、喜欢不喜欢之前,就有人替我办好一切。即使她父亲凌晨两点钟在我们俩爱抚时偷偷进来,蹑手蹑脚穿过一套房间,当时房内的灯都亮着,他却怒容满面地悄悄溜近我们,这也很难就此认为他不地道。以我看,没什么大不了的过错。只是我不应该过这么长时间才觉察到他不喜欢我。原因是一切都那么富丽堂皇,那么热烈温柔,那么彩色斑斓。

我得整日穿梭于格拉斯・德比、巴丽之家和梅迪娜俱乐部的舞厅,这类周旋忙得我不可开交。要来这些地方,就得确定我口袋里的钱是否够资格跟那班有钱子弟混在一起。我不得不小心从事,因为西蒙给我的是最低的开销费用。不知怎的他总认为,我完全可以用较少的钱,办好他已办成的事情。没错,我本可以把钱省着慢慢用,可是露西在经济问题上想得比夏洛特少。我不得不注意节省服务费、小费、停车费,还得悄悄溜到小铺子里去买骆驼牌香烟,而不从饭店、俱乐部里的卖烟女郎那儿买。我总算通过了露西圈子里的那班人的考查,没有听到我所不要听的话,也没有迫使别人让步,这虽然加强了我虚伪的面部肌肉,也增强了我的胃口,不过我觉得自己得以蒙混过关还是顶光彩的。

这班人并不是我们仅有的伙伴,我们也常去西蒙和夏洛特家。起先他们只有三个房间——吃饭时用的亚麻台布、瓷器都是嫁妆。麦格纳斯家族的人总是肯费尽心思为他们自己人采购任何东西;这些盘子、杯子全是英国的瓷窑里烧制的,地毯真正来自布哈拉①,银器是蒂梵尼②的。

---

① 乌兹别克共和国西部一城市,以盛产地毯闻名。
② 蒂梵尼(1812—1902),美国珠宝商,1837年在纽约开设蒂梵尼珠宝商店,1868年组建蒂梵尼公司。

要是我们吃过饭还不走，就打桥牌或打另一种牌戏拉米；打到十点钟，夏洛特会给杂货店打电话，要他们送来薄荷冰淇淋和热的奶脂奶糖。所以我们不住地舔调羹。一般说来，我还善于应酬，乐于助人，殷勤有礼，心里想着我的两色的丝背带和合身的衬衣，全是西蒙的礼物。夏洛特依从西蒙的意愿，把露西和我当作已订婚的一对来招待，可是背着他保持着谨慎和冷淡。凭着她家族的天性，她知道我没有西蒙的那些本领，也知道我并不真想步他的后尘，他所面临的困难也许太多了，对我来说实在难以克服。

这一点他也逐渐有所察觉。起先，他很高兴，因为我在麦格纳斯家的人面前一直乐于遵命，态度热情，谈吐流利，讨人喜欢，彬彬有礼，而且尽量感受他们的诱惑物的魅力——财富的一切表现，在寒光闪烁、夜色深沉的北区车道上，一大串汽车中的数量，高尚的家族成员乘坐软胎车驶向水上舞会和德拉克饭店，以及它周围高台上所设的宴席；丰盛的菜肴，精美的食品，刺激的舞蹈。沿着湖岸行驶，你便离开了枯萎的树木，灰砖砌成的密集房屋，拥挤不堪、劳苦贫穷的分立一旁的另一个芝加哥，迅速地驶向湖畔。啊，不！预言书中的两部分是不可分割的。迦勒底①的美女和野兽以及可怜的人，是同住在一幢房子里的。

从这年冬天开始，我得天天去煤场上班，虽然每天晚上和星期天我都生活在另一个世界里，我也不能忘掉这一点。而且就连我的星期天，也被分成了两半。西蒙要我星期天一早就去煤场开大门，盼望能在这种严寒天气捞到生意。他对我管得很严，一心想要调教我。有的早上他还检查我到场的时间。有时我偶尔睡过了头，这丝毫不值得大惊小怪，因为把露西送回家，再把西蒙的车子开回他的车房后，我只得乘电车回宿舍，因此难得在凌晨一点钟之前上床睡觉。可是他根本不接受我的

---

① 古巴比伦王国南部一地区，后建成迦勒底王国，即新巴比伦王国。

解释。他说,"哦,那你为什么不抓紧时间跟她进行得快一点呢?和她结了婚,你就可以多休息了。"起初,这只是半开玩笑的话,可是后来,当他开始越来越怀疑我时,不久便对我凶了起来。他舍不得多给我一点钱,认为这只是白白扔掉罢了。"奥吉,你他妈的到底在等什么!她应该很容易上钩的。"当她家里的阻力渐渐形成之后,他就更加凶了,虽然有一阵子我根本闹不清这是怎么一回事。

要是我不是八点而是八点一刻才到煤场,就会发现他站在磅秤那儿,直朝我瞪眼睛。"怎么回事?是那个咪咪把你给缠住了?"他深信我以前跟咪咪有私情,现在依然保持着这种关系。

我们之间还有着其他的别扭事。由于我是个助理记账员和过磅员,他要我从黑人装煤工的工资中扣下买他的旧衣服的分期付款,为这有几次我们闹得很不愉快。又如那年十二月里,有一次一个叫久辛斯基的小煤商,醉醺醺地开着一辆车穿过雪水泥泞的煤场,一直开到磅秤前,汽车已经损坏的散热器直冒白色的蒸气。他买一吨煤,可是超重了几百磅;当我说他超重时,他竟冲我破口大骂,还从车上跳下来,想强行冲进办公室,说是我骗他,要拧断我的胳臂。我在门口挡住他,把他推出门外。他从雪地里爬起后不再冲向我,而是把他车里的煤全都倒在磅秤上。顿时,街上和煤场里,卡车、马车阻塞得水泄不通。我连忙叫来一个装煤工,要他把磅秤上的煤清理掉,可是久辛斯基竟拿着一把铲子,站在那堆煤上,装煤工一走近,他就挥铲打他。哈贝·凯勒曼正在给警卫队打电话时,西蒙到了,他立刻去拿他的手枪。当他握着手枪从办公室里跑出来时,我死劲抓住他的胳臂,想把他拉回来。他火了,朝我的胸口就是一拳。他拔腿朝前跑去,我急忙对他大喊,"别干傻事,别开枪!"接着,只见他拐弯时在煤地的泥泞中身子摇晃着极力保持住平衡。久辛斯基还没有醉到不认得手枪,他穿着件肮脏的短大衣,头戴一顶水手风帽,急忙扑向自己的卡车,企图钻进驾驶室。可是就在卡车和办公室墙壁之间的狭窄处,西蒙抓住了他,卡住他的脖子,用手枪的一侧猛击他的脸部。这事就发生在哈贝和我的眼皮底下。我们正站在看磅秤的窗口，只见被抓住的久辛斯基龇着大板牙，瞪着可怕的眼睛，脸色发青，双手弯成钩状，但没有夺枪。西蒙又用枪打了一下，直把久辛斯基的脸颊打得皮开肉绽。一见他打开了口子，我的心缩紧了，心里暗想，要是那家伙流了血，是否能让西蒙清醒过来，意识到自己干了什么？现在他放了他，挥枪示意叫工人们清理出磅秤平台。他们的铲子声惊醒了望着自己的血恶心发愣的久辛斯基。他跳上卡车，我生怕他会驾车撞到大门上，可他却打着滑把车子开到了街上的雪泥中，车辙稳住了他车子的轮子，也使他清醒了过来，他随着车流朝那阴暗隐约的方向驶去。

"他很可能会去警察局报案，宣誓控告属实，弄出张拘捕证来。"哈贝说。

这时西蒙已放下手枪，听哈贝这么一说，他喘了一口粗气说："给纳佐打个电话。"他这是冲我说的。以往我总是忍气吞声地强忍着，通常都遵从他的吩咐去做。他已经不再亲自查找电话号码和拨号，要等电话拨通，对方已经等着时才拿起话筒。然而这一次我却一动不动。我交叉抱着双臂，顾自站在磅秤旁。他板着脸暗暗把这事记在心上。哈贝为他找到电话号码。

"纳佐！"西蒙说，"我是马奇。你好吗？什么？不，天太冷，我没那个劲。听我说，纳佐，我们这儿刚才出了点麻烦，有个傻瓜煤商用铲子打我的工人。什么？不，他喝得烂醉了，把一车煤全都倒在我的秤台上，害得我们停工一小时。你注意，他可能会去你那儿报案，因为我揍了他几下。替我关照关照他，好吗？把他关进笼子，关到他脑子清醒为止。我保证是实情，我有好几个证人。你告诉他，要是他打算以后对我报复，你就永远把他关在里面。他是在二十八街的教堂附近做买卖的。替我办好这件事，好吗？"

纳佐果然帮忙，久辛斯基在拘留所里给扣了几天。我下次见到他时,他毫无报复之意。他仍来买煤时,伤口上还结着硬疤,而且规规矩矩的,我知道西蒙在一旁察言观色,只要稍有不对头,他就会动手。可是久辛斯基一点没有想寻事儿的迹象。纳佐或纳佐手下的人,已在地窖下面的囚室里把他吓怕了,而且在他肩上用铅丹烙了一下以示警告,若是下次再被带进来,就会整个儿给收拾掉。他甚至还得再回到这儿来做顾客。而西蒙,他也懂得怎样来敲平这枚钉子。圣诞节时,他给久辛斯基送去一瓶戈登牌杜松子酒,给他太太一盒棉花包形状的新奥尔良山核桃糖。她对西蒙说,这对久辛斯基是个很好的教训。

"当然,"西蒙说,"他现在满意了。因为他知道了自己的地位。当初他挥动铲子时还不清楚,而是想知道。现在他知道了。"

西蒙为的是要让我看看,他在处理这类危急的事情时是多么恰当圆满,相比之下——因为懦弱胆怯——我是处理得多么糟糕。久辛斯基一开始闹事,我就本该把他压下去。可是我没有当机立断,不够勇敢,不懂得像久辛斯基这样的人,必须用手枪来镇服他,把他关进牢房,要是不打算让他变成斯蒂尔基尔德号上威吓众船长的叛兵的话。结论很清楚,我跟露西·麦格纳斯的事进程不快,就是因为有这些弱点。要是我敢作敢为,实际上成了她的丈夫,其余的就只是形式而已。可是我没有走上这关键的一步。为了爱情,我也许有可能这样做,但决不会以此来达到别的目的。

因此,我在煤场里的处境更困难了。西蒙老是给我添麻烦,既为了我好,也为了不让他自己不快。这阵子,他自己也说不清他究竟有多少大事能做,而且还千方百计找借口试验一番。最近,他有时在早饭时琢磨下一步新的策略,这也许使得他把全部心思扑在那些最基本的细节上,或者是那些以吨计的小笔买卖上;要不就只是稍微考虑一下大原则,把细节全都留给下属们去处理——只要他们(主要是我)可以信赖的话,他就会这样做。有时他又想做个有钱的耶稣会教士;或者是想凭个人奋斗白手起家;这最后一着是他最不坚定的想法,但却一直缠着他挥之不去。我对他说："哦，可你不是亨利·福特①，你毕竟已经娶了一位有钱的姑娘。""可问题是，"他说，"你得受多大的罪才能弄到钱，得下多大的工夫。并不像阿尔杰②的书中说的那样"——这使我想起西蒙曾多么爱读书——"用一枚五分硬币起家，结果发了大财。可要是你搞到一笔钱，你打算怎么办，要不要来个孤注一掷？"不过这只是理论上的探讨，而且像这样的讨论，我们之间是越来越少了。在大多数情况下，我得从他那厌恶的眼睛中看出他的理论是什么，我在哪些地方没有符合他的理论，在哪儿没跟上，落后了，或者理解错了。

所以，那些日子我倒霉透了，在那种特殊心境里，有的只是煤场的形状，围栏的样子，煤堆，机器，磅秤窗，还有我司秤的地方那根有黑色刻度的黄铜长秤杆。这些东西，以及干活的人，买煤的人，来办事的警察，机械设备和铁路运输经纪人，推销员，全都钻进我的脑子里。我决不能报错价，算错账，或者在交易中出任何差错。咪咪·维拉斯有天夜里听到我说梦话讲到价钱，便跑到我房里来问我是怎么回事，就像在电话里交谈似的。到了早上，她把那些价格报给我听，结果一点也没错。"兄弟！要是你做梦全梦见这些，"她说，"那你的日子一定过得够戗。"要是我愿意的话，我真想坦白承认事情比这更糟，因为西蒙已打定主意要以最严厉的态度对待我，派给我的差使，难度不亚于取得赫斯珀里得斯③的金苹果，我不得不为煤渣的事跟管理员争吵，还得摆平他们，对他们贿赂，用啤酒巴结客户，跟经纪人争论运输过程中的损耗容许量，在一片喧嚷的银行里办理手续繁杂的存款，每个人都匆匆忙忙，脾气急躁。除此之外，遇上人手突然短缺时，我还得到小旅馆里去找装

---

① 亨利·福特（1863—1947），学徒出身，发明装配线生产方法和一套卓有成效的企业管理思想，成为美国汽车工业巨头。
② 阿尔杰（1832—1899），美国作家，擅长写穷孩子由穷变富的故事，如小说《衣衫褴褛的狄克》等。
③ 希腊神话中看守金苹果树的少女。相传，该树为该亚在赫拉嫁给宙斯时送给她的礼物。

煤工，或者到麦迪森街的贫民窟里去求人帮忙。我甚至还不得不到陈尸所去辨认尸体，因为人们发现有个中枪死的人衬衣口袋里，有一只我们煤场的空工资袋。他们掀起他身上的那块粗糙发皱的裹尸布，我一眼就认出他来，他的躯体黝黑僵硬，好像在盛怒中突然死去，双拳紧握着，两腿已经变形，嘴张着，像在喊叫什么，这就是我所看到的。

"你认识他吗？"

"这是尤拉斯·帕吉特。他在我们那儿干活。他出了什么事了？"

"他们说，是她的女朋友开枪打死他的。"他指出死者胸部的伤口。

"他们抓住她没有？"

"没有，他们根本没去抓她。他们从来不管这种事。"

西蒙所以派给我这项任务，因为他说我反正要开车接露西出去玩，在回家途中可以顺便办一办这桩事。回家后，我急急忙忙地换上衣服，只是洗了洗脸上、脖子上和耳朵上明显的脏处，别的地方都来不及洗了，从脚跟和脚上起，全都沾满煤场里的煤粉。就连眼角处也还留有我没擦到的黑乎乎的地方。我尽管肚子很饿，可是已经来不及吃东西，因为在陈尸所里花了不少时间，而露西正在等着我。外出办任何事我都没把车开得这么快过，在西大街和麦迪森街的交叉口上险些出了事，向下坡滑行了好长一段路后，我的庞蒂亚克打了转，结果尾部撞上了一辆电车。电车司机在四十码外就看到我了，连忙把车停在铁路桥下的斜坡上，所以撞得不厉害，只是把车尾灯撞碎了，没有发现其他地方损坏。骤然间聚拢来的人纷纷为我庆幸，每逢这种场合总会聚集起一群人的。他们都说我真是幸运，我对此付之一笑，急忙钻进车中，操起方向盘继续赶路。我得意洋洋地驾车到了麦格纳斯家，驶过黑暗的车道，来到尚有积雪的门廊前。我信心十足地吹着口哨走进屋内，把大衣往门内的凳子上一扔，衣袋里的那串钥匙发出悦耳的响声。可是，当露西的哥哥山姆递给我一杯酒时，我突然恍若回到了陈尸所，速度之快大大超过了我来时的车速——我这是空肚子闻到威士忌的酒味造成的——同时也回到了撞车的地点，这使得我沾满煤粉的双腿虚弱发软，无力站住。我一屁股瘫坐在椅子上。露西问道："你的脸色怎么这样苍白？"山姆像乙级影片里的主人公一样走到我跟前，他毕竟还是担心，生怕他那位逗人喜爱、乳峰高耸、布娃娃似的妹妹委身给一个孱弱的人。与其说是同情，还不如说是出于这种关心，他俯身望着我，他身上的那件条纹晨衣紧绷在他的臀部。

"我脸色苍白？"我强打起精神说，一面抬起头，"也许是因为我没吃东西吧。"

"哎，真傻。多久没吃了？哟，都九点钟了。"她打发山姆去厨房向厨子要块三明治和一杯牛奶来。

"我还撞了车——差一点出事。"山姆走后，我对露西说，跟她讲了事情经过。

我猜不透是哪种念头在她脑子里占了上风，是深切的关心，还是突然产生的顾虑，认为我是个约拿[①]——眼下我还是个令人愉快的情人。她的预见能力训练有素，每当她需要运用它时，比如在目前，她一定看到在远方的地平线上，即使不是苦难的深渊，也将是厄运不断。"车子损坏得厉害吗？"她问。

"只撞坏了一点。"

她不喜欢我这种含糊的回答。

"是车尾的行李箱？"

"我不太清楚。车尾灯撞碎了，这我知道。别的在黑暗中难以看清，不过大概没有多大问题。"

"今天晚上开我的车去，"她说，"我来开车。你刚出了事故肯定有些紧张。"

[①] 《圣经》中人物，十二小先知之一，在西方语言中，"约拿"喻指带来厄运的人，不祥之人，灾星。参见《圣经·旧约·约拿书》。

于是我们开了她父亲新近送她的敞篷车去北区参加舞会,后来把车停在巴哈教寺院附近的一大片阴影里,在那阴冷的宗教建筑脚下和支离破碎的月光中,互相抚弄、扭动、颤抖。一切似乎都像往常一样,其实不然,要么由于她,要么由于我。我们回来后,她替我担心,要再看看车子损坏的情况。我不愿跟她一起俯身在车后用手指去指出一个个凹痕。我只是用她的车头灯作了检查,接着就关了灯。随后我们来到厅堂里,我穿上大衣,戴上帽子,又跟她亲昵地爱抚,确知她还爱着我时,我知道还有一个使我们难以亲密无间的隔阂。她预感到西蒙一定会为汽车撞坏的事大发雷霆——他果然如此——而且更为重要的是,西蒙的看法可能跟她不谋而合。她不知怎么总对我存有戒心,认为我另外还有想法。我虽然可以吻她的肩膀,抚弄她的乳房,但在那陈设华丽、部分有月光映照的厅堂里,再也没有以往的亲密劲了。老头子正在楼上用鼻子嗅着,不管是睡着还是醒着,他都保持着警惕。

第二天早上,天色灰黄,淅淅沥沥下着雨,寒气袭人,喷油式火炉又在屋内散发出难闻的闷热,早晨还没过去,我便已筋疲力竭了。我毫不怀疑,一定有办法能像上涨的洪水漂浮起小树枝一样承受这所有的一切,如果你决心要使自己的精力那样横溢四泄,陈尸所和汽车的重压取决于你所具有的水压的承受力。当拿破仑乘坐盒式雪橇从冰天雪地的俄罗斯逃出时,他部下的士兵横尸遍野,身上盖满雪,犹如一群群绵羊,他跟科兰古侯爵①谈了整整三天,科兰古因为耳朵上扎着绷带,大概听不大清楚——他的主人也没法玩揪他耳朵的老把戏了——但是从主人那张浮肿的脸上,看出他心胸的深邃,上面漂浮着整个欧洲的大小事务。

的确,这些生意人有着旺盛的精力。问题是燃烧什么能产生这种力量,以及我们可以燃烧什么,不可以燃烧什么。一颗原子的燃烧,北方

---

① 科兰古侯爵(1773—1827),法国将军、外交官,1804年起为拿破仑的御马总管,在历次大战役中一直追随拿破仑左右。他是护送拿破仑从俄国返回巴黎的少数随员之一。

的原始森林便会像枯枝朽木般化为灰烬。竞争者之火在哪儿燃烧？它的威力有多大？

另一桩事情是，为了别人，打不起精神，为了亲口尝尝鸡蛋的滋味，却可以竭尽全力，爱情就是这样给滥化掉的。

我承受不了所有这些不同的东西。西蒙来到我跟前，为汽车的事把我臭骂了一顿，我已累得没有力气给他回嘴，甚至没有感到他这是冤枉了我。我只是回答说："你唠叨个什么呀？又不是什么大不了的事故，而且你是保了险的。"

错就错在这里；我本该对撞坏汽车的后壳和那电线拖挂着的后车灯感到难过，问题不在于事故有多严重，而在于我应该知道他在乎这事，我却没有把它放在心上。这就是为什么他会用冒火的眼睛瞪着我，还在俯身低头威胁我时露出他那断了半截的牙齿。我沮丧极了，无力跟他抗争，我没有任何可靠的靠山，不像他，有人支持，有人信任，我的一切都还模糊不清，但也十分倔强。

那天晚上我没有出去，在家看书。根据我们的协议，到春天我就进大学，那时候生意较清淡，西蒙可以不要我做帮手。我依然保持着整个夏天那种靠书本为生的劲头，展开双臂紧握住镜框的两边，转动着这面摄取景象的镜子，把它照向世界上任何一个地方。这时佩迪拉已经替我卖掉了我的大部分书——近来他自己也不再偷书了，他找到了一份临时工作，在一个生物物理实验室里测算神经冲动的速度——我手头只剩下少数几本书。不过，艾洪送我的那套被火烧坏的古典作品丛书，还在床下的一个箱子里，于是我挑了席勒的《三十年战争》，没脱袜子便躺在床上看了起来，就在这时咪咪·维拉斯进来了。

平时，她经常进出我的房间不跟我说话，只是从壁橱里取她的衣物。可是今天晚上她有话要说。她没有跟我争论，只是告诉我说："弗雷泽搞得我怀孕了。"

"天哪，你能肯定吗？"

"当然肯定。跟我出去。我想和你谈谈，我不想让凯约知道这事。他会隔墙偷听的。"

天气很坏。虽然不太冷，可是风很大。街灯被刮得像铙钹那样乓乓乒乒直响。

"可弗雷泽在哪儿？"我问道，因为最近我对宿舍里的情况不太清楚。

"他不得不走了。他须在圣诞节期间去路易斯安娜参加一个会议，在会上宣读一篇该死的论文。所以他先去探望他的父母，因为他不能跟他们一起过节了。可是他人在哪儿又有什么关系，他有什么用？"

"哦，现在说老实话，咪咪，要是你能结婚，你喜不喜欢？"

她沉默着没有作声，两眼盯着我，等着我把话收回。"你一定以为我很容易张皇失措，"她见我没把话收回，便说。我们还没有走到风里去，而是待在门廊里。她的一只脚歪向一边，一只手从长袖子中伸出抱在颈后，她那张艰难的愉快的圆脸，距离很近地仰望着我。艰难的愉快？是的，也可说是艰苦的乐趣，或者是某种精神方面和肌体方面的东西，连同痛苦使眉梢妩媚地扬了起来。"既然我以前不愿跟他结婚，为什么现在由于出了意外我就该嫁给他呢？我看出你已受到良好的影响。咱们去喝杯咖啡吧。"

她挽住我的手臂，可是才走到拐角处，我们又停下讲起话来，这时跑过来一条小狗，后面跟着它的穿波斯羊皮大衣、戴俄国羔皮帽的女主人。这时出了桩类似令我惊讶的事，这使我想到咪咪拾起打劫者的枪把他打伤的事是完全可信的。也许是因为天气不好，这只小狗弄错了地方，竟把尿撒在了咪咪的脚踝上。她朝那女人大声嚷道："快把你的狗带开！"但那女人似乎没看清出了什么事。咪咪便一把抓下那女人高高的皮帽，用它揩擦脚踝；那女人没了帽子，精美的发型被风吹得乱七八糟，不禁大叫起来："我的帽子！"帽子早已被咪咪扔到了大街上。

发生的烦恼事已经够多，可她还是毫不在乎！而证据总是聚集在咪咪一边,帮助她证明自己有理。不管怎么说,在杂货店里,她把袜子脱下卷成一卷塞进手袋时,只是咯咯地笑。真是天赐良机让她发了顿脾气,她心里感到有趣。

而她在喝咖啡时要讨论的,是她听说的一种新的堕胎方法。她已经试过厄瓜皮奥尔之类的堕胎药,还拼命走路,爬楼梯,洗热水澡。现在,合作社里的一个女招待告诉她说,洛根广场附近有个医生用打针替人堕胎。

"我以前从没听说过这种方法,不过值得一试。我打算去试试。"

"他用的是什么?"

"我怎么知道?我又不是医学专家。"

"可要是效果不好,你就得去医院,那怎么办?"

"嗨,要是你生命有危险,他们一定会收的。不过他们永远别想从我嘴里探出是怎么回事。"

"这听起来有点危险,也许你还是不试的好。"

"把孩子生下来?让我?你看我能带孩子吗?看你说的,你根本不关心世界人口的增长情况!大概你想到了你母亲,"——我这才知道不是赛维斯特就是克莱姆·丹波早已跟她讲过我的身世——"要是你母亲的想法跟我一样,那你就不会在这儿了,也不会有你的哥哥弟弟,即使我有把握会有你这样一个儿子,"她说道,一面照例哈哈大笑着,"并不是因为我不看重你,朋友,尽管你也有种种缺点——然而为什么我非得遵行这个成规不可呢?要是这些小东西的灵魂,在我死后要跟我算账,控诉我没让他们出生,那我会告诉他们:'听着,别缠着我。想想你们本来是什么?嘿,只不过是一种小扇贝似的东西。你们还不知道自己有多幸运。是什么使你们认为自己会喜欢出生的呢?让我来告诉你们,你们所以生气是因为你们无知。'"

我们就坐在柜台附近,所有的服务员都停下来倾听她的这番高论,其中有一个男的说:"真是个疯女人!"

她听到了他的话,引起了她的注意,她朝他笑着说:"这儿有个家伙一生到死都想学塞萨尔·罗梅罗。"

"她一进来,第一件事就是脱袜子,露出大腿……"

这番舌战一直进行着,后来我们不能再待下去了;我们在街上继续交谈到结束。

"不,"我说,"对于自己的出生,我没有什么可抱怨的。"

"是啊,肯定是这样,要是你知道自己是谁的儿子,你还会感激他哩。感激的只是一个偶然事件。"

"不可能完全是个偶然事件。至少在我母亲方面,我敢肯定还是有爱情的。"

"那么是爱情使它没有成为偶然事件喽?"

"我指的是会产生更多生命的欲望;它来自感激。"

"指给我看它在哪儿!你干吗不到富尔顿蛋市场去,在那儿想个清楚。把感激给我找来……"

"我不想跟你这样争吵。不过你要是问我,忘记它对我是否会更好一些,而我回答说'是的'或者甚至回答'可能',那我说的就是谎话,因为事实与此相反。我甚至不敢发誓我知道忘记是什么意思,不过我可以告诉你一大堆我的生活过得有多愉快的情况。"

"你倒是挺满意的,大概你喜欢自己现在这个样子,可多数人都为这感到难受。他们都为自己现在这个样子而难受,像现在这样。这个女人因脸上出现皱纹担心丈夫不爱她;那个女人一心盼她姐姐早死好得到她的别克车;还有一个女人则甘愿花一辈子心血来保持臀部的形状美好;或者是盘算着从什么人那儿弄到钱;或者是想搞个比自己丈夫好的男人。你要不要我也给你开列一个男人的表啊?你要我讲多长我就能讲多长。他们永远不会改变,决不会有一个美好的早晨。他们也不可能改变。所以,也许你挺走运,可别的人都已成为定局了;他们只有他们有的东西;要是这是他们的真情实况,那我们的处境呢?"

至于我，我不认为一切都像注灌进混凝土似的，有些幸福时刻并不是人们的幻影错觉，它们仍会使人忘却经久不散的失望，或多或少地忘却久积的痛楚，孩子、情人、亲友的去世，事业的失败，衰老，口臭，色衰的脸容，苍苍的白发，干瘪的乳房，掉落的牙齿；以及也许是最难以忍受的令人讨厌的僵硬，变得像骨头，简直像一副骷髅，在咽气前吱吱嘎嘎声音最响。可是她不得不根据实际情况打定主意，所以不能指望她按我的感情来行事。她让你知道，很快就知道，你是一个男人，可以夸夸其谈，可是有血肉麻烦的是她，而她甚至还引以为豪，使得她双颊焕发光彩，这是她身上最基本的东西。

我没有再跟她继续争论这类问题。我没有被她说服，也没有完全对未出世的人惶惶不安。要是彻底奉行这种节约人口政策，你一定会因为子宫的空空如也而感到极大的不安和懊悔；而医院、监狱、疯人院和坟墓则照样挤得满满的，这样的差距就太大了。是否要给弗雷泽生个儿子，这完全得由她自己来决定；弗雷泽现在还没离婚，即使她要嫁给他的话，他也没法娶她。顺便说一句，她所说的关于他的话，我并不完全相信。

可是，有关打针堕胎的事，我一点也没有把握。这事我想去问问佩迪拉，他是我的科学权威，我打算去他的实验室找他。万一他自己解答不了，他还可以问问他那些研究生物学的朋友。实验室在一幢半摩天大厦式的大楼里，那儿总是发出狗的怪叫声，我一听到这声音，总有点发怵。佩迪拉似乎对此毫不介意；他只是去那儿做测算工作，站在一个偏心的圆形位置上，用他那古怪而迅速的方式做着测算；他一只手插在口袋里，嘴里叼着一支冒着烟的香烟。可是我没能在咪咪跟医生约定的时间之前找到他。是我陪咪咪去看的医生。

这位医生大概由于光景不好显得愁容满面，心情沉重，而且看来非常外行。办公室设备陈旧，凌乱不堪。他卷着袖子坐在写字台旁，嘴里叼着雪茄烟；我这双看惯书的眼睛，一眼就看到他的桌子上有一本斯宾诺莎①的书,一本黑格尔的书,以及其他一些对医生而言有点古怪的读物,尤其是对他这一行的医生来说。他的楼下是一家乐器店。我记得店名叫斯特拉希亚泰拉。透过窗户可以看到,全家人正对着麦克风在弹吉他——几个小女孩和几个光脚的小男孩,脚还碰不到地,可是声音响彻全街,那天晚上正逢大雪之后,天气寒冷,吉他声竟超过了有轨电车的轰鸣,那条线路的车子已经很旧,经过时发出轰轰声。

医生对他所提供的服务并不闪烁其词——他甚至对这一点都毫不在乎。也许他并不是铁石心肠,但他似乎在问:"我就是在乎了,又能怎样?"也许他的态度蕴含着对人类双重软弱无能的蔑视,先是无力抗拒爱情,然后又要摆脱掉后果。他自然把我当作咪咪的情人。我猜测咪咪也有意要他这样想;至于我,我对这根本不在乎。下面是我们在那医生诊所里的情况。身体肥胖的医生对我们两个外行解释了他的注射堕胎法;他脸面肥胖,缺少表情,浑身没劲,气喘吁吁,两臂毛茸茸的,房间里弥漫着雪茄烟味和他长年累月坐的那张黑色旧皮椅的臭味。他戴着眼镜,看上去并不是真的缺少善心,可能是个善于思考的人——只是一旦克服了困难,便不思进取了。这时吉他降下音级,琴弦发出悲鸣和咚咚声。咪咪脸蛋白皙,头发金黄,双颊粉红,一朵绢制的玫瑰垂插在帽子的前面正中,周围由几朵白色和浅色的小花衬托着。啊,那红色!令人想起夏日的墙垣,也想起绸缎布匹和商店的柜台。还有她那两道妩媚动人的娥眉,看上去如此顽强坚决,可是她也显得那么困惑不安。要是我理解她的心情,这正是个千载难逢的好机会,我只好容忍这种跟医生眼中同样的软弱无力了——软弱无力的女人只好束手等待着别人的摆布,除此之外别无他法来获得赞美。

"这种针剂能引起收缩,"医生说,"有可能把你的麻烦排除掉。但谁也不能保证一定奏效,有时候,即使奏效了,你也还得做扩张刮宫手

---

① 斯宾诺莎(1632—1677),荷兰哲学家,唯理论的代表之一。

术。好莱坞的女明星们在报上把这叫做阑尾炎。"

"请你不要再说玩笑话了,我所关心的是你的医疗服务,"咪咪直截了当地对他说,这时他看出他所打交道的这个女人,并不是一个胆怯怕羞的怀孕小女工,不像他自以为的那样,会感激他的风趣和暗示,会为真正的悲伤和危险的漫长时刻的过去,对他报以微笑。有些可怜的人就因为温存柔弱而未婚先孕的,可是咪咪——她的柔情是从不轻易表露的。你不禁会感到好奇:她的柔情会是怎么样,会以怎样的形式表现出来。

"我们还是来谈谈正事吧。"她说。

他翘起他那恼羞的黑鼻孔说:"好吧,你是不是要打一针?"

"嗳,你想我在这么冷的晚上打老远跑来为的是什么?"

他站起身来,把一只搪瓷锅放到煤气灶上——火苗像熊爪似的带着炽热乱抓着。他那摆弄锅子的样子,使人联想起他早晨在厨房里煎鸡蛋时的懒散邋遢劲;他把注射器放进锅里,然后再用镊子夹出来。一切准备就绪。

"假如这法子只能完成一半,我需要其他帮助,你能行吗?"

他耸了耸肩膀。

她的嗓门开始提高了。"哼,你这个医生够狠心的!打针前也不商量商量?她们打了你的针后出了问题你他妈的全不管?你以为她们都豁出去了,你可以不必管她们的死活,她们只是拿自己的性命在开玩笑,是这么回事吗?"

"如果万不得已,我也许可以给你帮点忙。"

我说,"你是说要是给钱你就干吧。这你要敲多少钱竹杠?"

"一百块。"

"五十块干不干?"她问道。

"你可以去找个肯干这事的人,"他意在表示——我想这是真的——他无所谓。不在乎!这对他是最自然不过的事了。他会马上把注射器放到一边，重又去抠鼻子，搞他的理念、观念。

我劝咪咪先别跟他讨价还价。我对她说，"那并不重要。"

"你想就这么算了？好吧，对我来说反正都一样。"

"咪咪，你还可以改主意。"我只对她悄声说。

"要是改变主意，那我去哪儿？还是老样子不变。"

我帮她脱下皮领大衣，她扶着我的手，仿佛要让打针的是我。当我的手臂搂住她的身子时——我感到她有这一需要，而且我要尽力来满足她的需要——她突然抽抽噎噎啜泣起来。此情此景打动了我，我受到了她的感染。于是我们像一对情侣似的拥抱在一起了，其实我们并不是情侣。

可是，那医生却不让我们忘记他正在等着。在他看来，这是值得同情的还是令人厌腻的？大概是两者之间，他注视着我如何安慰她。不管他以前把我当成她的爱人心里有多羡慕，现在他可一点也不羡慕了。不过，他并不了解内幕。

但咪咪已打定主意，没有动摇，流下的泪水并不表明有所改变。她朝他伸出胳臂，他把针头扎了进去，那看上去像是很坚硬的液体缓缓注入她的肌肤。他告诉她会有分娩似的剧烈阵痛，她最好躺在床上。这一针就要十五块钱，她还能付得起，暂且还不需要向我借钱，这并不是说我现在手头很宽裕，陪露西出去玩把我的钱都给花光了。弗雷泽还欠我一点钱，可要是他能还我钱，那他也一定会寄钱给咪咪的。咪咪则不愿他为这事烦心。他现在仍在筹钱准备离婚。而且对这类事不闻不问，是弗雷泽的作风之一。总有一些事情比眼前发生的事更为重要，更为崇高，这正是咪咪经常对他讥讽的一个方面，然而他又把这当作既珍贵又荒谬的品质加以怂恿。倒不是说他为人特别吝啬，而是他老是把事情拖延，以便使他的慷慨延续更长的时间，用在更重要的地方。

总之，咪咪一面咒骂着医生一面爬上了床，因为药力已经发作。可是她说还是"干的"，那一阵阵的抽搐竟没产生任何作用。她浑身颤抖，冷汗淋漓，她那瘦削结实的肩膀袒露在被子外面，孩子般的前额痛苦地露出道道皱纹，眼睛睁得又圆又大，强烈地闪烁着蓝光。

"哎哟，那个卑鄙、该死的江湖骗子！"

"咪咪，他说过可能不起作用。等——"

"我身上已经打满这种可怕的毒药，除了等之外，我他妈的还有什么办法？我一定中毒很厉害，它把我的五脏六腑都要挤出来了。那个蹩脚透顶的笨医生！哎哟！"

断断续续的抽搐过去了，为了减轻痛苦，她居然强打精神说起笑话来。"这小东西长得可真牢哩，动也动它不了。可有的女人为了保住她们的那块肉，得在床上躺上九个月。只好听听收音机。不过，"——口气变得正经了——"我已打了这么多药，我可不能让它生下来。说不定它已经受了损伤，晕晕乎乎了。如果没有受伤，那它大概是个危险东西，因为它这么难治，八成是个歹徒。我想，要是他真的桀骜不驯，会给这世界添乱，我倒说不定会让他生下来。可我为什么要说'他'呢？也许它是个女孩。那我拿女儿、一个可怜的小女孩怎么办呢？又是女人——女人。她们更能为自己增光，女人更真诚。她们的生活更接近自己的天性。她们必须如此，她们更有天性。她们有乳房，她们看到自己的血，这对她们有好处。男人则天生较为自负、爱虚荣。哎哟！看在上帝的分上，把你的手给我，奥吉，行吗？"绞痛又来了，痛得她挺直腰身坐了起来，使劲攥着我的手，紧靠着。她紧闭双眼，熬过了抽搐的阵痛，然后又躺了下来。我替她盖好被子。

药性一点一点地发作完了，把她的肌肉和腹部折腾得酸痛难当，她恨透了那医生，对我也怒气冲冲。

"可是你知道，他没下过任何保证。"

"别傻了，"她态度难看地说，"你怎么知道他给了我足够的剂量？怎么知道他不是要我再回去采用别的方法，他好多捞点钱？一定是这么一回事。只是我可不打算再去找他了。"

我看她虽然身体虚弱，火气倒挺大，不想要人待在跟前，于是我便让她去，回到自己的房间。

凯约·奥伯马克的房间就在我们两人的房间之间，他当然关注着所发生的一切；尽管咪咪竭力瞒着他，他怎能一点不知道呢？他也是个年轻人，年纪跟我的二十二岁不相上下，不过已经发胖，有一张宽大的脸，显得既自命不凡，又缺乏耐心，脾气急躁，思想如烟，想入非非。他性情忧郁而粗鲁。他在自己的那个房间里过着艰苦的生活。他不喜欢上课，他的观点是一切都可以自学。他的房里充满烂物品的腐臭和一个个当便壶的瓶子发出的臊味，因为他用功时不愿去厕所。他整天半裸着身子躺在床上，他的床摆在接近房间里所有其他东西的位置，上面堆满了各种日用品，而且积满灰尘。他秉性忧郁，但才华横溢。他认为，最纯洁的境界是在人际关系之外，人与人之间的交往只会产生谎言和愚蠢的亲近，所以他对我说，"我任何时候都宁愿跟石头打交道。我本来可以做个地质学家。我对人类甚至并不感到失望，我只是对它漠不关心。要是有一件事是可以肯定的，那就是这个世界肯定不够完美，而要是没有更多的了，那他们可以把它也收回。"

虽然咪咪总是奚落他，凯约还是一心想知道咪咪的情况。"她怎么啦？过得不顺心？她运气不好。"

"是啊，很糟糕。"

"可是不！不完全是运气，"他说——他所不能容忍的事情之一是你随声附和他的意见，"你注意，人们总是让同样的事一再发生，一次，一次，又一次。"

他对咪咪的态度跟那医生的态度有点相同；这是女人的麻烦，他们俩都不把这摆得很高。不过凯约要比那个医生聪明得多。现在他站在我的房间里，穿着背心，被体重压得平平的脚板上没穿袜子，头发披散在肩上，从他那张肥胖的大脸上可以看出，每一个不拉他一把帮他达到目的的人，都要受到责备——换句话说，他是个偏见极深的人，可是他心中依然有着极其强烈的正义感，有一条始终保持畅开的通道。

"不过——你明白，每个人在他所选择的事物中都有苦处。在自己所选择的事物中的苦处。耶稣就是为此遭难的，就连上帝在他选择的事物中也有苦处，要是他真的想做人类的上帝，一个有人性的神。她也是因此陷了进去的。"他极不耐烦地叹了一口气，"那是耶稣。别的神则连连成功，他们的辉煌业绩迫使你甘拜下风。那班家伙才不关心你哩。你瞧，真正的成功有多可怕，简直不敢正视它。倒不如先把一切毁掉，一切都得来个改变。除了全都混杂在一起的以外，你别想找到一个纯洁的欲望。我们都在逃避可以认为是纯的事物，每个人都以自己的方式表现出这种失望情绪，仿佛是为了要证明混杂不纯的东西必将取得胜利。"

他总是给我留下深刻的印象；他那对马眼似的大眼睛，无论对至理名言还是夸夸自谈都会感到惊奇，就像马一样，不管对荒唐可笑的东西还是极为重要的东西都会胆怯惊退。我觉得他的话很有意义，知道其中有一定道理，因而尊重他，把他看成是启迪思想的源泉，尽管他本人皮肤黝黑，有点脏，眼睛旁边绿一块蓝一块的，但还有点光泽。他两手按着自己肥大的屁股，朝我看着；他那张脸上原本有的一点美，已作为虚假的东西给抹去了。所有人都得屈服让步，这是装出来的，我看得一清二楚；同时还附带警告说，希望过多是一种致命的通病。是的，这种有害的奢望在种种邪恶下面通过，还让它们一直存在着。我已经有过足够的教训，一看就能识别。所以我既被凯约的观点所吸引，又对它加以抵制。他从不承认人世剧场中画得五颜六色的天空，总是凭着髓和脑那缓缓星移的清晰的灰雾，倾心于外面那繁星点点的真正苍穹，一个原样的银河。

不过我也有一个想法，你还是不要采取这么广泛的使得人类无法生活的立场，也不要把使你毁灭的那些不可调和的事物混在一起，而首先要设法找到你可以共同生活的人。而要是最高贵的人物光临那个空空荡荡、热气闷人的小酒馆，里面苍蝇乱飞，吵闹的收音机播送着球赛和啤酒广告，你除了接受这种混杂并说不完美永远存在之外，你还能怎么样呢。所有伟大的美也是如此。我擦破的眼球看上去总是有伤痕的。神可以在任何地方出现。

"要是你探究一下其中的道理，"我对凯约说，"这些混杂物的存在可能也是有道理的。"

"未必真的如此，"他回答说，"你不会想要生活在银幕上吧。等你懂得这一点，你就有所长进了。要是我没看错你的性格的话，你也可以走到这一步。你并不怕有所信仰。我所不明白的是，你干吗要把自己弄成一个花花公子。尽管这样是混不下去的。"

咪咪听到我们在谈话，便唤起我来。我回到她的身边。

"他想干什么？"她问。

"凯约？"

"对，凯约。"

"我们只是随便聊聊。"

"你们在讲我。要是你对他说了一点情况，我就宰了你。他要找的就是证明他正确的证据，他要是可能的话，他的那双大脚会踩过我的胸膛。"

"这是你自己没有保守住秘密，"我说，不过尽量把话说得轻柔些，现在不是对她回嘴的时候，她躺在那张有那么多铁铸果核和缎带蝴蝶结的铁床上，狠狠地瞪眼看着我。

"我要说就说，但我可以叫你别说。"

"别着急，咪咪，我不会说的。"

不过，第二天我还是不得不请凯约代为留意一下咪咪，因为不知道她会出现什么情况。不管白天在煤场的办公室里，还是晚上在麦格纳斯家的宗亲会晚餐会上，我都心神不定，为咪咪担心。每月一次的晚餐会在闹市区的一座栎木屋内举行，我一连往寄宿舍里打了几次电话，但除了欧文斯谁也没找着，这老头一发起火来——他当时正跟咪咪闹别扭——便会冒出威尔士口音来,我根本听不懂,再打电话也是白费钱。露西想要在聚会后去跳舞,我推托太累了没有去,其实我用不着假装太累的样子。我告辞回寄宿舍。

咪咪在我屋里,而且还有了好消息。她身穿一套黑白两色的衣服,头发上扎了条黑缎带,坐在我的房间里。

"今天我动了动脑子,"她说,"我开始问自己,'有没有合法的方法来办这件事呢?'不错,办法倒有几个。一个是去看精神病医生,设法使他诊断说你神经失常。他们是不让疯女人怀孕生孩子的。有一次,我就是靠这个办法逃脱了刑事责任,法院里有案可查。不过我现在不想这样做了,因为弄不好会装得过分露了馅。所以我决定,让装疯卖傻的办法见鬼去吧。另一个办法是,要是你心脏衰弱或者有生命危险,他们就会给你弄掉。因此今天我去了门诊所,对医生说我觉得自己怀孕了,但是很不正常,浑身总觉得不舒服。有个家伙给我作了检查,他肯定说我是输卵管怀孕。所以我还得进行一次检查,要是复查结果仍是这样,他们有可能给我动手术。"

这便是使她欣喜若狂的原因。她已经一心指望着这一招了。

我问她说,"你是怎么装的?临时去看了书,记住输卵管怀孕的种种症状,然后讲给他们听吧?"

"小家伙,你怎么能这样想!你以为我胆大到那个地步?你以为我敢走进那儿,对他们讲些老掉牙的东西,就能骗得了他们?"

"在门诊所里,有些事情是可以骗过他们的。这我可以告诉你。可是你得当心你要走的下一步,咪咪。你别想骗得了他们。"

"这并不是我一个人的意见,他们也这样认为,而且我确实有一些症状。不过我决不回头,我还可以去找那个兽医。"

随后的几天,由于我又是晚餐又是聚会,日程排得满满的,没法一直照看她;等我过去看她时,不是深夜就是早上六点半我上班之前,这时她困得不想跟我多说话。我进去摇醒她时,她似乎立刻就知道放在她肩膀上的是谁的手,以及问的是什么事,便像在睡梦中似的回答说,"不,没什么,没什么效果。"

冬季过得真快,已到十二月下旬,早晨烟雾迷蒙,天色昏暗,我穿着高统套鞋跌跌撞撞地下了楼——通常总是迟了——我顶着从低垂天空的裂缝中渗出的仿佛重又回来的夜色,朝汽车站走去。九点钟,第一阵生意忙过之后,我可以赶到玛丽的快餐店去吃早饭。快餐店的四壁镶有稍加装饰的铅皮护墙,墙边摆着几张单扶手的椅子,由于室内的设施装得高,所以光线不足。

一个星期六的下午,我正在玛丽的店里歇口气,她的收音机里正在播放歌剧,是纽约台播放的。那激昂奔放的演唱虽然没能打动我,但声音在我耳边缭绕。这是一种你以前得付钱的娱乐服务。就像关在布鲁日①监狱中的一位勃艮第公爵②,要一个画家在他的囚室中画满金色的神像和祈祷场面,以减轻不见天日的幽暗一样。这种给予患难者的援助,现在几乎到处都免费提供,无论是在杂志上还是在广播中。总之,除了那激昂纯正的歌喉,别的我什么也没听清。

哈贝·凯勒曼派来一个装煤工对我传话说,有位女士打电话找我。

电话是南区一家医院的护士打来的,是传咪咪的话。

"医院?出什么事了?打从什么时候起她就住在那儿了?"

"从昨天起,"那女人说,"一切都正常,但她说想见见你。"

我告诉了西蒙,他怀着疑惑、讥嘲、责备的神情听着,已经迫不及待地要驳斥我必须提前下班去医院看朋友的解释了。

"哪个朋友?你是指你同宿舍的那个放荡女人,那个风骚的金发女郎?伙计,你眼下要干的活太多了。你怎么会跟她搭上的?想同时应付

---

① 今比利时西北部一城市。
② 勃艮第一词现指索恩河、卢瓦尔河和塞纳河上游之间的地区,历史上曾建立过勃艮第人王国、勃艮第伯国、勃艮第公国,后并入法国。勃艮第公爵为从前西欧的一个极有权势的著名爵位。

两个女人，我看你跑得未免太快了，是不是？怪不得你近来气色这么难看。要是一个不跟你上床，你就可以跟另一个抓紧时间。恐怕还不只是上床的事吧？哼，你就是这样，又掉进情网！你还挑不起爱情的担子，挑不起！为了一个女人的那东西，你得付出多大代价？你跟一个小妞上床，就得照顾她一辈子吗？"

"你根本用不着说这种话，西蒙，这毫不相干。咪咪病了，要我去看看她。"

"小伙子只要有女的可以睡觉，我看就用不着急急忙忙结婚。"哈贝说。

"这件事要是传到他们的耳朵里，"西蒙背着哈贝说；奇怪的是他的神色有点异常，近乎得意和欣喜大大超过别的感情。我看出，他已经暗地里盘算好如何来处理这一切后果，他将声明跟我断绝关系，这样将对他毫无伤害。至于他结婚那天晚上所说的打算，即我们俩合作共图成功的那一套，无疑他已经作了改变，决计还是一个人做主独自来完成为好。

不过我当时没想这么多，一心只惦念着医院里的咪咪。我敢肯定，她一定按自己的计划蒙骗过医生了。

近黄昏时，我在病房见到了她。我刚进门，她就打老远把手指捻得啪啪直响，还想在床上坐起身来。

"你动过手术了？"

"啊，当然！你不是知道我要动的吗？"

"嗯？至少，事情过去了吧？"

"奥吉，我的手术白做了。一切完全正常。这事我还得从头再来。"

开始我没弄明白，我觉得自己又笨又傻。

她带着恶作剧式的幽默和深深的痛苦对我说："奥吉，他们都进来向我道喜，祝贺我将会生下一个正常的婴儿。原来不是输卵管怀孕。医生、实习医生和护士们，都以为我会高兴得发疯，弄得我就连对他们骂上几声也不成。我只是一个劲地掉眼泪。我的计划破产了。"

"可你干吗要做手术呀?你自己难道不知道?你编造了那些症状。"

"不,我只是没敢肯定。我一点也没有编造,我是有一些症状。也许是那一针引起的。他们认为有可能是输卵管怀孕时,我真担心他们不给我做手术了。后来我想,把我弄到手术台上,他们一定会给我弄掉的,可是结果没有。"

"他们当然不能动,这是不允许的。打从一开始,全都是因为这个问题。"

"我知道。我知道。我原以为我可以硬闯过这一关。这是我的一个高明打算。"她现在已经不哭了,不过眼睛已被咸津津的眼泪水渍出许多红丝,鼻子也被渍得又红又痛。可是从她那坚毅的漂亮脸蛋上可以清楚地看出,在坚持应该为爱情作出奉献的观点方面,她的贵族派头不仅没有减少,反而有所增加。

"你得在床上躺多久,咪咪?"

"我不打算像他们说的那样躺那么久,我办不到。"

"可你非办到不可。"

"啊,不。已经迟了。再拖一下就不行了。你去见一见那个人,替我在下周近周末时约定一个时间。到那时我就可以去了。"

我觉得这样做很不对头,但又阻止不了,对一个人竟敢这样来对待自己的身体,我不禁露出惊骇的神情。"哟,你以为一个女人就该比这样娇嫩,"她说,"我老是忘了你快要订婚成家了。"

"可是你就不能至少等到他们让你出院吗?"

"他们说得十天,在床上躺那么久,只会使我的身体更虚弱。不管怎么说,在这病房里我受不了。护士们对这桩喜事都那么兴高采烈的。我实在受不了。我变得越来越紧张不安。你有钱吗?"

"不多。你呢?"

"连我所需要的一半也没有。借也借不到多少。我知道,那家伙少一块钱都不肯给我动的。弗雷泽同样也没有钱。"

"要是我能进他的房间,我可以拿点他的书去卖。他的有些书是很值钱的。"

"他会不高兴的。而且你也进不去。"她打断了自己的思路,深切地朝我看了一眼,淡淡一笑说,"你站在我一边,不是吗?"我认为完全没有回答的必要。"我的意思是,你能够理解爱的意义。"她充满真情地吻了我一下,为我感到骄傲。当着众人的面,包括女病人、探病的等其他人。

"好吧,"我说,"我们可以等借到这笔钱。一百块钱你还差多少?"

"我至少还需要五十块。"

"我们一定能搞到的。"

我所知道的最容易的筹钱办法——容易得我都为之得意——就是偷书。我用不着去求任何人,特别是西蒙。

我立即赶往闹市区。天色还不晚,到处灯火辉煌,冰雪映射。在座座工厂里,几乎所有的窗口都颤抖着灯光,在那摧毁后又复苏的大草原上,顶出积雪的冬草,被寒风吹得东倒西歪,被严寒冻成了冰棒。寒光波涌的湖水,一片蔚蓝。还有那铁轨,稳稳地滑向夜色之中。

我来到瓦巴希大街的卡森百货公司,书籍部在底层。一群群晚来的顾客在圣诞小铃铛和银色常春藤下熙熙攘攘,络绎不绝。我按规矩不多逗留,以免引起人们注意。我知道该拿什么书,一部很难得的柏罗丁① 的著作,英国版的《埃及宗教之九神》,这本书很值钱,实际价格比标价还要贵。我取下书,随便翻阅了一下,看了看书的装帧,然后就夹在腋下若无其事地朝通向瓦巴希大街的门口走去。四格旋转门正在慢慢地转着。我走进朝我敞开着的一格,可是门转了一半便突然停住了,把我夹在中间,眼看只需再转几英寸我便可走到街上。我急忙回过头去,看

---

① 柏罗丁·(205?—207?),古罗马哲学家,新柏拉图学派主要代表。

看门突然停住是否由于那最糟糕的原因,我脑子里已经涌现出警察、法庭、监狱,涌现出在布赖德韦尔监狱关上一年的可怕景象。没想到在我身后的竟是吉米·克莱恩,由于多年不见几乎已不认识,但毕竟不是陌生人。是他把我夹在这扇铜质旋转门内,他示意他会放了我,让我在街上等他。他在这方面非常老练,在呢帽的帽檐下,食指朝下一钩,意思很明确:"在外面等着。"

凭着这些迹象,我知道他现在已做了商店暗探。克莱姆·丹波不是告诉过我他在卡森百货公司工作吗?我不打算一逃了之。首要的是要摆脱困境。在街上我把书自动交给了他。他匆匆地说了一句:"在拐角的交通指示灯处等我。我马上就来。"

当他跑进那扇旋转门时,我看到他那匆匆的背影和帽子。看样子他并没有生气,而是像在处理意料中的事。我站在交通指示灯下的人群中间,在冷风中冒着汗,危险过去后我感到浑身瘫软无力,心中暗自庆幸。我忽然想起劳希奶奶曾告诫我要提防吉米,说他是个贼,可是不管怎么说,他这是在跟不法行径打交道。

"好啦,"他一回来便说,"我说我一喊,你就把书一扔逃跑了。我没能看清你的脸,所以我再出来看看,是不是能认出你来,懂吗?现在你到孟罗街的汤普森自助餐馆去,我就在你后面。"

我朝前走去,一面用丝绸围巾擦干脸上的虚汗。在自助餐馆里,我从柜台上端了一杯咖啡来到一张餐桌前坐下。没过多久,他也来了,在桌子边坐下。

他朝我打量了一会。他的眼角有着不少皱纹,肤色灰黄,机灵,沉着,活像个评论家。而对双方来说,在条件许可的情况下,都有老友重逢的喜悦。

"你夹在门里时给吓坏了吧?"他终于问道。

"天哪,是的——那还用说。"我笑着说。

"你还跟从前一样,还是那么个蠢家伙。要是火车撞了你,你也会自以为了不起，笑嘻嘻地爬起来，好像六月天里蹚水玩似的。这一次又有什么值得你高兴的？"

"哦，我高兴的是这次碰到的是你，而不是一个真正的侦探。"

"我是个真正的侦探。只是对你来说我不是，你这个傻瓜。我不得不追赶你。我正跟书籍部经理站在一起，你来了，就在我们眼皮底下动起手来，相距不过两码。所以我除了追你之外，还有什么别的法子呢？可是你干吗要偷书呀？我还以为，咱们俩为在圣诞节一起干的那笔生意挨了整以后，再也不敢干了呢。我家的老头子差一点要宰了我，他险些要了我的命。"

"于是他使你当上了侦探？"

"他？呸！后来他们要我上哪儿我就上哪儿，要我干什么我就干什么了。"

我知道他那跛脚的肥胖母亲已经去世，已经进了棺材，埋进坟墓。可是他家别的人呢？

"你爹现在怎么样？"

"干劲十足。我妈死后他又结了婚。后来才弄清楚，原来他在老家时就有一桩风流韵事，整整持续了四十来年，这还不值得一提吗？他跟妈生了八个孩子，那个女人跟她丈夫生了四个孩子，可是两个人都为这桩爱情弄得伤心欲绝。她后来成了寡妇，所以他们俩就又走在一起，结了婚。怎么，你好像感到惊奇？"

"是的，那还用说。我记得你父亲总是待在家里的。"

"噢，他有时得到西区去，每次去时，他都带有一张可以转搭十六大街的肯顿电车的转车证，所以他便用上了。"

"别对他这么严厉，吉米。"

"我这不是跟他过不去。要是这能使他的脾气改好，我倒也高兴。可是他还是老样子。现在他也还是一样。"

"艾丽诺好吗？听说她去了墨西哥。"

"噢，你这是过时消息，这是很久以前的事了。她回来已经有不少日子了。你应该去看看她。从前她很喜欢你的，现在仍经常讲起你。艾丽诺心胸开阔，我只盼望她身体好起来。"

"她病了？"

"生过病，现在重又开始上班了，在芝加哥大街的扎罗皮克工厂，他们生产的是棒棒糖，在学校附近的商店里销售。不过她还不该去上班。她是在墨西哥得的病。"

"我想她是准备去那儿结婚的。"

"哦，你还记得。"

"是你们的那位西班牙亲戚。"

他微笑着低下了头。"是的，没错。他开了一家生产皮革产品的小工厂，他让艾丽诺在厂里干了一年左右的活，按说他们已经订了婚，可是他一直跟厂里别的娘儿们厮混，根本没有真正想到要结婚。最后她得了病，就这么回来了。她没有为这感到心碎。能到另一个国家看看也是一件好事。"

"我真为艾丽诺感到难过，"

"是啊，她盼着能恋爱，对这抱着很大的希望。"

他说这话时带着非常鄙视的口气，这不是冲着艾丽诺，他对他妹妹非常关心。不，也许是因为她的缘故，他很看不起爱情、恋爱，以及那些使她受害，使她得病的东西。

"你把这件事看得有点严重了。"

"我根本不去想这件事。"

"可是你自己就结婚了，是克莱姆告诉我的。"

我的天真把他给逗乐了。"不错，而且还有了个儿子。他是人见人爱。"

"你太太呢？"

"啊，她是个好姑娘，她的生活够艰难的。我们跟她的父母一起住，我们不能不这样。还有一个结了婚的姐姐和姐夫。唉,斗嘴打架的事没个完,该谁用厕所,该谁洗衣服,该谁做饭,或者骂孩子,你想这像什么样子?还有一个妹妹是街头女郎,就在楼上接客,因此你晚上看完电影回家,黑暗中没准就会踩到她身上,所以一天到晚吵个没完没了。我在这个家中所占有的,只是一张双人床的位置。现在你了解这是怎么回事了吧?这就是你要的生活,对你来说它归结为一件事——做爱;就这样,你跟某个好姑娘欢聚一场,但用不了过多久,你比以前还要受罪,而且是更加没完没了,因为你结了婚,又有了一个孩子。"

"你的情况就是这样吗?"

"我原本跟她随便玩玩,结果把她的肚子弄大了,于是便跟她结了婚。"

就像伦林太太所预言的,如果西蒙跟塞西结婚,这正是她当时向我描绘的那种不幸的结局。

"你就像七月四日国庆节的大烟火一样竖立着,"吉米说,"火药的劲头足得要让你爆炸。嗖地一下窜上天空,接着火光一闪便掉落下来。你活着就得把孩子养大,对你的老婆尽义务。"

"你就是这样过的吗?"

"唉,这对我倒是没什么,我可没那么干。我觉得我并没给她带来多大乐趣。可是咱们干吗尽谈我呀?你是个很出色的小伙子,现在你到底在干什么,或者想干什么?看到你偷书我简直不敢相信。老朋友这样重逢多不像话。奥吉,一个小偷!"

并非全是失望,他似乎为此还有几分高兴。

"并不是一个职业小偷,吉米。"

"可是,即使是个业余的,这跟我听说的也大大不符啊,据说你和西蒙都很有成就。"

"他干得很好——结了婚,在做买卖。"

"我这是从克雷道尔那儿听来的。还说你正准备上大学。这就是你偷书的原因吧?我们逮住过许多学生。他们大多数都没给人留下好印象。"

我给他讲了我急需钱用的原因,姑且让他以为我是咪咪的情人,要不,会使他难以理解。既然碰到了这种巧事,抓我的竟是吉米,因而使我宽慰、放心,同时也为陷入这种荒唐境地感到沮丧,但我还得进行我的筹款工作以及别的有关的事。不过,我的一席话,使吉米深为感动,他的眼睛中和脸上都露出了关心的神情,并且立即打定了主意。

"她怀孕多久了?"

"两个月了。"

"听着,奥吉,我一定尽力帮助你。"

"不,吉米,"我吃了一惊,说,"我不能向你要钱。我知道你的生活也很艰难。"

"别傻了。几块钱怎么能跟伤心的生活相比。就算是为我自己吧——我可不想看到我的任何一个老朋友遭难。你需要多少钱?"

"大约五十块。"

"没问题。这对我和艾丽诺来说不算什么。她攒了一些钱。我不会告诉她派什么用场。她也不会查问。而且干吗要让她知道呢?你不用告诉我为什么你不愿向你哥哥去借。要是他愿帮你忙,你也就不会去偷书了。"

"如果实在没办法,我也有可能去求他。可是由于有特殊的原因,我不能去找他。啊,吉米——谢谢你。你真好。谢谢,吉米!"

我对他这种感激不尽的样子,使得他不禁笑话起我来。"别这么大惊小怪的。下星期一,我仍在这儿跟你见面,还是这个时间,我会给你五十块钱。"

吉米没有信心他能否一直保持这种好心肠;他为此感到局促不安。我很清楚,他既想要帮助一个老朋友,也想要克服这种感情冲动。

不管怎样,他还是把钱给了我,我跟那医生约定,在圣诞节那周的周末见面。可是事情很难安排。就在那天晚上,露西和我有个约会,我不可能取消这次约会而不让西蒙知道,因为我得用他的车。因此,我把咪咪送到医生那里后,便忐忑不安地急忙出来,在一家杂货店里给露西打了一个电话。

"亲爱的,今晚我得很晚才能去,"我对她说,"出了点事情,我要到十点钟以后才能去你那儿。"

可是,这天晚上她不太顾得上想到我。她在电话里悄声说,"亲爱的,我的车撞上了一堵围墙,把防护板给撞弯了。我还没有告诉爸爸。他就在楼下,所以我进退两难。"

"哎,他不会怎么生气的。"

"可是,奥吉,我的车用了还不到一个月。爸爸说过,要是我不好好爱护它,他就把它卖掉。我不得不下了保证,六个月之内决不出任何问题。"

"也许我们可以背着他把车修好。"

"你觉得我们能行吗?"

"哦,也许吧。我会尽量想办法。我可能会很晚才到。"

"别太晚了。"

"好吧,不过要是我十点钟还没到,就别等我了。"

"如果是这样,我在除夕之前应该好好睡上一觉。明天你准时来好吗? 别忘了那是正式的晚会。"

"明天九点,穿着我的晚礼服,也许是今天晚上。不过我答应帮助一个朋友,他出了点事情。车的事不用担心。"

"可我实在担心,你不知道爸爸的脾气。"

我离开公用电话时,心里感到很空虚,全身发僵,像个满怀恐惧的士兵,我所未知的一切已经控制了我。

楼下的乐器店已经打烊,在那透明的玻璃窗里面,那些卷曲的萨克斯管和吉他全都缩在一旁。再往里看去,厨房里渗出一束束光怪陆离的灯光，一家人正坐在那儿大吃意大利面条。

我站在楼上过道里的房门旁等着。不久我听到门开了，咪咪一个人从里面出来了，有人扶了她一把，可我还没来得及看到医生问一声，门就关上了。现在我扶着摇摇欲坠的咪咪，想问也不成了。她出院才两天，不要说她所遭受的痛苦和失去的血，单凭她独自采取的种种的决定，也足以使她筋疲力尽了。她的身体如此虚弱不堪，这是我第一次看到她脸无表情，像孩子野餐后晚上回来，累得在旅游火车上睡熟一样。只有当她的头东倒西歪地靠在我的肩上，贴着我的脖子时，她才用嘴无力地吮着我的皮肤，表现出一种情欲上的反应。在这片刻之间，我也许已成了弗雷泽，她则想要进一步证实，不管遇到什么困难、伤害和逆境，她决不会放弃她的信念：一切都依赖于男女私情中的温柔——他们心甘情愿地做了山水之间和动植物世界中由于盲目无知的需要所做的事情。

我们站在楼梯口上，她的嘴唇贴着我的脖子，我则紧紧搂着她，对她耳语说："慢慢来，现在让我们慢慢地下楼去吧。"就在这时候，有个男人从街上走上楼来。我心里有点紧张，觉得这人有点面熟。咪咪也觉察有人走近，便匆匆地连下了几步楼梯。当那人走近时，我们恰好走到暗处，没在过道的灯光下。尽管如此，我们彼此还是认了出来。来人是凯利·温特罗伯，麦格纳斯家的远房姻亲，以前是我家的街坊，拿乔治的事威胁我的就是他。凭着他看见我时那缓缓浮上的笑容，嘴上流露出的那种与其说是微笑不如说是幸灾乐祸，还有他那双眼睛中的神色，我觉得，比在昏暗中的眼睛本身更为清楚，我霍然明白，我让他给抓住了。他知道了。

"原来是马奇先生，真想不到在这儿碰到你！你去见过我表兄？"

"谁是你的表兄？"

"就是这个医生啊。"

"怪不得如此。"

"什么怪不得？"

"原来他是你的表兄？"

我无论跑得多远，钻得多深，也摆脱不了这个人，这个温特罗伯都能放出足够长的色情线来缠住我，这就是他那张弯眉胖脸、神气活现地带着流氓相所告诉我的一切，他还摆出一点大摇大摆的架势。

"我还有其他的表亲哩。"他说。

我真想马上揍他一顿，因为待他搬弄是非之后，我可能再也见不着他了。可是我正扶着咪咪，没法动手。大概是盛怒之下感官特别灵敏，我感到似乎闻到了一股血腥味，不过得考虑到可怕的后果。我对他叱喝道："让开！"

现在我所关心的是把咪咪送回家，让她躺在床上。

"他不是我的男朋友，"咪咪对凯利说，"他只是出于同情自愿帮我摆脱困境。"

"怪不得也是如此。"他回答说。

"哼，你这个卑鄙的王八蛋！"她说。她太虚弱了，想要凶也凶不起来了。

我气得发抖，但还是把咪咪抱到车上，迅速驾车离去。

"小伙子，真抱歉，我连累了你。那家伙是谁？"

"是个小人——没什么了不起的。谁也不会理他的。你用不着介意，咪咪。一切进行得顺利吗？"

"他真够狠的，"她说，"一定要先收钱。"

"全解决了吗？"

"现在全弄掉了，要是你指的是那东西的话。"

车道上已全无积雪，我开着车在不见尽头的乌黑平滑的公路上疾驰，沿着铁路，穿过隧道，掠过灯光，就像风吹进教堂，吹灭烛火。一鼓作气向前，这飞快的速度把一切都熔为一体了。

我们到了。我抱着她上了四节楼梯，待她躺到床上，我赶快跑下楼去向欧文斯小姐借冰袋。她为了冰块的事跟我唠叨了半天。

"什么！"我喊了起来，"现在是大冬天呀。"

"那你就到外面去敲一块吧。我们的冰是冰箱里做的，得用电。"

我发现自己这样冒冒失失地闯进去，也没有考虑到自己一脸焦急的样子，结果撞上这位老处女正是烦心的时候，连忙不再叫嚷。我镇定了下来，跟她说明情况，尽量运用我剩下的那点魅力。可是由于当时我那紧张得发颤的声调很不带劲，魅力自然也就不可能多了。

我说，"维拉斯小姐刚拔了一颗牙，痛得很厉害。"

"一颗牙！你们这班年轻人真容易激动。"她把冰盘递给了我，我拿了赶忙回房间。可是，冰袋没有多大帮助，她的血仍流个不止，她本想对我瞒着，可后来不得不告诉我，因为她自己也吓坏了，张开眼睛想随时注意发生的情况。没多久血便浸湿了床单，我主张立即送她到医院，可是她却说，"一会儿就会好的，我记得开头的时候就是这样。"

我下楼去打电话给那医生，他叫我要多加注意，并且告诉我，要是血势不减，该怎么办。他会随时给予帮助。他的声音里含带着几分惊恐。我拉掉她的床单，把我自己的床单铺到她床上，她伸出手想拦住我，可是我说，"哎，咪咪，非得这么做不可。"她闭上眼睛，把脸枕在肩窝里，由着我给她换床单。

必须做出大量的事，才能缓和人类最惨痛的情景，才能使你体会到跟你所嫌恶反感的有所不同的东西。所有的痛苦受难都要大加装点，目的就在这里。不过，如今大概只有少数人从这些事情和教训中有所收益，每个人见到这种情景都会却步倒退的。

我把沾满血污的床单扔到壁橱里，她看到了我使劲扔的样子，便说，"别惊慌，奥吉。"

我在她床边坐下，想使自己镇静下来。"你事先有没有想到事情会这样？"

"或许比这更糟糕，"她说。她的眼珠发黄，缺乏光泽，嘴唇苍白没有血色,我突然想到,她也许根本没有意识到情况已多么严重。
"不过……"

"不过什么?"我问。

"你不能让你的生活由任何一个老朋友来为你作出决定。"

"要做一个独立自主的战士,"我说。我这话本是对自己说的,可是她听到了。

"你别自作聪明,这要看你为的是什么。我现在就是这样。不过,"她说,当她退一步讲时,先是皱眉蹙额,然后才渐渐舒展开来,"也许全得看我最后是否能活下来。要是人都死了,为什么还有什么关系呢?"

这会儿我不忍心再谈下去了,只是默默地坐在那儿观察着。正像她所预料的那样,血渐渐止住了。她躺在床上,身子也不再那么紧绷僵直,我的肌肉也不再那么麻木了。我的想像破灭了,因为刚才我一直在想准备怎样把她送进医院,因为我知道在这种情况下进医院有多困难,所以我想象着如何向院方苦苦哀求,但最终还是遭到拒绝,院方的专横态度弄得我简直快要发疯。

"哼,"她说,"看来连他也没法把我弄死。"

"你开始觉得好些了吗?"

"我想喝一杯。"

"给你倒点果汁好吗?我看你今晚不该喝威士忌。"

"我要的就是威士忌。我看你也不妨来一点。"

我把西蒙的车开到汽车房,然后买了一瓶酒,坐出租车回到住处。她喝了好大一口,余下的全被我喝了个精光,因为现在我对咪咪的事放下心来后,我自己的麻烦就到了面前来了。我摸黑光着身子爬上自己那张没有床单的床,心里感到十分烦闷,为了能麻痹神经,增加睡意,我对着酒瓶喝光了最后一口酒。可是深夜两三点钟便醒了,早于我平时的起床时间。凯利·温特罗伯决不会放过我,一定会揭发我。有关这一点我感到比笼罩在四周的黑夜和恐惧还要明确。像外面那渐渐聚合的乌云，我就不知道。

我穿上煤场的工作服。威士忌在我身上的酒劲还在，我是个平时不太习惯喝酒的人。咪咪在她自己那间阴森森的又乱又脏的房间里，似乎像往常一样睡得很熟，只是全身滚烫。我去小店喝咖啡时，安排好叫店里给她送去早餐。

对咪咪的看护工作，使得我那天早上感到有点头晕。天仍旧阴沉沉的，未被驱散的煤灰洒落在积雪上，就像某个封闭着的东西的内部。这景象与其说是凄惨暗淡，不如说是阴森可怕，就连对我这样一个对别的地方所知无几的本地人来说，也是如此。卡车和运货马车，从亚洲腹地似的黑暗中出来，就像来自萧条凄凉的人间和变幻莫测的空间，来到煤场办货，一些行将就木的老妇戴着红红绿绿勋章似的丝绒装饰，朝窗口里询问，一面又在明亮的电灯光下望着我们开发票，并把钱收进现金抽屉。那些钞票黏黏的像沾着鼻涕，而且还有一股香水味。

西蒙一直朝我审视着，使得我心里直嘀咕，不知凯利是否已经告诉他。然而不，他只是要把我置于他的威严之下，他的眼睛红红的，露出凶光。我也确实干得不太好。

尽管如此，那天过得还是挺快，那是年终的最后一天。我们相互传递着小得一口可干的酒瓶，有的盛着威士忌，有的装着杜松子酒。小酒馆里热闹异常，空瓶子雨点般地被扔到地板上，后来连西蒙也渐渐放松起来。随着日历一页页地撕去，旧岁拿着他的长柄镰刀和第欧根尼①灯笼渐渐逝去，西蒙毕竟有了一个新的开端。他夏天的困窘早已过去。

他对我说，"据说你和露西今晚将建立正式关系。可是你的头发这

---

① 第欧根尼（？—约前320），希腊犬儒学派哲学家，相传曾在白天打着点亮的灯笼寻找诚实的人。

么乱蓬蓬的，怎么能穿晚礼服呢？快去理个发，事实上，是去休息一下。你是不是去什么地方玩女人了？开我的车去吧。艾迪叔叔会来接我。是谁把你累成这样的？大概不是露西吧。一定是另外那个婊子。好了，去吧——天啊，我真说不出你到底是累呀还是傻呀。"西蒙认为，只有他一个人没有染上我们家那种易动感情的脾气。每逢他的心情不好，他的嫌疑便落到我的头上。

我抓紧时间，急忙赶回宿舍，奔上楼时撞见了凯约·奥伯马克。他正拿着一条湿手巾从盥洗室里出来，拿去给咪咪敷头用。看上去他万分焦急。他的眼睛，本来就已够大了，又被他那副眼镜放大了好几倍。他的嘴唇焦急地撅了起来。他的脸看上去黑乎乎的，不知是胡子茬还是脏灰。

"我想她病得不轻。"他说。

"又出血了？"

"我不清楚——但正在发高烧。"

我想，她竟然肯让凯约服侍她，她的病情一定很严重。她也确实如此，虽然她一直喋喋不休地胡诌，佯装出机灵和敏锐——但一看就知道是假的，因为和她的眼神不吻合。这个狭小的房间里，空气闷热，一股臭味，这儿的一切都弥漫着陈腐气息，令人作呕，就像沼泽的腐臭似的已经开始危及人的健康。

我找到佩迪拉，他跟几个生理学的研究生商议之后，从实验室里拿来一些退热药片。我们等待着服用后的效果，可是药效产生得很慢，为了不致紧张得心慌意乱，我同意玩拉米纸牌戏。凯约在数字方面的记性特好，因此几乎每盘皆赢，我们一直玩到我无心恋战。到了夜色降临时——我是根据钟点而不是按照天色算的，那天下午，从三点到六点天色都一样昏暗，烟雾缭绕，死气沉沉——咪咪的烧退了些。过后，露西给我打来一个电话，要我比原定时间提前一小时到达。我预感到那头也出了麻烦，便问道，"出什么事啦？"

"没出什么事。只是请你尽量在八点钟赶到,"她回答说,声音有点压抑。

这时早已过了六点,可我还没有刮脸,我赶忙匆匆刮了刮脸,一面开始穿我的晚礼服,一面跟佩迪拉和凯约商量。

"最大的危险是,"佩迪拉说,"万一他把她弄出了败血症。要是她得了产褥热。那让她待在这儿就太危险了。你一定得把她送进医院。"

我没等把话听完,就穿着浆过的衬衣,穿过门厅跑进咪咪的房间,对她说,"咪咪,我们得想办法把你送进医院。"

"没有一家医院会收我的。"

"我们会想法让他们收你。"

"打电话去问一下你就知道了。"

"我们不打电话,"佩迪拉说,"我们直接就去。"

"他在这儿做什么?"咪咪问我说,"得有多少人参与这件事呀?"

"佩迪拉是我的好朋友,现在你用不着为这担心。"

"你们知道到了那儿他们会干什么吗?他们会想方设法要我说出那医生的名字。你们认为该怎么办,我该不该紧闭嘴巴不说?"她这是意在夸口说,他们没法使她泄露出底细,揭发出那个医生。

佩迪拉低声咕哝说,"你干吗还跟她在这儿白白浪费时间?快走吧。"

我给她穿上大衣,把睡衣、牙刷和梳子等装进一只小箱子。佩迪拉和我一起给她裹上一条毯子,把她抬到楼下上了车。

我刚把那辆灰色汽车的车灯打开,欧文斯从门廊里对我大声叫道,"嗨,马奇!"他只是穿着衬衣就跑出来了,在这不吉利的年末的严寒中,这位大个子缩着双肩,两膝瑟瑟地夹在一起,"你的电话,有要紧事。"

我跑了进去。是西蒙打来的。

"奥吉!"

"快说！什么事？我正忙着要走！"

"你才该快说哩！"他怒气冲冲地说，"我刚才接到夏洛特的电话，她告诉我说凯利·温特罗伯到处在说，你带了一个小妞去堕胎。"

"是吗？那又怎么啦，西蒙？"

"就是你同宿舍的那个女人，对吧？所以你亲自出马去解决掉。你玩了这么个烂货，毁了自己的前途。我这就跟你断绝关系，奥吉，免得你给我造成更大的危害。我再也没法帮你了。我将很难解释清这件事，你如何在跟露西订了婚的日子里却一直在跟这个娘们鬼混。我得说，你他妈的太没出息了，这不是假话，因为你太蠢了，简直不知道怎么活。"

"你怎么连问都不问我一声，凯利说的事是不是真的？"

他非常鄙视我头脑这么简单，居然以为他会蠢到相信我的话。他用几乎觉得可笑的口吻说，"好吧——到底怎么回事？你这是在帮别人的忙，对吗？你从没跟那个骚货睡过？你就在她隔壁，却从来没对她动过一个指头？听着，我们都不再是十来岁的小孩子了，我见过那个婊子。即使你真想独自一人安枕，她也不会放过你的，何况你根本不是那么回事。别想告诉我你没有色心。我们家的人全都一样。你有没有想过怎么会有我们——我们三个的？有人发现，只要他需要，他随时可以来按门铃。你以为我会在乎你跟那个娘们胡搞？可是你肯定会陷进去不能自拔，觉得那样很好很地道。你的脾气实在像妈。不过，要是你一定要这样做，我也无所谓。可是，我不能让你把我弄得跟麦格纳斯家有麻烦。"

"没有任何理由会使你跟麦格纳斯家有麻烦。听着，明天我会把有关的一切告诉你。"

"不，你不必告诉我了。明天以后也不必了。从今以后你我不再有关系。你只要把我的车开回来就行了。"

"我会上你那儿去告诉你真情的……"

"别来，这是我要求你做的最后的也是惟一的一件事。"

"你这狗娘养的，"我流着眼泪大骂，"你这个卑鄙的家伙！我真希望你一命归天!"

佩迪拉跑来找我来了,他朝起居室里喊道,"快,别在这儿讲废话了。"

我一面流着眼泪,一面连推带踢地穿过那些柳条家具,冲了出来。

"怎么啦?干吗流泪?这让你受不了了吗?"

我能够自制时回答说,"不,我跟人吵了一架。"

"我们走吧,要不要我来开车?"

"不,我能行。"

我们驱车先来到她做过手术的那家医院,在嗖嗖的严寒中,咪咪清醒些,说是她可以自己进去。我们把她扶到急诊室门口,让她自己走进去。然后我们回到车上坐着,希望她不再出来。但没过多久,透过那抹着一层金光、布满冻结水滴的车窗,看见她出现在门口,我连忙下车奔过去接她。

"我说过——"

"他们为什么不收你?"

"里面有个家伙。我对他说了之后,他说,'我们没有空床位接受你这样的人。你为什么不要你的孩子?回家去等着殡仪馆来人算了。'"

"他妈的!"

佩迪拉帮我把她扶上汽车。他说,"我想我认识一个人,在北区的一家医院的化验室里工作,要是他还在那儿的话。我去给他打个电话。"

我开车把他送到一家香烟店门口,他进去打了个电话。

"我们应当试试,"他回来后说,"我们得说她自己弄成这样的。许多女人都这样。他告诉我去找一个人,要是碰上那人正好当班的话。据说那人心肠很好。"他放低声音悄悄对我说,"我们也须得把她丢在那儿就跑。她都快要晕过去了,看他们会拿她怎么办?他们总不能把她扔到街上去呀。"

"不行,我们不能丢下她。"

"怎么不行？他们一见到你就会把她推回到你身边，因为他们不想接收这样的人。对于要医治的人，他们是要挑选的。不过，让我们一起来动动脑子。我先进去看看那个医生。"

不过我们还是一块儿进去了。我不能跟她坐在车上干等，决定不管怎样都要他们收下她，要不我就把这儿的一切都砸个稀巴烂。就这样，我们穿过头上的几个几乎空空荡荡的房间。这时，有个穿着灰色杂工大褂的人迎面而来，我伸出手想一把抓住他。他闪开了，佩迪拉对我说，"你这是干什么呀？你这样会把一切事情搞糟的。现在先把她扶到那边去，坐在那儿等着，我先去看看我的那个朋友是不是在当班。"

咪咪睡倒在我的身上，我能感觉到她脸颊上的热度。她连坐也坐不稳了，我只好一直扶着她，等来担架把她抬走。

佩迪拉走了，起初人们围住了我，像是把我拘禁了似的。原来是有个警察在值班，他身穿深蓝色制服，跟着那个男杂工从一道边门走出来，手中端着一杯咖啡，还拎着一根警棍。"是怎么回事？"一个医生问道。

"你是否可以先别问，先给她诊断一下？"

"你打过这个人没有？"那警察问，"他可曾挥拳打了你？"

"他挥拳了，但没打到我。"

那警察现在大概看到我穿着晚礼服，因为他对我说话时并没有吹胡子瞪眼睛摆出凶相。我一身绅士打扮，他干吗要贸然冒险呢？

"这位妇女怎么啦？你是什么人，是她丈夫？她没戴结婚戒指。你是她亲戚还是朋友？"

"咪咪！她昏过去了吗？"

"不，她只是没有回答。她的眼睛还动着呢。"

佩迪拉回来了，一位医生急匆匆地走在他前面。"把她扶到这儿来，我们先来看看是怎么回事。"医生说。

佩迪拉给了我一个表示十分成功的眼色。我们摆脱了那群爱看热闹、不怀好意的人的纠缠,跟着医生走开了。一路上,佩迪拉给他胡诌了一通缘由。

"是她自己弄的。她是个打工的女孩,现在不能有孩子。"

"她是怎么弄的?"

"我猜是用什么药物吧。女人不是一辈子都在研究这些事吗?"

"我见过一些花花公子。但也听过不少胡诌得很不高明的故事。好吧,要是这个女人能活下去,我们就不去找那个堕胎的人算账了。因为这对同行又有什么好处呢?"

"她眼下看上去情况怎么样?"

"在做全面检查之前,我只能说她出血过多。那个愁眉苦脸的家伙是谁?"

"她的朋友。"

"要是他真的打了那个杂工,那他就得在拘留所里跟那班醉鬼一起欢度新年了。他干吗穿着一身晚礼服?"

"哎呀!你的约会怎么办?"佩迪拉震惊得用手捂住自己的长脸。根据我们走进的灯光雪亮的房间里那只正常走着的电钟,现在已过八点。

"我等知道了咪咪的情况以后再走。"

"你最好还是走吧。我会留在这儿。我今天晚上没有约会,本来就待在家里。医生认为并不那么严重。你原定有什么活动?"

"去湖畔饭店参加一个舞会。"

我站在那儿,一直等到医生出来。

"据我诊断,主要是出血过多和腹部手术后感染。"他说,"她在哪儿动的手术?"

"要是她愿意的话,她自己会回答你的这个问题,"我对他说,"我不知道。"

"那你知道什么?比方说,你知道账单开谁的名字?"

佩迪拉说，"钱？你没看到她的衣服有多考究？"然后他又对我说，因为他很为我着急，"你到底走不走？这家伙跟一个百万富翁的女儿订了婚，在除夕夜却让她干等着。"

"请给我写个条子，好让我今天晚上回来看咪咪，"我对医生说。对于我的请求，他朝佩迪拉做了一个表示不解的眼色，我则继续说，"看在上帝的分上，医生，求你别再耽误时间了，快给我写一张吧。我回来探视，对你又有什么关系呢？我真想把这桩倒霉事从头到尾告诉你，可是现在我没有时间了。"

"啊，你去吧，这件事跟你毫不相干。"佩迪拉说。

"我写的条子在大门口对你毫无用处，我要值班到明天早上，你回来时找我就行了，我叫卡斯特曼。"

"我也许过不多久就回来，"我说。因为我敢肯定，凯利·温特罗伯为了散布流言蜚语，一定已经去过查理·麦格纳斯叔叔的家。但是我估计他跟他妻子还没告诉露西，他们不会在除夕夜，在她打算去参加舞会时告诉她。以后他们肯定会把我撵出大门。可是她为什么要我提前一小时？舞会肯定要到十点钟才能开始。我又打了个电话去问，"你在等我吗？"

"我当然在等着，你在哪儿呀？"

"不远。"

"你在做什么？"

"我得先到一个地方弯一弯。我现在马上就去。"

"请快点！"

我一面开车，一面心里想，她最后那句话，听起来不像是情人那种心切的口气，既不软又不硬。在车道上拐弯时，角度拐得太大，车轮碾过泥地和灌木丛，好不容易才拐过弯来，把车倒到门廊。进去后，我发现自己忘了换鞋，脚上穿的是煤场的翻边工作鞋。我走到镜子前扎好我的黑色领结，从镜子里看到，在身背后起居室的窗帘旁，坐着查理叔叔。他挺着紧绷绷的肚子,跷着一双尖脚,坐在五光十色、由铜的、丝的、毛的等等贵重物品混合组成,使这儿显得如此气派的豪华陈设之中;还有露西、她母亲和山姆,全都默默地审视着我。我感到有一架大机器已开动起来与我作对。不过,我来为的只是不让露西失望,要是他们给予机会,我对她的感情也许还会复燃,还会再度热烈起来。我预料到他们会给我看难看的脸色,对此我早有准备,不会受到影响;至少,我那件更麻烦的事,使这种脸色看起来显得无足轻重。而且我也不愿被扣上好色罪和欺诈行径,以及他们自以为可以指责我的种种罪状。因此我毫不胆怯,我认为我只需和露西讲清,我追求她并不是觊觎她的家财,只要她对我真情实意,像她一直所说的那样真心爱我,我完全可以独立干一番事业,根本用不着依靠兄弟、亲戚和任何人。问题就在这儿,因为我看出她受到了怂恿,虽然我不清楚他们告诉了她多少。她远远地坐在一边,没有过来吻我,只是冲着我咧嘴微微一笑———幅用口红描出的充满魅力的漂亮素描,它越张越大,跟底下方向不同的裂缝相连相关,如同毁灭性的第六次膨胀中的裂口,从底部裂开,把那张脸也给割开了。啊,可爱的脸!这张代表整个身躯的脸虽然受到珍视,可是当它变得过大、过于昂贵时,因而也就虽生犹亡了。她那张激动不安的脸现在竟对我如此冷淡,我看出她已听从自己父母的摆布,作出抉择。我只想一走了之。可是在这光华夺目的大厅中,还没人说过一句话,我没有脱身的借口。要是你不朝我细看,我依然是个盛装赴舞的男伴,就像是个唱诗班的男孩,穿着浆领的衬衣,脑子里只想到求爱和跳舞。

"你怎么不坐下?"麦格纳斯太太说。

"我想我们马上得走。"

"哎,露西!"她父亲说。

她一听到这个信号,就对我说,"我不跟你去了,奥吉。"

"不论现在还是以后。"他提示说。

"永远不走了。"

"你可以跟山姆一起去跳舞。"

"可我是来带她去的,麦格纳斯先生。"

"不,在这种事情上,要断就要断得干脆,"麦格纳斯太太说,"对不起,奥吉。就我个人说,我不希望你倒霉。不过我劝你要控制住自己的感情。现在还不算太晚。你是个英俊聪明的小伙子。并非嫌你家怎么样;我很器重你哥哥,但是你并不是我们心目中为露西挑选的对象。"

"露西自己心目中的对象是什么样的?"我怒火上升,问道。老头子对她太太极力想要达到女王般的尊严和睿智不耐烦了。"要是她嫁给你,就别想得到一个子儿!"他说。

"哦,露西,这跟谁有关系呢,跟你还是跟我?"

她的笑脸更加展开了,于是一切含意便都消失在这一暗示之中,是她撩拨起我的激情,而当我欲火中烧时,却把一切都倾泄在另一个人身上。但这实际上并不真正重要,因为她虽然还是个姑娘,但已不是她父亲的小乖乖了,在汽车上,在客厅里,嘴唇、舌头和手指所表现出的亲热以及其他的事,并没有使她冲昏头脑而变傻。

我不能断定他们谈了什么,好像提到了她那辆汽车损坏的事。现在她把这事坦白出来了。她的父亲说,汽车坏了自然可以修理好。只要别的东西没有破损,这是他说到处女膜时的雅晦之词。不过,这是值得他笑上一笑。这样,在他这做父亲的知道她依然完整无损而高兴时,还不由地流露出威胁和呻吟。

没有任何继续再待下去的理由了。我还受到了她哥哥山姆的威胁,我在大厅里取我的大衣时,发现他就站在我身旁。要是我再去纠缠他妹妹的话,他就会打断我的脊梁骨。不过,尽管他浑身毛茸茸的,屁股硕大,可是他根本吓不了我。

我发动了汽车,同时感到对它的义务也到此结束了。我驱车朝医院开去。

佩迪拉刚给咪咪输过血,正躺在我离开时他待的那个房间里,在吮吸橘子水。他那皮包骨头的手臂上,奇怪地鼓起了一个肌肉球,上面贴着胶布。他的眼睛表面上无动于衷,其实乌溜溜地转着,能注意到我没能及时看到的东西。

"咪咪怎么样了?"

"他们把她弄到楼上去了。她神志依然还不大清,不过那位卡斯特曼医生说,他会给她带来好运的。"

"我想上楼去看看她。你怎么样?"

"哦,我认为现在我不必再待在这儿了,马上就回家。你打算待着吗?"

我给了他出租车费,因为我不愿让他在这节日的夜晚,乘坐拥挤不堪的电车,回老远的海德公园。

"谢谢你,曼尼。"

他把钱放进衬衣的口袋,突然惊讶地问我,"哎,你怎么从舞会上回来了?"

我没有站住回答他,而是径自走出房间。

咪咪住在一间产科病房里,卡斯特曼说没有别的地方可以安置她,我想她多少也属于那种病房。于是我走上楼去。那间病房又大又亮,房间中间的一张桌子上,摆着一棵小圣诞树,枝杈上挂着彩色灯泡,下面有只铺着棉花的盒子,里面放着象征圣婴的玩具娃娃。

卡斯特曼对我说:"你可以守在近旁,但别惹人注意。要不你会让人撵出去。虽然她除了割手腕动脉和服毒之外,所有一切不该做的事她全做了,不过我想她会挺过来的。"

于是我坐在她的床边,这儿光线阴暗。护士不时抱着婴儿进来喂奶。传来喃喃的低语声,哽咽着的哭声和在床上翻身的声音以及哄逗声和吮奶声。我在黑暗中独自坐在一旁,心潮翻涌,尽情发泄着毫无阻挡的感情,焦虑、愤怒、厌恶、狂躁。后来这些感情渐渐地消失了,我又感觉到其他极具启发性的感情,感觉到我此身所处的地方。我的呼吸逐渐开始恢复正常,心里平静多了。午夜十二点,当一片喧闹声响起,汽车嘟嘟声、汽笛长鸣声、喇叭呜呜声和其他一切欢庆声突然爆发时,因为所有窗户全都关着,传入的声音非常轻微,而婴儿室里的啼哭声依然响亮如常。

大约一点钟左右,咪咪的神志清醒些了,听到了我的动静。她悄声问我,"你在这儿干什么?"

"我没有什么特定的地方要去。"

她听到了婴儿的啼哭声,知道自己在什么地方。她对我说了一番话,说得很伤感,说是不知道她是战胜了命运还是找到了归宿。这也许要看她对自己所选择和所做的事到底是个弱者还是强者而定了。倾听着婴儿的吮奶声和啼哭声,望着夜间忙碌着的母亲们,在这一时刻,她动了真情。

"不管怎样,我想你得到了很好的护理。"我对她说。

我出去溜达了一圈,透过婴儿室的玻璃窗,我看了一会婴儿们的脸。没有任何人来干涉,大概护士们也偷闲相聚在一起欢庆新年。然后我走过婴儿室,来到另一个部门。这儿是被隔成一间间的待产室,我看到里面的孕妇一个个都在挣扎着,忍受着剧痛,肚子大得不成样子。有一张坚毅的脸,苦痛得满是皱纹,发出唱歌般的叫喊,她口不择言地大骂丈夫为了自己的欢快害她吃尽了苦头。其他的人有的禁不住在呼神喊妈,有的紧紧抓着床栏,有的嚎啕大哭,有的满脸惊恐,有的眼神呆滞,这一切使我震惊得目瞪口呆,头昏眼花。因此当有个护士匆匆过来查问我是什么人,在这儿干什么时,我支支吾吾地一时说不上话来。正在这时,从附近的电梯井道那边传来尖声狂叫。我停下脚步,等待着电梯上升的指示灯,透过玻璃信号盘只见它平稳地上升着。电梯门开了,眼前出现一个坐在轮椅上的妇女,她的大腿上放着一个赤裸裸的婴儿,是在出租车、警车或者是医院门厅里刚生下来的;婴儿浑身通红,血淋淋的,使劲地哭叫着,连青筋都可以看到了,胸膛和双肩紧绷得挺了起来。血淋淋的婴儿把那女人的身上也给染红了。她惊慌失措地啜泣着，双手相互紧攥，两眼惊恐慌乱，她跟婴儿就像在战争中似的，像一对被迫相互对峙着的敌人。她俩被人推出电梯，紧贴我的身旁推过，以致那母亲的一只胳臂碰到了我。

"你在这儿干什么？"那位护士满脸怒容地对我说。我无权待在那儿。

我沿路走回病房，看到咪咪还在休息，烧已退了很多，于是便按照卡斯特曼医生指点给我的楼梯下来，走出医院，走向汽车。新雪在我的脚边飞舞，飘落在灰色的薄冰上。

我发动汽车后，不知该往哪儿开。我只好在越来越猛的雪中缓缓开着，穿过小街小巷，希望能转上大街，最后总算在一个荒凉的工厂区折入迪弗西街，这儿离河的北支流不远。我刚刚想到过不多久就可以上床睡觉，心中为之一快，就在这时，后轮的一只轮胎爆了。轮胎一瘪，我只好把车开到路边，关上马达。我不得不用火柴融化开行李箱锁孔里的冰冻，可是工具取出后又不知道怎样使用保险杆千斤顶。这是当年的新产品，而我只习惯用艾洪的那种车轴千斤顶。尽管那件浆领衬衣扎得我难受，寒冰又冻僵了我的手脚，我还是试着摆弄了一阵。最后只好把工具扔回行李箱，锁上车门，开始寻找一个可以取暖的地方。可是到处都关着门。现在我已经弄清自己的方位，知道这儿离考布林家不远。而且我也清楚考布林的作息时间，于是便毫不犹豫地来到他家，把他叫醒。黑洞洞的小屋门廊里亮起了黄色的灯光，当他发现是谁揿门铃时，惊愕得直眨眼睛，感到十分意外。

"车子在迪弗西街上抛锚了，我想我可以来你这儿，因为这时候你差不多要起来送报了。"

"不，今天不送。今天是元旦，各家报纸都停刊。可我没在睡。就在这之前没多久，我听到霍华德跟弗丽德参加舞会刚回来。我的老天爷啊，快进来，别走了。你睡在长沙发上，我拿条毛毯给你。"

我非常感激地走了进去，脱下那件折磨人的衬衣，用垫子盖住双脚。

考布林高兴极了。"他们早晨起来，突然看到奥吉表弟，会多惊喜啊！孩子，这太妙了！安娜一定会乐得像上了七重天的。"

由于清晨天气晴朗，厨房里又有响动，我很早便起来了。安娜姨妈仍跟从前一样邋遢，她已经烤好烙饼，煮好咖啡，桌子上早餐摆得满满的。她的头发已变得花白，脸上由于长满疱疹和汗毛，显得更黑了；她的眼神忧郁。不过这种忧郁只是她一时的情绪，并不是她固有的悲观。啜泣着把我搂在怀里说，"新年快乐，我的宝贝孩子。你应该只知道快乐，这是你应该享有的。我一直都爱着你。"我吻了她，又跟考布林握了握手，接着我们就坐下来吃早餐。

"谁的车抛锚了，奥吉？"

"西蒙的。"

"你那位大亨哥哥的。"

"车没坏，只是爆了轮胎，天太冷了，我没有换。"

"霍华德起来后会帮你换。"

"不用麻烦……"我想到我可以把车钥匙寄给西蒙，让他自己来取他那辆该死的车。然而这气头上的主意只是一闪而过。我一边喝着咖啡，一边朝外打量着新年第一天那阳光明媚的早晨。隔壁的一条街上有一座希腊教堂，洋葱形的圆顶耸立在被大雪擦净的蔚蓝色苍穹中，十字架和王冠并峙，象征着天上与人间的力量的结合。雪积存在所有的缝隙处，像一层砂糖。我把目光掠过教堂，极目眺望着那广袤深邃的蓝天。虽然时代变了，苍穹却依然如旧。那些被海洋的巨腹带到这儿来的水手，当他们初次看到美洲，见到这美丽迷人的景色，就认定他们从没见过比这更绚丽的色彩了。

"奥吉，弗丽德没能从安阿伯市赶回来参加你哥哥的婚礼，真是太遗憾了。她得参加考试。打她孩子时起，你就没再见她了，你该见见她。她长得漂亮极了。并不是因为她是我的孩子,我才这么说——老天爷可以作证。你过一会儿就能见到她本人了。不过,你瞧,这是张她从学校寄回来的照片,是她当大学三年级义演会主席时报上登的。她不仅长得漂亮,奥吉——"

"我知道她长得很美,安娜姨妈。"

"你为什么要跟你哥哥那班新亲戚、那些粗人混在一起呢?瞧瞧这张照片,她长得有多丰满。你们小时候,她是你的小情人。你常说你们已订了婚。"

我差一点就要纠正她的话,"不,是你常这么说。"但我没开口,只是笑了起来。她以为我这是因那些愉快的回忆而笑,因而也合拢十指,眯起眼睛,笑了起来。我渐渐察觉,她一边在笑,一边也在流着眼泪。

"我只求一件事,在我闭上眼睛之前,能见到我的女儿和她的丈夫美满幸福。"

"而且还有儿有女。"

"而且还有儿有女……"

"看在上帝的分上,再给我们来点烙饼吧。盘子里什么也没有了。"考布林说。

她赶忙朝炉子走去,让照片摊在我面前,有的贴在照相簿里,有的是报纸上剪下来的。我看了一会儿,最后,我的目光又转向天际。

第十三章

现在我已经不再是个不懂事的孩子了，不论是从年龄上讲还是从受人保护的程度上讲，我已被彻底抛弃到这个世界上任凭我打滚了。如果你像有的人想的那样，认为持续过久的亲密、亲昵和相爱，最终会导致虚假和欺骗，那么被这样抛弃到世界上，即使让人有点伤心，却也不失为一件好事。耶稣称自己的母亲为"妇人"，就是这个意思。归根到底，她毕竟跟任何女人都一样。那就是说，在现实生活中，你必须毅然走出那同一爱史中的两三个人的小圈子，经风雨见世面。不过你也可以试着待在里面，看你能待多久。

我记得我曾到过那不勒斯的一个鱼市场（那不勒斯人不会因关系亲密而轻易让步）——在这个鱼市场上，有用彩线和柠檬片一起扎成一串串的淡菜，有从松软的体内冒出点点墨汁的鱿鱼，还有闪亮的滴着血的鲜鱼，有的鱼鳞片宛如金币，十分奇特——见到一个老乞丐闭目坐在贝壳堆里，胸前用红药水写着：我要死了，愿为你代向炼狱中你的那些心上人致意。价格：五十里拉。

无论他是死是活，这位妙趣横生的老人，都是对庇护你、爱你的小圈子里每个人的大不恭敬。他那瘦骨嶙峋的胸膛一起一伏，呼吸着炎热海岸的深海恶臭和一股爆炸、燃烧的气味。战事不久前就北移了。那不勒斯的路人看到这番情景，不禁哑然失笑，心中且又隐隐作痛。当他们念着这高明的行乞妙语时，心中既引起眷念和渴望，又觉得令人啼笑皆非。

你竭尽所能来使世事合乎情理，使自己通晓世故，但是世界突然之间变得比以往更加陌生了。现在,活着的人已经跟从前不同,死去的人一个又一个地死去,终于得到安息。

现在我对此已经深有所悟,可当时却一无所知。

于是,我的心思又返回到书本上,是读书而不是偷书。在这段时间里,我全靠咪咪还给我的钱,以及她身体复原重新工作后借给我的钱过活。跟弗雷泽不再来往后,咪咪和阿瑟·艾洪邂逅相遇,便开始跟他密切来往。她仍当女招待,我就在她工作的餐馆里吃饭。我就这样整天躺在床上读完了艾洪送我的那套"五尺书架"丛书,这些火烧水浸过的书,我仍放在原先的纸板箱里。它们总有一股令人窒息的气味。因此,每当读到尤里西斯下地狱,或者是罗马和伦敦发生大火,再或者是善男信女们在圣保罗大教堂里寻欢作乐,我都会闻到一股能辅助阅读的气息。凯约·奥伯马克借给我几卷诗集,还时常带我去听讲座。这倒改进了他的听课情况。他不愿独自一人去听课。

大学并没有怎么使我动心,我说不清这是不是酸葡萄心理在作祟——我这样说,是因为西蒙原本跟我讲定,一开春就让我继续上大学——但我的确没有动心。我可不相信那种冷冰冰的金科玉律,说什么不上大学就不能进入高级的思维领域,要想进入,就得在那些古色古香的高墙内坐下来专心读书。我总觉得它们太让人迷信,太显得宏伟。然而,当微风转向西南,携着化肥厂的粉尘从牲畜围场那边吹来,穿过高墙上漂亮的常春藤时,从野蛮的生物到高尚的生灵之间的几个阶段,似乎都被一绕而过了,说来这个圈子也兜得太大了。

那年冬天,我在公共事业振兴署工作了一段时间。是咪咪劝我去并取得资格的。她说这事非常简单,事实也确实如此,我完全具备那两个必要条件,既贫穷,又是公民。

问题是我不愿被派到街头的工作小队去,去看着人们拿起放下地砌着砖头;而且看到工作小队的工程进度很慢,只能达到最低的工作量时,你总会有一种毫无意义的羞愧感。不过咪咪说过,要是我自尊心太强不愿干这种活,我随时都可以辞职。她认为,我非要找个坐办公室的工作不可,这并不是一个好现象。在露天里跟较为淳朴的人在一起工作,对我来说更有好处。我所抱怨的并不是人,而是砖块的碰撞声和五十把锤子同时发出的令人沮丧的敲击声。不过我还是去申请了,由于咪咪觉得自己有义务照顾我,把这当成是她的责任,还给我钱用,而我们又并非爱侣,这实在不太公平。

不管怎么说,我的申请批准了,得到了一个四处走动的差使,这是我能期望得到的最好工作了。我被分配到住房调查队,查看房屋、水电和后院。我可以自行安排工作时间表,可以随意磨洋工,大家都料到我会这样。在寒冷的天气,我可以躲在快餐馆的后排火车座里消磨时间,一直到下班。此外,挨家挨户地串门也满足了我的好奇心。有时会发现十个人挤住在一个房间里,会见到挖在街道下面的厕所和被老鼠咬伤的孩子。这种状况我实在不太喜欢。牲畜围场的臭味附在我的身上,比纪尧姆的犬类服务社的狗臊味还要让人受不了。我对贫民区的状况虽然像印度人对大象一样熟悉,可是所见到的情景,就连对我来说也完全是陌生的。各种各样的人情气味,从沁人心脾的到令人作呕的,都以不同的程度追随着我。凡是你所能想到的一切想像、激情甚至是谋杀,全都包藏在这表面看似单纯、平常的状态之中,简单粗俗得就像一个家庭主妇在波兰人商店里挑选卷心菜,一个酒徒把一杯啤酒举到自己那张苍白、呆板的脸前,或者是一个店主把女式灯笼裤和弹力衣挂到服装橱窗里。

这个工作我一直干到冬末,这时,一向留心这类事情的咪咪又有了新的主意。她认为在刚刚兴起的产业工人联合运动中,也许可以为我找个事做。这是在首次静坐罢工后不久的事。咪咪是产业工人联合会的餐馆职工工会的早期会员。倒不是因为她对她所工作的单位有什么特别不满,而是因为她相信工会,并且跟她所在的工会一个名叫格兰米克的组织者关系密切。她介绍我们相识。

格兰米克并不是那种说不上三句话就动手的粗汉,有许多方面都跟弗雷泽及赛维斯特相似。他是个大学毕业生，谈吐斯文，有点像为城市贫民区服务的福利团体中努力工作的牧师，对小流氓也态度温和，习以为常，这会使你感到有点遗憾。他的上身笔挺，但两腿相对较短，走起路来步履快疾，足尖朝内；马马虎虎地披在身上的那件双排扣长外套邋遢不堪，一头浓密的头发，是个和蔼可亲、甚至有点脆弱的人。然而，他可不是个对手们轻易对付得了的人物。他遇事应付自如，从不张皇失措。他坚毅、精明，对诡计骗术也略知一二，有时也会来两下。

我给他的印象很好，他承认，我可以成为一个组织者。他对我的态度确实非常好。我觉得我所以能给他留下好印象，不能完全归功于我自己，而是他正想方设法在追求咪咪。

可是，出于种种原因，我渐渐地对格兰米克越来越敬重。虽然他来来去去并不显眼，在餐馆的门廊和路边服务站的过道里并不特别惹人注目，可是每当事情到了紧要关头，他能果断地采取行动，对自己造成的局面毫不畏惧。我也佩服他有先见之明，情况还没有明朗之前，他就已胸有成竹、是非分明了。

"是的，他们正在招雇组织者。他们需要有经验的人，可是到哪儿去找这种人？问题迅速成了堆，发生得太快了。"

"奥吉正是你们应该雇用的那种人，"咪咪说，"他能说工人们的语言。"

"噢，他真的能说？"格兰米克看了我一眼说。听到咪咪这样替我吹嘘，使我禁不住笑了起来，我说我不太清楚自己讲的是什么语言。

在我开始干上这一工作后，我很快便发现这并没有什么影响。人们都争先恐后地踊跃加入工会，这种迫切的情绪几乎可以说出于本性，如同调换蜂箱时出现的繁忙纷乱场面，全都一心一意想达到自己的目的，由于意识到是他们自己的意愿才起来罢工和抗争，所以他们特别容易动肝火。这想必跟大迁移、争地运动或淘金热十分相似。惟一的不同是，这一次的目的在于争取正义和公道。声势浩大的罢工运动爆发了，人们在机器旁坐下来开会，会议非常严肃。这是汽车和轮胎工业罢工的情况，我觉得这一行动影响深远，它一直波及贫民区里最被人看不起的餐馆洗碟工。

我坐在工会办公楼的一张桌子旁，开始了我的新工作。这幢楼位于阿希兰德大街，它并不是你所想像的那种粗陋之地，而是坚固得像一座银行大厦，里面甚至还有一个餐厅和一个台球房——在地下室里，很小，只供工会会员娱乐活动用，当然不能跟艾洪的台球房比。我原本是格兰米克的内勤工作人员，负责接接电话，处理处理办公室的事务。原来以为工作不会太忙，可以逐渐掌握我所应该知道的事。谁知情况并非如此，人们纷至沓来，要求立即采取行动。有个满手伤痕的老厨工，浑身的油污厚厚一层，跟矿工或隧道工身上的泥浆不相上下，他要我去见他的老板，要我马上就去；或者是来个印第安人，交来一份用诗歌写成的申诉书，它写在一只浸透炸面圈油的纸袋上。在我的房间里，没有一把椅子是空的，这个房间跟专门接待大企业职工的大办公室相隔很远。不管我怎么躲藏，都无济于事，我哪怕躲在钢板的库房里，凭着一点点暗示，也能被人找到。或者是留下了隐约的痕迹，使夜蛾迅速飞过十英里毫无线索的荒野跟踪而来。

来的有在各家旅馆工作的希腊人和黑人女服务员、勤杂工、看门人、衣帽间职工、女招待以及金色湖畔地区那些餐馆的经理等专业人员，那些地方我曾开载狗车去过，因而比较熟悉。各式各样的人物不断到来，地下管道工、管仓库的、烧锅炉的都纷纷露面，还有维修工、快餐店职工，还有头戴凹顶软毡帽、俨如大公爵的法国人，自称是"美容厨师"，活像是个歌手，不摘下手套就在名片上签名。此外，还有一脸瘾君子苍白脸色的吸毒老头，手持早期世界产业工人工会会员证的人物，拿着介绍信来说明她们所提要求的东欧移民妇女，各种各样有着饱经沧桑面孔的人，体弱多病的人，醉醺醺的人，有的茫然失措，有的天真无邪，有的一瘸一拐，有的缓缓而行，有的精神错乱，有的固执偏激,从全身烂透的麻风病人到充满活力、腰肢笔挺的漂亮女人。因此,要是这些人跟组成薛西斯国王①或君士坦丁大帝②大军殿后的那些人没有相同之处,那么新鲜事物就一定产生了。但这些人留给我的印象是有一种古老陈旧之感。我以为幸福和欢乐是永远不变的,可是它们的反面会有多大的变化呢?

我和这些人周旋,签发证件同意他们入会,并向他们解释入会后应该做些什么。做这些工作时,态度并不全是和蔼可亲,认真细致,在大多数情况下都非常草率仓促,特别是当我想抽身外出的时候。可是他们的要求十分强烈,都认为算账的时刻已经到了,他们一心想把你拖离办公室的桌子,要你跟他们一起走。可是我只能答应保证去进行调查。

"什么时候?"

"很快,尽快去。我们积攒着一大堆事要办。不过很快就能去。"

"狗娘养的东西!那班家伙!我们这就等着收拾他们。你真该去瞧瞧那个厨房!"

"我们一定会派个组织者跟你们联系。"

"什么时候?"

"好吧,不瞒你说,我们现在人手不够,因为突然有这么一大堆工作要做,我们没有足够的人力。不过你们要随时做好准备,叫你们那儿的人填好意见卡,准备好你们的要求和申诉意见。"

"好的,好的。不过,先生,什么时候能来人?老板打算向美国劳工联合会发去呼吁,跟他们签订一个合约。那可也是个组织哩。"

我一直试图跟上级商议一下这一危险情况。不过当时旅馆和餐馆是他们的次要工作对象。他们抽不出时间来处理这方面的事,处理正在举

---

① 薛西斯一世(约前519—前465),波斯国王,曾镇压埃及叛乱,率大军入侵希腊,洗劫雅典,在萨拉米斯大海战中惨败,后在宫廷阴谋中被杀。

② 君士坦丁大帝(约288—337),罗马皇帝,统一全国后,加强中央集权,支持基督教,330年迁都拜占庭城,改名为君士坦丁堡。

行大罢工的零售商店店员以及迁移在外的芝加哥高地服装店店员的事等等，已使他们忙得不可开交。可是他们又不能撇下这些新会员不管，只好尽量稳住他们，直到他们准备拿出必要的时间和财力来处理。简而言之，格兰米克和我是奉命坚守在这一线的人。我多少学会一点他的工作方式。他通常是一口气连续十一二天每天工作十六个小时，然后有两整天谁也找不到他。这两天时间他躲在他母亲家里，睡大觉，吃牛排和冰淇淋，带他母亲去看电影，或者自己看看书。偶尔，他也溜去听听课。他也在学法律。格兰米克可不想让自己完全丧失私人生活。

我积极投身于这种繁忙的工作，由于我跟西蒙的关系已经破裂，现在正需要有这样的事情干。下班之后，我就乘电车外出巡访上夜班的厨师、洗碟工及旅馆员工——这些夜晚正是下北区街道上枝叶一片新绿的时候，在富勒顿大街或贝尔蒙特大街，梓树的钟形白花在枝头盛开，连飞尘都有了甜香，电车似乎都变得跌跌撞撞的，仿佛出了轨。许多职工都特意要你晚上去走访，这时他们可以无拘无束，畅所欲言。这样的密谋策划是很有作用的。当时激进思想很流行，这些人由于上夜班彻夜不睡，一直可以思考问题，他们盼着有机会把久积心头、滚瓜烂熟的话一吐为快。我的看法是，像往常一样，他们的论调中灼见与谬论全都存在。不过，按我的地位对此不便置评，我的任务只是推进工作。其中有些人明显摆出郑重其事的样子，我猜测，他们想要我有比眼下更让人望而生畏的架势。我心里明白，我看起来似乎太嫩，气色太红润，身上烟味不浓，面色不够饥黄。不像能体会他们奋起抗争的心情。我的态度也太随便，太亲热。他们盼望的是一位能煽风点火的神秘人物，能为他们筹划挺身奋起、高呼造反的时刻。可是，没想到飘然而入的却是我——我知道，有时候我的气色、我的竖起的头发以及轻松的态度，会引起他们的反感。但对此我也无可奈何。

偶尔他们还会要我出示证件。

"你是他们从总部派来的？"

"你是艾迪·道森?"

"是的。"

"我是马奇。咱们在电话上通过话。"

"是你?"道森说。我知道,他原以为见到的是个脸色灰黄、两腮塌陷、精明干练的人物,一位煤矿区、油矿区或者新泽西纺织业罢工运动中的老工人。是的,至少是这样——从他身上一眼就可看出,是个在帕特森监狱中耗尽青春活力的人。

"你不必担心,我很可靠。"

于是他只好顺从了。是我在电话里的声音使他产生了误解。我至少可以做正在德雷克大饭店或帕尔默大厦忙于点火作乱的高层领导人物的传话人——因为对艾迪·道森来说,是个从地道中运来炸药的人。

接着他对我讲了要我向上级报告的情况,并给了我一些指示。

"我要请你在这儿安排跟你们的最高领导作一次会面。"

"你是说跟艾凯先生?"

"你告诉他,我可以把全体职工召集起来,不过在罢工之前,我们,我们大家先要跟他谈一谈,这样可以使我的人增添信心。"

"为什么你这么肯定你们要罢工呢?也许你们会达到你们的要求。"

"你知道这个臭虫王宫是属于谁的吗?"

"是不是一家银行?还是破产事务管理局?大多数这种小旅馆——"

"是属于一家叫哈罗威公司的。"

"卡拉斯的?"

"你认识他?"

"是的,我认识,巧得很。我曾给保险经纪人艾洪做过事,他们是姻亲。"

"是他替这儿办的保险。你知道这是什么样的地方吗?是个快速打炮的地方。"

"是吗?"我说。这时我看到他那宽大的前额在金色头发的光影下涨得通红，青筋暴起，满头是汗，他下意识地伸手紧抓住粉红条纹衬衣擦了擦手，他的指甲修剪得很整齐。"如果这是个问题，那是警察的事。你总不想让产联跟他们搞联合吧，对吗？"

"别说傻话了。我是说麻烦都得由我来担当，因为我是值夜班的。不管怎样，既然你认识卡拉斯，那你可以跟我说说，要他满足我们提出的条件到底容易不容易。"

"他是个相当蛮横固执的人。"

"等我把职工们都动员起来做好准备以后，你去请艾凯先生抽出几分钟时间，好让我们跟他谈谈。"

"这事我们可以安排，"我回答说，其实我跟艾凯先生并不熟，连进出厕所时也从不打招呼。可是现在我竟代表他。

在快餐店里，情况就完全不同了。我更受人信赖，也更受人尊敬。在厨房里干活的尽是些老人——他们住廉价小客栈、住会馆，到场的代表名字签得又大又醒目。他们可不像穿条纹衬衣的道森那样满腹牢骚。其实道森对卡拉斯的情况是相当了解的，知道他如何榨取利润，因此既恨又眼红。他也盼望自己能过上时髦的生活，穿上犬齿格上装，拎着小提箱，挂着望远镜，拥着一个满脸傲气、高大漂亮的女人招摇过市。

就拿其中在范布伦街一家小快餐店里的一个老工人来说吧。我应他的请求穿过一条小胡同去他那儿，沿途铺路的大石板上散发着一股尿臊臭，我隔着窗子先给他打了个招呼。他非常谨慎，对我歪了歪头作为答复，别人看到了还以为这是个无意的动作。后来，我们在厨房的门口悄悄谈了一阵，其实我们在他下班后谈也一样，只不过他大概想要我看看他的工作环境。在夜晚星光照耀下的小巷里，他那双长年累月洗盘子的手皮肤红肿，人疲得像匹瘦马，牙齿长长的，两眼水汪汪。他散发出一股食物的难闻气味，使你疑心走近了一只垃圾箱，不论在他的衣服上、整个身子上或者在他的呼吸里以及就在我鼻子底下的头发里，都散发出这股臭味。在他那脆弱的脑壳里，他的脑子正漏洞百出地在思索。我看起来像不像个他想像中的工会组织者这一点,他是不是也像道森一样看得很重?他想尽自己的菲薄之力为匡正冤屈做出贡献,所以只要能在办公室里找到我,或者我竟然来到这臭气熏人的小巷里跟他谈话,并接受他暗暗塞给我的其他要求加入工会的人的名单,他就心满意足了。我按理应该到那些霉味十足的房间里去找他们。在我给西蒙做事时,为了招募搬煤工人,也曾去过那些地方,当然使命完全不同。我没有必要认为自己已经改弦易辙,现在去那些下等旅馆是为了光明,而不是为了黑暗。在那些日子里,当我对自己的职责作了清醒的考虑后,我觉得不能把个人看得那么重,而应当着眼于进一步提高每个人都包括在内的水平。

一天早上,我到从前住的街区办事,就便去探望了艾洪;只见他坐在那间阳光充足的客厅兼办公室里,屋里弥漫着咖啡、床铺、纸张、他本人的剃须润肤剂以及两个女人的脂粉所散发的气味,它们混成了一种奇特而熟悉的陈腐味。米尔德丽德穿着一双矫形鞋——她对我客客气气,但并不喜欢我——已经坐在打字机前开始工作。阳光照在她的颈脖上,脖子上的汗毛刚刚刮过,一直刮到浓发的边际。对面空空荡荡,昔日盛况空前的豪华故居,现在只剩下空空的窗扉。我发现艾洪的心情并不好,尽管从他那张肥大的脸上是很难看出的。开始一段时间,我以为他会这么默默地坐着,直到我离去。他叹了口气,定了定神,朝窗外望望早晨的景色,抽着烟,吃着东西,打了几个小饱嗝。他显得神情忧郁,甚至有点粗暴。

"你的这个工作工资怎么样?"他问道,决定开口讲话。"还可以吗?"

"相当丰厚。"

"那倒还有点好处。"他干巴巴地用断然的口气说。

我朝他笑笑。"你认为就是这一点。"

"至少是这样。孩子,如果你认为自己正在干着有意义的工作,我一点也不想打击你的积极性。不过请记住,虽然我坐在这张椅子上动弹不得,我可不是个保守的人。这并不是什么豪门巨贾的俱乐部。其实,我比别的人损失都要小,因此我毫不退缩地想走极端。我跟卡拉斯做了一笔小生意,不过这并不是说我的看法必须跟我的利益相一致。什么利益!那么点利益!卡拉斯,他是个宰人的能手,他刚在圣安东尼奥买了一处很大的新产业。"

现在我深信这话说得有点不妥。"那么依你看来,现在我所做的一切全都是浪费时间。"

"哦,我觉得双方的观点似乎完全一样。这些同样老一套的观点有什么用?双方都一个样。取自一方,给予另一方,还是老一套的经济学。"

起初,他根本不想跟我谈话,可是我没有走,于是他先是愤愤然地讲起这个话题,然后又说出了自己真正的想法。我并不像他所想像的那样,积极性很高,但我确实觉得应该大声地说,"哦,人们每天早上一起床就得去上班;如果认为这是一种错觉,或者认为允许他们保持住老习惯就得感激不尽,不应该再有其他的要求,那是不对的。"

"你认为店铺一关门,就能使人不再粗鲁平庸,成为堂堂正正的人?要是他们有个代表能为他们说话的话?傻瓜!"

"所以,"我说,"把这留给卡拉斯或者是受他贿赂的一个凶狠的代理商去处理不更好吗?"

"听着,因为他们生在这个世界上,你就认为他们非得成为一个像样的人不可?这是过时的老观念了。是谁告诉他们的?一个大组织。又是一个大组织。大组织赚大钱,要不它就长不了。要是它赚钱,那它就一切为了钱。"

"要是这些大组织没有什么多大意义,那他们就更有理由去尝试各种各样的事物了。"我说,"各种事都应该试试。"

在此期间,米尔德丽德顾自在打字,没有理会我们的谈话。艾洪也没有答腔。我认为这是因为阿瑟从厨房出来走进屋子,结果使他收住了嘴。阿瑟那精明脑袋的威力,时常使得他父亲犹豫再三才敢开口。可是今天的情况并非如此。他只稍微待了一会,但显而易见,所有的紧张气氛和尴尬局面,都是由他引起的。他穿着一件黑色毛衣,肩膀很窄,两手插在后裤袋里,在屋子里闲荡着,令我吃惊的是,他的额上已经有了老年人的皱纹,他的眼睛层层变暗,往里凹陷,形成一种非常忧郁的苦恼神色。他把头歪向一边,浓密的头发碰及门框,他口中的烟卷冒出缕缕青烟,在阳光中变成了缕缕柔丝。开始,他虽然未能认出是我,可是笑容依然那么温文尔雅,但也显得病态和疲惫。我看出艾洪对他板起了面孔,就连他的外衣也挺直了,他准备三言两语就把他打发走,几乎到了叫他滚蛋的地步。这时我才意识到为什么米尔德丽德对我这般冷淡,使劲地打着字,仿佛这样就可以把我撵走似的。

接着,从厨房里突然跑出来一个小孩,阿瑟显然像个父亲似的搂住他,小孩挣扎着想闪开他的手。后面站着蒂莉,但没有走上前来。要是我没有弄错的话,他们似乎还没决定这件事是否应该保持秘密。我意识到这对艾洪家来说也是一件最近才知道的事,是否承认这个小男孩,他们还拿不定主意。阿瑟返回厨房时,小男孩跑到米尔德丽德身旁,伏在她的膝上。米尔德丽德亲热地把他抱起时,他的小靴子勾起了她的裙子,露出她那双长着黑色细汗毛的大腿。她对此显得若无其事。我随着艾洪的目光看去,只见米尔德丽德像跟一个成年人接吻似的,不住地亲吻着那孩子,一边用手摸索着拉住裙边把裙子拉直。

"你对我们家的新闻有什么评说?"艾洪粗声粗气地说,脖子僵直地把头转向我,这话部分意在威吓,但也反映出他被这困境压得抬不起头来。他那张极能代表他整个人的脸,由于冲动而不停地抽搐着,这种心情是从很少探究的地方闯入的。

"是阿瑟结婚了吗?"我不知道说什么才好。

"已经离婚了。上星期办完了手续。我们一点都不知道。那姑娘是香潘城人。"

"这么说你有了个孙子。恭喜！恭喜！"

他的神色很不自然，眼光中闪烁着强忍一切的决心，可是他那张大鼻子的脸上却异常冷漠，惨淡苍白，闷闷不乐。

"这是他第一次来探望你们吗？"我问道。

"探望？她把他扔给我们不管了。她把他放在门内，留下一张纸条，然后就溜掉了。我们只好等阿瑟回来，让他对我们作解释。"

"哎，他又乖又惹人喜爱。"米尔德丽德兴致勃勃地说，在她怀里的孩子使劲地抱住她的脖子。"我随时都想把他带走。"

听了他的二太太——实际上如此——的话，艾洪把全部注意力都转回到自己首要的根本问题上；他本人，他的色心。看来他是为这生气了，这完全表现在他那张自命不凡的波旁家族式的脸上，怒意直接反映在他那双黑眼睛的深处。他的模样简直像蹲伏在古老教堂屋顶上的小妖怪，两手布满了灰白的斑点，分别荡在他那毫无意义的裤子两旁。他的头发成波浪形，如同分股松开的绳索。从他脑袋的样子，从后面就给人以残废的感觉。他的两臂一动不动，就像是个披着斗篷的人或者是被缚的囚犯。可怜的艾洪！从前，每当他落魄潦倒的时候，他还随时可以拿出阿瑟的那些金边证券①，可现在，让人痛心的是那些证券已经一文不值，就像劳希奶奶珍藏的那些有水印图案的帝俄钞票。以前他收藏这笔储备财富的那间雪亮的保险库，如今散发出肮脏的臭气。艾洪对那孩子甚至看也不愿看一眼，现在，那孩子正在米尔德丽德的腿上蹦跳着，蒂莉则一直没有再露面。

我犹豫了半晌，才敢表示一点同情。我想，虽然真心敬佩他昔日辉煌的人如今已寥寥无几，而我是其中之一，但也很有可能为此反唇相讥。不过在这方面我对他仍有意义，我准备证明，那是名副其实的壮

---

① 指高度可靠的证券。

丽场景和豪华盛况。但他现在却有气无力地开口说:"情况不妙啊!奥吉——你对阿瑟的才能多少有些了解。在她还没来得及施展自己的才智时,他就先陷入了这种——"

"我看不见得那么坏吧!"米尔德丽德插嘴说,"你有了个逗人喜爱的孙子!"

"请别插嘴好吗,米尔德丽德?小孩子并不是玩具。"

"哦!"她说,"他们会长大成人。时间的作用比父母的还要大。做父母的太自信了。"

艾洪不想跟她交谈,他低声对我说,"我觉得阿瑟老在你们那一带转悠。有个叫咪咪的姑娘他很感兴趣。你认识她吗?"

"她是我的好朋友。"

他的两条眉毛刷地扬了起来,我的理解是,他希望她是我的情妇,那样阿瑟就不会陷入更深的困境了。

"不是那种朋友。"

"你没睡过她?"

"没有。"

我使他大为失望。同时还带有一点鄙视和嘲讽的味道。虽然这只在他的脸上一闪而过,我却看在眼里。

"别忘了,在元旦之前我实际上已经订了婚。"我告诉他说。

"嗯,这个咪咪是哪类子的姑娘?两星期前他曾带她来过一次。蒂莉跟我都觉得这姑娘太野,像阿瑟这样满脑子思想和诗的人跟她在一起,以后肯定会够他受的。不过也许她心肠不坏,我并不想把她说得一无是处,没这个必要。"

"怎么,阿瑟已经打算再结婚了?不瞒你说,我是很爱慕咪咪的。"

"柏拉图式的?"

我脸上虽然笑着,心里却颇为不快。我觉得艾洪似乎不想让自己的儿子接替我成为咪咪或任何姑娘的情人。我说,"要打听咪咪的情况,最合适的人是咪咪本人。不过我想说的是,我认为她对求婚是不会感兴趣的。"

"那就好。"

我没有表示任何赞许之意。

"奥吉,"他脸容舒展,满脸堆笑地说,我知道这是谈正事的表情,"我想也许我儿子能在你们的组织里找个事做。"

"他在找工作吗?"

"不,是我在替他找。"

"我可以试试看,"让我帮这个忙实在太为难了。我可以想像阿瑟在工会总部俯身坐在办公桌前,一个手指夹在《瓦雷里诗集》的书页中,或者一本他所感兴趣的别的书中。"要是他真有意,咪咪倒可以帮他的忙,"我说,"我找到这份工作就是因为她有人认识。"

"谁有人认识,你的朋友?"他仍狡猾地希望引我上钩,要我承认和咪咪的私情,可他枉费心机。"哦,"他说,"你总不至于告诉我说,你精力这么旺盛而没有一个要好的朋友吧?"他说这话时很得意,一时把自己的烦恼都抛到九霄云外去了。可是,后来那小孩搂着米尔德丽德的脖子欢叫起来,他的脸色顿时又从色迷迷变为忧伤严肃。

真的给猜着了,我确实有个女朋友。她是个希腊姑娘,名叫索菲·杰拉狄思,是一家豪华饭店的收拾客房的女工。她是来我那儿申请入会的一个代表团的发言人。她们每小时只挣两角钱工资,当她们去见她们所在工会的头头要求他出面提出加工资时,他正在打扑克,不肯为此分心。她们知道他跟资方暗地勾结,沆瀣一气。这位娇小玲珑的希腊姑娘身材、双腿、嘴巴和脸蛋,样样都长得美丽动人。她的双唇向前微伸,由于那两颗明亮的眸子,使它们的表情更显温柔。她有一双勤劳的手,但是干粗活并没有影响她的美貌。我其至一分钟也没法装出我没有迷上她。一见到她,我便觉得她眼角的秋波脉脉含情,这把我给迷住了。我心中也涌起了一股柔情,而不是那种使你变得像尼罗河之土一样既肥沃又会龟裂的情欲。

女工们一签完名,她们便十分激动,义愤填膺,放声高呼起来,仿佛是这些脸色苍白的女工们在过塞斯摩弗洛斯节①。她们要求我们立即领导她们进行罢工。可是我解释说——一面像往常一样对这种条文主义的虚伪感到恶心——这涉及双重工会的问题,从法律的角度上讲,她们是由美国劳工联合会代表的,其他工会不得从中插手。可是当大多数雇员都加入产业工会联合会时,便可以进行改选。可是她们一点也不懂得这个道理,而且她们的叫喊声太大,我没法跟她们说话,于是我便叫索菲随我出来,以便把情况向她交代清楚。当时走廊上没有人,我们立刻冒失地接起吻来。我们俩的腿都颤抖着。她低声对我说,我不妨过后再对她详细解释,她可以先把妇女们带走然后再回来。我锁上办公室的门,等她一回来,便把她带到我的宿舍。我们不能去她家,她跟她姐姐住在一起,她们俩已跟一对兄弟订了婚。再过六个星期,到六月份,他们便要结婚。我见到过她未婚夫的照片,是个镇定而看似可以信赖的人。索菲自认为这样做合情合理,先寻欢作乐一番,把欢乐储备起来,这样结婚之后就不会再有非分之念了。她长得非常秀气,她身上的一切都小巧玲珑,精细紧密,处处都光滑异常。艾洪在我脸上看到的喜色,就是索菲给予我的欢快。

凯约·奥伯马克出于男子汉的自尊,没有问起我索菲的谈笑声、喧闹声什么的,可是咪咪问了:"你带回来一个什么骚货呀,整天叽叽呱呱的?"她是带着嘲讽的口吻问的,然而我觉得她是出于妒忌,"她还给自己带来了一个拉拉队。"

我一时回答不出,因为我从未想到会有人来问。

"前几天还有另一个人来找过你,"她接着说,"我忘记告诉你了。这儿都快要变成圣地啦。"

---

① 在希腊等地奉行的一个古老的妇女节日。

"是谁?"

"是位年轻的小姐,比你那位叽叽呱呱的姑娘要漂亮。"

我不由得心中一怔,莫非露西改变想法了,"她没有留下字条?"

"没有。她说她必须跟你亲口谈,我看她心急火燎的,不过也许是她不习惯爬楼梯,所以气喘吁吁的。"

我并没有因为想到可能是露西而特别激动。我对她已经不再有兴趣,我只是对她的来访颇觉好奇。

我跟咪咪讲了艾洪对阿瑟的意见。如果艾洪对她不满,她一定会更加激烈地反对他。

"什么,那个臭老头!"她说,"我一走近他,他就把手放到我的大腿上。我可不喜欢这种老头子,他们自以为性欲十足。"

"啊,你得谅解他,"我说,"那是他向人致意和向女人献殷勤的方式。"

"活见鬼!谁叫一个老残废还这么好色!"

"其实他是个很好的老人。我从小就认识他,对我来说他是个很了不起的人物。"

"对我来说他是个一文不值的家伙。他待阿瑟太坏了。"

"什么,我认为他爱阿瑟胜过爱世界上的一切。"

"你就只知道这么一点!他一直拿他出气。老实说我不得不帮他逃离那个家,因为老家伙为了那个孩子的事一直把他往死里整。"

"那做母亲的不是要把孩子领走吗?"

"我没能从阿瑟那儿打听出她是个好姑娘还是个荡妇。他说什么都含含糊糊,除非是讨论思想观点。什么样的母狗,已经生下的孩子还忍心把他扔掉?莫非她有病。你知道,这是脑子有问题。"

"阿瑟没告诉你她人怎么样?"

"像这种事你没法向阿瑟刨根问底。他的心思一向不放在这种事情上。"

我说,"我不知道你是不是听他亲口说起过,他父亲为他所做的一切。艾洪对这事一直很伤心。他一心指望着阿瑟。蒂莉也是这样。眼下这种情况只是经济大萧条的一个侧影。子女带了孩子回来住在父母家。"

"为什么对艾洪和对他那条街上的波兰人或德国人就该有所不同呢?要是有所不同,那就更坏事,只会促使那个老糊涂大吹其牛,认为他理应比周围的人有更好的命运。只有当人人都有相同的境遇时,那样我们才能真正看清谁好,谁坏。而且阿瑟的遭遇又有什么特别令人伤心的呢?无论从哪方面讲,他都比弗雷泽强。听说弗雷泽带着他老婆回来了,看来我借给他的钱他不会还我了,因为这就等于他承认自己做错了一桩事,而他是那种对过去、现在或将来做错的事,决不肯承认的人。昨天,有个姑娘捧着一本书,读着读着突然笑了起来,后来她指给我看——你知道,我是几乎从来不看小说的。上面说,'谬见从未接近过我的头脑'。这是梅特涅亲王①的话。没错,弗雷泽也会这么说的。我认为他一辈子都不会忘记自己。他从来没有误过一班火车。天啊,你的那位艾洪先生,一定会喜欢这样一个始终头脑冷静、伶牙俐齿、从不误车的儿子的。可阿瑟是个诗人,那位老风流却偏偏不让他那样,不愿做维庸②和兰波③的父亲。"

"哦,原来是这样!"我说,"那么艾洪对阿瑟做了些什么,把他弄得这样痛苦的呢?"

"他一天到晚都责备他,伺机侮辱他。昨天,老家伙给那小孩喂糖果吃,阿瑟对他说这样对孩子不好,老头子便说,'这是我的家,他是我的孙子,要是你不喜欢,你就给我滚他妈的蛋!'"

"啊,这太粗暴了。阿瑟应该发作。他干吗要忍着呢?"

"他没法离家。他身上没有钱,而且他还有病。他得了淋病。"

---

① 梅特涅(1773—1859),曾任奥地利外交大臣、首相。
② 维庸(1431—1462),法国抒情诗人。
③ 兰波(1854—1891),法国象征派诗人。

"哟！他什么都有了。是他告诉你的？"

"嗨，别傻了。你想我是怎么发现的？当然是他告诉我的。"

她微微一笑，脸上泛起真正激动的光彩。如果说以前我没能觉察，现在我该看清了——她对他已经铁了心。她迷上他了。

"我要帮他摆脱困境，"她说，"他现在找医生看病去了，等这件事一了，他就打算离开他父亲家。"

"带着孩子？"

"不。有人会照管那个孩子的。亏你想得出来！因为那个疯疯癫癫的女人，他就该成为一个家庭主妇吗？"

"要是他给她点钱，也许她会留着那孩子的。"

"你怎么知道？是啊，也许那是最好的办法。老年人是不应该抚养孩子的。"

"艾洪要我帮阿瑟找个工会组织者的工作。"

她一听这话，大为吃惊，一笑不笑。只是一个劲地盯着我，仿佛要我承认人们能把自己搞到多么荒唐的境地而永无止境。接着，她就顾自干起自己的活，洗起袜子和内衣来，嘴上则一言不发。

当然，在阿瑟患淋病期间，他是无论如何都不能工作的，因而我暗自盘算，最好能编造出一个中听的理由哄一哄艾洪。我有了一个理由，对他说适合阿瑟这样水平的职位眼下还没有空缺。尽管这肯定会让老头子听起来不那么顺耳，因为这关系到他过去为阿瑟感到自傲的优越感。但这种说法听起来倒也合乎情理，他们不能给阿瑟这样的人物随随便便地安排一个碰巧有空缺的一般工作。

至于露西·麦格纳斯（我实在想不出还会有别的人），我仅仅感到有点奇怪，并没有把她来访的事放在心上。直到事隔几天之后，突然传来了一个女人的敲门声。她来得实在不是时候，当时索菲·杰拉狄思正穿着衬裙坐在我的床上，我们俩正在说着绵绵情话。索菲听到后大吃一惊，我连忙说，"别担心，宝贝，没人会来打扰我们的。"我这话她听了很高兴，于是我们接着便开始接起吻来。可是弹簧挂钩的环链响个不停，在欢爱时传来这种声响特别让人难受。除了这个古怪的敲门人之外，这声音会把任何人都给撵跑的。那女人在门外叫道，"奥吉——马奇先生！"这不是露西·麦格纳斯的声音，原来是西亚·芬彻尔。不知怎的，我记住了那声音，而且立刻分辨出是谁。我起身下床。

"嗨，穿上睡袍，"索菲说。才进行到亲吻阶段，另一个女人就已在门口叫唤，她感到十分扫兴。

我把头伸出门外，用肩膀和赤脚挡在门口。真的是西亚。她曾在那张条子上留言说，我以后还会见到她。现在她果真来了。

"很抱歉，"她说，"可是我已经来过两次了。我想见见你。"

"我想，只有一次吧。你是怎么找到我的。"

"我雇了一个私人侦探。那个姑娘没告诉你我来过两次，她现在跟你在一起吗？你问问她。"

"不，不是那一个。你真的去找私家侦探了？"

"我很高兴不是那一个。"

我没有回答，只是看着她。

她有些沉不住气了。那张机敏的脸，跟我记忆中的已经有所不同，清秀但神情不够沉着，颧骨宽阔，脸色苍白，鼻孔张得老大。我想起咪咪曾对我说过，她爬楼梯时有点气喘吁吁，这一定也是因为发现我并非独自一人但她决不灰心失望之故。她身穿一套棕色绸衣，上面有非常醒目的水纹图案；不管怎么样，她仍想要我注意她的衣着。但与此同时，她那双戴着手套的手和插着花饰的帽子在颤动，我感到她全身都在微微发抖；她那挺括的绸衣也不断发出颤动的窸窣声，如同海水擦过船舷的沙沙声，声音虽小却显出海洋的广阔和深邃。

"这没什么，"她说，"你怎么能想到我会来呢？我并不指望我们……"

我觉得根本没有要她宽宥的必要，仿佛我应该一心等着她似的。我原本完全有权对此付之一笑，但我不能那样做。我原本认为她是个脾气古怪的阔小姐，她惟一的大事是跟她妹妹竞争。可是现在我不能再继续这样想了，因为不管事情是怎么开始的，现在显然是另一回事了。虽然激发你开始的动因并不太好，可是一旦进行起来，便会找到更好的理由。

她也许就是这样，但我没法断定主要的理由是什么，是崇高的思想还是病态的心理，她这是在跟个人的傲慢自负作斗争，还是撇开个人，与束缚年轻女子的种种社会偏见作抗争——那些像铁钉般尖利的习俗可怕地戳在社会中更为软弱的女子身上。我的意思是说，她是奋力抗争，还是出来找个折磨人的机会。不过，不管从哪种意义上说，这决不是我所想到的或感到的全部。要不我早就把她给撵走了。因为我太喜欢索菲·杰拉狄思了，不会只因自己感兴趣或受到奉承而抛弃她。或者是因为我看到一个机会，可以通过她姐姐跟埃丝特·芬彻尔重续旧情。我早就说过，我这人一向没有记仇积怨的本领。可是突然之间索菲变得和这事毫不相干了。

"你在做什么？"我转身问她。她已经穿好鞋子。我看到她举起双臂，那件黑色套衫落在她的肩上。她柔软地扭动着身子往里钻，把它拉过胸部和臀部，然后摇了摇头，把头发甩开。

"亲爱的，要是这个人是你想要见的……"

"可是，索菲，今天晚上我要跟你在一起。"

"你我只是在婚前纵情欢乐一番罢了，是不是？也许你也就要结婚。我们只是一段露水姻缘，对吗？"

"你别走，"我急切地说。可是她全然不听，而且在她抬起膝来系鞋带时，特意遮住大腿根部不让我看到。因为我的口气听起来不够坚决，通过遮掩她那赤裸大腿这一举动——并不是因为生气，而是带着一种低头的屈从。她已从恋人那欲焰的烈度上退缩下来。要想重新拥有她，我意识到势必要通过无数次考验，也许最后只有求她嫁给我才能如愿。于是我心中暗自承认，她走是对的，因为我已经再也不能真诚地奉献那种使我们相聚在一起寻欢作乐的情意了。

一张纸条从门底下塞了进来,我们听到了西亚离去的脚步声。

"至少她的脸皮还没有厚到站在门口看我走出去,"索菲说,"不过她明知你有伴儿在一起却还要敲门,脸皮已经够厚的了。你是跟她订婚了还是怎么的?还是去看看你的字条吧。"

索菲彬彬有礼地跟我告别,她吻了一下我的脸,但不肯让我回吻她,也不要我送她到大门口。因此,我仍光着身子,坐在帆布床上,置身在从高高的窗口流进来的五月夜晚的空气中。我打开那张字条,上面写着她的地址和电话号码,还写道,"明天请给我来电话,别生气,因为我实在不能自已。"

我一想到她对自己脸泛妒忌而感到羞愧,以及我赤身裸体到门口跟她说话时她心中有多难受,便一点也不想生气了。老实说我还不由得感到颇为得意。尽管像她那样准备跟索菲争个高低,而且自认为只有她才有适当的爱的资格,这似乎有点霸道。于是后来我又有了一些其他的念头。比如,我是否有为表示好意而坠入爱河的危险。为什么?因为爱情这般珍奇罕见,所以要是一个人对人动了爱慕之心,对方就得屈从?是不是对方这会儿没有更重要的事情?我这样想实在显得荒唐可笑,可是当时各种各样的东西都搅得我心情激荡,其中包括树梢上嫩叶挣破厚厚的红色叶鞘时发出的卜卜声。我认为,一个女人的事业必定只有爱情,或者,在另一种时候,只有孩子。我让这种想法在我轻松愉快的心情中既作为一种娱乐,同时也是一种异议。而且这种轻松愉快的心情——我本应从"重为轻之本"这句至理名言中得到教益。首先,优雅出自内心的深藏。可是智慧必须扩散,和各方面交织。这也可以指那种淡淡的微笑,它只不过是沉重心情的一点流露而已。或者用演员的小动作以博得笑声来掩饰严肃的内容,也是这么一回事。就连一个笃信宗教的人,有时你也会发现,他是以玩笑的方式跟耶稣沟通的。

那天夜里我睡得很熟,还是老样子,时而在被子里面,时而在被子外面。被褥仍有索菲的脂粉味，或者是她身上散发出的其他香味。因此我就像是裹着她的被子睡的。刚醒来时，我以为自己睡得很安谧，而且早晨阳光明媚。可是我错了，我记起曾做过噩梦，梦见豺狼想越过埃塞俄比亚的哈勒尔①的城墙，去吃死于瘟疫的尸体——这是从阿瑟留下的一本书里看来的，作者是他喜欢的一位诗人。我听到咪咪在楼下打电话连骂带叫，虽然这只是某种普通的谈话。这是个晴朗的好天气，美得几乎可以用手捡起来，院子的各个角落都盛开着各种鲜花，生长在那些废铁堆里和破旧的锅炉之间。红色的花朵在白昼强烈的阳光下，使人眼花缭乱，几乎像疾病的毒力似的侵袭着你的心，那些使你咯血、痉挛的疾病，然而只顾寻欢作乐同样也会使你腐败堕落。我的脸疼痛难熬，仿佛鼻子遭到猛击快要流血似的。我朝四下看了一眼，感到气短胸闷，似乎血液过多，预感到即将因而患病，还是赶紧放血为好。我的手脚也都有这种不祥之兆。我几乎像块石头似的走出门外，可是就连铺石的路面也通过皮鞋磨痛了我的脚。我全身的血管都像灌满了铅，血越流越慢。就连在小店里喝杯咖啡，也像受监禁似的感到受不了。我坐上慢吞吞的汽车来到办公室；我一屁股坐到自己的椅子上，伸直双腿，全身都像散了架似的劳累不堪，一直到有规律地跳动着的脚部动脉。我祈求上帝别再让我站起来。门窗都敞开着，这备受践踏的地方安静得如同重开舌战之前的法庭，得以有短暂的机会散发掉那股霉气。过不多久这儿又会人声嘈杂，现在是佛兰德战场上的炮弹撕破天空前的沉寂时刻。既不需要吐痰或清嗓子的百灵鸟，远走高飞了。

可是，当天的工作已经开始，我心神不定，简直无力应付，感到就像在快步跺脚和跳舞一样；如同在跳一支疯狂、无情的华尔兹，两人搂得紧紧的，都想把对方累倒；或者像跳单人木屐舞②或疯狂蹦跳的塔兰

---

① 埃塞俄比亚东南部一古城，哈勒尔省省会，为全国惟一有城墙的城市。
② 表演时用木屐打拍子。

台拉舞①；或者是几乎像失去意识似的软弱无力地东倒西歪摆动着；也像面容庄重呆板毫无表情、脚跟使劲跺着的塞吉狄拉舞②；还像德国农奴爱跳的踢足舞；身子蹲着跳的哈萨克舞；青年人跳的间有停顿和滑行步子的华尔兹以及查尔斯顿舞。我面对着这一切，尽可能避免站起身来，除了不得不去厕所小便，或者是饥饿难当时，去楼下台球房的午餐柜台，可是那绿色的台毡使我感到头晕。而且我一点没有胃口，只感到一种揪心的痛，这并不是因为饿。

当我再回到办公室时，已有一批新来的人等着我给他们办事。我这个委靡不振的登记代理人或者叫主办人，一直置身在睽睽众目之下，他们一个个都怒气冲冲，心急火燎，有的脸部肌肉在抽搐，有的神态尊严端庄，也有的像疯子似的瞪着眼睛。我单靠向他们解释怎样填写登记卡，怎么能替他们申冤昭雪和打开王国之门呢？我的圣明的老天爷啊！我想，人的劳动必定是老天爷想出来的一种交易，为了拯救人，保全人的生命，要不他就会挨饿受冻，他那脆弱的生命就会夭折。可是，虽然他得以活了下来，而在这过程中，结果却成了多么奇特古怪的东西啊。

我是在一种异常的心境中思考这一切的，与此同时，我一想到西亚那件褐色绸衣的窸窣声，不由得便会打上一个冷颤，伴随着劳工血汗史的这种奇怪结果。

我一有机会便抽空给西亚挂电话，但总是没有人接。我还没来得及跟她通上话，格兰米克就给我来了电话，要我帮忙务必在当天晚上去南芝加哥，到他以前曾组织过的一家纱布绷带厂去一趟。那儿就像一群耶稣会教士刚在异教徒的国度登陆一样，成千上万渴望领受洗礼的人纷纷从他们的砖屋里蜂拥而出。我只好装满一袋宣传品和空白登记卡，拎着它一路赶到伊利诺斯中心车站乘电气火车，然后在他的总部跟他见了

---

① 意大利南部的民间舞蹈。
② 西班牙塞维利亚人的一种民间舞蹈。

面。格兰米克的总部设在一家小旅馆里,这儿的一切都很简陋,不过有一个妇女和母子入口处,因为许多卷纱工都是妇女。我简直没法想像,在这样一座满是煤烟、歹徒横行的小镇上,他们是怎样来保持绷带的清洁的。这座小城的建筑,许多都像建造巴别通天塔那样荒唐和不合理的工程,有几十次才盖到第二层便不行了,于是所有的工人便停了工,在内部干了起来。格兰米克正在这些人中积极进行组织工作,他像"石壁"杰克逊①那样坚定,但也像个中学的木工教师或者是白衫飘拂、要以温和之力征服全印度的某个国大党人物那么平和。

这天晚上,我们一直忙到深夜,第二天早上,万事俱备,各委员会准备就绪,要求的条件拟定完毕,谈判的人员待命出发,各个派系的意见也已协调一致。上午九点,格兰米克拿起电话和资方通话。十一点钟谈判正式开始。当天晚上罢工取得胜利。我们跟兴高采烈的工会会员们一起参加了一个备有牛肉香肠和泡菜的庆祝会。这一切当然得归功于格兰米克,虽然我也高兴得手舞足蹈,感到非常庆幸。

我端着一杯啤酒来到后面的公用电话间,又一次给西亚拨了电话。这次打通了。我说:"听好,我这是在城外打的电话。我不得不来这儿办事,要不你早就可以接到我的电话了。不过我估计明天能回去。"

"明天什么时候?"

"我想是下午。"

"你不能早点回来吗?你现在在哪里?"

"在郊外的一个小镇上,我会尽快回去。"

"可是我在芝加哥不可能待长。"

"你得走吗?去哪儿?"

"亲爱的,我们见面时我再跟你讲。明天一整天我都等着你。要是

---

① 杰克逊(1824—1863),美国内战时期南军著名将领,在布尔溪畔战役中以少数兵力组成坚强防线,抗击了优势敌军的进攻,赢得了"石壁"的著名绰号。

你事先没法给我打电话,来时就按三下门铃。"

我兴奋得像有把大刷子刷遍我的全身,高兴得闭眼站在那儿,耳朵热辣辣的,一阵阵激动的热流一直传至双腿。我恨不得立即飞到她的身边。可是我还不能够离开。还有一些零星的扫尾工作需要处理。即使是胜利者,说声再见也是很重要的。格兰米克要等整理好笔记并把一切都安排妥当才能离开。然后等我们回到芝加哥,我还得跟他去总部汇报我们所取得的胜利。这也是对我的提携,意味着把我介绍给艾凯先生,使我跟那些高级领导人的关系更进一层,不再停留在小角色的地位上。

艾凯正在等着我们。他没有向我们祝贺,而是准备了一份重新调派人力的命令。"格兰米克,"他说,只问他而没有问我,"这就是你的弟子马奇吗?马奇,"他继续说,两眼仍没有看着我,仿佛时机尚未成熟似的,"你今天得去办一件重要的解决纠纷的事。得马上就去。这是件棘手的双重工会的麻烦事。事情糟透了。诺桑伯兰德饭店是家豪华旅馆,我们在那儿已经发展了多少会员?还远远不够,像那种地方我们至少得有两百五十名会员。"

我说,"我想我们在诺桑伯兰德大约已有五十名会员,其中大部分是女服务员。怎么了,那儿出什么事了?"

"他们正在准备罢工,就这么回事。今天早上那儿的一名女工,叫索菲·杰拉狄思的给你来过五次电话,现在他们正在寝具室里召开罢工会议,所以你得马上赶到那儿把他们给阻止住。劳联的人也在那儿,我们的目标是先举行选举。"

"我该怎么做?"

"要先稳住阵脚。你让他们先办理入会手续,别让他们出来罢工。现在快去,那儿肯定乱成一团了。"

我抓起那包空白登记卡,飞快赶往诺桑伯兰德。那是一座宏伟的建筑,有着华丽的柱廊,外面罗马式的遮篷飘飘荡荡一直挂到三十层,俯瞰着林肯公园的榆树林和星罗棋布的青翠草坪。

我搭乘了一辆奇克牌出租车飞快赶到目的地，门口没有任何门卫值班，护板上的铜扶手、旋转门的四块玻璃以及金色的交织字母把这儿映照得闪闪发光。我估计走休息大厅肯定进不去，于是便急忙退到后面的一条小巷，找到一个服务人员进出的小门，我按了按那座运货电梯，无人应声，便顺着铁梯子一口气爬了三层，这时突然听到了人们的喧哗声，于是我循声穿过几条走廊，有的铺着绒毯，有的是水泥地，最后终于找到了寝具室。

激烈的争论仍在进行，一方是终于得到承认的工会的人，另一方是反叛的人，后者大多数是工资很低的女工。她们每个小时的工资只有两毛钱，由于她们增加工资的要求遭到最后拒绝，一个个都气疯了。她们全都穿着制服或号衣。太阳直射进房间，里面又亮又热，这儿有门通向洗衣房，身穿蓝色工作服、头戴白帽子的女工们大声叫嚷着，坚决要求进行罢工斗争。她们有的站在铁桌子上，有的站在肥皂桶上，尖声叫喊着要罢工。我四处寻找索菲，还是她先看到了我。她喊了起来："工会组织人来了，我们的人到了，马奇来了！"她正站在一只大木桶上，穿着黑色长统袜的两条腿分得开开的。她神情激昂，态度严肃，脸色苍白。她那头乌发掩在帽子下面，一对眸子由于激动显得更黑了。她极力不让自己那看着我的眼睛流露出亲昵，这样，任何审视的目光，都察觉不了我们的双臂曾拥抱在一起，彼此的手曾互相亲热地抚摩。

我朝四下里张望了一下，立即就分辨出哪些是朋友，哪些是敌人，有的在嘲笑，有的在鼓劲，有的不信任，有的坚决支持，有的气愤，有的欢呼。人群中有个工头，穿一身白衣服，像个实习医生似的，他那张脸活像特库姆塞①，或者像个满身涂满花纹、袭击斯克内克塔迪②的印第安战士。他立即径直过来向我解释采用的策略。这间大鸟笼似的房间

---

① 特库姆塞（1768—1813），北美印第安人首领，曾组织印第安人联盟，进行反对入侵白人的斗争。
② 美国纽约州中东部一城市。

里，充满了狂热的喧嚣和洗衣房的闷热，更不用说那强烈的阳光了，可是他却显得异常从容镇静。

"等一等，"我大喊一声，站到刚才索菲站的那只大木桶上。

有人开始大声喊叫："我们罢工！"

"现在请各位听好。那样做是不合法的——"

"呸！去他妈的！胆小鬼！什么是合法的？我们一天才挣一块五毛钱，这算合法吗？付了车费和工会费后还能剩下多少？叫我们吃什么？我们坚决要求罢工！"

"不，你们不要那么做。那是未经工会批准的自发罢工。联邦政府那班家伙会派别的人来顶替你们的工作，那是合法的。现在要做的事情是签名加入我们的工会，这样就可以进行选举。我们一获胜，就可以代表你们。"

"或许该说要是你们获胜的话，可那又得在几个月以后了。"

"可这是你们眼前最好的一条路。"

我从提包里拿出一捆空白登记卡，打开后把它们分发给人们挥舞着的手中。这时从洗衣房那边突然发出一阵骚动。有几个大汉把女工们推到旁边，从人群中强行冲了过来，房间里开始乱成一团。我刚意识到这是敌对工会的那个家伙跟他的打手，就被人从后面抓住拖下了木桶，一跌到地上，眼睛、鼻子上就挨了一顿揍。我立刻血流如注。我的那位有着印第安人相貌的朋友一脚踩到我的身上，不过这是因为他急着扑向那个打我的家伙。他把那人推开之后，一位黑人女工把我扶了起来。索菲伸手到我的衣袋里掏出手帕。

"这伙卑鄙的流氓！亲爱的，别担心，把你的头朝后仰。"

现在有一批女工围在翻倒的木桶四周护卫着我。每当有个打手想朝我扑来，女工们便冲着他一拥而上。有些人拿起了剪刀、刀子和肥皂勺，因此敌对工会的那个家伙叫自己的打手住手，他们便拥在他周围。相比之下，他显得较为矮小，像个发育不全的小矮子，但看上去凶狠异常。他穿着一套时髦的男式套装，嘴里还叼着一支巴尔的摩雪茄烟。他像是个已经转投到法律另一方的治安署人员，或者说从猫肉转成了人肉。他的模样就像一个悄悄靠近就能闻到酒气的醉鬼，不过这也许是因为发怒才满脸通红，而不是威士忌在起作用。此人十分卑鄙，让你防不胜防，他心毒手狠，什么事都干得出来。我这沾满鲜血的手帕和衣衫，仍在流血的鼻子，还有肿成一条缝的疼痛难忍的眼睛，都可以证明这一点。由于他是跟这些员工订下合约的工会代表，所以不管怎样法律仍在他那一边。

"好了，女士们，让开路，让我的人把这无故在这儿闹事的小流氓撵走。他违反了国会法令，我可以保证完全有理由指控他，而且旅馆也可以因他擅自闯入而扣押他。"

女士们一片尖叫，挥动着剪刀和其他武器，那个黑人女工用西印度群岛或大英帝国其他地区臣民的口音骂道："休想，你这个该死的小矮鬼！"因而，我心里尽管害怕，但也感到惊讶。

"行了，姐妹们，我们会把他弄到手的，"一个打手说，"他不可能处处都有娘子军保护。"

他的头头训斥道："闭上你的臭嘴！"接着问我说："你有什么权利到这儿来？"

"是请我来的。"

"他说的一点没错！是我们请他来的！"那群头戴高帽的厨师和其他收入较好的人则冲着我起哄嘲笑，捂住鼻子，拉动想像中抽水马桶的冲水拉链。

"你们大家都听着，我是你们的代表。你们有什么不满，抱怨时，我是干什么的？"

"我们去工会向你反映情况时，你总是两脚搁在桌上，一面吃牛肉一边抱着个酒瓶子使劲灌，把我们撵了出来！"

"那也不应该他妈的叛变呀，是不是？刚才我看到这个多管闲事狗娘养的给大家分发了一大堆卡片，现在我要你们把卡片全都撕掉，再也不要跟他来往。"

我大声说，"别撕！"

那个打过我的家伙想突破女士们的防御圈，朝我冲上来。她们挤在一起堵住了他。索菲拉我悄悄离开，从后面穿过职工们走的过道，"后面有个太平门，"她说，"你可以顺着太平梯下去。小心点，亲爱的，他们一定会追你的。"

"你怎么办？"

"他们能把我怎么样？"

"你最好暂时忘掉罢工的事。"

她双脚立稳，两腿叉得很开，使劲拉开那扇沉重的太平门，当我走到外面时，她说，"奥吉，你跟我以后不能再在一起了，是吗？"

"我想是的，索菲。因为有了另外一个姑娘。"

"那么，再见了。"

我通过又热又暗的安全通道，顺着太平梯下到底层，转身跳到地面上。可是当我选定逃跑的路线时，我的运气不佳，发现有个打手已经守在那儿。他径直朝我走来，我连忙奔向百老汇街。我生怕他会朝我开枪。在大街上被人干掉，这在芝加哥并不是前所未闻的事。可是没有响起任何枪声，我想那家伙的目的是要揍我，把那一顿揍完，大概想打断我几根骨头，让我躺上一阵子。

我比那个打手仅仅领先几步，比他稍微早一点穿过百老汇街。我看到他已被车流挡住，只看到他的上半身，可是他的两眼仍盯着我。凝血堵塞着我的鼻子，我心惊肉跳地喘着粗气。一辆电车缓缓地驶了过来，我跳上车台。我确信那家伙一定会跟上来，因为电车驶近商业中心时开得很慢，不过我也许能在人群中甩掉他。当时，我站在车头，就在司机的旁边，从那儿可以观察到全车的情况，而且一伸手就可抓到转辙杆，司机通常把它从电车底板的一个小洞里伸下去。我敢肯定，那个打手一定坐在后面车流中的一辆出租车里尾随而来,那车流闪烁着微光,喷出道道青烟,在这乏味、闷热、野蛮、肮脏的大街上散发着熏人的恶臭。我恨透了这种景象,也恨透了这爬行的电车。我的心都急碎了,难受得直想呕吐。好在电车渐渐驶近大桥,还有那上下千篇一律的高楼大厦和水面漂满垃圾和几只骨鼻鸥的河流。过了畅通无阻的大桥,电车加速,如脱缰之马飞速而下,可是到了闹市区拥挤的车流中,它又变成爬行了。等电车驶近麦迪森街,驶到这一街区的中部时,我对司机说,"停车!"

"这儿不是车站。"

我怒气冲冲地大声说,"把车门打开,要不我就砸开你的脑袋,"他看见我一脸凶相,眼睛肿成一条缝,便停车让我下来了,我一下车拔腿就跑,可是只跑过一个拐角,便连忙混入人群之中。我乘机混进麦克维克电影院前的长龙,那儿正在放映一部嘉宝主演的片子,我来到把进场的人和散场的人隔开的红绳索围圈里,然后进入那座像卡廖斯特罗① 和赛拉芬娜为迷惑宫廷王室所布置的寓所似的大厅,这时总算暂时脱离了险境。不管怎样,我开始感到,要是他现在抓到我,他自己同样也有危险,就像那个监工被摩西杀掉一样②。我来到厕所里,吐出了我的早饭,洗干净脸上的血迹,用电吹风吹干。然后我又回到电影院里,在后排找了个座位,在那儿可以看到进来的人。我在那儿一直待到电影结束,另一批观众进来,于是我也走出电影院,径直走到街心。街上一片喧嚣,扬起的中午灼热的尘土扑面而来。

我跳上一辆出租车,朝西亚的住处急驰而去,那是我几天来一直想去的真正的目的地。

---

① 卡廖斯特罗(1743—1795),意大利江湖骗子、魔术师和冒险家。法国大革命前在巴黎上流社会红极一时,他兜售"长生不老药",声称能把其他物质变成黄金和钻石,后被判处无期徒刑。

② 摩西:《圣经》中犹太人古代领袖。大约在二十五岁时,见一埃及监工殴打希伯来人,便出于义愤挺身而出,将那监工打死,埋在沙里。详见《圣经·旧约·出埃及记》第3章第11—12节。

第 十 四 章

我急急忙忙地赶去，实现西亚·芬彻尔在圣乔市的秋千上所做的预言。虽然我被追打得这样狼狈不堪，决不是一桩小事，但我并不觉得这事有多么重要，或者是我继续战斗下去会对任何人有什么好处。要是我像格兰米克一样，感到事关良心道德问题，很可能在内战阵亡纪念日大屠杀那天，在共和钢厂门外参加示威游行了。那天，格兰米克头上挨了警棍，而我却跟西亚在一起。我们俩一旦碰在一起，我就没有力量再到别的任何地方去了。不，我既没有做工会工作和投身政界的冲动，也没有想凭自己这点热情来率领群众摆脱悲惨处境、昂首向前的愿望。我这样一点本领怎能走在前面带路呢？我没法强令自己成为那样一种人，他们身先士卒，能截接巨大的社会之光，像取火镜似的聚集起这些光芒，使之爆发出炫目强光和熊熊火焰。这决不是我想要做的事。

我跳下出租车，急忙跑向西亚的住所，迅速地连连按了三次门铃。我并没有特别留意打量一下这一地方。这是个装饰过分、显得艳俗的门厅，里面空无一人；当我正在寻找那扇精致的电梯门时，在一个门口突然出现一方灯光，西亚下来接我来了。门打开了，里面有一张铺着丝绒的长凳。电梯缓缓上升，我们一坐下来便紧紧拥抱在一起，热烈地亲吻。她一时没有觉察我那血迹凝硬的衬衣，双手从我的前胸抚摩到两肩。我解开她的家居便服，抚弄着她的乳房。当时我已如醉如痴，不能自制，几乎成了瞎子，什么都不加注意了。即使有人在旁，我们俩也不会觉察。我没法肯定地说，打开电梯门时是不是见过一张脸，也许是张少女的脸。我们俩走在过道里，进她的房间，靠在门边，躺在地毯上，始终搂在一起。

跟西亚在一起,和跟别的女人在一起时完全不同。别的女人可以说一次只许你解开或脱去一件衣服,让你欣赏一番,下一件先要防卫一通,最后一件则防卫最严。在这方面,西亚既不拖拖拉拉,好像也不急急忙忙。仿佛怀着一颗屈从的心进行深深的体验,连同用嘴唇、手指、头发、高耸的乳房和大腿,而不使用任何的力量。我们俩似乎发生了交融和变化,两人变成了一个以前从未存在过的人。我们的爱情是如此浓烈。因而最后,我进入一种完全相反的境界,就像跪在地上,双手合十在虔诚地祈祷,我觉得,这和我现在伸开十指抚摩她酥胸的感受毫无不同。我的皮开肉绽的脸和红肿的眼睛,深埋在她的两乳之间,她的双臂紧搂着我的脖子。

这时,阳光从门口射入,洒在我们躺着的地毯上,把我们照得热烘烘的。它像在诺桑伯兰德饭店的寝具室里一样,蒙着一层淡淡的白雾。我跳下电车时,照在闹市区那条人行道上的阳光,比这要混浊得多。在这房间里,它又变白变亮了。现在,我感到它太耀眼刺目,想去拉上窗帘。我一站起身来,她这才发现我的狼狈模样。

"是谁把你弄成这个样子的?"

我把整个事情从头到尾对她说了一遍。她老是插嘴问,"这就是你没来的原因吗?你一直就是在忙这个?"对她来说,时光的流失是最重要的。虽然一看到我身上的伤痕,就使她全身发抖,但她对我遭到毒打的原因,却并不感兴趣,甚至也不感到好奇。是的,她早已听说过工会的罢工运动,虽然我参与了,但这毫不相干。因为当时我并没有跟她在一起,尽管我很想跟她在一起。所以我当时在哪里也就无关紧要。其间发生的一切事情和纠葛,也都不是现实的了,而是属于——"遥远的过去"。卷纱工人和旅馆工人罢工,我对她妹妹的痴心单恋,我被误认为是伦林太太的小白脸,以及西亚本人在此期间所做的一切,全都属于"遥远的过去"。现实是现在,是在这里。打从圣乔市分别以来,她一直凭直觉紧紧地追随着它。正因如此，她深叹时光的流逝，同时使我感到她心中的恐惧，生怕再也不能从那"遥远的过去"中成功地找到自己的路，从而永远铸成大错。

当然，我并不是当时就认识到这一点，而是以后几天里才渐渐领悟到的。在那几天里，我们一直待在公寓里，睡了醒，醒了睡，并没有真正讨论过我的所作所为或她的事。床的周围放着大小皮箱和提包，可我一直没有问起这事。我足不出户也有好处，因为那伙流氓正在到处找我，以便惩一儆百，拿我当杀鸡儆猴的榜样。这是我出去打电话给格兰米克时他告诉我的。

我也结交过其他的女人——不过我爱西亚胜过爱她们，这我并不怪她们，只是通过她，我才多少明白自己所以有种种意见的原因。有些人因为疲惫、不快、艰难、悲哀或犯疑，生活节奏太慢；而另一些人则由于烦躁或绝望而生活节奏太快；可是在我看来，西亚的生活可说十全十美。所以任何不足为道的事，例如走到厨房去，或者从地上捡起一样东西，使我见到她的背脊，或者是她那酥胸的乳沟，她的头发，我就会神魂颠倒。我对她爱得如此之深，无论她偶尔做什么我都高兴，都觉得十分快乐。每当她在房间里来回走动，我四肢舒展地躺在她床上，几乎占据了她的大半张床，眼看着她的一举一动，我满脸笑容，感到自己简直像个国王，心里有说不出的幸福。

她的脸色要比我记忆中的苍白，不过，我以前并没有像现在这样看得仔细真切。当你仔细端详她时，当然你也会发现其中有着生活的悲伤，虽然现在她的眼神中并没有悲伤的神色。她长着一头乌发，前额的发根有点不齐，朝上翘着，显得更美。你必须仔细看，才能注意到这点古怪之处。她的眸子几近黑色。她时不时拿起放在床头柜上的唇膏抹一抹口红。仿佛觉得她至少应该有那么一点打扮。唇膏是肉红色的，于是红色的唇印留在了枕头上和我的身上。

我在南芝加哥给西亚打电话时，她曾对我说，她在芝加哥待不长，不久就要离开。我说了，开头几天，她缄口未提这件事，但最终因打开手提箱引起这个话题时，她告诉我说，她已经结了婚，从法律上说，眼下仍然如此，现在她正从长岛到墨西哥去办理离婚手续的途中。她唯恐让我伤心，开始只说她丈夫比我们俩的年龄都大得多，但很有钱。渐渐的，实情都泄露出来了。他拥有一架斯丁桑式飞机，还有个湖，但七月份湖水变暖时，他便把成吨成吨的冰倒进这个私人湖里。他还常去加拿大狩猎，他用的一对衬衣袖扣就价值一千五百美元。他还差人去俄勒冈买苹果，每只四角钱。他还因头秃得太快而痛哭流涕等等。她所以选择这些事讲出来，目的在于要证明她并不爱他。可是我并没有过分妒忌，我觉得他已经败下阵去了，没有理由再妒忌他。埃丝特也已结了婚，嫁给一个有钱的华盛顿律师。这些事情在我听来十分陌生，可她压根儿不放在眼里——什么飞机啦，狩猎啦，金山银山啦。西亚还带着各种旅行装备——马裤、皮靴、枪、摄影机等等；在厕所里，我偶然打开过一个冲洗胶卷用的红外线灯泡。浴缸里放着盛药水的盘子，还有我没见过的管子和小器械。

我们在窗前谈着这些事时，天已经黑了。我们坐在桌旁，刚吃过晚饭，饭菜是打电话叫来的，桌子上摊着西瓜皮、鸡骨头等等，杯盘狼藉。她对我讲她的丈夫，我则一味想着我自己的好运。此时，她的头倚着窗帘，双手背在身后，窗子敞开着，那蓝色的倩影穿过树梢，渐渐地变得模糊了。小院里铺着白石子，长着几棵树。一只大虫子从窗口飞了进来，在桌子上爬着，我不知道这是什么虫子，它浑身褐色，油光雪亮，形体复杂。在城市里，昆虫变得稀少，不过只要有一两片叶子的地方，它们就会出现。在我们楼下的一套房子里，洗刷盘碟的水正在哗哗地冲着；在靠近贫民区那边，矗立着一对钟楼，就像湖滩上常见的白眼鲛黑皮卵壳上的一对尖角形，从那儿传来了钟声。这罗马天主教堂黄昏时发出的撞钟声，由于楼下水龙头的哗哗声和瓷器盘碟的相碰声，听得不太真切。我身穿西亚的浴衣，躺坐在一张缎面的扶手椅上，两腿舒展地伸到桌下；身处这般舒心的佳境，我心里美滋滋的，我还打算怎么样呢，还要去妒忌她离弃的丈夫吗？

因为我差一点成了露西·麦格纳斯的丈夫，所以我理解西亚为什么要和她妹妹同时结婚，并且嫁给同一类型的人。虽然她现在讥讽嘲笑他们，可我后来发现，她有着她的弱点，她极想在社交场所大出风头，像在她丈夫史密狄的社交圈子里那样成功，或者至少要比来自波士顿或弗吉尼亚的闺秀们高出一等才高兴。对于这类争奇斗艳，我可是知之不多。

她认为我一定会跟她去墨西哥，而我也从未认真地想到要拒绝。我知道自己缺乏高傲的自尊心和强烈的责任感，没法要求她等我准备好时，或至少等我境况有所好转，体面地辞去工会职务，或者至少付得起自己的旅费时，再来约我同行。我说我没钱，她认真地回答说，"你需要多少，只管从冰箱里拿好了。"她习惯把送货人找回的钱和支票放在冰箱里。因此钱和烂生菜叶子混在一起，或者压在盛着她不愿倒掉的咸肉油的碟子下面。总之，那里面五块的、十块的票子都有，我外出需要用钱时，可以随便拿，就像一个人不假思索地从抽屉里拿手帕一样。

我跟格兰米克谈过，请他接手我在诺桑伯兰德饭店的工作。他已经尽了他最大的努力。那儿没有发生未经工会批准的自发式罢工。他说对方工会的那个家伙和他手下的人，真的想用枪收拾我，要我先避一避风头。当我告诉他，我准备辞职离开此地时，他颇为吃惊。不过，在我跟他讲了西亚的情况，以及表明我非跟她一起去不可后，他这才显得较为谅解。他说，陷进这种双重工会的境况，不管怎么说，味道实在不好受。我们的组织应该在旅馆业方面下点真功夫，要不就干脆别去碰它。

上路之前，西亚先给我准备行装。在这件事情上，不知怎的，让我想起了威灵顿公爵身穿索尔兹伯里狩猎装出门野游的情景，蓝上装，黑软帽，鹿皮马裤。也许这是因为西亚对我应该穿些什么很有主张的关系。我们开着旅行车去一家家商店试衣服。每当她认为有一件选得合适了，她便一边吻我一边欢叫，"啊，亲爱的，你真让我高兴！"全不理会售货员和其他顾客一本正经的态度。遇上我选中而她不喜欢的衣服时，她便会哈哈一笑说，"哎，你这个傻瓜！快把它脱下。这只有埃文斯顿的那位老太太会说穿上很帅。"西蒙给我的衣服她也不喜欢。她一心想把我打扮成一个运动员，在冯兰杰克·安东尼公司，她给我买了一件厚皮夹克，除非你去猎猛兽，要不这衣服根本用不上。这件衣服真棒，它有十多个不同形状的口袋和开口处，用来给你放子弹、无竿钓丝、猎刀、防潮火柴以及指南针等等，即使你被扔进休伦湖中，穿着它你也有希望活下来。为了买皮靴，我们穿过瓦巴希大街，来到卡森百货公司，自从那次偷书失手，我被吉米·克莱恩挡在旋转门里那倒霉的时辰起，我再没有来过这家公司。

在这些大小场合，开口的都是她，大多数情况下，我都一声不吭，只感到非常兴奋；我带着笑脸试穿这试穿那，走到三面镜当中，听凭她扳着我的肩膀转过来转过去，把我看个仔细。我很喜欢她的那点特点——她说话嗓门高，有时衬裙的扣环从那件显眼的翠绿上衣下露出，或者有几绺头发从梳子里滑出披在颈上，她全都毫不在意。她的衣服都很昂贵，但总有些地方由于过分激动而不平整，就像上次来我房间时，帽子戴得晃悠悠的那样。

在这整个过程中，不论在商店里接吻，还是给我购买用品和礼物，我的好运都没有使我变成一个战战兢兢的卑微小人，这是我要给自己说明白的。即使她像伊丽莎白女王①对待莱斯特②那样待我，给我封爵号，授特许状，我也不会尴尬不安；就是头戴羽翎皮帽，而不是她喜欢的斯泰森毡帽③，我也不会发窘。所以这身打扮：格子呢、方格花呢、羚羊皮、绒面格的衣服，还有高统皮靴，使我走在瓦巴希大街上活像个高个

---

① 即伊丽莎白一世（1533—1603），英国女王。
② 莱斯特（1532—1588），伊丽莎白一世宠臣、侍从长、枢密官。
③ 美国西部牛仔戴的一种阔边高顶毡帽。

子的游客或观光者，这不但没有使我窘迫不安，反而让我开怀大笑，甚至有点飘飘然，在自己的家乡城市里，打扮得像个外地人。

她对于廉价商店情有独钟，总爱在这类店里买化妆品、饰针和头梳什么的。我们把买来的昂贵物品锁进旅行车后，便来到麦克劳里和克瑞斯格商店，在里面待了个把小时。商店里挤满了熙熙攘攘的人群，大多数是妇女，广播中在播放着响亮的爱情歌曲。有些东西西亚喜欢买便宜的，这些东西也许最能使她认识到一分钱和五分钱之间最深刻的关系，以及表现出钱的真正价值。我对此一窍不通。但我并没有自命清高，不屑陪她在这种廉价商店逛来逛去。她说上哪儿，我就上哪儿，她要我干什么，我就干什么。仿佛我的整个身子都跟她拴在一起了。因此，任何小物品，只要她喜欢，对我也就立刻变得十分贵重：不管是什么东西，一把梳子、一枚发夹、一根绳子、一顶旅行戴的绿舌棒球帽，或者是她养在房间里的那只小猫——她无论去哪儿，身边非得有个动物不可。这只虎斑纹、穗子尾的小雄猫，在西亚那些从来不用、又暗又大的房间地板上来回跑着，犹如置身在大海之中。她租了一大套房子，但使用时却极其节省，把所有的东西都集中堆放在自己身边。房间里有的是壁橱衣柜，她却仍让东西放在提包、箱子和盒子里。你必须经过这些箱子、提包、盒子堆成的乱七八糟的包围圈，才能爬到位于中心的床上。她把床单当毛巾用，拿毛巾当擦鞋布，或者垫地，或者用来揩猫屎猫尿，因为那小猫拉屎拉尿习惯还没驯好。她把香水和丝袜送给女服务员，为了要她们清扫房间，洗刷盘碟和内衣以及做其他额外的杂活；或者也许是为了堵住她们的嘴，使得她们不会讲她杂乱邋遢。她自认为对待办事人员和佣人们态度一等。我这个前工会组织者，对此一句话也没有说。

这没什么大不了的，我在许多事情上都不加过问。在那些日子里，使我动心的一切完全占有了我，没使我动心的则如同死去一般。从前，我的心从来没有像现在这样倾倒过，也从来没有跟任何人相处得如此亲密无间过。我一切都听她的，惟她的意识为准则。由于我年岁还不够大，对于自己的意识受到约束还没有感到厌倦。在这方面，我的认识还远远不够。

当时，我确实不敢想像，我怎么会放弃原有的强大的自卫能力，使它们现在变得毫无意义。由于我妈或者由于我本人，我受到的告诫还少吗？不都是很严重的警告吗？当心！啊，你这容易受骗的没用的傻瓜，你只是那些无足轻重的芸芸众生中的一员，只不过是粒撒在磁场周围的铁屑，被磁力线吸引着，一切都已受法律所左右，吃饭睡觉，受雇解职，支来差去，全已俯首听命，惟命是从。那为什么还要寻求失去更多的自由呢？那股巨大的阻力威胁着要戳穿你的肋骨，擦破你的脸，折断你的牙齿，你为什么不逃之夭夭，反而要趋之若鹜呢？离开！要做个聪明人，独自努力地爬着、骑着、乘着、跑着、走着，朝着个人的目标，要自力更生，留心世上那些有权有势的可畏人物。啊，他们决不会轻易放过你，这班有权有势的人物！许多死去的人或垂死的人，都已倒在他们的脚下或者正在上下浮沉。

现在，西亚带着钱出现了，她打定主意要享受爱情和豪华的生活。她有汽车，有枪，有莱卡相机，有高统皮靴；她大谈墨西哥和她的种种想法。在这些想法中，最主要的一个是，一定存在着某种比人们说的现实更美好的东西。啊，很好。好得很，好极了！让我们享有这种更美好、更崇高的现实吧。不过，当一个人坚持这种主张，而且坚持很久，那么这种坚持己见，最后就会变成固执刚愎。它的美好之处会因在求证过程中蒙受磨难而受到伤害。对此我深有体会。

然而，西亚的主张中有一点是值得称道的。西亚是这样一种人，她对于自己的主张坚信不疑，而且不惜以生命去捍卫。要是到了血肉也受到威胁的地步，如同赤裸裸地受到警察检查的人们或殉难者，你很快就会知道哪些信念是强有力的，哪些是不堪一击的。所以你用不着夸夸其谈唱高调，因为你没有亲自经历过磨难的信念大都属于空想，或者如一道闪光、那撒布天空的彩色烟火和米色轮转烟火，最后都惨然地消散在地面。西亚则准备对自己的想法作最严格的检验。

她本人并不是总是按自己的最高标准行事的。可是我得接受她对一切事物的看法。这就是我前面所提到过的固执刚愎。她显然是任性惯了，一直是想要什么便有什么，包括我在内。她的举止有时荒唐可笑，有时粗鲁无理。有时打来长途电话，她就把我赶到门外，从那儿我可以听到她大声叫嚷，真让人吃惊不小，没想到她竟还有这样的大嗓门。我听不清她说些什么，只能猜测她叫嚷的原因。然后我会想到，如果我不是她的情人，我就会好好地批评她了。

她自认为对我的一切了如指掌，令人吃惊的是她对我确实了解不少。其余的则全凭她自以为很有把握，闭着眼睛瞎猜编造出来的。因而她难免会说出一些不中听的满含妒意的话。她偶尔也会流露出并非友好的眼神。她深知，主动追求我是自己的弱点——不过在她信心十足的时候，她反而把这看成是坚强的毅力，并且引以为豪。

"你喜欢那个希腊姑娘吗？"

"是的，当然喜欢。"

"跟她在一起和跟我在一起一样吗？"

"不一样。"

"我知道你在撒谎，奥吉。对你来说，当然是一样。"

"你没觉得跟我在一起有什么不同？我像你丈夫吗？"

"像他？绝不！"

"啊，你可以觉得不同，为什么我就不能有不同呢？你以为我是在逢场作戏、并不爱你？"

"哎，可是，是我来找你的，不是你来找我的。我有什么好神气的。"她似乎忘了，在圣乔市时我几乎不认识她，"那个收拾房间的希腊姑娘你正好玩腻了，这时凑巧我来了，这使你感到非常高兴，无法拒绝。你是喜欢得到这种恭维的。"说这番话时，她呼吸急促，她这是在折磨自己，"你要人家把爱倾注于你，你把它吸干吞尽。你永远没个够。

当另一个女人追你时,你就会随她而去。当有人求你布施时,你会沾沾自喜,欣然从命。你经不起别人奉承!"

她说得也许没错。可是眼下我受不了的是这种火辣辣的目光,她心情激动,脸色苍白,自以为是,乱下断语。虽然她用粉红色口红涂了嘴唇,仍丝毫未能使她显得性感,也未能使她的容貌增加魅力。不过,只要她一激动,无论是由于什么,全都形于声色,占据她的整个心灵。不管她由于生气还是出于爱,总是胸脯贴着我,握住我的手,碰着我的脚。因此,即使她的妒忌毫无道理,但也不是假惺惺的做作表演。

"要是我够聪明的话,本该我去找你的,"我说,"我这人就是悟性不够,所以你来找我,我非常感激你。你不应该担心的。"

不,不,我干吗要争当高手,争强好胜呢?根本不需要这一套。听我这么一说,她那绷紧的脸上,微微的抽动渐渐消失了,她耸了耸肩,自己也不禁觉得好笑,脸色也慢慢地变得较为正常。

她不仅惯于争取独立,进行抗争,敢于跟别人的公开方向背道而驰,从而使她的批评过于严厉,而且她在许多方面都显得多疑。她的阅历、社会经验都比我丰富得多,所以她所猜疑的许多事,在当时我根本无法理解。想必她一定还记得,当我们俩邂逅相遇时,我似乎是一个老女人的跟班和食客,也许比这还要糟糕。她当然知道得更清楚,她现在对我的了解,真正的了解可真不少,都是从我平时的闲谈中得知的,是我无意中说出的。而她的这种泼辣多疑也是如此,是习惯性的,不由自主的,是一个阔小姐的泼辣多疑。现在一旦不容更改地打定了主意,怎能不提心吊胆,害怕铸成大错呢?就连信念坚定、信心十足的西亚,也免不了偶尔会产生疑虑。

"你怎么会这样来说我的呢,西亚?"她的那些话令我不安。当然,其中有的不无道理。我感到它像在我的衣服衬里里面的某个地方,仿佛有东西要从口袋里滑出来一样。

"难道说得不对吗?特别是关于你那么乐善好施?"

"嗯,有部分对。我从前更加如此。不过现在已经大不一样了。"我竭力想告诉她,我一生都在找适当的事情做,想有个够好的命运。我告诉她,我反对过那些想要按他们心意把我塑造的人,可是现在,我爱上了她,我已经明白多了,知道自己要的是什么。

可是,她还是不得不这样回答:"我所以要说这些话,是因为,我觉得你太在乎人家怎样看你了。你把这看得太重了。有些人会利用这一点。他们自己的东西已经一无所有,他们也不让你有自己的东西。他们想要把他们自己放进你的思想,你的灵魂中。这样你就会一心一意地记着他们。这是一种病态心理。可是他们并不是要你记着真正的他们。不,整个花招就在这里。你必须时刻对他们念念在心,但不是他们的真面目,而仅仅是他们喜欢让人看到的外表。他们的生活是摆给他们周围的人看的,而且他们要你也像这样生活。奥吉,亲爱的,别这样做。看到他们的真面目后,会使你感到痛苦的。其实,你对他们并不真正重要。只是在有人爱你时,你才至关重要。你对我来说就至关重要。否则,你就无关紧要,只是受人摆布而已。所以你不该在乎别人对你的看法如何。可是你很在乎,你太在乎了。"

她就这样一直讲着。有时真让人不好受,因为她的见解往往是跟我相反的。仿佛她已经预见到我会对不起她,因而对我提出警告一样。不过当时我也很想听她讲些什么,我明白她的意思,实在是太明白了。

我们动身去墨西哥后,这类话一路上就谈得更多了。

她几次想告诉我,到墨西哥后除了她办离婚手续外,我们还打算做些什么。她好像认为我凭直觉就能猜出她的计划似的。我一次次都让她给搞糊涂了。甚至弄不清她在那儿的阿卡特拉镇,到底是有一幢房子,还是租了一幢房子。而且根据她所描述的当地情况来看,我一点也不感到神往。她讲到那儿的崇山峻岭、打猎、疾病、抢劫以及凶险的居民,听起来倒像是个冒险的地方。我对她说的打猎,好久都没弄清楚,我原以为她打算捕猎兀鹰。我觉得这个主意倒挺新鲜，可我所想的还没有她真正要做的那么新奇。原来她是要用驯好的猎鹰来打猎，因为她以前养过鹰，她渴望仿效驯养过金鹰和美国鹰狩猎的一个英国军官和一对美国夫妇那样，用鹰来打猎。自从中世纪以来，这种打猎方式已经很少有人用了。她是看了曼尼戈斯夫妇的文章，才有这个念头的。这对夫妇几年前曾带了一只驯好的秃鹰去塔克斯柯，用它来猎蜥蜴。

在特克萨卡纳附近有个出售小鹰的商人。他曾卖过一只给乔治·H。这个乔治·H是西亚父亲的老朋友，他有一个私人动物园。她父亲的这位老朋友，根据她说的听来，似乎有点神经病，就像巴伐利亚的那个疯国王路德维希①一样，他在印第安纳州为自己仿建了一座特里阿农②，里面全是些关动物的笼子。他曾像哈根贝克③那样多次远涉重洋，亲自到世界各地去捕捉野兽，来关进自己的笼子。现在他已经退休，年岁大了，不能再外出旅行。他要求西亚——或者挑动她——给他捉几只大蜥蜴回来。这些巨大而凶猛的蜥蜴，是中生代留下来的，它们生长在墨西哥城南面的山区。得知这一情况后，我简直不知道该对此抱几分认真的态度，我觉得，这正像我和我的生活——每次坠入情网，总是要出点怪事。

我并不打算说，她超出了我原先的预料。因为必须讲明的是，我根本没有做过预料。我要说的是，她脾气有点古怪，难以度测；时而反复无常，时而坚定不移，时而胆怯懦弱，时而胆大包天，总是忽左忽右，自相矛盾。黑暗中，她在楼梯上滑了一跤，便惊恐地大喊大叫起来，但她却敢带着捕蛇工具，出入于荒山野岭之中。她让我看过一些照片，都是有关她加入的那个响尾蛇俱乐部的野外采集活动。在一张照片上，她

---

① 即巴伐利亚国王路易二世（1845—1886）。他曾在巴伐利亚的群山上大兴土木，建造宫殿，1886年宣布为神经错乱，后投湖身死。
② 法国凡尔赛宫花园内的大、小两座皇家别墅。
③ 卡尔·哈根贝克（1844—1913），国际知名动物交易界人士、驯兽家。

正捏着一条菱脊响尾蛇的脖子，用一根胶皮管从它嘴里吸取毒汁。她还绘声绘色地向我讲述，她怎样跟着那条蛇爬进一个洞穴。我曾在伦林的商店里卖过各种体育用品，可是生平只在电影里看到过打猎，除了还看到过我哥哥西蒙用手枪在煤场里打老鼠之外。在我的记忆中，特别深刻的是，有只如同猪崽，但面目可憎的大老鼠，弓着背，撒开爪子飞快地朝篱笆那边窜去。尽管如此，我还是准备成为一名猎手。在我们离开芝加哥之前，西亚曾带我去乡下，在那儿练习打乌鸦。

这是我们在芝加哥多待几天中的事。当时，西亚一直在等她丈夫史密狄的律师来信。她利用这段时间，在靠近威斯康星州界的森林地带教我射击。我们每次回来，她便脱下马裤，穿着户外穿的衬衣，光着双腿坐在椅子上；她也许会拿起一只珠宝饰针，给它安上别针，静静地坐在那儿，宛如一个十岁的小姑娘，全神贯注，弯着脖子，蜷着双腿，手指有点笨拙。有时我们就到林肯公园的马道上去骑马，在那儿，她一点也不笨拙。打从埃文斯顿的那些日子以来，我并没有忘记怎样驾驭马，但功夫仅此而已，而这是骑马，不是驾驭马。我竭力跟上她的速度，满脸通红，使劲打着马鞍，用我的全身之力来驱策我的马。总算还骑在马上，可是我的骑术可把她给逗乐了。

我喘着气从马背上爬下来时，我自己也乐坏了，不过我心里暗暗自问，我还有多少新东西得努力学习呢。除了那些响尾蛇俱乐部的照片外，我还看到过许多别的照片。她有一只皮箱，里面装的全是照片。有些就是我们在圣乔市初次相遇那个夏天拍的，有她叔叔、婶婶的，也有她妹妹埃丝特的，有身穿白色短裤手持球拍打网球的，还有划独木舟的等等。当她把埃丝特的照片递给我看时，除了觉得她跟西亚有些相像之外，我的情绪上并没有感到有所触动。里面还有她的父母的照片。她的母亲酷爱印第安人的村落，所以有张照片上，她坐在一辆敞篷旅行车里，头戴帽子，身披皮衣，抬头眺望着住有印第安人的悬崖峭壁。还有一张照片引起我的特别注意，那是她坐在一辆人力车里的父亲。他穿着一身白色的卡其服，戴着一顶有顶的盔形遮阳帽，他的两眼也有点发白，由于阳光的照射，那一颗颗光斑，使得车轮看上去像是被茶水泡过的柠檬似的。他的目光掠过中国车夫的光头，朝前看着，那个腿肚子粗壮的车夫，站在两根车杠之间。

然而，还有更多的打猎照片。有几张是西亚戴着手套的手臂上停着不同的猎鹰。有几张是她的丈夫史密狄的。他穿着马裤，跟一只狗在逗乐。还有跟西亚在夜总会里的——闪光灯亮时，西亚正眯着眼睛哈哈大笑，史密狄用细长的手指捂住自己的秃顶，一个表演艺人则在桌子上方张开双臂。不少这样的照片使我感到不快。如她在夜总会里大笑的那一张，她的胸脯、肩膀、下巴，我都熟识亲切，可是那双样子可笑的手，还有那闪光灯下粗野的笑——不，这些我都感到陌生。在那张桌子的旁边，没有我的一席之地。无论在她那位乘人力车的父亲身旁，还有在她那位颈围裘皮端坐在旅行车中的母亲身旁，也都没有我的容身之处。而且一想到打猎，也使我忐忑不安。我不知道对这件事该认真到什么地步。打打乌鸦，不错，这还可以。可是当她给我买了一双防护手套，供我驯鹰之用时，我戴上后，心头便袭过一种奇特的感觉，觉得自己就像是魔鬼球戏中的守卫员，不得不东奔西跑，去抢接空中飞落的火热的石头。

所以我心里七上八下，犹豫不决。并不是在犹豫是否该跟她去，这由不得我来决定，因为我非去不可，但至于我指望得到什么，我得经历什么，以及我的分内得提供些什么，我们得去哪儿，我都一无所知。这事我无法对任何人讲个明白。我试过了。咪咪，她本该是我最意气相投的朋友了，可在这件事情上，她是我最难对之启齿的人。她一点也不喜欢我说的，说，"刚才你想对我说些什么呀？"她非常不情愿相信我说的我在恋爱中；她颦眉蹙额，扬起了两条本已上翘的眉毛。当我详细对她说明情况后，她便看着我的脸大笑起来。"什么，什么，什么！你要到阿肯色州去搞只老鹰？老鹰？你说的不是鹫鹰吧？"出于对西亚的忠心,我没有笑;虽然这次旅行有点怪,让我十分担心,但是咪咪没能劝服我。"你从哪儿找到这么个妞儿的呀?"

"咪咪,我爱她。"

这使她再次走近我,朝我仔细看了一眼,她看到我的态度是很认真的。咪咪对爱情十分认真,她不相信会有那么多人这样对待它。因而表情严肃地说,"当心别惹上麻烦。你为什么要辞去工作?格兰米克对我说,你做个工会组织者很有前途。"

"我不想再干了,阿瑟可以顶替我。"

她似乎认为我对阿瑟有点失敬,便说,"别说傻话了。他得完成那些翻译工作,他正在埋头苦干;那篇论诗人和死亡的文章也只写了一半。"接着,她又跟我讲起,为什么必须让诗人来操办丧事。阿瑟就安排住在我房间里,而且他已经在我床下的那只旧箱子里,发现了那套被火烧过的、艾略特博士编的古典名著丛书,并请求我准许他代为保管。书上既然盖有"W·艾洪"的印章,即使不愿意,我也很难开口拒绝。他当时正在治疗淋病,咪咪在精心看护着他,对于其他人则只能捎带着照顾一下而已。

给我妈解释我要远行,这很容易。当然,我没有必要告诉她很多情况,只说我跟一位年轻小姐订了婚,她得去墨西哥,所以我也跟她一起前往。

妈虽然不再在厨房里操劳,但手上的刀痕依然存在。也许那些一条条的黑线将永远留在手上。她的肤色还是那么柔和,但她的眼睛却越来越看不清了,而且她的下嘴唇也愈来愈不听使唤。我想,我说的是什么对她无关紧要,只要我说话的语气别引起她担忧就行。她所注意的就是这个。我正是春风得意,衣着华丽,精神焕发,这怎么会引起她担忧呢?如果说这种情感上的主要联系如死亡之索,最终是不牢固的,但至少现在我感到它是欢快的纽带;如果说这是一种幻觉,它决不会有这般真实和美妙。我否认这是幻觉,除非任何真切生动的东西都是不真实的。不,我决不承认这一点。

"他像西蒙的妻子一样,是个阔小姐?"

我想她也许把西亚当作露西·麦格纳斯了。

"她不是夏洛特家的,妈。"

"好的,不过别让她把你弄得不快活,奥吉,"她说。我相信,这话背后的含意是,要是西蒙没有帮我物色,而是我自己选的,我妈就认为我极有可能像她一样,把自己弄到一个十分糟糕的境地。我没对她提起要去打猎的事,可我不禁想到,夏甲的儿子①迟早都免不了要去捕猎野兽的。

我问起西蒙的情况。我只是从克莱姆·丹波那儿知道了一点他的最新消息。克莱姆说,他曾看到西蒙在德雷克萨大街上跟一个黑人打架。

"他买了一辆新的凯迪拉克牌轿车,"妈说,"他来带我坐过一次。啊,棒极了!他一定会成为一个阔佬的。"

听说他事业成功,我心里一点也不难受。哪怕他是勃艮第公爵,让他青云直上,去享受他的荣华富贵吧。可是我得承认,一想到西亚也是一个女继承人,我就压抑不住内心的得意。我也不想假装我能压抑住。

我临走以前特意去看过佩迪拉。在他工作的那个研究机构门前找到了他。他身穿一件血迹斑斑的实验室工作服,尽管据我所知,他只是受雇做计算工作,并不参与实验。当时,他一面抽着一支劣质香烟,一面跟一个手捧打开的大活页笔记本的人,正急促地在争论两条曲线的问题。佩迪拉对我将去墨西哥没有表现出多大高兴,他一再警告我,要我别去他的家乡奇瓦瓦省。他说,他本人从来到过首都墨西哥城,他有一个表亲在那里。我记下了那人的地址。"他到底会抢劫你,还是会帮助你,这无从预测。不过,要是你想去见见他的话,那就去找他。"他说,

---

① 即以实玛利,据《圣经》记载,他和母亲夏甲被父亲亚伯拉罕赶出家门。以实玛利成人后以善射闻名,在巴兰的旷野中居住,以狩猎放牧为生。详见《圣经·旧约·创世记》第21章。

"十五年前他离开家乡时,穷困潦倒。去年我取得硕士学位,他曾给我寄来过一张明信片。这也许意味着他想我请他来。想得倒美!好了,要是他们给你机会,你就好好享受这次旅行,不过以后可别说我没警告你叫你别去。"他突然冲着阳光对我笑了起来,把他那短短的鹰钩鼻子和披着漂亮墨西哥头发的前额挤在了一起。"对当地的野妞儿你得悠着点儿。"听了这话,哪怕为了客气一下,我也没能露出一丝笑容,这对一个正热恋着的人来说,实在是个不合时宜的劝告。

结果,没有一个人祝愿我"一路平安",尽管我很想听到这句话。人人都以某种方式警告我;我甚至想起了吉米跟我说的艾丽诺·克莱恩在墨西哥受骗上当、身遭不幸的事。我跟自己争辩说,我这只不过要渡过格朗德河①罢了,又不是要去赴黄泉。但不知怎的,我心里总感到有点别扭。实际上,使我不安的是我的处境,而不是所要去的地方。这种处境令我大为吃惊的是,人类的单位也许不该以单个计算,而应以一双计算。甚至连用猎鹰狩猎也没有让我这般苦恼,发生在她身上的事,必然也会落到我的头上。这太可怕了。

当时,我对这一点自然还不太清楚。我把担心全都放在去墨西哥和打猎的事上了。我终于给西亚讲了我的心事。那是在一天晚上,西亚正在弹吉他——用指甲圆圆的拇指拨着粗弦;她轻柔地拨弄着,吉他却发出很大的声响——我对她说,"我们一定得去墨西哥吗?"

"我们一定得去。"她一面说,一面用手按住了琴弦。

"你在雷诺②和其他地方,也能很快办好离婚手续。"

"可我们为什么不能去墨西哥呢?我已经去过那儿好几次,许多次了。这有什么不妥呢?"

"可别的地方又有什么不妥呢?"

---

① 美国和墨西哥之间的一条河流。
② 美国内华达州一城市,按该市法律,离婚方便快捷,有离婚城之称。

"我在阿卡特拉镇有幢房子,我们可以去那儿捉些蜥蜴和其他动物。而且我已经跟史密狄的律师安排好在那儿办离婚手续。除此之外,还有一个为什么我们最好去那儿的理由。"

"什么理由?"

"离婚之后,我就不会有多少钱了。"

我闭上眼睛,用手捂住前额,仿佛这样就可以帮我熬过这突如其来的惊人打击。"啊,西亚,请原谅,我不太明白你的话。我原以为你跟埃丝特都很有钱。冰箱里的那些钱是怎么回事?"

"奥吉,在我们家族里,我们这一房从来都没有多少钱。有钱的是我的叔叔,我父亲的弟弟。埃丝特和我是他仅有的亲戚,所以我们一直都有钱花,在钱堆里长大,以后的日子也会过得幸福。埃丝特做到了,她嫁给了一个有钱人。"

"你也一样。"

"可是这已经吹了。我不妨告诉你,这当中还出过一桩事。这事不值得你往心里去,只不过是一时犯傻。在一次舞会上,我跟一个海军学校的学员一起溜出去了。他长得非常像你。这事根本算不了什么。我一直想念你,可你又不在。"

"一个替身!"

"哎,那个希腊女孩对你来说连替身也不是哩!"

"我可从没说过,打从我们在圣乔市相遇以来,我一直在想着你。"

"也没想埃丝特?"

"没想。"

"你是想斗嘴呢,还是要听我讲?我只想解释一下发生的事。我姊姊来我家看我们——你还记得那位老太太——舞会在我们家,也就是史密狄家举行。她看到了我跟那小伙子在互相爱抚。奥吉,这事你千万别往心里去。那是在千里之外,我压根儿没想到我会来芝加哥找你。可是当时我对史密狄再也忍受不下去了。我不得不另外找个人。哪怕只是个不相干的小伙子，像那个海军学员。我的老婶婶回去后，我的叔叔给我打了个长途电话，对我说，他要停止对我的经济供给，进行察看。这是我得去墨西哥的另一个原因，为的是去赚钱。"

"用鹰？"我不由得叫了起来。我心里千头万绪，乱成一团。"你怎么能指望鹰来赚钱呀！就算它能捕到那些鬼蜥蜴，或者是你说的别的东西。真是天知道！"

"不仅是捕蜥蜴，我们也将把打猎拍成电影。我得充分发挥我的专长。我们还可以把这写成文章，卖给《国家地理杂志》。"

"你怎么知道我们能行？谁来写这些文章？"

"我们有了材料，就可以找个人帮我们写。这种人哪儿都能找到。"

"可是，亲爱的，你不能满心指望这个。你想得倒挺美！这并不那么简单。"

"也不是那么难得不得了，我就不信。我在各地认识很多人，他们都巴不得能为我效劳哩。要想能驾驭那种凶禽，的确不是一件很容易的事。不过我很想试一试。另外，我们在墨西哥还可以节省开支。"

"可是你现在为什么这样花钱？住这么大的套房？"

"在离婚手续办完之前，一切费用都由史密狄支付。这不关你的事，对吗？"

"对，不过你应当有所节制，不该挥金如土。"

"为什么？"她问，她真的不明白。

对于她在花费上的某些观念，我也同样不明白。她在密歇根大街的银器店里，花三十块钱买了一把法国缝纫剪刀——这只是一件毫无用处的做嫁妆的银器——买了后，这把剪刀从未剪过一根线或剪下过一只纽扣，而是跟其他物品一起，到了旅行汽车尾箱里的提包或箱子里，也许永远也不会再露面了。可是她居然还说在墨西哥可以节省开支。

"花史密狄的钱你不在乎，是吗？"

"是的，"我说，说实话我确实不在乎，"可要是我不跟你一起去墨西哥——你会独自一人去吗?带着鹰,以及别的什么?"

"当然。这么说,你不想跟我一起去啦?"

不过她知道,我宁可挖出眼珠,也不愿待在这儿,眼巴巴让她走掉的。哪怕她带的是非洲的兀鹰、神鹰、大鹏或长生鸟。她掌握着主动权,可以左右我。要是我有不同的独立见解,我也能掌握主动,可是我没有。

因此,她问我是不是不想留下,但当她从我的脸上看到我对她的一片痴情时,便把话收了回去,沉默不语。只有放下吉他时发出的响声。

然后她说,"要是老鹰让你犯愁,那你就暂时忘了它吧,等见到它时再说。我会叫你怎么做的。用不着事先多担心。要不就想想,一旦把这凶禽驯好了,该多有意思,多美。"

我尽量想接受她的劝告,可是我那芝加哥西区根深蒂固的怀疑心理,仍然一个劲地缠着我,说,"不,这怎么可能!"我们住的地方离动物园很近,我徒步去了那儿,看了那儿的一只大雕。它栖息在一个四十英尺高、圆锥形、鹦鹉笼似的大笼子里的树干上,它的烟灰色羽毛沐在阳光中泛出绿色,它叉开双腿傲然而立,腿上的羽毛像土耳其禁卫军的裤子——低着头,两眼凶光毕露,每根羽毛都充满生命力。啊!在这故国的公园里,绿草如茵,布满铁锈的铁笼,树荫如盖,阳光明媚;像这样一只凶禽在这儿似乎已经没什么可要的。我心想,谁还能驯服它呢?因而我们最好还是尽快去特克萨卡纳,在它还没长大之前就开始驯养它。

史密狄的律师的信到了。我们在收到信的当天,便往车上装了行李,离开芝加哥,朝圣路易驶去。由于我们动身太晚,没能赶到那儿。我们就在途中宿营,睡在半副双人帐篷下的地上。我估计我们离密西西比河不会太远,我很想去看一看,我心里非常激动。

我们躺在一棵参天大树下。这样一棵百年老树,叶子都极小。这么个庞然大物,竟靠这样的小叶子来维持生命,真是难以想像。不久,你就能分辨出风吹树叶的声响和虫声。开始,声音很近很响,然后渐渐远去,进入群山之中。这时你就会明白,在黑夜里,无论在哪儿,都有这种唧唧的虫声,它遍及大陆和半球,阵阵传来,犹如拍岸的涛声,不绝于耳,密如繁星。

第 十 五 章

我们出发时的情绪多么高昂！我们高兴极了。我们情意绵绵，爱星高照，也许是因为发觉彼此之间都有陌生之处，因而欢情倍增。在某些方面，我虽然对达那厄①和罗马花神弗洛拉②并不感到陌生，然而只有上帝知道，西亚把我看成是个出生在野蛮的芝加哥的什么怪物。不过我认为，这种差别减轻了宝贵的个性力量，以及往往由于过分亲昵而形成的精神负担。

有关我们出发的情况，以及途中的所作所为和所见所闻，我吃些什么，在什么树下脱光衣服，怎样从脸吻到腿，再从腿吻到胸脯，哪些见解我们相同，哪些见解我们相左，以及一路上我们见到什么动物，看到什么人等等，这一切直到现在，只要有需要，我都记忆犹新，历历在目。对于有些事情，我用不着太多了解它们的历史，便能看出真相。几乎就像鸟或狗一样，它们虽然跟人情况不同，但一直跟人生活在同一时代，无论是在查理曼③的脚下，在密苏里河的驳船上，还是在芝加哥的废品旧货栈里，全都一样。因而常常会使我想起，那些树木、水流、道路和草丛是如何翠绿、洁白、蔚蓝，以及如何陡峭挺拔、斑痕累累、碧波荡漾、纹理分明、气息芬芳；以致我能清晰地回想起树皮裂缝中的一只蚂蚁，一块肉上的肥肉，和一件罩衫领口上的一丝彩线。或者是细致

---

① 古希腊神话中阿尔戈斯国王阿克里西奥斯之女，主神宙斯化作金雨和她在铜塔中幽会，生子佩尔修斯。
② 古罗马神话中的花神，亦为爱神。
③ 即查理大帝（约742—814），法兰克国王。

入微到这样的程度,对一丛玫瑰花,由于你与之相通,它在光热下香色浓淡的变化,你都能感觉到,会使你五脏六腑的各个部分引起收缩,就连那枯萎凋零的玫瑰,也会使你产生反应而动情。这就是说,周身循环、暖人心房的人类热情,当遇到障碍因而郁积和爆裂时,就会在体内燃烧,或者以特有的余火和疮疖形式向外泄出,造成发烧上火的现象,与此同时还两眼发黑,一阵阵发冷。因而有如火燃烧的玫瑰,有一直缠身的疮疖,也有线路烧断造成的短路。在我们中间,难得发现不存在这些裂痕和冲突的人。

西亚和我也有我们的苦恼,她使我摸不准她,我也使她摸不准我。由于多年养成的老习惯,我看起来总是漫不经心,无牵无挂,这对我来说已很难改变。从她那方来说,她没能向我许下任何诺言。她就是不肯。我心里清楚,史密狄是决不会仅仅因为她跟一个海军学员鬼混,就跟她闹离婚的。我猜测,在那些上流社会圈子里,偶尔风流一下是没有什么大不了的。当我跟她提起这事时,她坦然承认。"当然,"她说,"偶尔会这么做。这要怪史密狄。不过——也怪我自己。不过这事我们不必去想它。因为我这一辈子从未遇见过像你这样的人。所以,对于遥远的将来,我怎么能知道呢?我以前从来没有这样过。你呢?"

"也没有。"

"哟,"她说得非常对,"这让你妒忌了!嗨,奥吉,别人都妒忌你哩!他们应该如此。以前那些全是逢场作戏。你知道,这也许是世界上最无所谓的事情了。如果干得好,干吗要嫉恨别人?如果干得不好,那只能自己感到懊丧。要是我干过,你能责怪我吗?你难道不要我对你讲实话?"

"啊,不,我要的。不,我不知道。也许不要。"

"假如我没有看——我能知道什么?要是我不能对你说实话,那你也不能对我说……"

是的,是的,我知道实话总得在一个适当的场合讲,可这是适当的场合吗?

她想要说出一切,也想要知道一切。她的脸色本来已够苍白,到了想说实话和想知道一切的时候,脸色就更苍白了,她的认真往往几近惊恐的边缘。因为她当然也很妒忌。是的,她也爱妒忌。每当我意识到这一点时,总禁不住满心高兴。她极力想了解到实情,可是到了真要这样做时,她又动摇了,害怕了。

有时候我想,一开始就是因为妒忌她妹妹,她才对我发生兴趣的。尽管这想法让人不安。不过,开始时出于错误的原由而想起一样东西,确实也是人们常有的事。不过,接下来内心有一种更为深切的欲望,会使你摆脱掉这种原由。要不,除了苦恼和妒忌,人们就永远不会有任何内在动机,而只有更完美、更成熟的假象。其实世界的历史所表明的那些一般的理由,并不是真正主要的理由。要不,为什么不幸的人总是执著地求索着最理想、而且仅仅是最理想的事物呢?就以那个可怜的卢梭来说吧,在他留下的那幅自画像中,他一脸的胡碴儿,性格懦弱,戴着一头假发,在观看宫廷内为君王演出他编的剧本时,他居然哭了,他被那些伤心的贵妇们的眼泪深深感动,以致情愿去把她们脸上挂的泪花一颗颗吞下——这个让-雅克家的十足的笨蛋,与任何人都相处不好,于是便独自出走,隐居于蒙莫朗西森林中,思考求索,并且著书立说,论述了最理想的国家政体和最理想的教育制度。马克思也一样,穷困潦倒,子女死去,他所想的却是历史天使试图徒然地逆风飞出去。我还可以举出许多没有他们伟大的人,可是不论他们遭到多大的折磨,蒙受怎样的摧残,或者受到恶意歪曲,仍然要出人头地,致力于伟大目标,相信至少有一点是好的。这就是在明显的欲望之下隐藏着更深切的欲望。

啊,妒忌,这确凿无疑。可仍然还有许多其他的不足之处和自卑心理。有时,我也并不那么小看自己。我身穿上好的裤子、鹿皮的上装、脚登皮靴、腰佩猎刀、帽上插着花,驾驶着旅行汽车,就像是格林威治宫廷的大人物，刚刚袭击西班牙归来，正行进在泰晤士河畔。我就这样踌躇满志、得意洋洋地欣赏着自己。我得请大家稍为原谅，因为我心情激荡，我就是这么个快乐的傻瓜。她也是一个怪人。她常常自吹自擂，得意忘形，跟别的女人争风斗艳；或者是转弯抹角地引我恭维她，或者是逼我称赞她的头发和皮肤。其实不用逼我也会称赞的。我还发现她往奶罩里塞卫生纸。卫生纸！她的念头多怪——她竟会一点不知道自己的胸部有多丰满！她干吗要把乳房弄得不一样呢？我时常会从她短衫上面朝里看上一眼，我觉得她的双峰已是完美无比，因此我对她的这一举动一直困惑不解。

我还可以举出更多让人烦心的事，像伤心、烦恼、肚子痛、令人着急的鼻出血、呕吐、害怕怀孕的惊恐等等。她还时常因自己的出身而自命不凡，还会吹嘘自己的音乐天才。实际上我只听她弹过一次钢琴，是一天下午在一个小旅馆里。她走上音乐台，那架钢琴也许已被爵士乐手用得音调失常。钢琴在她的纵情弹奏下发出爆裂声，和音又太过分，层次也不分明。她蓦然停住，闷声不响地走回桌边，鼻尖上挂着汗珠。她说，"今天下午好像事情不太顺利。"老实说，她会不会弹钢琴我根本不在乎，可对她来说，好像很重要似的。

不过，这些缺点，不管是她身上的还是我身上的，都是可以纠正改变的。至于不是本质上的问题，我认为完全可以不理它。就像我们在路上的露营用具一样，碍事的我们就该丢掉。我们忘记把它们理到一旁——我想起了特别有那么一天的情景。毯子上摆着一些铝杯、绳索和皮带。那是在下午。我们正在奥扎克山脚下，离开公路很远，在靠近牧场的林子里。从我们扎营的地方看去，在我们的上面有一片小松树林，松林的上面树木较大。往下是一片平川。因为我们带的水平淡无味，便往里掺了点黑麦威士忌。天气炎热，空气发亮，片片白云沉沉下垂，千姿百态，光泽如丝，旷野被阳光照得耀眼炫目，烤得又硬又干。麦子看上去像一片金黄色的玻璃，牛群都站在水中。开始是因为炎热，后来是由于黑麦酒，我们脱掉了衣服、衬衫，接着又脱掉裤子，最后是脱得一丝不挂。我惊奇地看到她那粉红色的奶头，竟然那么坚挺，尽管我已抚弄过多次，可开始时我仍为这感到腼腆心怯。我放下手中的锡盘，开始吻她，我们俩都跪着，她的一只手抚摸着我的腹毛；她那柔吻的落处，有时真出乎我的意料之外，不知道下个惊喜和欢快会突然从何处而来。开始，她只给我半边脸，而当她把双唇献给我时，她好一阵子不让我的嘴松开，直到用双臂把我的头紧紧搂在怀中。当我被她那火热的肉体遮盖住时，我感到我们俩已经合二为一，就连最纤细的汗毛都贴在一起了，我惬意地承负着她的躯体。她没有闭上眼睛，但也不是为了睁大眼看我和别的什么，两眼水汪汪地定着神，似乎什么都不想看，只是把外景收入眼帘并映现出来。很快我也什么都不注意了，只觉得我已脱离自己的形骸，摆脱一切限制，不顾种种努力和目标，不再观察外界的一切，她所不要的我也都不要了，只觉得自己已经跟她完全一样。我们俩就这样亲热了好长一段时间，接着舒舒服服地枕在对方的胳臂上躺着。然后又紧贴在一起，彼此互吻着对方的脖子、胸膛、脸颊和头发。

这时，云朵、飞鸟、水中的牛群以及其他东西，各居其位，用不着把它们赶在一起，清点它们，或者抓住它们的头，只要置身在它们中间就足够了，轻松自在地躺在草地上，像它们那样在小溪里，在空中。我有时曾说我能像鸟兽那样来观察世界，就有这个意思。我提到芝加哥的废品旧货栈和查理曼的庄园，我自然有我的道理。因为我朝空中极目望去，便会回想起高架铁路支柱林立、凉热不同的街道，那儿垃圾成堆，到处是苍蝇蚊子——比如像湖滨街，那儿到处都堆着废品杂物和空瓶子——就像是一座疯子设想出来的可怕教堂，那儿有无数的收货站，礼拜者们拉着一车车的破布和骨头，像爬行似的缓缓而来。有时候，我心里感到十分难受，觉得自己也是这种地方的产物。为什么人类要忍受以前历史的欺骗，唯有鸟兽才可以用自己天生的眼睛来看世界呢？

我们开始驯鹰时,也曾有过几个这样的下午。到头来,爱情毕竟还是奥林匹斯山上和特洛伊城中那些神话人物的专职,像帕里斯、海伦①,或者是帕莱蒙和爱米丽丝②,而我们则不得不自己动手挣钱糊口。因而,除了西亚选择的用一只鸟去捕捉另一只动物外,没有其他的方法。所以,旅行中美妙欢乐的情调部分,在特克萨卡纳便告终了。

一看到笼子里那只凶禽,我顿时感到两眼发黑,接着两条腿上像有东西在流淌,就像尿了裤子似的。这倒不是尿了裤子,而是和我的血管有关。当我看到我们要对付的是什么东西时,我真的感到我的神经全都迷乱了,眼前一片漆黑。这只凶禽看上去跟每天都要去啄普罗米修斯的那只真是太像了。我原来盼望这会是一只幼鹰,它若从小由我们一手养大,定能培养起一点感情。可是,不——真让我失望——它跟芝加哥动物园里的那只几乎一般大,腿上的羽毛同样像穿着土耳其裤或伞兵裤似的,下面裸露着凶残无比的利爪。

西亚非常激动,十分起劲。"啊,它真漂亮!它多大了?它不是幼鹰,看来已经完全长大,至少有十二磅重了。"

"三十磅。"我说。

"啊,亲爱的,没那么重。"

在这方面她当然比我懂。

"你不是把它从窝里逮来的吧?"她问鹰主人说。

这老头开着一个路边动物园,养着美洲狮、犰狳,还有几条响尾蛇;他是个旧日的探矿人,或者是个沙漠老鼠似的家伙;他那对不正派的眼睛,要你相信他那贼溜溜的神色完全是生来如此,或者是光线不好的缘故。然而,我在艾洪的弹子房里不是白做的,老奶奶的教导也没有

---

① 据古希腊神话传说,特洛伊王子帕里斯拐走斯巴达王墨涅拉奥斯的妻子、希腊美女海伦,从而引起长达十年之久的特洛伊战争。
② 据古希腊神话传说,帕莱蒙为赢得爱米丽丝,在比武场上杀死了情敌阿色提,英国作家乔叟据此写了《帕莱蒙和阿色提》。

白费。我一眼就看出他是个老奸巨猾的江湖骗子，一下刺中他的心脏。

"不，我没有爬上树去捉它，有个小伙子把它带来时，它只有一点点大。它们都长得很快。"

"我看它还要大一点，我猜它已到了壮年了。"

西亚说，"我得搞清楚它是不是成年后被捉住的——已经自己猎过食。"

"实际上它自从孵出壳后，从来都没有出过那只笼子。你知道，小姐，我给你叔叔供应野兽已经快二十年了。"他以为那个乔治·H什么的是她的叔叔。

"噢，我们当然打算买下它，"西亚说，"它神气极了。你可以把笼子打开。"

我怕她的眼睛被鹰所伤，急忙走上前去。在东部那些人工种植的草地上，跟那班仕女、绅士们一起玩玩那些小鹞鹰是毫无问题的，可现在我们是在得克萨斯州的边缘地带，空气里有沙漠和高山的气息。虽然她以前侍弄过较小的鹰隼，也有胆量捕捉毒蛇，可从来没有触摸过这么一只大雕。不过，每当跟动物打交道，她总显得异常镇定，一点也不害怕。戴好防护手套后，她拿了一块肉把手伸进笼子。老鹰一下就啄掉她手中的肉，把它叼在嘴里。她又喂了一块肉，老鹰展翅一跃，几乎毫无声息地停落在她的手臂上。那展开的翅膀看了就让人害怕，那高耸的肩膀具有勇往直前的力量，扇形的羽翼下掩蔽着铁锈色、死神似的腋窝和深深的凹穴。它在把肉撕碎时，它的爪子紧抓住她的手臂。然而当她想把它捉出笼子时，它却用它的喙子连连啄她。我连忙伸手进去捉它，它就猛啄我防护手套的上部，在我的胳臂上啄破了几道口子。我早就料到会有这么一步，甚至预料会比这更严重。这事发生得这么快，反而使我解除了顾虑，变得不怎么怕它了。至于西亚，她乐得简直像着了魔似的，她那绿檐帽子下的脸，变得更加苍白了；她动作迅速，昂首挺胸，表露出要把它驯服的坚强决心。刚才我胳臂上流出的那点血，根本算不了什么,就像我们的皮靴下嘎嘎响的碎石子一般。每当她在活动中遇上意外时——不管是在马背上或者摩托车上摔下,还是被刀割伤或者打猎时碰伤——她的态度都是如此。

最后,我们终于把这只凶禽弄到旅行车的尾部。西亚高兴极了。而我,则有好几件事要做,如包扎我受伤的胳臂,重新摆放好箱子、盒子,以便给鹰腾出更大的空间。做着这些事,使我可以掩饰住内心的沮丧。当西亚跟他讲自己的计划时,那老家伙怎么也没能遮盖住连鬓胡子中的微笑。西亚则跟许多对某件事很起劲的人一样,难得找到一个假装认真聆听的对象。这老头子因为已经把鹰高价脱手,或者如我所感到的,已为他的这只凶禽找到了去处,所以他非常高兴,而且也居心叵测。我们就这样驾车离去,载着车尾的这位监督者。我发觉西亚那么得意,那么自信,同时我也注意到后面的那枝猎枪。

我记得劳希奶奶有个表亲,她能用俄语背诵莱蒙托夫的诗《两只鹰》;我不懂俄语,可听得出朗诵非常出色,富有浪漫情调。她皮肤黝黑,长着一对黑眼睛,嗓音虽然热情奔放,双手却软弱无力。她比劳希奶奶要年轻得多,她的丈夫是个皮货商。我只是想把城市人对鹰的知识收集起来,可是看来很怪:钱币上的鹰,在孟买空中翱翔的鹰,全国复兴总署那在齿轮和闪电中的鹰,以及其他各种各样的鹰,主神朱庇特的、代表民族的、代表国家的、恺撒的、古罗马军团的、卜占的、哈莱姆区朱利安上校的黑鹰;还有挪亚和以利亚的黑乌鸦[①]可能也是鹰;孤鹰,则是动物界的霸主,但也是强盗和食腐肉者。

好了,只要有时间,我们多少都能赶上那些传说中的人物。

在我看来,这只鹰是在壮年时期,那老头说的大致上没错,尽管他大概少说了八个月之多。美洲鹰在完全发育成熟之前羽毛都呈黑色,它

[①] 挪亚把乌鸦放出方舟,要它们去打听,陆上的洪水是否已退。详见《圣经·旧约·创世记》第8章。

们要经过多次换毛后才能长出白色羽毛来。我们这只鹰还没有白羽毛，等到羽毛变白时，头就很难看了，现在它还只是个黑太子，不是王。不过它矫健威武，昂首向前，全身黑色中掺有丝丝淡黄和白色羽毛，两眼炯炯发光，如同闪亮的宝石，那丝丝的眼缝只能表明它的凶残，这一切有它自己的需要；因为它本身就是这一特性的化身。起初，我对它恨透了。每天晚上我们都得为它起来，这干扰了我们的爱情生活。要是我们在户外露宿，待我醒来时她往往不在身边，我会在它旁边找到她。要不就是她把我摇醒打发我去检查她的宝贝是否一切安好——足带是否还系在脚上，转环是否还穿过足带的孔，皮带是否还拴在转环上，等等。要是我们住旅馆，它也就待在我们的房间里。我不时会听到它的脚步声，还有它的拍翼抖翅声，那嘶嘶声仿佛在抖掉身上的积雪。自从买下它以后，它就成了她全神贯注、专心致志的对象，简直像她的亲生儿子，提心吊胆得都喘不过气来了。我们驱车行进时，她时时从座位上转过头去看它，我们吃饭时，她也如此。我怀疑在其他时间她是否也只是想着它。

它当然必须加以驯服，免得使这只凶禽成为我们的后顾之忧，让敌对情绪在囚徒和主人之间不断增长。我出于无奈，只好尽量跟它和睦相处。可是它并不要求我爱它，它所看重的是与此不同的另一点。只有肉才能使你同它达成协议。西亚倒是真的懂得怎样驯服它，当然，她有实践经验，同时她也就不得不比我多用心思。没过多久，它便开始飞到我们的手上来啄牛肉。你得习惯这一点。虽然戴着手套，在它的利爪下，你的皮肤也会起鸡皮疙瘩，它曾多次把我们的手抓伤。我还得使自己习惯它用喙子贪婪地啄肉的模样。不过，后来待我看到兀鹫争食兽尸的情景，才感到我们的鹰确实宝贵，它的啄食模样要尊严得多。

我们就这样穿越得克萨斯州，天气炎热。我们每天要停车数次来驯鹰，待我们到达靠近沙漠的拉雷多时，它已肯从旅行车顶上飞到我的手上或她的手上了。它展翅飞来像一片阴影——埃特纳火山般的羽毛，利喙大张——那股气势真让人胆战心惊。可是它不像你看到的别的动物那样有准备动作,往往在升空飞回车顶之前,就直接排出一大摊粪便。西亚对它的进步欣喜若狂。我对它也爱得发疯,这有许多原因,其中主要的是,我对她的驯鹰成就深为钦佩。

狩猎的鹰必须戴头罩,西亚已经把它准备好。这是一只用拉绳抽束的有簇饰的罩子,在放开老鹰让它在空中盘旋搜寻猎物之前,你可以拆下或拉松绳索。可是只有把鹰完全驯服,它才能戴上头罩。我让鹰停在我的胳臂上,一连四十来小时不合眼。它就是不肯睡,西亚就只好让我一直醒着。这是在新拉雷多,刚过了边境线。我们落脚在一家到处是苍蝇的小旅馆里,这是间褐色的房间,屋外粗大的仙人掌几乎爬上了窗口。开始,我在房间里踱了一会儿步,随后休息了一下,最后就在黑暗中把胳臂搁在桌子上,直到被鹰的体重压得再也抬不起来。过了几个小时后,我的整个半身都麻木了,连肩骨里都如此。苍蝇不住地叮我,因为我只有一只手空着,而且又无论如何不能惊动鹰。西亚要一个小孩给我们送来了咖啡,她在房门口就从他手中接过杯子。我看到那孩子一直朝我们打量,想弄清楚我们是干什么的,因为他知道我们带着一只鹰,也许他甚至已经看到立在我那受罪的胳臂上鹰的身影,或者是它那警觉的目光。

我们驱车来到旅店门前,一打开旅行车的后门,立即就拥上来一大群看热闹的人。不出几分钟,便聚集了五十多个成人和孩子。鹰飞到我手上来吃肉,孩子们都尖声大叫起来:"啊!快看,快看——鹰,鹰!"① 我看我们的模样够怪的,因为我本来个子就很高,又戴了顶增加高度的帽子。下穿马裤呢的马裤,特别是我也学了西亚的样,装出一副华贵优雅、趾高气扬的样子。总之,鹰在墨西哥自古以来便受到尊敬,这是因为古老宗教的影响,以及在过去的日子里,有多少骑士手执

---

① 原文为西班牙语。

黑曜石刀相互厮杀,卡斯蒂略曾亲眼目睹这一切。孩子们尖声狂叫"阿古依拉①!阿古依拉!",鹰在我的拳头上摇晃了一下。因为这是我第一次听到西班牙语,心里联想起另一个名字:罗马暴君卡利古拉②。我想这名字真是再适当不过了。卡利古拉!

"瞧,阿古依拉!"

"对,卡利古拉!"我说。这名字是我从它身上得到的第一桩称心事。

现在,它像施酷刑般把我的手臂钉在了桌子上。我的嘴里和胸中都直想呻吟,但又不能吐露。无论我去哪儿都得带着它,就连上厕所也是这样。不管我坐着还是站着,我都要使它目不转睛地盯着我,研究它的表现,探索它的意愿。每当我站起来走动时,它便不再郁郁不快,而变得活跃起来,缩陷在羽毛中的头猛然昂起,脖子开始来回晃动,双眼炯炯有神,它的爪子也抓得更紧了。我头一回带它去厕所时,不瞒你说心里怕得要命。我尽量把它举得离开远些,它则不住地伸展翅膀,变换那两条粗腿的姿势。

啊,互相监视!以我看来,我们正在跟它进行着搏斗。我已经说过,我和西亚谈论过有关在别人的目光下生活的问题。什么时候盯着看竟会造成这么大的伤害?什么时候眼睛竟有这么可怕的专制力量?啊,该隐③受到诅咒,所以他一直知道自己在别人心目中的形象。警察押送被告和嫌疑犯上厕所,监狱里的看守可以任意透过铁栅和窥孔监视犯人。就连公众的领袖或暴君,也都摆脱不了不自在的感觉。虚荣心从骨子里说也是这么一回事,遇到任何形式的压抑,你都会受到影响,无法忘掉自己;当别人看着你时,你不得不留神。在生活的最隐私的行为

---

① 原文为西班牙语,意为"鹰"。
② 卡利古拉(12—41),罗马皇帝,专横残暴,屠杀犹太人等,后被刺杀。
③ 《圣经》中人物,亚当和夏娃之长子,杀死其弟亚伯,西方人以他指代"杀人犯",尤指杀害同胞兄弟的人。详见《圣经·旧约·创世记》第4章。

中，你心里会想到另一个生命的存在和力量，它会一直在你的脑子里。死后立有纪念碑，人们才记住那班大人物，也是这么一回事。因此我不得不经受卡利古拉的盯视，而且我承受住了。

它很长一段时间都抵制戴头罩。我们试着给它戴了几次，结果我的手被它啄得伤痕累累，我为此对它骂个不停，可我的手臂仍得继续架着它。有时候西亚会替换我一下，但对她来说，它的分量太重了，过上个把小时，我便引它回到我那疲惫不堪的手臂上。苦撑到最后一段时间，我的头昏昏沉沉的，实在不能再闷在房间里了，便带它来到大街上，可是周围的叫喊声更使它烦躁不安。我便硬着头皮闯进了一家电影院，在后排的座位上坐了下来。谁知放电影的声音更使它不安。我生怕它会发作起来，于是就把它带回旅馆房间，给它喂了几块肉，使它平静下来。后来，在半夜里，我换上了西亚冲照片用的红外线灯泡，然后再次试着给它戴上头罩，它终于顺从了。我们继续在头罩下给它喂肉，它显得很平静。蒙着眼睛后，它变得驯服多了。从此以后，不管是站在我的手上，还是站在西亚的手上，我们给它戴头罩时，它都不再啄我们了。

当我们取得这一胜利，卡利古拉戴着有簇饰的头罩站在梳妆台上时，我和西亚热烈拥抱接吻，并且跳起舞来，或者说在房间里乱蹦乱跳。西亚去洗洗换换准备上床，我穿着马裤就睡着了，一觉睡了十个小时。她替我脱掉皮靴，让我一直躺着。

第二天下午，天气炎热，阳光灿烂，我们动身前往蒙特雷。树木、灌木丛、岩石清晰入目，那蒸人暑热使得一切都闪闪发光。西亚把巨鹰带出门外时，它伸肩展翅的，似乎也感到一种感官上的舒畅快慰。我由于睡久了，公路上和岩石上又缭绕上升着缕缕热流，我感到有些头昏眼花。路旁的仙人掌如爪如掌，似舌似唇，长着尖刺，花粉像松香，细碎易落的鳞状壁，这对眼睛和皮肤都是够受的。不过旅行车向上爬去，天气变得愈来愈凉快，我们俩的精神都又振奋起来。

我们没有在蒙特雷过夜，只采购了一些生活必需品——最主要的是给卡利古拉吃的生肉。这个异邦城市的夜景本该吸引我留下不走——四周一片翠绿,其间是幢幢红色的房屋,火车站旁的空地上,人群熙熙攘攘,车站有着一长溜低矮的入口和窗户。但西亚主张继续赶路,以便避开炎热。可是走夜路并不容易,因为这儿的田地没有围栏,牲口又常常挡道,道路无夜明标志,因而不时会傻乎乎地多绕圈子。尽管皓月当空,可好一阵子都是薄雾迷漫不散。牲口在朦胧的雾气中隐现出高大的身影,有时我们会赶上骑马的人,然后把马蹄声、松开的马具声以及鞭打马鞍声,远远地抛到后面。

在过了瓦列斯很远的一座小镇上,我们停车度过了余下的残夜,这是由于我的一再坚持。夜空寥廓,繁星点点,传来雄鸡的打鸣声。这个墨西哥小镇上夜不入寐的人,纷纷前来观看我们从车内取出雄鹰,他们的神情庄严得就像在看星期天的圣像出巡。人们惊奇地交口相传,"一只鹰!"我本想把它留在车上,但它的粪便和身上的气味已使车内臭得不可开交,连它自己都受不了啦。由于整个晚上都让它独自待着,第二天早上它的脾气坏极了。这一阵子西亚的心思全在它的驯养上,所以当时几乎没有什么事比它更让她上心了。因为她正在创造历史。那些敢于冒险的金融家们的儿子,在二十年代时驾机飞行,试图打破从新奥尔良到布宜诺斯艾利斯的飞行记录,有时在飞越原始森林时人机俱丧,他们的那股子狂热劲儿必定也达到了她的这种程度。她不断地提醒我说,自从中世纪以来,能驾驭鹰的人寥寥无几。我同意她的说法,这是非常了不起,因而对她无限钦佩。我感谢上帝能让我襄助她完成这一壮举,可我总是对她说,让鹰待在房间里影响到我们尽情欢爱,这事很尴尬;它毕竟是畜生,不是躺在摇篮里的婴孩,你得半夜里给它喂奶。可是西亚不容有任何异议,鹰是她的一切,她从不怀疑我们俩志同道合,她认为我只是在如何管理它有不同的见解而已。实现目标的愿望沉重地压在她身上。我所认识的人几乎每个人都多少受到过这种折磨。我也一样,虽然场合不同,但感受一样,正是这种愿望推动我们奋勇向前。当然,你既然已经抓住了一只鹰的尾巴，这一来你怎么还会撒手？一旦开了头，你就得继续干下去，决不能一碰到困难就半途而废。不，激励着她的是她要用鹰来捕捉那些大蜥蜴的强烈愿望。

在小客栈的大门两侧亮着两盏肮脏的煤油灯，样子活像两只涂上黑条纹的柿子。街上的石板很滑，既不是因为晨露，也不是由于雨水。空气中飘散着的气味非常浓烈——是干草、泥土、木炭、松烟、厨房、石头、粪便、玉米粥、炖鸡、胡椒、狗、猪、驴子等气味的混合。样样都是我从未经历过的，一切都新奇陌生。在粮仓前的空地上，当我们带着卡利古拉走过时，引起人们的惊呼声十分可怕。在卧室里，从林木丛生的山脚边飘来的葱翠清香，冲刷着房间的四壁和住户的恶气，就像那海浪的推力重又把烂橘子和其他垃圾从海底冲回到码头边漂浮一样。一个印第安妇女换下铁床上的布罩，那布罩的形状也很怪，活像一只白蛛猴。

我们没能睡多久，因为一大早洗衣女工就在水槽边捶衣服了，还有人在舂玉米；家禽牲口都在不断鸣叫，尤其是饿得发慌的驴子。教堂的钟声也当当响着。不过，西亚一觉醒来倒是精神舒畅。她马上忙着给卡利古拉喂早餐肉以安定它的情绪，我则穿过潮湿的房间去弄面包和咖啡。

由于鹰的关系，我们的旅行进程很慢，现在西亚要教它飞逐诱饵。这是一块拴在一根牛皮绳上的马蹄铁，上面扎着小鸡或鸡头鸡翅膀。把这块铁一抛出，鹰就蓄势升空，高飞追逐。它所面临的一些问题跟驾驶飞机的飞行员相似，即必须预测出距离和气流。对它来说，那可不像小鸟那样，想飞就飞，想落就落，那只不过是简单的操作，而它那一套动作可是复杂的大规模行动。它先要振翅高飞，飞到足够的高度，看上去轻如蜜蜂，接着只见它在那个高度上像鸽子似的上下翻滚——它一定是利用了天空中的各种冷热气流。总之，看到它飞到高空，仿佛在那儿静止不动，真像凌驾于闪闪发光的大气层之上，支配一切，那情景确实十分壮观，如果说它的动机是掠夺，一切都基于杀戮，它也还有另一种天性，它为自己能振翼飞到血肉之躯所能及的高处而感到欢欣。它是凭自己的意志做到这一点的，而不像达到这一高度的其他生命体如孢子和蒲公英那样，它们并不是作为个体，而是作为物种的使者升空的。

我们越往南走，天似乎变得越深邃，直至到达墨西哥谷时，我觉得天穹留住了一种对生命来说过于强烈的元素，多亏蓝天火焰般的灿烂挡住了这种威胁，有时候它就像一层软壳或丝质薄膜，下陷的部分显示出它所承受的重量。后来，鹰就能翱翔天际，掠过旷野里那些死火山口，地上冒出的煤气泡，被太阳照红的危险的四野，以及锥形山顶的皑皑白雪——然后像个魔鬼似的滑翔而下——是啊，在西班牙人到来之前，老祭司们就在这儿等待金牛星座来到中天，告诉他们生命是否还要再继续一个循环。当他们接收到这个天文征兆后，他们便在用来祭神的人剖开挖空的胸膛内点燃新火。此外，就在这附近，礼拜者们装扮成神和飞禽形状的神，从用长杆子架起的平台上纵身跳下，或者是抓住绳子盘旋滑下——有长翅膀的蛇、鹰和别的飞禽。至今在市场上仍能见到这种坠落物，似乎这些都是旧事物的残余、变种或者是相等的东西。虽然在他们的头发里还会雨点般掉下碎肉的成排成堆的骷髅头已不复再见，但路旁仍能看到死狗、死老鼠、死鸟和死驴。坟地租期满后，从坟里挖出的尸骨成堆堆着。有些棺材的式样，看上去简直像是对女性形体开着粗俗的玩笑，而且在商店里公开出售，黑的、白的、灰的，各种尺寸的都有，上面还带有沉甸甸的丧饰，在黑底上涂着萨普里奥银粉。教堂石级上的乞丐一个个发出凄惨的乞求声，用古老的教堂用语表示他们已经奄奄一息。还给你看他们的断腿和脓疮。背货人用长麻绳绕过前额拉住背上的重物，或者躺在垃圾堆里午睡，就像是没人理会的死人。这一切都着重说明，就连在这样美丽的地方，到处对死亡都这般满不在乎。而且人们公认，任何人都可能受到粗暴的对待——哪怕是最高傲的人——遭到拘留、毒打，受到斥责、摧残。因为死亡把人们的脸弄得更加难看，素昧平生的人竟被粗暴地抛到下面，抛到上面，真是既可怕又荒谬。

当卡利古拉在这个天空下翱翔时，我有时在想它跟这种自然力量到底有什么关系？这股力量实在太强大了，跟被堵在火山喷口内的威力不相上下。

可是我们的鹰还没有翱翔，它仍然笨拙地飞着追逐诱饵，用作诱饵的黏糊糊的鸡内脏已被太阳晒臭了。诱饵一次次从高坡上向下扔去，因为只有这样它才肯前去追逐。每当西亚估计错了距离，鹰便拉得我跌跌撞撞，因为我们用一条绳拴在了一起，一头就拴在我的两臂之下。她跑过去看它吃鸡，并且对我打手势告诉我何时拉皮绳。因此，它渐渐地学会从诱饵处回到我的身上。不论我们停下驯鹰的地方有多荒凉偏僻，过不多久总会招来一大批看热闹的人，有牧民，也有农夫，他们穿着睡衣似的白色衣裤，用旧橡胶轮胎做底的凉鞋，小孩子和山民们都皱着眉头，面无表情，表明他们把这件事看得多么重大。至于西亚，尽管她涂着文明的口红，穿着传统式样的马裤，有时候看起来比他们更野蛮。鹰降落时，她把手伸向它，它翅膀和爪子一起制动，扇起的气流从它前胸的羽毛可以看到。她的帽檐不住地飘动着。我为她感到莫大的骄傲。我认为，这是我一生见过的人类最精彩的动作。它像一条美丽的彩带缠绕着我的心。当我站稳姿势探身向前把鹰接回，赞赏它那矫健的雄姿时，她也常常呼唤我。我当然十分高兴，虽然还没有得意得冲昏头脑。

十天以后，我们终于到达墨西哥城。西亚不得不去见她丈夫史密狄的律师的代表，因此我们在此耽搁一些时间。这跟她的愿望相反，她本来打算立即赶赴阿卡特拉镇的。我们住进了一家叫女王旅馆的廉价小旅馆，一天的房费只需三比索。这儿的人对鹰似乎不太在意。这地方幽静简朴，异常干净，中间有天窗，通往房间、浴室和厕所都有走廊。旅馆的休息厅也很雅致美观，而且空无一人。从上面看去像幅图案。桌椅都摆成几何图形，可是不见有一个人使用。没过多久我们便发现，旅馆用作取名的"女王"，指的是放荡的女人。壁橱里尽是冲洗盆，床单下面铺着厚厚的橡皮垫，这很让人恼火。白天，旅馆里只有我们和收拾房间的女工，我们把她们逗得很开心。她们认为，我们住进一家供人幽会的旅馆十分有趣，对我们服侍得也很周到，给我们洗衣服，烫裤子，送咖啡，端水果，因为我们是惟一的客人。西亚的西班牙语常引得她们发笑——我才刚刚开始学会几个单词——她要她们做这做那，我们已经上床，她还要她们给我们送芒果，给鹰送肉。因为这地方怂恿人们无拘无束，我们不用一条毛巾遮住赤裸的身子便去冲淋浴。每当我们不想让鹰跟我们在一起时，我们便去另外一个房间，对此谁也不会在意。不过到了晚上，这家旅馆的缺点便出现了。虽然光顾这儿的人也许是些体面人物，但他们并没有保持安静的观念，而且只有少数几扇房门的气窗上安有玻璃。于是我们便外出浏览市容，白天则大睡其觉。我的胳膊得到了休息，被鹰抓破的伤口也渐渐愈合。西亚带我去参观了王宫，逛了夜总会、动物园，还去参观了几个教堂。查普特佩克① 的女骑士们，那些贵族妇女头戴硬檐帽，身穿肥大的裙子，脚登合脚的小黑皮靴，侧身坐在马上，给我留下了深刻的印象。我突然意识到，这世界比我原先所想像的要大得多。我对西亚说："我知道的实在不多，现在我才开始有点见识。"

她笑着回答说："凡是我所知道的，我都乐于奉告。可是你还得知道多少呀？"

"要想知道的可真不少，"我回答说，这地方的景色实在迷人，我高兴极了，看得都傻了眼。我真想一直待下去，可是我们有驯鹰的任务，而且西亚也不很喜欢这座城市。

我不能怀疑西亚对卡利古拉的判断——我跟她一起干到现在，她驯鹰的本领已经得到证实，我对此已经有了信心。像这样的一只凶禽，就算我有胆量，要是由我独自一人驯服它，它定会把我撕成碎片的。不，

---

① 墨西哥城西端一小山，历史上久负盛名。1325 年阿兹台克人在此修建府邸，1544 年西班牙人在此建造教堂，18 世纪西班牙总督在此兴建夏宫，19 世纪马克西米连皇帝在此营造城堡，后来成为墨西哥历届总统的官邸所在。

凡是有关鹰的事,我对她完全言听计从,我总是全力支持她的这一行动。直到后来当我对驯鹰的事懂得多了,一想起我们当时根本没有采取什么预防措施时,我便感到心惊肉跳。我们本应该戴钢丝网罩,特别是在教会它飞回手上取食放弃诱饵的时候。因为秃鹰在攫住猎物时最为危险。她的眼睛极有可能被它啄瞎。不过这种情况没有发生,她终于成功地教会它听从我们的呼唤,使它直接飞回来扑食用手喂给它吃的肉。我们还跟它讲话,示以温情柔爱。它喜欢人们用一根羽毛抚弄它。它变得相当温顺了,可是每当我给它戴上头罩或摘下头罩时,我心里还是有点怦怦然。

在女王旅馆,我们训练鹰时常把那些战战兢兢的女工们叫进来观看。西亚要她们排成一排,吩咐她们,"说话!高声说话!"于是她们只好叽里呱啦地说了起来,这为的是使卡利古拉适应密集的人群和人们的喧哗。那些穿着工作服的印第安女工既害怕又感到有趣地列队站着,看着西亚把鹰从梳妆台上取下擎在手上。我第一次看到鹰时想像中的情景,确实发生在其中一个女工的身上。当头罩从它那张狰狞的脸上摘下,露出它那锋利的喙子和喘着气的鼻子时,她吓得把裤子都尿湿了。可是,由于有这些女工围着,卡利古拉的确也受到影响。它吃着肉,接着有一会儿似乎伸头朝西亚偎依过去,那动作姿态如同一只小猫要在女人的大腿上磨蹭、翻滚、撒娇一样。

"啊,瞧它!"西亚叫了起来,"奥吉,瞧它的样子,它想得到宠爱!"

然而,她对继续在城市里待下去已经不耐烦了。"现在是进一步加强训练的时候了。我们应该带它到乡下去。"

"好,那我们就开车走吧。"

"不,不行。我必须要见到那个律师。可我实在不忍心再白白浪费时间。唉,我们本来可以到家,可以让它开始捕捉它的猎物了。"

她这话的意思是说它应该见见蜥蜴了,她指的并不是她给我看的照片上那种，那种我们要捕捉的有高高的边饰的，而是小蜥蜴。而且卡利古拉也得习惯于马载或驴载，那些大蜥蜴都栖身在几乎难以到达的深山老林中，离开公路很远，我们也没法用手架着卡利古拉长途跋涉。

我觉得，也许西亚对离婚一事不该如此过急，这一来也许会使她大大吃亏。我不想向她询问有关的详情，我想她做了这么久的女继承人应该知道怎样照顾好自己的事情。在这方面，我还能对她说些什么呢？此外，我也无意对她和史密狄之间的事寻根究底，要是我问她，她势必得告诉我。所以我对这件事一直闭口不谈。我们只是利用余暇时间，在教堂前拍拍我手上架着卡利古拉的彩照，直到骑警队突然从某个部门的大门里飞驰出来，把我们从广场上赶走。他们对我很粗暴，我明白他们是说鹰很危险，他们还嚷着要检查我的证件。他们对西亚则较为恭敬，可还是露着向女人献媚的笑容把我们给赶走了。西亚仍打算把有关卡利古拉的插图文章卖给《国家地理杂志》或者《哈泼斯杂志》。她认识阿卡特拉的一位作家，他会帮我们的忙。因而她不时在一个小本子上做笔记，那是一本非常精致的红封皮笔记本，上面还插有一支金色的铅笔。只要一有空，她就拿出本子放在膝盖上，弓着脖子写作，从几个字到一页不等，每当她停笔思考或回想时，她的一只手便不停地动着，那姿势就像在一幅画上着色。我对她观察得非常仔细，甚至发现，她手指关节处的纹路跟我的十分相似。

"亲爱的，在得克萨斯州时它要追猎长耳大野兔的地方是什么镇？"

"在乌瓦尔德附近，对吗？"

"不对，亲爱的。会是那儿吗？"

她伸手搂住了我的大腿。到了这个城市里，她又涂染了指甲。它们闪闪发光。她穿了一件丝绒上衣，这件柔软的红衣服非常漂亮，纽扣是贝壳形的。我们并排坐在树下的一张铁椅子上。我望着她胸部那洁白的皮肤，顿时感觉到那儿的体温，就像透过薄薄的裤子传到我腿上的她的手温一样真切。我心里思忖，她的离婚手续一办完，我们就会结婚。

第 十 六 章

奇怪的是天性竟迫使我们悔恨我们执著追求的功业。
——《安东尼与克莉奥佩特拉》①

我们发现西亚的房子已经收拾好了,假如那真是她的房子的话,说不定是史密狄的。我想到时候我会弄清楚的。这事大可不必着急。

市镇的钟楼和房顶出现了,随后我们又多次隐没在山峦之中和悬崖背后,最后,下坡的路才成了一条街道,我们来到大教堂前的广场上。我们把车停在了那儿。去别墅的路很窄,我们只好徒步前往。即使在通常的情况下,也会有一大帮小孩、乞丐、闲荡者和替旅馆拉客的朝我们围上来,而现在我手上架着的鹰,更引得人们从店铺里、酒吧间和大教堂下方的篷盖市场上拥出来围观了。很多人认出了西亚,他们大声叫喊着,吹着口哨,挥动着宽边帽子。这群喧嚣的护卫弄得我们四周尘土飞扬,在他们的簇拥下,我们从教堂广场往上爬了几百码台阶,登上毛石砌的平台,来到别墅的大门前。我看到石榴树枝下的一块蓝瓷砖上有"无忧无虑之家"②几个字。我们一进门,厨娘和小男仆便来迎接我们。他们是母子俩,都赤着脚站在门廊的红石地上,两人站得很开,她站在厨房门边,他站在卧室门旁。厨娘手中抱着一个用披巾裹着的婴儿,一看到鹰,尽管它还戴着头罩,她便吓得退进厨房。我们拿走了鹰,厕所

---

① 引自莎士比亚剧本《安东尼与克莉奥佩特拉》第5幕第1场。
② 原文为西班牙文。

成了它的天下，它栖息在水箱或贮水槽上，那儿水滴的声音似乎使它感到高兴。那个小男仆叫杰辛托，他一直跟在我们身后，看我们怎样摆弄那只鹰，看得津津有味。

有时候我心里想，如果是为了赚钱而干这种傻事，那我就应该专心致志考虑一下钱的问题，想法子赚它一大笔钱，然后放掉卡利古拉，或者把它送给别人。但我心里明白，赚钱决不是西亚的目的。我并没有忽视她计划中高贵的一面，不管这种事业有多么古老，它所蕴含的远大抱负以及牵扯到猎物或蜥蜴等方面。我甚至还联想到它跟人类最初驯化动物的伟大壮举有关。是的，这事虽然我一再反对，我也害怕老鹰，但愿它变成石雕怪物，或者祈祷它从空中坠地摔死；可我同时也看到事情的另一面，这件事对她来说意义重大，而且她也有着充分的才能和充沛的精力。但我又不禁自问，享受爱情有什么错，为什么中间要插入一只鹰呢？因此，当然，如果我有钱，至少也就不必以此为借口了。后来我明白了，痴心空想弄钱简直是无聊透顶。西亚捕捉蜥蜴的想法也许有些不切实际，然而她毕竟有了一只鹰，而且有了一个良好的开端，而我对钱的想法却只是一时心血来潮的幻想罢了。假如我真想对此认真对待的话，我身穿马裤，头戴战斗帽，风尘仆仆来这墨西哥中部干什么？简而言之，我再次看清钱本身是个多么重大的问题。整个人类天天筛掏、挖掘、运载、获取、占有、使用着金钱，日复一日地转手流动，不管它到底是正当、欺诈、悲惨、虚伪还是迷惑，金钱，即使不是一个秘密的话，至少也像个秘密，在众人的眼里，它是秘密的亲戚、同僚或者是代表。

我们一到这儿，就给我们摆上了午饭——汤、鸡块蘸墨西哥辣沙司、番茄、鳄梨、咖啡和番石榴冻。正是这顿异国风味、麻辣热口的美餐，在我大嚼大咽之际，使我想到了钱的问题。

别墅的房子非常堂皇宽敞，因为从花园走下去才是房间，所以比从外面看去要深邃。墙壁稍带红色，地面由深红或深绿地砖铺成。有两个内院，其中一个有喷泉和桶形牛皮椅；另一个位于厨房一侧，是那种旧式的马厩前的场院。我们就在这儿继续训练卡利古拉。它从杰辛托睡的棚屋屋顶上飞下来，飞到我们手上。

从我们吃饭所在的门廊里望去，市镇和悬崖尽收眼底。教堂广场简直就在我们脚下，还有拙陋的户外音乐台，它旁边的葡萄藤以及四周的参天大树。大教堂有两座钟楼，还有一个蓝色斑驳的圆顶，外表古色古香，仿佛在高温窑里烧制而成，只是温度过高，有的地方色泽深浅不一，就像有时把砖敲碎时见到的情况。教堂坐落在凹凸不平的石砌广场上，有时候在惊叹之余，会使你产生一种沉重、难受、悲伤之感，因为四周有那么多贫穷和破败。教堂里的钟就像两只羸弱的老牲口，声音低沉，无精打采。教堂的大门打开，里面一片阴暗，阴暗中立着死灰色的祭坛和神像，上面满是刀斧痕荆棘印，露出道道黑色疤痕——其中有的圣像的臀部画着女人的内裤，他们的指甲被砍裂劈断，颜色都染在了衣夹似的白色手指上。教堂一侧的小山上是墓地，一片白色的坟茔，竖满尖刺似的墓碑。另一侧较高处是一座沟道纵横的银矿，在那儿你可以看到投入巨资后所造成的创伤。山的一侧已被机器吞进一大段。有一天，我出于好奇爬上去看了一番。让人感到奇怪的是，你在墨西哥到处都可以看到老掉牙的机器在干活，在开山挖土，在缓慢爬行，在掘坑打洞，有甲虫似的汽车，英国和比利时产的小型起重机，曼彻斯特造的电缆车，还有拖着破车厢的狮子狗似的小火车头，车上挤满身裹毯子的老百姓和士兵。

还在市区之内，在通向银矿去的路上，垃圾就统统倒进一个小山谷，堆成了一座松软的垃圾破烂的小山。兀鹰终日在它上空盘旋。站在最高处，可以看到在一座悬崖上有一道瀑布。它有时被云雾所笼罩，但通常可见一柱水烟飘然落下，似比空气还清淡，飘荡在密林之上。山谷底处是一片松林，矗立于满是皱纹的岩石缝隙之间。再往下是繁茂的热带树木和花卉，以及栖息着蛇、野猪和鹿的热石带，还有我们前来捕捉的大蜥蜴。它们出没的地方阳光非常酷热。

在巴黎或者伦敦之类的地方，太阳从来没有这般灿烂，总是笼罩着一层灰蒙蒙的面纱，没能显示出它的全部威力。许多南方人总是羡慕这些地方，可能认为有凉爽的好处。墨索里尼曾想炸开阿尔卑斯山脉和亚平宁山脉，使德国那雾气迷漫的寒流长驱直入意大利半岛，让佩鲁贾和罗马的两股气流去厮杀一番，我相信他这并不是在开玩笑。就是这同一个墨索里尼，被人打死后缚住双脚倒吊了起来，衬衣的下摆耷拉着，露出了赤裸裸的肚皮；他生前也曾与之开战的苍蝇，在他那张有着松弛宽下巴的毫无表情的脸上爬来爬去。啊，他的姘妇也缚住脚倒吊着，那干瘪的胸部弹痕累累。不过，我之所以要把宣扬或揭露和谨慎加以对照，意在表明，不管宣扬或幻想的是什么，似乎总以比较谨慎为妥。我前面已经说过，西亚带的照片中有一张是她父亲的，摄于中国的南方，坐在一辆人力车里。她把它装在一个玻璃框里，摆在梳妆台上。我常常发现自己会不由自主地端详他，他那穿着异国制造的白皮鞋的双脚，不着满脸菜色的广东人所踩的地面。他穿着一身白衣服。我心里暗想，我特别注意他这意味着什么呢？也许我是作为他女儿的情人或未来丈夫才望着他的。不管怎样，他派头十足地坐在人力车上。他周围有几个人呆头呆脑地朝他看着，他们人口众多，面黄肌瘦，满身虱子，是战争的炮灰，是他们无数同胞中的余生者，那些同胞许多都已死去被埋入地下，有的在亚洲各地漂泊，就像阳光照耀下在海洋中漂浮的硅藻。

啊，在炽热的阳光下，我朝莽莽的群山望去，亚热带那茂密宽大的枝叶和绚丽多彩的鲜花丛中，是大蜥蜴经常出没的地方，还有做工的和农民，我当时弄不清，到底有多少人愿意花一笔大钱从凉爽或寒冷地区来这儿旅游。离我们房子不远便有一家豪华宾馆，卡洛斯五世大饭店。饭店里的游泳池在花园里粼光闪闪，蓝白相间，犹如天堂般的温暖和晴朗。车道上排着一大溜大型的外国轿车。阿卡特拉开始成为旅游胜地，把以前常去比亚里茨①和圣雷莫②度假而现在要避开政治的人都吸引过来了。已知有一些西班牙人来这儿,交战双方的都有,还有一些法国女人、日本人和俄国人。有一间中国人开的酒吧,并且生产纳底的便鞋。美国侨民来这儿的很多,所以这儿非常热闹繁荣。初来时,我对这一切一无所知。

朝隔壁卡洛斯五世大饭店的院子里看,酒吧就设在露台上,游泳者在池中戏水,骑马的人列队策马出发,小鹿关在笼子里,这一切都使我感到新鲜有趣。饭店经理是意大利人,身穿外交官条纹裤和紧包他肥大臀部的燕尾服,他的头发梳得精光,脸上的表情对别人充满信心,对自己忧虑重重。我注意到,他的手指在背心口袋里进进出出有多快,他的许多活动都是从这儿开始的。西亚从我们的围墙这边把我介绍给他。他叫费奥里,花园不开的一头是他的住家,从我们卧室的窗口正好居高临下看到那儿。每天清晨,他那位个子瘦小的父亲老费奥里出来时,头戴便帽,穿一套英国老式的深绿色呢子衣服,上衣有栗色纽扣,腰间扎着腰带,他用毛茸茸的手捋着络腮胡子,走起路来,两只小脚几乎没有力气支持住他的身体。我和西亚爱光着上身相互搂着坐在床上,看他在那些盛开的花丛中蹑蹑而行。接着他的儿子出来了,已经经过梳洗,脸色苍白,神情厌倦;他的鞋罩上沾满了晨露,他弯腰吻了吻父亲的手。随后又出来他的两个白色生日蛋糕似的小女儿,还有他们温柔的母亲。母女三人都一一拿起老头的小手放到自己的嘴边亲了亲。我们觉得挺有意思。他们经常坐在凉亭里用餐。

现在,鹰已经听熟了西亚的声音和我的声音,一听到我们叫它,它就会抛开诱饵,飞来我们手中取食。让它见识或捕猎蜥蜴的时候到了。活的蜥蜴很难办,它们总是逃之夭夭,而且个头还那么小。死的蜥蜴又

---

① 法国旅游度假胜地。
② 意大利西北部城市,著名的旅游度假胜地。

不合西亚的心意。她对杰辛托弄来的那些也觉得伤脑筋。她主张用乙醚把个头较大的那些稍微麻醉一下，好让它们跑得慢一点。我很喜欢这些蜥蜴，其中有些很快就变得驯服了。你用手指轻轻抚摩它们的小脑袋，它们就对你充满感情，会爬到你的袖子上或者是肩膀上，还会钻进你的头发中。晚上，在我们吃饭的时候，我常常会望着它们出神，它们聚集在诱虫灯附近，喉头一鼓一鼓的，据说它们的舌头有听觉。一想到栖息在厕所水箱上那只凶禽的重量，它的利爪和喙子，我打心眼里希望别去碰它们。在这件事情上，西亚对我既觉得好笑，又作了尖锐批评。她指责我对这些金色的许珀里翁①的后代怀有同情之心时，既令我发笑，也使我不安。并不是她对这事就没有自己的独立见解。

她说，"哎，你这个疯子！你把人的感情跟别的混在一起了，简直像个野蛮人。把你的这种傻感情留给自己吧，那些蜥蜴根本用不着这一套。要是它们的感情跟你一样，它们就不会是蜥蜴了。它们太笨，所以很快就会绝种。你看好了，要是你死了躺在地上，小蜥蜴就会从你张开的嘴里爬进去捕捉甲虫，就像你是一段木头一样。"

"卡利古拉也会吃我。"

"有可能。"

"那你会把我埋掉吗？"

"因为你是我的心上人，我当然会了。难道你不会这样待我吗？"

她不像露西·麦格纳斯，从来不叫我丈夫，或以其他任何家属名词相称。我有时相信，她对婚姻的观点，除了不具争辩性之外，跟咪咪的如出一辙。

这次关于蜥蜴的交谈不过是有关同一话题的几次谈话之一，渐渐地，西亚使我看清了她想让我明白的东西。任何人也没法使我承认，某种局面由于实在无法改变，便认定是不好的，我却永远在寻找出路，问

---

① 希腊神话传说中的提坦巨神。

题是我是个有希望的人还是个傻瓜。可我总觉得,我的德行必须合乎法律。至于她呢,我猜想,对我的这种规规矩矩的希望根本不屑一顾。似乎每当有人对我干了坏事,必然会有消除的办法,否则我便脖子一拐,不予理睬。她责备我这方面的弱点时,说得正中要害;她想以自己的观点来教导我。

我无论如何也不愿看到那些小蜥蜴被啄得鲜血淋淋,让卡利古拉的利爪把那些细嫩的内脏,从它们那色彩精美的身体内揪出,而它却瞪着眼睛,张着尖嘴。

一个星期日的早晨,乐队从黎明时起便在教堂里吹打起来。厨房前的内院里又热又干燥,早饭后——我们吃了只煎一面的鸡蛋——我们便开始驯鹰。听到它的翅膀在火热的空气中扇动,真令人惊叹。杰辛托为我们送来了一只较大的蜥蜴,我们把它用一段钓鱼线拴在木桩上,使它无从逃脱。卡利古拉展开敏捷凌厉的翅膀,在带电的干燥空气和飞扬的尘土中直扑而下,那双尖利的爪子朝蜥蜴抓去。可是,由于钓线长得还足以让这只灵活的动物迅速左窜右闪,同时它还对飞临它头顶的庞然大物张开大嘴,显示出极大的愤怒,接着还猛地朝鹰一口咬去,并吊在了它的大腿上,扭曲着身子奋力进攻,死不松口。这条腿使得卡利古拉变得像阿提拉①的骑士一样在空中奔驰。它发出一声尖叫。我相信,它一辈子从没受过伤痛,因此这使它惊恐万分。它急忙把蜥蜴曳掉,直到把它掐得半死不活才走开。见到卡利古拉受到伤害,我心里很高兴,只是不能喜形于色。它用嘴捋理着自己的羽毛,寻找受伤的部位。

西亚对它怒不可遏,满脸涨得通红。她大叫道:"抓住它!把它干掉!"可是,鹰一听到她的叫声,却像往常一样飞回来取食了。由于它已朝她飞来,她只好伸出手臂让它降落。可是她气坏了。"哼,这该死

---

① 阿提拉(406?—453):匈奴国王。

的胆小鬼！我们不能让它被那么一只小蜥蜴就吓跑了。我们该怎么办？奥吉，别为这事咧嘴傻笑了！"

"我没有笑。西亚，是太阳晒得我眯上了眼睛。"

"现在我们该怎么办？"

"我去把蜥蜴拾起来，叫卡利古拉再回去。那可怜的东西已经快死了。"

"杰辛托，去把那只蜥蜴砸死。"西亚说。

那孩子高高兴兴地光着脚从棚屋里跑出来，用石头砸那动物的头。我把砸死的蜥蜴放在我的防护手套上，卡利古拉没有拒绝飞过来，可是它不肯吃那蜥蜴。它只是叼着它猛晃了几下，接着就把它甩到地上。我再次把那满身尘土的死蜥蜴递到它的嘴边，它还是如法炮制。

"哼，这该死的东西！快把它弄走，别让我见到它！"

"哎，西亚，等等，"我说，"它以前从没遇见过这种事。"

"等等？它从蛋壳里出来也只有一次。它得出多少次呀？它应该有这种本能。我真想拧断它的脖子。要是一只小蜥蜴咬了它一口就这样，那它怎么能跟大蜥蜴斗呀！"

"可要是你受了伤，你会怎么样？"

不过，我这又在滥用人情了，她直摇头。她认为，凶残的本性是不应该像这样的。

我把鹰放回到水箱上，渐渐地我使西亚的心平静下来。我说，"你已经把这只鹰训练得很不错了。你决不会失败。我们一定能成功的，绝对没有问题。总之，它不一定得像它的长相那样凶狠。它毕竟还是只幼鹰。"

到了下午，她的怒气终于消了，第一次提议去教堂广场的欢乐酒吧喝一杯。每当她对卡利古拉生气，我就有点觉得我跟它一起挨骂似的。

尽管如此，当我们进屋去换衣服，准备星期天下午去教堂广场，西亚显得特别恩爱。她脱掉衣服，外衣质地粗陋，内衣是丝绸的。当我在酷热的阴凉处，光着上身坐在五光十色的瓷砖上脱靴子时，她浑身一丝不挂，嘴里叼着一支烟卷，异样地望着我出神。我走过去把头埋在她的胸脯间。可是我心里清楚，我们虽然都在相爱，但各自的目的有所不同。她的用意在于行动，爱使你为行动做好准备，然后使你获得自由。这正巧跟卡利古拉有关。它对她的作用正是如此。可是，她现在怀疑它只爱送到嘴边的肉，而不喜欢自己去猎食。她也许对我也产生了同样的疑虑，不知我能否从爱进而采取行动，做必要做的事。

我们从床上起来，穿好衣服。她穿上那件饰有花边的短上衣，看上去那么温柔。她的一头长发披散在背上。她挽住我的胳臂，不是因为走在这高低不平的鹅卵石上她需要扶持，而是为了保持亲近。在果树的绿阴下，她看起来完全像当年在圣乔市的秋千上一样，是个妙龄少女。

由于芬彻尔家拥有阿卡特拉的这幢房子多年，镇上有许多人都认识西亚。不过在欢乐酒吧，我们坐在一张小桌子旁，她不想有人同坐。尽管如此，人们还是不断过来跟她打招呼，问候她的妹妹、叔叔、婶婶，还有史密狄，对我当然也草草看了一眼。其中很多人都留下不走了，西亚则继续挽着我的胳臂。

在我这个芝加哥人看来，这些人大都显得相当古怪。西亚不时向我说明他们是什么人，从事什么职业，但我并没有全都听清。那位上了年纪的秃顶德国人以前是位舞蹈家，这边这位是个珠宝商，那位金发女人是他的妻子，是堪萨斯州人；这位年逾五旬的女人是位画家，跟她在一起的那个男人像个牛仔，或者说是个里诺牛仔；现在过来的是位有钱的漂亮女人，曾经是选美女王。有个女人在卖弄学问，说得天花乱坠；她好像颇为严厉地望着我；起初我想，这是因为我取代了史密狄的位子。她的名字叫奈蒂·基尔戈。后来发现她完全不坏，只是有时看起来神情急躁，有点爱酗酒。她对史密狄根本不关心。我以前也曾结交过一些性情乖僻的人，但他们谁也没有使之成为终生的特点。这个镇上的外国侨民颇像纽约的格林尼治村，或巴黎的蒙帕纳斯①，以及十来个国家的类似的地方。在座的还有个波兰流亡分子，有个蓄小胡子的奥地利人，还有奈蒂·基尔戈；还有两位来自纽约的作家，一个叫威利·莫尔顿，另一个是他的朋友，大家只叫他伊基；还有个年轻的墨西哥人塔拉维勒，他的父亲开了一家出租汽车行，还出租马匹。坐在伊基旁边的男人碰巧竟是伊基第一个妻子的第二个丈夫，名叫吉普森，是一位非洲探险家的孙子。是啊，这一切对我来说都是新鲜事，所以我也就姑且处之。刚从床上起来的西亚和我，紧挨着并排坐在一起。这是一种古怪的消遣方式，我并不觉得有多少趣味。欢乐酒吧养在笼子里的蜜熊倒让我感到有趣，我喂它吃土豆片。这只大眼睛的小东西。

当人们以为我是鹰的主人时，我感到很高兴。当然，我会声明说，"哎，西亚才是真正的主人，"不过人们似乎认为，只有男人才对付得了这么大的一只凶禽。只有那个皮肤棕色、年轻英俊、身体壮健的塔拉维勒除外，他声称，他知道西亚在对付动物方面本领有多么高。他对谈话的这点贡献，我听了并不十分乐意，不过我不得不承认，他的言谈风度在这帮人中看似鹤立鸡群。我怎么也看不惯这帮人的古怪模样。坐在他旁边那个人脑门正中好像有骨脊突出，手背则像别人的脚背，苍白、粗厚，像是死人的。还有奈蒂·基尔戈，眼睛红红的伊基。另外还有一个我心里暗自把他取名为迟钝的埃塞尔雷德——我也像劳希奶奶或老局长艾洪一样，有时喜欢给人取绰号。最后是怪诞小说家威利·莫尔顿，他大腹便便，蓄着长发，眼睛褐色，脸上的表情令人难以捉摸；他的牙齿很小，被烟熏得乌黑；他的手指在最后一个关节处都痛苦地向后弯曲。

他们中间有些人下了不少工夫，他们根据各自的爱好，在这遥相对应的高山峻岭中作了攀登游览，就足以证明这一点。

"这么说你们打算用你们的鹰来捕捉那些动物了？"莫尔顿问。

---

① 两处都是作家、艺术家们聚居的地区。

"是的，我们打算这么做。"西亚非常平静地回答说。她有一点很了不起，决不会为了从众而略微改变自己的计划或观点。"我不喜欢瞎胡闹。"她总是这么说。

"已经捕过了。"我插嘴说。

下面广场上的公共乐队又开始吹打起来了。刺耳的进行曲在空气中回荡。时近黄昏，青年男女开始骑马兜风，但速度极快，使你感到他们既在调情，又在拼命飞驰。鞭炮在空中噼啪作响。一位盲乐师一边演奏，一边哀号，用死亡之舞的刺耳声音对游客拉着小夜曲。这时，大教堂的钟声响了，那锈迹斑斑的褐色大钟发出最低沉的声音。钟声一响，闲聊的人立即闭嘴沉默了一会；他们有的喝啤酒，有的喝龙舌兰酒，他们学着墨西哥人时髦的方式，在大拇指上舔一点盐，咬一点酸橙子来压一压龙舌兰酒的冲人酒气。

西亚要莫尔顿帮忙撰稿，当人们重又可以听清自己的说话声时，她问起他这件事。

"我现在已经不写那一类文章了，"他说，"我专门给尼柯莱狄斯写稿收入更多。"尼柯莱狄斯是莫尔顿撰稿的那份低级黄色杂志的编辑。"上个月有人请我去采访托洛茨基我都没去，我情愿为尼柯莱狄斯写稿。而且每期都得赶写出来的长篇连载，已经弄得我筋疲力尽了。"

我觉得莫尔顿满腹经纶，实际上他什么都能说，不管什么话，他只是在等待开口的机会。

"不过你以前确实是给杂志撰稿的，"西亚说，"你可以教我们怎么写。"

"我想马奇先生不是作家吧。"

"不是。"我回答说。

他这是想要打听我的职业。我猜想他知道我没有任何职业，没有一个对这些老于世故的人说得出口的职业——因为当时我以为他们个个都见多识广，身世不凡。莫尔顿冲着我微微一笑，不无善意。他的眼圈布满深深的皱纹，相貌极像从前我所住地方的一个胖女人。

"不过如果我不行，必要的时候伊基也许肯帮忙。"

莫尔顿跟伊基是朋友，不过人人都知道他的这个建议是在开玩笑，因为伊基专为《野蛮博士》和《丛林历险》那类杂志写些让人毛骨悚然的东西。除此之外，他别的什么也写不出来。

我喜欢伊基·布莱基。他的真名叫古莱维奇，可这个名字没有那些高傲的盎格鲁-撒克逊勇士的名字那么气派，因此古莱维奇也就弃而不用了；而打从他完全叫做伊基的时候起，布莱基这个姓也就从来没有真正使用过。他有一副真正台球房人物的外表。这家伙顾自缩在角落里喝酒，已有点摇摇晃晃，昏昏然，他穿一件流氓气十足的紧身运动衫，脚上是一双从中国商店买来的纳底便鞋；他身材瘦削，但脸色红润，有点发虚，绿色的眼珠上布满红丝，嘴巴大如青蛙，颈前的皮肤又皱又脏，胡子只是稍微剃了一下；他声音沙哑，说的话别人只能听清一部分。他很容易被人误认为是个小毒贩或者是小流氓，只有那些老于世故、善于阅人的人才会认定他并不是那种人物。他是个外貌极易让人引起误解的人。

至于年轻的塔拉维勒，我真不知道该如何描述他才好。显然，他一直在用衡量的眼光仔细打量我，使得我注意起自己的仪表来，我晒黑的脸和无拘无束的头发。我觉得自己有点傻里傻气，不过我也得承认，我同样仔细地打量过他。我的阅历还不够，对这个老跟外国游客尤其是女人混在一起的当地年轻小伙子，还没有起疑。这种人物在享有历史盛名的地方都有，在佛罗伦萨的吉利咖啡馆门前，或者在卡普里岛缆车铁道站附近，就有穿着紧身裤的小伙子在等待荷兰姑娘或丹麦姑娘交朋友。不过，要是我真的那么有经验的话，我对塔拉维勒可能就看得不大准了。他是一种混合型的人。他长得很英俊，看上去活像电影明星雷蒙·纳瓦洛，既温文又高傲；据说他的职业是采矿工程师，但从未得到过证实，不过他不需要工作，他父亲很有钱；塔拉维勒是个运动员。

我告诉西亚说,"我觉得那个小伙子不太喜欢我。"

"唔,那又怎么了?"她漫不经心地回答说,"我们只不过从他父亲那儿租马罢了。"

开始,我们用驴子驮卡利古拉,虽然它蒙着头,在鞍上站得稳稳当当,可驴子吓得弓着背,竖起鬃毛。后来我们又试着改用马驮,马也吓得瑟缩不前。西亚把卡利古拉递给我,马便折腾起来,我根本坐不稳身子。西亚自己也不见得更成功。最后,老塔拉维勒牵来一匹老马,它曾经历过萨帕塔①叛乱,在游击战中受过伤。这匹灰色老马似乎适合在斗牛场中由持矛斗牛士乘骑,并在斗牛时被牛角抵伤。但它跟鹰相处得极好。我心里暗暗自语,它让鹰站在它背上,有着更大的悲惨,是无可奈何。这匹马叫比兹科乔,尽管它还能爆发出一点速度,但一般情况下,很难使它加快它那慢悠悠的小碎步了。

我们先把鹰带到镇外一块开阔地上进行练习。在坟场边的地上,偶尔还能看到尸骨,沿着白色墓壁盛开着芬芳的野花。我骑着踏着小碎步的老灰马走在最前面,鹰站在我的手臂上;接着是骑着另一匹马的西亚;杰辛托穿着自己那件白色睡衣,骑在一头毛驴上,走在最后面,他的两只黑黝黝的脚离地不高。我们经常碰到出殡的行列,葬埋的往往是小孩,头上顶着小棺材的父亲时常走得偏离大路——整个送葬行列包括乐队在内也是如此——两撇蒙古式的长长八字胡,粘在粗野的鼓起的嘴上,他的眼睛就像弄脏的牛奶,尽管在敌意中含带悲伤,在走过时仍然目不转睛地盯着卡利古拉。"快看,快看,快看——鹰,鹰!"②我们就这样经过一排排在热浪中风化的白色石碑墓壁,铁钉般尖利的荆棘,四散的尸骨,死者遮丑的褴褛衣衫,还有那死于热病、埋在地下的儿童。

我们爬上高坡,远远望去,下面的小镇半掩在如画的景色之中。我

---

① 萨帕塔(1879—1919),墨西哥革命领袖。
② 原文为西班牙语。

们在那儿训练卡利古拉，教会它在行进中起飞。它学会这一本领之后，西亚对它的信心全都恢复了。我们的训练确实很有成效。它立在我的手臂上，我不停地鞭策老比兹科乔加快步伐，鹰用爪子紧紧地抓住我，透过防护手套抓痛了我的手臂。我为它除去头罩，拉开转环——做这些时，我不得不放下缰绳，用两膝紧紧夹住马肚——卡利古拉就腹部一挺，呼啦一下展开巨翼，开始腾空而起，几天工夫，比兹科乔便习惯了。一天早上，我们便出发去捕捉大蜥蜴，心情非常激动，杰辛托随我们一起前往，由他先把蜥蜴赶出岩洞，我们跟着下到山腰它们栖息的地方。那儿酷热闷人，岩石间散发出一股腐臭，由于雨水酸性的腐蚀，岩石已变得松软，被侵蚀出无数洞穴。蜥蜴的个头果然大，带有很大的脊鳍——古时的膜。这儿弥漫着一股蛇的气息，我们置身在酷热的绿色毒物和青白色的栀子花之间，恍若进入了蛇的时代。我们等待着。杰辛托小心翼翼地用一根长杆子朝草丛捅着，因为蜥蜴生性凶猛。突然，我们发现我们上方一块突出的岩石上，有一只大蜥蜴在探头张望。可是，当我朝它一指时，只见它那像伊丽莎白时代服饰的头便一闪不见了。我从未见过像蜥蜴动作这样快、这样大胆的动物。像鱼一样只凭身体两侧的扭动，它们就能从任何地方、任何高度一跃而下，它们的肌肉也像鱼一样非常结实有力，它们飞跃时的姿势真是优美极了。我真感到惊奇，它们跳下时居然没有摔得粉身碎骨，而且一着地后停也不停立刻就能飞跑。它们的速度比野猪还快。

我为西亚捏着一把汗。我知道她心情十分激动。地势陡峭，根本没有多少可供转身回旋的余地，可是她却拨转马头，策马冲去。我架着沉重的鹰，老灰马虽然勇气可嘉，懂得大胆冒险，可是转身不灵，跑得不够快。所以大多数情况下，我听到的比看到的多。

"西亚，"我高声大喊，"看在老天爷分上，千万别这么跑！"

可她正朝杰辛托吆喝着什么，同时挥手示意要我做好准备。她打算把蜥蜴赶到没有草木掩盖的石坡上。它们飞蹿时，颜色多变，看上去时而银白，时而土黄，时而青灰，时而铜绿。最后她打手势叫我摘掉鹰的头罩，松开皮带。我开始在马背上东倒西歪起来，比兹科乔踏着松动不平的乱石顺坡而下，卡利古拉紧紧地抓住我。我解开抽绳，摘掉头罩，拉开转环，鹰便腾空而起，振翼飞向山腰密云深处，再次扶摇直上，冲向高高的蓝天。它盘旋到相当的高度，在高空等待着。

西亚跳下马背，抢过孩子手中的杆子，用它横扫茂密的草丛灌木，打下了无数肉色的鲜花，落进如波浪起伏的蕨类植物之中。她一边还高喊："快出来！"这时，一只大蜥蜴飞快地逃下岩石。卡利古拉看到了便猛扑了下来。它那身黑色羽毛犹如盔甲，一团黑影迅猛地从天而降。与此同时，蜥蜴也往下一跳，东奔西闯，拼命逃窜。在卡利古拉下扑时，逃得更快了。为了避开鹰的利爪，它左躲右闪，竭力不让腹部受到那团紧逼着的黑影的伤害，所以它飞快地逃窜着。我看到了两副凶相毕露的狰狞面目。当卡利古拉用脚踏住蜥蜴时，蜥蜴张开了那尖角形的大嘴，像条盛怒的蛇，一口咬住了鹰的脖子。见到这一情景，杰辛托大叫了起来，西亚的叫声则更尖。卡利古拉使劲摇晃着，不过只求挣脱出来。蜥蜴掉到了地上，飞快地逃走了，在岩石上留下了血迹。西亚大叫，"追上它！它跑了！"但鹰并没有追下山坡；它降落在地上，站在那儿不住地拍打着翅膀。直到蜥蜴逃窜的声音再也听不到了，它才收起了翅膀。它没有飞回到我身边。西亚冲它破口大骂："你这该死的胆小鬼！你这臭东西！"她顺手捡起一块石头朝它扔去，可她没有扔准，石头从卡利古拉的头上飞过，它只是抬了抬头。

"住手，西亚！看在老天爷分上，住手！它会啄掉你的眼睛的！"

"让它过来试试，我空手也能杀了它。让它过来呀！"她已激怒得失去理智，两眼凶光毕露。我看到她这副模样，双臂都软了。我想拦住她不让她再扔石头，但没能拦住，便急忙跑过去解下猎枪，以作防备，同时也免得被她取走。这次她又没能击中，不过落下的石头离鹰很近。这时卡利古拉展翅飞起。它飞起时我心里暗想，再见了，鹰！它可以飞往加拿大或巴西。西亚拉扯着我衬衣的前胸,伤心万分,眼泪汪汪地哭喊着:"我们对它白费工夫了,奥吉。哦,奥吉,它太不中用了。它是个胆小鬼!"

"也许那东西把它给咬伤了。"

"不,它见了小蜥蜴也一样。它害怕了。"

"可是它飞走了,跑了。"

"跑到哪儿去了?"她四处张望,可我想她满眼泪水,没法看清。我也摸不准它在天空的什么地方。

"我真希望它飞到地狱里去!"她气得发抖说。她满脸通红,气的是它骗了人。它看上去那么凶狠威猛,其实并非如此,在这外表之下是另一颗灵魂,"要是它能飞那么高,会受伤吗?"

"可是你朝它扔石头,"我说。我觉得感情又在作怪了,因为它是在我手臂上驯服的。

是啊,尽管人性和野性已掺和在一起,但还是难以接受野性的这般对待;就像在喀耳刻①的院子里拥抱奥德修斯和他部下并向他们哭诉的那些野兽一样。

我们黯然回到家中,打发杰辛托把马送还塔拉维勒。西亚肯定连从马棚走回家的劲头都没有了,而且现在我也不想离开她。我们刚一进内院,就听到厨娘的叫喊声,她正抱着孩子匆匆奔进厨房。原来卡利古拉正在小棚屋顶上来回走动。

我对西亚说:"瞧,鹰在这儿,它回来了。你打算拿它怎么办?"

她说:"我才不管哩。我也不想对它怎么样。它是为了吃它的肉才回来的,因为它太胆小了,自己不会猎食。"

"我不同意。它回来是因为它觉得自己没有错。它只是不习惯被它

---

① 希腊传说中的一个女巫,能用药物和咒语把人变成狼、狮子和猪,希腊英雄奥德修斯途经埃埃厄岛时,她曾把他的部下变成猪。但奥德修斯受到神奇的摩利草的保护,迫使她恢复了他们的原形。

捉住的动物跟它搏斗。"

"你把它喂了猫我也不管。"

我从炉子旁的筐子里拿了几块肉出去找它；它飞回到我的手上，我给它戴上头罩，扣上转环，然后把它放回到水箱上，它那阴凉的栖息处。

过去快一星期了，只有我一个人照顾它。西亚的兴趣转移到了别的地方。她布置了一间暗室，着手冲洗她在途中拍摄的照片。卡利古拉完全留给我一人照管；我独自在院子里训练它，摆弄它，就像只身一人划着一只大救生艇。就在这时候，我患了痢疾，闹肚子，因此见它的次数比平时多。医生给我开了止泻药，嘱咐我暂时别喝龙舌兰酒和镇上的水。那带有烟味的龙舌兰酒也许我喝得稍微多了点，这种酒要是你不适应的话，会使你撑不住的。

可是，从高尚的追求中败退下来，对每个人都不利。西亚躲在暗室里干自己的活，整幢房子变得死气沉沉。要是你想到心里有着多大的失望和多大的愤怒的话，死气沉沉这个字眼也许用得不够恰当。卡利古拉没人照顾，我在床上也躺不安稳。单单由于饥饿，便会使它变得相当危险，暂且不说它通人性的一面了。

在壁炉旁一堆生火用的废纸下面，我发现了一本厚厚的书，虽然已没有封面，但内文完好无缺。其中包括康帕内拉[①]的《太阳城》、莫尔[②]的《乌托邦》、马基雅弗利的《谈话录》和《君主论》，还有圣西门[③]、康德、马克思、恩格斯著作的长篇摘选。我已记不起这本选集是哪位天才人物编选的，不过它确实洋洋大观。连下了两天雨，我便埋头读书。潮

[①] 康帕内拉（1568—1639），意大利柏拉图派哲学家、诗人和作家。他试图调和文艺复兴的人文主义和天主教神学。其代表作《太阳城》带有社会主义性质。

[②] 莫尔（1477—1535），英国人文主义者、作家、政治家，《乌托邦》为其代表作。

[③] 圣西门（1760—1825），法国空想社会主义者。

湿的木头不易烧着,我扔进整捆有松香的山松,使火烧得旺些。天下着雨,不适合卡利古拉飞行。我站到厕所间的马桶上,把肉塞进鹰的头罩喂它,以便能尽快赶回去看书。我看得完全入了迷,忘记自己是怎么坐的,站起来时两条腿都麻木了,书中那些大胆的设想和推测,看得我眼花缭乱。我很想跟西亚谈谈这本书,可她一心在忙着别的事。

我问:"这本书是谁的?"

"这只不过是一本书,不知是谁的。"

"不过,这本书内容很精彩。"

看到我已找到自己感兴趣的事做,她非常高兴,可是对这个话题丝毫不感兴趣。她用一只手捂住我一边的脸,吻了吻另一边。然而这只不过是打发我走开。我走进花园,在雨中舒展了一会身子,掠过墙头瞥见老费奥里正在自家的凉亭里抠鼻子。

然后我回屋穿上橡胶雨衣,因为我极想找个人聊聊。西亚要我去给她买些相纸,这正好让我得以跑上一趟。我迎着淅沥的小雨,走下宽阔的石头台阶,途中看到一只粗毛长腿的猪躺在沟里的红泥里,一只小鸡站在它身上啄虱子。欢乐酒吧那边传来留声机唱片放出的歌声:

人间世事知多少

金钱爱情永不老①。

接着又放出《夫人的宝石》中一首缠绵悱恻、节奏缓慢的歌曲,是克劳迪亚·穆齐奥或加利-库尔奇②所演唱。艾丽诺·克莱恩原来有这张唱片。我听了心里颇为伤感,虽然情绪并没有沮丧。

当我穿着雨衣经过大教堂时,看到门口有几个乞丐披着毛毯,全身

---

① 原文为西班牙语.
② 加利-库尔奇(1882—1963),意大利女高音歌唱家。

都湿透了,露着残肢。我给了他们一点零钱;反正这钱是史密狄的,我认为应该分点给别人。

有人在欢乐酒吧的二楼花廊上叫我,还砰砰砰地敲着畅饮牌啤酒的白铁皮盾形商标,以引起我的注意。原来是威利·莫尔顿。他喊着:"快上来!"我欣然遵命。

除了伊基,和他一起在座的还有两个人。起初我以为他们是一对夫妻。男的将近五十岁,不过举止显得比这年轻,是个干瘦的高个子。不过先引起我注目的是那个姑娘,他们只介绍说她叫斯泰拉。我很高兴见到她,就容貌来说,她压倒了这屋子里的一切,人、畜和花草。她的五官从脸面上隆起得恰到好处,她那双眼睛,我想我得说,真是含情脉脉。见了她让我异常高兴,这是自然的了。我想,革命党人凭摸行人的手来断定他们是平民还是贵族,你在恋爱期间同样也可以用这方式来进行鉴别。斯泰拉是这个叫奥立弗的男人的女友。奥立弗打量我时虽然表面上显得很泰然,其实心里疑虑重重。这就是人矛盾的地方,他故意要使自己成为嫉妒的对象。

没过多久,莫尔顿便点破真情,我已不是个单身汉。"嗨,博林布鲁克①。"他说。

"是谁?我吗?"

"当然是你。你不能长得一表人才而没有一个显赫的姓。我第一眼看到你,心里便一震,对自己说,这个人应该是博林布鲁克,即使他并不是的话。你不介意,对吗?"

"谁会介意做博林布鲁克呀?"

每个人,根据各自不同的想法,都报以诙谐的一笑,有的怀有恶意,有的出于同情。

---

① 博林布鲁克(1678—1751),英国女王安妮时代杰出的政治家,自然神论哲学家,反对传统的宗教信仰,认为必须承认有创造了宇宙并确立了宇宙规律的最高理性力量。

"这位是马奇先生。博林布鲁克,你的大名是什么?"

"奥吉。"

"西亚好吗?"

"很好。"

"我们最近不大见到你们俩。一定是那只鹰让你们忙得够呛吧。"

"是的,我们很忙。"

"你们开着旅行车到这儿时,我看见你架着鹰出来,我对你真是羡慕极了。当时我正坐在这儿,全看见了。不过我听说它很不中用。"

"谁说的?"

"哦,到处都在说它败下阵来了。"

是那小混蛋杰辛托!

"是真的吗,博林布鲁克?那只威风凛凛的鹰是个窝囊废?它生性胆小?"

"哼,"我回答说,"全是胡说八道!鹰还有什么不同的?它们的本性都是一样的。鹰就是鹰,狼就是狼,蝙蝠就是蝙蝠。"

"你说得对,博林。我得说,就连咱们人也是如此,一个个都很相像。不过同样的,正因为有那些不同之处,才有意思。所以你那只鹰到底怎么样?"

"它对这种狩猎方式还不熟练。不过很快就会熟练起来的。西亚是个出色的驯鹰手。"

"这我不否认。不过要是它生性怯懦,那肯定要比那种真正剽悍强劲的容易训练得多,不久前就有过这么一只真正能捉蜥蜴的。"

"卡利古拉是一只美国兀鹰,是最强悍最凶猛的那种。"

我当时还不知道,当你进行一项壮举时,人们多么希望你不会成功,要是成就微不足道,其他大部分都失败了,有些人会多么高兴。我也要借此为我读过他们作品的多位作家感到不平。

"奥立弗是杂志编辑,"伊基说,"也许它需要你们驯鹰的稿子。"

"是哪家杂志?"

"《韦尔摩特周刊》。"

"是的,我们是开车出去度假的。"这位奥立弗说。

他外表看上去有几分傻气,脑子不行,嘴唇很薄,养有小胡子,脸上满是疙瘩。显而易见,他是个贪杯的酒鬼,而且相当自负。他只是最近才出头。莫尔顿告诉我有关他的第一件事就是,要是在一两年前你让奥立弗去你家,就有衣服被他偷去当掉买威士忌喝的危险,最后听说他住进了精神病院,用胰岛素治疗精神过度紧张。不料他竟来到此地,衣着极其讲究,开着一辆崭新的敞篷汽车,还携着一个女人,据说是位女演员。而且他确实是《韦尔摩特周报》的编辑。在谈到这个杂志时,他现在说:"我们主要对政治性文章感兴趣。"

"哎,我的天,乔尼,别跟我来这一套,说什么你们的杂志全部那么正经——全是政论时评。它一向都不是那样。"

"现在换了新老板,一切都不同了。你知道,"他说,并且改变了话题,想说什么不难预料,"上个星期我写了自传,就在我们出发之前。花了一个星期的工夫。儿童时代一天,少年时代一天,其余的五天之内一口气写成。每天写一万字。下个月就出版。"他一讲起自己,竟变得如此兴致勃勃,得意洋洋。一时间他似乎显得身强力壮,容光焕发。但话题一离开他本人,他便故态复萌,成了个鄙陋之人。

斯泰拉说:"我们住在卡洛斯五世大饭店。跟我们一起去喝一杯吧。"

"是呀,为什么不去呢?"奥立弗说,"我们应该利用这个机会,旅馆的价格这么贵。我们至少可以坐在花园里。"

我还是抽身走了,因为听了莫尔顿的一番挖苦后,我真的对那只鹰越来越生气了。我原以为卡利古拉的失败会令我高兴,可奇怪的是结果情况并非如此。以前,它干扰了爱情,现在它一败涂地,造成的危害更大。突然之间,西亚和我都显得无所适从,我感到迷惘困惑,不知所措。纯情不能保持,这是怎么回事?我意识到,我是在一个特殊的时刻,遇到那本有关乌托邦的大书中的作者们的。在这些凭着希望和艺术所构思的理想境界里,你怎么能忽视人也是大自然中的一分子?或者断定你一定能保持住这种感情?

我回到家时主意已定,我决不退缩,一定要使卡利古拉能飞猎那些大蜥蜴,也像那对美国夫妇一样。

我首先要教训杰辛托一番,为他的多嘴多舌泄露了秘密,可是我没能找到他。西亚也不在。厨娘告诉我说:"他们出猎去了。"①

"什么?"

"Culebras,"② 她说,她的声音就像是一束陈腐的干草,总是那么细声细气,疏远冷淡。

我在词典里查到了这个词,意思是说他们捕蛇去了。卡利古拉仍在厕所里。

他们直到晚上才回来。一群镇上的孩子紧紧跟在他们身后。有些是杰辛托一帮的,他们在别墅门口明亮的灯火下,相互叫嚷吵闹着。杰辛托拎着一只盒子,里面有两条蛇。

"你到哪里去了,西亚?"

"我们去矿坑捕到了这两条蝰蛇③——挺不错。"

"谁?这帮孩子全跟你去了?"

"哦,不。回来的路上,杰辛托告诉他们我们捕到了蛇,他们才跟来的。"

"西亚,你能出去捕蛇真是太棒了。真了不起!可是你为什么不等等我呢?这些家伙是很危险的,是吗?"

"我不知道你什么时候才能回来。一个烧炭的来告诉我说,他看到

---

① 原文为西班牙文。
② 西班牙文。
③ 响尾蛇科毒蛇。

了蝰蛇,于是我就马上去捉了。"

她把两条蛇关进了我们原本准备用来关大蜥蜴的盒子里。她就此开始大捉起蛇来。没过多久,整个门廊都成了蛇的陈列廊,弄得厨娘都想要辞职,她担心孩子被咬。

由于捕蛇取得的成就,西亚的精神大为振作,这正是跟她商量卡利古拉的事的恰当时刻。她听了之后,非常通情达理,当即回心转意,同意再让卡利古拉试一次。我从来没有想到会为它向她求情。第二天早上,杰辛托便到塔拉维勒那里去租马。我在别墅门口把笼子、杆子等一切要携带的东西都准备好。杰辛托回来时,我们已经带着卡利古拉在门口等着;它仍像往常一样,看上去威风凛凛、气概不凡。西亚不时朝它投过去怀疑的目光,我不由得对她皱起了眉头。我们出发了。我不时对它嘱咐几句,并用一根羽毛抚弄着它。我对它说:"老伙计,这一回你可一定得拿出真功夫来啊。"

我们来到了原先那个地点,那个大蜥蜴出没的地方。我策马到了一个比上次较高的位置,以便让卡利古拉对那个乱石坡看得更清楚。我们伫立在那儿等着。卡利古拉的爪子把我的胳臂抓得紧紧的,我想把它的部分重量转移到我的大腿上,不想老是举起胳臂架着它。老马比兹科乔不断抖掉本地那些凶狠的苍蝇,它们叮在它灰色的两肋上,闪闪发光。

西亚待在下面,我看到她骑着马穿过长满蕨类植物的平地,我也瞥见杰辛托爬到那些圆塔形的白岩石上,还开始听到一些大蜥蜴蹦跳逃窜时的哗啦声,看到那些鲜艳的花朵剧烈地抖动着。

我忽然想到这次狩猎的意义,用的不是武器,而是一个动物,一个活生生的、你懂得怎样训练它的动物,因为你认为所有智力,从微乎其微的闪烁到最为明亮的星辰,基本上都是一样的。我轻轻抚摩着卡利古拉,比兹科乔回过头来,仿佛要对我检查一番。就在这时,西亚从头上扯下自己的印花头巾,这是预定的信号。我摸到头罩的绳子,一拍马鞍策马朝下奔去，觉得自己必须不顾一切地全力以赴。比兹科乔开始飞快地跑着，我肯定挑了一条过于陡峭的下坡路，因为这匹老马比任何时候都跑得快。我用双腿紧夹住马腹，拉掉头罩和转环。我一面高喊："快去捉它！"一面突然开始朝前飞去，当老马踩在滑落的岩石上力求保持平衡时，我已飞越过马头。马朝下跌去，我也往下跌落。我感觉到卡利古拉飞离我的胳臂时，用力一蹬，飞上天空。接着我看到自己的血染上石坡。我摔在地上，朝下滚去。我听到比兹科乔的狂嘶和杰辛托的惊叫。

"滚，接着滚！"西亚高声喊道，"奥吉，亲爱的，快滚！小心它踢人！它受伤了！"

可是，比兹科乔的一只蹄子正好踢中我的脑袋，我当即昏了过去。

第 十 七 章

我们当中的一些人,花了很长时间才认识到在大自然中生存的代价,以及你的生命如何才能保持久长。至于要花多长时间,这就要依社会糖衣融化的速度快慢而定了。而当它们最终融化殆尽,你的口中便会留下不同的滋味,带来异常的信息,使你目瞪口呆,震惊万分。这出人意外的信息是,生活在这浩瀚广阔的海洋中,在某种情况下你会浮升而起,但随时都有可能沉降而下。随时随刻,也许就在下一个时辰。

总之,那可怜的老马比兹科乔,它踢裂了我的脑壳,自己也摔断了一条腿,于是西亚开枪把它给打死了。当时我不省人事,没有听见枪声。她和杰辛托连拖带拉把我弄上她的马背,小男孩骑在马上扶住我,就像托着一袋面粉。我的脑袋上血流如注,下颌的牙齿也摔掉了几颗。我头上裹着西亚用来打信号的头巾,虚弱无力地倒在杰辛托的怀中,可是头巾已经浸透,不能再吸血了。我就这样被送到了医生的住处。当我们快到那儿时,我强打起精神,问了一声:"鹰在哪儿呀?"

狩猎中发生的意外事故决不会使西亚伤心流泪,哪怕像这次事故这般严重。她一滴眼泪也没有掉。由于头晕昏沉,失血过多,或者是因为耳朵被头发和泥土堵住,我什么也听不见,只看到她一个劲地在骂卡利古拉。我觉得自己头上有一片头皮被卷起或皱拢。我隐约瞥见她紧抓住我大腿的手上鲜血淋淋。她那张苍白的脸上火气冲天。在这种时刻,一个人的视线变得又沉邃又空虚地狭窄,她的脸闪烁着光斑出现在我的眼前,这些光斑是她帽子上的铜眼孔形成的。她的鼻梁上和嘴唇上都挂着汗珠。

我的听力渐渐恢复了；我听到孩子们在喊，"那是鹰的主人！"鹰！这时它正在天空的某处展翅翱翔，土耳其式的羽裤，锋利的嘴喙。高高的天空一望无际，我觉得自己正在它的底下爬行。西亚说，"你摔掉了一颗牙。"我点点头。我知道缺口在哪儿。不过人迟早总要掉几颗牙的。

两个女人抬着一副撑开的担架从医生住宅的院子里出来接我，她们把我放到担架上。我的身体极为虚弱，时醒时昏；穿过庭院时，我正醒着，觉得那天的天色特别美，令人十分赞赏。可是接着我便想到，由于我的缘故，比兹科乔惨遭杀害；在那疯狂的萨帕塔分子暴乱之夜，它曾冒着游击队的枪林弹雨死里逃生，也许它曾亲眼目睹人们被钉死在十字架上，他们的肚子上爬满了蚂蚁，也曾闯过机枪的密集扫射，可最终竟惨死在我的手中。

医生脸带微笑地迎了上来，他的纽扣孔里还插着一朵鲜花。但他基本上是个性情忧郁的人。他的房间里迷漫着一股药味和乙醚的气息。他用乙醚给我施了麻醉，结果弄得我好多天后身上都散发着一股气味。我一直呕吐不止，脑袋上裹着绷带，脸上布满伤疤，表情僵板。我只能吃点麦片粥，喝点火鸡汤，自己根本站不起来。在裹着的绷带里，我听到有一种嘶嘶的声响，仿佛那里面有个水龙头或喷气孔。凭着难熬的疼痛和这种嘶嘶声或滴淌声，我怀疑那位脸带微笑实为忧郁的医生手术没有做好，加上墨西哥人对屠杀、疾病和下葬向来不当一回事，我真为自己脑袋的安危担心。但后来发现，这位医生的医术还是挺高明的。不过当时我可吃尽了苦头，情绪低落，眼圈发黑，双腮凹陷，牙齿中间有个缺口。我觉得自己头上裹着绷带，很像我妈，有时候甚至跟我弟弟乔治也不相上下。

甚至在伤口愈合、头痛渐消之后，我依然心烦意乱，自己也不知道是什么原因。西亚也变得心神不定。卡利古拉的失败，我又愚蠢到竟驱使比兹科乔从峭壁上冲下，这使她大为失望。她满腔热情，敢作敢为，周密制订出计划，辛辛苦苦训练好猎鹰，到头来竟被我的无能连累，使她的打算成为泡影，这实在让她受不了。西亚决定把卡利古拉送给她父亲那位印第安纳州的朋友，送进他的特里阿农动物园。我心里想，听到这个消息，特克萨卡纳那个沙漠老鼠似的卖鹰老头一定会很高兴。我一瘸一拐地赶到门外，眼巴巴地看着鹰被装进笼子，放进板条箱，装上旅行车。它的头上已开始出现成熟的白色冠毛。两眼的目光，威风丝毫未减，那呼吸和撕裂用的喙子，和以前一样令人望而生畏。

我说了声，"再见了，卡利古拉。"

"再见，再也别见了，你这冒牌货。"西亚说。我们俩都因希望破灭、美梦成空几乎淌下眼泪。防护手套和头罩久久地扔在角落里，渐渐地被人遗忘。

一连几个星期，西亚一直陪伴着我，照料守护着我。越来越明显的是，尽管她脸上没有流露出心神不定，但也见不到其他的表情。我的身体已渐渐开始复原，我不愿她为了我整天守在我的身边，要是她一直这样毫无表情的话。我们曾为做出牺牲的问题发生过争论；她不想把我一个人撂下，我则一再坚持要她出去活动活动，不过我不愿让她像上次那样去抓蛇。可是有人对她送消息说某地出现一些红、绿蝰蛇后，虽然她神情上没有流露出来，依旧坐在那儿，耐心地陪伴着我这个遭受失败、头裹绷带、躺在床上又聋又瘦的人，可心里却一直在想怎样抓到那些蛇。我知道她已经闲厌腻了，急着需要行动。

开始的时候，她听我的话，只是去狩猎一些野猪之类的野兽，但后来就用麻袋从山里装蛇回来了。因为这对她有好处，我也就没有对此多加计较，我可以看出她的心情在日益变好。我只是关照她千万不要独自一人出猎，极力劝她找朋友陪着一起去，不要只是杰辛托一人同行。镇上本有一批爱打猎的人，因而有时候医生和她一起去，有时候由年轻的塔拉维勒陪着。

于是我便独自一人头裹绷带、身穿睡袍在别墅里到处走动，在花园里散步，在门廊里看蛇，它们在干草中盘绕吐信——我则对之冷眼相加。我觉得，这与其说是因为恐惧心理，不如说是出于敌对情绪。不管怎么说，我毕竟驯服过一只鹰，跟野生动物打过一番交道，说自己有点胆量，并不为过。我没有必要一直披着大胆无畏的外衣，或者是装出爱怜一切动物的姿态。蛇有一种蛇味，像烂芒果和腐干草的气味，跟我们捕获大蜥蜴那个地方的气味一样。

在我不太焦躁不安的时候，我便坐在一张牛皮椅上，阅读那本论述乌托邦的书。我的痢疾还没有痊愈，早上常常感到腹痛如绞，弄得我不得不赶紧跑进厕所——卡利古拉的老窝。我让厕所的门敞开着，全镇的景色历历在目。现在已是晚秋，最热的日子已经过去，景色美不胜收。这儿并没有真正的四季之分，只是严酷气候的阴影月月相异而已，不论是从北往南，还是从南往北。每天都是碧空如洗，天宇的威力顺利地落在青苔斑斑的瓦片上。这种蓝天之美给了我很大补偿，就像我心情好时读那本书对我的作用一样。要不，我便无所事事地凄然踽踽独行，觉得自己就像一个傻瓜。由于双腮塌陷，我的颧骨显得更大，两只眼睛有点睡眼蒙眬，这是因为心神不定，要是它们张得大些，这种心情就会流露出来。我的嘴的两侧，还蓄起了印第安人那种英俊的小胡子。

西亚喝完咖啡，要我多加保重，然后戴上她那顶有铜眼孔的宽边帽，出门朝马走去。我通常都到门口看着她上马。她那十分自信的身躯，坐在马上显得有点沉重。她已不再问我是否要她留下陪我，只是劝我下午出去散散步。我答应我会尽量那么做。

莫尔顿和伊基前来看我。莫尔顿说："博林，你的样子看起来够怆。"因此，我为自己的状况更感伤心，情绪坏透了，心里觉得尽是不祥之兆。

奥立弗的女朋友斯泰拉，当我隔着花园的墙头跟她谈话时，她也有同感，说我的气色不太好。我发现她好像也满脸阴云。这些日子，我喝了不少龙舌兰酒掺柠檬水，我邀她过来同饮，她婉言谢绝了。她深表遗憾地说:"我真希望能如愿。也许有一天我会过来。我也很想跟你谈谈。可是你知道,我们可能要搬出卡洛斯五世大饭店了。"这事我一点也不知道,我还没来得及打听原因,瘦削的奥立弗便跨过花坛,他那马似的脚踝上露出扎着吊袜带的丝袜,他那张通红的小嘴上挂着愠意。他把她从墙边带走,连个招呼也没打。

他出什么事啦?

莫尔顿说他吃醋了。

"她说他们要搬出旅馆了。"

"是啊,奥立弗租下了那个日本人的别墅。那日本人回长崎去了。奥立弗说卡洛斯五世饭店里的女侍们对斯泰拉说长道短。因为她们知道他们俩没有结婚。要是我有个像她那样的姑娘,我才不管那班老婆娘胡扯些什么哩!"

"可他为什么要在这儿住下来呢?他不是在纽约有家杂志社要照应吗?"

"他是从墨西哥遥控的。"伊基说。

莫尔顿说,"胡说八道!他是因为处境不妙才跑到这儿来的。"

"你想他会是盗用公款吗?"伊基惊愕地问道。

莫尔顿看上去似乎知道得不少,但他觉得不便多说。这头大屁股的驴子。他那肥胖结实的大肚子上,绷着一件印有菠萝图案的衬衫。他甚至对自己在阳光下落下的那幽灵似的身影感到羞愧。他的眼睑上布满褐色的污斑,就像他那吸烟熏黑的手指一样。他还有眨眼的习惯。

"吉普森说,他听说奥立弗为了斯泰拉要在那别墅举行一次盛大晚会,让卡洛斯五世饭店里的那班老妖婆们看看。"伊基说。

"他想让大家都看看,要人们对他的成功佩服得五体投地。凡是认为他只不过是个国际乞丐的人——其实当时每个见过他的人都认为如此——现在都要出丑了。好家伙!人们仍跟他离开时一模一样,而他回来却变得轰动一时,博得他们的称赞。他也已周游过世界,只是他不知道,因为他喝醉了。"他说这番话的时候,我脑海中浮现出奥立弗在外蒙古的一间小棚屋里,身穿棉军装的大兵们看到他醉倒在自己的呕吐物中,不省人事。莫尔顿喜欢揭露病态可怜的事物和废物,这是世界上到处都有的共同现象,只有消遣作乐才能使人得以忍受,所以他专心致力于逗乐。所有这些人,全体侨民,都是如此。

啊,他们到别墅来看我,可半小时后,莫尔顿就无话可说了。他们已经踩灭了十几个烟蒂,莫尔顿开始露出腻烦的神态。他已看遍了我们聚坐的这个角落,他干坐在那儿,神情异常懊丧。

"博林布鲁克,"他说,"你不必因为头上裹着绷带就一直待在家里。到教堂广场去吧。我们能在那儿遇上些熟人,或者是玩玩弹子机。走,博林,上马!"

"对,走吧,博林!"

"没你的事,伊基。回家去。尤妮斯会因我让你放下活儿冲我大发雷霆的。"

"可我还以为你已经离婚了呢,伊基。"我说。

"他是离婚了,可他老婆还用一根链子一直拴着他。她逼着他在家照看孩子,自个儿却跟新丈夫在外面玩乐。"

我们来到欢乐酒吧,坐在可以俯瞰广场的长廊的鲜花丛中。这些在较凉天气里开放的鲜花,色泽都比较朴素。只有圣诞节的明星一品红除外,它那天鹅绒般的尖尖花瓣向外伸展,最为悦目。这些花儿身不由己,任人摆布,对时间也无可奈何,可是它们那么美丽,使那堵毫不起眼的墙壁大为增色,这一点令我深有感触。我也看到那只小蜜熊在方笼子里以各种方式在活动,时而倒挂,时而倒行。在这险象丛生的深渊里,你必得伸屈自如——除了睡眠的时间外,千万不要打瞌睡。

莫尔顿坐在那儿,继续挖苦着伊基,尤妮斯收到纽约寄来的支票,要伊基管账。可伊基对理财一窍不通,他只知道拿钱去逛妓院,他的钱便被妓女们骗个精光。一说起他在妓院里妓女们中间寻欢作乐的事,伊基总是瞪着那双布满血丝的绿眼睛，张着青蛙似的和善嘴巴，心里感到美滋滋的。

"尤妮斯需用那钱养孩子。要不，我早把那钱在打牌中输给你了。威利气的就是这个，他没能赢到我的大钱。"

"去你的！要不是我看到吉普森在这儿花你的钱，花他从尤妮斯手里弄来的钱，这关我什么屁事？"

"嗨，你这是胡说八道！他自己有的是钱，他祖父曾去过非洲探险。这可不是瞎说的。"

为了能接近自己的女儿，一个宠坏的黑发小姑娘，伊基跟他的前妻住在同一幢公寓里。他的主要目的是为了保护她和女儿不受吉普森的欺侮。我觉得伊基大概依旧爱着尤妮斯。

我现在经常跟伊基和莫尔顿一起四处溜达。由于我住的屋子里空寂无人，由于门廊里的蛇越来越多，由于我的身体还没有强健到能陪西亚出猎，但又不是虚弱到不能走动，由于我既怕骑马又怕打猎，由于我实际上正处在我生活道路的分岔口，所以我拖延耽搁，停步不前。除此之外，我对莫尔顿、伊基以及其他侨民发生了兴趣，我没法抵御他们的吸引力。我很快学会了他们的语言。不过对他们的烦厌也很快随之而来。

要知道，奇怪的是当你一早醒来，你所看到的那淡金色的晨曦，在白昼的威力把它从你眼前夺走之前，是那么飘渺，而又那么强烈。然而，就天空本身而言，总觉得这些影响没有理由非得变成像它们那样消沉、焦躁或可笑不可。

坐在石榴树下的木长凳上，伊基要我帮他解决写作中的难题。他的一篇短篇小说搁浅了，他得找出一个情节的发展方向。小说的故事是这样的：海滩上有一个被降了级的海军少尉，他已沉沦为酒鬼。有个混血儿水手怂恿他把一批劳工偷运到夏威夷。可是他发现那些移民劳工中有间谍，于是他身上原先的那个美国军官又复活了，他打算把他们一个不漏地全部交给当局。可为此他不得不先跟那个水手搏斗一场，因为那人现在已对他起了疑心。伊基为他的这篇作品在绞尽脑汁，我则赤着脚去弄龙舌兰酒。

后来莫尔顿来了，我们便一起出去了。厨子已经备好午饭，可是我不喜欢独自一人吃。我常在市场上买煎薄饼吃，结果使我的肠胃变得更糟。有时，我则在中国人的铺子里买块三明治充饥。

培根在构思《新大西岛》时，曾请人在隔壁房间里演奏音乐，所以不该让万端思绪塞满头脑，而应保持有条不紊，井然有序。可是在教堂广场上，留声机整天歌声不绝，播放着"救世之金"或者"醉汉"；而且到处喧声一片，既有流浪乐队两用木槌的快速敲击，又有舌似铁片的盲乐师的纵声大笑，还有发疯似的吵架声，加上汽车的马达声和教堂的钟声，这混成一团的喧嚣，正是滋长我紊乱心绪的温床。因而，我总感到心里乱糟糟的，感到危险可怕，就像画中的天空和山峦那样让人惊心动魄。由于旅游业进入了旺季，整个镇都忙得天旋地转，狂呼乱叫。

在我们去莫尔顿住的旅馆路上，伊基构思出了美国军官为发信号给海岸哨兵如何跟那个混血儿搏斗的情节。莫尔顿再三劝我在他住处留一段时间，等他写出有关火星人的一篇连载。他讨厌自己的工作，尤其是工作时孤独一人。我坐在屋外的房顶平台上，耷拉着双肩，一双大手垂在膝前，两眼遥望着远处的叠叠群山，黯然的心正惦记着西亚现在不知在何处。

莫尔顿从烟雾缭绕的小屋里出来继续绞尽脑汁。他身穿衬衣，露出内凹的膝盖和圆滚滚的粗腿，来回踱着步；他眯起大脸膛上的那双眼睛，望着小镇，好像它完全是个喧闹的交易场所。他倒了一杯酒，烟则一支支抽个不停。斟酒、点烟、吸烟、弹灰，以及从他那具有讽刺意味的鼻孔中往外喷烟，这似乎包含了他认为真正有价值的全部东西。他厌烦极了。他懂得怎样让我领略他这种特有的持续甚久的心境——这段由烟灰、冰淇淋、烟蒂、柠檬皮和粘手的杯子构成的紧张而空洞的时间。像所有人一样，他存心要别人分担他的命运，而且以和他共事来迫使你跟他产生同感。莫尔顿甚至坦然自白，他说，"厌烦是一种力量，博林布鲁克。厌烦的人比别的人行动更快。在你厌烦的时候，你才会受人尊敬。"这个小鼻子，粗大腿，向后弯的手指被烟熏得焦黄的人，他慨然对我解释说，他认为这些话比之于他以前说的，对我更有作用。我没有跟他争辩，他洋洋得意，自以为已说服了我，其实他也不是犯这种错误的第一个人。谈天说地是他能周旋自如的事情，所以他想让他的现实生活都像谈话一样。我看出了这一点。

"好啦，我们休息一会吧，先来玩一玩二十一点。"他的衬衣口袋里带着一副纸牌。他吹去了桌子上的烟灰，开始洗牌。他发现我的眼睛仍望着远处的群山，为了转移我的注意力，他用温和的口气说："对，她是在那边山上，来，老弟，发牌。好，自己拿。要加额外赌注吗？我敢打赌，不出十分钟就会由我来坐庄了。"

莫尔顿是个打牌的老手，特别是扑克牌，起先我们在欢乐酒吧玩，后来欢乐酒吧埋怨我们玩得太久，一直玩到深夜，于是我们便转移到那家肮脏的中国馆子。没过多久，我便开始把我的全部时间花在赌博上了。古代的休伦族人好像认为赌博是治疗某些疾病的良方，也许我就得了其中的一种病。莫尔顿一定也是如此。他得不断地进行赌博。我跟他比掷比索，纸牌比点数，玩弹子机——他把这叫做弹球戏——甚至用小陀螺玩捻转儿。玩扑克我手气好，技术也高明，我这套本领是在一所有名的学校里学的，这就是艾洪的台球房。莫尔顿叫苦连天地说，"老弟，你一定跟打扑克的卡帕布兰卡①学过本领。我看不出你什么时候使诈哄人，因为你看起来总是那么天真无邪。没有人能真正天真到那种地步。"他说得对，虽然我本想说我确实想尽量打得好一些。我自己就知道这一些。可是我的天哪！他说我假装老实！啊，手段高明的装假大师到处有的是！要是造化要我们像蠕虫、甲虫那样生活和行动，凭借模仿手段来

---

① 卡帕布兰卡（1888—1942），古巴国际象棋大师，1921年获世界冠军。

逃避姬蜂，蒙骗其他敌人——好，那没关系！不过那不是我们的问题。

在西亚面前，我也表现得规规矩矩，就像没事似的。可我心里明白，我们的关系越来越差了。要是我没流露出因此引起的灰心失望，我只要用一张杰克（J）便能虚张声势地唬住莫尔顿了，这是轻而易举的事。

为什么要捉这么多蛇呢？她为什么偏要去捕蛇？她带回来鼓鼓囊囊一袋又一袋的蛇，我一见了它们就肠胃翻腾，恶心想吐。而她对它们竟那么好，我看除了怪癖之外不可能是别的。你还得当心，不要惹得它们冲撞玻璃板，那样会使它们的嘴撞伤，难以治愈。除此之外，它们的鳞片中还生着寄生虫，得撒上药粉，或者用红药水清洗；有的还得给它们吸桉树油的吸入剂，以治疗肺病，因为蛇常常会生肺结核。最艰苦的要数蜕皮，它们扭曲着身躯挣脱不掉那层表皮时，那模样就像分娩一样，甚至连它们的眼睛，也会蒙上一层污浊的乳白色浆液。有时西亚用镊子助它们一臂之力，或者用湿布盖在它们身上使表皮变软，或者把那些较不安分的放进水里，水上放块小木头，在它们游累时，便可把它们的小脑袋趴在上面休息。但它们总有一天会露出新貌，那新生的皮肤和宝石般的光泽，就连我这个它们的敌人，都觉得好看极了。我常爱看它们蜕皮，当它们从旧皮中钻出时，全身绿色中点缀着点点红斑，犹如石榴子或闪闪发光的金甲壳。

在这段时间里，西亚和我相互之间都不很满意。我讨厌毒蛇，也不满她对毒蛇的那股亲切劲。我觉得自己被夹在两种怪癖之间，处在她的怪癖和镇上旅游旺季时的疯狂怪癖之中。可我对她只字未提。她要我陪她一起出猎，我推说我身体尚未完全康复。为此她两眼望着我，事情明摆着，我虽然瘦得皮包骨头，病容满面，可是整天酒不离口，牌不离手，憋着一肚子气站在她的面前，我们俩又怎能达成什么补救的协议呢？

"我不喜欢跟你在一起的那帮人。"她说。

"他们没有害处,"我漫不经心地说,但这并不是一个无害的回答。

"明天跟我一起出去好吗?塔拉维勒为你准备了一匹温驯可靠的马。我要带你去看一些地方,那些地方真是美极了。"

"好的,那好极了,"我说,"等我觉得身体好一些就去。"

我曾竭力想忘掉卡利古拉,这已经很不容易了。我已经竭尽全力,再也没有余力可使了。我决不会像西亚那样对捕蛇产生兴趣。用那种在普通的追求中难以满足的精力,来取得事业的成功,这是一种极端的做法。要是她非得去捕捉那些危险动物不可,用绳索套住它们的脖子,抓住它们并取出毒液,那她尽管去。可是我终于知道,这件事是我不愿做的。

她去了山里两天。她回来的时候,我听说她并没有回家。我当时正在傅路易的店里打牌,抽不开身。第二天早上,我看见她在花园里,一身捕蛇的打扮,穿着马裤和蛇牙咬不穿的厚皮靴。她面色苍白,表明她身体不好,心中闷闷不乐。她没有去休息,而是心急火燎,痛苦难受,一心想惩罚我。她眼睛下面,阴云密布,头上的黑发反射出太阳的灼热,额上参差不齐的发根处,有一条火烧般的红线,融为那奥妙黑发的一部分。

她厉声问道,"你上哪儿去了?"

"我回来已经很晚了。"

她火气很大,全身颤抖,非常急躁,满眶晶莹的泪珠,使她的眼睛显得格外大,就像有时候伤心时那样。我以为她会失声痛哭,可是她只是浑身颤抖。

"前天晚上,我一直盼着你回来,"我说,她没有搭腔。我们俩心里都有股子气,但并不准备真正吵架。她浑身颤抖不是怒气更大,而是压住怒气。

"下面那帮人有什么地方让你觉得好呀?"她质问道,"我认为,自从卡利古拉失败后,他们一定弄得你为我害臊。一定拿我开玩笑。"

"你想我会让他们那么做吗？"

"对他们，我比你清楚。那个莫尔顿，坏得很。"

接着，她便骂起威利·莫尔顿和别的居民来。我只是听着，这样一来，我们之间的真正分歧便被搁置到一旁。当时我们还不忍心吵架。

有时，我几乎说服了自己，准备带上套蛇索、照相机和猎枪，跟她一起上山。活动活动对我有好处，一是因为我心神不定，过度紧张，二是因为我极想把她和我的关系，恢复到在芝加哥时的样子。可是，我到底还是一直没能完全说服自己，采取行动。

我似乎觉得我还得继续打牌度日，我是赢家，不能罢手。莫尔顿一直叫嚷说，我赢了所有人的钱，我得给他们报仇的机会。因此，我仍像人们最常见的那样，手里握着一副纸牌。我真的成了发牌高手，技术娴熟，手法精妙。不久，甚至不认识我的人也都慕名而来，仿佛我已在那家中国饭馆里开了赌场，就连穿着运动衣的饭店老板傅路易也都认为这样。对于坐下来赌的观光生客来说，我是博林布鲁克或者是驯鹰人，莫尔顿管那些观光客叫世界游民。我口袋里塞满了各种外币。我自己也弄不清我有多少钱，不过我确实有钱，不是史密狄的。现在已经不再有钞票和食品菜肴混放在一起的冰箱了；西亚好像从来没有想到要给我零用钱。要是我身上没有伤痛的话，我会觉得日子过得很好，手头挺宽裕。口袋里，英镑、美钞、比索、瑞士法郎全有。不过我只是表面上走运，我心里闷得慌，头上裹着脏绷带，面色憔悴，整个小镇疯狂得简直要把自己炸成碎片。西亚一直在收集珊瑚蛇和响尾蛇，我则不得不赢得一场场的耐力战，让焦急的屁股坐在路易的饭店里，或者坐在别的旅馆房间里，有时候甚至坐在妓院里，那儿的赌场生意有时很兴隆。妓女们待在后院，前堂有个小酒吧，在游客们拥来之前，是大兵们聚集的地方，他们在那儿看连环画、吃豆子，喝龙舌兰酒。老鼠在梁上乱窜。姑娘们有的在烧饭，有的在打扫房间，有的在看书，有的在院子里洗头。一个半裸的男孩头戴军帽在敲木琴，黑橡皮头的木棒敲得飞快，我觉得我也得把牌打好，不应该满盘皆输，因此我便聚精会神地看着手中的牌。

当我说待我身体好了就跟她一起上山时，西亚听了并不相信，我也不相信她对我做出的姿态。她答应陪我在镇上待几个晚上。我很高兴再见到她的腿露在裙子外面，而不是让裤子罩住。可是，她的离婚书到达的那天，我的热情又上来了，我照先前的打算对她说，"我们结婚吧，"她只是摇了摇头。我突然想起，有一次她讲到怕怀孕时，不慎说出她怕向家里人解释我是孩子的父亲。起初，这件事令我失望，后来我感到气恼，现在却深深地刺痛了我的心。当然，我也总算看清了她的观点。在谈情说爱的美好岁月里，有个年轻小伙子做愉快的朋友是一回事，而在实际生活中面对一个有缺点的人则是另一回事。我心里明白，在她那个鼻子里有白毛、抽定制古巴雪茄、有钱有势的百万富翁叔叔眼里，我算个什么呀。没错，西亚看不起他，盼望在经济上能独立自主。可是，由于她不能依靠我，因而她不能为了我而跟家里人一刀两断。要是我对鹰呀、蛇呀、马呀、猎枪呀、摄影呀，也像她那样着迷的话，我们俩也许还能相爱下去。可是，你就是给我金子，我也不会看曝光表，我也不愿捕蛇，我一想到这就恼火。我盼着西亚有一天会对此感到厌倦；而她呢，我推测，也正在等着我对莫尔顿那帮人厌倦哩。

在此期间，节日一个接着一个而来。乐队在教堂广场不停地吹吹打打，一片嘈杂。烟花林立，成串飞向天空，光辉四射。高举圣像的队伍在小镇的四处游行。在一个连续五天狂饮酒会上，一位妇女因心脏病突发而猝死。丑闻怪事层出不穷。一对年轻情侣为一只狗发生口角，结果其中一人吞服过量安眠药自杀。吉普森把外套遗留在妓院里，老鸨尼格拉亲自把它送回到他家中。伊基的前妻把吉普森关在门外，因而他只好央求莫尔顿，让他睡在他的门厅里。可是莫尔顿不敢收留他，因为吉普森想向他借钱，又要喝他的威士忌。结果吉普森只好流落街头，由于整个小镇都在沸腾，他的伤心事并不怎么引人注意。哪怕豺狼、野猪、大蜥蜴或者是牡鹿都从山上跑到镇上来，同样也不会引人注意。

一阵闪亮的飞尘卷起,照亮了夜空。各家旅馆和商店都希望生意兴隆,狂欢热闹,他们不惜出钱雇佣乐队,施放烟火,可是为了要保持这种节日盛况,光有现钱是不够的,一定得靠火蛇、烽烟镜和妖魔鬼怪等古老迷信所激发出的热情。连狗都一面狂奔一面狂吠,仿佛刚从阴间回来。印第安人的古老信念是,死者的灵魂是由狗送到阴间去的,当时肠内阿米巴虫痢疾正在流行,送葬的队伍和游行的队伍都混在一起。到处都有盛大的娱乐节目。有个哥萨克合唱团在大教堂里演出;神甫从来没见过教堂里进来这么多人,这使他弄得手忙脚乱,逢人便拍打着巴掌,叫嚷说,我们是在"上帝的圣殿里",但这对人群一点作用也没有。那些俄国人穿着紧身短上衣,裤管塞在皮靴里,嘴里叼着长烟卷,在夜间到处闲逛,我不能说他们在教堂里特别显眼。一个巴西人和意大利人合组的歌剧团在上演《命运的力量》。他们唱演都很卖力,然而就连他们自己也不相信戏里的一切。因此我也不禁生起疑来。西亚没有回来看第二幕。后来,一个印第安马戏团上演了惊心动魄的节目,杂技演员们的道具就像是从旧铸造厂里拆下来似的,马的披饰也很褴褛;演员都是皮肤黝黑的米却肯州①的印第安人,他们在做惊险特技时,不用保护网或任何安全设施。那些穿着脏裤子出来表演杂耍、走钢丝和其他节目的小姑娘,野里野气的,既不露笑脸,也不鞠躬谢幕。

因此,我在这座镇上没有看到任何我所熟悉的东西,除了勾起一些回忆之外——例如那些俄国人便使我回忆起劳希奶奶。

直到有一天,那天四周非常平静,我正坐在教堂的一张长凳子上,抚弄着一只要钻进我腋窝的小猫,这时突然有几辆大轿车开到教堂前停了下来。这些车子虽然老式,但是功率强大,很结实,好像有铸铁部件,长长的车头,有着欧洲豪华车的低车身。我立刻想到,中间那辆车里一定有位大人物,因为保卫人员纷纷从另外两辆车上下来。我感到奇

---

① 墨西哥西部一州。

怪,是什么人身份如此重要而又如此落魄。来人中有两名墨西哥警察,他们耀武扬威,对自己那身警服颇为得意。他们立刻把衣服拉得笔挺。不过保镖都是欧洲人或美国人,穿着皮茄克和护腿套裤。他们都把手按在枪套上,神情非常紧张。依我看来,他们连自己职业的起码知识都不懂。我这样评判,是因为我在芝加哥多次见识过真正的大场面。

那天天气凉爽。我穿着西亚在瓦巴希大街给我买的那件口袋多、在荒野里可以使你得救的厚茄克。不过我拉开了拉链,因为当时我正坐在太阳底下。小猫在我的臂膀下面用鼻子拱着,用爪子挠着。我一面自得其乐地抚摩着它那细柔的腰身,一面观望着。现在一切都已部署停当,只看是什么人从中间那辆大轿车里出来了。一个副官模样的点了点头,一个保安伸手去拉门把手,他显然不知道怎样开车门,在这令人尴尬的时刻,所有的人都傻乎乎地站着,直到对面的另一扇车门被不耐烦地砰然打开,车内的老式皮坐椅垫子很厚,几颗有外国发型、外国眼镜和外国胡须的脑袋从擦得洁净明亮的玻璃窗内朝外探望。座位上放着一个公文包。我想,我认为这种公文包带有政治色彩。其中有个人微笑着亲切地朝车里说了几句,接着那位主要人物便跳下车来,他精神抖擞,活力充沛,温文尔雅,目光敏锐,留着一小撮尖胡子。他的举止训练有素,没有浪费注意力去观看教堂的正面。他身穿毛领短大衣,戴着大眼镜,面颊似乎有点柔嫩,但这丝毫也没有减弱他那副苦行僧的模样。我朝他仔细打量了一番后,不觉心中猛地一惊,我认为他一定是从墨西哥城来的俄国重要流亡分子托洛茨基。我的两眼瞪得更大了。我一向认为,我这一生决不会一个大人物没见到就这么过去。奇怪的是我一想就想到艾洪,他一辈子困坐在轮椅上,只能看到报刊上刊出的人物,只见到偶尔路过的人。我兴奋极了,急忙站起身来。乞丐和流浪汉已经以中世纪的时尚聚拢来,骗钱的、要饭的和其他讨乞的都纷纷解开绷带纱布和破衣烂衫,露出他们的断肢伤疤和招财惯用的苦难。托洛茨基扬起头,打量了一下这座宏伟壮观的教堂,便举步跳上台阶,匆匆步入教堂,他那一跳几乎看不出是个上了年纪的人。接着,他身后的人也都一拥而入。手提公文包的人——我从前在芝加哥认识的那些激进组织的成员也总是提着这种公文包——一个发式像女人的彪形大汉,几个模样古怪的保镖,不少拄拐杖的瘸子和嘴里哼哼乞讨的乞丐,一群真像他们自己说的半死不活的人,全都拥进了黑洞洞的教堂。

我也想进去看看。我被这位了不起的名人搅得心情激动。我相信他之所以使我这般激动,是由于他那一瞬间留下的印象——不管他乘的是多么老式的汽车,他的随员是如何古怪——他使你感受到巨星的指引,最崇高的思想,用最普通的词句阐明人间最深奥的道理。要是你也和我一样,潦倒到远离高高在上的明星,漂泊在不同的航道上,只是在浅水湾里划着小船,从一个蛤耙爬到另一个蛤耙,一旦看到深水的汪洋,内心当然是格外激动的。他是一个流亡的伟人,比一个地位已经确立的伟人更伟大,因为我认为,流亡是坚持最高原则的标志。所以我欣喜若狂,弄得我仿佛有把扫帚在脑袋里乱搅,这才使我想起自己头上还裹着绷带,我应该平静下来。我站在那儿眼巴巴地望着,直到他走出教堂。

我给你讲这一切是因为其中一个保镖是我的老朋友——赛维斯特,他曾经是明星影剧院的老板,阿穆尔技术学院的工科学生,咪咪·维拉斯姐姐的前夫,也曾当过地铁公司的雇员。尽管他一身西部打扮,我还是能认出他来。啊,天哪!他那模样有多严肃、忧郁,他看上去多么认真负责,可又多么困惑迷惘!他也跟别人一样,腰间佩着一支手枪,裤子的臀部又肥又大,圆滚滚的大肚子凸出在皮带上面。我朝他一个劲地喊,"赛维斯特!喂,赛维斯特!"他瞪眼望着我,仿佛我过于冒昧,看来他也感到奇怪。我高兴极了,脑袋里咚咚地响个不停。我又笑又激动,涨得满脸通红。我见到他真是太高兴了。"你这傻瓜,赛维斯特,你难道连我都不认识了吗?我是奥吉·马奇呀!你干吗站在那儿不理我?我不至于变化有那么大吧,是吗?"

"奥吉?"他问道,阴郁冷漠的嘴唇微微一笑。他的问话是在嗓子眼里支支吾吾发出的。

"当然喽!是我,你这傻瓜。天哪,你怎么会来这儿的?你身上带着家伙干什么?"

"你怎么跑到这儿来了?嗨,咱们倒真会闯荡。你的脑袋怎么啦?"

"我从马上摔下来了,"我回答说,虽说见到他我很高兴,我还是在心里迅速考虑了摔下马来的种种说法,使得它听起来合情合理但不完全是真情。然而他没有问,这使我感到惊奇。现在我就不会感到那么惊奇了,因为我对人们会多么全神贯注有了更深的了解。

"啊,见到你真高兴,赛维斯特。你怎么干起这一行来了。"

"这是委派给我的任务——你问这是什么意思?他们需要有技术知识的人。"

技术知识!我还在为遇见他高兴得大笑,对此我也不妨一笑置之。可怜的赛维斯特,竟胡诌出这么个技术人员的故事。算了,不管我们这次见面说的是什么,反正说的都不会是真话。我自己就已经编好了一个故事,万一他问我,我就以此作答。事情就是这样。要是你能把一天之内的日常谎言变成淤泥,那就能把亚马孙河填平一百英里,甚至漫过两岸。不过,谎言是决不会造成这种情况的,它会四下散开,就像土豆里的氮一样。

"是吗?"我说,"你一直跟着托洛茨基。我想,你跟他很熟,是吗?这真太棒了。我真希望能认识他!"

"你?"

"哦,我想我大概不配。他人怎么样?你看我能不能至少见他一面,赛维斯特?你可以给我引见一下。"

"是吗?就这么简单?"赛维斯特说,他的大眼睛露出了好笑的神色。"决不会比你想像的更复杂,对吧?你这人真有意思。不过你瞧,我得走了。你进城来时给我打电话,我很想跟你见见面。我们可以一起喝一杯。你还记得芝加哥的那个弗雷泽吗？他现在是老头子的一个秘书。好啦，别忘了。"另一个保镖正在叫他，他一溜小跑朝汽车奔去。

奥立弗一个劲地咒骂日本人迟迟不让出别墅，后来那日本人终于乘船回国去了。奥立弗一搬进去就着手准备举办一次盛大聚会，宴请镇上的头面人物。这样就可以使卡洛斯五世大饭店里他那些敌人哑口无言。莫尔顿帮他拟定客人的名单，向老居民发出了邀请。可是来赴宴的大部分是不上档次的人，因为有关他的麻烦相传已久，早就路人皆知。财政部的一个调查人员也已来到镇上，他没有隐瞒自己的身份，而是对任何人都神气活现地直言相告，他是干什么的。他大模大样地躺坐在欢乐酒吧的一张躺椅上喝啤酒，就像在度假，或者是给蜜熊喂花生。奥立弗经过广场时故作镇静，装出满不在乎的样子，他跟斯泰拉仍像往常一样，盛装艳服，招摇过市。他越装得泰然自若，灾难就越是深重，我为他感到难过。斯泰拉很害怕。她有时想让我明白，她想找我谈谈这件事。我从来没有想到，她要找我谈谈心有什么不方便。可实际上一直没有这种机会，奥立弗对她看得很紧。

我对莫尔顿说，"他们要对奥立弗干什么？事情一定很严重，要不他们决不会从华盛顿派人来。"

"这家伙说是因为逃避所得税，不过一定比这要严重。奥立弗是个既爱面子又很糊涂的人。可他还不致蠢到找那种麻烦。事情一定要糟得多。"

"可怜的奥立弗！"

"他是个笨蛋！"

"也许是这样。不过基本上——我是说，基本上是个人。"

"啊，基本上，"他若有所思地说。接着他又打消了这种念头，说："也许他基本上也是个笨蛋。"

在此期间，看到奥立弗那么故作镇静，表现得那么泰然自若，实在是一个可怕的教训。而且他总是在一些小事情上失去控制。一天下午，他竟跟中国饭店的老板傅路易打了起来。傅老板一口叽叽咕咕的中国式西班牙语，腔调挺怪，除此之外，他还是个异常节俭的老人。我猜想，在中国闹饥荒的时候，他也许会从粪便中拣出谷子。因此，现在他把客人没喝完的酒全倒进一个啤酒瓶里，在他看来完全不值得大惊小怪。那一天，他身穿一件满是灰疙瘩的多圈毛线衣，胸膛塌陷，站在镀锌的柜台后面。就在他把当天客人们喝剩的橘子水倒在一起放进冰箱时，被奥立弗发现了，他猛地朝老人脸上打了一拳。这可糟了。傅路易尖声大叫，他的全家人都气得大叫大嚷。我们所有的外国人也都停下牌战，吃惊地站起身来。警察赶到了，从前门冲了进来。我拉起斯泰拉的手，带她穿过球串帘子，来到店铺的另一半卖粮食干货的地方。当我们溜到大街上时，看到一群人乱哄哄地走出店门，跟着被捕的人前往市政厅和地方法院。傅路易的一只眼睛周围已经有一大片紫斑，他叫嚷着，喉头的皮皱成一道道的。奥立弗找了个弹吉他的墨西哥小白脸给他当翻译。他的辩词是傅路易这样做很危险，会传染阿米巴痢疾，他自称他是在维护公共卫生。奥立弗不说这还好，这一说事情弄得不能再糟了。地方法官立刻拍桌子痛斥奥立弗是在信口胡说，散布痢疾流行的谣言。那法官是个粗壮的矮胖子，是给斗牛场养斗牛的。这位肤色黝黑、身强力壮的汉子，戴着帽子坐在法庭上，活像是个商业大亨。他判罚奥立弗一大笔罚金。奥立弗当场付清罚金。他看上去似乎满不在乎，只是有点不高兴，而且也有点觉得可笑。钱似乎是奥立弗惟一不缺的东西。那么头戴帽子、身穿无袖束身上衣的斯泰拉，怎样看待这件事的呢？她用那双惊恐不安的大眼睛向我恳求，要我看看她面临的处境。由于镇上出了这么多事情，我没有对此作应有的考虑。她为什么要穿着这样讲究的衣服，到傅路易的铺子里看下午打牌呢？她一定是除了讲究的衣服外没有别的衣服可穿，除了奥立弗带她去的地方外，也没有别的地方可去。这真是奇怪。她说，"我得在这几天里跟你谈谈。用不了多久。"

可是现在不是时候。眼下奥立弗跟我们在一起。他对莫尔顿和伊基大谈各种奇闻轶事。比如，"我上过世界各地的法庭。"还有"现在他们没法继续隐瞒痢疾的事，不能再说没有阿米巴了。"以及"那个黄皮肤老头——是个吸血鬼，我至少给了他一个教训。"

听着听着，我觉得自己也够怪的，脑袋上裹着绷带，口袋里塞着纸牌和各种现钞，我的心在胸膛里封得紧紧的，我的脚趾在凉鞋里伸展自如。我觉得自己像个能进入神智学者①幻觉的人，像那一类人物。

吃饭时，西亚说，"听说镇上闹事了，你也卷进去了吗？"

我不喜欢她这种口气，她干吗要这样问呢？我说了事情的经过，把事情的原委都告诉了她。然而，她皱起了眉头。当我说到斯泰拉时，我意识到我想要强调的是她跟奥立弗的相爱。西亚不相信我的话。

"奥吉，"她说，"我们干吗不离开这儿呢？至少在旅游旺季这段时间。咱们离开那帮人吧。"

"你想去哪儿？"

"我想我们可以开车去奇尔潘辛戈。"

奇尔潘辛戈位于墨西哥南部的炎热地带。但我非常乐意去。我想去。可我们去那儿干什么呢？

"那儿有一些有趣的动物。"她说。

于是我便支支吾吾地说，"啊，我想我用不了多久身体就能复原了。"

"你的样子委靡不振，"她说，"可你过着这样的生活，还怎么能指望有别的模样呢？你来这儿之前，是滴酒都不沾的。"

"从前我没有理由要喝酒。现在我也没有喝得烂醉。"

"是的"她愤愤地说，"只醉得让你忘掉你犯的过错。"

"我们俩的过错。"我纠正她说。

我们就这样坐在饭桌前，充满苦恼，笼罩在失望和气愤的阴影里。

---

① 泛指任何研究神秘主义哲学和神学说教的学者。

后来，我考虑了好久之后，我对她说，"好吧，我跟你一起去奇尔潘辛戈。在这个世界上，我最愿跟你在一起了。"

她朝我看了一眼，她已经很久没有这样亲热地看我了。我心里在想，我们在奇尔潘辛戈是否可以做点别的，而不去捕蛇。可是她没有说。

人人都想创造一个他能赖以生存的世界，而且他常常看不到他所不能使用的东西。可是现实世界已经存在，要是你创造的不能与之符合，那么即使你觉得自己有高尚的情怀，坚持认为存在着比人们称之为现实更美好的东西，而事实上，所谓美好的东西没有必要试图超过现实，因为我们对现实知之甚少，也许会让人感到非常意外。如果万事如意，人们会感到喜出望外，如果不幸或悲惨，也不会比我们所创造的东西坏多少。

第 十 八 章

于是我同意跟西亚南下去奇尔潘辛戈。有那么一段时间，我们俩都表示很感激。我感激她对我不再那么严厉，她则高兴她仍是我的心上人。所以在奥立弗举行乔迁宴会的晚上，她说，"我们一起去看看是个什么样子吧，"我知道，她这是为了我，因为我想去。我想去！我想去极了，为了表明我的诚意，我已经在家里整整待了两天。我仔细朝她打量着，看她表达心意的笑容究竟真到几分。可是我心里想，管它的，去！

到这时，我已经知道西亚对那些人，实际上是对大多数人抱有什么看法，认为他们在德行上存在着缺陷。她心里容不得他们。她的怪癖主要是她提出了一个迥然不同的德行准则。我想，没有什么能制止住人们要求理想境界，根本没办法制止住他们的企求。西亚的标准高不可攀，她随心所欲地把标准定得这么高，严格说来，也不能完全怪她。因为每当她跟我谈起某个特别挑剔的人时，她所表现出的担心害怕，大大超过了轻蔑奚落。她必须与之抗衡的人使她惊恐不安。社会上那些装腔作势的小花样，我称之为一般的虚伪，就会使她感到极度难受。至于贪婪、嫉妒、自我欣赏、仇恨和毁灭、尔虞我诈、钩心斗角，对这一切，她是非常缺乏忍耐力的。我曾看到她在聚会时不计后果地当众退场离去。因此，我知道她其实并不想去，可是我想去，想得要命。我的想法是，既然我能容忍她的蛇，她也可以容忍一个晚上。

于是，我换上上好的衣服，解掉头上裹着的绷带，仅在头发剃光处贴上一块纱布。西亚穿上她的那件黑色丝绸晚礼服。但没有人注意我们是怎么到场的。我从来没有见到过像那次宴会那样的牛鬼蛇神大聚会。我们一到那座别墅,便发现自己被卷入了乌七八糟的人流,挤得一直拥到街上。我看到了一大批不堪入目的浪男浪女,无业游民和卑鄙邪恶的人物,还有同性恋者、流氓无赖,瘾君子,以及已经不可救药和处于堕落边缘的人;他们有的在暴食,有的在狂饮,有的在空谈,共同庆祝奥立弗的臭名远扬。因为他被政府通缉,已经不是秘密,这是最后的一次恣意行乐,纵情狂欢了。大概西亚是镇上惟一不明真相的人。

有的宾客抱着酒瓶躺在花园里,快要醉或已烂醉如泥。日本花草被践踏得七零八落,龙舌兰酒瓶漂浮在鱼池里。人们从仆人手中夺过瓶子,自斟自饮,用烛台砸碎冰块,抢夺别人手中的酒杯。在院子里,雇来的乐队吹奏得七零八落,毫无生气,一群尚未烂醉的人在跳舞。西亚要立即离开,可就在她说话时,我突然瞥见斯泰拉站在一棵橘子树下。她朝我微微打了一个手势,我不得不走过去跟她交谈几句。我心里也很想跟她交谈。我恼的是,我们刚到,西亚就要拉我走,我没有理她。莫尔顿上身穿着晚礼服,下身穿着短裤,走上前来邀请西亚跳舞,于是我便把西亚转交给他。我觉得她讨厌莫尔顿有些过分,让她跟他在舞池里转上几圈,对她不会有什么害处的。

现在我明白了,自奥立弗遇上麻烦,斯泰拉说她得跟我谈谈,我心里就一直非常兴奋。我自己也莫名其妙,是什么搅得我这般激动。不过我敢肯定,我迟早会在这出戏里扮演一个角色;好戏会找上门来。因此,我把西亚丢在跳舞的院子里时,我知道她恳求我不要离开她,也感觉到她多么生气。不过这对她不会真有伤害,而且我还可以把这另一件事搞个水落石出。我对别人的事比对自己的事看得更清楚。而且大概因为我对奇尔潘辛戈之行举棋不定,无能为力,要不,会把自己更盲目、更深地扔到奇尔潘辛戈,所以我大概需要有个机会采取明确而积极的行动,我相信明确和积极的行动仍有采取的可能。不过事实上,当我看到斯泰拉招呼我过去时,我也感到自己软弱无力。并不是我要在她身上打什么主意，只觉得有些动摇不定，但不会发生什么问题。一个漂亮女人能对我推心置腹，这使我非常高兴，也颇为自得。这样一个女人自然只会向跟她同一阶层的男人求助。我忘了自己曾从马上跌下摔了个嘴啃泥，一副狼狈相。只是这类事很容易忘记。不过我的确想起，上次自己也是这样被索菲·杰拉狄思叫到一边交谈的，结果我们互相拥抱在一起了。对那件事我有什么想法呢？只是我这人心里就像有个纠缠不清、忙忙碌碌、痴迷癫狂的牛虻，搞得我对蜜糖似的尊重视如珍宝，小题大做，诚惶诚恐地狂爱一番，对情爱之事则根本不予重视了。当然，同时我也十分严肃认真。我知道她遇到了麻烦。可是她选我来商量求助——她除了求助之外还有什么办法呢？——就像是对我做了一件好事，甚至在她开口之前，我便欠了她的情。

她说，"马奇先生，我全靠你来帮我了。"

我立即被征服了。我回答说，"哦，当然，不成问题。我一定尽力效劳。"我满心情愿，乐不可支。我的头脑昏昏沉沉，但我的血液激动沸腾。"我能为你做点什么呢？"

"我最好把情况告诉你。我们还是先离开这群人。"

"对，"我朝四周打量了一下，赞同她的意见。她以为我是在提防奥立弗，便说，"他不在这儿。半小时之后我才能见到他。"然而，使我这么担心的是西亚。可是当斯泰拉拉着我的手领我到树丛深处时，我感到她的触摸顺着我的手臂通过了我的全身。而且在我跟她一起走去时，我对行为后果的意识也从来没有这么淡薄过，甚至连我偷窃时还不如。我满心好奇地想听到奥立弗的事情真相，虽然我心里明白，像我以前品评时掂量的一样，他是个无足轻重的人物。

"你一定知道有个政府的人来这儿找奥立弗，"她说，"人人都知道。可是你知道那人为什么来的吗？"

"不知道。为什么？"

《韦尔摩特周刊》是由意大利政府出钱买走的。出面的是纽约一个人。他的名字叫马尔菲坦诺。他买下这份杂志,请了奥立弗当主编。所有重要的稿件都是在罗马策划的。两个月前,这个马尔菲坦诺被捕了;这就是我们没有回去的原因。我不知道他为什么被捕。现在他们派了这个政府的人找奥立弗来了。"

"为什么呢?"

"我不知道为什么。我只知道娱乐界的情况。要是问我《杂耍》上为什么要登某篇文章,我也许还能作点解释。"

"他们大概要他去作证以控告那个意大利人。对他来说,我相信最好的办法是回国去。奥立弗属于那类老派记者,他们分辨不出这届政府和下届政府之间的差别。"

她误解了我的意思。"他不算太老。"

"他应该谈好条件,回去作证。"

"他不想那么做。"她说。

"不想?你是说他打算逃走?逃到哪儿去?"

"我说不清。这样做太不光明正大了。"

"想去南美?要是他自以为能成功,那他一定是疯了。而且如果他们非要追捕他不可,那只会把事情搞得更糟。嗨,说起来,他只不过是一个小人物。"

"不,他认为事情很严重。"

"那你的想法呢?"

"我想我已经受够了,"她说。她用那双水汪汪的动人大眼睛望着我,花园里的灯火映入她的眸子,完全变成了她目光中所含意义的光彩。"他要我跟她走。"

"不行!往南去危地马拉,委内瑞拉。去哪儿?"

"惟有这一点我不想说,尽管我相信你。"

"可是靠什么?他有钱存在别处吗?不,他肯定没有。你会跟着他到处流浪。大概他希望你能爱他爱到那种程度。你爱他吗?"

"哦——还不到那种程度。不到。"她说话的口气仿佛希望能找到贴切的程度。我心里暗想，她不得不说有几分爱他，以便表明她自己的品德。啊，奥立弗这个又瘦又笨又可怜的糊涂虫，一个风流一时的跳梁小丑！我仿佛看到他梦想中的鸿运、钱财、汽车和爱情全都烟消云散，丧失殆尽，为他痛心的念头不禁一闪而过。我也略略看到她忘恩负义的一面，但我不能老是盯着使她丢面子的事。隐藏树丛之中，避开了喧闹的宴会，站在她的面前，我感到好像有什么东西正在侵袭我品德中无力抗拒、最为致命的地方。

"宴会只是一种烟幕，"她说，"他出去把车开到路边藏好，然后就回来接我。他说警察正准备逮捕我们。"

"哦，他真是疯了，"我更加确信地说，"他靠着那辆红色折篷汽车能跑多远？"

"一到第二天早上，他打算把车扔掉。他一点不开玩笑。他身上带着一支手枪。他是有点疯了。今天下午他曾拿枪指着我。他说我想抛弃他。"

"这个可怜的傻瓜！他自以为是个大逃犯。你一定得离开他。你怎么会陷入这种困境的？"

我知道，向她提出这个问题是愚蠢的。她不能告诉我。有些生活路途，你要么猜测出来，要么永远不知道，因为不能告诉你。是啊，问得太傻了。不过，我心里明白，我自己也曾难以自制地说过许多错话，做过许多错事。

"嗯，我认识他很久了。他讨人喜欢，而且很有钱。"

"哦，好了，你不必对我说了。"

她说，"你来墨西哥的情况，不是多少跟我相似吗？"

原来这就是她认为我跟她的共同点。"我来是因为我在恋爱。"

"是啊，她长得那么可爱，这当然有所不同。不过归根到底还是一样，"她突然非常尖锐而又直率地说——我本该知道这一点——"那是她的房子,一切东西都是她的,是不是?你自己有点什么?"

"我有什么?"

"你什么都没有,对吗?"

我当然没有虚伪到那种程度,厚着脸皮去跟她争论,并且摆出一副对钱不屑一顾的脸色。可是,我口袋里塞得满满的,那各种各样的钞票,我的战利品。我在中国饭店里赢来的各种外国钞票呢?甚至连沙皇时代的卢布都扔进了赌注堆,这得怪那些哥萨克歌手。别担心,我很在乎钱,所以我明白她讲的是什么。

"钱我倒有一点,"我说,"我可以借给你足够的钱,供你逃跑用。你自己一点钱也没有吗?"

"我在纽约有银行存款,可是现在这对我有什么用?我可以给你开张支票,用来归还你借给我的比索。现在我手头一点现钱也没有。我得去墨西哥城,通过韦尔斯法戈银行给纽约银行拍电报。"

"不,我不要支票。"

"不会被拒付的——你不必为这担心!"

"不,不。我相信你的话。我的意思是说,你根本没有必要给我任何支票。"

"我本来想问问你,能不能带我到墨西哥城。"她说。

这事我早已料到了,尽管我原来并没打算介入这件事情。现在事情来了,不由得使我深为感动。我全身发颤,仿佛命运之神光顾我了。姑且承认我总是想方设法引诱我所希望得到的东西。可人们为什么难得不这般不可思议地把它送上门来呢?

"这——这,这突然走到哪一步了?"我说,不仅把这当作她脱险的计划,也把它看成是同我有关的打算。宴会的喧闹声和叫嚷声嘈杂响亮,我们躲着的那片狭狭的橘树林,就像是收割者正在收割的最后一畦田地。我随时都担心某个醉汉或一对热恋的情侣闯进来。我知道我得出去找西亚。可是眼前的这件事得先办妥。"你不必这样求我,"我说,"不管怎么样，我一定会帮助你。"

"你好像有点想过头了。我不怪你，不过你的确如此。要是你不这样，也许我甚至会感到难过。不过……我不能妄想自己值得有最好的方式摆脱困境。你甚至还不了解我。我现在惟一应该想的是，离开这个精神失常的可怜家伙。"

"实在对不起。我道歉。我的话说得不对劲。"

"哎，你不必道歉。我们心里都已清楚事情的真相，相当清楚。我承认，我经常注意你，想到你。但我还经常想到一个问题，你和我都一样，都是别人想要利用来完成他们计划的人。因此，要是我们不听从他们摆布，那就会怎么样呢？不过眼下我们已经没有时间讨论这个问题了。"

她这一席话，在我心中引起了强烈的共鸣。我不禁对她产生了柔情。我感激她坦率地道出了在我心头萦绕多年而无以名状的真相。我确实落入了别人的计划。听到这话，我很激动，主要是因为说得对。因此我甘愿承认，在另外这些人中，我认为有这样一个女人，她不会由于我有缺点就考验我，或者指责我，因为我讨厌受人摆布，任人指责。不过仅此而已。

只是，我们没有时间对此进一步进行讨论了。奥立弗马上就要回来。他已经收拾好她的东西，把它们带走了。只剩下她背着他藏起来的几件东西。

"听着！"我说，"我不能带你去墨西哥城，但是我可以把你送到离镇很远、你会安全的地方。你在教堂广场上我那辆旅行车旁等我。他准备走哪条路？你可以相信我。我又不特别想要看到他被捕。我没有理由要这样做。"

"他打算朝阿卡普尔科方向去。"

"好，那我们就朝另一个方向走。"

这么说，他想到阿卡普尔科乘船逃跑。他想这样，这可怜的傻瓜！

要不,他是想穿过丛林前往危地马拉,他会这么糊涂?哼,即使印第安人没看中他的黑白两色运动鞋,因而没把他杀死,他也会活活累死。"

我急忙去找西亚。伊基告诉我说,她早就走了,把莫尔顿丢在了舞池中央。"她生气了,"伊基说,"我们到处找你找不到。后来她叫我告诉你,她明天一早就动身去奇尔潘辛戈。她气得浑身发抖呢,博林布鲁克。你躲到哪儿去了?"

"我改天再告诉你。"

我跑到教堂广场,打开旅行车车门。没过多久,斯泰拉就赶到了,溜上了车。我打开制动器,转动发火钥匙。由于长久没用了,电池里电力不足,启动器嘎嘎地直响,但发动机一转不转。为了不让电池消耗得电力更加不足,我忐忑不安地拿起了曲柄。我刚一开始摇动,立刻便有一群人前来围观。任何一座墨西哥广场,总会有一群人在秘密观察生活。我一面汗涔涔地摇着曲柄,一面怒气冲冲地朝着其中的一些人吼道:"走开!滚!你们这班讨厌鬼!"可是这只是招来讪笑和奚落,我听到有人喊着我的老头衔"放鹰的美国佬"。我真恨不得要杀了他们,就像那天打手追我时,我对政府街路线上的电车司机一样。我把胸口靠在散热器上,喘着粗气。斯泰拉没有想到要低下头来——我猜她不得不看外面的情况怎样,以便随时跑掉。现在,围观的人已经认出她来了,为时已晚。

"奥吉,你在干什么?"

我一直盼望西亚已直接回"无忧无虑之家"收拾东西,准备明天的奇尔潘辛戈之行了。谁知她竟在这儿出现,是那些在我汽车旁围观的人把她引过来的。她透过挡风玻璃瞪眼望着斯泰拉。

"你准备跟她上哪儿去?她不是那位女主人吗?你干吗把我扔在那个可怕的晚会上不管了?"

"啊,我没扔下你不管。"

"把我扔给那个要不得的莫尔顿,不是吗?哼,我根本找不到你的人影。"

我不能假装在晚会上扔下她独自一人是件异常严重的事情。"那只是几分钟。"我说。

"那你现在要去哪儿?"

"听我说,西亚,这姑娘遇到很大麻烦了。"

"是吗?"

"我不正告诉你,她真的是这样。"

斯泰拉没有下车,也没有改变在污斑点点的挡风玻璃后面的坐姿。"你打算帮她摆脱困境喽?"西亚说道,语气中带着愤怒、讥讽和伤心。

"你可以爱怎么想就怎么想。"我说,"那是因为你不了解情势有多么急迫,她现在处境很危险。"

我一心想急于溜之大吉,事实上我觉得已经被人捉住了。

至于西亚,她披着那件斗篷,两眼瞪着我——冷酷、央求、坚定、动摇,全都交织在一起了。西亚一向有点神经质,又是一个志趣很广的人,深信凡是她立脚的地方,主要的法规就在脚下。这使她颤抖不已,也使她胆大妄为。所以在这种时刻,我不知道她会干出什么来。

还有一件事。她也像咪咪,是位爱情理论家。她跟咪咪的不同之处在于,如果别人让她失望,咪咪真心打算一切都自己动手。除了需要证人和帮手,也许咪咪并不需要别人。西亚比她聪明。我从形形色色的人口中,特别是艾洪的口中,得知女人对爱情的狂热劲。在她们心里,全部生活都以此为中心,而男人则有好几个别的用情的地方,因此比较不容易有偏激狂。从艾洪那里,你总可以得到部分真理。

"这是实情。"我说,"奥立弗发疯了,今天曾想杀她。"

"你别哄我了!那个可怜的傻瓜能伤害得了什么人?而且为什么偏偏要你去保护她?你是怎么卷进这件事情的?"

"因为,"我说,我对说理已经失去了耐心,"她求我把她送出镇。

她想去墨西哥城,但她又不能在这儿搭公共汽车。警察也有可能要把她抓起来。"

"就算这样,你是怎么卷进去的?"

"难道你还不明白?是她请求我的!"

"只是她请求?还是你要她向你请求的?"

"我怎么会那么做?"我说。

"听来好像你不懂我在说什么似的!我见过你对女人的样子。我知道,当一个漂亮的女人,甚至不那么漂亮的女人走过时,你那副色迷迷的样子。"

我说,"这——"我正想说这是正常的事。可是我突然想改说,"你那些东部的男人又怎么样呢?那位海军军官,还有别的男人?"但我把话咽了回去,尽管它带着一点苦味爬进了我的嗓子眼。现在是分秒必争。不管怎样,我还是想起了那些墨西哥人的面孔,他们正竖着耳朵在聆听这场舌战,就像在听《圣经·新约》。"你干吗要对我这样?"我说,"我说她处境很危险,你怎么不相信?让我先办了这件事,别的事我们以后再单独谈。"

"你这样急急急忙忙的是因为那个奥立弗?那你就不能在这儿保护她?"

"我已经告诉你他是个危险人物。瞧你!"我急得简直要发疯了。"他准备逃跑,而且要拖着她走。"

"噢,她打算甩了他,而你在帮她的忙。"

"不!"我几乎大声喊叫起来,接着才勉强压低嗓音,"我对你说的这一切,难道你一点都不明白?你为什么要这样不通人情呀?"

"哎,要是你非走不可,那就走吧。何必跟我争吵!难道还要等我答应吗?你是永远得不到我的同意的。你对我讲的全是荒唐可笑的话。她如果不想跟他走,她完全可以不跟他走。"

"对,她不想跟他走,所以我帮她脱身。"

"你?她离开奥立弗,你就高兴啦。"

我顾自扑向曲柄,使劲摇动起来。

"奥吉,别去!听着,我们定好明天一早要去奇尔潘辛戈的。我们何不把她带到我们家去呢?他不敢上那儿打扰我们的。"

"不,这是我决定要做的事情。我已经答应了。"

"哦,你不好意思改变主意采取正确的行动!"

"也许是这样,"我说,"你也许对这懂得更多,可这也阻拦不了我。"

"别去吧!别去!"

"好吧,"我转身对她说,"你也不妨一起去吧。我开车把她送到奎尔纳瓦卡,用不到几个小时,我们就能赶回来。"

"不,我不愿一起去。"

"那我们过一会儿见。"

"只要稍微奉承你几句,随便什么人都能从你那儿得到他想得到的东西,奥吉。这话我从前对你说过。这让我落在什么境地了?我追过你,奉承过你,可是我不能奉承世界上的所有人!"

她这几句话说得我心如刀割,感到和她同样的伤心。我知道,我会为这难过很长一阵子。我握紧曲柄,使劲摇了一下,发动机猛烈的震动拉扯着我的双臂,接着我连忙钻进驾驶室。借着车灯的灯光,我看到西亚的衣衫;她站在那儿一动不动,大概是等着看我下一步如何行动。当时我真想下车,但汽车已在碎石地上滑行了一段距离;我觉得好不容易才把车发动起来,现在不应该下来。跟机器打交道往往会出现这种情况:在你犹豫不决时,它会替你做主。

我拐了一个弯,朝奎尔纳瓦卡方向驶去。这是一条向上攀盘的陡路,漆黑一团,看不清路标。我们攀升到市镇之上,俯视小镇,犹如一团余烬。我放开胆子,尽量加速行驶,因为在广场上已有不少人看到我们,奥立弗很快就会知道。我想,要是斯泰拉能在奎尔纳瓦卡租上一辆出租汽车,一定会比坐公共汽车好得多。因为公共汽车每站都要停,奥立弗很容易追上她。

就漆黑一片的山道来说,我们以可怕的速度一路攀爬,朝奎尔纳瓦卡方向驶去。我们激奋地在夜风和橘香中快速飞驰着,我们要逃避的危险似乎每分钟都变得越来越小、越来越少。为了逃离那个无足轻重的小人物奥立弗,竟驾车在山中飞驰,这似乎显得像西亚所说的那样——有点荒唐可笑。而这位一声不吭的斯泰拉则坐在座位上,不时用仪表板上的打火机点烟,显得这般平心静气,实在令人难以置信,她怎么会一本正经地认为像奥立弗那样一个人会加害于她。即使他用枪威胁过她,那一定是他处于一种紧张慌乱状态。看来,她要逃避的,更多的是他的麻烦,而不是他的威胁。

"我看到前面路上有灯光。"她说。

那是路标灯,前面有一段弯道。我沿着一条旧大车的车辙,慢慢向前开去,直到迎面见到一个指向上空的大箭头标志。两个方向都有车轮的印迹。我把车开向右侧,然后拐向左边,这是个错误。结果我们驶上了一条窄长的小路。我听见车轮下的灌木和草丛吱嘎作响,但又不敢试着倒车,我只好继续朝前开着,想找个较宽的可以让车掉头的地方。终于到了一处我估计可以试一试的地方。于是我来了个急转,加大油门,因为我怕熄火抛锚。可由于这辆车笨大,偏是没能掉过头来。我小心翼翼地放松离合器,扳回倒挡,可由于变速器欠灵,离合器一换挡就咬住了,车子一歪就熄火了。幸亏是这样,我觉出右后轮下土质异常松软。我下车后才看到,那只轮子正好停在一个深谷边缘的草丛上。我估计不出下面的深度,但从我们爬坡爬了好一阵子来看,它决不会少于五十英尺。我吓得浑身是汗,轻轻拉开另一边的车门,低声对斯泰拉说,"快!"她一听就明白了,立刻溜下车来。我从车窗伸进手去,转动方向盘,再把排挡拉到空挡上。车子滑行了几步,便顶在山壁上停住了。电池已经耗尽,曲柄也无济于事。

她问,"我们整夜都得待在这儿了吗?"

"也许比这还要久。我还对西亚说不用几个小时就能回去哩。"我说。她当然已听到我跟西亚之间的全部谈话。这一来情况就大不相同了。这就像是打从我们在橘树林里谈话之后,西亚再次给斯泰拉和我重新介绍一番。难道我真的那么愚蠢、爱受恭维?斯泰拉真的那么厚颜无耻?我们没有谈这个。斯泰拉能够而且确实表现出一种坦然态度,似乎认为驳斥一个神经质女人的指责是毫无用处的。至于我,我认为,如果西亚说的话有关我的是事实,那这种事实一定在我身上完全表现出来,而既然它已这么明显,也就用不着多说了。我一路奔波,匆忙赶路,急得满身大汗,来到这深山之中,活像是一条蜈蚣,一边的腿突然不会走动,另一边的腿却竭力想继续向前爬行,这一切使我心里感到很不痛快。

"要是有两个人帮忙抬起车头,摆正方向,我们就可以靠慢慢滑行把车发动起来。"

"什么?"她说,"借着这种灯光滑行?"车灯闪着微弱的黄光。"而且,你到哪儿找两个人帮你忙呀?"

可是,我还是去找人帮忙,一直走到那个不指明任何方向的大箭头跟前。越过茫茫草地朝前远眺,我不敢肯定看到的是星光还是灯光,不过我知道,最好还是别费心思去弄清到底是什么了。这一带遍地坑坑洼洼,我不知得栽多少个跟头,才能走到那可能是村落的地方。也许我是想上南天吧。甚至连说一声"南天",都好像试图熟悉那百万光年之遥、火光可怖的星星。(在太空中,从一处空间到另一处空间为什么都充满火呢?)总之,有许多坑坑洼洼,还有荆棘蒺藜和仙人掌,从庞大的龙舌兰到险恶绊脚的藤蔓,且不说那些野兽。看不到有汽车沿这条弯道驶来,但我突然想到,说不定下一辆开来的汽车就是奥立弗的。难道我就在这儿傻等着他来对我开枪射击?我放弃了找人帮忙的想法,回到旅行车旁。车尾厢里有几条毯子和半副双人帐篷。在我打开手电寻找这些东西时，心想自己多么讨厌这辆车，是它使我陷入了这一尴尬处境。我把半副双人帐篷铺在湿漉漉的草地上，当我蜷身坐下，心绪几乎平静时，那高速行驶的感觉仍留在我的脑中。西亚令我担心，我知道她不会轻饶了我。她决不会在这件事情上原谅我。

天气很冷，现在斯泰拉紧靠着我躺着。她的头发和脸上的脂粉散发出一股柔香——我想由于山中寒冷，使得这香味更加浓幽。我感觉到她的臀部和乳房都很丰盈，既柔软又沉甸甸的。如果说在此之前我朦朦胧胧地感到自己心荡神迷，现在则不那么朦胧恍惚了。

我觉得，要是你只身跟一个女子在荒山野岭中过夜，依据世间神秘的驱使，只有一件事是适合做的。也许算不了有多大秘密吧。这女人已经下过很多功夫，在这方面是很危险的。她越是深谙世故，便越不知道如何摆脱它。我想，一男一女凑在一起，在似乎必然会发生问题的关键时刻，除非表现出男人是男人，女人是女人这一道难关已打破，仿佛得经过人生的考验，而且男女都装模作样过了，否则什么事情都不会发生。我怎么想就怎么说，而且也是这么做的。做了相当多的事情。可是我对这女人欲火如焚。她对我也一样，突然屏住呼吸朝我扑了过来。她的舌头到了我嘴里，我的手掀起她的衣衫。不管还有什么别的念头侵扰着我，我都不加理会，那全是外来的。她脱光了衣服。在这寒夜中，我压在她的肩膀、她的胸脯和她的湿热的身子上，我简直欣喜若狂，连说话的声音都变得很怪了。她在我耳边柔声疾语，身体上下起伏，紧贴我的脸庞，挺起胸脯，像奖品似的把自己奉献。她做出的许多动作，俨如一个对如何取悦男人颇多研究的女人。这其实是她天真的一部分。似乎在顷刻之间便云消雨散，她又开始欢快地情话绵绵，亲吻不断。回想起晚会上她说我误解了她，我还为此向她道歉，使她禁不住笑了起来。其实我当时就已明白，她的那种否认毫无分量，比一根火柴棒子还轻。让我们俩到这荒山野岭的湿漉漉草地上来野合是必然的，是命里注定，这比所有其他的一切都更为重要。我们，我们三个人全都心中有数。凭着理智折腾了那么半天，结果还是听从了感情的摆布。西亚早就预见到我会这么做，这就使我对她更加恼火，仿佛要是她不做这种预测，事情就不会发生似的。我又气愤地想到，要不是她出来挡道作梗，吩咐我应该怎么怎么做，我就不会有这场跟自尊心的搏斗，不会弄得我不顾情理地认为，她事事都想给我拆台了。不过，我还可以提出更多的理由，来说明这看似不可免的事，本来也可以不发生。

现在，斯泰拉和我之间只存在着一个实际的问题，即我们两人之间的关系是否能够持久。可是我的心思主要还是在西亚身上，由于这事不能说，其他的心思也就无法相诉了。因此，我们没有彼此吐露真情。她只提到西亚一次，说看到西亚的标准非常高。最后我们俩都默不作声，接着就睡了，这比交谈更为亲切。

事隔几年之后，我在一艘从马略尔卡岛①的帕尔马到巴塞罗那的船上，也度过了一个类似的夜晚。船舱里挤得满满的，我便睡在甲板上，和一班所谓下等人混在一起，其中有身穿斜纹粗布工装的劳工，有一家老小，有喂奶的婴儿，有晕船反胃往海里呕吐的姑娘，有拉着手风琴的歌手，有躺在货物上的老人——笨拙松弛的腿脚，肥大的肚子，像死了一样，或者陷入沉思。夜色凄凉，湿气袭人，劣质的燃料飘洒着煤灰。身穿白制服的船员们跨过横陈的人体，在甲板上来来往往。一位得克萨斯的年轻姑娘和我合盖我的一件外衣；她坦率地对我说，她终于在这群外国人中找到了我这个美国人。所以一整夜她都紧紧地偎依着我，在黎明时虾红色的寒气中，波涛汹涌海面上的霞光洒落在我们俩的身上，这使我强烈地想念起斯泰拉。

那一次是在潮湿的甲板上，在西班牙人的喧闹声中醒来，这一次则在白雾迷漫的晨曦和寂静的群山之中，静得如同撞车巨响后的鸦雀无声，只有一只瘦弱的蟋蟀依然竭力发出几声悲鸣。灰绿色的寒气从岩石

---

① 位于西班牙。

间飘然而下,和村落里的袅袅炊烟相互交织成浑然一体。有些人喜欢闻到这股炭味,这种熟悉的、快乐时日的气息,我则认为这是最后的一点外国风味。斯泰拉裹着一条毯子站在那儿,她想俯视一下悬崖的谷底;一看到那深不见底的深渊,我的胃就直翻腾,想要呕吐。

几个印第安人,只给了他们每人一比索,就把车抬正了。我们滑行了一段路,马达就发动起来了。于是我们便直驶奎尔纳瓦卡。到达后,我租了一辆出租车送斯泰拉去墨西哥城,把我身上的美元也全都给了她。她说她会通过韦尔斯·法戈银行把钱还给我,讲了一大堆感恩戴德的话,实则很难给予任何明确的保证。我并不相信她的话,可是钱现在已成了我们之间可以交谈的惟一话题。感激之情绝不是她的全部想法,不过既然她说了感激的话,她也就抓住这一点,不谈别的了。不过她的确说过,"以后,你会来看我吗?"

"一定会。"

我们在阳光下等出租车,旁边就是市场,周围都是鲜花,我们站立的石板地上,由于满地弃花弄得地面很滑,脚下就像抹着一层薄薄的花油。我们对面是一排肉摊,钩子上挂着肚子、心肺以及一块块的肉,上面叮满苍蝇,嗡嗡声几乎汇成轰鸣,黑压压地如同暴雨最初落在红墙上的雨点。在一块斩肉的砧板下面,蹲着一个赤身的男孩,正慢慢地排出一摊颜色古怪的粪便。我们围绕宽阔的钢架货廊漫步着,玻璃顶棚下面摆满一堆堆罐头、胡椒、牛肉、香蕉、猪肉、兰花、筐篓,还有热闹、喧嚣,以及热情、动人、响亮的乐声,苍蝇狂欢似的嗡嗡声。就像有一只巨大的线轴,旋转着卷起了太阳的所有光线。

出租车司机终于来了。斯泰拉再一次问我,是否已把她的演出代理人名字记下,那人准知道到哪儿能找到她。她亲了我一下,她的嘴唇在我脸颊上留下了一种莫名的感觉。我不禁自问,我现在差一点又可能犯下什么错误呢?汽车在集市的人群中缓缓驶着,我跟在车旁,我们通过车窗紧紧握手道别。她说,"谢谢你,你是一个真正的朋友。"

"祝你有好运,斯泰拉,"我说,"有更好的运气……"
"要是我是你的话,我就不让她对我太专横。"她对我说。

我不会让她太专横的,当我回去面见西亚并准备对她撒谎骗她时,我心里是这样想的。我并没有真正感到我准备对她撒谎有多大不好。我回到她身边,心想我现在对她比以往更加忠诚了,所以我认为我一定要保持住这种更为真实的感情。可是当我在花园里见到她,看到她站在一种结着光滑的红浆果的树篱旁时,我没料到自己会感到那么难过。她头上戴着那顶有洞眼的帽子,正准备动身去奇尔潘辛戈。我也准备立即跟她一起前往,如果她让我去的话。我极想跟她恢复旧好。可是后来我决定还是不去为好。我这时的想法是,我已经对这些古怪行径给了太多忍让,就连对驯鹰一事,我就本该早早打住,不该对那一桩桩古怪行径好像早已见过而毫不感到惊奇。可是我朝前迈进得实在太快了。

"哼!你回来了,"她声色俱厉地说,"我不知道是不是指望你回来。我以为你永远离开了。我觉得也许那样更好。"

"行了,"我说,"别说这么多了,扼要一点。"

她果然立即改变了说话的腔调,我则为要求她这么做深感内疚。她双唇颤抖,像哭出来似的说,"我们结束了——结束了!全都结束了,奥吉。我们犯了个错误。是我犯了个错误。"

"别这么急着说,等等,行不行?事情得一桩一桩地来。如果是斯泰拉跟我的事使你不安——"

"你们俩在一起过了夜!"

"我们没办法。因为我走错了路。就是这样。"

"噢,请住口,别这么说了!听你这么说,会毒死我的。"她以压抑不住的悲凉声调对我说。她的脸上看上去一副病容。

"啊,这全是真话!"我坚持说,"你这是什么意思?你不应该这样嫉妒。汽车是在山里抛了锚。"

"今天早上我几乎起不了床，现在心里还难受，更难受。别再讲这种故事给我听了。我受不了胡诌出来的故事。"

"好吧，"我说，低头望着新洗刷过的石头地，阳光洒在那凹凸不平、丝绒似的青苔上，显得十分凉快，"如果你定要那么想，自己折磨自己，那谁也帮不了你。"

她说，"我倒真的希望这只是我自己的烦恼。"

不知怎的这句话激得我对她硬了心。"是的，这是你自己的烦恼，"我对她说，"如果事情真的像你所想的那样。你既然告诉过我，你跟史密狄结婚后曾跟那个海军军官发生过那种事，那要我告诉你实情又有什么难以启齿呢。你比我要高明得多。"我们俩面面相觑，脸都气得通红。

"我没有想到，我对你讲的那些事，竟会这样反过来用来对付我，"她声音颤抖地说，这颤抖的声音不禁使我打了个冷战，像严寒初降时海滨的厚冰块，"也没料到你还记着这笔账。"

她的神色非常难看，那双黑色的眼睛中闪烁着的并非友善的目光，她的脸色十分苍白，鼻孔也像是染上什么病，吸进了她所说的什么毒气似的。每逢她心情不快，那些动物跟动物制品、牛皮椅子、干草中瑟瑟作响的毒蛇、满身粗毛带角的牲畜，一切凡是有理由存在的东西，似乎都变得无趣、无用，令人难以忍受，只是一堆杂七杂八的废物。她看上去疲惫不堪，脖子上青筋毕露，双肩耷拉着。她甚至连身上的气息也不对劲。她浑身上下都被可怕的妒忌心所控制；她极想而且急需整治我。

出于某种原因，我以为这种局面很快就会过去。但同时我的心里也是七上八下忐忑不安。我说，"你完全不能想像会不出事，对吗？你一定会这样认为，因为我们整天都在一起，当然也就一起做爱了。"

"唔，也许这有点不合情理，"她说，"但不管合不合情理，你敢对我说真没干那事？你敢吗？"

我迟迟疑疑地正打算说出来，因为看来已非说不可——而且我觉得自己糟糕透顶，我这张说谎的脸上连斯泰拉留下的味儿都没洗掉——可是西亚止住了我。她说:"不,别说了,你说来说去还是那老一套。我知道。别要我再想像了。我已经想像过一切。别指望我做个超人。我决不想试。这已经够让人伤心了,已经远远超出我自以为能忍受的程度。"她没有泪如泉涌,而只是像突然间天昏地暗,那泪珠只是黯然地噙含在她的两眼之中。

我的强硬态度仿佛突然被这股激涌的热流软化和融化了。我说,"我们别吵了,西亚,"并朝她走上前去,但她闪开了。

"你应该留在她那儿。"

"听我说——"

"我说的是实话。你现在对我一片柔情,不出十分钟,你也会对她这样;再过十五分钟,你又会跟另一个荡妇泡在一起;你一个人怎么应付得过来。你是怎样跟那个姑娘勾搭上的?这才是我想知道的。"

"怎么?我是通过莫尔顿介绍认识她和奥立弗的。"

"那她为什么不请求你的朋友莫尔顿帮忙?为什么要找你呢?因为你跟她眉来眼去,一直在调情。"

"不,她挑上我是因为我有同情心。她知道我跟你的关系。她一定认为我比别的人更能理解一个女人的处境。"

"这不过又是你常常信口胡说的谎话。她挑上你是因为你是那么乐于施舍。"

"哦不,"我说,"你弄错了。只是因为她当时处境危险,我才同情她。"不过我当然记得,在橘林里交谈时,有那么一种感觉侵扰激动着我身体的一个要害部门,使我不能自制。西亚显然对此已有所觉察,这让我感到颇为吃惊。早在芝加哥时,她就曾经预言,我定会爱上另一个追求我的女人,不过当时她并没有当面说得这样毫不留情。然而,在芝加哥时,我感到十分自慰,我没有必要对她隐瞒什么秘密;而现在看来已经有所变化,无法做到这一点了,好像要是不隐瞒点什么事情便会不得了。"我真的只是一心想帮助她,"我说。她叫了起来:"你说的什么——帮助！就在你们离开时，那人就被警察抓走了。"

"谁，奥立弗？"这使我大吃一惊，"他被捕了？我看当时我也许不该那么匆忙。可我担心他会连累她。因为他确实有一支枪，而且他动手打过傅路易。他变得越来越凶暴，我以为他会强迫她……"

"那个呆笨、软弱、可怜、酗酒的傻瓜——会强迫她？强迫那个姑娘？他以前强迫过什么？她不是在枪口下躺到床上去的吧，是吗？她是个娼妇！她不用多久便看清你是怎么个人，看出你生怕辜负了她的一片希望，当不上她想要你当的那种人物，她知道你会听她的要弄。你会听从任何人的要弄。"

"你气的是因为我不肯总是听从你的要弄。是的，我看她的确了解我。她没指使我做这做那。她是请求我。她一定已经看出，我对受人指使已经厌腻透了——"

这使得她越发憎恨我了，仿佛有一种新的恼怒袭上她的心头。她一时间用牙齿咬住嘴唇。后来她接着说，"那不是要弄。我知道你会这样看待它。哦，那不是要弄，那是真情实爱。据我了解，它确实如此。在你看来，那也许是要弄。我想一定是这样。除此之外，大概你别的什么本事也没有。"

"我们谈的并不是同一件事。我说的不是情爱，是别的，是你做的那些那么异想天开的事情。"

"我——那么异想天开？"她干巴巴地说，一只手捂着胸口。

"唔，你不认为自己是那样？——又是鹰，又是蛇，还有别的，天天去打猎。"

这又一次刺痛了她的心。

"这么说，你只是在纵容迁就我？那鹰，它对你毫无意义？你一直认为我只是异想天开？"

我意识到我对她这样说太让她伤心了，便想缓和一下气氛。"难道你从来没有觉得那些事有点异想天开？一点都没有觉得？"我说。

这话使得她喉头抽紧,喘不过气来,原先那盈眶的眼泪还没有这来得严重。她说,"许多事情我也觉得异想天开。其中有些事在你看来也许更加荒唐古怪。爱你,这对我来说一点都不奇怪。可是现在你开始觉得我古怪了,像其他许多事情一样。也许我是有点怪癖,因为我只知道这种古怪的做事方法,我不愿墨守成规,也不愿去干虚伪造作的事。因此,"——我没有作声,认识到在她来说这是对的——"你体谅我,"我实在不忍心看到她这么伤心。有时,我简直不敢肯定她是否还能说出一个字,她的嗓子眼里扼住了那么多别的声音。"我没有要求你这样——从来没有。你为什么不说出你的想法呢?你本可以告诉我的。我不想让你看起来荒唐怪癖。"

"你本人并不怪癖,你从来也不。不,你不怪癖。"

"你想必没有跟人说起过。不过对我,你大可不必像对别人那样。对别人不能说,对我完全可以说。在这整个世界上,难道你可以直言相告的人一个都没有吗?你没对任何人说过?没错,我猜爱情常常会以古怪的方式袭来。你以为可以拿古怪作为借口。不过,也许不管爱情是怎样产生的,你都对它感到古怪陌生,也许你根本就不想要它。如果真是那样,那是我错了,因为我以为你需要。你并不需要,对吗?"

"你要把我怎么样,把我烧成灰吗?这只是因为你妒忌心太重,动不动就生气——"

"是的,我是很妒忌。我感到伤心失望,要不我也不会这样。我知道你受不了,可是我太失望了。不单单是因为妒忌。在芝加哥时,我去你的房间找你,你和一个姑娘在一起,后来你来见我时,我并没有先问你,你是否爱她。我知道这算不了什么。不过哪怕这非常重要,我想我也得试试!我总是感到孤单寂寞,好像这世界上尽是东西而没有人。我知道,"她更加使我惊愕地坦然承认,"我一定有点疯了。"她声音沙哑、语气平静地说,"我一定是这样,我得承认。可是我想,要是我能跟一个人沟通了,那我就能跟更多的人沟通。这样人们就不会使我感到厌烦，我也就不会害怕他们了。因为我自己的感觉不可能是别人的错，不至于会那样。决不是他们造成的。是啊，我原以为你一定能为我做到这一点。你一定能做到。找到了你我感到那么高兴。我以为你对你所能做的一清二楚，你运气那么好，那么与众不同。这就是为什么我要说不仅仅是妒忌问题。我已经不想你回来。现在你回来了，我感到很遗憾。你并非与众不同，你跟其他人一样。你很容易厌倦。我再也不想见到你了。"

这时，她低着头，哭泣着。帽子从她头上掉了下来，全靠帽带吊着。我感到揪心地痛苦，胸闷难当，犹如一只有病的松鼠掉进烟囱，被烟熏得半死不活，浑身颤抖。我再一次想走近她，但她身子一挺，逼视着我，大声叫道："我不要你这样做！我不要。我不许你这样。我知道，你以为这样，那样，不管怎么样，总可以得到宽恕，我可不。"

她从我身边走过，走到门口，停下脚步。"我要去奇尔潘辛戈，"她说。她已经止住了哭泣。

"我跟你一起去。"

"不，你不必了。不再有什么耍弄了。我打算一个人去。"

"那我怎么办呢？"

"用不着问我，你自己清楚。"

"我懂了。"我说。

我回到房间里匆匆收拾起行装，抑制着的泪水和哭声找不到发泄的出口，遗憾之感像石头似的堵在心头。我看到她带着一杆枪，朝教堂走去，杰辛托提着行李跟在她的后面。她马上就要离开了。我真想朝她大喊一声，"别走！"就像昨天晚上在教堂广场上她对我说的那样，对她说，她正在犯一个多大的错误。但我说的她犯的错误，按我当时的心情，指的是她遗弃了我。这便是我想喊叫她时使我发抖的原因。她不能离弃我。我奔出房间，跑到厨房前面的花园墙边，大声呼喊。

我那副样子把厨娘给吓坏了，她一看到我，便一把抓起她的孩子跑了。突然间，我不仅一肚子伤心，又满怀着愤怒，这噎得我几乎喘不过气来。我猛地推开花园的门，朝教堂广场急冲而下，但那辆旅行车已经不见踪影。我转身回来，踢开别墅大门，见到东西就又敲又砸。我横冲直撞，简直气疯了，我使劲挖起花园中的石头，直朝墙上扔去，砸下墙上的泥灰。我冲进起居室，砸坏了牛皮椅，摔碎了玻璃器皿，撕破了窗帘和挂画。接着，我发现自己来到门廊里，我把关蛇的箱子踢翻在地，踢得稀烂，我站在那儿，眼睁睁看着那些丑恶的东西吓得仓皇逃窜，往四下里寻找藏身之地。我踢烂了所有的箱子。

然后我抓起我的旅行包，走出大门，我奔进教堂广场，胸中抽噎不已。

莫尔顿在欢乐酒吧的门廊上。我只看到他在盾形商标牌上方露出的脸。他朝下面看着，他，这个乱民之首。

"嗨，博林布鲁克，那姑娘在哪儿？奥立弗关进监狱了。快上来，我有话跟你说。"

"见你的鬼去吧！"

他没有听见。

"你干吗拎着旅行包？"他问道。

我顾自走了，在镇上逛荡了一阵。在市场上碰见了伊基和他的小女儿。

"嗨，你从哪儿来？奥立弗昨晚被捕了。"

"哼，管他妈的什么奥立弗！"

"博林布鲁克，在孩子面前请别这样说话。"

"别再叫我博林布鲁克了。"

尽管如此，他牵着孩子的手闲逛时，我还是跟着他。我们看了一个个货摊，后来他给女儿买了一个玉米壳做的玩具娃娃。

他跟我讲起了他的苦恼。现在，他的前妻已经跟吉普森闹翻了，他该不该跟她复婚呢？我没有什么可说，但在看着他的时候，只觉得两眼火辣辣的。

"这么说是你帮着斯泰拉逃走的,啊?"他说,"我认为你做得对。她干吗因为他就得受罪呢?威利说,昨天晚上奥立弗在牢里大喊大叫,说她扔下他逃跑了。"

这时他才第一次注意到我手中的旅行包,便说:"哎呀,对不起,伙计!闹翻了,是吗?"

我浑身一缩,脸扭歪了,我做了个无声的手势,接着便禁不住哭了起来。

第 十 九 章

　　蛇全跑了——我估计全都逃到山里去了。我没有再回"无忧无虑之家"去探明情况。伊基把我带到他住的那幢别墅的一个房间里。有一阵子，我什么也没做，成天躺在顶层那间温暖的小石屋里。你爬上楼梯，一直爬到尽头，再爬上一张梯子，梯子爬完就到了我的房间。我在那儿的一张矮床上，一连躺了好几天，我病了。要是德尔图良①像他说的那样做的话，来到天堂的窗口，欣喜地观望地狱的情景，他也许能借着阳光看到我的一条腿越过他的视线。这就是我当时的心境。

　　伊基常来陪我做伴。房间里有一张矮椅，他在椅子上一坐就是几小时，但一句话也不说。他往里缩着下巴，所以他的脖子变得很粗，有了很多皱褶；他的裤脚管用平底凉鞋带扎住，就像那些骑自行车的人为了不让裤脚管被车链绞住那样。他就那样坐着，耷拉着头，绿色的眼睛眼皮发肿。不时传来教堂的钟声，悠扬回荡，就像有人用脏水桶挑着一担清水在石子路上深一脚浅一脚地走着一样。伊基知道，我正处于危险关头，他不能让我独自一人待着。可是每当我想说点什么，他总是话题一转，把舌锋指向我，根本不相信我说的，就连他一再怂恿我说话时也是如此。我当然把一切都告诉了他，一直说得声嘶力竭，可我总觉得他仿佛用手捂住我的脸，不让我再说下去。这种情况发生了几次之后，我也就索性不开口了。我想，他来这儿陪我是怜悯我，可待在这儿是想闷死

---

① 德尔图良（160？—220？），迦太基基督教神学家，使拉丁语成为教会语言及西方基督教传播工具。

我。他在怜悯我的同时,也是在对我进行某种隐约的报复。

总之,他坐在那堵既干燥又美观的墙边,阳光经过窗台洒落在墙上,红脚的鸽子落在窗台上,扇下了灰尘和干草。有时候,伊基干脆就把脸贴在墙壁的泥灰上。

我知道我做了错事,我躺在床上,反复想着,眼睛转动着四下张望,仿佛在寻找出路。我的忘却力似乎也出了毛病,一点也不衰退。我所犯的错误和过失从四面八方纷纷前来,猛烈地啃噬着我。深受它们折磨后,我冒出了一身虚汗,便有所回心转意,或者是自认为有所回心转意。

我再次试探着说,"伊基,为了证明我爱她,我该怎么办呢?"

"我不知道该怎么办。也许你根本无法证明,因为你并不爱她。"

"不,伊基,你怎么能这样说!你难道连这都看不出来吗?"

"那当初你为什么带那个女人走?"

"那不过是一种反抗或者什么。我怎么知道为什么!我又没有创造过人,伊基。"

"你还是执迷不悟,博林,我真为你感到难过。"他从墙那头说,"我这是真心话。在你有任何发展之前,这种事是非遭遇不可的。你一直太顺利。你就得像这样跌个大跟头,吃一顿苦头。要不,你永远不会明白你伤了她多大的心,你必须看到这一点,不能这样闹着玩似的不当一回事。"

"她太会生气了。她要是爱我,就不会那么生气。她那么生气总得有点理由。"

"哼,你给了她理由。"

跟伊基争论完全是白费口舌,因此我便闷声不响地躺在那儿,暗自在心里跟西亚争论申辩,可是我越争越感到自己理屈辞穷。为什么当时我要那么做呢?我使得她多么伤心,这我知道。当时她气得脸色发白,喉头抽紧说"我太失望了!"的情景,如今仍历历在目。我想对她说,

"啊，亲爱的，听我说。当然，每个人都有失望的时候。瞧，这你是知道的。每个人都会受到伤害，而每个人有时也会伤害别人。特别是在恋爱中。这次是我伤了你的心。可是我爱你，你应该原谅我，这样我们就可以继续相爱下去。"

我真应该冒险去闷热的山中捕蛇，在那褐色的土地上蹑手蹑脚地用绳索套蛇，而不该在这令人眩晕的小镇上浑噩度日，这儿的情况比山上还要危险。

我说出我对她打猎的看法，对她打击很大。可是她说我自负、爱虚荣、朝三暮四、老跟别的女人眉来眼去、没有良心，她这不也是攻击我，非难我，想要把我打倒在地吗？莫非真像她说的，不论爱情以什么面貌出现，即使没有鹰和蛇夹在其中，它对我来说都是古怪的，这话有道理吗？

我对此考虑再三，使我惊讶的是其中确实大有道理。说得对，就是这么回事！而我以前总认为，在爱情问题上，我始终站在我妈一边，跟劳希奶奶、伦林太太以及露西·麦格纳斯她们是针锋相对的。

要是我没有钱、没有职业、没有责任，我是不是就可以自由自在，做一个爱情的忠实信徒了呢？

我，成了个爱情的忠仆？我根本就不是！我心里突然觉得一阵恶心，对自己感到十分厌恶。我发现自己追求纯真只不过是一种欺骗。其实我的心眼儿一点都不好，也没有丝毫感情，我真恨不得四壁之外的墨西哥人能一拥而入，杀了我，把我扔到坟场的那些尸骨堆里和歪扭的尖十字架丛中，让昆虫和蜥蜴去噬食。

现在既然已经开了个头，这种沉痛的自省就得继续下去。如果我的为人确实如此，那肯定不会露于表面，一定是暗藏心中。所以现在看来，若是我想讨好人，那只是要给人以错误印象，或者是做样子给人看，是不是这样呢？一定是这样，因为我认为别人都比我强，有我所没有的长处。可为什么我总觉得别人有点古怪离谱？我并不想成为他们要把我塑造成的那种人，但我总想讨他们好。说得倒怪好听！一个独立自主的命运，还有爱情——搞得全都乱了套！

我一定是个魔鬼，才会把事情搞得乱成这样。

可是，不，我不可能既是魔鬼，又深受其害。那太不公平了，我不相信这一点。

认为别人的生存能力个个都比你强，那是不对的。不信请看，事情显然并非如此，这只是一种臆想，过分看重人们如何看待你，完全误解了人们喜欢你或不喜欢你的缘由，其实你并非如此，这都是由于观念错误和思想懒惰所造成。惟一的办法是千万不要在乎，不过那样的话，你必须搞清怎样才真正在乎，并且了解自己让人喜欢和让人不喜欢的地方。可是，你以为每个新来的人都会关心注意吗？不。你是否在乎别人也以同样态度对待你吗？一点也不。因为没有一个人能毫无暴露和羞耻之感而亮出自己的真面目。当这种心理占据心头，便不在乎自己的真相，必定极力显得比别人都好都强，这真是狂妄自大！同时却又感到自己并不是真正有力量，欺骗别人而又被人欺骗；虽然依赖欺骗，却又一反常态地相信强者的力量。在这整个过程中，任何真情都不让流露，没人知道什么是真的。这就是受到玷污、堕落、邪恶的人类——仅仅是人而已。

然而人人都在积极进取，既有能力又有大志，你怎能让自己在困境中停滞不前，甘当愚奴、打着哈哈与世无争呢？不，你必须用尽心机成为一个不同的人。外界的生活如此浩瀚，机械器具如此庞大厉害，技术性能如此高超，思想观念如此伟大可怕，你生产的是一个能在这种环境下生存的人，你创造的是一个能够经受住这种逼人气势的人。这样，他得不到公道，也不能给人公道，但是他能生存下去。这就是独立的人的一贯做法。生活就是由这些发明家或艺术家们一手虚构的，他们成千上万，每一个人都试图以自己的方式招募别人来为他演配角，支持他保持他的假想世界。伟大的首领和领袖招募的人最多，所以他们有力量。有一个偶像站出来走在众人前面，率领他们，并把他的观点强加于众人，自称比众人有更大的力量，或者是他的声音大如雷鸣，比别人都响亮。而后是一个大虚构，可能就是关于世界本身和自然界的虚构，可居然成了现实世界——有城市、工厂、公共建筑、铁路、军队、水坝、监狱，还有电影院——全都变成了现实。这就是人类的斗争，招募别人来拥护你说的真实和真理。结果甚至连花草和石头上的苔藓也成为某种说法的花草和苔藓。

我看上去无疑像个理想的受招募者。可是那些虚构的东西，在我看来永远成不了真实的东西，不论我怎样强求自己相信它们是真实的。

我真正的毛病是我总是不能保持纯真的感情。这是我身上给我捅出漏洞的最大缺陷。也许西亚也受不了一连串的好日子，我觉得这是她对我感情冷淡下来的一个原因。也许她也遇到了这种选择什么的麻烦。一年前，咪咪遇上麻烦时，凯约·奥伯马克就曾对我说过，人人都会遇到这种麻烦。人人都会在自己所选择的事物中吃到苦头。也许说到底，选择本身就是吃苦头，因为要获取所选择的事物就需要勇气，因为这非常严酷，而严酷是我们软弱的人们所不能忍受持久的。而且选择的东西也不可能是我们已经取得的东西，因为已经得到的东西没有多大的价值，也不会受到多大重视。哦，这使我感到非常丢人，我觉得大为恼火，怒不可遏。这班该死的奴隶！我心里想。卑鄙的懦夫！

至于我本人，并不比那些最差劲的人强多少。我的幌子和特长是单纯朴实，我追求单纯，摒弃复杂。在这方面，我很工于心计，心里有许多秘密招数，而且跟别人一样，时时都在想花招。我干吗要一味追求单纯呢？

首先，个性是不安全的，安全的是类型。因此，差不多所有的人都在自己身上弄出些畸形和丑陋，以便让人家见了他们十分害怕。这不是什么新花样。那些怯懦的部落人，他们把头顶压平，刺穿嘴唇和鼻子，或者砍掉大拇指，或者制作出像恐怖本身一样可怕的面具，或者是涂彩和文身,这一切,全都为了防备那不欢迎你存在的恐怖。

告诉我,究竟有多少卧石而眠、以石为枕、跟天使摔跤并战胜巨大恐怖以赢得生存权的雅各①式人物呢?这般英勇无畏的人实在寥寥无几,所以他们成为民族的祖先。

至于我,不管是什么人,只要能保护我,使我不受那到处横行的巨大恐怖和乱成一团的野蛮冷酷所侵害,我便会暂时投入他的怀抱。这确实不太大胆勇敢。虽然在这方面许多人都跟我一样,但也不能引以为慰。要是这样的人多了,他们一定全都会变得跟我一样糟糕。

好吧,既然现在我已经领悟到这一点,我想我得再碰一次运气。我觉得我应该再争取做一个勇敢的人,于是我便决定到奇尔潘辛戈去恳求她,说我虽然是个懦弱的人,只要她能给我一点时间,我一定能一点一点改好。

一做出这一决定,我心里便感到好受多了。我到理发店理了发、刮了脸。然后到傅路易的铺子里吃中饭,他的一个女儿替我烫了裤子。我心里感到非常紧张,但也充满希望。我仿佛已经看到,她责骂我时脸色变得有多苍白,她的眼睛如何变暗,目光如何咄咄逼人。可她还是张开双臂拥抱住我,因为她也需要我。她的全部怪癖劲——来自她是否能再相信人的疑念——将到我这里休止。

一想到这番情景,我浑身酥软,心里觉得既热切又温柔,既伤感又思慕。一切恍如已出现在眼前。我这人一向如此,幻想总是走在前头为我开路。要不,我似乎就像一辆又大又重、又旧又笨的货车,没法开到陌生的地方去。不过我的这种幻想,就像罗马大军出征到西班牙或高卢,哪怕只是扎营过夜,也要开路筑墙。

在我穿着短裤等待长裤烫好的时候,傅路易的狗跑出来了。它没精

---

① 《圣经》中人物,又名以色列,被尊为以色列人的祖先。详见《圣经·旧约·创世记》。

打采，又肥又胖，一股像老温尼一样的臭味。它正对我站着，两眼瞪着我。我伸手去摸它，它却不让我摸，迈着喀嚓响的爪子朝后退去，还龇起了衰老的牙齿。它并不是由于生气，而是不愿让人打扰，想回到自己那孤寂的处境。它喘着气从门帘底下退了进去。它已经很老了。

公共汽车来了，是一辆美国的乡间旧校车，慢得像旧日的四轮马车。我已经手拿车票走上汽车，莫尔顿突然来到车子跟前，朝车窗里对我说，"下来，我有话要跟你说。"

"不，我不下去。"

"快下来，"他恳切地说，"事情很重要。你最好下来。"

伊基说，"你干吗要多管闲事，威利？"

莫尔顿那宽额头和扁鼻子上挂满亮晶晶的汗珠。"要是他闯个什么祸，给抓了进去，那有什么好处呢？"他说道。

我走下汽车。"你这话什么意思，给抓了进去？"我问道。

伊基还没来得及拦住，他仿佛想要阻拦，莫尔顿便一把抓住我的手，按在他那紧绷绷的肚子上，把我的手臂夹在他的胳膊下面，急匆匆地拖着我向后转，在石子地和玫瑰色的垃圾上疾走了几步。

"你得控制住自己，"他说，"塔拉维勒原本是西亚的男朋友，老兄。他眼下跟她一起在奇尔潘辛戈。"

我挣脱开身子，真想用手掐住他的脖子，把他活活掐死。

"伊基，"他急喊道，"快抓住他！"

伊基正站在我们身后，他一把拖住了我。

"放手！"

"等等。你怎么能在这儿当着警察和众人的面把他杀了。你快跑，威利。他像头牛一样有劲。"

伊基死死抓住我的一只胳臂，我真想把他也打倒在地。

"住手，博林。得先弄清这是不是真的。我的天哪，动动你的脑子吧。"

莫尔顿频频后退，我则用我的那只胳臂拖着伊基走。

"别做傻瓜，博林，"莫尔顿说，"这全是实话。你以为我想找你麻烦？我只是想帮你，免得你受到伤害。去那儿太危险了，塔拉维勒会杀了你的。"

"瞧你帮他干的好事！"伊基说，"你瞧瞧他的脸！"

"他真的跟她一起去那儿了吗，伊基？"我站住问道。我心如刀割，好不容易才问出这句话。

"他以前就是她在这儿的男朋友，"伊基说，"昨天有人告诉我说，塔拉维勒跟着西亚去奇尔潘辛戈了。"

"他什么时候——？"

"几年以前。哎，当年他一直住在无忧无虑之家，几乎就是这样。"莫尔顿说。

我再也站立不住了，双腿一软坐在音乐台上。我双手捂住脸，头伏在膝盖上，浑身发抖。

莫尔顿对我声色俱厉地说，"我万万没有想到你会这样，马奇。"

"那你要他怎么样？别再责备他了。"伊基说。

"他表现得像个毛孩子，可你还鼓励他，"莫尔顿说，"这件事落到我头上过，也落到你头上过。当她带着史密狄，后来又带着他出现时，就又落到了塔拉维勒的头上。"

"不，不对。塔拉维勒知道她结了婚。"

"那还不是一样？即使塔拉维勒是个歌手、骑手，他也有自己的感情。所以，当这种事落到他头上时，他就不该查明吗？我就不该查明吗？你就不该查明吗？这种鬼事情人们总会知道的。"

"可是这小伙子仍爱着她。当别人跟你老婆乱搞时，你就气得发疯，可并不是因为你爱她。"

"哟，她爱他吗？"莫尔顿说，"那么，马奇摔破了头卧床不起时，她在山里跟塔拉维勒干了什么？"

"她在山里没跟他干什么。"我又气得叫了起来,"要是他现在在奇尔潘辛戈,那他只是在那儿,而不是跟西亚在一起。"

他瞪着我,露出惊讶的样子。他说,"老兄,我敢打赌,你所看到的跟别人看到的完全一样。你只是因为死抱着自己的观点而已。她为什么不告诉你他是她过去的男朋友?他们在一起干了什么?只是在争论谁是谁非,她没有为他下马吗?"

"他们什么事也没发生。什么事也没有!要是你还不闭嘴,我就用石头塞住你的喉咙!"

可是他也被激得十分冲动了,非继续讲下去不可。他并不是随便说说,而是另有意图的。他的眼睛瞪得大大的,直勾勾地盯着我。

"太可惜了,朋友,女人根本没有识别力。她们不仅要你这种天真愉快的小伙子。她并没有把她全部美妙的东西给了你,这你敢打赌么?"

我朝他扑了过去。伊基从背后抓住了我。我把他拎得双脚离地,想把他猛地摔在音乐台上,以便能挣脱他。可他死死抓住不放,我把身子向后一倒,把他压倒在地,他这才松了手。他气喘吁吁地说,"天哪,你发疯了?我这是在护着你免得你闯祸。"

莫尔顿已经沿着那条通往市场的热闹街道跑得无影无踪。我在他后面破口大骂,"哼,你这狗娘养的混蛋。你等着,我一定要宰了你!"

"别嚷了,博林,有个警察正盯着你哩!"

一个印第安人警察正坐在附近一辆汽车的踏脚板上。他对于喝醉酒的外国佬骂人打架,也许已经司空见惯了。

伊基已把我按得跪在地上,他仍然紧抓住我的两条胳臂。"现在我可以放开你了吗?你不会去追他了吧?"我啜泣着哼了一声,并摇了摇头。他扶我站了起来。"瞧你,浑身都是泥。你得去换套衣服。"

"不,我没时间了。"

"到我的房间去。至少我可以用刷子把你身上的泥刷掉。"

"我不想错过这趟车。"

"你是说不管好歹你都非去不可了。你一定疯了。"

可我已经下定决心要走这一趟。我在傅路易的饭店里洗了洗脸,然后就又上了公共汽车。我的座位已经给人占走,所有那些先到的、在乐台旁边看热闹的人,都已经明白是怎么一回事,我是个丢了自己女人的戴绿帽子的可怜虫。

伊基也随我上了汽车。他说,"别理他。他也想把她占为己有,多次死皮赖脸地缠着她,拼命想把她搞到手。这就是为什么他对你的事那么热心,还常常去你们别墅。在奥立弗的晚会上,他又想搞她,所以她那么快就退场了。"

这并没对我产生多大影响。相比之下,这几乎就像一根点燃的火柴跟一场冲天大火。

"别去那儿寻衅斗殴。除非你疯了。塔拉维勒会杀了你的。也许我该陪你一起去,免得你惹祸。你要我跟你一起去吗?"

"谢谢。让我一个人去好了。"

他也并不是真想跟我一起去。

破旧的公共汽车突然发出了怪声,就像一个屋子里许多台缝纫机一齐发出的声音。透过它冒出的浓烟,大教堂看上去仿佛像河中的倒影。

"我得下去了,"伊基说,"记住,"他跳到地上时再次警告我,"你这趟去真是太傻了,你这是在自讨苦吃。"

公共汽车缓缓地驶离了镇子,一个农妇好心地让给我一点座位。我一坐下就又觉得妒火中烧。啊,妒火,妒火!一阵阵妒忌的怒火烧得我痉挛抽搐,五脏如焚。我赶忙用双手捂住脸,感到自己随时会大叫起来。

她为什么要这样做?她为什么要跟塔拉维勒搞在一起?为了惩罚我?这的确是惩罚人的好办法!

哼,她自己岂不也犯了她指责我的过失!我偷看她身后的斯泰拉?好,她也偷看我身后的塔拉维勒,立即加以报复。

我们在芝加哥养的那只小猫到哪儿去了？我心里不由得猛地一惊。因为有一回我们去威斯康星待了两天，晚上回来时发现这小东西饿得喵喵直叫。西亚立刻伤心地哭了起来，她把它揣在上衣里，开车去福勒顿大街市场，买了整条鱼喂它。现在这只猫哪儿去了？被丢在某个地方了，不是什么专门的地方。西亚的感情是否历久不渝，由此可见。

后来我想到我曾多么地爱她，我们俩指关节上的纹路很相似，这使我多么高兴；而现在，她会用这双手在塔拉维勒身上抚摸从前抚摸我的那些地方。她会像亲昵我一样去亲昵另一个男人，会同样忘掉自己，赞美他，亲吻他，吻那些相同的地方，柔情蜜意，如醉如痴，睁大眼睛，搂住他的头，分开双腿，一想到这些，简直要了我的命。想像中这一幅幅图画，使我心痛不已。

我曾打算跟她结婚，但这并不意味着占有。不，妻子不拥有丈夫，丈夫不拥有妻子，父母也不拥有子女。他们会离去，会死掉。因而占有只是暂时的。如果你能占有的话。任何希望的存在，都只存在于它的反面。这就是为什么我们要制造出一些永固的占有的标记，如契约、证书、戒指、信物，以及其他一些永久性的东西。

我们冒着酷热一直朝奇尔潘辛戈驶去。首先映入眼帘的是连绵起伏的褐色山峦，然后是崎岖的岩石和佛罗里达的绿色羽叶棕。车子开进城镇的时候，有个人跳上车子的一侧，想要搭车；他抓住我的一只手臂，指头深深地抠进我的肉里。我使劲挣脱掉他的手。在他跳下车时，这个想搭车兜风的人重重地打了一下我那只伸出去抓他的手。打得我好疼，我真给气坏了。

小镇的教堂广场到了。教堂污渍斑斑的白色墙壁摇摇欲坠，从楼座起便有一种被老鼠啃过似的颓圮，但又带有一种西班牙的情调。一条可怕的街道就像塞维利亚①一样衰败，到处都是垃圾堆。

---

① 西班牙西南部港市。

我心里想，要是我在大街上碰到塔拉维勒，我就想办法杀死他。用什么杀呢？我有一把小刀。可这刀不够厉害。我在广场上四处寻找能买到刀的店铺，可是没有找到。我看到了一处写有"咖啡馆"三字的地方，那是在一堵墙壁上开了一个正方形黑洞，就像在叙利亚荒野里埋了几千年的墓地里随便挖出来似的。我溜进去想顺手从柜台上偷把刀子。可是那儿什么刀也没有，只是在糖罐里有几把带穗饰的小匙子。一块破破烂烂的白蚊帐布挂在那儿，像一件精细的手工艺品，可是毫无用处。

一走出咖啡馆，我便一眼看到了那辆旅行车，它停在一处有新奥尔良铁栅围绕的房屋门前，铁栅栏已经残缺不全。我顾不上再想什么刀子了，跑到那儿，奔了进去。服务台旁没有人，只有一个老人在败落的院子里打扫小径上的沙土。他告诉了我西亚的房间号码。我先叫他上楼去问问，她愿不愿意见我。她亲自从百叶窗的缝隙中喊了我一声，问我有什么事。我飞快地爬上楼梯，在她房间那宽大的双扇木门前对她说，"我得跟你谈谈。"

她把我让进房间，我一进屋便先四处打量，看看有没有他的踪迹。像往常一样，房间里衣服、用具扔得到处都是。我说不出其中到底有没有他的东西。不过这并没有多大关系。我决定不计较这些事情。"你有什么事，奥吉？"她再次问道。我注视着她。她的眼睛不像往常那样有精神，看起来像是病了。她那乌黑光亮的头发从梳子中滑了下来。她穿着一件丝绸外衣或睡袍。显然，她是刚刚穿上的。像这样的大热天气，她喜欢在房子里脱得一丝不挂。我回想起她赤身裸体的样子，觉得历历在目。她发觉我的眼睛盯着她的小腹，忙伸手拉住那儿的袍边。看到她那色泽柔润、胖乎乎的手朝下伸去，我痛心地感到我的优惠待遇已经没有了，她已经把它给了另一个男人了。我要把它夺回来。

我脸色通红地说，"我是来问你，我们是否还能重新在一起。"

"不行。我看我们现在不行。"

"我听说塔拉维勒在这儿,跟你在一起。是吗?"

"这关你什么事?"

我见她语气肯定,感到一阵痛心。

我回答说,"我知道这不关我的事。可你为什么马上就跟他搞在一起了?我一有了一个,你也就得有一个。你也不见得比我好。你一直把他作为一个候补的。"

"我看,你来这儿的惟一原因是你听说他在这儿。"她说。

"不,我是来问问你是否能再给我一次机会。他跟我没多大关系。"

"没有?"她说的时候脸上呈现出她那纯真的亲切。想到这,她一时间露出微笑。

"要是你还要我,我可以忘掉他。"

"只要我们一闹别扭,你就会三天两头提起他。"

"不,我不会的。"

"我知道你现在很担心,生怕他进来,你们会打一架。可他不在这儿,你可以尽管放心。"

"这么说他是在这儿!"

她没有回答。她把他支开了吗?也许是。至少可以不必再既怀着希望又满腹担心了。当然,我是一直在担惊受怕。但我也希望能杀了他。我一定会竭尽全力。这事我已经仔细考虑过了。我想像他有可能把我刺死。

她说,"一想到我跟另一个男人,你就不会爱我。你一定想把我们俩全杀了。你一定想看到他从万丈悬崖上跌下来摔死,在我的葬礼上看到我躺在棺材里。"

我没吭声,她则两眼逼视着我。在这间陈旧简陋的西班牙式房间里,酷热的阳光从百叶窗缝中射了进来,我所看到的她,模样显得多么古怪。城镇一派颓败景色,山坡上立着歪歪扭扭的尖头墓地铁栏,墙垣上,九重葛①的小花一片鲜红,藤蔓绿得耀眼,群山像伸出大唇和前额在央求和歌唱;还有那凌乱不堪的房间,不论是抹布还是昂贵的衣物,她皆一视同仁只图方便随手使用,不管是纸巾还是丝绸内衣、服装、照相机、化妆品。她做起事情来动作敏捷,也希望事情做得周全。她显然不相信我来说的话,她不相信是因为没有感情,而她所以没有感情,是因为关系已断。

"你不必现在就作出决定,西亚。"

"不,得了——我看没必要。我也许以后会对你有不同的看法,但我觉得那不大可能。现在我不需要你。特别是当我想起你在别人面前的那副德性。我希望我能想出一切办法来整你。我真希望你一命呜呼。"

"可我仍然爱你,"我说。这想必一定一清二楚,因为我没有撒谎。我站在那儿浑身发颤,可是她没有作答。

"你就不想恢复到从前那样?"我说,"我想这一次我一定能干好。"

"你怎么知道你能干好?"

"落到我这样的地步,大多数人都有可能。一定有办法学会干得更好一些的。"

"必定有?"她说,"我猜你会这么想。"

"当然。除此之外,还有什么希望呢?我怎么知道该干些什么?你又是怎么知道的?"

"你想用我和我所知道的事证明什么?"她低声说,"我犯过多次错误——我想跟你说也说不完。"接着她变换了话题。"杰辛托给我送来了那些蛇的消息,"她说,"要是你当时在我身边,我会狠狠揍你一顿。"

不过我隐约感到,我的这一罪行并没有使她有多大不快。我似乎还感到她微微一笑,颇有欣赏之意。但我不能对此抱多大希望,因为笑脸、出神、固执、害人之意,在她那张阴郁苍白、神经质的脸上往往变

---

① 南美的攀缘灌木,开鲜艳紫红小花。

幻无常，而且我看出她已无法再恢复对我的感情。我也别指望得到一个答复。永远不会有。我们之间已经不再有什么关系了。

在一个用草垫盖着的没有水的鱼缸里，我看到一只浑身鳞片的灰色动物在直喘气，它身上尽是瘤子和疣子，像根酸黄瓜，长着灰暗干瘦的触须和惹人发痒的爪子，肚子一起一伏地呼吸。

"你又开始采集新标本了。"我说。

"这只是我昨天抓获的。到目前为止，这是一只最有意思的东西。不过我不打算待在这儿，我要去阿卡普尔科，然后乘飞机前往维拉克鲁斯，接下去还要去尤卡坦。我打算去看看从佛罗里达迁徙到那儿的罕见的火烈鸟。"

"让我跟你一起去吧。"

"不。"

情况就是这样，完全不像我所预料。

第 二 十 章

回到阿卡特拉镇后，我整天闲荡，无所事事。我仍然盼望能得到西亚的讯息，虽然白费工夫，可我仍不断去邮局挂电话。得不到任何回音，我便去喝龙舌兰酒，然后再喝杯啤酒压上一压。我不再去傅路易饭店打牌赌钱了，再也没有去见那班人。吉普森已以无业游民被逮捕，遣送回美国，因而伊基的妻子要伊基回到她身边。他们那小女儿知道是怎么一回事，当我看到他们出来散步时，觉得她这样小小年纪就已这么懂事，禁不住很可怜她。

在一个阳光灿烂的下午，我坐在一家下等酒吧的长凳上，身上穿着肮脏的裤子和衬衣，留着三天未刮的胡子。我很想大声叫嚷，"啊，你们这帮还活在世上的人，你们在干些什么！就连幸福和美都像是一场电影。"不知有多少次我感到自己眼泪汪汪。有时候我又感到怒气填膺，想大喊大叫一通。任何别的动物都不会因为它们的叫嚷、怒吼、尖鸣、狂嚎、乱噪，或者长哮而受到斥责。人类则得有更讲究的宣泄方式。可是不管怎样，我要跑上一座山岗，放声大叫，偶尔只会让个把印第安人听到，他就是听到了也不会说出他对此的想法；在那儿，我可以放声倾诉自己的感情，或者是大声地喊叫。这样会使我暂时觉得好受点。

我有一个相交不久的同伴，他是个俄国人，因为打了一场架，被哥萨克骑士合唱团给扔下了。他依旧穿着那身有白色滚边和空弹袋的卡其紧身服。他很自豪又带有神经质。爱咬手指甲。他的头光光的，这使得他那端正庄重的脸上好似带着一层柔光。不论什么时候，他的脸都刮得干干净净。他的鼻梁直挺，嘴角往里缩进，带有一点怨意，两条乌亮的浓眉长得连在一起。见鬼，他的模样跟我见过的照片上的诗人邓南遮①，真是再像也没有了。

他嗜酒成性，却又身无分文。不用多久，他就会像吉普森那样被抓起来。我身上也只剩下很少一点钱了，但我不时还能买瓶龙舌兰酒喝，所以他靠上了我。

说起来，我觉得我跟他的关系，有点像我跟伊基女儿的关系，我怜悯她那么一点年纪就得懂事。开始，我为有这个伴儿感到懊丧，可后来我变得对他比较喜欢了。由于我想找个人谈谈有关西亚的事，我便对他倾吐了心中的一切。从头到尾全告诉了他。我满以为他会同情我。这是他前额上标志着悲伤的军旅生涯那道道深深的皱纹使我这样想的。

"所以你瞧，这有多难熬啊，"我说，"我心里一直为这感到不好受。我痛苦极了。有时候，我简直半死不活的。"

"等着吧，"他对我说，"你还没见过多大世面哩。"

这话惹得我对他非常生气。我气急败坏地冲他说："哼，你太以为自己有什么了不起了！"我真想把他一拳打翻在地；我已经醉得差不多了，做得出这种事，"你是什么意思，你这臭东西！你这哥萨克笨蛋！我把我的心事告诉了你，可你——"

可是他想转移重点，强调他自己的心情。这个光头、红鼻子以及有含带怨意的嘴的家伙。不过他并不是个命途多舛的可怜虫。只是天生长相如此。当然，他也有他的辛酸。他无可奈何地坐在那儿。他身上的那股气味，就像从前家里用过的一种擦脚粉。不过他毕竟还是个讨人喜欢的人。

"好吧，老兄，"我说，"说真的，你的日子也不好过。也许你这辈子再也见不到哈尔滨，或者是你来的那个地方了。"

"不是哈尔滨，是巴黎。"他说。

"好吧，是巴黎，你这可怜的傻瓜。就算是巴黎吧。"

---

① 邓南遮（1863—1938），意大利诗人、小说家。

"我在莫斯科有个叔叔,"他说,"他把自己打扮得像个女人去教堂。这可把在场的人都吓坏了,因为他留着小胡子,样子十分凶暴。有个警察对他说,'先生,我看你像个男人。'他却回答说,'你知道吗,我看你像个女人,不像男人。'说完他就走掉了。谁见了都怕他。"

"这很有趣。但这怎么能说明我没见过多大世面呢?"

"我的意思是说,你现在只是在爱情上失望罢了,然而你可知道,除了爱情之外,还有多少事情上会让人失望?你是幸运的,只是在爱情上失望,往后也许会有更可怕的事情。你不觉得我那个叔叔是因为感到绝望,才去那个黑暗的教堂吓人的吗?他不得不利用自己的力量。他感到自己只有几年可活了。"

我假装听不懂他的意思,因为我当时想的是让他显得荒唐可笑,然而我心里很清楚他想说明什么。生命必然要终结,其本身并不可怕,可怕的是生命终结时带着那么多的失望。这倒是事实。

最后,我不得不终止跟他一起四处游荡,他竟为妓院老鸨尼格拉拉客了。我决定动一动,换个地方。我把自己那些漂亮行头,像马靴啦,能在休伦湖里救生的夹克啦,全都卖给了傅路易。带着卖得的钱便去了墨西哥城。我打消了等待西亚原谅的念头。可是身边没了她,独自一人住在女王旅馆实在让人伤心。经理和女工们都还记得她和那只鹰。他们也看出我的生活已不如从前,没了旅行汽车,没了行李包裹,没了凶禽,没了幸福的欢乐和在床上吃芒果的情景,等等,等等。晚上,一对对幽会的情侣吵闹不止,这实在已不是我住的地方。可这儿的房价便宜,于是我也就充耳不闻了。

一直没见在韦尔斯·法戈的斯泰拉汇钱来,好在我有赛维斯特在科尤坎的电话号码,要是实在没钱了,可以给他打电话。我想先到曼尼·佩迪拉的表兄那儿碰碰运气。他跟曼尼完全不像,瘦瘦的,红皮肤,露出一嘴牙齿,一副饿相,是个钱迷心窍的人。他很想带我逛逛墨西哥城,可是西亚已经带我逛过了。他又要给我介绍西班牙文学,最后他还向我要了点钱,说是给我买条披毯,可是从此就再也没有露面。

尽管我知道我已经再也得不到西亚,由于她那难以相处的观念和我自己怪癖的性格,她已经绝对离开了我,可我还是身不由己地对她念念不忘。所以我在这座城里到处闲逛,把事情细细地考虑了一番。我常常去看墨西哥流浪乐队的表演,以及演奏死亡歌曲的残疾人小提琴手的演出。或者是看看那些卖花女和在糖果货架上嗡嗡直转的蜜蜂。无论朝哪个方向转,都可以看到火山顶上的皑皑白雪以及整座山峦在雪中悠悠漂动。在那些日子里,我尽可能不照镜子,因为我既面容憔悴,又有病色。有一阵子,我仿佛觉得死神走上前来拍拍我的肩膀说,"准备好了吗?"我考虑了一会,然后回答,"好了。"因此,从某一种意义来说,我算是死了。如果说,现在我已经明白一点事理的话,那就是,人要是没有壮志和宏愿,是很难活下去的啊!不过,这座城市很美——尽管肮脏、贫困、到处乱涂抹——气候也很温暖,这使我得以活下去。我心里常常抱怨,精神上感到很懊丧,可是我没有一直处于极端的绝望之中。

我终于还是跟赛维斯特联系上了。他来看我,还借给我一点钱。开始,他说话不多,我心里明白,他不便讲政治方面的问题和机密事。

"看你面黄肌瘦、破衣烂衫的,"他说,"要不是我认识你,我准会把你当作那班泛美流浪汉中的一员哩。你得去把自己弄得干净一点。"

我觉得自己仿佛是卡利古拉从一千英尺高空抛向地面的东西。空气在嗖嗖嘶鸣,眼前的色彩像耶路撒冷的一般。我站起来虽然感到头晕,但仍然极力保持平衡。那就尽量先保持平衡吧!就像这样!这可不是容易的事。赛维斯特看出我要洗心革面,重新振作起来,不想就此垮掉。他聚起嘴角小小的黑色皱纹,朝我咧嘴而笑,他总是觉得我可笑。

"我的运气坏透了,赛维斯特。"我说。

"我知道,我知道。嗯,你是想在这儿混下去等待时来运转呢还是想回芝加哥?"

"你看呢?我不知道自己该怎么办。"

"那就先待着吧。这儿有一位同情者,只要弗雷泽跟他讲一声,他会供你暂住一段时间的。"

"我很乐意,十分感谢,赛维斯特。这位同情者是谁呀?"

"是老头子①一位多年的朋友。他会给你安排的。我不想看到你这样浪荡下去。"

"哎呀,谢谢了,赛维斯特。多谢了。"

于是,弗雷泽随后便来带我去见那位同情者。他叫帕斯拉维奇,是个和蔼的南斯拉夫人,住在科尤坎那边一幢小别墅里。他嘴角有深深的皱褶,上面长着纤小发亮的胡楂,就像晶石洞或岩石世界里的奇观,满布着细小的晶石。他是个颇为独特的人,他的头就像洋葱,头发剪得短短的。我们在花园里见面时,他的头顶一直在冒热气。

他说,"十分欢迎你。有你这样一位同伴非常高兴。也许你可以教我英语吧?"

"当然可以,"弗雷泽说。弗雷泽的模样也变了。我一直不太明白为什么咪咪管他叫"传教士"。他双眉之间聚着深思的皱纹,那样子确实像个牧师。也像个南北战争时南部联军的军官。他显得心事重重,似乎在专心思考一些重大的事情。

他把我留在帕斯拉维奇这儿便走了。不知怎么的,我总觉得自己好像被寄存或保留在这儿似的。可是我已经疲惫不堪,不太在乎他心里打的什么主意了。帕斯拉维奇带我看了房间和花园。我呆呆地望着那些小鸟,关在笼子里的和自由自在的,还有在花丛中和多刺的仙人掌之间飞翔的蜂鸟。墨西哥神像有的躺卧在草丛中,有的站立在小径旁,它们揪住自己,在泛蓝的氤氲中凉凉它们的热腾腾的牙齿和舌头。

帕斯拉维奇是个和蔼、多虑、温顺而又顽强的人,他为南斯拉夫的报刊访遍了整个墨西哥。他自称是个布尔什维克和老革命,其实他是个

---

① 指托洛茨基。

"多愁善感"的人，如果我见过那种人的话。样样事情都能使他感动，眼泪就像松树流出松脂那样没完没了。他弹钢琴，弹奏肖邦①的曲子，在弹一首进行曲时，他对我说，"肖邦的这首曲子是他同乔治·桑②在马约卡岛时，在一场暴风雨中创作的。当时乔治·桑正在地中海上航行。她回来后，他对她说，'我还以为你淹死了呢！'"他用他的墨西哥鞋子踩着踏板，这让人想起悲剧中的尼禄。帕斯拉维奇最爱法国文化，极想在这方面教导我。实际上，他对教学着了迷。老是说，"给我讲讲芝加哥吧。""给我讲讲格兰特将军③。我也会教你的。我会告诉你丰特奈尔④的火腿蛋卷的事。我们相互交换。"

他非常热心。"一个星期五，丰特奈尔想吃火腿蛋卷，可是突然来了一场暴风雨，电闪雷鸣。因此他最后把火腿蛋卷扔到了窗外，对上帝说，'上帝啊，只为了一个蛋卷，就闹得这么凶。'"这也许有启发性。他说时双目紧闭，憋着声调，摇头晃脑的。要不就告诉我说，"路易十三⑤爱当理发师，他不管人家愿不愿意，定要给他的那些侍从们理发。他还喜欢模仿痛苦中奄奄一息的人，装出一副苦脸。更有甚者，他喜欢在新婚夫妇结婚之夜跟他们同睡一床，这是封建阶级腐败到极点的表现。"

路易十三也许是这样，不过帕斯拉维奇还是喜爱他，因为他是法国人。吃过晚饭后，帕斯拉维奇总爱把我留下谈天，把伏尔泰⑥和腓特烈大帝、拉罗什富科⑦和隆格维尔公爵夫人⑧、狄德罗⑨和一个年轻女演员

---

① 肖邦（1810—1849），波兰作曲家、钢琴家。
② 乔治·桑（1804—1876），法国小说家，曾和肖邦同居八年。
③ 格兰特（1822—1885），美国第十八任总统。
④ 丰特奈尔（1657—1757），法国作家。
⑤ 路易十三（1601—1643），法国国王。
⑥ 伏尔泰（1694—1778），法国作家。
⑦ 拉罗什富科（1613—1680），法国伦理作家，著有《箴言录》五卷。
⑧ 隆格维尔公爵夫人（1619—1679），法国女王族，曾爱上拉罗什富科。
⑨ 狄德罗（1713—1784），法国文学家、哲学家。

以及尚福尔^①和一个什么人的对话重复给我听。可有时做他的客人有点受不了。我还得陪他到乌拉圭街的一家俱乐部去打台球。他想到喝酒，我还得陪他喝酒。我不愿意在下午喝酒，因为这会使我想起在阿卡特拉镇喝龙舌兰酒的情景。不过，我们经常还是一坐就喝干几瓶酒。在古铜色的树林中，太阳透过树丛洒下了千万条驼鹿睫毛般的柔光。花园里一片郁郁葱葱，女人胴体般的火山，沉睡在皑皑白雪之中。我是客人，按理总得客随主便。为了酬答他的盛情，我给他讲了全美职业棒球联赛的情况。

与此同时，我的身体也渐渐健康了一些。后来，弗雷泽来了，突然讲出了留养我的用意。

"你知道，'格伯乌'^②要干掉老头子。"弗雷泽说。

我知道这事。我已经在报纸上看到他的别墅遭受机枪扫射的事，而且帕斯拉维奇也告诉了我许多情况。

"那好，"弗雷泽说，"一个叫明克的俄国警察头子已经来到墨西哥，领导这项谋杀老头子的行动。"

"这太可怕了！你们怎样保护他呢？"

"噢，别墅的保护工作正在加强，我们有支卫队，可是保卫措施还不完备。警察人手不够。斯大林一心要干掉他，因为他是整个革命世界的良知。"

"你干吗给我讲这些呀，弗雷泽？"

"是这么一回事。我们正在讨论一个计划，也许老头子可以用隐姓埋名地周游全国来摆脱'格伯乌'。"

"隐姓埋名，这是什么意思？"

"这是机密，马奇。我是说他应该剃去胡须，剪掉头发，装扮成一

---

① 尚福尔（1740/1741—1794），法国作家。
② 原苏联国家政治保卫局的简称。

个游客。"

啊,这实在是天大的怪事。就像要甘地穿上双排扣大衣出门一样。这样一位本是声威显赫、不可一世的人物,竟然不得不改头换面,贬低自己。尽管我也见过并且经历过许许多多磨难,可不知怎么的,这件事对我打击特别大。

我问,"这是谁的主意?"

"噢,这是经过讨论的,"弗雷泽用他那种职务革命家的口气说,意思是说这不是我该管的事。"我信任你,马奇,要不,我不会提议让你来担当其中的部分任务了。"

"怎么,我参加做什么?"

他说,"要是老头子隐姓埋名以游客身份周游墨西哥,他需要有一个美国来的侄子陪伴。"

"你的意思是说,要我陪伴?"

"你跟一个女同志假扮成夫妻,你同意吗?"

我仿佛看到自己跟这位大人物驱车周游墨西哥,后面跟着特工人员。我感到自己身体太差,不能担此重任。

"不过跟那个姑娘之间不能有任何不轨的事。"弗雷泽说。

"我简直不明白你这是什么意思。我正在想方设法养好失恋中的创伤哩。"

求你了,上帝!我心里想,别再让我卷进那些使我失去自我的洪流了。我当然想给人帮助,而且出生入死解救他人,对我也颇有吸引力。不过我根本担当不了这个重任,在墨西哥的群山之间上上下下,穿过熙熙攘攘的闹市,让死亡和喧嚣弄得头晕目眩。

"我告诉你这个,是因为老头子是很讲究道德观念的。"

弗雷泽说的时候,仿佛他也很有道德观念似的。鬼才相信你!我心里想。

"他无论如何也不肯这样做的,"我说,"这是个蠢主意。"

"这得由保护他的人决定。"

不过,在我看来,他的外表就是他的招牌。他的头也是这样。他大概宁愿掉脑袋,为的是保持气节,杀身成仁。就像圣约翰和希律的故事①一样。而我必得先问问自己是否有意杀身成仁。他那个远在俄国的敌人可不想成全他。他只是要杀了他。一死就没人相信了,活着就是成功。死者的声音会渐渐消失,不会留下一点记忆。确立的权力充斥人间,命运掌握在活人手中,不论那是什么,全都是正确的。这就是我脑子里闪过的想法。

"你得带上一枝枪。你怕吗?"

"我?当然不怕。"我说,"倒不是因为这个。"

我心里暗想,我的脑袋一定像个漏勺尽是洞眼,所以才没有拒绝。有幸与这样一位伟大的历史人物一起在山间疾驰,竟使我如此受宠若惊?汽车将发疯似的飞奔,野兽将四下逃窜,可怕的大地在旋转。他不会对我讲起他对国家和命运的想法。冥府将用它那神秘的声音在我们后面呼唤,一队国际杀手会对我们穷追不舍,等待时机下手。

"我有时感到纳闷,"我说,"要想说出真相的人,是不是首先得确保自己能够自卫。"

"这个观点不太好。"弗雷泽说。

"不好?也许吧。这只是一个想法。"

"你到底干不干?"

"你觉得我干这种事适合吗?"

"我们需要一个一看就是地道美国人的人。"

"我看我可以抽出一些时间来,"我说,"要是这事不用拖得太久的话。"

---

① 据《圣经》记载,先知约翰因责备犹太国王希律,被希律斩首。详见《圣经·新约·马太福音》第14章。

"只需几个星期。只要摆脱掉明克和他的人就行了。"

他走了。我独坐在花园里，蜥蜴在园内草丛中嬉戏。在灼热的围墙上，一排小鸟布满了一抹绚丽的色彩，神像站立着或者躺卧着，保持着它们那表现出灰色火山般的生命力。帕斯拉维奇在楼上弹奏着肖邦的曲子。我接着想到，最可怕的事，莫过于被另一个人强迫去体验他所说的活着多么可怕，死去多有希望的了，而实际上同样会品尝到绝望。在所有强加于人的论调中，这是最最要不得的了。不仅会使你成为他们要造就你的那种人，而且还得照他们吩咐的去感受。如果你没有最坚强的盟友，那你到头来肯定会绝望，你会大吃苦头。

帕斯拉维奇穿着蓝色的浴袍走到了阳台上。他亲切地问我要不要喝杯酒。

"好的。"我说。我为整个计划忧心忡忡。

可是计划告吹了。为此我非常高兴。我一直为这事提心吊胆，夜不能寐地想像着，我们如何急急忙忙地从一个城镇赶到另一个城镇，一路经过哈利斯科，或者跑进大沙漠。可是老头子否决了这个计划。我很想写封信给他，告诉他我认为他精明极了，但继而一想，我跟他去讨论他的政治活动秘密有所不妥。当他们向他提出这项建议时，他肯定惊叫了起来。

不管怎样，我现在感到墨西哥对我已经产生了某些影响。我对之已经不再能加以抗拒，还是回美国去的好。帕斯拉维奇借给我二百比索，我买了回芝加哥的车票。他对我的离去颇为动情，一遍又一遍地用法语对我说，他会想念我的。我得说，我也如此。他是个很正派的人。这样的人是不多见的。

第二十一章

在由墨西哥返回芝加哥的途中,我便顺路,或者说从东圣路易斯去平克尼维尔,看望了多年没见的弟弟乔治。他已经长大成人,个子高大可是脚步不稳。他眼睛下面白皙皮肤上那褐色的阴影表明,他也同样按自己的方式进行了那种我们要想生存而作的斗争。仿佛时间一到,我们便撇开我们的伙伴关系,各自跟自己选定的对手,在他的密室里摔上几跤,就像在山里或大地窖里一样。乔治的情况也是如此。

他曾是个漂亮的孩子,现在他依然是个仪表堂堂的男子汉。他仍像从前一样,他的衬衣不成体统地在背后鼓起一团,他的头发依然如故,长得像栗壳刺,棕里透黄,硬如钢毛。他对自己的命运态度尊严,令我引以为傲。他们把他训练成了一个鞋匠。他不会操作你在修鞋店见到的那种在防护板下砰砰捶击,并带有尖叫着的圆盘和圆毛刷的机器,也不会用手工制鞋,可是他在上鞋底、钉后跟方面还是不错的。阳台下面的地下室,便是他干活的地方。阳台很大,因为这儿已是州的最南部,简直可以称作南方了。房子是木结构的,很大,刷成白色。藤蔓把他那满是灰尘的窗口下部遮成了绿色。我看到他在低头干活,从嘴里取下衔着的钉子,把它们钉到皮里。

"乔治!"我望着这长大成人的汉子,喊道。他立刻认出是我,高兴地站起身来,完全跟从前一样,用浓重的鼻音说道,"嗨,奥吉!嗨,奥吉!"如果再继续叫下去,声调拖长,重复叫这两个字,往往就会变成嚎叫了。由于他没有朝我走过来,我便朝他走上前去。"嗨,你好吗,老弟?"我对他说。我伸出一只手把他拉到身边,把头枕在他的肩上。

他穿一件蓝色工作服，高大，白净，只是两只手脏了点。他那没长大的脸上的眼睛、鼻子和小嘴，仍像从前一样纯朴。他不知道他本可大大埋怨我没有照顾他，反而一见到我就这么高兴，这使我大为感动。

已经有三四年没人来看他了，所以院方特许我跟他待一整天。

"乔治，你还记得什么？"我问他。"老奶奶，还有妈妈、西蒙、温尼？"他微笑着跟着我说出了这些名字，就像他小时候跟那条狗一起沿着铁丝篱笆摇摇晃晃来回跑时，经常唱的那支人人爱妈咪的歌中一样。他润湿的嘴里牙齿洁白整齐，尽管两个犬牙长得很尖。我挽着他的手在院子里走着，他的手现在比我的还大了。

这时已是五月初，栎树的树叶已经长得郁郁葱葱，乌油油地很茁壮；大大的蒲公英叶子也生意盎然；树下土地的温馨围绕着我们。我们沿着围墙走着。开始，我觉得这只不过是堵围墙而已，可是我心里一震，忽然，想到乔治是个被囚禁的人，他从未走出过这堵围墙。可怜的乔治。于是，未经请求允许，我便领他走出了院门。他两眼望着自己那走在陌生路上的双脚，看着它们往哪儿去，因为他害怕了。在十字路口的商店里，我给他买了一盒巧克力软糖饼干。他接了过去，但不肯吃，而是把它放进了自己的口袋。这时，他的眼睛很不自在地朝四周打量着，于是我说，"好吧，乔治，咱们马上回去。"这才使他安定下来。

一听到吃饭铃响——那声音就像是儿童动物园中老鼠城里那教堂的钟声——他已经被训练成立刻作出反应。他撇下我顾自朝爬满藤蔓的绿色食堂走去。我跟着他。他取了自己的饭盘，我们便坐了下来，跟那些脑子有问题的人一同吃饭。他们把白铁饭盘刮得喀喀响，边吃边摇晃着自己那虚弱的脑袋，既没有交谈，也没有东张西望。

制定照管这班人的计划肯定很简单，就像设计蓝白色条纹的枕套图案一样，只要给他们吃饭，穿衣，安排他们住宿就行了。也许连这个计划也没有。

离开那儿后，在余下的旅途中，我一直在想应该为乔治做点什么，不能让他就这样度过一生。同时,我也想到,一旦碰到要实实在在地来处理像囚犯、孤儿、残疾人、白痴和老年人等一类人的问题时,我们的托词是找得多么快啊!我决定在探望过我妈之后,便去找西蒙商量乔治的事。对此我拿不出任何具体建议,但我心里对自己说,西蒙有钱,因此他应该知道钱能做些什么。不管怎么说,当我快要回到芝加哥时,我想到了西蒙。我要去见他。

我从一个福利院来到了芝加哥的另一个福利院。这两个地方截然不同。妈已不再住在厨房隔壁,而是被安顿在简直像公寓的房间里,地板上铺着巴基斯坦的古利斯坦地毯,窗子上挂着窗帘。我事先已给她打过电话,告诉她我要来看她。她已在前门倚在白手杖上等着我。还隔着一段距离时,我就叫她,免得她受惊。她转动着头寻找我的位置,既伤心又高兴地呼唤着我的名字。在那红润的长脸上,眉毛从黑眼镜边上扬起,仿佛也在用眼睛看着我。她吻了我,对我轻声低语。她抚摸着我的面颊说,"你瘦了。奥吉,怎么会这样瘦啊?"接着她领我从后门来到她的房间。她那修长的身材几乎跟我一般高。一股烧鱼的香味一直冲到楼上,涌进我归乡的情怀,使我想起从前跟妈一起坐在厨房里的温暖。

梳妆台上摆着我从墨西哥寄来的全部明信片,还有西蒙和夏洛特的照片,是摆给可以看见东西的人看的。可是,除了忌恨西蒙的管理员夫妇外,还有谁来过呢?只有安娜·考布林偶尔来上一次,要不就是西蒙本人。他常来看看她,见她已被安置在她那中产阶级的居室里,心里颇感满意。她也知道她受到了令人满意的待遇,她腕上戴着银手镯,脚穿高跟鞋,还有一台安有一个络网罩的收音机。事实上,当劳希奶奶穿着那件最好的敖德萨黑衫,躺在纳尔逊老人院里,她无望地奢求的,也不过是妈今天享受的生活而已。这就是为什么劳希兄弟会让老奶奶如此失望,他们既不重视她的正当要求,也缺乏规范意识。然而,要尽力不辜负西蒙和夏洛特为她做的这一切,对妈来说并不是一项轻松的任务。据我推测,西蒙比夏洛特更难伺候。他非常爱挑剔。他打开她的衣柜,检查她所有的衣服,看看是不是都干净,衣架上少没少衣服。我知道,当西蒙为你做好事、谋福利时,他会使你感到很不自在。

不过,也许是那令人怀旧、香气扑鼻的鱼汁味儿,使得我过于批评现在的状况,夸大了妈的难处,把古利斯坦地毯和窗帘想像成用来暖和身居囚笼的气氛。一个日益衰老的盲妇人,她只能在一个房间里苦度余生,因此,她为什么不能住一个舒适一点的房间呢?把乔治和妈两人都看成是囚犯,也许是我的过错;我自己自由自在地浪迹天涯,他们却陷于囚禁之中,我心里感到非常难过。

"奥吉,去看看他,"妈说,"别生西蒙的气了。我跟他说过,他不该那样。"

"我会去的,妈。我一找到房子安顿下来,就去。"

"你打算做什么?"她问。

"嗯——做点事。我希望做点有兴趣的事。"

"什么?你现在能过活吗,奥吉?"

"呃,我不是在这儿吗?妈,你说这是什么意思?我现在活得好好的。"

"那你为什么这样瘦呀?不过这衣服还不错——我摸出是什么料子。"

它们应该是不错的,是西亚花大价钱买的。

"奥吉,别拖得太久,早点给西蒙打个电话。他要你去见他。他让我告诉你,他一直在念叨着你。"

西蒙确实想见我。他在电话里一听到我的声音,便说,"奥吉!你在哪儿?待着别走开。我这就去接你。"

我是在我新住处附近一个公用电话亭里打的电话,这儿离我的老住处不远,也在南区。他就住在附近。没过几分钟,他就开着他的黑色凯迪拉克来了。这个漂亮的搪瓷壳轻稳地在路边停了下来,里面则像是珠宝。他招呼我上了车。"我还得马上回去,"他说,"我没穿衬衣,只穿上外衣戴上帽子就来了。好，让我瞧瞧你。"

他嘴里虽这么说，可实际上并没怎么多看我，而是想急急忙忙赶回家去。当然，他正在开着车，可是那只消用他修过指甲的双手轻轻按在宝石似的方向盘——像是玉石做的东西——上就行了。这玩意儿几乎自己就跑得挺好。我想，他是为我俩那次因露西和咪咪的事吵架感到内疚了。我已不再为这件事生气了，而是朝前看。西蒙比以前更发福了。身上那件有栗色扣子的薄大衣敞开着，裸露出那结实的肚子。他的脸也更宽大了，显得更粗鲁、更专横。不过他的这张胖脸并不像有的人那样油光雪亮。吉米的母亲克莱恩太太的脸就很胖，几乎像张东方人的脸，油光雪亮。不过，我觉得我们俩分别了这么久之后才见面，我不能对西蒙多作批评。不管他过去干过什么，眼下在干些什么，我一见到他便又爱他了。真是情不自禁，不由自主。我希望兄弟俩重归于好。要不是他也想这样，他为什么还要急急忙忙赶来接我呢？

不过，现在他想知道我所经历的坎坷，可我不想告诉他。我去墨西哥干什么？

"我爱上了一个姑娘。"

"哦，是吗？别的呢？"

我对驯鹰的事以及我的种种失败和教训，只字未提。也许我应该说出来。反正他心里总是责备我吊儿郎当、感情脆弱，把真相告诉他又有什么损失呢？不过，某种高傲自负让我闭上了嘴。刚刚激起的手足之情竟是如此短暂。他这是在审查我——那又怎么样？随他好了。难道我不是穷困潦倒、破衣烂衫、头破血流、牙齿跌落、悲观失望，如此等等过吗？我怎么能说"哦，很好，西蒙，我挺好"呢？不能，我对他说的是，我去墨西哥是为了干一件重要的事。

后来，他开始讲起自己的情况。他把自己的买卖搞好后，把它卖给了人家，赚了很大一笔钱。由于不愿再跟麦格纳斯家的人多打交道，他就转搞其他行业，而且非常走运。他说，"我确实有点石成金的本领。

我毕竟是在经济大萧条时起家的,当时大家以为一切都完了。"接着,他讲述了如何在拍卖中买到一幢旧医院大楼,他把它改装成一座公寓楼。不出六个月,他就从这座大楼赚了五万块钱。接着他又组建了一个物业管理公司,为新业主管理这座大楼。现在他在西班牙一座钴矿占有很大股份。他们把钴矿砂卖给土耳其或中东某个地区。他还在几个火车站有特许出售炸薯片的摊点。事实上,就连艾洪做梦也没有想到要做这些买卖,更别说想从中收到高利了。

"你猜我现在有多少家财?"

"十万?"

他笑了。"气派不妨大一点,"他说,"如果我不是很快就成为百万富翁,那一定是我的算术有问题了。"

这令我肃然起敬,谁能不起敬呢?这他自然不会不知道。可是他那专断的蓝眼睛还是目光一暗,瞧着我,问道,"奥吉,你不会认为因为你没有钱就比我强吧?"

这问题问得我哈哈大笑,也许都笑得有点过分了。我说,"这问题问得真怪。我怎么会呀?而且即使我有这种看法,你又何必在乎呢?"我接着又说,"我看的确不假,人们总是想方设法要高人一等,超过他们周围的人。可不是,我自己也想有钱。"

我没有说我得有个够好的命运,而这是首要的。

我的答复使他颇为满意。"你正在白白浪费许多时间。"

"我知道。"

"你不该再拖延了。你又不是个孩子。连乔治都有个事干了,他是个鞋匠。"

你知道,我的确羡慕乔治那样,欣然接受自己的命运。但愿我也有个更为明确的命运,那样我就可以停止目前的四处寻求了。我并没有感到自己比西蒙强,一点也不。如果我真的轻松愉快,悠闲自得,他也许会羡慕我的。可就我这般光景,还有什么值得羡慕的呢?

他神气不可一世,他时髦的尖头皮鞋踩在油门的橡胶踏板上,风驰电掣般驶过一条条街道。这辆耀武扬威的车身佩纹章,一副帝王气派,我的哥哥不正像个势力强大、性格阴暗的底特律王子么?不过,在机械王国里称雄的人又有什么不好呢?这还不够好吗?你宁愿怎么样?相信我,我并没有为自己,为坚持要有一个"高级的"、独立的命运而自豪。我根本不是什么奇才,也不是什么声名远扬的杰出人物,既没有渲染成敢于跟身披可怕鳞甲,长着一双熊脚的亚玻伦①搏斗,也没有被斥责得像卢梭②去万森途中那样去洗刷自己的一切耻行,心里十分激动,凡使热情、冲动、爱人类的我所遭受的一切,全应归咎于罪恶的社会。我没有那种第一流的事迹来自炫一番。我又算得了什么,拿不定主意却又固执倔强。我所能说明的一点就是,尽管我渴望独立自主的命运,然而这并不仅仅为了我自己。

啊,何必太认真呢?认真只是为少数人所有,虽然人人都有几分,但只有少数得天独厚的人才能说得清楚,说得恰如其分。

"那么你要在什么时候开始干你打算要干的事呢?"

"但愿我知道。不过这好像是那种急不得的事。"

"哦,要是不知道你是干什么的,人们就不会信任你,这你就不能怪罪他们了。"

他在自己的公寓门前停下了车,他不顾停车规则把自己的凯迪拉克随便停在街上,让看门人去费心。电梯无声地迅速往上升去,我们来到他家的象牙白色门前。他一打开门,便立即吆喝着吩咐女仆做火腿鸡蛋。他俨然像个国王,像弗兰西斯狩猎归来。他趾高气扬,大喊大叫,把东西重新挪动一番,这不仅是让我看看那些大房间,倒是显示一下他那统治一切的典型态度。啊,有很大的地毯,还有大台灯,尺寸像真人

---

① 《圣经》中无底坑使者、恶魔。详见《圣经·新约·启示录》第九章。
② 卢梭(1712—1778),法国思想家、文学家,著有《民约论》、《爱弥尔》、《忏悔录》等。

大小的玩偶和女神像，墙面全是红木的，抽屉里放满内衣和衬衫，移门一推开就是一架架的鞋子，一排排的衣服，一双双的手套和袜子，一瓶瓶的科隆香水和一个个小首饰盒，房间的四角都装着电灯，淋浴间里有交叉喷水的装置。西蒙去淋浴，我独自步入客厅；那儿有个很大的中国瓷花瓶，我悄悄地登上一张椅子，掀开瓶盖往里一瞧，看到里面有浮塑的龙与凤。糖果盘里装满了糖果——西蒙去淋浴时，我吃了几颗椰子球和杏汁软糖，一边四处走了走。后来，我们坐下来在一张精美的大理石圆餐桌上吃饭。餐椅是红皮的。嵌大理石桌面的金属圆框上，雕了一圈孔雀和娃娃脸。女仆从雪白耀眼的厨房里端来火腿蛋和咖啡。西蒙伸出戴着戒指的手，试了试杯子的热度。他的一举一动就像是某位意大利王爷，对一切都极其讲究苛求。

我知道我们是坐电梯上来的，但没有注意到的是第几层。这会儿，吃过早饭，我无意间走进了一间铺着地毯的大房间，暗得像一节停在火车站上、拉下窗帘的普尔曼式卧车。我拉开窗帘，看出我们至少是在二十层楼。打从回来之后，我还没有好好看过芝加哥的市容哩。现在，从窗口朝西望去，这座灰蒙蒙的城市，到处是一条条的黑色轨道，天空弥漫着庞大工业冒出的烟雾，升降兴毁的建筑物就像一座平顶山。在它们的上面，有着形形色色的大亨和超级大亨，他们如同狮身人面像一样踞伏着，虎视眈眈。可怕的沉寂笼罩在城市的上空，就像一场永远找不到言词的审判。

西蒙走来找我。他叫了起来，"嘿，我的天，你在黑咕隆咚的房间里干什么呀？来，今天你跟我一起去转转。"

他是想让我了解了解他的生活。也许他认为我说不定会碰上我感兴趣的事，这也是为了我的前途。"等一下，"他突然说，"你穿的是套什么小丑服啊？你可不能穿着这身衣服去见人。"

"听我说，这是我一个朋友给我挑选的。不管怎么说，你只要摸摸这料子。这衣服没什么不好的。"

可是，他脸上露出了不耐烦的神色，一面扒掉我的上衣，一面说，"脱掉！"他给我穿上一件双排扣的法兰绒外套，颜色灰柔，料子上等，好在款式较老。他又要我换上漂亮的内衣、丝袜、新皮鞋，并且吩咐把我的那套旧衣服拿去洗烫，洗好再送还给我——我那套衣服肘处已磨得发亮。至于换下的其他东西，他吩咐统统扔进炉子。于是全都被炉火吞没了。我用现在已属于我的绣名手帕擦了擦脸，我的脚趾在狭窄的新鞋中活动了一下，试了试以便能够习惯。最后，他又给了我五十块钱，我想要极力推却，可是我的舌头不听话。"走！别咕哝了，"他说，"穿上这套行头，你口袋里总得有点钱。"他有个很大的镀金钱夹，里面全是新钞票。"现在走吧！我办公室里有些事要办，夏洛特又要我五点钟去接她。她在会计师那儿查几本账。"他打电话吩咐楼下把他的凯迪拉克准备好。我们上了车，坐在这个显赫的硬壳中，几乎一路也未停地飞驰而去，车子里开着收音机。

在自己的办公室里，西蒙的架势就像一位国会议员，打电话的时候，他的鳄鱼皮皮鞋竟碰下了写字台上的东西。他谈了从巴西买进通心粉，再卖到芬兰赫尔辛基去的买卖。接着又对加拿大安大略省萨德伯里的某种矿山机械发生了兴趣，因为有个印度支那公司需要这种机械。又有一位内阁成员的侄子来访，洽谈了一笔防水材料的生意。他走了之后，一个精明干练的家伙来兜售印第安纳州芒西产的廉价的按码出售布料。他买了下来。接着，他便把这批布料卖给一个皮夹克制造商做里子用。所有这一切他全是通过电话进行的，又是咒骂，又是威胁，不过这只是一种风度，并不是真的动气，因为他常常大笑。

后来，我们驱车去他的俱乐部吃中饭，到那里时时间已晚，餐厅已停止服务。西蒙走进厨房，大声叱喝着把侍者领班叫了出来。他看到一只盘子里盛着一些炖肉，掰了一块面包往里蘸肉汁吃，弄得肉上沾满了面包屑。侍者领班急得直叫，西蒙也跟他对嚷，不过笑容满面，"那你干吗不侍候客人，你这笨蛋！"

他们终于让我们填饱了肚子,而后西蒙似乎感到下午的时光冗长乏味。

我们走进了纸牌室,他硬挤进一桌牌戏。我看出别人都讨厌他,但没有一个人敢起来对付他。他对一个秃顶的人说,"让开点,鬈毛!"随着便坐了下来。"这是我弟弟,"他那口气仿佛是命令他们看看我这个穿着法兰绒上衣和领尖钉有纽扣的衬衫的人。我只是懒洋洋地坐在他身后的一张皮椅上。

他不时回过头来,假装压低声音向我介绍各种人物。"奥吉,你看到那个穿蓝衣服、叼着雪茄的家伙没有?他是个律师,可是并不干他的本行,他只是保留了一个事务所,这样他就可以说他是个律师了。他靠打牌赌博为生。要是没人跟他打牌,他下个星期就得靠救济金过活了。他的老婆也一样。他在各个大饭店里打牌。在那边的另外那个叫古尼,他是哈佛大学学生,他父亲开了一家香肠厂。我要是有他这么个儿子,我宁愿把香槟倒在我那玩意儿上也不会送他上大学。这狗娘养的。我会叫他去灌香肠。他是个光棍,这辈子也不会有自己的儿子,可是他挺喜欢小男孩,去年他在州湖夜总会想勾引一个水手,结果被那小伙子一拳打黑了眼圈。那边那个是鲁比·拉斯金——是个好样的。他每月至少去乔利埃特监狱探望他老爸一次。那老头在一次纵火案中独自一人承担了他俩的罪责。"

那些打牌的人,既没有怒目而视,也没有咧嘴讪笑,看上去似乎都屏着呼吸,我心想,这回西蒙一定会挨一顿揍。这时西蒙却接着说,"听着,你们这伙笨蛋,我要你们好好看看我弟弟。他是个激进分子,刚从墨西哥回来。奥吉,告诉他们革命就要来了,到那时候,他们个个脖子上都会被捆上大石头,给扔到排水沟里。"

他赢了一大笔钱——他一定会赢,因为其他的人都给搅得心烦意乱,没心思打好牌——神气活现地离开了牌桌。

"他们每人啬一勺水就够淹死你的,"我说,"你为什么要惹得他们这样恨你呢?"

"因为我恨他们。我要让他们知道这一点。那班笨蛋恨我,我才不在乎哩。哼,他们全是寄生虫!我瞧不起他们!"

"那你干吗还参加他们的俱乐部呢?"

"为什么不可以?我喜欢做俱乐部的会员。"

他在酒吧绿呢台面上掷二十六点①,赌香烟,摇了皮骰子杯,结果又赢了。他往我的胸袋里放了几支哈瓦那雪茄,说,"咱们去理发馆吧,你是需要,我是喜欢。天啊,我真的爱理发馆!"我们去了巴尔玛理发馆,那儿有高大的主教椅。等到我们剪了发,修了面,擦了脸,烫了发,已经五点钟了。我们急急忙忙钻进车里,穿过禁止通行的小巷,抄近路出了闹市区。夏洛特已在街边等着,她穿着毛领外衣,身材高大端庄,一副严肃神情。因为要她等候,她极为生气,劈头就说,"西蒙,你上哪儿去了?你知道不知道晚来了多少时间?"

"住嘴,"西蒙说,"我弟弟来了。你已有两年没见到他了,见面连个招呼也没打就瞎嚷嚷。"

"你好吗,奥吉?"她把藏在毛皮领子里的头转向后座,口气不怎么好地说,"你喜欢墨西哥吗?"

"哦,非常喜欢。"

她的衣着打扮非常时髦,而且要不是脸部肌肉上明显地流露出强忍的表情,她那细直的眉毛和嘴唇本来似乎还有几分动人之处。她掩饰不耐烦的本领实在太不高明了。她当然已经看到我身上穿着西蒙的衣服。并不是她反对这种事,只不过这逃不出她的眼睛。总爱打岔子,下命令,而且声色俱厉,俨然像个严厉的法官,而你则是个被告。你得谨言慎语,斟词酌句。可是不管怎样,她还是要作出她要做的裁判。她穿着

---

① 20世纪30年代至50年代流行于美国中西部的骰子游戏。

毛领外套,身材高大,仪表端庄,虽然抹着口红,画了眉毛,可仍然像个威严正确的法官。而我,却像个狡诈的海盗,只是我并不真正是个大胆的狡辩者。

有一点使她不安的是,我虽身无分文,看来却怡然自得地享受着有钱人的许多享受,既无责任,又无烦恼。这当然不是实情,只是另一种表现而已。可是令她特别不放心的是,我看来一点都不着急。

吃晚饭时,我想跟西蒙谈谈乔治的事,可是他说,"别搞什么新名堂啦,别没事找事啦。他过得很好,你还想怎么样?"

"你自己都没拿定主意你这辈子该怎么办,干吗倒为你弟弟乔治操起心来了?"夏洛特说,"变成一个无业游民是很容易的。"

西蒙说,"住嘴!做个无业游民也比做你堂妹露西的丈夫和你叔叔的女婿强。你别管奥吉的事。无业游民正是他不想做的。即使他要多花点时间才能安顿下来,那又怎么了?"

"你掉了一两颗牙,是吗?"夏洛特说,"怎么搞的?你的样子好难看……"她本来也许还要说下去,可是门铃响了,女仆引了一个人经过过道,走进客厅。夏洛特不吭声了。过后,我朝里面一看,看到一个身材高大的女人坐在暗处。我走过去看看这位勃罗伯丁内格国①的女人究竟是谁。原来是夏洛特的母亲,麦格纳斯太太,她坐在那只中国大瓷瓶的旁边,尽管那只花瓶很大,但它丝毫没能使她显得小一点。甚至在黑暗中,麦格纳斯太太那美丽、健康的肤色,还有她那编成辫子的头发,镇定安详的马鞍形鼻子和她的身材,仍然让我动情。

"你为什么坐在暗处呀,麦格纳斯太太?"我问道。

"我只好这样。"她简明地回答说。

"可你为什么只好这样呢?"

---

① 英国小说家斯威夫特(1667—1745)所著讽刺小说《格列佛游记》中的大人国。

"因为我的女婿不想见到我。"

"这是怎么回事?"我问夏洛特和西蒙。

夏洛特说,"西蒙嫌她穿的衣服是便宜货,就把她给骂出去了。"

"因为,"西蒙气哼哼地说,"她穿着十九世纪五十年代的衣服到这儿来。一个拥有五十万家财的女人!她打扮得就像一匹收破烂的人的老马。"

碍着我的面子,夏洛特带母亲在餐桌旁坐了下来。我们吃着樱桃,喝着咖啡。夏洛特不再数落我了,可是西蒙对穿褐色衣服的麦格纳斯太太火气十足,他只顾自己看报,不愿去理她——打从她进来,他没说过一句话——但他最后终于开口了,现在我看到了他那凶神恶煞似的面目,"哎,你这个讨厌的老守财奴,我看你还是向看门的老婆买衣服穿吧。"

"别为难她了。"夏洛特厉声说。

可是,西蒙突然冲过桌子,把樱桃撒得满地,打翻了咖啡杯子。他抓住他岳母的上衣领口,使劲朝下一扯,扯到了腰间,她尖叫了起来,突然敞露出她那对用粉红布带裹住的柔软的大乳房,冷不防看到了那对肉球,使人惊愕万分。她气喘吁吁,急忙用手捂住赤裸的胸部,转过身去。不过她的惊呼只不过是欢叫。她多么爱西蒙啊!这他也知道。

"快躲!快躲啊!"他边说边放声大笑。

"你这疯子,"夏洛特喊道。她穿着高跟鞋急忙跑到房间给她母亲取了一件上衣,回来时她也格格地直笑。我心里想,他们真是太自得了。

西蒙开了张支票,然后递给麦格纳斯太太。"拿着,"他说,"去买几件衣服穿。别穿得像女帮工似的到这儿来。"他走上前去吻了吻她的辫子,她抱住他的头,十分高兴地连吻了两次。

我去看了艾洪。他面色苍白憔悴,情况不大好。我不在时,他曾住院做前列腺手术。尽管如此,他仍然风采依旧,就像这儿到处贴满的保险广告、剪报和照片一样,其中还挂着局长的照片——一副男人气概!

那颗大脑袋有多神气——下面是那篇著名的讣告！蒂莉带着孙子度假去了，米尔德丽德跟艾洪的感情比以前更深了，现在由她掌管一切。她脚上穿一双厚厚的矫形鞋，站在办公室的栅栏前面，它把通向老办公室的过道截断了。她那眼睛里的神色会惹得你跟她吵上一架。谢天谢地，我可没有。她的头发已开始花白，艾洪则更是满头皓发，这一来使他的眼睛变得更黑了，他看到我身上西蒙给我的双排扣上装，便说，"你肯定混得不错，奥吉。"屋子里有股臭味，书架上的书东倒西歪的，一尊尊伟人半身像多得快堆到天花板。黑皮轮椅保养得还好，但日益陈旧。

艾洪对咪咪·维拉斯大发牢骚，说她在毁了他的儿子。

而咪咪说起他和他对儿子阿瑟的所作所为时，嘴里更没好话。"我要对你说说那个老东西，"她说，"他死要自吹自擂，连上趟厕所都想发表一篇文章吹嘘一通。我知道人人都爱虚荣，就是这把这世界闹得天旋地转。这说不定不单单是虚荣，也许就像是你脑子里有颗子弹，可你还一个劲地惦记着你那顶漂亮帽子，想到星期六有个邀你出席的宴会，等等。可是总得有个限度，要是你克制不住，至少应该知道这不是件好事。那老东西惟一关心的就是，阿瑟应该给他增光，为他带来荣誉。可说到帮阿瑟，一点也没有，他连个子儿都不肯给。做父母的有钱，要是一点也不给子女，就应该把他们的钱全都没收，应该让他们去讨饭。我会让那老东西拿个铁皮杯子站在街口去。这就是我要做的。你知道，阿瑟的爷爷把财产全都留给了阿瑟，他知道自己的儿子是不可信的。阿瑟一直在埋头写一本书，那是本了不起的书。我深信不疑。你知道，他在写书的时候当然就没法去工作了。"

尽管咪咪夸大了艾洪的财富，但他确实有些钱。不过我没有跟他争论。我自己对艾洪也已没有多大好感。我从布法罗回来发现家已不复存在时，他力劝我不要饶了西蒙，打那时起，我便失去了我昔日对他的那种好感。而且，如果你想要知道的话，也因为他和蒂莉从前曾经告诫过我，别指望得到点什么，再三说一切都将归阿瑟所有。我不能不感到，在他们眼里，世界上没有一个好人，而现在，他们自己也互相反目了。现在也许是我撇开他们的时候了。

"当然，"咪咪带着几分往日的辛酸说，"现在我有了一份很好的工作，可去年冬天，我患了流感，不能工作。不仅如此，由于付不起房租，还被欧文斯赶了出去。我们在多尔切斯特的一个朋友收留了我。可是阿瑟和我能睡觉的只有一张沙发。我们俩挤在一张沙发上，而我又正在患流感。第二天早上，他疲乏极了。我的朋友一去上班，他便睡到她的床上。所以，"她带着那喜剧化的笑脸说，"我终于说他得设法去找份工作。他说他去试试看。一天早上，他八点起床出门，十点钟就回来了。他说他在威波特公司的玩具部找到了一份工作。第二天可以知道工作详情。第二天早上，他九点钟出的门，十一点就回来了。他们给他交代了一下工作，可他想在开始上班之前，先把有关克尔恺郭尔①的重要一章整理出来——我拿他有什么办法？"

"于是，第二天他八点半出门，可中午就回来了，他被解雇了。因为楼面巡视员要他捡起地上的一张废纸，他就回答说，'你自己捡吧，小子，你的脊梁骨又没有断。'"

"后来阿瑟也得了流感，我只好起来把沙发让给他。然而，"她说，"我爱他。跟他在一起，从来不会感到乏味无聊。我们的生活越是艰苦，我觉得爱情就越是珍贵。你情况怎么样？"说着，她朝我仔细端详起来。我的皮肤在墨西哥已经晒得黝黑，艰难的生活和磨炼使我显得老多了，最后，为了西亚，又被比兹科乔那匹老马摔到岩石上，吃了石渣和泥灰。哎，我回来时的模样，一定跟当年十字军在东方沙漠上那场惨败中丢盔弃甲逃回的幸存者不相上下。

是啊，当初人们都纷纷告诫过我。例如佩迪拉就曾说过，"我的天，

---

① 克尔恺郭尔（1813—1855），丹麦哲学家、神学家，存在主义先驱，著有《非此即彼》、《人生道路的阶段》等。

奥吉，你干吗非跟那么个女人和那只鹰去那儿不可呀！一个捕蛇的，天知道还会搞出什么花样！你指望得到什么呢？怪不得你这副模样。我最讨厌唠叨别人不愿谈的事，不过在我看来，你这是在自讨苦吃。"

"曼尼，那叫我怎么办呀？我看我爱上她了。"

"难道你就让爱情毁掉你吗？依我看，你不该为了爱情把自己的一生全搭进去——那又有什么好处呢？"

"很对，可我并没有像应该做的那样去爱她。你要知道，我没有坚持到底。我本应该纯真，坚持始终如一。是我有些地方不对头。"

"老伙计，我来给你讲讲吧，"佩迪拉说，"你过多责怪自己了，真正的原因并没有这么动听。这是因为你抱负过高，胃口太大，所以一旦失败，你便拼命责怪自己。但这不过是一场梦。如今最需要研究的是，人能坏到什么程度，而不是能好到什么程度。你没有跟上时代潮流，你这是在和历史背道而驰。或者，你至少应该承认事情有多糟糕，可你又不这样做。你不该再这样四处游荡了，应该回大学念书去。"

"我想我也许会这样做。不过我现在还在考虑重新振作精神的时候。"

"留着在晚上考虑吧。你就不能两件事同时做吗？"

克莱姆·丹波也对我讲了几乎同样的话。他不久便要得到学位，现在他留着浓浓的小胡子，叼着雪茄烟，看上去已经很成熟。他打扮得像个穷苦人的宣传员，身上的衣服散发着洗涤剂和男人的气味。"嘿，大小伙子，我看你还是离开时的样子，"他说。现在，克莱姆跟我非常要好，他是个好人，心地善良，品质高尚，同情和体谅平民百姓的疾苦。不过在他看来，我仍是个靠有钱女人吃饭的小白脸，要是我受了罪，那是我咎由自取。这是他话里的含意，因为事实上我的样子跟离开时完全不一样了。

"奥吉，你那场追求有意义的命运的战斗进行得怎么样了？"克莱姆问道，你瞧，他很了解我的情况。哎呀，他干吗要这样挖苦我呢！我只是想做正当的事,而我却碰得头破血流,牙齿掉了,心灵受到创伤,十足是个糟糕透顶的战士。天啊,好一个美好事物的追求者,爱情的奴隶,计划的执行者,信奉崇高理想和一味寻欢作乐的人!啊,对任何一个能识别是非的人来说,我在竭力拒绝过令人失望的生活,这是一件要紧的事,并不是儿戏。不过这会让人流下同情之泪的事,像克莱姆的看法那样,往往也是会让人哈哈大笑的笑话。因此我忧伤凄凉,克莱姆却大笑不止。我不能生他的气。

你知道,我为什么会让人觉得滑稽可笑吗?我想这是因为劳动分工的缘故。专业化把像我这样的人丢到了后边。我不会焊接,又不懂交通管理,也不会做切除盲肠以及诸如此类的事。我跟克莱姆讨论过这个问题,他的看法也是如此。克莱姆并不是个无能之辈,他说他现在在心理学方面大有进展,有许多以前感到迷惑不解的东西,现在都一清二楚了。哦,他仍爱找自己的岔子。他说,"我的一切好见解,都是在一场火灾后的大拍卖中得来的。"可是他对自己的观点越来越有信心。他把我的归来当作一件大事,说我们俩是少有的真正朋友。这一点不假。我对他怀有最真挚的感情。这不,他来找我,说我们一定得去东方剧院,然后一起吃晚饭。克莱姆一定会花到一个子儿也不剩的,而且他也不在乎你是否还请他一点什么。他喜欢注意外表,尽管他常常满脸怒气,牙缝里塞着食物碎屑而张嘴大笑。他的脑袋很大,他穿的那套衣服质地好,做工精细,是中年银行家的服装。然而他的小腿细长,鞋子破旧,袜子是老式的有多色菱形花纹的毛袜,上身里面穿的是高领毛衣,散发着一股雪茄烟味。

于是我们去了东方剧院。星星在蓝色的夜空中闪烁,就像是阿拉伯之夜。我们听了米尔顿·伯利[①]演唱的《河啊,别流近我家门》,然

[①] 米尔顿·伯利(1908—2002),美国喜剧演员,在电视初期很受欢迎,有"电视先生"之称。

后是柔软舞蹈演员穿着丝绒衣服扮成玩偶的柔软舞蹈,接着是一些乘坐汽车的小狗汪叫着越过舞台,而后是一群姑娘吹奏风笛。先奏了《安妮·劳里》,接着吹奏古典名曲。她们吹奏了《爱情忠贞曲》和《华尔兹舞曲》。然后是压轴戏,无聊透顶,我们索性退场,去了饭馆。

在嘈杂的楼座上哈哈大笑一阵之后,克莱姆又恢复了庄重的精神,点了一大堆中国菜——糖醋肉、竹笋、菠萝鸡丝炒面、芙蓉蛋,还有茶、米饭、冰冻果汁、杏仁饼。我们一面谈天,一面把这些吃得一干二净。

"现在假如,"他说,"我们乘船沿尼罗河而上,到达第一座大瀑布。在绿色的田野里,孩子们朝遍野的小鸟投掷石头,水花飞溅,我们吃着放有春药的枣子,漂亮的科普特姑娘,伴着三角帆的猎猎声驾船而来……再去卡纳克抄录碑文。你看这怎么样?"

"啊,我可是刚从异国他乡回来呀。"

"没错,可那是你抢跑了。你还没准备好就跑了。你没有按部就班地来。这就是为什么你的旅行没有成功。如果你是个埃及学专家,你就可以走沿尼罗河而上的这条旅行路线。"

"好,这么说我得做个埃及学专家了。我所需要的是得有十年左右时间的准备。"

"瞧你,吃了晚饭,你就这么开心愉快、精神焕发了。你就喜笑颜开,嗨,仿佛这幢楼都是你的了。哈,哈!啊,老弟,你真了不起!"

"只是有一点我不明白,"我带着受捧的得意心情微笑说,"为什么挑选尼罗河呢?"

"对你来说吗?那是因为它不平凡,"克莱姆说,"我一想到你,就得从不平凡方面考虑。就达到的水平而论。"他用上了大学里的词汇。他喜欢用的另一词是"增强",意思是指给解了一道题的耗子吃东西,以示鼓励。他那又红又大的嘴唇,威胁似的笑声,加上版图似的脸庞和有两条通道似的大鼻子,使他俨然像个君王。"你是向划到船边来的科普特人欢呼的庸俗的人群中的一员吗？你不是。你是个杰出人物。你是个性情中人。在这个凡人的化装舞会上，你像个天使来到我们这班可怜虫之间。"

我连声咄咄，说他信口开河，可是他说，"哦，你先沉住气，我还没说完哪。我下面的话也许会觉得很不中听哩。"

"我们不是处在同一论域。这还不是圣托马斯①所说的我的第一内涵水平。我并不是说你就是个天使；只是说我们这些做事按部就班的芸芸众生，生来命途多舛的凡夫俗子，看到你光临舞会时，春风满面，神采奕奕。你有雄心壮志，不过你的志向太笼统。你不够切实具体。你必须切实具体。要知道，拿破仑是这样，歌德也是如此。就拿那位塞斯教授来说吧，他就切身实地对尼罗河作过考察，他对几近一千英里沿河两岸的一切都一清二楚。不论是名称、地址，还是日期，他全都清楚。生命的整个奥秘，全在这些详尽具体的资料之中。"

"是什么使得你突然对埃及兴趣这么大？"我说，"而且我知道自己毛病很多。你不必担心。"

"嗯，当然喽。就连你春风满面的时候，你都焦虑重重。我怎能不知道！我看得出来，你老是自讨苦吃。你需要来点弗洛伊德博士的药。这会对你大有好处。"

"事实上，"我说，现在我心里有点不安，"最近以来，我尽做怪梦。听我说，昨天晚上我就梦见我在自己的房间里，在某个地方——我有了自己的一幢房子，这就够让人惊讶的，更不用说是怎么一个梦了。我梦见我站在那漂亮的前厅里招待一位客人。你猜怎么着？我竟有两架钢琴。两架像是为音乐会准备的大钢琴。然后我那位温文尔雅的客人——我自己也一样，符合社会规范——他说，'一个人拥有三架钢琴，太不寻常了吧？'三架！我回头一看，我的天！哪儿来的又一架呀！我一直

---

① 圣托马斯（1225—1275），意大利神学家。

在想，我家里怎么会有两架钢琴的呢，因为我对钢琴一窍不通，就跟公牛不会缝坐垫一样。这好像是个不祥之兆。不过，这尽管使我心惊肉跳，我还是竭力不动声色。我对那人说，'没错，是有三架！'仿佛怎么能少过三架呢？因此，我觉得自己像个大骗子。"

"啊，一个多精彩的病例！你会是科学头脑的恒温室。你也可能是个躺在诊察台上的未知事物集大成者。以我猜测，你也许患有高贵综合症，你不肯调整自己以适应现实情况。我看出你处处都表露出这些症状。你要做一个真正的男子汉，做一个顶天立地的大丈夫。我们俩从小就在一起，我了解你和你的心思。还记得你每天总要到议会大厦去吗？我知道你想做什么？啊，体力智力双全的人！啊，大卫王①！啊，普卢塔克和塞内加②！啊，威武的骑士！啊，苏仁方丈③！啊，斯特拉斯宫！啊，魏玛④！啊，唐·乔凡尼⑤！啊，满足了欲望的脸！啊，神一般的人！告诉我，老朋友，我激昂起来没有？"

"你说得对，说得对，"我说。你要知道，我们当时是在中国餐馆那木雕的雅座里，周围的一切都井然有序，融洽友好。当重要的思想不必以独白来表达时，我知道这样亲切交谈是多么可贵。因为除了对自己之外，还能对谁全盘倾吐自己的心里话呢？

"说下去，克莱姆，继续说下去。"我对他说。

"我是在莫特利学校上的四年级。老师是明西克夫人。她总是把你叫到教室前面，再递给你一支粉笔。'喂，多拉贝拉，你想要闻到的是什么花呀？'哈，哈！有趣极了。这个小多拉贝拉·费恩戈德会闻到憋得喘不过气来，兴奋地转动着她的小眼睛。她会说，'香豌豆'。这是一

---

① 大卫王（？—前962），古以色列国王。据《圣经》记载，系耶稣的祖先。
② 塞内加（前4—65），古罗马哲学家、政治家和剧作家。哲学著作有《论天命》、《论幸福》等，剧作有《美狄亚》、《奥狄浦斯》等九部。
③ 苏仁方丈（1081—1157），法国圣尼丹尼寺院方丈。
④ 德国文化名城。
⑤ 唐·乔凡尼（1403—1482），意大利画家。

种惯常的练习。吸呀呼呀。斯蒂芬妮·克雷茨基呢?她会说,'紫罗兰,玫瑰花,旱金莲,'"克莱姆手指夹着雪茄,用他那胀大的鼻子嗅着。"你想想那间简陋教堂里的情景,还有那班可怜的小东西,他们肚子里装的是泡菜、面包和猪爪,身上流着移民的血液,发出新洗衣服、熏香肠和自酿啤酒的气味。他们哪儿来的赏花的雅兴啊?哼,见它的鬼!然后,明西克太太会奖给表现好的学生一颗金星,以资鼓励。她牙齿尖尖的,乳房耷拉到肚子上,总爱使劲往废纸篓里吐痰。那些顽皮的学生会说,'是臭菘,老师,'或者说,'是野傻瓜花,'或者说,'破烂。'她听了便会抓住你的脖子,推着你去见校长。可是这些顽皮孩子是对的,谁见过什么香豌豆了呢?嘿,我也曾把尿片别针塞到阴沟盖里去钓鱼,因为我聪明的哥哥对我说,那样能钓到金鱼。"

"这是个可悲的故事。可是你没看出这两种孩子都是对的吗?有些敢站起来说出他们所知道的,而另一些则渴望知道他们所不知道的。对有些孩子或有些人,就不是花,你说的这是什么意思呢?这种说法不可能是对的。"

"我知道你准会赞同这种闻粉笔的把戏。你具有强烈的超级自尊心。你想要接受,可是你又怎么知道你接受的是什么呢?你接受这一切必须有几分傻气。没有人会感激你的一片苦心。而且你也知道,要是你不顾现实原则,而一味为肮脏的场面加油打气,你是会毁掉自己的。你应该接受从亲身经历中得出的数据资料。你为什么不读点心理学呢?它使我得到很大的好处。"

"好吧,要是你认为这很重要,那我就向你借几本书吧。只不过你已经把整个事情全搞错了。我要把我所知道的提供给你。我要想一死了之是完全不对的。如果你亲身经历得来的资料是这样,你就应该把这种资料丢弃一旁,不予理会。而且我也明白你说的我做事不够明确具体的意思。这就是说:在当今的世界上,作为单独的个人,必须乐于表现出一种越来越狭隘、越来越有限的生存观点。然而,我不是一个专家。"

"哦,你告诉过我,你会驯鹰。"

对,到目前为止,这是我惟一的专长。

一点没错,你必须成为一个仿佛深受社会目的吸引和驱动的人。要是需要一个人躺在街上,你就会去。或者是下矿井。或者是在狂欢节驾车兜风。或者是给新糖果取名字。或者是给童鞋电镀。或者是到理发店和酒吧挂硬纸板美女像。或者是扮个什么小而又小的角色死去,连同那一两个念头,那一直萦绕在你脑际的狭隘的见解。

我一直认为,如果你一定要做个专家,例如医生或其他专家,那对自己所要追求的东西希望就不大了。要是这样,你身为专家,就得老是跟别的专家打交道,就不屑理睬外行,因为专家对外行的看法就是这样。而且专业化意味着困难艰辛。要不还算什么专家。我有佩迪拉的名言为鉴:"要么轻而易举,要么根本不行。"

咪咪对我在墨西哥的经历大笑了一通。"你倒是玩得够痛快的,"她说。她使我对西亚引起不快;关于斯泰拉,她说,"像你这样的男人可让有些女人日子好过哩。"

谁也不曾有过什么好日子,不过你不能对咪咪这么说。她听了她要听的事后,她便不会再听的。不过她满脸劲头十足,红红的大嘴咧得老大,用她圆形大号或猎号般的大嗓门,几乎像克莱姆一样,狠狠地教训了我一通。她说最好还是改变自己的态度和看法。我不能正视事物的原因,在于我不愿这么做。因为我不喜欢它们的本来面目。需要考虑的并不是在心里美化它们,而是应该把人类的一切弱点都摆出来——败坏、罪恶、厌恶、妒忌、贪婪、残暴、弱肉强食。从这开始。拿事实来说吧,人们一般都充满厌恶之心,要费点劲才能使他们互相看一眼。他们大多数人都喜欢不受干扰。他们喜欢幻想大大胜过宝藏。幻想是他们最大的希望,因为这样他们便可以怀疑,他们对自己的认识也是不正确的。也许咪咪的这场怒火发得有点过分,超过了她的真正感受。不管怎么说，这些天来，她的眼睑下面一直挂着忧虑的黑晕。

阿瑟一来，她便又谈起钱呀，工作呀。十有八九，只要他一露面，她就把话题转到这些方面。

有一份工作她一再劝他去做。可是他说，"什么，开什么玩笑！"接着便鱼尾纹皱起，开始温和地笑着。

"钱可不是开玩笑。"

"啊，求你啦，咪咪。别说傻话了。"

"那份工作实际用不着花多大力气。"

然而，他那样子似乎绝对不可能去做似的。我开始想，如果自己合格的话，我倒愿意接受这份工作。

我遇上阿瑟在外面散步，便问起他为什么不愿干那份工作。

那是个凉爽的下午，他戴着帽子，穿着大衣。他的体重已大大减轻，骨瘦如柴，肩膀突起。他的模样长得很像他叔叔丁巴特，但他却以完全不同的生活方式削弱了相同的遗传特征，这给我留下了深刻的印象。他同样也有一副皮包骨头的单薄身架，长长的脸盘，走起路来双脚内撇，速度极快。他的鞋又尖又窄，就像往石缝里钻的蜥蜴露在外面的尾巴。但是阿瑟的身体比丁巴特差多了，他肤色黝黑，呼吸时嘴里喷出一股浓烈的咖啡味和香烟味。他微笑时会露出下排的牙齿。尽管如此，只要他想表现一下，他也同样具有艾洪家人所有的全部魅力。

他的思想格调高超。有时候，我相信他能随时随地谈论和思考任何事情。我本人偏爱实用的思想，我指的是那些能解答使你激动的问题的思想。可阿瑟说这不对；真理，只有在跟你的需要关系较少时才更为正确。比如说，从外层空间遥远的星球上射来的光线，虽然速度高得难以想像，但因在行进中历时过久而衰变、耗尽，研究它的变化又有什么个人需要呢？这个问题深深地吸引了我。

至于说到那份工作，那是有个百万富翁在写书，他想找个研究助手。

"你看我够格吗?"

"你当然可以,奥吉。你有兴趣?"

"是啊,我需要一份工作。一份能有点儿空闲时间的工作。"

"我喜欢你这样来安排生活。你打算怎样来打发这些空闲时间呢?"

"我打算好好利用,"我不喜欢他问话中的弦外之音。为什么他需要有自己的空闲时间,而我要受到盘问呢?

"我这只是好奇罢了。有些人好像总是知道自己要干什么,而另外一些人则老是不知道。当然,我是个诗人,比较幸运。我常常想,假如我不是个诗人,我做个什么呢?做个政治家?可是看看列宁一生的工作结果变成了什么样子。做个教授?那太文弱没劲了。做个画家?可是现在已经不再有人懂得什么是画了。每当我写一首戏剧诗时,我总是弄不懂,为什么其中的人物什么人都可以,惟独不是诗人们自己。"

啊,这就是我回到芝加哥时的情况。我住在南区。我从阿瑟那儿取回了我的那箱书,在自己的房间里埋头阅读。六月里的酷热越来越厉害,直到后来连阴凉的院子里也不再能闻到潮湿的泥土,以及城市下水道和阴沟所组成的地下世界的气味,也闻不到灰浆和翻腾的沥青的气息,天竺葵、铃兰、蔷薇的芳香,还有在风大时传来的牲畜围栏的臭味。我成天埋头读书,几乎每天都给西亚写信,通过韦尔斯·法戈转给她,可是没有收到任何回音。从墨西哥来过一封信,是斯泰拉寄来的,她现在在纽约。我从未料到斯泰拉能写出这样好的一封信来,我承认自己过去小看了她。她说她一时还不能还我钱,她得先跟她的协会算账。不过她一旦找到工作,便会立即还清欠我的钱。

西蒙给了我一点钱,所以我能够去大学上暑假班。我琢磨着我也许喜欢当一名教师,就选了几门教育方面的课程。我发现坐在教室里听课和啃教科书可不是件容易的事。尽管大学对西蒙并无多大用处,不过要是我上大学,他总会乐意帮助我的。

我仍在争取阿瑟拒绝的那份帮一个百万富翁写书的工作。这位百万富翁叫罗贝。弗雷泽当助教时,他曾是弗雷泽的学生。咪咪就是这样认识他的。他个儿高高的,背有点驼,说话结巴得很厉害,留着胡子,结过四五次婚——这些都是咪咪告诉我的。阿瑟说他要从富人的角度写一本人类幸福概论或人类幸福史。我要不要做这份工作,心里还没有底,但是我不愿老是让西蒙供养我。我试着想向艾洪借一笔钱,可是因为我是咪咪的老朋友,他坚持不肯借给我。他说,"我什么也不能借给你,你知道我得赡养我的孙子。这笔多余的负担很厉害。要是阿瑟决定给我的晚年再添一个孙子,那我怎么办?"他真是个小气鬼。

于是,我只好去找阿瑟,请他打电话给罗贝替我说说。

"他是个很怪的人,奥吉,他应该使你觉得有趣。"

"去他的,我才不要他使我觉得有趣哩,我只是想有份工作。"

"好吧,不过你得尽量多了解他。他这人有怪癖。这一部分是由于他母亲的缘故。她自以为是伊利诺伊州罗克福镇的女王,她头戴王冠,还有一个宝座,她要镇上的每个人都向她鞠躬敬礼。"

"他现在住在罗克福吗?"

"不,他在这儿南区有一座宅第。在他当学生的时候,通常就由女司机开车送他上学。他有很长一段时间发疯似的迷上了那套古典名著丛书,经常花钱在报纸的招聘广告栏刊登柏拉图或者是洛克[①]的警句,如,'未经审省的生活不值得过'等等。他有个妹妹叫卡罗琳,也是疯疯癫癫的。她总认为自己是西班牙人。不过你有跟这类怪癖的人相处的本领。你是我爹手里的宝贝。"

"那是我敬爱他。"

"也许你也会爱上罗贝。"

"在我听来,他又是一个怪人,我不能老跟荒唐可笑的人在一起。这不行。"

[①] 洛克(1632—1704),英国唯物主义哲学家,著有《政府论》、《人类理解论》等。

但是过后不久,在一个细雨蒙蒙的下午,我就跟这位罗贝面对面坐在他位于湖畔的宅第里了。这是一张怎样的脸啊——是什么模样!一双红肿审慎的大眼睛,一把红胡子,两片闷闷不乐的红嘴唇,鼻子上还有一块紫斑;前一天晚上,他不知是醉了还是困了,一头撞在了出租车的车门上。他口吃得厉害,在结结巴巴地实在说不出话来时,他费劲极了,只好安定心神,歪着脑袋,这时他的两眼定神,对自己的这种克制几乎怀有恨意。当他牙齿咔嗒咔嗒响着或者发出咆哮声时,一开始我大为惊讶,接着便又替他感到难过。然而我很快就发现,尽管如此,他还是能流畅地交谈的。

他用他那布满血丝、神色审慎的眼睛望着我,就像是个非要诉说自己生来命途多舛的人;他未出言却先张开两片嘴唇,仿佛是先要把上下的胡子分开似的。

他说,"在这儿吃——吃——吃午饭,怎么样?"

我们吃了顿很糟的午饭——很稀的蛤蜊杂烩浓汤、他亲手切的熏火腿、煮土豆、青豆、凉了重热的咖啡。一个百万富翁请你吃饭,饭菜竟如此糟糕,这真让我有些恼火。

他说了起来。先交代一下背景,他说既然是他的合作者,我就得对他的个人情况有所了解。他开始告诉我他的五次婚姻,承认每次离婚都有他自己的过错。不过这些婚姻构成了他所受教育的一部分,因而他必须对此一一做出评价。这让我感到恶心。我呷了一口咖啡,又让它从牙缝中流回杯中,并做了个鬼脸。不过他没有注意到。他讲到他第三个妻子,无聊透顶。第四个妻子才使他真正看清了自己的性格。我看他现在仍单恋着她。当他被一个费劲的词憋得脖子直颤时,我打了个岔。我本想说,"至少来点新鲜的咖啡,怎么样?"但是我不忍心说出,转而改口问道,"你能不能给我说说,我的工作是什么?"

这时,他的口齿变得流利多了。"我需要建议,"他说,"帮助。我需要理清我的一些观念,我——我的思想,需——需——需要清——清晰。就是这——这一些,这本书。"

"可是它讲些什么呢?"

"这不仅——是一本书,它是一部指南,一个纲领。是我构想出来的。可是——现在内容太多,我一人干不了。我需要帮助。"他说到帮助时,声音听起来有点可怕。"我发现得太——太多了。发现的碰巧又是我。我现在是责——责无旁贷了。"

我们走进客厅继续谈。他走起路来身子很沉重,拖着脚步,仿佛生怕会踩着自己两腿之间的那话儿似的。

蒙蒙细雨仍在下个不停。湖水看上去就像牛奶。室内,柔和的灯光照在豪华的远东深色红木上。这儿的陈设有波斯屏幔、古代的马鬃头盔、伯里克利①、西塞罗②和雅典娜③以及其他不知是什么人的头像。还有一幅他母亲的画像。一点不假,她一副疯子的样子,头戴王冠,一手持节杖,一手拿着一朵玫瑰花。从德卢思到加里的矿砂船在茫茫雨雾中呜呜着。罗贝坐在一盏灯下,灯光照出了他胡子下面的粉刺。

他也许天分不太高,罗贝谦逊地说,可是又有什么办法呢?他不可能逃避那些思想观念。我们没有一个人能逃避得了思想观念。每一个人都得对付同一个问题,即有千百桩事情要思考,要理解。他有责任尽力来做好它。他就这样来掩饰自己的热情,而我感到,这种热情在背后猛烈地颤抖着。

这本书,他继续说,他想把它取名为"针眼"。因为,富人要是不放弃一切,他们就不会有精神生活。可是行将陷入困境的,不再仅仅是富人。在不久的将来,科技将创造出富饶,人人都会有足够的一切。不平等还会存在,但是不会再有饥饿或大量的需求。人们要吃饭,好吧,

---

① 伯里克利(前495—前429),古雅典政治家、军事家。
② 西塞罗(前106—前43),古罗马政治家、哲学家,著有《论善与恶之定义》、《论国家》、《论法律》等。
③ 雅典娜,希腊神话中智慧、技艺和战争女神。

那么他们吃饱饭后又干什么呢？自由、幸福和博爱的伊甸园，法国大革命时期的梦想又会到来。但是，法国人太乐观了，认为腐朽的老文明一旦崩溃，就没有什么能阻止我们进入人间天堂。可是这并不是那么简单。我们正面对有史以来最大的危机。他不是指正在来临的战争。不，我们需要弄清到底是否存在这种人间天堂。

"现在在美国，面——面包几乎是免费的。当争取面包的斗争结——结束时，情况会——会怎么样……财富是解放人呢还是奴役人？"

你几乎会忘掉他的傻样和房间里那些屏幔、古玩、武器、俄国雪橇、头盔、缨穗珍珠盒子等大量收藏品。不过，即使他达到最高境界时，他仍然是一副可怜巴巴的样子，仿佛随时会痛哭流涕似的。我的肚子里一再泛上来火腿的霉味。

"机——机器将制造出汪洋大海般的商品。独裁者也阻止不了它。人将接受死亡。过着没有上帝的生活。这是一个大——大胆的设想。幻想破灭。可是取而代之的是什么价值观念呢？"

"这是个大问题。"我说。

"不过，这是到书的结尾才探讨的内容。我想我们应该从亚里士多德开始，探讨人有了多少财富以后才能行善积德。"

"亚里士多德的书我读得不多。"

"啊，这是你需要做的事——事情之一。不用担心，你读书我也照样付工资。但是我要的是实实在在的工作，真正的学术水平。我们将讨论希腊、罗马、中世纪及意大利的文艺复兴。我正打算列——列出一幅图表来。米——米诺斯人[①]在高处；加尔文[②]在低处；瓦尔特·罗利

[①] 米诺斯人：即古代希腊的克里特岛人，他们创造了米诺斯文化（公元前3000—前1100），即克里特青铜时代文化。

[②] 加尔文（1509—1564），法国神学家、基督教新教加尔文宗的创始人。

爵士①，在上面；卡莱尔②，糟透了；现代科学，停滞不前，我对它毫无兴趣。"

在随后的半个小时内，他满嘴胡扯，只是偶尔说出一句意思明白的话。他好像已经累了，又东拉西扯了一阵，眨着火红的眼睛，拳头捂在嘴上，一个劲地咳嗽。

"现——现在，你讲讲你自己吧，"他说。我不知从何谈起，心里暗自咒骂他竟要我讲这个。可是他并没有在听。从他看手表的样子，我看出他正在盘算还得过多久他才能再独自一人。

于是我问他厕所在哪儿，他告诉了我。等我回来时，他好像对自己那本著作又恢复了兴趣，想再进一步讨论一下。他说，他相信我正是帮他写书的适当人选。接着，他开始向我讲了总的提纲。第一部分：概述，第二部分：异教徒，第三部分：基督徒等等，第四部分：最大幸福实例。他的激情重又高涨起来。他脱下一只拖鞋，把它放在咖啡桌上的一本书或贴集簿上。还不时地把它穿上又脱下。他讲基督教原本是针对底层的人和奴隶的，这就是为什么必须有钉在十字架上、活活钉死等这种酷刑来表示殉教精神的伟大。而在相反的一面，即幸福的一面，也应该有同样的深度。没有罪孽的欢乐，没有忧郁的爱情，繁荣昌盛。不再老是出现破坏和毁灭的事。啊，充满爱的伟大时代，一代新人的岁月！贫穷可怜、愚昧无知、外形受损的人不再为自己的谎言所束缚，不再是从摇篮里起就是个说谎者，受贫困鞭挞，一身懦夫气味，像臭粪坑一样的妒忌之心，像烂白菜一样的麻木不仁，像蛆虫一样美丑不分，像虾米一样不负责任，像蚕一样只知吐丝作茧自缚。哭无泪水，笑无力气。残忍，混账，像寄生虫，鬼鬼祟祟，满腹牢骚，焦虑不安，但又松垮懒惰。像个在军士粗叱下受训，成天提心吊胆的普鲁士士兵。罗贝口若悬

---

① 瓦尔特·罗利爵士（1554—1618），英国探险家及政治家，女王伊丽莎白一世宠臣，早期美洲殖民者。
② 卡莱尔（1795—1881），苏格兰散文作家、历史学家，著有《法国革命》等。

河地朝我倾吐，他整整说了这么一大通。

我心里想，啊，这么一个疯子！他们要我来见的是个什么样的疯疯癫癫的百万富翁呀？然而我的心还是引起了共鸣，这些话使我感动。我内心深处的感想是，上帝啊，怜悯怜悯我们这些可怜的人间蠢货吧！这种内心深处的呼唤又引发我产生了另一个想法：即使上帝真的怜悯我们，他所怜悯的也就是这个啊。

罗贝又把话题转到了我身上。他是个情绪变得很快的人。

他说，该死的资产阶级本该是带头人，应拿出幸福的实际样板，可是他们是历史上的失败者，他们辜负了这一重任。这是个软弱的统治阶级，因为他们只知道仿效水往低处流，使金钱流遍全世界，尽量利用一切机会取得利润，而且他们也仿效机器。现在，罗贝的话听起来不像他自己，意思是说不像以前那样真挚，而像是从书本上搬来的。他搔着脚丫，像个演讲者一样，滔滔不绝地讲着。他的胡子就像纠结在一起的干草，他只是房间里的又一件怪东西。

不过，我仍然算是个艾洪的崇拜者，因此尽管他这样，我尚能接受。于是我暂时撇开自己的一些批评，问道："你前面讲到过工资的事，你可否说得更具体点？"

这给了他一个不好的印象。"你要多少？在我断定你能否胜任之前，我可——可以先给你一星期十五元。"

"你一定把数字搞错了吧。十五元？我连手指都不必动，就能拿到这么多救济金。"这使我十分气愤。

"那就十八元吧。"他急忙跟着说。

"你这是想用每小时不到五毛钱的工钱找个水管工给你修洗脸盆。你这是在跟我开玩笑还是怎么的？我想你不是当真的。"

"你应当考——考虑到你会受到教——教——教育。这不仅是一份工作，而且还是一项事——事——事业。"他显得很激动，"好吧，二——二十元。你还可以在楼上免费住宿。"

这样一来，岂不是不分白天黑夜，只要他高兴就可以抓住我，在我耳边唠叨个没完了吗？这绝对不行。"不，"我说，"一周三十元，工作三十小时。"

要他出钱真是够让他痛心的。我能看出，考虑这事的时候，他的灵魂受着多大的折磨。最后，他说，"好吧，等你工作熟练以后。开始先拿二十五元。"

"不行，三十元，我说了。"

他叫了起来，"哎呀，你为什么要我受这种要——要命的讨价还价的罪呀？真要——要命。活见鬼！这把整个目的都破坏了。"他的脸上明显地布满了憎恨的表情，不过他还是雇用了我。

他几乎每天都改变他的计划。开始，他想先写历史部分，布置我读马克斯·韦伯[①]、托尼[②]和马克思的著作。接着，我又不得不丢下这些书去研究一本论慈善事业的小册子。他恨所有做慈善事业的百万富翁，而且要抨击所有面色不好、心情不快的清教徒富人。他还指出了其中他的一些堂表亲的名字，于是我得以知道，这完全是一桩家族恩怨。他说，就连华尔街那些沾满鲜血、厚颜无耻的大吸血鬼们以魔鬼方式做的善事，也比这些像别人一样愁眉苦脸的清教徒富人多。他们只会愁眉苦脸。他时常破口大骂他们，一骂就是几个小时。

我对于人们兴致勃勃地大讲计划，可是从不实现的情况已经司空见惯，就像当年艾洪计划要印带索引的莎士比亚全集一样。我深深懂得，罗贝想要我做的跟艾洪想要我做的，完全是一回事，即要我做一个听客。他总是不断地给我打电话，派车来接我，或者是到图书馆找我，在教室外面等着我。

[①] 马克斯·韦伯（1864—1920），德国社会学家，政治经济学家，现代社会学奠基人之一，著有《基督教新教伦理和资本主义精神》、《经济与社会》等。
[②] 托尼（1880—1962），英国经济史学家，著有《贪得无厌的社会》、《宗教与资本主义的兴起》等。

头几个月里,他布置我读一大堆书。就是读上几年,我也读不完那堆有关古希腊、早期基督教以及罗马史、东方帝国等等的书。我真不知道有谁会愿意去啃这么一大堆东西。不过,坐在图书馆里,旁边堆上一大堆书,对我倒挺合适。

我们每周正式讨论两次。我总是带着自己的笔记本,随时准备用摘录的引语或释义来回答他提出的问题。当他有条理时,一切都很好,可是他情绪乖僻,当他变得语无伦次时,他就显得痛苦不堪,头发竖起,脸色血红,或声泪俱下,或怒不可遏,又气又恼,弄得根本无法再讨论亚里士多德和幸福理论什么了。他有时真令我大为吃惊。例如有一天,我在他宅第里到处找他,结果发现他穿着浴衣站在厨房的椅子上,正朝碗柜里喷洒杀虫剂。数不清的蟑螂简直是抱头鼠窜,蜂拥而出,纷纷从墙上跌落下来,这是多惊人的一刻啊!他杀气腾腾,发疯似的使劲喷洒着。他气喘吁吁,声似喷筒那响亮的喷洒声。蟑螂像蚕豆似的在地上掉了厚厚一层,朝四面八方疯狂乱窜。

被我看到这番情景后,罗贝便竭力克制住自己的情绪,表现得似乎他并不痛恨这些蟑螂,也不以恣意杀死它们为痛快。他不肯承认这一点,实在有点糟糕。我知道我不该在这种时候闯进去,他会为此对我耿耿于怀。他不可能不这样。

他身子猛地抽搐了一下,仿佛我碰痛了他的腰背,随着便从椅子上跨了下来。"太多了。它们要把——把这整幢房——房子都给啃光了。我往烤面包机里放进一片面包,结果一只蟑螂跟面包一起弹——弹了出来,所以我再也忍——忍不住了。"

他的怒火就像余烬在草堆里烧个洞似的突然熄灭了。他带我走进大客厅,在阳光下可以看到他那绽露出来的衬里,没有纽扣的天鹅绒衣服上的道道裂口和灰尘。他一边擦去浴衣上油腻的杀虫剂,一边说道,"你为我准备的有关王——王子和人——人文主义者的意大利文艺复兴材料准备好了吗?由于不信上帝他们受了多大的折磨啊!"他把目光转向别处说道,"可是他们自己就像上帝一样。胆子多大!也——也真可怕。不过,这总得要发生,人——人势必要冒这个风险。"

秋天时,他失去了自制。他继续给我分配各种任务,我也坦然照收那三十块钱工资。可是他自己什么工作也没做。

我常常感到纳闷,他单身时到底跟一些什么样的女人来往,是漂亮的妓女还是自己阶层里的名媛淑女?是在旅馆里幽会的野鸡?是姣好的年轻女大学生,还是别的什么女人?我很吃惊。他竟去跟近北区、克拉克大街、百老汇、拉什大街那帮普通的脱衣舞女鬼混。而且在一起时她们待他非常粗暴无礼,他却好像甘心接受她们的惩罚,甚至还报之以微笑。他还想拉我去搞这类姑娘,可是我已跟索菲·杰拉狄思重归于好。他大多数时候似乎都盼我跟他一起前往。我跟他一起去过几次北区的一些低级下流场所。有个脱衣舞女拿他的胡子侮辱他。他却对此毫不在乎,只是他那通红的眼睛一刻也不离开她的身子——此时她已经穿上衣服,穿着一套定做的灰色衣服——实在下流。但他还只是卖弄斯文说,"在从前的伊丽莎白时代,理发店里都备有诗琴①和六弦琴,供等候的绅士弹奏。这是因为胡子和爱发的梳理要花很长时间。"

就在发表斯文言论的这天晚上,他大发雷霆,把出租汽车里的计程表也扯了下来。我本该在五十五街下车,可是生怕出租车司机为这事揍他,便先送他回家。

尽管如此,他还是给了我很大的折磨。他非常敏感,总想要我看得起他。可是他秉性喜怒无常,一会儿谦恭可掬,一会儿斤斤计较,不是大吵大闹,就是闷闷不乐。不高兴或发怒时,他那张红红的大嘴翘得老高。有一天的情形我记得特别清楚。那天白雪遍地,阳光普照,空气清新,天色甚美,可是他的心情很坏,戴着猪皮手套的双手,指节不断地互相戳碰着。他一个劲地抱怨我,没完没了。于是我说,"你并不是

---

① 一种形似吉他的半梨形拨弦乐器。

要我替你做事，你需要的是一个受得了你这种神经质的人。"说罢我便裹上我那件很多地方已经掉了毛的驼毛旧大衣，动身往院子里走去。他急忙跟上来连声赔不是。院子里积雪很厚，我穿着套鞋，他脚上只穿着一双拖鞋似的上好棕黄皮鞋，嘴里说道，"奥吉，我们不吵了。看在上帝的分上。听我说，我很抱歉。"可是我继续往前走，不管他是好是歹。那天晚上，他给我打来一个电话，要我到市中心闹市区去接他。我听出事情有点不妙。他说他正在庞普舞厅，在这座城市里，几乎没有比那儿更漂亮时髦的地方了。我急忙赶到那里去找他，两名身穿灯笼裤古装的侍者把他架了出来。他已经烂醉如泥，默不作声，浑身麻木，脸上的五官以及舌头几乎什么都不能动了。

他渐渐地依赖起我来。有点像当年的艾洪，他发现我不会占他的便宜，而且很可靠。他虽然脾气古怪，头脑混乱，有时生命力会使他像身在圭亚那丛林中那样野性大发，可是他身上仍有某种吸引我的东西。无疑正是这种力量在折磨着他的人性，反过来它也受到折磨。他单身一人时，跟他妹妹卡罗琳同住在那幢大宅第里——不过，她对他没有多大好处，她疯疯癫癫的。当她得知我曾去过墨西哥，便喜欢起我来，因为她认为自己是西班牙人。她常给我写便条，如"你非常帅"。[①] 不时还会发来一份电报，如"心爱的，祝你生活幸福快乐。卡罗琳"。[②] 她的神经极不正常，这可怜的女人。

毕竟，我是照料过我的弟弟乔治的。这种能力和品质还未从我身上消失，有时人们会意识到这一点。

有时候，我真希望自己也能成为一个鞋匠。

---

①② 原文为西班牙文。

第二十二章

最后，我又回到了欧文斯公寓我的那间老房间，在那儿，随同时世的变迁，工业、经济以及科学上的发展，一起前进。作为个人，我自己已经历了重大的变化，坏消息，浪费的精力，噩梦，还有像野兽在傍晚的炽热中出现在沙漠中的圣人面前那种怪事。不过在我看来，我仍然可以欣慰地说，我并没有受到什么伤害。不论道学家们对我有何指责，警方对我并没有任何指控。我较大的罪过都是在梦想中犯的，它们都属于那个范畴；当我像一家竭力想把业务扩大到各个方面的繁忙大企业时，我也在用我的高级头脑细细思考我的人生道路。我也得出了一些结论，这些结论有时是支离破碎的——例如，孤独的理由只能是重聚；或者是，啊，对一切都有自己的见解是很累的——可是其他的时间还是挺适意的，一到适当时候就会表现出来。我在芝加哥四处游荡，仍像从前一样爱好交际。只是墨西哥坎坷遭遇造成的心灵创伤余波尚在。西亚没有来信，永远消失在古海的蔚蓝海滨，也许正在追踪火烈鸟，跟她一起的是对她的了解决不会超过我的新情夫。现在，她可能正带着枪、套索、照相机和望远镜，露宿在一堵胸墙下，她会像这样一直生活下去，到老都不会有什么改变。

我自己也已不再年轻，我的朋友们老爱拿我的模样打趣，我看起来一脸的寒伧。我一笑便暴露出下排缺的那两颗门牙，实在有点难看，我这张被岩石敲打、亲吻过的脸，一看就知道饱经沧桑。我的头发长得又浓又密，朝上蓬松，盖住了我在山里打猎留下的疤痕。不可否认，我的眼珠子也有几分五产表兄的那种绿色。我整天叼着雪茄到处游荡，一点也没有要想认真做点事的样子，一切都抛在脑后，说话没头没脑，有时嘻嘻哈哈挺高兴，不过，唉，说起来现在总不及以前开心。当我陷入沉思时，常常会在街上拾起一些小东西，因为我把它们当成了硬币。如小金属块，金属瓶盖，埋在泥里的小片锡纸，显然是希望碰上个好运气。我还盼望着有个什么人死去，好给我留下一切。这种念头可要不得，我既不爱人家，还不想让人活在世上，谁还会把好处给了我呢？拾到几个硬币，哪怕个个都是二角五分的，对我一生的定型和最终的形态，又有什么用呢？啊，毫无用处，朋友，一点用都没有。

说起来也真有趣，我一直想弄到一张小学教师证书，我想，这是因为我看起来根本不像个小学教师。然而我对此痴心不改。我喜欢教书这一行，上课会让我非常激动；跟孩子们在一起，我会感到很自如，一点都不成问题——嘿，我的天哪，为什么跟别人在一起就该成问题呢？不过我们还是别问这些答案在全世界严守秘密的问题吧。在教室里，或者在运动场上的喧闹声中，闻着屋子里的尿臊味，耳边传来音乐室里咚咚的钢琴声，置身于半身塑像、地图、粉笔灰飞扬的阳光中，我感到自由自在，快乐无穷。我要把自己最美好的东西献给孩子们，告诉他们我所知道的一切。

在同一所学校里，教拉丁文和代数的是一度做过我的邻居的凯约·奥伯马克。他浑身多毛，肥胖、邋遢，在欧文斯公寓里住在我隔壁时，总爱穿着裤衩躺在床上，大腿上满是卷毛，一双脚丫臭气冲天，把烟蒂随手在身后揿灭时，两眼仍聚精会神地死盯着墙壁，也不看看是不是把烟蒂揿到了他煎萨拉米香肠①的旧煎锅里的黄油上。他在床边放着一只牛奶瓶，作小便之用，他懒得去厕所。

现在，他走在校园里，板着脸，俨然像一位国王，孩子们在他周围又蹦又跳的像群蝗虫。他的脸又大又白，带着忧郁，胡子刮得参差不

---

① 意大利的一种蒜味香肠。

齐，脸上还沾着纸巾屑。他像是感冒了，说话时鼻音很重。其实他并不是真正忧郁不快，只不过想保持他的尊严，我很高兴他也在这儿当教师。

他说，"我看见你开着自己的车来的。"

"它一反常态，今天早上居然发动起来了。"我确实有一辆用过十年的旧别克，买这车时，我让一个讨人喜欢的小伙子骗得够惨。寒冷的早上它就发动不起来，让我吃尽了苦头。我听从佩迪拉的话，装上了两个蓄电池，可是根本的问题是车杆弯了。不过只要推它一把，它还能走动，由于它有折叠加座①，车头又长，所以看上去好像马力很大。

"你结婚了吗？"凯约问。

"说来惭愧，还没有。"

"我已经有一个儿子，"他自豪地说，"你最好加把劲。连个对象都没有吗？女人是很容易搞到手的。生养子女是你的义务。有一位老哲学家跟一个女人在拱廊后面被自己的学生撞见了，他说，'别见笑！我是在栽种一个人啊。'我一直听到你的种种传闻，说你跟着一个马戏团或一个流动游艺团去了墨西哥，还说你险些被暗杀。"

他很高兴，陪着我在校园里转了好几圈。他以他那高傲的方式对我表现得极为友好，还用他尖声的男高音吟诵了一些诗句。

> 要消除神之间、人之间的争端，
> 还有那使平和的人变得凶残，
> 像烟一般直冲人的胸膛的愤怒，
> 结果味儿定会比蜜汁还要香甜。

> 真正的旅行者只是那些不断启程的人，

---

① 设于行李箱部位，用时打开行李箱盖作靠背。

>他们心情轻松，如同漂浮的气球，
>
>可他们永远离不开自己的命运，
>
>而且不知为什么，总是说：走！①

后面这首诗大概是针对我的，责怪我心情太轻松，愚昧无知地老是向人道别。看来到处都有批评我的人。不过这个寒冷天阳光非常灿烂，一列列火车黑压压地在黄色混凝土路堤上驶过，孩子们围绕着旗杆在整个大操场上欢叫奔跑，从活动校舍里跑进跑出，我觉得心情特别激动。

"你应该结婚。"凯约说。

"我也想这样，常常想到这件事。老实说，昨天晚上我还梦见自己结婚了，不过不那么愉快。我弄得烦透了。开始一切都不错。我下班回到家里，窗前有美丽的小鸟，我还闻到烤肉的香味。我的妻子非常端庄文雅，可是她那漂亮的眼睛中含着泪水，比平时大了一倍。'露，怎么啦？'我问道。她回答说，'今天下午没想到孩子们都生下来了。我很难为情，把他们都给藏起来了。''可这是为什么？这有什么可难为情的？''他们中有一个是头小牛犊。'她说，'另一个是个虫子一样的东西。''我不相信。他们在哪儿？''我不想让邻居们看到，所以把他们都放在钢琴后面了。'我感到难过极了。可他们毕竟是我们的孩子呀，不该把他们放在钢琴后面，于是我便走过去看。可是，谁知坐在立式钢琴后面一张椅子上的竟是我妈——你知道，她是个瞎子。我说，'妈，你干吗坐在这儿呀？孩子们在哪儿？'她以怜悯的神情望着我说，'唉，我的儿子，你在干什么呢？你得干正事啊。'接着我开始抽泣起来。我觉得太惨了，便说，'这不是我要做的吗？'"

"唉，你这可怜的家伙，"凯约为我感到惋惜说，"你决不比任何人差，这你都不知道吗？"

---

① 后四行诗原文为法文。

"我真该简化一下自己的生活了。一个人到底得有多少烦恼呢？我是说，难道这是我必须完成的苦差使吗？不可能是这样，因为我所知道的好事都是人在快乐的时候做的。不过不瞒你说，凯约，因为你是个善解人意的人，我的自尊心总是因为我缺乏自知之明，总是由于我听任别人摆布而受到伤害。真实性来自于自知之明，而最坏的莫过于不由自主。啊，我不是指像大海中的游泳者或坐在草地上的儿童，他们天真无邪地让命运掌握在造物主的巨手之中，但是你不能这样天真地躺在人造的物事上，"我对他说，"在自然界你可以放心，但在人造物界你得当心。在那儿，你必须心中有数，你不能心事重重而又轻松愉快。'盖世英豪见了我的业绩，也将羞愧绝望！'① 是啊，尽管奥西曼狄斯② 现在只剩没有躯干的双腿，不必担心，可是在他不可一世的日子里，贱民们只能生活在他的阴影之下，正像我们也生活在阴影之下一样，必须对人类的发明充满信心，上至同温层，下至地铁，跨越大桥，穿过隧道，乘电梯上上下下，我们的安全全交在它们的手中。人造的东西就是笼罩着我们的阴影。桌子上的肉，管道里的暖气，纸上印的文字，空中传播的声音，一切无不如此。因而所有的事物全都一个样，相同的重量，相同的等级。第一页上是上帝沸腾的怒火，第二页上是威波特公司的大减价广告。全是外在的，雷同的。那么是什么使得你的生存成为必要，像它应该的那样呢？是那些想使你按照它们的方式存在的技术成就吗？"

凯约听了我的这番话并没有怎么惊诧，他说，"你所说的是'莫哈'——这是个纳瓦霍③ 语，也是梵文，它的意思是和有限相反。它是对条件作用力的一种嘲讽。只有爱是对'莫哈'的唯一回答，因为爱是

---

① 此句出自英国诗人雪莱（1792—1822）的十四行诗《奥西曼狄斯》，前面的一句是："我是奥西曼狄斯，王中之王"。
② 奥西曼狄斯：即公元前13世纪古埃及新王国时期的法老拉美西斯二世，在尼罗河西有他的陵墓，原有高达数十米的巨型石像，现已毁，只剩两条石腿。
③ 散居于新墨西哥州、亚利桑那州和犹他州的北美印第安人。

无限的。我指的是一切形式的爱、性爱、博爱、欲爱、变态爱、狂爱。它们永远一个样,不过有时候这一种占支配地位,有时候是另一种占支配地位。哦,我很高兴你我有机会再次见面。你好像比过去严肃认真多了。你干吗不去见见我的太太呢?我的岳母跟我们住在一起,她是个让人讨厌的老太太,对什么事都要挑剔唠叨,不过我们可以不理她。顺便说一句,她对照料孩子可帮了大忙。她老是在我耳边唠叨说,我的内弟如何如何有出息。他是个修理无线电的,是个十足的傻瓜。来我家吃晚饭吧,我们还可以一起再聊聊。我也想让你见见我的孩子。"

于是,我跟他一起来到他家。凯约很热情,可是他的妻子不太友好,满腹猜疑。那孩子很可爱,当然跟年龄有关,他很小。我在的时候,凯约的那位内弟也来了;他对我的别克车很感兴趣,那天晚上它碰巧跑得很顺当。他被车厢后面的折叠加座吸引住了,问了我几个问题,然后开着它四下转了转,最后提出要买下它。我开了个适当的价,稍微赔了一点本,不过很惭愧,我没有告诉他车杆是弯的。

嘿,他要马上买下它,于是我们就去了他家,他给我开了一张一百八十元的伊利诺斯州银行的支票。但他还不肯放我走。他用开玩笑的口吻说,我得留下来打一会扑克,好让他赢回一点自己的钱。他的太太也参加。他们俩显然想掏光我的口袋,凯约也只好坐下来陪着玩,以示友好。这实际上是存心诈我。我们围坐在火炉边的一张圆桌旁,旁边放着一壶咖啡和一罐炼乳,一直玩到深夜。主人的工作台就在大厨房里,上面摆着一台台坏了待修的收音机。那做丈夫的很生他老婆的气,因为她老是输。要是她赢的话,他们就可赢双份,可她输了,他就臭骂起她来,她也对他尖声回敬。凯约也输了,我是惟一的赢家,其实我情愿不赢。事实上,在回家的路上,我又把赢自凯约的钱还给了他。没想到两天后他的内弟通知银行停止给我付款,我得去取回我的那辆车,因为它开不动了。那是个怒气冲冲的场面。凯约为此也很恼火,尽管后来他渐渐缓和下来,可有一阵子他在学校里都不大跟我讲话。我想,我在卖车时实在不应该不告诉人家车杆弯了的事。

索菲·杰拉狄思，即我做旅馆业工会组织员时的朋友，现在已经结婚了，可是她想跟丈夫离婚嫁给我。她对我说，她的丈夫一直在跟别的男人干下流事，根本不把她放在心上。他给她开了赊购账户，还给了她一辆小车，但是他只是拿她做个粉饰门面的摆设。他的生意是销售一种暖房用的产品，这是一种专利产品，所以他的生活过得很适意，每天戴着他的霍姆堡呢帽①和手套，由司机开着车，在这个城市暖房温室多的地带转悠。所以索菲有很多时间跟我泡在一起，替我收拾在欧文斯公寓里的房间，因为它以前从来不曾收拾过。见我竟睡在没有枕套的枕头上，她感到惊讶，于是给我拿来了好几个。"你真会过日子，"她对我说，"你并不是真的爱邋遢，你喜欢好东西。"她说得对。索菲非常聪慧，不应想到她以前只是个旅馆里收拾房间的女工。在有些事情上，我是扣得很紧的。走进一家高级的酒吧或夜总会时，我总要摸摸口袋，对账单提心吊胆。她自然知道这一点。"不过我也知道，要是有人让你动心，你也就肯花钱。这也不见得好。还有你那辆车，那可真是干了一件大蠢事。你真是个大傻瓜，竟会买下它。"

索菲有一对褐色的大眼睛，缓缓地瞟来盼去，十分可爱动人。此外，我前面已说过，她还有一个聪慧的头脑，尽管她总爱以轻蔑的方式使用它。她不愿用她丈夫给她开的高档商店的赊购账户。她会戴着戈德勃拉公司买的波兰花帽，在我的洗涤槽里洗她的衣物，身上只穿一条背带衬裙，嘴里叼着一支烟卷。与此相矛盾的是，她其实是个非常温柔体贴的女人，她待我很好，这不仅是因为她需要我，而且恰恰相反，是因为我需要她。不过，我并不打算结婚。

"要是我能更符合你的志向，我们会相处得很融洽的。"她说，"跟

---

① 一种帽边卷起，帽顶有纵向凹形的软毡帽，因首产地为德国城镇霍姆堡而得此名。

我上床还可以，但结婚就不成了。那个姑娘一来找你，你就把我给甩了。你大概为我感到丢人。可在你感到软弱无力或情绪低落时，我对你就最有用了。我了解你。没有一个人是你满意的，使你愿意终身厮守，你的老爸一定是个贵族私生子。"

"我想不一定。我听我哥哥说，他是给马什菲尔德的一家洗衣店开卡车的。我从没想到他是个重要人物。而且他找上我妈时，我妈正在韦尔斯街的一家小工厂里干活。"

"你真的不想要我，是吗？"

哦，她的意思是为什么我还不打算走上一条生活道路，不再在旷野里左顾右盼。啊，还有什么能比这更令我神往的呢！让它来吧！让它得以圆满实现！钟摆再往前摆一摆，把一切多余之物了结。让这种对生活中神秘伟大事物的急需获得满足吧！由于企求不得，它存在我们心头，已成了神秘痛苦之源。让它有机会亮相吧！表明自己并不是一个魔鬼。索菲真的以为我不想要妻子儿女，或者是只忙于每天的适当工作？于是我便站起身来，对她说，她把我完全看错了。

"那我们还等什么？"她高兴地说，"让我们开始吧！我会做你的好妻子，你知道我一定会的。我也得有个开头。"

这下我窘得满脸通红，舌头都不会动了。

"瞧，"她凄然地坦率说，她那抹着口红的嘴张得大大的，挂着忧伤，电灯光照在她白净光裸的肩膀上，"我不够好。那么谁够格呢？"

我暂时还不想结婚，我是这么说的，索菲所不得不对我说的，也正是我那位哥萨克老兄的意思，当时他伤了我的自尊心。他真正要对我说的意思，我立即就正确无误地明白了，我好像没被他的命运伤害够似的。他应该知道，他东奔西跑，从莫斯科到土耳其斯坦[①]、阿拉伯半岛、巴黎、新加坡，到处跑来跑去究竟是为了什么？没有人能像朝圣香客那

---

① 西方人对里海以东广大中亚地区的称呼。

样摆脱掉这些痛苦,游寺庙,逛码头,抽着香烟走过历史的尸骨堆,踏遍备受煎熬的土地,当地人则都待在家里,受尽苦难。

因此索菲的脸上露出了伤心的神情,现在,这张俊俏的脸比我在工会办公处初次见到时更成熟了。但这次她没有像上回那样,西亚一敲门她就突然穿上衣服,离我而去。我想,现在她已经懂得,在人生的旅途中,得多少次品尝失望的滋味。可是我不想跟她结婚。我想,那样她会为着我好而没完没了地责怪我。这一来,我就又多了一个想从我身上得到什么,而我却要摆脱的人。

"你在等那个姑娘,"她带着醋意说,可是说得不对。

我回答说,"不,我永远不想再见到她。"

不过,我还是有了一点进展,你可不能光看表面。我正在逐步得出一些特别重要的结论。事情是这样的,一天下午我躺在沙发上,沉浸在作出重大总结的冥想之中。当时我身上仍穿着睡衣,一时间灵感突然到来,从而打发掉做一切事情的念头。就在这时,克莱姆·丹波来了,带来了满脑子自己的想法。

我不相信克莱姆有这么多该骂的坏习气,不过他有的那些,在现在看来显然是坏习气——爱睡懒觉,狂妄自大,穿着邋遢的双排扣外套,就是拉布吕耶尔①老先生认为龌龊的那种,身上一股烟草臭味,衣服上粘满棉绒和猫毛,靠着廉价商店的货物和便宜的膳宿过日子,如剃须后搽的润肤露、斯塔康发膏、人造丝袜子,以及诸如此类的东西,还有他那副神气活现、自暴自弃的模样。不过不管怎样,在芝加哥这昏暗阴沉的日子里,他也曾躺在床上制定过一个计划。

他打算走出家门步入职业生涯,他想到今年冬天一拿到心理学学位,便去杰克逊附近的迪尔本,在某幢较旧的大楼里弄间办公室,开业

---

① 拉布吕耶尔(1645—1696),法国写讽刺作品的道德学家,他的代表作《品格论》为法国文学史上的散文名著。

做个就业指导顾问。

"你?"我说,"你自己这辈子都从没做过一天事呢!"

"正是这,才使得我这么理想呢。"他早就为我准备好答案,"我不会受任何拘束,不会胡说骗人,奥吉。你还记得从前台球房里的那个本尼·弗赖伊吗?他现在赚大钱了。他也做了婚姻顾问,还用兔子做实验。"

"要是他就是我想起的那个人,就是穿一双男式高跟鞋的那个,他上个月不是因欺骗罪被人告上法庭了吗?"

"没错,不过我们可以合法地干同样的事情。"

"我不想泼冷水,"我说,心里念念不忘自己的经验教训,"不过你怎样才能招揽到顾客呢?"

"哦,那不成问题。人们上你这儿来是想知道他们得怎么做。他们求你告诉他们。所以我们是他们前来请教的专家。"

"啊,不,克莱姆,不是'我们'。"

"奥吉,我很想要你跟我一起干。我不喜欢独自一个人干。我搞倾向测试,你来搞面谈。用罗杰斯的启发式方法,你由着他们信口说就行了。这一点都不难。你听好,你不能再这样乱七八糟地一会儿干这,一会儿干那地厮混下去了。"

"我知道,可是克莱姆,我今天刚刚有了点灵感。"

"瞧你,又来牛脾气了,"他说,"干这买卖,咱们能发大财。"

"不,克莱姆,我又能为那班男人、女人干点什么呢?我不好意思搞这种就业咨询所来赚他们的钱。"

"哼,你胡扯!又不是要你给他们安排工作,你只是告诉他们适合做什么工作,这是一项现代活动。现代活动是完全不同的。"

"别争论了,"我认真地说,"你难道没有看出我今天也有了某种灵感吗?"他这才看出我是真的激动了。接着我发表了长篇大论,我记得我是这样说的。

"我觉得,"我说,"人生的轴线必须是直的,要不你的一生只是一场丑角的表演,或者是见不得人的悲剧。我一定是从小便有这种在轴线上生存的感觉,所以我像一个执迷不悟的人一样,对所有想要说服我的人都回答一个'不'字。这只是凭着我对这些轴线的顽强记忆,并不是完全清楚的。但是最近我又感觉到了这些令人激动的轴线。当奋斗停止时,这些轴线仍会像一种天赋一样存在着。刚才我躺在这张长沙发上,这些轴线突然一下子笔直贯穿我的全身。真理、爱情、和平、慷慨、有益、和谐!而一切杂念、隔阂、歪曲、饶舌、困惑、勉力、奢望,全都像虚幻的东西似的烟消云散了。我相信,任何人任何时候都可以回到这些轴线上来,即使是一个不幸的私生子,只要他能静静地等待它的出现。我一直怀着的某种特别突出的雄心,只不过是一种自负自夸而已,它把这种比幼发拉底河还要古老,比恒河还要悠久的最古老悠久的认识,从根本上给歪曲了。任何时候生命都能重振,人都能获得新生,不一定非得是神或者像奥西里斯①那样为共同繁荣每年裂身一次的公仆。人自身虽然生命有限,可以度量,但仍可以回到轴线上来。他会被带到中心点上。他会活得真正快乐,就连他的痛苦,只要它们是真的,也会化为欢乐,即使无依无助,也夺不走他的力量,就是四处流浪,也不会使他彷徨迷茫,哪怕社会对他开个大玩笑,搞个大骗局,也未必能使他变得荒谬可笑,纵令一再失意,也不见得能剥夺他的爱情。如果生活没有使他觉得可怕,那么死亡也就吓不倒他。别人真情实意的拥抱会使他消除对风云骤变和生命短促的恐惧。这并不是我想像出来的东西,克莱姆,因为我是在用整个生命做试验。"

"你真是个既坚定不移又顽固不化的家伙。"克莱姆说。

"我原以为,要是我懂得愈多,我的问题就会愈简单,因而也许我

---

① 古埃及神话中的自然界生产力之神,丰饶之神,也是冥神和鬼判。相传,为万物苏生繁茂,奥西里斯每年死而复生,生命力则常驻其体内。

应该完成我的正规学业。可是我自从为罗贝工作以来,得出了一个结论:我所学到的知识,就连十分之一也没能利用上。我给你举个例子,我还是孩子的时候,就读过有关亚瑟王的圆桌骑士的传奇故事①,可是我究竟该怎样来把它派上用场呢?我的心被牺牲精神和真诚的奋斗所感动,那么我该做些什么呢?再拿四福音书②来说吧,你该怎样把它们付诸实践呢?哦,它们是无法利用的。可你还要在这上面堆砌更多的劝告和资料。任何只是增加你所不能使用的资料的事都是非常危险的。然而这类事一件件太多了,都已深入我的心中。太多的历史和文化得跟上进展,太多的细节,太多的新闻,太多的样板,太多的影响,太多的人告诉你要像他们那样生活,还有所有这一切庞大、大量、动荡、尼亚加拉瀑布般的激流。该由谁来解释这一切呢?是我吗?我可没有那么多的头脑来掌握这一切。我会被搞得头昏眼花。即使我不得不把我所吸收的贮藏起来,变得像部百科全书,这也不会使我感到有足够的希望。哦,为走向生活作准备所花的时间就是一个问题,瞧!一个人可以就这样在自己个人的围墙里花去四十年、五十年、六十年的时间。一切重大的经历只发生在他个人的围墙里。所有高谈阔论都在这个围墙内进行。一切成就也都停留在这围墙之内。人的魅力也是如此。甚至连仇恨、恐怖、妒忌、谋杀也都发生在围墙之内。这只会是一个有关生存的噩梦。倒不如挖掘出壕沟,用你的铲子敲打别人,也要比死在这围墙里强。"

"唔,接着说呀,你想要证明什么呢?"

"我一件事也不想证明,什么也不。你认为我有这种挺身而出要想证明什么的雄心吗?我所认识的人几乎个个都想用某种方式表明他是如何使世界不至于分崩离析的。这只是由于他感到使自己不至于崩溃是多

---

① 亚瑟为中世纪传奇故事中的不列颠国王,圆桌骑士团的首领。亚瑟王传奇以亚瑟王为中心讲述了圆桌骑士们的历险故事。

② 即《圣经·新约》中的《马太福音》、《马可福音》、《路加福音》和《约翰福音》。

么劳累,由于自己做出了艰苦的劳动,所以要把它夸大到整个世界。可是这并不需要艰苦的劳动,或者至少说不应该作艰苦的劳动。你不必那么做。这世界是为你而存在的。所以我不想成为我们这一代的代表、模范、带头人,也不想做任何男子气概的楷模。我所要的是我自己的东西,我所要考虑的也只是自己。这就是我现在大讲特讲、如此慷慨激昂的原因。我需要有我自己的地盘。哪怕它是在格陵兰冰天雪地的山中,我也要到格陵兰去,我再也不会把自己借出去为别人的计划效劳了。"

"那就快告诉我吧,我都急死了,你的计划是什么?"

"我的打算是为自己弄一份地产,然后安顿下来。在伊利诺斯州对我就挺合适,不过在印第安纳州或威斯康星州,我也不会反对。别担心,我不想成为一个农民,尽管我也许会干点农活,不过我最希望的是结婚,建一个家,再教教书。我要结婚成家——我太太在这一点上当然非同意我不可——然后我还要从盲人之家接回我妈,把弟弟乔治也从南方接回来。我想西蒙会给我一些钱,帮助我开始创业。哦,我并不是想建立一座'幸福岛',我可没把自己当成什么普洛斯彼罗①。我没有他那副体魄,也没有女儿。比方说,我也从来没有做过国君。不,不,我不是在寻求品达②笔下极北居民③的那种乐土仙境,与神人共岁月,过着无忧无虑的生活,长生不老……"

"这是我从你这儿听到的最富想像力的事了。这个计划值得你费心思,我可以说因此为你感到骄傲,尽管我一想到你必须考虑这些事时,

---

① 莎士比亚剧作《暴风雨》中被篡了位的米兰大公,和女儿米兰达同被流放到一荒岛上,后用魔法取胜而复位。
② 品达(公元前 518?—前 438),古希腊诗人,希腊语为品达罗斯,著有合唱琴歌、竞技胜利者颂等,完整保存至今的有竞技胜利者颂四十五首,品达体颂歌即由此得名。
③ 希腊神话中居住在比北风更北的极乐地区的人,那儿阳光普照、北风不到、四季长春。居民都寿长千年,如有人不想活这么久,就戴上花环,从岩石上跳入大海。

表现得竟这般安然自若,这使我大为吃惊。可是你打算从哪儿为你的学校招收学生呢?"

"我想,也许我可以向州或县,或者管它什么地方申请,得到批准做一个养父,从福利院领些孩子来。吃住都可以照顾到了,我们会有这样一些孩子的。"

"加上你自己的孩子?"

"那当然。我喜欢有自己的孩子。我很想孩子。还有那些福利院来的孩子,他们在那儿的生活很艰难——"

"可他们也有可能变成小约翰·迪林杰、小巴兹耳·班哈特或者是小汤米·奥康纳①。不过我知道你希望什么。你想你会爱他们,所以他们会成为小米开朗基罗和小托尔斯泰。你会给他们生活中的机会,拯救他们,因此你会成为他们的守护神和教父。可是你把他们都培养得那么规规矩矩,叫他们怎样在这个世界上活下去呀?他们也只好离群索居,孤孤单单地度过自己整个一生。"

"不,真的,我可以跟他们生活在一起。我会感到很幸福的。我要建个木工作坊,也许我还能学会修理自己的汽车。我弟弟乔治可以担任制鞋指导。可能我还要学几门外语,以便可以教他们。我妈会坐在门廊里,鸡呀,猫呀,各种小动物围绕在她的脚边。也许我还可以办一个苗圃。"

"你也太想当国王了,"克莱姆说,"你这家伙,你这是想做统治这班妇女、儿童和你那傻瓜弟弟的国王。你爸抛弃了这个家,你也有弃家的份儿,所以现在你在做点补偿吧。"

"你总能找出不良动机,"我说,"不良动机总是会有的。所以我想要申明的是我不想跟这沾上边。我不太清楚我那不幸的老爸的情况——他做的似乎也跟大多数人一样——他来了,接着便又走了。看来像是为

———————
① 此三人都是美国二三十年代时的匪帮头目。

了自由。最有可能还是为了另寻烦恼和痛苦。可是,当我在寻找永恒持久的东西,竭力想回到轴线上来的时候,我干吗要在这件事情上搞骗人的勾当呢?我知道,在很多人听来,这也许不像个伟大的计划。但是我清楚,我要在生活最复杂、最疯狂、力量最强大处战胜它,可能性是不大的,所以我想我只能从低微处、简单处做起。"

"祝你走运,"他说,"不过我不相信这能实现。"

好了,现在我有了这个好主意,我的行动方案。我正处在人生的转折点上。有一阵子,我认真考虑不妨跟索菲结婚,不过当时主要是我急于想有个开始。可是突然——轰!在那个可怕的星期天下午,战争爆发了①,于是,除了战争之外,你什么也不能考虑了。我立刻被卷了进去,一夜之间,个人的一切打算都无影无踪了。它们哪儿去了?全都藏进了心底深处的某个地方。我所关心的只有战争,全身的热血在沸腾。这样的大事件发生了,你该怎样来关心呢?我呀,我对一切都关心。一开始,我就像发了疯似的,我恨透了敌人,迫不及待地要去参加战斗。在电影院里,我简直像个疯子,看新闻纪录片时大喊大叫,拍手喝彩。是啊,我想,对你所迫切需要的东西,一有机会,你肯定会抓住不放的。过了一阵子,每当我想到我的宏伟计划时,我便对自己说,等战争一结束,我便要正式开始。可是当整个地球都忙于这项制造苦难的工程,吃人的萨图恩②一直在夺走我周围的小伙子时,我是没法干这件事的。我四处奔走,对我的朋友们宣讲,这使他们大为惊诧。我说要是敌人得胜了,会把全世界建成一堆蚂蚁堆,到那时没有一个人能逃脱这种厄运,人类会处在一个政府统治之下,人类沙漠中将堆积起许多巨大的权力金

---

① 指珍珠港事件。
② 古罗马神话中的农神,司掌播种和种子,通常与古希腊神话中的克罗诺斯相混同。相传克罗诺斯曾将自己的孩子吞入腹中,故萨图恩也有吞食自己的孩子之说。

字塔。几个世纪后，在这同一个地球表面，在同一个太阳和月亮的照映下，在这曾经生活着像神一样的人的地方，只有这种像虫子一样的人了。他们使地球变得像险恶的外太空一样诡秘可怕，并且仿效外太空，创造出一种像物理定律一般，永恒不变的人类机械规律性。服从是上帝，自由即魔鬼。再也不会有个新摩西出来率领民众大迁移①，因为在新金字塔之间养育不出新摩西这样的人来。啊，是的，我像演说家那样站起来，向每个人大声呼吁。

接着我就去志愿从军，可是那匹老马比兹科乔弄得我得了疝气。陆军和海军的医生都要我咳嗽给他们听，并且一致认为我患有腹股沟疝。他们建议我动手术，手术是免费的。

于是我便去县医院动手术。这事我没跟妈说。这类事情我从来都不告诉她。索菲说，"你是个蠢到家的大傻瓜，人好好的，又可免除兵役，你却去吃这一刀。"她这是为自己着想。她的丈夫正要应征入伍，这就更有理由要我留在她身边，而要是我去医院开了刀，这就意味着我不要她。不过她已看透了我。克莱姆也到医院来看过我，西蒙也来过，而索菲则在所有允许探视时间都来病房陪伴我。

这次手术搞得我够呛，手术后好长一段时间我都立不直身子，走起路来总是多少有点弯腰弓背的。

医院里乱哄哄的全是人，就像四旬节②嘉年华会③的拥挤场面。医院在哈里森街，我曾陪我妈来这儿配过眼镜，有一次我去辨认那个铲煤工尸体的地方就离这儿不远。这儿像雷雨天似的阴沉，到处是光秃秃的褐色石头建筑，红色的汽车轰轰隆隆地响个不停。每张病床，每个窗

---

① 据《圣经》记载，摩西是公元前13世纪以色列人的政治及宗教领袖，犹太民族的伟大先知和立法者，他带领以色列人离开埃及，以摆脱埃及人的奴役。详见《圣经·旧约·出埃及记》。
② 宗教节日，指复活节前为期四十天的戒斋和忏悔。
③ 四旬节前持续半周或一周的狂欢节。

口，每个隔开的可以住人的地方，每一个角落，全都挤满了人，就像特洛伊城内或者隐士彼得①布道时的克莱蒙街头一样。抬臂耸肩的，一瘸一拐的，扎着托带和吊带的，拄拐杖跳着走的，躺着不能动的，头裹绷带坐轮椅的，从病人的纱布里，从可怕的五颜六色中，从那深深的洗涤槽内，都发出一股伤口的气息和药味。不远处，精神病院里发出种种声音，有尖叫，有歌声，还有叽叽喳喳像养在林肯公园里热带小鸟似的叫声。在天气暖和的日子里，我就爬上屋顶，俯瞰这座城市。四周都是芝加哥。它的一再重复，使你耗尽了对各个细节、各个单元的想像力，那些单元比脑细胞和巴别塔②的砖还要多。这是使以西结发怒的大锅，里面煮着骨头，早晚有一天，这大锅也会熔化掉③。一阵神秘的震颤，灰尘，烟雾，庞然大物的放射物在空中飘散，弥漫在站在这座大楼屋顶上的我的头顶，它遍布四方，笼罩在诊所、监狱、工厂、下等旅馆、停尸房和贫民区的上空。就像在埃及和亚述的巨大工程面前，就像在汪洋大海面前，这时你实在太渺小了，太渺小了。

西蒙来看我时，把一袋橘子朝床上一扔。他因为我没有去一家私人医院把我臭骂了一顿。他的脾气坏透了，对每件事每个人都要吹胡子瞪眼。

既然他们这就让我出院，还有什么可大惊小怪的呢？我还是直不起腰来，好像是缝错了地方似的，不过他们说这只是暂时的。

---

① 隐士彼得（约1050—1115），生于法国，苦行僧，修道院的缔造者。1095年罗马教皇乌尔班二世在克莱蒙宗教会议上宣布组织十字军时，他开始布道活动，最后到达耶路撒冷，在橄榄山上布道。
② 巴别：《圣经》中城市名，挪亚的后代拟在此建通天塔，上帝怒其狂妄，使建塔人突操不同语言，结果塔未能建成。详见《圣经·旧约·创世记》第11章1—9节。
③ 出自《圣经》，原文有"祸哉！这流人血的城，我也必大堆火柴，添上木柴，使火着旺，将肉煮烂，把汤熬浓，使骨头烤焦。把锅倒空坐在炭火上，使铜烧红，熔化其中的污秽，除尽其上的锈……"等语。详见《圣经·旧约·以西结书》第24章。

行了，我就这样回到了南区，可是发现佩迪拉让一个姑娘住进了我的房间，是他的客人。他把我搬到他自己的屋子里。这位年轻女士占据我的房间只是形式，完全是摆个样子，因为他也是这样做的。他从不住在家里，而是住在他从事铀研究的大学里。

他住的是一座公寓里一个空气不流通的小套间。灰泥所以能粘在板条上主要靠的是油漆。邻居大都是靠领救济金度日的家庭，都是些下午四点才起床，穿着内衣走到窗口，好奇地看看白天的夜猫子，有干净利落的菲律宾少妇，醉醺醺的老妪和愁眉苦脸的小伙子。向下走许多座楼梯后，走出这幢楼房，穿过一个结构奇特、平坦的、长长的门廊，是一座中国式的暖房，朱红色的屋架子，什么也没有长，只有枯枝、废报、杂物和垃圾。在街上，顺着一排圆形垃圾桶，再往前走几步便是那个原先是教堂，现在是佛教徒拜佛的地方。再过去是家杂碎店。然后是个赌场，如通常一样，后面是一家摆摆样子的雪茄烟店。这儿的顾客几乎个个都拿着赛马消息报，有退休的或者是区里的头头，有脚步沉重、含着雪茄的人，还有警察。住在这幢公寓大楼里，我的精神一直不太好，过了漫长的几个月才感到好一点。我的身体依然很虚弱。大约就在这个时候，我收到了西亚的一封信，是从旧金山的军邮局寄来的，告诉我说她已跟一个空军上尉结了婚。她觉得这事应该告诉我，可她也许不应该这样做，因为这一伤心的消息又害得我卧床不起。我的两眼比以前凹陷得更深了，手脚发冷，我躺在佩迪拉肮脏的床上，人既不舒服，心情又颓唐。

索菲自然安慰不了我。接受他的慰藉，而又不告诉她内心的痛苦，这甚至是不应该的事。我把自己的内心痛苦全都告诉了克莱姆。

"我知道这是什么滋味，我曾跟一个警察的女儿相好，去年她也把我给甩了，"他说，"她嫁给了一个赌棍，跟着去了佛罗里达。不过，你早就对我说过，这事已经过去了。"

"是这样。"我说。

"不过,我看你们马奇家是个浪漫的家庭。我经常看到你哥哥跟一个金发小妞泡在一起。就连艾洪也见过他们。那天他穿着黑斗篷正让人背着从东方剧院出来,去看另一场戏《朱诺和孔雀》——他不常出门,不过你也知道,他一出门便喜欢在外面待一整天。那天背他的是前次轻量级拳手路易·埃里麦列克。他撞见的正是西蒙和那个女人。根据他的描述来看,是同一个女人。也是个身段漂亮的女人,脖子上裹着貂皮围领。"

"可怜的夏洛特,"我说,立刻想到了我的嫂子。

"夏洛特又怎么了?你的意思是说夏洛特不懂得过双重生活?一个有钱的女人会不懂得这个?至少是双重,或许还不止吧?这几乎已成了这个国家的法则了呢?"

因此我在养病时期又多了一桩伤脑筋的事。当时我想,不管怎么样,我还是离开芝加哥算了,到充满世界大事件的地方去。

有一天,我去了西区。我领了我妈到道格拉斯公园散步。这对我们俩都有好处,我走路时多少还有些不顺当。公园里阳光带着寒意,地上长满青苔,由于在战争期间,长椅没有好好维护,上面坐着几个老人,还有报纸、动物的毛,还有灰泥墙。小湖的水面上杂乱地漂浮着纸片。妈已开始出现老年人的僵硬,腿已经有些弯曲。尽管如此,她还是喜欢这种清冷的空气,仍然有着她那健康的安详红润气色。

我送她回盲人之家时,西蒙的车突然在我们身旁停下。车上有个女人,但不是夏洛特,我看到了毛皮围领和一头金发。西蒙满脸微笑,立刻打着手势,示意别让妈注意到那个女人。接着他来到人行道上,西区这儿的人行道对他来说似乎太差劲了,路面的混凝土龟裂得很厉害,遍地是杂货店和肉铺里清出来的碎屑。他看上去挺好,从脚上那双西班牙科尔多瓦革软壳皮鞋,到袖扣的红宝石扣饰,雪白的白衬衫,扎的可能是条苏尔卡牌领带,穿的是斯楚克牌外套,件件全是手工缝制,而不是像鲁宾逊披的小羊皮,只是图个遮盖。我得承认,他这般打扮而来,看了是让人眼红的。

他是为看妈来这儿的吗?还是为了把妈指给那小妞看?他为使她知道我是谁,很高兴地说,"啊,我的弟弟!真是太巧了,遇见了你!我怎么老见不到你呀?啊,妈妈,你好吗?"他两只胳臂分搂着我们,把我们转过去面对汽车,车上的姑娘友好地朝我们打了招呼。"一家人团聚,真是好极了。"他说。

我不知道妈是否感觉到他是在冲着另一个人演戏,也许她感觉到了。然而,对这两个受到特殊照顾,衣着华贵,娇生惯养的躯体坐在凯迪拉克车的高椅垫上四处兜风,像一对狂欢节中逛意大利大街的罗马人,这乳房高耸的姑娘和西蒙,忠厚纯朴的妈又怎么会懂得如何来看待呢?

西蒙现在真是赚大钱了。他投资的一家公司正在为军方生产一种新设备。每当他告诉我钱如何滚滚而来时,他总是大笑起来,仿佛连他自己也感到惊讶。还说他希望能赶上我的那位百万富翁罗贝,自己也写一本书。到时候他会要我做他的助手。这个玩笑我可不喜欢。顺便说一句,罗贝正准备去华盛顿。他似乎解释不清为什么他非去不可。

西蒙说,"妈,我只是停下来看看你是否一切都好。我不能多耽搁,我要带奥吉一起走。"

"去吧,孩子们,"她说。她要我们兄弟俩一块做事。

我们送她上了石头台阶,看她走进盲人之家。只剩下我们俩时,西蒙说,字字都很中肯,"在你开始有别的想法之前,我要你知道,我爱这姑娘。"

"是吗?从什么时候开始?"

"到现在有一阵子了。"

"可她是谁?从哪儿来的?"

他含笑对我说,"就在我们初次见面的那个晚上,她就离开她的丈夫了。那是在底特律的一家夜总会里。我有事去那儿待了两天。我跟她一起跳了舞,她说她决不再跟那个家伙多待一天了。我说,'那就跟我走吧,'于是,打那以后她就跟我在一起了。"

"在这儿,在芝加哥?"

"当然在这儿——你以为在哪儿!奥吉,我想要你认识认识她。这该是你们互相认识的时候了。她很多时候只是一个人,因为——你能理解为什么。她对你知道得一清二楚。不过别担心,我只对她讲了你的好话。样样都好!"他说道,挺直身子俯视我,凭着他高我一二英寸。他红光满面,像是搽了油,或者是厚颜无耻的颜色。他在回答我有关夏洛特的想法时说,"我想你不难理解这是怎么回事。"

"是啊,这不太难。"

"这跟夏洛特没有什么关系。我不用对夏洛特说该怎么做。让她也去做同样的事好了。"

"她肯吗?她会吗?"

"要是她不会,那是她自己的问题了。我的问题——我的问题是这个丽妮。还有我自己。"在说出"我自己"那一刹那,他的面色一凛,不知怎的,在思想上随着他的灵魂一溜下去,经过许多危险。我看不出这样的危险会是什么。我当时还不明白。不过,我被他,被他们俩给迷住了。"丽妮,这是奥吉,"他说,接着和我一起下了石级。同她相识之后,我感到十分费解,她对他来说,怎么会如此重要。

她虽然身材纤细,但确实婀娜多姿。你可以看到,在她的衣服下面,她的乳房是多么丰满——在花都里,人们把这称之为"楼台胜景"——她的天赋之美从那儿一直往下,透过丝袜也能看出。她十分年轻,她的脸上抹了厚厚的金色脂膏,浓浓的口红把嘴唇抹得向前撅出;她的眉毛和睫毛仿佛洒揉过金粉;她的头发好像也加过金粉,就像凡尔赛人似的;她的发梳是金子的,她的眼镜是金边的,佩戴的也是金首饰。我刚想说她看上去还不够成熟,但继而一想,也许这表明她对披戴着这么多的黄金,还缺乏十足的信心。也许只有某个大女人对此才能胜任。不一定是身材高大的女人，而是一个真正能经得起打扮的女人。例如一个古老的姐妹会会员，她们的那些来自亚述或克里特岛①的胸针和发夹，梳子和小化妆品瓶子，连同烫发钳、有了污迹的金器和出了绿锈的铜器等，全都仔细地摆在博物馆的展览橱窗里——那些圣洁的姑娘，由神父们放置到床上，等待着阿提斯②或别的什么人的秘密夜访，还有参加一年一度激烈的花园斗赛的少女们，情歌手们，叙利亚人，亚摩利人③，摩押人④等等。这条线延续下去的有放荡浪女，宫廷情侣，阿奎丹美女，西班牙公主，法国王后，高等妓女，风流贵妇，直到现在夜总会或者豪华客轮头等舱里，那些厨师们为她们特制出最大蛋奶酥、鱼形馅饼等惊人糕点的魅力四射的女客。丽妮就属于这类女人，但是依我看来，她还不完全是。你也许认为，对这类事只要凭本能就能知道。好像这是十分容易的事！可即便如此，你又怎么知道哪种本能会占上风呢？

我觉得，丽妮好像是个非常多疑的姑娘，沿着她的鼻子，有一道像光一样狐疑不定的神情。

西蒙有事得离车几分钟。他一下车，丽妮的第一句话便是："我爱你哥哥。我对他一见钟情，而且我要爱他一辈子。"她伸出戴着手套的手，让我握了握。"相信我，奥吉。"

这也许是真的，可是她偏要为此多下工夫，从而反而让人产生怀疑。游戏，游戏，游戏中的游戏。尽管人生如做戏，可是有些事情还是应该当真的。

"我希望我们能相互了解，"她接着说，"也许你还没有意识到，西

---

① 位于希腊南部，为希腊最大岛屿，是古代米纳斯文化的中心，以石雕、金器制品、珠宝等著称。
② 古希腊神话传说中的人物，众神之母赛比利钟爱的青年。对此神的崇拜源出于古代小亚西亚的弗里吉亚地区，后传到希腊罗马。他死而复活，象征草木冬死春生，每年庆祝春回大地的活动，即为崇拜此神及众神之母的仪式之一。
③ 即公元前两千年左右的古闪族人。
④ 西闪米特之一支，公元前9世纪兴旺发达，居住于巴勒斯坦地区外约旦高原。

蒙可一直在关心着你哩。你就是他的一切。你真该听听他是怎么谈论你的！他说一旦你真正定下心来做事，你一定能成为一个了不起的人。而我只要你把我看作一个爱西蒙的人，别对我太苛刻就行了。"

"我为什么要那么做呢？因为我的嫂子吗？"

我一提到夏洛特，她听了立刻就板起了脸。不过，接着她就看出我并不是出于恶意。

可西蒙却不断提到夏洛特，这让我很吃惊。他对自己的女友说，"我不要你因为她给我添麻烦。我尊重她。在任何情况下我都决不会离开她。她以她自己的方式对我，是跟我最亲密的人。"他对夏洛特也罗曼蒂克了一番。对此，丽妮不得不加以忍受，她知道她永远无权独占他。我不由得想到，我也曾以自己的方式跟西亚和斯泰拉搞过同样的一套。用以一个来牵制另一个的办法来保护自己，这样我就不会受她们中任何一个的摆布，她们俩也就谁也不会伤害我。嘿，我懂得这一手。不信我可以打赌，这我懂。根本不是像西蒙说的那样。甚至也不是通常意义上说的，因为他跟夏洛特共同拥有财产。我曾极力向他说明这一点以警告他，可我只是使他感到惊讶。不过，我是在情况了解清楚后才这么做的。

他和丽妮的活动情况如下：几乎每天早上他都到她的住处接她；她或者在屋外，或者在附近的一家餐室里等着。接着由她开车送他去办公室，尽管他的大多数雇员都认识她，但她从不进去。然后她独自离开去商店买东西或者替他办事；要不她就看看杂志，一直等到他有空。一整天，她不是跟他在一起，就在离他不远的地方。到了傍晚，她开车几乎把他送到了家门口，然后再坐出租车回自己的寓所。在我们见面的那一天，几乎每小时都有风波，两人互相大喊大叫——她的两眼瞪得老大，拱起肩膀，挺直脖子，而他则气昏了头，眉头紧锁，咬牙切齿，有时真想掴她几个耳光。他一直没有镶补他那颗折断的门牙。通过这，我又在他身上看到了这个像德国人的白肤金发、满面红光的商人和投资者，这个劳希奶奶打发他到度假胜地旅馆去侍候客人的学生。他和丽妮争吵，通常是为了像衣服、手套、一瓶香奈尔①香水、或者是用人之类的事。他说她用不着雇用人，因为她整天不在家，而且自己可以收拾床铺，要个女佣闲坐在那儿干什么？可是丽妮坚持夏洛特有的她也得有。她对夏洛特的情况摸得很清楚，比亲姐妹还要清楚。她们常在同一家夜总会露面，或者持有同一场音乐会的门票。因此她知道夏洛特长得怎么样，穿什么衣服，她仔细研究过她。她要求至少要跟夏洛特有同样待遇，而且只要是像手提包、衣服、蜥蜴皮皮鞋、太阳眼镜、朗森打火机之类的东西，她都会如愿以偿。可是当她提出要有一辆夏洛特那样的车时，发生了一场最激烈的争吵。

"哼，你这个要饭的！"他说，"夏洛特自己有钱，你懂吗？"

"可是没有你想要的，而我有这个。"

他吼道，"并不是只有你有！别骗你自己了。很多女人都有。"这次是他很不愿意让我看到的少数几次吵架中的一次。通常他似乎并不在乎。至于她呢，自从说了希望我们之间多多了解之后，便以为这就足够了，几乎没有再跟我说什么话。"你瞧瞧你哥哥是个什么样子！"她叫喊道。

不，我看不出他是个什么样子。我所看到的他，差不多总是在发怒，公开的，或者是隐蔽的。

他会突然发作起来，大声怒斥道，"你昨天为什么不去看医生？你打算把咳嗽拖多久？你怎么知道你胸腔里是不是长了什么？"（我不由朝那胸脯瞥去，大概——像任何活着的动物一样，它在毛皮底下，丝绸底下，乳罩底下，乳房底下，就在那儿。）"不，小姐，你没去。我查过了。我往那儿打过电话，你是在骗人！我敢说，你以为我会觉得事关重

---

① 香奈尔（1883—1971），法国时装设计师，她设计的紧身衣、喇叭裤、超短裙曾长期流行，并创办香水厂，生产有名的香奈尔5号香水。

大,不肯给医生打电话问你的病,或者是怕让这件事传到夏洛特的耳朵里。"(她去看的是夏洛特的医生;他是个顶呱呱的医生。)"告诉你,我真的打了电话。你根本没去过那儿。你没说实话。你从来不说实话!我怀疑,就连在床上你也不说实话。甚至在你嘴上说爱我的时候,心里却在打着鬼主意。"

瞧,这就是他以关心的方式发怒的一个例子。

我不能等到疝气完全痊愈才去参战了。让我去吧!我心里想。可是我的身体还不够条件。我在一家商业机械公司找到了一份临时工作。这是一份十分诱人的很好的工作,我所以能得到这份工作全因战时人手不足。要是我在那公司待下去的话,我也许能成为一个推销大王,每月两次乘特等客车去圣保罗,每次途中抽七支高级雪茄,到站时神气活现地下车,哈着冬天的热气,手里提着公文包。但是,不,我非得去入伍不可。

"嗨,你这个傻瓜!"西蒙说,"我本盼望你至少能活到中年,可现在看来你蠢得连这个年岁也挨不到,直想去找死。要是你非要去不可,定要去挨枪子儿,打上石膏绷带,大口大口咯血,躺在泥浆里,啃土豆皮,那就去吧!要是你上了阵亡名单,这对我的生意倒是件好事。妈怎么会这样倒霉,只有一个正常的儿子!还有我?在这世界上留下孤零零一个人。赚钱的念头倒是我聪明的伴侣,可我弟弟不是。"

但我还是去了。只是陆军和空军仍不肯要我,于是我便报名加入了商船队,按规定计划先去羊头湾受训。

后来一次我见到西蒙是在伦道夫街。他表现得一反常态。"来,进去吃点,"他说。因为我们正好在亨丽西餐馆门口,他们在橱窗里摆了一盆时令已过的草莓。餐馆里的侍者都认识他,可是他们跟他打招呼时,他几乎未作回答,但也不像平常那样趾高气扬。我们坐定后,他摘下帽子,那苍白的脸色使我吃了一惊。

我问道,"怎么了——出什么事啦?"

"昨天晚上丽妮企图自杀,"他说,"她吞了些安眠药。我赶到时她已昏迷不醒,我摇她,打她耳光,拥着她走动,把她扔进放了冷水的浴缸,一直到医生赶到——她总算活过来了。她会好的。"

"是真的想自杀?她是当真的?"

"医生说她不是真的有危险。也许她不知道该吃多少药片。"

"我看这不大可能。"

"我也这样想。她肯定是装假骗人。她是个骗人老手。搞这种冒险把戏已不是第一次。"我瞥见了这场也许永远毫无意义的争斗。这使我心里不快。

"然而到头来,人们会弄假成真的。"他继续说,"他们真是发昏了。"他还说,"要是你花大价钱买了快活,那倒也罢了。可要是花了钱没有买到快活呢。只不过是千方百计想得到它。想要快活。你是为想要的东西,而并不总是为得到的东西付出代价。代价的意义就在这里。要不代价的意义在哪儿呢?弄到后来你可能会付不出钱来的。"

"我真希望自己知道能帮你做点什么。"

"你可以在火车驶来时把我推倒在它前面。"他说。

他开始把这场风波的一切全告诉我。夏洛特发现了丽妮的事。"我想这事她早就知道,"他说,"我猜她是在等待机会。"夏洛特要是不知道,那才怪哩。有关西蒙的情况和想法,无时无刻不在她脑子里流淌。在闹市区人人都认识他。侍者端上来用锡盘盛着的草莓,说:"马奇先生,请用草莓。"丽妮整天跟西蒙泡在一起,他们一直冒着被发现的风险。她干吗要开车几乎把他送到家门口呢?有一天她离开后,我在车里拾到了一把金梳子,他说,"真该死,她太大意了,"然后把它放进自己的口袋。因此,在两年的时间里,夏洛特不可能不发现任何蛛丝马迹——金发、手帕、放在仪表板贮物盒里她从未去过的美容院里拿来的火柴等等;她也不可能不在西蒙头戴礼帽、手持晚报那丈夫式的归来时,在亲吻她的香腮或拍拍她臀部开个夫妻间的玩笑中,嗅出仅仅在五分钟——也就是停车和上电梯的时间——之前,他还跟另一个女人在一起鬼混。她肯定已经嗅出。我猜测,一时间她会对自己说,"只要不是亲眼所见,心里就不难受,"这并不完全是有意装瞎子,而是工于心计的人精于自我控制的表现。有的人一面为保住小命跟一只大灰熊搏斗,前额抵在那家伙的灰毛皮里,一面心里还盘算着下个星期天怎么过,请什么人吃饭,餐桌怎么布置。

夏洛特这人你可怎么也摸不透。她也许懂得,如果她为这跟西蒙大吵大闹,那样会逼得他为了情场上的面子而采取鲁莽行动。因此她得对他谨慎行事。

有一次她曾对我解释说,"你哥哥需要钱,需要大量的钱。要是他没有他所需要的那么多钱花,他就活不成了。"我听了之后大为震惊——那是在一个很热的早上,在摩天大楼一个充满阳光、铺着华丽俗气地毯的起居室里,室内有几只大花瓶,热风吹拂着瓶里的花草。夏洛特高大的躯体上穿着一件白缎子的外套,抹了口红的嘴里噙着一个烟嘴,可看上去跟麦格纳斯家的任何人,包括他的叔伯和堂兄弟,一样威严。她等于告诉我说,她是在挽救西蒙的性命。

不过西蒙确实需要钱,丽妮过着跟夏洛特一样的奢侈生活。他觉得那样是对的,他自己也一样,认为不应该去做那些不值钱的事。他和夏洛特去佛罗里达,过上一两天,丽妮就尾随而至,住进同样豪华的旅馆。他倒并不怎么为花费伤脑筋,这时毒害他生活的是他不得不经常费心思作安排。他毅然无视自己的妻子,很快发现自己已是重婚了。

可怜的西蒙!我真可怜他。我可怜我的哥哥。

他一直对我说,这事决不可能持久。是吗?可多久算是暂时呢?他最后想出的主意是,丽妮应该嫁给某个阔佬。有一次,他们讨论这事时我也在场。

"俱乐部里那个叫卡尔汉姆的家伙,"他说,"我们碰到他时,他问起过你。他想约你出去。"

"我不干。"她说。

"你会干的。别做傻瓜了,我们得帮你找个好主儿。他很有钱,是个单身汉,干的是筑路行业。"

"我才不管他是干什么的。他是个丑老头,满口假牙。你把我当成什么人了!去你的!"她生气地抱起双臂,抱着她那小小的二头肌——当时正是炎热的夏天,她穿着一件无袖连衣裙;她并起双膝,两眼朝挡风玻璃外面凝望着。要知道,这类谈话大多发生在汽车里。

过后我对西蒙说,"她是想嫁给你。"

"不,她只是想跟我待在一起。这样很合她的意。这比做妻子更好。"

"这是你的怪念头,西蒙。你的意思是说,她想不出比成天跟着你转悠,你打电话时她翻翻杂志更好的事了吗?"

不过,这会儿他在亨丽西餐馆告诉我的事是几个星期前发生的。夏洛特终于发话了,说这事已经走得够远,现在该收场了。于是战斗爆发了。倒不是因为他不同意夏洛特的意见。他知道自己应该收场了,并且告诉了丽妮。跟丽妮的事弄得更糟。她又是喊又是叫的,威吓说要去告他,还当场昏了过去。接着西蒙的律师也登场了。他要他们三个都到他的事务所里去会谈,以解决一切。开始丽妮被告知说夏洛特不会来,可是夏洛特竟出现了。丽妮骂了她,夏洛特打了她耳光,西蒙也打了丽妮耳光。然后三人都大嚷大叫,这样做似乎都有很多理由似的。

"你干吗要打她耳光呢?"

"你真该听听她说了些什么,你听了也会揍她的,"他说,"我气得实在忍不住了。"

最后,丽妮答应去加利福尼亚,条件是付给她钱。而且她的确去了。不过现在她又回来了,并且来电话说她怀孕了。"我才不管哩,"西蒙对她说,"你是个骗子,你拿了钱去加利福尼亚时,就知道自己要回来的。"沉默了一会儿,她挂断了电话。这时他想到她可能会自杀。果然如此,等他到了旅馆时,她已经吞下安眠药。

  她已经怀孕四个月。

  "这叫我怎么办?"他说。

  "有什么要办的?什么也没有。会有个孩子。谁不知道你、我,还有乔治也是这样碰巧来到这个世界上的呀?"

  我尽自己所能安慰他。

第二十三章

要是庞大的仙女星座得要你支撑,那它现在除了掉向地狱,还有哪儿可去呢?行了,马奇,让那些胸怀广宇、梦想未来的预言家们(S.T.柯尔律治①)去召唤恺撒和阿特拉斯们那些巨人和鼓动者吧。可是你呀!你这可怜的新兵,你来凑什么热闹呀?去吧,去娶个可爱的老婆,在马奇农场和马奇学校里待着,在各个国家疯狂地混战成一团时,你千万别去碍事。我的朋友,我对自己说,放松点,别瞎折腾了。时代掌握在那班强人的手中,对他们来说,你只不过像庞大的西尔斯·娄巴克公司②老板头脑里的一种商品,可你竟跑到这儿来,盼望干一番正事,不想再过灰心失望的生活(原文如此!)。

不过,我的良心已经作出决定。我是义务在身,不能再作停留,起程的时刻终于到了。那是个风雨交加的日子,大雨把烟尘都打落在地,整个城市都湿透了,黑魆魆的,拉萨尔大街车站的柱子上雨水直淌。克莱姆对我说,"做事别只凭运气,别冒险去染上淋病,别为了满足别人的好奇心就把自己的秘密告诉人,订婚不到六个月别结婚。要是你生活有困难时,我一定会设法接济你一点的。"

我去事务长和船医助理学校报了名。他们接受了我的申请。开始

---

① S.T.柯尔律治(1772—1834):英国诗人和思想家,代表作有诗篇《忽必烈汗》、《古舟子咏》及评论著作《文学传记》等。
② 美国和全世界最大的杂物零售公司,它的零售店和邮购中心遍布美国全国和拉美国家等。总公司在芝加哥西尔斯大厦内,该大厦为20世纪70年代世界最高建筑。

时，我跟一个精神病医生吵了一番。他问我为什么打上一个"✕"说自己是个尿床者？我坚持说我从没尿过床。"可是你在'是'这一栏里打了一个'✕'。"我问他考虑到没有，一个人一点未睡地坐了三十个小时火车后，接着就要填二十张问卷和通过五场考试，能不出点小错吗？"可为什么出这样的错，而不出别的错？"他狡猾地问道。我非常恨他。他那冰冷的白屁股坐在那儿，一双懒洋洋的眼睛盯着我，对我作出了令人不快的结论。我说，"尽管我并不尿床，可你偏要我承认尿床是吗？还是你的意思是我喜欢尿床？"他说我有攻击型的性格。

不过，在开始进学校上课之前，他们先派我们去切萨皮克湾作一次训练航行。我们在闪烁不定的热浪中驶来驶去。这艘船是一艘麦金利①时代造的有多层甲板的老船。它是白色的，仿佛是只浮在海面，满是粉尘的铁烤箱。整整一个星期都颠簸摇晃、漫无目的地航行着。一艘艘有南方式门柱的白色渡轮从我们旁边驶过，式样颇为别致。还有航空母舰，停在甲板上的飞机就像是孩子的玩具，船只的两旁冒出缕缕黑烟。我们每天进行八次或十次的灭火和弃船训练。救生艇碰碰撞撞地从吊杆上放下来，受训者纷纷从攀绳和货网拥向小艇，一片混乱，拉扯厮打，胡闹起哄，拿着船钩乱捅乱戳，大声骂娘，脏话连篇。然后是划船，划呀划呀，划上好几个小时。海水波涌浪卷，就像一大片无边无际的苣菜地。

在训练的间隙时，你可以在这个斑驳的旧烤箱的尾梢上舒适地晒晒太阳。板条箱、烂菜叶、橘子、粪块，还有随浪冲上来的小蟹，有的已经死去。天空像涂上一层珐琅，太阳撒下万道金线。这使我想起古代名画家博斯②那幅上面画有一些拿着鱼和饼的愚人以及画有握着汤勺桨的

---

① 麦金利（1843—1901），美国第二十五任总统（1897—1901）。
② 博斯（1450—1516），荷兰中世纪晚期重要画家，其作品主要为复杂而独具风格的圣像画，学术界尊为对人性具有深刻洞察力并且第一个在作品中表现抽象概念的天才画家，代表作有《愚人的教化》、《干草酒》、《天上的乐园》、《背十字架》等。

船夫的画——在这幅休闲似的画中,有来郊外度假的弹琴人,烧鸡捆在一棵树上,死人的头颅出现在上面的小树枝间。还有别的景象:插在刀子上的鸡蛋用两条小腿在快步奔跑;几个躺在牡蛎壳中的人被抬到人肉宴上去;还有鲱鱼、肉和其他下肚的食物。可是人的眼睛仍照常在东张西望,也许不怀好意,可是你又怎么知道呢?还有伯利恒①富有的国王们。柴火堆旁的约瑟②。可是在远处的牧场上,发生着什么事呢?一只伤口淌血的狼在吃刺伤它的放猪人,另外一些则发疯似的奔向城市那些古怪的建筑,捣土豆器似的城堡,有的像大锅,双层锅炉,还有的像居民们熏制鱼肉的熏制室。

我们吃得很多,有烙饼、排骨、火腿、土豆、牛排、辣味米饭、冰淇淋、甜馅饼。人人都谈吃说喝,议论菜单,念叨着家乡的烹饪方法。

星期六我们停泊在巴尔的摩,妓女们都在克莱帕山上等待着,各个教会则分发印好的赞美诗。邮件也送来了。西蒙因为有一只耳朵不好,没能应征服兵役。"这原本是我脱身的一个方法,"他说。克莱姆的新买卖搞得不大好。索菲·杰拉狄思来了两封信,眼下她跟丈夫住在布兰丁军营。她一再说跟我道别,可还是不断有信来,信里还是这么说。艾洪寄来的是油印的致军中亲友函,充满了陈词滥调的伤感和诙谐。在另外附给我的一封短信上,他告诉我说丁巴特在新几内亚服役,开吉普车,他自己身体不好。

就这样,又过了几个星期,这种航行就像坐牢似的,只是在海湾里驶来驶去。老是千篇一律的苣莱形水波和播音设备的噪声,脑子里胡思乱想,救生艇演习,海水翻腾,丰盛伙食,晒晒太阳,吵吵闹闹,整天在那么几件东西上敲敲打打,震耳欲聋。

最后,我们终于回到了羊头湾基地,我开始学习船上的簿记和医

---

① 耶稣出生地。详见《圣经·新约·马太福音》第2章。
② 马利亚的丈夫,耶稣的养父。详见《圣经·新约·马太福音》第1章。

务。这些技术性的训练科目使我得到了慰藉。我想，只要我能不断地充实提高自己的头脑，那就很不错了。

赛维斯特在纽约。我在墨西哥帮助脱逃的那个姑娘斯泰拉·切斯尼也在。我当然先去看她。第一次获得登岸假那天，我便给她打了电话。她叫我马上就去。于是我买了一瓶酒和一些时鲜就去了。当然也盘算着怎样把她欠我的钱讨回来用等等。不过我心里明白，还有比这更好的事。

没有爱情的战争有什么用呢？

她住的地方像是在一些服装厂之间，星期六一片寂静。我上楼时心情非常激动。不过我警告自己，千万不要以为我们能重续奎尔纳瓦卡那断了的旧情。奥立弗虽在监牢里，她多半已另有新人。

然而这些邪念的对象出现了，一张热情洋溢、健康红润的笑脸，天真无邪的眼神，见到我高兴极了。真是个大美人！我的心怦怦直跳，一点也不怜悯我。我已经看到自己倒在爱尘之中，被爱神厄洛斯用一只脚踩住，把一切难以忍受的东西强加在我的身上。

她给我的印象跟第一次见到她时一样，那是在畅饮牌啤酒商标上方的小长廊里，跟她一起的是眼泡鼓出的奥立弗和两个朋友。然后我想起的是奥立弗殴打了傅路易后被带进法院时，身穿抽纱花边衫的她。最后是在山中防水布下，飞快脱掉衣裙和内衣的她。那就是曾压在我身上的同一双腿。借着从天窗射进的阳光和绿色地毯的反光，我看到那双腿是赤裸着的。

"啊，真让人高兴，"她说着伸出一只手来。我全身上下都穿着崭新的海员服装。走路的时候，我都感觉出身上的内衣、袜子、新鞋、紧身上衣和裤子，更别提那顶白帽子和领子上绣的铁锚了。"你没告诉我你已入伍，真让人感到意外！"

"从镜子里看到自己时，我也感到惊奇。"我说。

不过，当时我真正在考虑的是，我要不要吻她。我突然想起在那炎热的集市上,她的嘴唇那充满激情的滋味。此时,我的脸上火辣辣的。最后,我决定最好还是把我的想法告诉她,于是我对她说,"我决定不了吻你是不是合适。"

"请吧,别多问了,"她笑了起来,意思是说我应该吻她。我把嘴唇贴在她的脸蛋上,跟她那次吻我时完全一样。我仿佛像触电似的立刻涨红了脸。她的脸也变得通红。她很高兴我吻了她。

她是不是像看上去那么纯朴而别无用心?啊,我也如此。

我们坐下来叙谈。他想知道我的情况。"你在做些什么?"她问道。在你不是一个年轻貌美的富家小姐的朋友,也不驯鹰、不赌博时,在做些什么,这是她的意思。

"我有一阵子很为难,拿不定主意自己该做什么。不过现在我认为我注定该当个教师。我想弄到一块自己的地方,成家立业。我对四处闯荡已经腻烦了。"

"哦,你喜欢孩子吗?你会成为一个好父亲的。"

我心里想,她能这么说真是太好了。突然间,我想要把我的一切都献给她。我的脑海中开始升起一座雄伟的大厦,它金碧辉煌,结构复杂。不管她现在过的什么生活,也许她都会为我放弃。要是她又有了一个男人,也许她会离开他。也许他会死于车祸,也许他会回到妻子儿女的身边。你自己心里大概也明白,这种白日梦是个什么滋味。慈悲为怀的神啊,求您千万别拿这跟我作对!我的心已在经受煎熬,我不能正眼看她,她使我心慌意乱。

她穿着一双结带的丝绒便鞋,乌黑的头发盘成三团,身穿一条橘红的裙子。她的眼神充满温柔,含情脉脉。我心里想,她要是没有情人,怎能有这般水灵精神,为此我感到惶惶不安。

我应该怀有希望!——我指的是做父亲的事。她到底在做点什么呢?哎,这还真不太容易搞清楚。她讲到许多我不熟悉的事。女子学院,音乐生涯,舞台生活,绘画艺术。从女子学院讲到书,从音乐讲到钢琴等,从剧院讲到签名照片,还讲到一九一〇年左右生产的机脚细长的铸铁缝纫机,我把这看成跟戏装道具有关。墙上挂着她的画:花朵、橘子、床架、浴中裸女等等。她讲起要去电台,还提到劳军联合组织和军人戏剧俱乐部。我使劲想听个明白。

"你喜欢我的房子吗?"

其实这不是一幢房子,而是一室一厅,是既高又长的老式房间,四周饰有乐器和梨构成的古老的装饰线。房里有花草、钢琴、一张有装饰图案的大床、热带鱼、一只猫和一只狗。那狗气喘吁吁——它已经上了年纪。那猫老在她脚下转,还抓她的脚踝。我用报纸抽打它,可她不喜欢我这样。它还坐在她的肩膀上,她说,"亲一下,珍格儿,亲亲,亲亲,"它便舔她的脸。

路对面是几家服装厂。衣料碎片在护窗铁网上飘舞着。吼声隆隆的飞机划破了从英国到加利福尼亚碧蓝的晴空。她打开我带去的酒招待我。我喝了后,头上的旧伤口感到一阵阵抽动。接着我浑身发热,欲火上升。可是我想,必须考虑到她的自尊心。在奎尔纳瓦卡时,我想甩掉她。她凭什么相信现在我迷恋上她了呢?而且也许我根本不应该迷上她。要是她是个克雷西达[①]型的女人,就像艾洪说的塞西·弗莱克斯纳那样,那该怎么办呢?

"你好心借给我的钱,我一直都想还给你。"她说。

"不,别提了,我不是为这来的。"

"不过,也许你现在需要它。"

"哪里的话,我连上个月的饷金都没碰过呢。"

"我爸从牙买加给我寄来了一些生活补贴。他人在那儿。当然,我不能靠这生活。近来我干得不太好。"这不是在诉苦,听起来好像她不久便可干得好一些。"是奥立弗害了我。我信赖他。我以为我爱上了他。

[①] 特洛伊战争传奇中一个对其情人特洛伊罗斯王子不忠的女子。

你爱跟你在一起的那个姑娘吗?"

"是的,"我说。我为自己没有说谎感到高兴,我本可说谎的。

"她一定恨死我了。"

"她嫁给一个在太平洋作战的空军上尉了。"

"对不起。"

"哦,不,没什么。这事已经过去很久了。"

"过后我总觉得全是我的错。可当时你是唯一能帮助我的人。我决没有想到——"

"我很高兴能帮你的忙。就那方面来说,其实我早就摆脱掉了。"

"你这样说真是太好了。可是你知道——既然这事已经结束了,我想我说了你也不会介意——当时我觉得我们处境相同。人人都说她如何——"

"丢下我去打猎,我知道。"我希望她别提起塔拉维勒。

"你跟我一样,不知不觉就惹上了麻烦。也许你命该如此,像我一样。自作自受。我本是跟他去好莱坞的,只是顺路去了墨西哥。他打算使我成为电影明星,这不是很荒唐吗?"

"不,这并不荒唐。你会成为第一流的大明星。可是奥立弗明知自己会坐牢,他怎么能那样对待你呢?"

"他轻易就骗了我,因为那一阵子我爱上他了。"

她一说到"爱"这个字,这字就钻进了我的脑袋。

我心中的大厦越建越高,一直到了天顶。为了达到目的,与此同时我的心里也犯了十来条罪。猫从椅子旁纵身跳过时,抓到了我的手。我感到情欲沸腾,都快要使我鼻血涌流了。我一会儿觉得自己又大又胀,一会儿又觉得灵魂飘然而上,和出色的姐妹灵魂同声歌唱。

"比荒唐还要糟。"她有所指的说。

更糟?哦,她指的是她如何付出代价吗?她其实不必说这些。她竟认为有必要做这种解释,我感到很难过。多亏我是坐着的,要不我的两腿肯定撑不住我的身子。

"嗨，怎么啦?"她以她那亲切的声音问道。

我求她不要开玩笑了。我说，"我头扎绷带，在中国饭馆赌牌时，你怎么会想到我们的处境相同呢?"

"我相信你总还记得，那天在那养着只猴子什么的酒吧里，你我是怎样相互打量的吧?"

"那是只蜜熊。"

她双手十指交叉放在两腿之间，用膝盖夹住——这样子我很喜欢，但又希望她别这样做——她说，"谁也不该假装出自己总是百分之百的诚实。我只希望知道自己怎样能达到百分之七十，百分之六十就够了。"

我发誓她一定能达到百分之一百十，两百。接着我说了一句连自己也没料到会说的话。"谁也不应该故意装作神秘莫测，无意就已经够神秘的了。"

"我尽量不那样，至少跟你不那样。"

她是真心诚意的，我知道。我看到她的喉咙一下子胀大了。

我的身子，它也许就是我的一切，这个努力自抑着的家伙，这时突然像受到激流的冲击，不由自主。我真想冲上前去抱住她的双腿，但继而一想，还是再等一等的好。我凭什么认定这样做对呢?就因为我觉得喜欢吗?

我说，"我猜你已看出我对你的感情怎样。要是我错了，你最好告诉我。"

"错了?你为什么这样说呢?"

"嗯，首先，"我说，"我在这儿的时间还不长。你会认为我太急了。"

"其次呢?你说话怎么这样吞吞吐吐的?"

我说话有点异常吗?我甚至根本没有觉察到。"其次，我觉得在奎尔纳瓦卡时往回走，是我做错了。"

"也许这一次你可以做对了。"她说。

我立刻扑倒在地,紧紧搂住她的双腿,她弯下身子来吻我。我很想赶紧行事,可她的意思是慢一点。她说,"我们最好还是先把猫狗关到厨房里去。"她抓住狗的项圈,我从地板上抱起小猫,然后把它们送进厨房。厨房门上既无把手,又无挂钩,只用一枚弯钉子扣住。然后她掀去床上的床罩,我们相互帮着脱掉了衣服。

"你在嘟囔些什么呀?"我们躺下后她悄声问我。我没有意识到自己在说什么。我生怕她的头会碰在墙上,就用双手去护她的头。于是她明白了我的意思,便主动配合我。我成了个饿煞鬼,嘴巴够得着哪儿就吻哪儿,直到她用牙齿把我的嘴唇咬住,吸吮着,紧紧吸吮着。再使劲都不再能遏止,而且也没有什么要遏止了。

哪怕她好虚荣、爱中伤人,或挑剔挖苦人,现在都无所谓了,或者我是个愚蠢、无法管教、一再出错、没有常性、靠不住的男人,现在全都没有价值,毫无意义了。两人相互之间真正的实事,比任何这类描述都要简单多了。

我向她表白我爱她,这是真的。我觉得我的烦恼和追求已经到头了,这是个终结。整个周末时间,我们都躺在床上说着悄悄话,亲吻相爱。室外天空蔚蓝晴朗,绚丽端庄的太阳缓缓而过。我们只是起来把叫做哈里的狗带到屋顶平台上。猫在床上的床罩上走来走去,不时用爪子搔搔我们。我们唯一能看到的人,就是路对面服装厂里两个在裁剪台上玩牌的老头。

可是,星期一一大早我得赶回基地。她半夜就叫醒了我,帮我穿上衣服,然后陪我一起去地铁车站。

我一个劲地问她,愿意嫁给我吗?她说,"你想一下子把你的全部烦恼都了结掉,你这么做也太急了,也许你会犯错误的。"

这时正是在拂晓前,我们在地铁那通向地狱似的台阶旁,站在有金属护网的东方式玻璃拱顶下面,光线暗淡的电灯在厚铁座上就像缺乏生气的花朵,在蓝色的灯光下,我们相亲相爱地热吻着,直到下起毛毛细雨,她的鞋子都淋湿了。

"亲爱的,回去吧。"我说。

"你会给我打电话吗?"

"一有机会就打。你爱我吗?"

"我当然爱你。"

每次她一说这句话,我就感动得从头到脚涌过一股幸福感激之情,连背上的汗毛都像针刺一般。就像你在海中尽情游泳时,突然觉得后面有东西过来碰到你。每次深深的呼吸,就像无声的手风琴。海岸边欢快地飘扬着彩条和旗子。

最后,我只好走进地道,上了地铁。我将有整整五天见不到她。在此期间,我在事务长培训学校里不敢落在人后,也不敢惹恼纠察官,生怕失去下一个上岸假。每天傍晚,我都要去海边的电话亭打电话,她常常不在家,过着忙忙碌碌的生活。我很担心,生怕她跟我度过一个周末只是出于友情,或者是为了让我更好地理解那晚在山里本该发生的事情。如果真的是这样,那我就完了,因为如今我已陷入难以忍受的热恋之中,仿佛有某种矿物质渗进我的静脉和动脉,从皮肉到骨头浑身酸痛,就像感冒初起的样子。

整整一周,一条条渡轮呻吟着从海上驶进港湾,康尼岛笼罩在灰色或淡紫色的雾气之中。吃过晚饭我就坐在电话亭里,心灵受着爱情的折磨,一面做着功课,一面等着她来接电话。我生怕自己的求爱太迟了,已经没有指望。要是这样的话,我可就毁了,现在一切都得靠她了。

星期六,那套例行的列队检阅的无聊把戏刚一结束,我就欣喜若狂地离开了基地。我是多么激动啊!当我乘车从布鲁克林一路驶来,越过砖形山谷上空那吊在从天而降似的支柱上的悬桥,然后掠过港湾的激流,翱翔的海鸥,战舰像一架巨大的收音机停泊在船坞中,亨吉斯特号和霍萨号商船的汽笛像野兽般地鸣叫,接着又是隧道。我觉得,要是再这样继续坐车跑下去，我一定会支持不住，会筋疲力尽的。

然而不必害怕，因为斯泰拉在等着。因为我不在，她整整病了一个星期。她一面发热，一面担心着我是否真的爱她。我们一起上床时，她哭了，双手紧抓住我的背脊，乳房紧贴在我身上。她说，她在挂着畅饮牌啤酒商标的酒店阳台上看到我在教堂大门前时，就爱上了我。在奎尔纳瓦卡时，她其实并不需要向我借钱，只是为了借此跟我保持联系而已。至于奥立弗——

"奥立弗的事跟我有什么关系？那不关我的事，"我说，"我要结婚。"

有鉴于我的个性和气质，克莱姆曾告诫过我，要我订婚六个月后再结婚。但是这一劝告对单纯为了找对象的人是好的，而对一个终生都抱有伟大目标的人就不适合了。

"当然，"她说，"要是你爱我，我就嫁给你。"

我对她深信不疑。

"吃过中饭后如果你还爱我，"她说，"那就再问我。"

她把中饭给我送到了床上。这张象牙色、画有花环和阿卡狄亚玫瑰花的床，是她在拍卖时买的。来自巴伐利亚。她就在床上伺候我，连往面包上抹黄油都不用我动手。我就像一个公侯①，受到她殷勤周到的服侍。我则轮流地把火腿碎末和剩菜喂给猫狗吃。

她觉得有必要尽可能把她的一切都告诉我。

"我每年都买一张爱尔兰抽奖彩票。"她说。

我看不出这有什么不好的。

"我还是个神秘主义者，是古尔捷耶夫②的信徒。"

这对我倒是新鲜事。她拿出这个老家伙的照片来给我看，剃着光

---

① 原文指历史上有权选举神圣罗马帝国皇帝的诸侯。
② 古尔捷耶夫（1872—1949），亚美尼亚哲学家，创立和谐启智会，认为人生如睡眠，修行成功后，就能达到高超的振奋觉醒水平。

头，两眼深陷。一把克里米亚士兵的老式大胡子。我从他身上看不出有什么特别有害的地方。

还有什么？她在穿戴上面花费很大。这点我看得出来，她的壁橱里挂满了衣服。可是这对我一点不伤脑筋。既然她按我的计划和我一起领养孤儿和办学校，而且很热心地去做，她的衣服有多少又有什么关系呢？事实上，我为她打扮得如此漂亮感到骄傲。她还欠人家钱，她说。

"哎呀，亲爱的，你不必担心，我们会把每个人的债都还清的。就像法国人说的，'这是小事一桩'①。"我受到爱，坐在这么好的一张床上，俨然像个君王，一切事，只需一句话就能处理掉。

我们决定，等我一从羊角湾毕业，我们就结婚。

---

① 原文为法文。

第二十四章

坐在我前面不远处是个叫明托奇恩的人,不用说,他是个亚美尼亚人。我们一起坐在土耳其浴室里交谈着。其实主要是明托奇恩在大发议论,他用讽喻的方式向我讲解着生活中的种种事实。当时正是我要跟斯泰拉结婚并随船出航前一个星期。

这位明托奇恩长得像座雕像,他的后脑勺就像一刀削出似的,不少亚美尼亚人的头都是这样。可是正面就像狮子,颧骨也红红的。他身上的那两条腿,就像巴黎香榭丽舍大街上克列孟梭①的塑像,克列孟梭正在那儿顶风阔步而行,心里想着面包和战争,苦难和辉煌,用尽他内衣和长靴中的最后一点力气奋力向前。

明托奇恩和我一起坐在这间白瓷砖的小房间里,虽然在年龄和经济收入上有着差别——据说明托奇恩很有钱——但并不妨碍我们成为一对好伙伴。他看起来威风凛凛,说话时嗓音像卸煤声。这对他在法庭上一定大有好处,因为他是个律师。他是斯泰拉一位朋友的朋友。那朋友叫阿格尼丝·克特纳。阿格尼丝住在离第五大街不远,靠近一个拉美国家领事馆的一幢公寓里,派头很大,室内全是宫廷似的陈设,有巨大的镜子和枝形吊灯,中国屏风,雪花石膏制的猫头鹰,厚重的帷帘以及所有诸如此类的奢侈品。她经常去逛拍卖行,买下了一些罗曼诺夫家族②和

---

① 克列孟梭(1841—1929),法国政治家,新闻记者,第三共和国总理,有"老虎"之称,为第一次世界大战的胜利和凡尔赛和约签订作出重要贡献,被授予"胜利之父"称号。
② 即1613—1917年的俄罗斯统治家族。

哈布斯堡王室家族①的珍藏品。她本人也是维也纳人。明托奇恩为她设立了一笔信托基金，所以她根本不是做古董生意的，她的公寓其实是明托奇恩的家外之家，就像旅馆有时并非真的旅馆那样。他的另一个家也在纽约，可他的妻子一直卧病在床。每天晚上，他都去看她，跟她一起吃晚饭，由她的护士伺候着在卧室里就餐。不过在这之前，他先去看了阿格尼丝。他的司机通常都是在七点四十五分把他送过中心公园，去跟他的妻子一起吃饭。

我所以在这个特别的下午跟他在一起洗土耳其浴，是因为斯泰拉在阿格尼丝的陪同下上街购置结婚用品去了。我每次离开基地来度周末，阿格尼丝和明托奇恩是我和斯泰拉唯一会见的两个人。我想，明托奇恩很喜欢带我们去欢乐饭店，或者钻石马掌饭店以及其他金碧辉煌的豪华场所玩乐。有一次，我正要拿起账单去结账，他一把将我推开，要不我真的要向斯泰拉借钱付账了，可是明托奇恩十分大方，是个极舍得花钱享乐的人。他总是穿一身伦勃朗②画中那种黑色夜礼服，一双眼圈红红的眼睛、粗糙的头和耳朵，扁平的鼻子仿佛在闻着沙地和草原，但有闻乐起舞、痛快花钱的笑容。他的牙齿很长，还有两绺猫须似的小胡子，衬托着他那生活腐化而老于世故的皱纹和越来越松弛的大嘴。和女士们在一起时，他往往不让露出这种笑脸，而现在，当他坐在这儿，披着五彩浴巾，像个南亚村庄里的头人时，他笑了。跟男人谈话时，他便捏揉着自己下面的眼皮，为了使它不再松垂——他的黄脚趾甲上涂了无色的油，两只小脚趾则凹进了饱经磨炼、布满青筋的脚板里。我弄不清，他是不是真的也像扎哈罗夫③、朱安·马区，或者是瑞典火柴大王、理发

---

① 欧洲最古老的王室家族，其成员从1273年到1918年当过神圣罗马帝国、西班牙、奥地利、奥匈帝国的皇帝或国王。
② 伦勃朗（1606—1669），荷兰画家，善于表现人物的神情和性格特征，代表作有群像油画《夜巡》，蚀版画《浪子回家》，素描《老人坐像》等。
③ 扎哈罗夫（1850—1936），其父为希腊人，后加入法国籍，国际军火商及金融家。

师杰克和三指布朗那样一类脾气暴躁、一触即发的危险人物。斯泰拉说他钱多得连数都数不过来。他肯定已为阿格尼丝准备下很大一笔钱,他是在古巴跟她认识的,他还寄钱给她丈夫,让他留在古巴。我虽发现明托奇恩不太诚实,但他决不是犯罪之徒。实际上,为了攻读法律,他曾在无声电影时代的影院里弹过风琴。他现在已是一流的律师,业务遍及全球,而且他既爱读书又有学问。他的兴趣之一是弄清一些历史事件,如柏林——巴格达铁路的建造或者是坦嫩贝格战役[1]的情况,他还知道许多殉教者的生平事迹。他是又一个不断给我提供人生忠告,想要照亮我整个人世旅程的人。

我想不出他到底看中阿格尼丝身上的什么,他显然对她服服帖帖。她长着一双深褐色的眼睛,在一次大战前的帝国时代,她是那班乘坐香车宝马、过着灯红酒绿生活的贵族们喜爱的那种女人,不过那时候她一定还是个孩子。而且她那向上翘的鼻子两侧稍微内凹,使她看起来显得不太开朗。可她是斯泰拉的朋友,明托奇恩又很爱她。这使我想到上了年纪的人的深切愿望,也就是说,除了因死亡而彻底毁灭之外,他们的欲念是无法消灭的。

"死亡!"明托奇恩自己也说,他是在向我讲述他如何受中风之苦。他说,"你快要结婚了,我不想让你不开心。"

"哦,不会,先生。你不会使我不开心的。我太爱斯泰拉了,哪还顾得上这些。"

"好,我不能说我结婚时像你一样快乐,可我也是很有感情的,也许是因为我当时在演奏气氛音乐的缘故。我为海上历险片弹奏门德尔松的《芬格尔的洞穴》;为瓦伦蒂诺[2]主演的片子演奏居

---

[1] 第一次世界大战初期,1914年8月在坦嫩贝格(即波兰的斯腾巴尔克)进行的一次战斗,最后德国战胜俄国。
[2] 瓦伦蒂诺(1895—1926),出生于意大利的美国电影明星,主演过《酋长》、《血与沙》、《鹰》、《酋长的儿子》等。

伊①的《东方》和柴可夫斯基的《思念》。还有《诗人和农夫》。当密米顿·西尔斯看见康韦·蒂尔并没有随泰坦尼克号沉没时,你就会情不自禁地弹起这支曲子。当时我正在埋头准备参加律师考试,我是一面看我那本民事侵犯法,一面弹奏的。不过尽管如此,当时我仍然激情洋溢。也许你会认为这是胡扯吧?"

"不,你为什么这样说?"

"你一定认为我是个歹徒恶棍,只不过你不想贸然说出罢了。你跟你心中的恶意斗得也太厉害了。"

"人人都这么说。仿佛你就不应该有好评似的。我决不会说我是个圣人,可是我尽量尊敬别人。"

明托奇恩说,"如果把这当回事的话,我当一天律师所看到的,要比你所能想像到的还要多。相比之下,巴尔扎克的《人间喜剧》只不过是儿戏而已。我早上醒来,就得问自己,'在希姆尔告希姆尔的案子里,是谁在坑谁?到头来吃亏大的是谁?是从跟人通奸的妻子那里带走孩子的丈夫?是要她放弃孩子以免引人物议影响他事业的情夫?还是愿为情夫献出一切的妻子?'"

他的这番话使我大为吃惊。接着他又往下解释说,"我父亲是个犹太教堂的看门人,我整天待在地下室里。我的一个叔叔是布尔战争②中的一个上校。那又算什么呢?因此,即使历史对我们持奇怪甚至嘲弄的看法,我们依然是认真对待的,不是吗?反正我们都是要死的。"他又把话题转回到中风的事上。"几年前,就是在这儿,我正坐在马桶上,心里在想着一件要紧的事,死神突然揪住了我的鼻子。我的脑子里变得一团漆黑,我一头朝下倒了下去。我想,要不是我的肚子挡着缓冲了一下,我也许早就丧命了。当时,鲜血像喷泉似的从我的鼻子里喷出,喷

---

① 居伊(1835—1918),俄国歌剧、歌曲、钢琴曲作曲家。
② 布尔战争(1899—1902),英国对南非荷兰移民后裔布尔人的战争。

得门上到处都是。为了怕不雅观,我把门给关上了。后来,生命的火花又渐渐回到了我的身上,我的脑子里重又充满了明托奇恩特有的思想和灵感。于是心里想,呃,你又是明托奇恩了。就像我可以作出选择似的。我非得重新做明托奇恩,而且包括让人不好受的那部分吗?是的,老兄,因为要想活着就得做明托奇恩。我全面检查了一番我的全部秘密,结果发现它们仍在老地方。我依然搞不清是谁坑了谁,于是我爬回到床上,死亡的触摸使得我不断地哆嗦。

"我这是在说,"——他冲我和蔼地微微一笑,还亲切地挤了挤眼,然后打了个呵欠,享受着金色的阳光——"一个人是怎样跟心中的邪念斗争的,生活如何超过教养好的人的良知。良好的教养甚至使他们不知道想些什么。因为我们大家想的多少都差不多。你爱斯泰拉——这很好,不是吗?"

"爱她胜过爱任何人。"

"那好极了。这是我所谓的男子汉的回答。你的生日在什么时候?"

"一月份。"

"我发誓决不骗你,我也是一月份生的。我相信智商最高的人都生在一月,这跟气压有关——你可以在埃尔斯沃思·亨廷顿①的著作里找到。父母在春天器官最健康时做爱,所怀的胎儿是最优秀的。如果你想要孩子的话,就得算好在这个季节把你那位亲爱的肚子搞大。古人的智慧是对的,科学直到最近才发现它的道理。对于你的新娘,我要说的是即使是她,除了更聪明更漂亮之外,她跟我们其余这些人也没有什么两样。她绝对考虑过自己的两种未来:有你或者没有你。

我得操心,我得想好,

---

① 埃尔斯沃思·亨廷顿(1876—1947),美国人文地理学家,主要研究气候对文明的影响。著有《文明与气候》、《文明的主要动力》等。

>　　我要嫁给一个大富豪；
>　　他会死去，我会哭叫，
>　　我将再嫁一个大阔佬。

不过这种念头只是产生在内心意识中，逍遥法外，无从查究。那又怎么样呢？随你怎么说，人生是变化无穷的。别说这，就连合法合理的事，也得通过这片蒙古似的只有阳光没有草木的大沙漠。有什么比工商业更让我们看重的东西吗？可是，当大英帝国的塞西尔·罗得斯①先生因为没法跟光芒四射的星星做生意而痛哭流涕时，这并不是颓废思想，而是超越妄自尊大者的一切最高成就而流露出的内心意识。"

他这样讲斯泰拉深深地伤了我的心。他到底有完没有，这可恶的混蛋，竟说她的内心意识中想到我死掉？我气得怒火填膺。"你先讲古人的智慧，"我生气地说，"接着又来挖苦爱情。"

"好，我是个狗娘养的！"他说着，从土耳其浴室的热蒸汽中站起身来，重新围了围身上的浴巾。"我并不想伤任何人的心。该死！要是我在这种为了消磨时间的闲聊中伤了你的心，那就请你原谅。我看得出你是真的，真正地在热恋中。愿上帝保佑你这种高尚的感情！你不久又要随船出海了，出航的危险和离开心上人的痛苦会激起自然的情感。不过小姑娘们唱的那支小调也是古老的智慧。这不是玩世不恭的借口，而是征服自然的傲意。人脑已经日益拓展到宇宙空间，它已囊括了整个宇宙。然而，与此同时，你也万万不能忽视还有那么多的阴谋暗算。

"听着，既然话已讲开，让我从我的业务中给你举几个例子，来说明一下人的灵魂的其他部分是怎样的吧。几年前，一位委托人的太太说她丢了一只贵重的手镯。她是一位绝对值得让人信任的女士，三个孩子

---

① 塞西尔·罗得斯（1853—1902），英国殖民者，因开采南非的钻石矿和金矿致富，成为南非的金融家和政治家。

的母亲，有个富有的丈夫，他给了她价值十万美元的产业，他自己只是保留了委托权。手镯丢失了？好吧，这只不过是保险公司的例行事务。他们进行了调查，然后告诉那位丈夫说，'你夫人的手镯并没有丢失，她把它送给她那位穷困潦倒的情夫了。'哼，太气人了！'我太太，有情夫？我那位受人尊敬的太太，我孩子的母亲，一直对我表示钟爱之情和忠贞不渝的妻子？我心爱的人，我多年的爱侣？'不管怎样，事实俱在，她已无法抵赖，她的确仰卧着张开双腿跟别人干过那种事情了。这个可怜的丈夫，他的心都碎了！这怎么可能！她竟对他保守了这么大的秘密，他的痛苦和震惊是可想而知的了。他埋头苦干，为了使生活有所保证，不仅是从星期四到星期六，而且可以更长些，可是生活竟如此可悲，遭到了惨痛的失败。如果有什么事值得伤心流泪，这就是。可是，他还是不肯相信保险公司调查员的话，于是来找我，我代他雇了个私家侦探。结果他带回了同样的事实，而且还说她这位情夫是个无业游民，曾因拉皮条和销赃坐过牢。他们甚至给那位可怜的丈夫看了他的照片，以便他能说出他的模样。隆鼻、鬈发很长。你知道那种人。唉，那位可怜的丈夫简直快疯了。到这时候他才发现，在他住的这整个郊区，只有他一个人蒙在鼓里不知道这回事。人们常见他们一起在车里，在这周围到处都停过车。树林里、灌木丛中。那丈夫听了就像有幢倒塌的房子压住了他。'你们当中见过这幢房子最初盛况的还有谁？你看它现在怎么样？'"

哦，这可怜的家伙，我的心都为他碎了。

"人们开始劝他，'把她撵出去，老兄！别他妈的当傻瓜。那家伙一直在夯你老婆，可她的这个野汉子还得由你出钱来养着。'于是他再也没法忍受下去了，把她痛骂了一顿。嗨，她居然矢口否认一切，一点也不承认。他亮了底牌，说了名字、日期、地点，这一来，她无话可说了。全是真的。然后她说，'我不离开这座房子和孩子们，这些全是我的。'他又来见我，要我帮他出主意。法律全都站在他一边，只要他愿意,完全可以把她撑到大街上去。可是他愿意吗? 不!"

这就像何西阿那个淫荡的妻子一样,我想起了那句话:"你当多日为我独居。"①

"我还有别的事要告诉你呢。她也爱她的丈夫,这笔账就是这么搞不清。她决定断绝跟那个拉皮条的情夫来往。打那以后,邻居看到她和丈夫在电影院里,手拉着手,相互亲吻,就像一对青年情侣。"

有了这样的结局,我很高兴,他们互相原谅了。他们和好如初,我的心高兴得怦怦直跳。

我说,"你也得同情那妻子。"

"应该更加同情她。"明托奇恩说,"因为她不得不撒谎,过着双重生活。这样偷偷摸摸,是一种真正的精神负担。你幽会后回到屋里,上气不接下气,汗淋淋的,头昏眼花。啊,这儿是什么地方? 另一个世界,另一种生活,另一个你自己。你也非常清楚自己在干什么。完全像一个配了这个处方又配那个处方的药剂师。需要分量准确地配给阿托品或砒霜。只有这样才行。这样才行!"明托奇恩以他那特有的激动心情说着。他无法就此打住。"你回到家里。'嘿!丈夫或者妻子,''今天工作怎么样?''跟往常一样。''我看你换了床单。''我还去缴了保险费。''很好。'这你就成了另一个人了。一小时前你说的话哪儿去了? 全不见了! 中枢在哪儿? 哦,我亲爱的朋友,中枢远在蒙古倾听着。你是说双重生活吗? 它是秘中之秘,神秘莫测,上面贴有一个无穷的标签。因此谁知道它的穷尽呢? 真诚的时刻又在哪儿呢?

"当然,"他说,"这跟你毫不相干。"他咧嘴一笑,而且尽量想显得高兴一点,然而,在这灯光特好的小蒸汽浴室里,此时已蒙上了某种黑暗。他尽力一笑之后继续说了下去,"只是为了讲讲有趣罢了,我再

---

① 何西阿:《圣经·旧约》中先知,他遵上帝意娶淫妇歌篾为妻。歌篾淫荡不羁,弃他而去,后何西阿又遵上帝赎回不贞的妻子,并对她说,"你当多日为我独居,不可行淫,不可归别人为妻……",详见《圣经·旧约·何西阿书》。

给你讲一个案例。说的是战前我认识的一对有钱的夫妇。丈夫仪表堂堂,妻子漂亮艳丽,有康涅狄格、耶鲁这样出身的背景。丈夫出差去意大利,遇上了一位意大利女子,发生了'桃色事件'。回国后,他仍轻率地跟她保持着通讯联系。妻子在他的后裤袋里发现了一封情书。他不但把它保存着,马奇,而且,由于那只亲爱的手写的字,被他的汗水浸湿褪色了,他还精心地重新用笔描补好。于是那做妻子的两眼血红来找我。正好我也知道,在她丈夫出国期间,她自己也曾跟一个男朋友胡搞。可现在她要惩罚她的丈夫,因为她抓到了他的把柄!她要和丈夫一起去意大利,跟那个意大利女人当面对质,要她丈夫当着她俩的面声明他从来没有爱过她。要不,就离婚。我当然不能告诉那丈夫该怎么办,于是他去了。跋涉七千英里去完成这项必不可少的使命。后来,他们回来了。你猜怎么样?你是个聪明人,你一定知道结果。"

"他发现了她的事。听着,"我说,现在我觉出他的话有些不对劲,"正当我现在快要结婚的时候,你说这些事是什么意思呢?你是不是说我得先把鞋穿一穿,看看是否合脚?"想到这儿,我气极了。

"嗨,别把这硬扯到自己身上。我从没说过这些事是针对你讲的。这只不过是一般而论罢了。我怎么会对切斯尼小姐说三道四呢?不仅因为她是阿格尼丝的朋友,而且我也决不会做煞风景的事,来干扰真挚的爱情,我看得出来,你是一片至诚。

"有个机灵的家伙一次曾对我讲起过爱情与通奸的关系,你也许也会像我一样对这感兴趣。不论在哪一天,当你心情愉快时,你知道这不可能持久,天有不测风云,人有旦夕祸福,年有所尽,命有所终。在另一地另一天会有另一个情人。你正在吻着的脸会变成另一张,你的脸也会由另一张所替代。这是不由自主的,那个家伙说。当然,他自己是个混蛋,一个虚伪的、不干好事的无赖。他出入风流场所,吃的全是女人饭;他抛弃了自己的孩子,谁也别想依靠他。可是他说,爱情就是通奸,它表示着变换。你要跟变换和好。城市换了,女人换了,床不同了,可是你还是你,因此你必须机动灵活,能屈能伸。你吻着那个女人,表明你多么热爱你的命运,但你得崇拜敬佩生活的变化,要遵从这条规律。不管那无赖说得对不对,让上帝去憎恨他的灵魂吧!别认为你不必遵从生活的规律。"

我这位古怪的老师——因为他确实是在教导我——进一步说,"没有规律便一事无成,只有遵从规律,才能发挥天地万物的意志。"

"我要遵从这些规律,"我说,"我并不想从它们下面摆脱出来,我从来不想这么做。"

这时,我们汗如雨下。他围身的五彩浴巾也从他肥胖的胸脯和腋下掉到沼泽地般毛茸茸的肚子上,就像古代哲人的长袍。我决不同意爱情就是通奸的说法。决不!哼,亏他想得出来!即使我得承认许多爱侣的确是通奸者,像保罗和弗兰契斯卡①,或者像劳希奶奶特别喜爱的安娜·卡列尼娜。这使我想到跟爱情搀和在一起的折磨,这如同吃坏掉的水果以免得罪神,因为纯粹的欢乐是要留给神的。

他看上去似乎在莞尔微笑,他那张汗珠滚滚的大脸,泰然自若,显得和蔼、仁慈,像个哲人、先知、古鲁②,或者是脚趾上戴着宝石饰物、圆通练达的王侯。我要他赐我以智慧。

"为什么你非得认为置你于死地的事物是你所支持的呢?因为你的死是你自己的手笔。凶器是什么?是你性格上的钉子和锤子。十字架是什么?是你自己渐渐变软的骨头。丈夫或妻子促使对方做这种事情。'亲爱的,你将成为我的命运。'他们这样说,并且指点对方怎样做。鱼驾御水,鸟驾御空气,你我驾御的是我们的主导思想。"

---

① 弗兰契斯卡(?—1283),意大利拉文纳大公之女,富文才,被迫嫁给马拉泰斯塔(绰号"跛子"),因与夫弟保罗(绰号"美男子")通奸,被丈夫双双杀死。此爱情悲剧被但丁写入《神曲》,还成为许多剧本、歌剧、绘画、歌曲的题材。

② 印度教、锡克教的宗教大师或领袖。

"你能说说你的主导思想是什么吗,明托奇恩先生?"

他立即回答说,"秘密。当然,是社会使我们有了一些秘密。人和人之间的兄弟情谊,要我们借坦白之力来放弃秘密。可是我必须得有秘密。我死的时候会因为有秘密而闻名,就像圣布拉斯那样因为死于羊毛梳,被奉为梳毛工人的守护神。"

"错综复杂,谎言,谎言,还是谎言!"他说,"伪装,耍把戏,多重人格,疾病,交谈。甚至几分钟的交谈之中,你是否意识到,在你开口之前,你想说的经过多少次变换才成为你实际说出的?某人告诉你甲,你的反应是乙,可乙你不能说,于是你就把它给变换了。通过你胸中的线圈,变直流为交流,再滤波,增加了四百伏特,结果说出来的不是乙,而是伽马负一,变换的时间越长,伽马负一的臭味越重。注意,我是很敬佩我们人类的,我对人类的天才十分敬畏。可是这种天才很大部分都用于撒谎和制造假相。尤里西斯乔装打扮回来报仇,我们都喜欢他,可要是他忘了回来做什么,而是化了装天天干坐在那儿,还会有人喜欢他吗?许多意志薄弱的人都有这种情况,他们忘了伪装的目的是什么,不知道事情的复杂性,或者是不懂得如何返璞归真。他对每个人说的各不相同,忘了本来是怎么回事,他自己想要的是什么。纯朴的思想和纯洁的心灵是多么难得啊!即使是一瞬间的纯洁心灵,我也要鞠躬致敬,五体投地。这就是为什么当你对我说你正在热恋时,我对你很有好感。我欣赏这种持久不渝的感情,我自己也是个恋人。"

愿上帝保佑明托奇恩!一个多好的人啊!他是真正地关心人,所以我对他以爱报爱。

"要是我告诉你,我一直在争取成为一个我自己这样的人,明托奇恩先生,你一定会理解的。不过这是件很可怕的事。因为万一我的本性不够好,那怎么办呢?"我对他说这话时,眼泪都快掉下来了,"不过,我想我最好还是放弃这种打算,随它去吧。我决不会强迫命运之手去创造出一个较好的奥吉·马奇,也决不可能把这个时期改变成黄金时代。"

"这话非常正确。你得按你的本性去冒一下险,你又不可能坐着不动。我知道这是件进退两难的事,因为要是你动了,你可能会输掉,要是你坐着不动,你可能会烂掉。可你会输掉什么呢?在你动之前,你创造的本领又没有比上帝和大自然高明,也没能把自己变成不乏天才和发展前途的人。上天没有给我们这种本领。"

"太对了,谢谢你,"我说,"十分感激你的这番解释。"

这事发生在市中心曼哈顿一座摩天大楼的第五十八层上,在活动玻璃门的里面。腻烦了不提这一点也是不好的。

"按自己的本来面目去死,也比做一个外人活一辈子强。"他说。

说完这话以后,他聚精会神地默默沉思了一会,仿佛从一个看不见的滴管里往下滴着什么。滴的是什么呢?是甘露?还是胆汁?

"有一件事已经困扰了我好几个月,我想你会对这感兴趣的。"是胆汁,现在我看出来了。他那双大大的眼睛重重地垂了下来,黯然神伤。

"以前我给你讲了手镯的事,"他说,"就是因为我的心也给珠宝的事搅得心烦意乱了。几个月前,克特纳夫人阿格尼丝,也丢失了一只钻石戒指。据她说,她在傍晚去中心公园遛狗时遭到了抢劫。当然,人们有时是会遭到抢劫的。"

"可遛狗干吗要戴着钻石戒指呢?"

"因为我们有个约会,这也就能解释通了。她的喉咙处有指印,证据充足,呃?而且她被人发现躺在大都会歌剧院和儿童游戏场之间的小径上,是警察把她送回家的。颇为令人信服,对不对?"

"听起来绝对……"

"她得到五千美元的保险赔偿。现在我把全部秘密都告诉你吧,这是她自己干的。"

"什么?"

"是她自己把自己掐昏的。她脖子上的指印是她自己的手指掐的。"

"她怎么能这样!"

"她能。"

那位维也纳美人傍晚在公园里掐自己的脖子,这情景我惊得发呆了。"你是怎么知道的?"

"因为她的一个朋友正替她保存着那枚戒指。"

"可她这样干到底为什么呢?"

"事情的关键就是在这儿。她所需要的钱我全都给她,而且还寄支票给她在古巴的丈夫。因此,她还要干这种骗人的勾当是图个什么呢?"

"也许只是想弄笔社会保险金吧,有没有可能?你给她办理养老保险了吗?"

"她是很会理财的。这也正是我最大的希望。为她办理养老保险?那还用说。我还给了她一幢在曼哈顿岛上的房子。假如情况不是这样,那又是怎么回事呢?你懂得这意思了吗?她有秘密瞒着我。他跟我过的是双重生活。"

"结果也许是很平常的事。比如说,她有个兄弟遇到了困难,她又不想告诉你。或者是老是向人伸手要钱要腻了,想自己搞点钱。"

他心里明白,我这是在安慰他。

"肯定还有比那更容易的办法。不,要是为了付给某个人呢,事情会怎么样?唉,律师饭吃得我疑心很大了。可你难道没有看出我现在的处境?"明托奇恩问我,"按我的看法?"

有的时候,跟人相处不久便能成为知交。明托奇恩跟我现在就是这样。

在这个特殊的星期六,由于对安排产生了误会,斯泰拉和阿格尼丝都迟迟未来。我们在明托奇恩的办公室一直等着她们,明托奇恩显得非常不安,因为他跟妻子一起吃晚饭的时间就要到了。最后他终于打发司机去斯泰拉的住处传话,说我们到九点半再跟她们聚会,然后就叫了辆出租车,带我穿过公园去他家。

于是我见到了明托奇恩太太。我猜不出她生的是什么病。她穿一件蓝色的棉睡袍，头发斑白。她要不是傲慢的话，也有一种尊严高贵。我觉得她的一举一动都显示出有一种杰出动人的才能。

她十分高傲地接待了我。

"哈罗德，马提尼酒得在厨房里调，"她对明托奇恩说。于是他便出去了。他刚一离开，她便几乎用严厉的口气问道，"你是什么人，小伙子？"

"我？我是明托奇恩先生的当事人。你知道，我就要结婚了。"

"我并不指望你告诉我什么，"她说，"我知道哈罗德有他的秘密。我的意思是说，他自以为有秘密。他的一切其实我全都一清二楚，因为我一直在琢磨着他。要是你把全部时间都用在琢磨某个人上面，要看透他并不太难。我根本用不着离开这个房间。"

我大为吃惊，我感到我的眼睛睁得老大。

我说，"夫人，我认识明托奇恩先生时间不长。不过依我看来，他是位了不起的人。"

"哦，你看出这个？他是个了不起的人，尽管他太有人情味了。"

当这头狮子明托奇恩在自认为最孤寂偏僻的丛林中呜咽抽泣时，这位久病的人竟然站在他的背后倾听着，实在让我凛然生畏。

可是，接着明托奇恩便端着杯子进来了，于是我跟他太太的谈话也就结束了。

第二十五章

我已经被爱情深深陶醉，什么也阻止不了我结婚。我不能断定明托奇恩是不是想这么做，不过即使他想这么做，他也毫无希望，因为我不会听他的胡乱猜测。然而，他扮演的是一个好朋友的角色。他替我跟酒席承办商安排了新婚午宴，还为每个人购买了玫瑰花和栀子花。市政厅一带天空碧蓝，仿佛回荡着悠扬的音乐。我们乘电梯下去时，我回忆起一年多以前的事，我站在芝加哥县医院的楼顶上，想到我们一家人中，包括劳希奶奶在内，只有西蒙一个人没有进社会福利机构。可是现在，我不再有任何理由羡慕他了。羡慕？嗨，我认为自己远远超过了他，因为我娶了一位我心爱的女人，所以我正在人生惟一正确的道路上阔步前进。我对自己默默地说，我哥哥这种人只能无所作为地离开这个世界，并把他所承袭的命运，传给他现在可能有的孩子们——我不能确定他现在到底有没有孩子。是啊，人们就是这样受着书本上所有法则的束缚，如同山峰倾向于各自的磁极，或者像栖息于水草中的螃蟹和岩洞中的水晶。而我呢，由于有爱情的帮助，我取得了好得多的成就，证明我的真诚是有理由的，不能单凭命运的摆布。现在新娘就在我的身边，她的脸由于欢快激动而通红；她和我志同道合。她过去做过一些错事，可现在，所有错事全都一笔勾销了。

我来到屋外的台阶上，鸽子在周围漫步。明托奇恩已请了一位摄影师，安排在那儿拍了结婚宴会照。他办事非常周到，而且对每个人都和和气气。

我是前一天刚从羊头湾的训练学校毕业的，口袋里放着新发的海军士兵证,我的笑容也和以前有了不同,因为他们免费给我镶了在墨西哥丢掉的那几颗下门牙。我得承认,除了炽热的爱情和当时的得意洋洋之外,我的心里一直有个东西在翻腾,就像木匠用的水准仪中的气泡。我的脸刮得干干净净,头发梳得像个电影演员,穿一套崭新的毛料军服,只缺服役绶带和星徽了。我很想有一些,那样就成了一位报国的英雄娶一位美人了。我反复告诫自己,态度要谦逊。然而,我想,谁也猜不出我的心情多紧张。这不仅是因为婚后不久我就得出航,还因为斯泰拉一星期后就要随劳军联合组织的一个演出团去阿拉斯加和阿留申群岛。我不想让她去。

当然,在这样的大喜日子,我不会说任何扫兴的话。我们在新婚宴会上拍了许多照片,其中包括阿格尼丝和赛维斯特。自从听了阿格尼丝自拍之事后,我便对她另眼相看了。她穿了一身精致的灰色套装,使她的臀部更为突出显眼。她的衣领向上翻起,仿佛生怕别人看到她的脖子。

斯泰拉房间里的自动餐桌上,摆满了火鸡、火腿、香槟、白兰地、水果和点心。可真够排场的。罗贝和弗雷泽也都在纽约,我邀请了他们,所以我的宾客各方面的人士都有。弗雷泽身穿少校军服,罗贝的胡子一大把。他在华盛顿身体养胖了。他独自一人坐在一个角落里,双手抱着膝盖,一句话也没有说。没有他,话题也够谈一阵子的。

几杯香槟落肚之后,赛维斯特咧嘴格格直笑。他是个既风趣又忧郁的家伙,这个赛维斯特。他总想让人把他看成一本正经,诚实可靠,可是他那张满是皱纹的脸咧嘴一笑就露了底,说话不假思索的脾气也会出来亮相。他穿着一件双排扣细条纹的外套,坐在我的一旁。我搂着斯泰拉的腰,抚摸着她的缎子结婚礼服。

"多漂亮的姑娘!"赛维斯特对我说,"你真是太走运了!尤其当我想起你曾为我干过活时!"

这是指他在拥有加利福尼亚大街上那座明星剧院的时候,那剧院就在折磨过劳希奶奶的那个牙医的楼下。赛维斯特已不是个小伙子,年纪渐渐大了。他说他现在已经脱离政治了。我本想问问他墨西哥的情况,可是结婚的日子不是问这种事的时候,所以我把这一问题暂时搁在了一边。

从某一方面来说,在这次婚宴上,最引人注目的人物并不是我,而是弗雷泽。

弗雷泽刚从亚洲回来。他在情报机关工作,隶属于派驻重庆的一个代表团。

他一直在跟阿格尼丝和明托奇恩谈论东方。我现在仍然非常钦佩弗雷泽,对他十分敬重。他是一个很有魅力的理想人物。他有美国人那种瘦长潇洒的优雅,两条长腿轻松自在,两鬓剪得短短的脸上,从下巴到头顶都呈现出男子汉粗犷豪放的气概,他那双灰色的眼睛冷静而坦然。他面部的一切斑纹都显得那么强悍有力,由于世事的压力,他的皱纹已开始加深。他还有另外一些气质——仿佛他正坐在理发椅上,刚刮完脸,搽的金缕梅水正渐渐在干却,脚上一双精美的西部长靴笔直伸了出来。他学识渊博。你要是讲起达兰贝尔①或者是塞维利亚的伊西多尔②,弗雷泽肯定会跟着议论起来。你别想找出一个能难到他的论题。他肯定会成为一位了不起的人物。你定可看到他如何飞黄腾达,平步青云,从人生的一个高峰飞到另一个高峰,然而他看起来却是一副轻松的样子。可他越是轻松悠闲,越说明他超人之上,光彩照人。他讲到修昔底德③或马克思,展示出一幅像历史一样的图景,听了会让你背上一阵寒颤,牙齿不由自主地直打架。我为有这样一位朋友的到来深感骄傲,他使婚

---

① 达兰贝尔(1717—1783),法国数学家、启蒙思想家、哲学家,提出力学中的达兰贝尔原理,主要著作有《哲学原理》、《力学原理》等。
② 伊西多尔(塞维利亚的,约560—636),西班牙基督教神学家、西方拉丁教父、大主教、百科全书编纂者,主要著作有《语源学》、《教父生平始末》等。
③ 修昔底德(约前460以前—前404以后),希腊历史学家,著有《伯罗奔尼撒战争史》等。

礼大为增色，并取得圆满成功。

然而，在你听着这些精辟透彻、富有教益的高论时，让人感到有点害怕，就像抓着高压电线似的。

宣言、决议、条约、理论、国会、国王的尸骸、克伦威尔①、罗耀拉②、列宁、沙皇、印度和中国老百姓、饥荒、混战、屠杀、牺牲，他说了很多。他使我们仿佛看到了贝拿勒斯、伦敦和罗马的广大群众；反抗提图斯③的耶路撒冷，尤利西斯④拜访的冥府，在大街上宰马的巴黎；已成废墟的乌尔⑤和孟菲斯⑥；几近沉默的平民，各种各样的死亡事件，从而汇成了集体的怒吼。马其顿的哨兵。地铁里的暗探。和伙伴们一起推着炮车的克雷道尔先生。日俄战争爆发那天，在敖德萨火车站上跟人吵架的劳希奶奶，还有她那位久闻其名而未见其人、身穿燕尾服的丈夫劳希先生。在开始怀我那天，在洪堡公园小湖畔散步的我的父母亲。百花争艳的春天。

我感到，这么多东西全都一起装在脑门子里，实在受不了，最好忘掉其中的一部分。恒河里有它的魔王和君主，不过你也有权只在里面洗脚洗自己的衣服。即使你有一辆极好的汽车，你一辈子也游不完世上所有的骷髅地⑦。

---

① 克伦威尔（1599—1658），英国军人、政治家、独立派领袖，内战时率领国会军战胜王党军，处死国王查理一世，建立共和国。
② 罗耀拉（1491—1556），西班牙教士，原为军人，创立天主教耶稣会，任首任总会长。
③ 提图斯（39—81），古罗马皇帝，曾任执政官，镇压犹太人起义，夷平耶路撒冷。
④ 尤利西斯，古罗马神话中人物，即古希腊神话中的奥德修斯，他曾拜访冥府，以求预言家提瑞西阿斯之阴魂为他指明归家之航程。
⑤ 古代美索不达米亚南部苏美尔的重要城市，遗址在幼发拉底河西面约十六公里处。
⑥ 古埃及城市，废墟在今开罗之南。
⑦ 原为《圣经·新约》中耶路撒冷附近耶稣被钉死于十字架之处各各地，意译为骷髅地，详见《圣经·新约·马可福音》第15章第22节。此处指受苦受难的地方。

当弗雷泽滔滔不绝地大发议论的时候，我能做到现在这样是否已经尽了全力，这使我忐忑不安。不过，要是在这之前没跟克莱姆谈论过轴线，没跟明托奇恩在土耳其浴室里交谈过，我的不安还会大得多。明托奇恩的在场给了我莫大的安慰。最后是来宾致婚日颂辞——一切都举行完毕。香槟喝尽，白肉吃光，对街那两个在裁剪台上玩牌的人，也穿上衣服准备离去。我们的客人也一一告别。再见了，各位，多谢光临。

"我那朋友弗雷泽很聪明，是不是？"我说。

"是的，不过你是我最心爱的，"斯泰拉边说边吻我。于是我们一起朝婚床走去。

我们的蜜月总共只有两天。

我必须从波士顿上船出航。斯泰拉在前一天晚上就和我一起坐火车到了那里。离别，当然是很不好受。第二天早上，我就先送她回去。

"走吧，宝贝。"

"奥吉，心爱的，再见了。"她站在火车车厢入口的平台上说。有些人在任何时候都不忍心看到火车离去，战争期间这些从车站开走的火车多么让人心碎啊，一节节车厢缓缓离去，留下了送行的人群，还有那油污点点的空荡荡的铁轨和站台，越来越高的根根枕木。她说，"一切都多加保重。"

"哦，我会的，"我向她保证说，"别担心，我这般爱你，不会第一次出航就沉到海底的。你去阿拉斯加也要多加小心。"

听她的口气好像一切都取决于我自己，仿佛我可以在战争期间安渡大西洋似的。但我知道她心里想说什么。

"雷达已经击败了潜艇，"我告诉她，"报上是这么说的。"

这条消息是我临时编造的，但它却起到了很好的作用。我继续讲着，满嘴的海员口语，你准会以为我是个老水手。

列车员来关车门了，于是我说，"进去吧，亲爱的，快进去。"

直到最后一刻，我还看到她的大眼睛紧贴在车窗上。她从座位上探起身子朝前弓着腰，她那俊俏优美的身姿，在海上航行的几个月中，一想到就心如刀割。

火车就这样开走了，把我遗弃在人群之中，我感到心情颓丧，寂寞凄凉。

再加上天色阴沉，风声凄厉，而且我那艘山姆·麦克麦纳斯号又是艘旧船，船旁的码头上还放着一架黑色的机器，上面是些阴森森的设备，满是油污，黑乎乎的，发出蓝光，整个天日就像装在铁壳子里似的。海洋带着庄严辛辣的挑衅姿态等待着，仿佛要请你猜测它到底有多深，比你的血凉多少，咸多少，或者去猜透它的底细，道破哪些是它的佯攻或虚张声势，哪些是它的真实意图，重要行动。这可不是使徒们横渡的、埃涅阿斯搅动过的地中海，那温和、平静、奇妙、闪烁着美丽光华、孕育出最古老民族的大浴池。我们一驶出港口，北大西洋便像一只灰色的猛兽，猛力朝船冲了过来，怒吼，推撞，低噪，恶狠狠的浪头猛扑着舱壁，留下了盐渍。

第二天早上，我们沐浴着温暖的阳光，全速朝南驶去。我熬过整整一夜的晕船——服了晕船药片也毫无用处——后来到甲板上，因对阿拉斯加的想念和担忧而痛苦伤心。

这艘中年船龄的商船破浪前进，使你感到海洋的深邃，空气清新、光亮，它一片清澄，连这艘全身乌黑的山姆·麦克麦纳斯号仿佛也添了红晕，像一只厨房里的蟑螂，在黎明时分悄悄溜进花园。泛着蓝光的甲板，由于舵盘引擎那链子似的拖拉声，在脚下发出嘎嘎的声响。有几样十分相似的东西混淆在一起，掠过我的眼睛：是云彩还是遥远的海岸，是飞鸟还是黑点。

我去看了自己的办公室，了解了一下自己的职责。实际上事情不多。就像我已经说过的那样，做的是药剂师和簿记员的工作。舱内有绿色的旧文件柜和同色的物品柜，一张转椅，一盏漂亮的阅读灯。我已为这次航行做好充分准备。

一连几天都是这样在海上机械地前进。地平线上的大海仿佛要跃起去抓住一片浮云，好像螃蟹在捕捉一只蝴蝶。铁甲船蹒蹒跚跚、上下颠簸，艰难地朝前航行着。还有炎热的太阳和紫蓝色的尾波，浪花飞溅，划出一道彩带。

我独自一人时，便看书或没完没了地给斯泰拉写记事体的信，我希望船到了第一个停泊港口达喀尔，便把这些信寄往阿拉斯加。当然，有大炮和雷达时时提醒你航程中的危险，不过船上的时光倒也过得很愉快。

过不多久，人们传开说，我很有耐性听人吐苦水，发牢骚，讲个人身世，而且还能给人提出忠告。渐渐地每天都有人找上门来，我简直像个算命先生了。天哪，我真可以收费的！克莱姆很懂行，所以他极力劝我从事咨询事业，而我却在这儿免费服务，而且在这样危险的境地。然而表面上一切似乎都异常宁静，比如说，傍晚时，天空一片金红和深蓝色充盈的海面交相辉映，这时有个水手带着一条黑影走过我和光线之间，仿佛去参加请神降灵问事活动。我不能埋怨这种事使我心烦。这使我有机会探寻秘密和谈论人生。我几乎跟船上的每一个人都相处得很好，就连跟工会代表也是如此，他看出我并不打算板起面孔在公司的利益问题上有意刁难。而且这位老先生——他曾在一大串大学里上过函授哲学课，这是他的业余爱好，一直在不停地做作业——也渐渐地喜欢我了，尽管他对我的宽容大度不以为然。

总而言之，我成了全船人的知己。不过，并不是所有知心话都能给灵魂带来希望的。

不止一个人来问我对做黑市生意和开发国外油田获利快的看法。

还有一个人打算战后做一个专为女士理发的高级理发师。他对我说，那样他的手就可以摸遍基诺沙地方每个女人的头了。

有一个从伞兵学校刚出来的，脚上仍穿着伞兵穿的本宁堡靴。当谈到他死后的受益人时，他直言不讳地告诉我说，他在宾夕法尼亚州和新泽西州不同的地方，有三位合法的妻子。

有些人要我给他们诊断，仿佛我真是个专业的心理医生，而不是海事委员会培训出来的阿斯克勒庇俄斯①卑贱的替角的替角。

"你以为我可能有自卑情绪，是吗？"他们中有个人问我。

我确实见过许多心灵受了创伤后留下后遗症的人，可我从来不说起。

神态失常的人们，总是眼泪汪汪，匆匆忙忙。

"假如你落到这样的困境中……"

"我有那么个朋友……"

"他说，'你先赡养这老人一阵子吧，看看你会怎么样。'"

"他为了一个巡回演出团的演员就离家出走了。"

"现在这个姑娘一条腿瘸了，在锅炉厂的喷漆试验室工作。"

"他是个罗马尼亚宝盒式的骗子，他能让你相信放进去一块钱出来变成五块。"

"要是他勃起阴茎顺河漂下，他会叫别人为他把桥抬高，他就是这么个自私自利的家伙。"

"我说，'好好听我说，你这个狗屁不值的东西，你这个大骗子……'"

"尽管我知道她非常温柔可爱，而且我们已经有了几个孩子，可我脑子里记不住乘法表的时候还是来了，后来我明白了，'你只配而且只应跟那班贱女人在一起，让她们刮你的钱，作贱你吧。这很有好处！'"

他要自作自受，就让他自作自受！

---

① 希腊神话中的医药神。

"我在出海远航前,总想跟这姑娘过上一夜。我们俩都在航运局工作。可我就是没能如愿。所以几个星期来安全套一直放在我的口袋里,没能用上。有一回,一切都安排停当了,可偏偏碰上我妻子的祖母死了,我得去接她的祖父来参加葬礼。他怎么也弄不明白出了什么事。我们坐在教堂里,风琴奏起哀乐。他说,'哟,老狗死了才弹这个曲子,'他接连不断地说着笑话。后来他认出棺材里躺的是谁了,激动地说,'哎呀,这是孩子他妈!昨天我还看到她在两洋超级市场里,她在这儿干什么?孩子他妈,啊,孩子他妈!'这时他明白过来了,便大声痛哭起来。啊,他哭了,于是我也哭了。大家全都哭了起来。那安全套还在我的口袋里。你心里怎么想?我们每个人多少都是个骗子。就连我也一样。

"后来我老婆和孩子送我到车站。我还是没跟那姑娘干上。也许她早就把这事忘记,开始跟另一个小伙子搞上了。我的小女儿说,'爹,我想去撒泡尿。'她常听到男孩子们是这样说的。我们都忍不住笑了。接着便分别了。我的心沉得足有一吨重。再见了,亲爱的,她依在车窗外哭泣着,我也同样感到难过。可这时那个安全套仍在我的口袋里,我没有把它扔掉。"

这人的脸既扁平又狭窄,脸色红润,鼻子瘦削,灰眼珠,小嘴。

我给予适量的忠告,完人是没有的。我特别提倡了爱。

一些性格非常怪癖的人也找上门来。

比如乘务员格里斯沃德,他原先是个殡仪员,也是个身穿佑特套服①的爵士音乐迷。他是个淡肤色的黑人,外貌英俊,身材魁梧,一抹短胡子优美夺目,浓密的头发抹了油,腮帮子上有一道烧伤,搽了发亮的药膏。他的裤子飘垂着,拖到一双双搭扣的鞋上。他把茶叶当烟抽作为寂寞时的消遣。为了寻找刺激,他还研究几种语言的语法。他给我看

---

① 流行于 20 世纪 40 年代的一种上衣长而肩宽、裤子腰高、裤管口狭窄的男子服装。

了下面这首他自己写的诗：

> 你问我，我吃了多少苦头，
> 听着，小妞，我可不是瞎吹牛。
> 我的志向和抱负不让我安宁，
> 我生来心高，要向最佳目标挺进。

我在读着这首诗时，他的一条腿迅速地上下抖动着，眼睛中流露出忧郁焦虑的神情。

我所以不厌其详地讲述这一个个船员，实质上是出于一种悼念，因为在出海的第十五天，在离加那利群岛不远的海面上，我们的山姆·麦克麦纳斯号被一颗鱼雷击沉了。

实际上，这事就发生在我在听取这样一个非正式的忏悔者的忏悔时。那是在晚上，我们的航速想必是每小时十二海里。猛然间，船的一侧遭受到沉重的打击。我们全都掀翻在地，随着船舱哗啦啦地变形坍塌，船体内发出一声爆炸的巨响。我们飞快地冲向外甲板。火苗已经穿过炸开的钢板呼呼地蹿了上来，把船的上层建筑映照得一片通明。附近有几片水面也在燃烧，明亮的海水直向船逼近。求生的嚎叫，蒸气的呼啸，跳海的落水声，乱成一片。巨大的救生筏迅速吊到船外，松开绳索；救生艇纷纷从吊艇柱上哗啦啦地落下，掉进水中。我跟那家伙冲到救生艇跟前，摇下了一只，可是放到一半给绊住了，七歪八扭的，我大声叫那家伙跳上艇去看看，是什么给缠住了。他似乎没有听懂我的话，只是朝我瞪着眼。"进去看看！"我吼道，吓得嗓子都沙哑了。于是我自己跳进了小艇，解开了绊住的绳子，接着绞车便顺畅地咕碌碌转动起来，救生艇快速地重重坠落到水中，震得把我抛到了艇外。我掉进水中，心里想大船下沉时，一定会把我一起带下去。这下子吓得我马上四肢无力，可我还是极力挣扎，耳边只听到海水的低吟和发自海底的俄耳甫斯士①的琴声。在这能毁灭一切的汪洋大海中,我所尚存的全部意识,似乎像一根毫毛。

我浮上水面想大声呼救,可是却力不从心,我张开嘴仅能喘上一口气。救生艇哪儿去了?啊,在燃烧的水面上,到处都漂浮着救生艇和救生筏。我又呛又咳,吐出海水,流着眼泪,使尽全力游离那艘已成火海的大船。在那熊熊的火光中,只见人们还在从船上往下跳。

我朝离我百余码的一只救生艇游去。我使劲地游着朝它追去,生怕它会划走。不过我没有看到有桨伸出。我也没法朝它叫喊,我的声音似乎已经离我而去。不过那只小艇只是在漂浮,我终于追上了它。我紧抓住小船的缆绳,直朝有可能躺在里面的人呼救,因为我已筋疲力尽,爬不上去了。可船上空无一人。就在这时,山姆·麦克麦纳斯号沉下去了。那通明的火光突然熄灭,我就是凭这一点知道的。海面上仍在到处燃烧,不过激流滚滚而去。借着狂奔的火光,我看到了一只载满人的救生筏,于是我再一次试着爬进小艇。我先慢慢地挪到船的中部,那儿的舷缘较低。从那个位置上我才看到了一个死死抱住船尾的人,一个卑鄙的混蛋。我喜出望外地朝他大喊起来,可是他的头朝后耷拉着。我急忙拼命游到他的背后,看看他到底怎么了。

"你受伤了吗?"我问道。

"不,我没劲了。"他咕哝了一声。

"来,我推你上去,然后你再拉我一把。我们再看看是不是还能搭救别的人。"

我们不得不等他有了力气才开始。最后我给他当了人梯,他终于爬到了船上。

我等着他的援助,可是始终不见动静。他让我挂在船缘不知过了多久。我大喊大叫,又咒骂又摇船,毫无用处。最后我把一条腿搭在船缘

---

① 希腊神话中的歌手和诗人,善弹竖琴,据说他的琴声能感动鸟兽石木。

上，竭尽全力总算一点一点地跨上了船缘。只见那家伙居然稳坐在横座板上，双手夹在两膝之间。我气极了，朝他那湿淋淋的背上狠狠挥去一拳。他只是晃了晃身子，依然坐着一动不动，只是抬起了那双像车头灯照耀下的野兽那种眼睛。"想让我淹死，你这狗娘养的？我要把你的脑浆都打出来！"我怒吼着，他却一声不吭，只是用他那冷森森的目光盯着我，脸部一抽一抽的。

"拿起桨来，我们去救幸存的人。"我说。

可是船上只有一支桨可拿，其余的全都丢了。

除了坐着任凭漂流外，没有别的办法。我注视着海面并且大声呼喊，万一有人被冲到这边来。但不见任何人的踪影。火光渐渐变弱，最后完全熄灭了。我真还是有点盼望潜水艇浮上水面，查看情况哩。我确实有点想让它这样做。它就在附近，没错，就在这儿的海底下把我们的船打沉的。我想要干什么——想要找机会骂他们一顿，对他们严厉谴责一番？不，毫无疑问，他们已逃之夭夭，也许又在继续吃他们的晚饭，或者正在玩牌。到了夜幕完全降临时，整个海面上，哪儿也看不到救生筏的灯光。

我一直坐着等待天亮，希望到那时海平线上会出现点什么。

什么也没有出现。破晓时分，我们被笼罩在弥蒙的雾气中，就像老式洗衣店的星期一那天那般闷热。太阳像一只烧红的铜盆，透过这种产生畸变的水汽和四散漫射的光线，连五十码开外也没法看清。我们只看到一些残骸碎片，没有看到救生艇。大海茫茫，我想到那些死去的人和不知去向的幸存者，心中不禁凛然。下面轮机舱里的那些人是不大可能有机会逃生的。

我带着忧伤和悲痛，查点起救生艇里的东西来。有发信号的浓烟罐和照明弹，食物和水暂时不成问题，因为只有我们两个人。但命运安排来跟我同舟共济的是个什么人呢？这个坐在座板上，昨天晚上曾被我使尽余力猛击一拳的家伙，我跟他会有什么麻烦呢？他是船上的木匠兼勤杂工，从某种观点来看，我的命运倒不错，因为我自己既没有那份手艺，又没有那份才气。他竖起了桨。在上面装了个帆。他声称我们就在加那利群岛以西不超过两百海里的地方，只要我们有点运气，就能直接驶向那儿。他告诉我说，他每天都去查看航海图，因此他确切地知道我们所处的方位和水流的情况。他很得意很自信地计算出这一切，看上去似乎一点也不担忧，对我揍他骂他的事，他只字未提。

他身材粗矮、壮实，肩上扛了颗大皮球似的精明脑袋。他的头发剪得很短，已经有了不少白发，但并不是年龄的关系。两撇黑色的小胡子沿嘴角服服帖帖地往下垂着。他有一对蓝眼珠，戴着眼镜。一条膝头已经发白的工装裤，贴在他那粗壮的小腿上渐渐地干了。

我想像着他的身世，仿佛看到他十岁时就开始阅读《大众力学》了。在我揣摩他的时候，他当然也在揣摩我。

"你是事务长马奇先生，"他终于说话了。他有心说话的时候，嗓音低沉，很有教养。

"是的，"我说，对这突如其来的男中音感到意外。

"我姓巴斯特肖，船上的木匠。顺便问一句，你也是芝加哥人吧？"

巴斯特肖这个姓，我毕竟以前听说过。"你父亲是不是做房地产生意的？二十年代时，在艾洪家附近有个姓巴斯特肖的。"

"他只是偶尔做点房地产生意。他是做农产品生意的，煮汤蔬菜大王巴斯特肖！"

"艾洪老局长可不是这样叫他的。"

"他叫他什么？"

话已出口，要想收回已经太晚了，于是我说，"他给他取的绰号是'包肉纸'①。"

巴斯特肖哈哈大笑起来。他有一口大牙齿。"太妙了！"他说。

---

① 一种用作防血、防油、防水的专用纸张。此处似有讥讽过分吝啬，油水不会外流之意。

真是难以想像！置身在这般愁苦、孤寂、危险、伤心的灾难之中，我们竟突然叙起乡谊，甚至还有失检点地议论起绰号来。

他一点也不敬重他的老父亲，这我不赞赏。

敬重？哎，不知为什么他对他父亲恨之入骨。他很高兴他父亲已经死了。我乐意相信老巴斯特肖是个暴君，是个吝啬鬼，是个要不得的人。但不管怎么说，他毕竟是这个家伙的父亲。

在瑰丽或者晦暝的色彩中（这要看你的心情而定），海洋和天空昼夜循环，到处是闪烁着宝石光芒的海水，乌亮的狂涛汹涌澎湃。天气酷热。我们坐在那块风帆下面，躲在那一小片阴影里。最初几天几乎没有什么风，这对我们来说，真是幸运。

我极力控制住自己焦虑不安的心情，心里总是在想我还能再见到斯泰拉，以及我妈，我兄弟，还有艾洪，克莱姆等人。我把浓烟罐和信号弹放在身边，保持干燥。在这一水域，我们遇救的机会还是不少的。这不像漂往极南部，那儿当时来往的船只不多。

热浪拍打过来时，你有时简直可以听到海水中的盐粒声，沙沙直响，如同开始融化的松脆积雪。

巴斯特肖一直透过眼镜注视着我的一举一动。甚至在打盹时似乎也不放松，头朝后仰着，聚精会神，十分警惕。就连安娜·考布林姨妈的照镜子，也没他这样坚持不懈。他坐在那儿，他那厚实的胸膛横在船中间，显得笨拙沉重。他长得简直像匹马，这个巴斯特肖，他放在膝上的仿佛不是手，而是蹄子。头一天晚上他要是朝我还手，那可就真的糟了。不过当时我们俩都已筋疲力尽，没有力气打架了。现在，他似乎已把这件事完全给忘了。他的那股稳劲就像一座人形的堡垒，永远没办法使他失去平衡。他常常会纵声大笑。可当他那响亮的笑声回荡在辽阔的海面时，他那对蓝色的小眼睛却依然一直透过镜片盯着我。

"值得我高兴的一件事是，"他说，"我没有淹死。至少到现在还没有。我宁愿饿死，晒死，别的什么死法都行。你要知道，我爹就是在湖里淹死的。"

"是吗?"啊,那么永别了,"包肉纸"。我这才知道他已经死了。

"是在蒙特罗斯湖滨度假的时候。大忙人往往都死在他们的假日里,好像他们在一周的工作日里都抽不出时间来死似的。一休闲放松就会要了他们的命。他的心脏病突然发作。"

"我还以为他是淹死的。"

"他掉进了水里,给淹死了。一大早,他正坐在凸式码头上看《论坛报》。他每天总是天不亮就起身,这是他在市场上多年来养成的习惯。他只是患了轻微的冠状动脉血栓症,本来是不会致命的。是肺里的水呛死了他。"

我发现巴斯特肖爱谈医学和一切科学。

"警卫们来上班时才发现他。下午版的报纸报道说他遭到了谋杀。他口袋里留有一大叠钞票,手上还戴着很大的宝石戒指。那报道可把我给惹火了,我赶到布列斯本街大骂了他们一顿。我认为这是造谣中伤,像这样利用人们的感情来做买卖。我那可怜的妈吓坏了。谋杀?我逼着他们刊登了一则更正声明。"

我知道,那些短短的更正声明都刊登在第三十版上,用的是小字号。

总之,巴斯特肖在讲起这桩事情时十分得意。他告诉我说,他戴上了老头子的一顶最高级的博尔萨利诺帽①,从车库里开出他的凯迪拉克,把它撞毁。他故意让它撞在一堵墙上,因为老头子在世时,一直把这辆车看得像块瑞士名表一样,从来不让他开。这位已故的"包肉纸"有一件专门用做摔扔的东西。每当他大发脾气要摔东西时,巴斯特肖太太便会大声高喊,"阿伦,阿伦,在抽屉里!"供他摔的几只盛饼用的旧铁盘子,都放在厨房的抽屉里,他可以用来乱扔乱踩。不论他脾气发得有

---

① 一种男式宽檐软毡帽。

多大,他总是用这些铁盘子来发泄,从来不会去碰那些上好的瓷器。

巴斯特肖讲到这事时纵声大笑,我却为那老头黯然伤心。

"他的那辆小车葬礼时没法用了,因为已被我撞得不成样子。葬礼很马虎,这使得多少有点像海盗的葬礼。他下葬以后,我接下去的一个行动是,"——我先打了个冷战——"解除和我表妹莉的婚约。老头子硬逼我跟她订婚,说我玩弄了她的感情。他这么一插手,我就永远不打算娶她。"

"玩弄?他指的是什么?"

"是指我已跟她睡过觉。不过我发过誓,决不让这老头子称心如愿,"

"你也许已经爱上了她,管他老头子不老头子的。"

他狠狠地朝我瞪了一眼。我还没弄清我正在与之交谈的是个怎样的人。

"她有肺结核病。得这种病的人常常高度兴奋。增高的体温往往会使性感区极度亢奋。"他以做学术报告的口气说。

"可她不是爱你吗?"

"体温较高的鸟类也过着一种性欲较旺的生活。我从你讲到爱情的口吻看出,你对心理学和生物学一窍不通。她需要我,所以才爱我。要是她身边有另一个小伙子,她同样也会爱他。假如我没有出世,难道这就意味着她谁也不爱了吗?如果老头子没有从中插手,我也许会娶她。不过凡是他赞成的,我都要反对。而且她也活不多久了。所以我告诉她,我不可能娶她。干吗要欺骗她呢?"

畜生!

猪!

毒蛇!

杀人犯!

他加速了她的死亡。我好一阵子不愿看他的脸。

"不到一年她就死了,临终前她的脸色非常苍白,这可怜的姑娘。

她本来还是挺美的。"

"你给我住嘴!"

他让我给吓了一跳。"怎么啦,你干吗生气?"他说。

"听着,去你的!"

他也很有可能让我淹死,或者让鲨鱼吃掉。

可是没过多久,谈话还是恢复了。在这种情况下,还能干什么呢?

这会儿,巴斯特肖给我讲起他的另一个亲戚,他的一个姑母。她整整昏睡了十五年。有一天,她突然醒了过来,在屋子里走来走去,仿佛什么事也没有发生过。"她开始昏睡过去时,我才十岁,待她醒来时,我已经二十五岁了。但她一见到我,马上就认出我来,甚至一点都不感到惊奇。"

我敢打赌,他是这么说的。

"有一天,我姑父莫特下班回家——他家在雷文斯伍德那一带。你知道他们那儿的房子是怎么盖的吧?他绕到房子后面,走在两幢房子之间,可是在经过自家的卧室时,看到她的一只手伸出来拉窗帘,他认出了那只手上的结婚戒指,吓得差一点尿湿了裤子。他跌跌撞撞地奔到家里,一点没错,她已做好了晚饭,摆在桌子上,还对他说,'先去洗一洗!'"

"真是难以置信!真的会有这样的事?嗨,这十足是个睡美人的故事。她是得了昏睡病吧?"

"要是她是个美人,那就睡不了这么久啦。据我的诊断,这是患的某种嗜眠症,其病原纯粹是精神性的。拉撒路[①]可能患的就是这种病。还有厄舍古屋里的厄舍小姐[②]以及其他人。只不过我姑母的情况很值得

[①]《圣经》中人物,马大和马利亚的弟弟,患病死后,耶稣又使他死而复生。详见《圣经·新约·约翰福音》第11章。

[②] 美国作家爱伦·坡的短篇小说《厄舍古屋的倒塌》中的人物。她和哥哥都患有一种不治之症。出于一种病态心理,哥哥在她未死之前就埋葬了她。在一个狂风暴雨之夜,她裹着尸衣回来,拖住哥哥,两人同归于尽。

发人深省。这是生命深不可知的奥秘,比这海洋还要深不可测。牢牢把持是每个神经质的人的希望。她昏睡时仍把持着一切。她大脑中的某一部分使她知道周围的情况,这从她十五年后仍能准确无误地如常生活这一事实可以得到证明。她知道东西都放在什么地方,对于一切变化也不感到惊讶。她具有那些躺着不动的人的力量。"

我不由得想起坐在轮椅上的艾洪向我讲述力量的事。

"当战火在燃烧,飞机在飞行,机器在生产,金钱在转手,爱斯基摩人在狩猎,绑匪在横行时——这个人是安全的,躺在床上也可以使世界向他或她靠拢。我姑母艾特尔的整个一生就是这种奇迹的预演。"

"不错,有点道理。"我说。

"那还用说。这也有着极其重大的意义。你还记得那位大名鼎鼎的夏洛克·福尔摩斯是怎样在贝克街自己的房子里断案的吗?其实他跟他哥哥麦克罗夫特比起来,差远了。那个麦克罗夫特,那脑子真叫绝了,马奇!他从不走出他的俱乐部,可他是一位真正的才子,万事通。所以每当福尔摩斯被难住时,他就去找麦克罗夫特。哥哥就给他解决难题。你知道其中的原因吗?因为麦克罗夫特比福尔摩斯坐得更稳固。坐得稳固是一种力量。国王屁股坐得稳稳的,百姓两条腿到处跑。帕斯卡①说,人们所以会惹上麻烦,是因为他们在自己的房间里待不住。我猜测,英国下一届的桂冠诗人会祈求上帝教导我们静坐不动。你知道那幅著名的画吗?一个吉卜赛流浪汉抱着曼陀林在熟睡,一头狮子朝他眈视着。这并不是说这头狮子尊重他的睡眠。不,这是说,那个流浪汉的毫不动弹,慑住了狮子。这就是法术。消极状态加力量。听我说,马奇,那位老瑞普·凡·温克尔②是故意呼呼大睡的。"

---

① 帕斯卡(1623—1662),法国数学家、物理学家、哲学家、概率论创立者之一,提出密闭流体能传递压力变化的帕斯卡定律,写有哲学著作《致外省人书》、《思想录》等。

② 美国作家华盛顿·欧文(1783—1859)同名短篇小说中的主人公。他一觉睡了二十年。

"那段时间谁照顾你姑母的呢?"

"一个波兰女人,叫瓦奇卡。我不妨告诉你,发生这一奇迹后,我的姑父可倒了大霉了。因为多年来他已经根据姑母的昏睡不醒来安排自己的生活。她昏睡不醒,他则聚会打牌,玩女人。姑母一醒来,我们大家都很同情他。"

"说到同情,"我说,"为什么不给你姑母一点呢?她把那么长一段时间,那么一段生命全都白白浪费了。简直就像判了长期徒刑。"

巴斯特肖的小胡子一翘,露出一丝微笑。

"以前我曾迷上过艺术史,"他说,"每年夏天,我不像老头子要我干的那样,帮他去做买卖骗人,而总是溜到纽贝里图书馆,在那儿的一张阅览桌旁坐着八九个修女,中间只夹着我一个小伙子。有一次,我偶尔读到了吉贝尔蒂[1]的一本书,不知怎的,它给我留下了深刻的印象。他讲到安茹公爵[2]家有个德国金饰匠,手艺高超,和希腊的大雕塑家不相上下。在晚年时,他竟不得不站在一旁,眼巴巴地看着自己的艺术杰作熔化成金条,他毕生的心血全都化为乌有。他跪倒在地祈祷说,'啊,上帝,万物的主啊,别让我去追随那些虚假的神灵吧。'随后,这位圣洁的人就进了修道院,在那儿死去,永远离开了人世。"

啊,这是摧残!坚实的世界竟在生命即将终结时垮掉了。崩溃了!不过他还有上帝可以依靠。可要是没有供他依靠的上帝呢,怎么办?要是现实更可怕更险恶,那怎么办?

"因此,艾特尔姑母的病不是一件艺术杰作又是什么呢?而且就像这个倒霉的德国佬一样,她得为失败做好准备。人们常说的时代的遗迹,就是这个意思——

---

[1] 吉贝尔蒂(1378—1455),意大利文艺复兴初期雕塑家,早年学过金饰技术。
[2] 安茹公爵(1554—1584),法国国王亨利二世的幼子,天主教温和派首领。

或者去罗马，那儿是坟场。

我想你知道雪莱——

你去罗马——它既是天堂，
坟墓，城市，又是一片荒凉。

因此，艺术品不能永存，美可以毁灭。这位圣洁的德国人许多个早上醒来时，心头不是充满喜悦吗？你还能再要求什么呢？他不能既过得快乐，又确保永远正确。这你就得碰运气了，而且过得快乐就是做得正确。"

这一说法我同意。我点头表示赞许，对他有了较好的看法。他毕竟还有可取之处。他内心有某种高尚的东西，对某些不可思议的事物，看法还很有一套。虽然是个大杂烩！

这时，我们的小艇在粼粼的波光中飘荡，颠簸在陡起陡落的海水中。

后来，我不由自主地回忆起往事，有多少次，我自以为对的，结果却错了。

错了再错。

错了再错。

又错了。

现在，我能对多久呢？

不过，我对自己对斯泰拉的爱和她对我的爱，深信不疑。

可话又得说回来，也许所有的是是非非不久就会了结，因为我们可能难以幸存。

深蓝色的海面一直波涛汹涌，闪烁出钻石般的点点星光和十字形的光芒。鱼类和其他水族怪兽，在水中忙着自己的事情。我们的一些遇难的弟兄也许就在附近从我们船下漂过。

现在，他像一位艺术家似的谈论着他的姑母艾特尔，听起来口气颇为傲慢。这可不像几天以前了，当时他的两条腿几乎动也动不了，吓得缩成一团，不成人样，可现在瞧他，不可一世地运用着他的智力，圆圆的脑袋，流着汗，坐在那儿如此健壮。

"像你这样有学问的人干吗要到船上来做木匠呢？"我问起这个一些时间来一直困扰着我的问题。

他这才说出他本是个生物学家或生物化学家；或者是心理-生物物理学家，这个是他最喜欢的头衔。有六所大学都因他那异想天开的观点而把他赶出校门，并且拒绝查验他的实验结果。由于他受了这么多科学训练，他不愿去当步兵。所以他来到船上，这是他第五次航海了。在海上，他可以继续进行他的科学研究。

我怎么老是落到理论家中间呢！

他开始向我讲述他的科学研究工作，先从他的身世讲起。

"你知道，有些事情是每个孩子都想做的。比方说，我十二岁时溜冰很快，本来有可能成为一名溜冰冠军，可是我失去了兴趣。接着我又成了集邮的行家，可是我对这也失去了兴趣。后来，我又成了一个社会主义者，也没能持续多久。我还吹过一阵子巴松管，结果又放弃了。所以我前前后后有过一大堆兴趣，可是没有一样合我的胃口。上大学的时候，我极想当一个文艺复兴时代的红衣主教。这是我所喜爱的一个差使。一个罪恶的差使，享尽人生，恣意妄为。好家伙！我要把我母亲送进修道院，把我父亲装在一只麻袋里。我要给米开朗基罗委以重任，职务高过法尔内塞① 和斯特罗齐②。我会兴之所至，想干就干，精力充沛，

---

① 法尔内塞（1545—1592），出身于意大利的贵族，西班牙腓力二世统治下的尼德兰摄政。
② 斯特罗齐，即皮埃罗·斯特罗齐，法国将军，1555年，他所统率的法军在锡耶纳被第二任佛罗伦萨公爵科西莫一世击败。

肆无忌惮。快活得像个神仙。可话又说回来，你有多少能耐，想把自己的观点强加于生活？人人都想做最称心如意的人。

"这是怎样开始的呢？噢，这得要回溯到我还是个在市立游泳池里游泳的孩子的时候。许多个光着身子的小杂种聚在一起，又喊又叫，推来拉去，你踢我打的，救生员吹着哨子，训你，罚你，值勤的警察用手指戳你的肋骨，骂你捣蛋鬼。一只哆哆嗦嗦的小老鼠。嘴唇发紫，脸色苍白，胆战心惊。你的两颗小卵子紧缩着，你那个小东西缩成一点点。瘦猴儿似的你。人群朝你挤来，你微不足道，你的名字毫无意义。不但在永恒，就是现在也是默默无闻，你只有最最没出息的生命。去死吧！可是不一定要出人头地。心灵在呐喊，抗议这种默默无闻。然后它就夸大其词。它告诉你，'你生来就是要让全世界惊奇的。你，汉密·巴斯特肖，你这没用的傻瓜！我的孩子，振作起来。你已经受到召唤，你会被选中。因此要看到自己的作用。只要日历尚存，人类将世世代代崇敬你！'这是神经质，我知道——请原谅我用了行话——可要不是神经质，就得去适应所谓的现实情况。而现实情况正是我刚才所描述的。亿万颗心由于默默无闻的命运而怒气沸腾。现实也包括想像力臆造出的那些暗暗的希望。希望，这是潘多拉盒子里必不可少的罪恶。它确保有一个值得受折磨的命运。换句话说，就是希望能在真正的人的模子里铸造出来。可是谁是这个模子里铸造出来的呢？没有人知道。

"我要尽自己最大的努力，在当今的条件下争取做一个文艺复兴时代的红衣主教。

"为达到一个光辉的目标，积极努力，费尽心血之后，疲惫的感觉，暗淡的希望和无穷的厌倦便接踵而来。我经历过极度的厌倦。我见过别人也有同样的感受。不过，顺便说一句，也有许多人不承认有这种情况存在。最后，我决定把厌倦作为我的主题，对它进行专门研究。我要成为研究这一问题的世界最高权威。马奇，那天是人类的大喜日子。多么伟大的领域！多么崇高的学科！像泰坦般强大无畏！像普罗米修斯般勇于创造！我想到这一主题就激动得颤抖，我欢欣鼓舞，夜不能寐。一到晚上，各种想法纷至沓来，我便把它们一一记下，写了好几卷。奇怪的是从来没有人系统地研究过这一问题。哦，对于忧郁，有人研究过，但对当代的厌倦，则从来没有研究过。

"我对文学和当代思想家做了大量的研究。得出的初步结论一目了然。厌倦产生于徒劳无益的努力。你有短处和缺点，不能成为自己想要成为的人？厌倦源于确信自己已无法改变。你开始担心你的性格变得单调，心里暗想自己事事不如人，这便使你对自己感到厌倦。在社会生活方面，厌倦是社会力量的表现。社会越是强大，它就越希望你随时准备履行你的社会职责；你可供社会利用的利用率越大，你个人的意义就越小。在星期一，你凭着你的工作证实自己的存在。可在星期日，你靠什么来证实呢？可怕的星期日啊，人类的敌人。星期日，你独立自主了——自由了，自由地去干什么呢？自由地去琢磨一下自己心里想些什么，对妻子、儿女、朋友以及消遣有什么想法。人的精神受着奴役，在默默的厌倦中啜泣，厌倦是死对头。因此，厌倦能因惯常的工作停止而产生，尽管这些惯常的工作也会使人厌倦。这也是未能发挥才能，注定不能为伟大目标和计划服务，或者不能为主要力量效劳的命运在悲鸣。还有那并非心甘情愿的遵从，只因为没人懂得怎样要求你遵从。并没有取得和谐一致。这都隐藏在厌倦的背后。你只看到前途茫茫，毫无止境。"

我看到了！我惊得目瞪口呆。我看着他像个登山者一样在自己大脑的群峰中攀上爬下，身强力壮，戴着平静的眼镜，投射出坚毅的蓝色目光。

"我要科学地来研究这一问题，"他继续说，"因此我的第一个课题是研究厌倦的生理学。我钻研了雅可布森等人的肌肉疲劳实验，从而把我引导到生物化学。我在破纪录的时间内拿到了硕士学位，我还可以补充一句,我还拿到了细胞化学硕士学位。我根据哈里森[1]和经过卡雷尔[2]改进的技术,将老鼠的活组织作了体外保存。这又诱使我去研究冯·韦特施泰因[3]、利奥·勒布[4]等人。为什么单细胞希望永生,而复杂的有机体却感到厌倦呢?细胞具有坚持自身本质的意志……"

他接着说的那一段话我没法复述,因为我的物理化学知识不行,他讲到酶的运动等等。而他说这一大套的要点是,他在研究细胞质的应激性过程中,发现了生命的某些奥秘。"我敢说,接下来发生的事情你必定难以置信。别的人也都不相信。"

"你不会是创造出生命了吧!"

"我毫不自负地说,我正是创造出了生命。六所大学都因为我这样断言而把我轰出了大门。"

"啊,这简直疯了!你能肯定你真的创造出了生命?"

他郑重其事地说,"我是个严肃认真的人,我整个一生都是极其严肃认真的。我可不想用胡言乱语来损害我健全的神经。一次次的实验都得出了同样的结果——造出了细胞质。"

"你一定是个天才。"

他没有表示否认。

他最好是个天才。他要不是个天才,那我就是跟一个疯子同舟了。

"我是偶然发现的,"他说,"我可不是上帝。"

"那他们不能去看看你所取得的成果吗?"

"我没法让他们看到。我创造出的第一批细胞还缺乏两种主要机能:

---

[1] 哈里森(1870—1959),美国动物学家,最先研究成功动物组织培养法,并首创器官移植法。
[2] 卡雷尔(1873—1944),法国外科医生,生物学家,他为进一步研究血管和器官移植奠定了基础,他还研究了组织在体外保存的方法并将其应用于外科。
[3] 冯·韦特施泰因,研究鳄鱼的生物学家。
[4] 利奥·勒布(1859—1924),德国出生的美国生物学家。

再生机能和生殖机能,是不能生殖的弱质形体。不过最近两年,我专门研究了生物组织导体,还钻研了胚胎学,又有了一些新的发现。"

他不得不先喝上一大口水,他讲得口都干了。大大的脑袋,宽厚的胸膛,壮实、镇定,那模样活像一只具有最佳功能的大箱子,就像根据体形制作的那种埃及木乃伊箱盒,也极像一匹始终身强力壮的骏马。

"可你仍没说明,你这么个大能人为什么要跑到麦克麦纳斯号上来当个木匠。"

"为的是继续进行我的实验。"

"你的意思是说你带了一些细胞质到船上?"

"说老实话,是带了一些。"

"现在都漂浮在海里了?"

"肯定是这样。"

"那会发生什么情况?"

"我不知道。这是造出的较新形体,比早先那种易于消亡的进步了许多。"

"要是一种新的进化链开始了,那怎么办?"

"你说得对,那怎么办?"

"也许是某种非常可怕的东西。你们这班该死的家伙,你们对胡乱作弄自然界毫不在意。"我说,心里感到非常气愤,"早晚有一天,某个家伙会把我们周围的空气都点着,或者用一种气体把我们全都杀死。"

他承认,这不是不可能的事。

"为什么一个人竟能摧毁整个自然界,污染全世界呢?"我问道。

"我认为这种可能性不大,"他说。接着他就没有再继续说下去,而是陷入了出神的冥想之中。

巴斯特肖的所思所想,似乎往往使我摸不着头脑。从他那古怪的情绪上,你可以知道他又有了某种心得,既一脸严肃,又像对自己逗乐,这使我纳闷他到底在搞什么名堂。他往往有好长一段时间坐在那儿一动不动，像副浇铸用的铜模，可他的眼珠子仍从眼角注视着我的一举一动。这使我颇为不安。

两天过去了，他一句话也没说。这实在是件怪事，起先是滔滔不绝，说个不停，后来则完全与人隔绝。还要讲什么厌倦哩！我开始感到自己也跟这只小船一样太不灵活了。我为此作了一些自责。我对自己说，"跟你在一起的只有一个人，只有一个人可以交谈——怎么回事，你就不能表现得积极一点？只要这个人跟你是同类就够了，一只狮子跟所有狮子是差不多的。这儿只有我们两人，有些最后的话不妨说一说。要是你想知道真相的话，你的表现实在不怎么好。"

那天晚上，我在小船的舱底做了一个很怪的梦。梦是这样的，一个平脚板、穿着运动鞋、狮子鼻的老太婆向我讨乞。我嘲笑她说，"嗨，你这个老酒鬼，我听到你购物袋里啤酒罐在丁当作响哩！""不，那不是啤酒罐，"她说，"是我擦玻璃窗的工具，我的橡皮刷帚、清洁剂等等。看在上帝的分上，我这辈子为什么每天都得擦四十五扇窗子呢？布施给我一点吧，好吗？""行，行，"我慷慨大方、脸带微笑说。其中原因之一是，又能见到芝加哥西区，使我感到非常高兴。我把手伸进口袋，本想给她一点零钱就算了。我本不是个生来小气的人，不过说实话，有时候手头拮据也就稍为抠门一点了。可是让我大吃一惊的是，我给她的不是一罐啤酒钱，而是每种辅币各一枚，五角的，两角五分的，一角的，五分的，一分的。它们全都摆在我的手掌上，总共是九角一分钱，我统统倒进她的手中。一给了她，我立即就后悔了，因为给得太多了。不过接着我便开始感到很自傲。那个丑老婆子向我连声道谢；她几乎像个侏儒，屁股倒又肥又大。"好了，这下你可以少擦几扇窗子了，"我说，"我可是一扇称得上是自己的窗子都没有啊。""走，"她热情地说，"我请你喝杯啤酒。""不啦，谢谢，老大娘，我得走了，同样多谢啦。"我的心底深处涌起了一片友爱之情。我怀着这种好意，禁不住摸了摸她的头顶，一阵强烈的震颤传遍了我的全身。"啊，老大娘，"我说，"你有一头天使的头发！""我为什么不能有呢？"她和蔼地说，"像别人家的女儿那样。"

我的胸中充满了强烈的震惊，同时也暗暗涌起了一阵欢快之情。

"上帝赐给你真理。"擦窗子的小老太婆说。接着她便朝啤酒馆的阴凉处走去。

我长叹了一声，极不情愿地醒了过来。满天的星星没有歇息，仍在闪烁不停。巴斯特肖横坐在那儿睡熟了。很遗憾，他没有醒来，我没法立即跟他交谈。

第二天，我们非但没能坦诚友好相处，而且还打了一架。

巴斯特肖口口声声说我们肯定已接近陆地；他说他已看到陆地上的鸟类，还有海藻和漂浮的树枝。我不相信他的话。他还说，海水的颜色也在变化，变成了黄绿色。我觉得不是这样。他就摆出他那副科学权威的架势来压我。因为，他说，他毕竟是个科学家。他看过航海图，研究过海水流速，做过精确计算，并且观察了一切迹象。因此在这个问题上绝对不会有两种可能。我拒不相信他的原因是，我怕自己会因此过分高兴，万一到头来他错了，反而会更加难过。

然而，就在我觉得我看到在西面的海平线上有一艘船时，结果发生了麻烦。我立即挥舞着我的衬衣狂喊狂跳，像发了疯似的。接着我赶紧奔过去打算把一只浓烟罐放进水中。我一直细心保管着这些信号设备，使用说明也足足读过五十遍。此时，我用出汗的双手和紧张得不听使唤的手指，开始做好施放浓烟的准备。

就在这时，巴斯特肖用他那特有的平静语气说，"你干吗要放信号？"这使我以为我听错了。

该死的！这家伙不想得救！他竟要放过获救的机会！

我转过身去背朝着他，把烟罐下放到水中。黑色的浓烟开始在晴空中升起。我继续用我的衬衣打着旗语。我仿佛感到斯泰拉的两臂搂住了我的腰,她的脸蛋贴在我的肩膀上。与此同时,我心里恨不得宰了这个疯疯癫癫的巴斯特肖。他仍交叉抱着双臂,稳坐在船尾。看到他这副样子,我气得发狂。

可是这时候,海平线上已经一无所有,我不得不想到这是我的幻觉捉弄了我。我感到非常丧气,而且第一次觉得全身虚弱无力。我所担心的就是希望落空,而现在果真如此。我的心陷入了一片黑暗之中。

"我要很抱歉地告诉你,你是产生幻觉了。"他说,这时我已出了一身虚汗。

"哼,你这个瞎了眼的混蛋,海平线处是有一条船。"

"我的视力已矫正到两个二点零。"他说,正是这种卖弄学问的口吻使我对他恨之入骨。

"你这该死的四眼傻瓜,你干吗要在这儿说这些不吉利的话呀?你以为自己身体里有个罗盘吗?也许你相信你能航海,可是别指望我也有同样的坚定信心。我可不愿放过任何机会。"

"放心吧,谁也不想说不吉利的话。沉船前几小时,我曾仔细看过我们的航线,所以我知道我们离陆地已经不远,肯定是这样,我们正在朝正东方向前进。我们将在西班牙的领土上登岸,然后会被扣押。你别做该死的傻瓜了。你难道还没有打够仗吗?要不是你的傻运,你早就给活活烧死或者喂了鲨鱼了。现在,"他说着,口气变得严肃了,"你给我仔细听着。我不想把我的话讲两遍。我一直在考虑这件事,我相信好运在我们这边。我打算在加那利群岛登岸,并被扣押在那儿。在随后的战争进行期间,我将留在那儿从事我的研究工作。在国内时,尽管我去华盛顿作了申请,他们仍没有批准我免于服役。我在美国还存有一大笔钱,老头子留给我将近十万块钱,我们可以在这儿工作。我会教你。你是个相当聪明的家伙,尽管你对自己抱有乱七八糟的种种荒唐主张。不出一年,你的学问定会超过一个生物化学博士。你想想,你碰上了多好的机会。了解生命的诞生,洞悉最精深的奥秘,比斯芬克司①还要有学问。你注视着宇宙之谜,心中一目了然!"

他继续口若悬河,滔滔不绝地讲着,我则既担心又畏惧。这不仅是由于受到他那来势凶猛的伟大主张的冲击,而且还因为我生来就摆脱不了的那种受人招募指使的命运,又出现了新的迹象。

"我告诉你,这对你来说可是个千载难逢的好机会,不仅是能使你一举成名,也不仅是能使你的聪明才智得到最充分的发挥,而且是为人类的幸福作出历史性的贡献。这些细胞实验,马奇,将为那些高等有机体厌倦的起因提供线索。也就是为探究过去俗称为无生趣的淡漠麻痹罪提供线索。那些老辈们说得对。这确实是一种罪过。对生活熟视无睹,离群索居,麻木不仁,成为一堵愁眉苦脸、毫无生气的肉墙,成为养尊处优的行尸走肉,对上帝和大自然的奥妙一无所知,对自然界之美也无动于衷。马奇,一旦从这种厌倦中解脱,每个男人都会成为诗人,每个女人都会成为天使。爱将充满全世界。非正义、奴役、屠杀和残暴,都将一一消灭。它们都将属于过去,一想到往日这些丑恶的东西,全人类都会坐下来哭泣,回忆起那些单子②的可怕流血生活,相互间的误解,屠杀时的狂嚣,无辜的残害。一想到过去的情景,心肠立即会变软,于是开始有一种新型的人间手足之情。监狱和疯人院将成为博物馆,它们就像金字塔和玛雅文化废墟一样,用以纪念人类才智的错误发展。真正的自由将自由出现,并不依赖于政治和革命,它们从来都不能带来自由,因为自由并不是一种赏赐,而是摆脱了厌倦的人的财富。马奇,这就是我的实验所引导的方向。我将创造出一种血清——像新的约旦河一样的血清。从这点来说,我将成为摩西,你是约书亚。我们将率领全人类组成的上帝的选民渡过它。这就是我为什么不想回美国去的理由。"

我焦躁得难受极了,觉得快要窒息。朝我扑来的一股气息仿佛都出

---

① 希腊神话中带翼的狮身女怪,传说常叫过路行人猜谜,猜不出者即遭杀害。
② 此处的"单子"似为17—18世纪哲学家莱布尼兹哲学中所指的一个含有最实在性的无限小的身心合一体。

自先知之口。这时，烟罐继续施放着浓烟。巴斯特肖死死盯着它，好像它是一个敌人。

"我可不想放过任何可以获救的机会。我不想被扣押。我刚结了婚。即使我相信你对你所说的全部很在行，我还是要说不。"

"你认为我对自己说的不在行？"

我本该讲得更圆滑些，他看破了我的心思。

"我给你提供了一条伟大的人生道路，"他说，"你值得冒险试一试。"

"我已经有了一条人生道路。"

"真的吗？"他说。

"是的，我坚决反对做影响全人类的事。我不想再让别人来支配我，我也不想去支配别人。没有人会因为你的愚弄而变成诗人或天使。在你说这一套以前，我已经吃够了苦头，才成为现在这个样子，本性难移。我不想跟你去加那利群岛。我需要的是我的老婆。"

他坐在那儿，交叉抱着两条大胳臂，脸上毫无表情，烟罐则继续袅袅地冒出缕缕带油味的黑烟，飘向早晨清新的海面。一片红霞仍从东方的天际映落水面。我不断地朝海平线张望。

"我向你保证，我决不认为你的回答是草率敷衍的，"他说，"我认为全是肺腑之言，只是胸襟过于狭窄。人生的境界要广阔得多。我敢肯定，我们一起在那个群岛上工作、研究一段时间后，你一定会同意我的看法的。我知道，那是个非常迷人的岛屿。"

"我们也许会在它以北或以南一百英里漂过，根本见不到那个群岛哩。"我说，"你欺骗我，吹嘘自己是个了不起的大科学家，你能凭你的脑力来驾驶这条船。好吧，那就前进吧，不过我可要尽量找获救的机会。"

"我确信，我们随时都有可能看到陆地，"他说，"所以你干吗不把那个烟罐熄灭呢？"

"不，决不！"我大声嚷道，"不，这是不可改变的！"这家伙真是疯了。不过，即使我正在气头上，可我心里仍在想，万一他真是个天才呢，然而我对他缺乏信心。

他平静地说，"好吧。"

我正转过身去全神贯注地注视着海平线，突然，身上遭到了重重的一击，打得我直挺挺地倒在船舱里。他是用桨打我的。他又举起桨来准备再打我，这次用的是桨柄，上次用的是桨叶。这个摩西，救世主，弥赛尔！他站直了两条粗腿。他脸上流露出的并不是杀人的欲望，而是完成一项使命的神情。我赶快滚到一边以躲开这一棒，同时大喊道，"看在上帝的面上，别打死我！"

接着我便朝他猛扑过去，我用双手抓住他的那片刻，我真想杀了他。我实在气疯了，我想掐死他。他扔下桨，两臂紧紧箍住我的胸部。他这么一箍，我便无法施展我的两条胳臂了。我用头撞，用脚踢，他则箍得更紧，直到我喘不过气来。

他是个疯子。

是个杀人犯。

两个发狂的陆地上的生物，在汪洋大海上殊死搏斗，头顶着头，各自使出浑身之力。要是我能做到，当时肯定会杀了他。可是他比我强壮，他那壮实沉重的身躯紧压在我的身上，重得像一根铜柱。我脸朝船底的防滑条，被压倒在横座板上。

我做好了死的准备。

宇宙之力把我送到了人世，现在该把我收回了。

死亡！

但是他并没有害死我的意思。他扯下我身上的衣服，把我捆了起来。他把我的衬衣绞成一条绑住我的手腕，用我的裤子绑住我的双腿。然后他扯下我的内衣，擦掉我脸上的血迹和自己脸上的汗水。他又使劲拉下了系船索，加固了我身上的捆绑。

接着他熄灭了浓烟罐，重又在桨上扎了一块帆布，把桨竖了起来。然后坐下来一直朝东眺望，他深信陆地会在那个方向出现。我则一丝不挂地躺在船底，呼呼地直喘粗气，仍像他撒手时那样侧卧着。

后来，他把我提扶起来，放在舱盖布的下面，因为晒得我发烫。他的手刚碰到我，我就退缩着发出呻吟。"伤着了什么没有？"他像个医生似的问我，然后摸摸我的身子，摸摸我的两肋和双肩。我一直对他骂个不休，直到嗓子都酸痛了。

吃东西时他就喂我，还说，"你要大小便时，最好告诉我，要不就麻烦了。"

我说，"放开我吧，我以人格担保，绝不再放任何信号。"

"我不能拿你冒这个险，"他说，"这事关系太重大了。"

每隔一阵子，他就来搓搓我的双臂和两腿，为了帮助我的血液循环。

于是我央求起他来。我说，"这样下去我会生坏疽的。"

可是不行，他告诉我，我这是自作自受。另外，他说，我们很快就要到达那迷人的群岛了。下午近黄昏时，他宣称他已能闻到陆地的气息。他还说，"天气越来越热了，"而且还老用手放在眼睛上方遮挡阳光。夜幕降临了，他也伸展四肢躺下休息。他躺倒时，动作一副迟钝费劲的样子。我看着他，巴不得他死掉。他伸直那两条结实的大粗腿，还有那颗一直在思考的皮球似的大脑袋，痛打我并把我捆绑起来过夜的指令，都是从那儿发出来的，说不定它还会指示他干更缺德的事情。

月光洒泻，湿雾低垂，小船漂着，几乎在海面上纹丝不动。我极力想挣断腕上绑着的东西，以求松开两臂。后来我想到，要是我能爬到较远的那头，我就可以找到金属衣物柜的一角，在它上面来磨断捆绑我的东西。我翻身背抵船板，用脚跟蹬着朝那头缓缓挪动。巴斯特肖没有被惊醒。他躺在那儿，就像一只装木乃伊的彩色大箱盒。两脚朝上翘着，脑袋像块石头。

他在我背上打出了一大条伤痕,我朝前挪时刮破了伤口,我只得不时停下来咬住嘴唇忍痛,可是似乎毫无用处。我感到万分悲伤,但我只好暗自啜泣,免得把他惊醒。

我整整花了半夜工夫才挪到衣物柜边,为双手松绑。绑住我的衬衣终于扯下来了,我又设法开始解系船索,先把它浸在水里泡松,最后系船索也脱落了。我蹲伏在那儿,哈舔着我那磨破皮的双腕。我背上挨了打的地方火热滚烫,但是我的体内却有一片冰冷的地方,那就是我心中对巴斯特肖充满杀意的地方。我悄悄地爬到他身边,我没有站起来,生怕他惊醒后看到我站在月光下。我现在可以作出选择,把他推进海里,或者扼死他,或者像他对付我那样用桨打他,打断他的骨头,放他的血。

我决定第一步先把他捆起来,摘掉他的眼镜,然后我们就等着瞧吧。

可是,当我手持系船索,充满复仇之心,踮起脚尖在他身子上方摆好架势时,我感到有股热气从他身上冒起,我轻轻摸了摸他的脸颊。这家伙原来在发烧。我听了听他的心跳。里面轰隆轰隆就像在响着炮声,声音沉闷吓人。

这一来打破了我复仇的念头。事实上我反而照顾起他来。我拿一块帆布剪了一个洞,套在身上当披风,因为我的衣服都已撕成碎片了,我坐在他身边陪了他一整夜。

这情景就像肯塔基州边界上的亨利·韦尔[①]和俄亥俄州的著名印第安酋长提门蒂奎斯一样。韦尔本该把提门蒂奎斯刺死,可他却放了他。

我替巴斯特肖感到难过,而且非常可怜他。我知道,为了成为自己观念中的人物,他的生活趣味变得多么贫乏,或者说力求贫乏。即使他的这种想法主要源于头脑而不是出自心灵,他不是也想要救赎情同手足的全人类,使他们不再遭受苦难吗?

---

① 亨利·韦尔(1764—1845),美国基督教一位论教派的早期领导人。

第二天,他一整天都昏迷不醒。要不是那天傍晚时我看到一艘英国油轮并且发出信号,他早就没命了。我也一样完蛋,因为后来才知道,原来我们早已漂过加那利群岛,已经到了里奥德奥罗附近。这位大科学家巴斯特肖!嗨,他真是个笨蛋!要是依他,我们俩都会烂在非洲的大海上,船也会烂掉,最后,除了死亡和他那些疯狂的念头外,将一无所有。或者他会杀了我,把我吃掉,依然镇静自若,道理十足,继续驶向他的目的地。

总之,当他们把我们拉上油轮时,我们俩都已奄奄一息。这艘利梅号油轮接下来停泊的第一个港口是那不勒斯。当局把我们送进了一家医院。过了几个星期,我才能下地走路。我在走廊上遇见了巴斯特肖,他穿着一件浴衣,慢慢地走着。他似乎又恢复到老样子,自信而傲慢。他明显有意对我很冷淡。我看出,他是责怪我破坏了他的伟大计划。现在他不得不再次登船出海。这不是加那利群岛。他的研究工作,对人类的生存是如此重要——受到了耽搁,这可不是小事。

"你可知道?"我对可能发生的事仍然愤愤不平,便一针见血地说,"你这位伟大的航海家,你错了。要是我听了你的话,我可能再也见不到我的老婆了。"

他听完我的话,同时对我作了掂量。他说,"个人凭自己的才智对人类的理性起作用的力量比以往更小了。"

"去吧!去拯救全人类!"我说,"可是别忘了,你要是一意孤行的话,你会一命呜呼的。"

在那以后,他没有再跟我说过话。我也不在乎。我们在走廊上彼此都以白眼相加。管它呢,反正现在我所想的只有斯泰拉。

过了六个月之后,我才再见到纽约。因为他们总是找出一个又一个的理由,把我留在医院里。

那是九月的一个晚上,出租车把我送到了斯泰拉的家门口,那儿现在也是我的家了,斯泰拉从楼梯上飞奔下来迎接我。

第二十六章

要是我能平安回来,开始过一种幸福、平静的生活,我想几乎没有人有权责难我还没有做好准备,或者还没有支付定价格的人定的入场费。像在墨西哥山里那个穷困潦倒的哥萨克人那样的人以及其他的一些代表人物,至少也得同意我应该有个喘息机会。可事实上,我几乎从来不曾有过。这对我来说也许是个奢求。

在我开始写自己的这段经历时,我就说过,我要直率坦白,留意敲门声。我还说过,一个人的性格就是他的命运。不过显而易见,这个命运,或者说他感到满足的事情,也就是他的性格。因为我从来没有一个歇息的地方,其结果必然也就难以保持静止不动,而我的希望则全靠有这种平静,从而才能找到那些生命的轴线。一旦奋斗探索停止,真理便像礼物似的接踵前来——富足、和谐、爱等等。也许我没法得到这些我梦寐以求的东西。

有一次,我和明托奇恩讨论这个问题时,我曾对他说过,"无论我待在什么地方,总是寄人篱下受人客待。先是劳希奶奶,那实际上成了她的家。接着是埃文斯顿的那些人,伦林夫妇,然后是墨西哥的'无忧无虑之家',还有南斯拉夫人帕斯拉维奇先生。"

"有些人,要是不给自己找点苦吃,就会昏昏入睡的。"明托奇恩说,"就连人子[①]也要自找苦吃,以便和我们人类有足够的相同之处,从而成为人类的神。"

---

① 耶稣基督的自称。

"我想办一个学校式的孤儿院之类的机构。"

"绝对行不通。对不起,这个主意太荒唐了。当然,有些荒唐的主意确实也行得通,不过你的这个主意恐怕不行。得照料那么多的孩子。你不是这块料,斯泰拉更不是。"

"啊,我居然还想教育孩子,我知道这是个蠢主意。我算老几,还想去教育别人?这与其说是教育,还不如说是爱。这是我的本意。我的想法是要求来个改变,让别人寄居在我这儿,而不是相反。"

我一向否认,像我这样的人天底下只有我一个。不过,两种抱负相吻合是非常罕见的!这是因为它们都是宏伟远大的抱负。要是两者都能实现,那它们就一定吻合。

在考虑办学校式孤儿院这类事情上,我和斯泰拉是仁者见仁,智者见智。我所憧憬的是一处像瓦尔登①或茵纳斯弗利②那样篱笆围绕的私人绿地,沐浴着和煦的阳光,周围是苍翠欲滴的丛林和五彩缤纷的花园,还有天堂乐园般的草坪,长着林肯公园的芳草。可是,我们往往受困于热闹繁华,听简朴无华,便像罗兰和奥利佛③将遭撒拉森人歼灭时,罗兰那遥远的号角声。我跟斯泰拉说,我对养蜂有兴趣。管它呢,我心里想,我既然跟鹰打过交道,为什么不能跟别的有翅膀生物打交道,而且还能得到蜂蜜呢?为此她给我买了一本养蜂的书,在我第二次出航时便把它随身带着。不过我已知道她所设想的学校是个什么样子:一幢由烂醉如泥、偷工减料的营造商建造的破破烂烂的木板房,盖在满是灰尘、半死不活的大树下。院子里垃圾脏物热气腾腾。瘦弱胆怯的小

---

① 美国马萨诸塞州东北部一水塘,美国作家梭罗(1817—1862)曾在此隐居并据此写出名著《瓦尔登,或林中生活》。
② 爱尔兰斯莱戈郡一小岛,爱尔兰诗人叶芝(1865—1939)把它象征为理想中的隐居乐土,写有抒情诗《茵纳斯弗利岛》(1890)。
③ 古法语史诗《罗兰之歌》(约1100)中的两位主人公。

丫头，胡闹捣蛋的野小子，双目失明的我妈穿着我的一双旧鞋，乔治在补鞋，我在林子里守着一箱蜜蜂。

斯泰拉开头说这是个好主意，但当时我正告诉他沉船的情况及以后的事，她正处在重逢的激动中，除了说这是个好主意之外，她还能说些别的什么呢？她一面哭一面紧搂着我，她的泪水滴落在我的胸口上，几乎如同泉涌。"啊，奥吉，"她说，"这种事竟会落到你头上！可怜的奥吉！"我们是在床上。我从挂在壁炉台上方那面意大利大圆镜中，看到了她那丰盈滑润的后背。"嗨，让这场战争还有落水什么的，全都见鬼去吧。"我说，"我只想搞到一块能让我们安居乐业的地方。"

"哦，你说得对。"她说，在那种时候，她还能说些别的什么呢？

可是，我一点也不知道这事该怎么办。当然，这只不过是一些人的一个想入非非的梦幻而已，这些人既没有认清自己算个什么，也没有认清自己想成为什么。

不久我就明白，我多半对她言听计从，因为我最爱她。至于她想要什么，一时我还不太清楚，你知道，到处是一片在海上获救，回到家乡的欢呼声，还有巴斯特肖，这位富有传奇色彩的幸存者和脱逃者，即使用弗兰茨·海顿①谱写、由圣歌合唱学校②演唱的感恩颂歌来感恩等等，也不算过分。而且斯泰拉毕竟是爱我的。我们还要续度我们的蜜月。因此，要是我有时发现她专心致志，我认为大概她是专心致志于我，这样的想法是明智的。然而，真正最吸引她心神的并不是我。你看怎么办啊，把人们从他们专心致志的事务中，他们习以为常的劳苦中解脱出来吧！开始，你决不会把这跟这样一位女人联系起来，她是那样天生丽质，光彩照人，虽不轻盈，但很美妙，她的身子托起一颗灵巧的脑

---

① 弗兰茨·约瑟夫·海顿（1732—1809），奥地利作曲家，维也纳古典乐派代表人物之一，对交响乐、弦乐四重奏两种形式作出贡献。
② 原指中世纪罗马教廷歌唱学校及所属教堂合唱团，是现代罗马西斯廷教堂合唱团的前身。1894 年在巴黎建立的合唱学校也采用这个名称。

袋，留着轻柔的黑色刘海。对某些人来说，他们四周的空间就是他们的地盘，而你想要接近他们，那就得跨进他们的领地，你对他们的一举一动，主要都得受他们控制，然后你还会惊讶地发现，他们深受自己绝大多数想法的折磨，也许比别人更加厉害。现在看来，我那办学校式孤儿院的梦想，并不是一项使人专心致志的事业，而是一种对太平盛世的不切实际的憧憬罢了，就像夏日的蝴蝶。你可千万别用猪油去煎这种蝴蝶。这是打个比方。其他要专心致志的事是我的命运，它们占据了我的生活和思想。其中之一是得专心致志地照顾斯泰拉，她出了什么事，也必定是我的事。

有些人很可能会这样想，管它的！对命运发什么议论呀？而且还认为我的这种观念全是过去另一个错误的年代来的。当时世界上的人口稀少，人们之间的空间较大，所以他们的成长不像野草，而像公园里的树木，相互间保持着距离，在明媚的阳光下一年复一年地生长。现在看来，不像你所比喻的，甚至连野草也不像，而像一群粒子，一条宇宙间的粒子披巾，这些粒子也许有功能，但决没有命运。甚至在思想上还有这样一种看法，认为做一个人而不是一种功能，简直令人厌恶。不管怎么说，我仍然坚持我的命运观点，从这种观点来说，功能只是代替了更深的绝望而已。

不久前，我到了意大利的佛罗伦萨。斯泰拉和我现在在欧洲，打从大战结束，我们就一直待在那儿。斯泰拉要去那儿是职业上的原因，而我是由于在做一种买卖，这我等会儿再告诉你。总之，我到了佛罗伦萨；我是到处都去的。就在几天前，我还在气候温暖的西西里，到了这儿则天气冷得结冰。我一走出车站，山头上空的星星仿佛都在尖叫，北风呼啸而来。早晨，我在阿尔诺河旁边的红门饭店醒来时，感到很冷。女招待送来咖啡，喝了后才有几分暖意。教堂钟楼上传出的钟声，在自由清新的山区空气中飞速回荡。我洗了个热水澡，把木地板溅湿了一大片。在一个冰冷的天气里，洗个澡穿上暖和的大衣出门，是很舒服的。

我问旅馆职员,"我只能外出逛一小时,有什么好东西可看的吗?我中午还有一个约会。"

我知道,这是个美国味十足的问题,不过这是实话。

我不想隐瞒这次约会的事。我正在替明托奇恩做一笔买卖,现在必须去见一个给我们搞意大利进口许可证的人,那样我们就可以把一批在德国廉价买进的军用物资运进意大利,尤其是维生素片和其他药品。明托奇恩对这一类投机买卖很内行,我们已经赚了不少钱。我不得不付钱给一位罗马大人物在佛罗伦萨的这位伯父,此人属于那类精通世故的社会名流,心里的鬼点子一个抵得上我五个。不过我现在已经懂得跟这班人打交道的窍门了。遇上疑难我还可以打越洋电话跟明托奇恩商量,他会告诉我该怎么做。

红门饭店的职员说,"你可以去参观一下浸礼堂的金门,上面有吉贝尔蒂的雕镂。"

我记起那个疯子巴斯特肖曾讲到过这个吉贝尔蒂,于是我就按照那饭店职员的指点,前往大教堂广场。

由于利如刀割的寒风,连马匹都在颤抖。沿着阴冷的小巷朝前走去,在岩石和大卵石墙的拐角处,远远有几个卖炒栗子的,他们的炉子中冒出火苗。因为天冷,浸礼堂附近的人不多,只有几个泪眼蒙眬的卖纪念品的人,拍拍打打地挥动着封成一叠叠的明信片。我走上前去观赏门上那些叙述着人类整个历史的金嵌板。我凝视着这些传说是我们共同祖先的金光闪闪的头像,他们曝晒在阳光下,向人们彻底地展示了他们的一切,就在这时,一位老太太走上前来给我解释门上雕镂的是什么。她给我讲了约瑟的故事,雅各和天使摔跤的故事,还讲了逃出埃及,十二门徒的事。她把一切全搞乱了,因为在拉丁语国家里,人们对《圣经》是不太精通的。我想要独自清静一点,便走开了,可是她一直跟着我。她拄着一根手杖,挂在手柄上的钱包一直在往下滑。她还戴了一副面纱。最后我打量了一下她那面纱下的脸,这是一张极有教养的妇人饱经沧桑的脸，上面布满斑斑点点，嘴唇上也有一些黑点。她的皮大衣上的毛已经磨光，光秃的毛皮裂着一道道口子，像一张面包皮。她一个劲地对我嚷嚷道，"让我来告诉你这些门上的故事吧。你是美国人，是吗？我来帮你。因为没人帮助的话，你永远也看不懂这类故事的。大战期间，我认识了很多美国人。"

"你不是意大利人，是吧？"我说。她有德国人的口音。

"我是意大利的皮埃蒙特人，"她回答说，"许多人都说我讲起英语来不像个意大利人。我可不是纳粹分子，如果你是指那个意思的话。要是你对名门贵族有所了解的话，也许我可以告诉你我的姓名，不过你大概不太了解，所以我何必讲出来呢？"

"你说得完全对。你不该把自己的姓名告诉陌生人。"

我继续朝前走去，脸被北风刺得好疼，我重又全神贯注地观赏起门上的雕刻来。

她又以慌乱的脚步迅速地跟了上来。

"我不需要导游。"我说着从口袋里掏出一点钱，给了她一百里拉。

"这是什么？"她问。

"你这话什么意思？这是钱。"

"你给我一点什么？你知道吗？我得跟修女们待在山里的一座修道院里，她们把我跟十四个女人一起安排在一个房间里。各种各样的女人。我得跟十四个人睡在一起。我不得不走路进城，因为修女们不肯给我们公共汽车费。"

"她们要你留在那儿吗？"

"那班修女们实在不太聪明，"她说。她不能老待在那儿干那些乏味的苦活，所以就溜进城来。她倒真是充满反抗精神。不过她毕竟已是风烛残年，瘦得骨头毕露，牙齿参差不齐，她的面纱已遮不住她嘴上和颔上颤抖的汗毛，这对从前皮肤光洁的贵妇可不是好笑的玩笑。

我很想仔细观赏观赏那些金门，可为什么他们不肯让我在这个国家独自清静一会儿呢？

"这是以撒自己去献祭。"她说。

我朝那雕刻看了一番，拿不准她说的是否正确。我对她说，"我不需要向导。这上面刻的东西我全都明白，可你老跟着我想要我做什么呢？人们总是找到我的头上。你为什么不拿了这钱就……"我开始感到这事很伤脑筋。

"人们！我可不是别的人。你应该明白这一点。我是……"她气得连话都说不上来了，"碰上这种事的竟是我！"她说。她好像在用胳膊肘推揉心脏，同时朝我走得更近，又开始用那怪声怪气的乞求口吻对我讲了起来。

致命的规律啊！

这是怎么回事？事情不是过了很久了么？这样逐渐地变化难道还不够？我是说，皱纹越来越多，白发赶走黑发，皮肤逐渐松弛，肌肉日益萎缩。她是否对失去的别墅、丈夫或情夫、儿女、地毯、钢琴、仆人和钱财，依然记忆犹新？她仿佛仍然陷于她刚刚一落千丈时的悲痛之中，这是怎么回事？

我又给了她一百里拉。

"给我五百里拉，我就带你看大教堂，再带你去看新圣马利亚教堂①，它离这儿不远，要是没人给你讲解，你是什么也看不懂的。"

"不瞒你说，我马上得去见一个人谈生意。不过还是多谢你了。"

我走开了，我早该离开了，因为吉贝尔蒂当时对我还没有多大的吸引力。

这位老太太也对，碰上这种事的往往是我。死亡才能消除我们之间的界限，我们就不再是什么个人了。这就是死亡的作用。而当生存也想起这种作用时，除了反抗之外，还能有什么呢？

---

① 佛罗伦萨的多明我会教堂，为意大利哥特式建筑。

是的，我在大战期间出航三次后，便和斯泰拉到了欧洲。

我撰写我的这些回忆录，是因为我是一个常年旅行的人，总是孑身一人外出，所以有许多空闲的时间。去年我去罗马待了两个来月。当时正是夏季，到处鲜花怒放，天气炎热，令人昏昏欲睡。所有的南方城市，一到夏天都是令人昏昏欲睡的。大白天里，昏昏欲睡地弄得我脑袋沉重，索然无味。下午一觉醒来，去喝上一杯咖啡，抽上几支雪茄，待到午睡完全清醒时，天已将近黄昏。吃罢晚饭，温柔安谧的夜降临了，街上静静的煤气灯亮起了白光，在深沉的夜色中洒下了长长的跳动的光芒。又到了睡觉的时候，于是你又懒洋洋地倒在床上。

因此我渐渐养成了习惯，每天下午到平西奥山顶博盖塞花园①里的瓦拉第尔咖啡馆去喝咖啡。整个罗马城尽收眼底。我坐在一张桌子旁，叙说我是个美国人，出生在芝加哥，以及其他的种种事情和看法。说这些倒不是因为有什么深远意义，大概是由于人有说话的能力，在适当的时候应该加以利用。当你最后把话都说尽了，那以后你便永远成了一个哑巴了。经过了动荡，你便趋向于静止。可是并没有理由拒绝讲话、活动，或者拒不做你现在这样的人。

我尽量使自己大部分时间待在巴黎，因为斯泰拉在那儿，她在一家专拍国际影片的电影公司里工作。我们在弗朗索瓦第一大街有一套房子，靠近乔治五世饭店的繁华地带。这是个豪华住宅区。可是我跟斯泰拉租住的房子却是糟糕透了。它属于一个英国老头和他的法国妻子。他们向我们收取高租，利用这笔租金去了美国，侨居在门通。这儿，整个冬天雨和雾从未停过。我花了很多天，想使自己习惯这套潮湿发霉但装潢花哨的房子，因为不管有多固执，这现在毕竟是我的房子了。可是我

---

① 博盖塞花园为博盖塞家族所有，该家族为意大利贵族世家，13世纪兴起，出过许多高官显宦。

怎么也住不惯，不论是地毯、椅子、像生长在康尼岛上的植物似的电灯、妓院的画、有电光眼珠的雪花石膏猫头鹰，还有那皮面精装带着唾沫味的韦达①和玛丽·科里利②的作品。这个英国佬是个老骗子，其实他是个二房东，他说的有一间什么书房，实际上只是一个铺了块脏地毯的小间，里面有一套多年以前的拉鲁斯百科全书③，还有一张绿绒台面的桌子。这张绿绒台面桌子的抽屉里，塞满了写有各国货币兑换率的纸片，有英镑、法郎、美元、比塞塔④、奥地利先令、马克、埃斯库多⑤、皮阿斯特⑥，甚至还有卢布。这个赖赫斯特老头，人已经半死不活，穿一套像下葬穿的衣服，紫红色法兰绒上装既没有翻领，也没有纽扣和纽眼，坐在那儿在钱上精打细算。他还给报纸写函稿，讲法国的堕落、怎样把农民藏的金子弄出来，或者是汽车驾驶者去意大利的最佳路线等等。他年轻时曾打破过从都灵到伦敦汽车速度赛的记录。有一幅他坐在自己赛车上的照片，和他一起在驾驶座里的还有一只小小的爱尔兰狼犬。

客厅、起居室已经够糟的了，餐室则更让我受不了。斯泰拉每天一早就得赶往电影摄制场，虽然有个打杂的女佣为我准备早餐，可我还是没法老让自己在那铺有绣着红色图案的黄色土耳其台布的桌子旁喝咖啡。

因此我常常出去到一家小咖啡馆吃早点。没想到，有一天我竟在这儿遇见了我的老朋友胡克·弗雷泽。这家叫玫瑰园的咖啡馆，是个颇为轻松活泼的场所，有圆桌子、柳条椅，栽种在铜盆里的棕榈树，下有条

---

① 韦达（1839—1908），英国女小说家，以写上流社会生活的传奇式作品闻名，主要有长篇小说《奴隶生活》、《飞蛾》等。
② 玛丽·科里利（1855—1924），英国女小说家，写过二十八部浪漫主义长篇小说，主要作品有《两个世界的故事》、《巴拉巴斯》等。
③ 即法国语法学家及辞书编纂家拉鲁斯（1817—1875）编辑出版的十五卷本综合百科全书《十九世纪通用大辞典》。
④ 西班牙货币单位。
⑤ 葡萄牙等国货币单位。
⑥ 埃及、土耳其等国辅币名。

纹图案的纤维地毯，上有红白两色的天篷，一台机构复杂的巨大咖啡机冒着蒸气，还有玻璃纸包着的饼干糕点等等，一应俱全。每天早上，我生好煤炉之后——我家这位女佣雅克琳，人倒挺不错，就是不会生炉子，而我，多年以前就是个行家了——便去吃早点。有一天早上，我正在玫瑰园里喝咖啡。上了年纪的人，就像在他们自己家的客厅里一样，脚上穿着拖鞋走在街上，他们手上提着马肉、草莓之类的东西，从爱尔玛广场的集市上来。就在这时，我突然看见弗雷泽走了过来。打从我结婚那天以后，我就没有见过他。

"嗨，弗雷泽！"

"奥吉！"

"是什么风把你吹到巴黎来的，老兄？"

"你好吗？你的气色还是跟往常一样好，笑眯眯的！哦，我现在在世界教育基金会工作。我还以为，在过去的一年里，凡是在这儿的我认识的人，我都见到了。可怎么也没想到会在这'人的天堂'里碰见你！"

他感到异常高兴，这地方使他的思维大大活跃起来。他一坐下，就滔滔不绝地对我说了一大堆有关巴黎的话——让人十分惊叹！——说它是世上绝无仅有，是希望之都，人可以不依仗神的帮助而获得自由，人会变得心地纯洁，文雅有礼，聪慧明智，舒畅愉快，如此等等。他问我在这儿做什么，我说了之后他竟哈哈大笑，一时间，我觉得他这是对我的侮辱。说起来也许自相矛盾，既然这地方是适合人住的，那为什么它就不应该也适合我呢？要是不适合，那大概不能说百分之百是我的错吧。那么它是什么人的天堂呢？又是一管之见。总是遇到这样或那样的一管之见。

可谁会抱怨这时髦雅致、优美秀丽的巴黎呢？它像个旋转木马似的令人眼花缭乱——金色的桥架，希腊式的杜伊勒利花园①中的英雄和石

---

① 原为杜伊勒利宫，始建于1564年，1871年焚毁，现只存花园。

雕美女，拥挤的歌剧院，漂亮诱人的橱窗和色彩斑斓的服装，五朔节花柱般的方尖碑，各色俱全的冰淇淋，人世华而不实的包装盒。

我想弗雷泽并非有意要伤害我的感情，他只是在这儿见到我感到十分意外罢了。

"打从大战结束后，我就来欧洲了。"我说。

"是吗？在干什么？"

"我跟你在我结婚那天见过的那位亚美尼亚律师有生意上的联系，你还记得吗？"

"啊，当然，你结婚了。你太太跟你一起在这儿吗？"

"当然，她在拍电影。也许你在影片《孤儿》中看见过她。那是部描写流离失所的人的片子。"

"没有，说实话，我没有看过几部电影。不过听你说她是个女演员，我倒不感到奇怪。她非常漂亮，你知道。现在情况怎么样？"

"我爱她。"我说。

仿佛这就是回答！可是，要是我不愿跟弗雷泽多说，你能责怪我吗？如果我一开口就解释说她也爱我，不过爱我的方式像巴黎是人的天堂一样，或者说考虑到她专心致志的事业，她只能做到这样——爱情就是对专心致志事物的爱的胜利。也就是那天下午在土耳其浴室里明托奇恩说的主导思想。我可不打算跟弗雷泽讲这些。每当我跟斯泰拉提起这事——我只是偶尔提起，或者是试图提起——我听起来简直像个狂热分子，也许在她听来是如此，就像别人在我听来那样，把他们极力想兜售给你或者招募你去卖命的观点吹得天花乱坠。这仿佛使她成了一面镜子，从中我可以看到自己昔日的固执，以及犹豫不决时会是什么模样。我们在阿卡特拉躲在那日本人别墅的花园里时她讲得对，她发现我们俩很相似。我们俩确实如此。

不过，尽管我不是世界上最诚实的人，但也不想撒谎撒得比一般人多，可是斯泰拉却不是这样。当然，你可以把它称之为谎言，也可以美其名为幻想的保护伞。我想我还是比较喜欢第二种说法。斯泰拉让人看起来既愉快又坚定,她要我也显出同样的神情。她坐在客厅里鸟胸式的火炉旁,坐在那张英国老绅士赖赫斯特警告过我——使我不快——说那是张真正的奇彭代尔①椅子上。她镇静、聪明、有魄力、生气勃勃、非常漂亮,这就是她要给人们的印象。这是个幻象。这自然往往就得让我花点工夫才能弄明白我们到底是怎么回事。她说着摄影棚里所发生的事,对当天的笑料发出出自肺腑的清脆笑声。那么这一天我又干点什么呢?哦,我大概跟一个曾在达豪待过的人会了面,跟他就销售德国牙科器材谈了谈生意。这大约花掉一两个小时。事完之后,我也许去了卢浮宫②,在那些冷冰冰的大厅里参观了荷兰画派的作品,或者还注意到塞纳河的河水散发出一股药味,要不还去了一家咖啡馆,在那儿写了一封信。一天就这样打发过去了。

她坐在那儿听着,两条腿盘在身穿的那件蜡染的家居便袍下面,浓密的头发梳成三层波浪式,嘴里叼着烟卷,还拒绝了我不过只是暂时有求于她的最要紧的事。

说起来实在让人吃惊,一切竟都这么过去了。你决不可能想到这耗费了多少劳力。只是在不久之前我才领悟到这劳动量有多大。她从摄影场回来先去洗个澡。她从浴缸里对我喊道,"亲爱的,请给我拿条浴巾来。"于是我便取了一件廉价百货商店买的毛巾浴衣,送去给她。小小的浴室里光线朦胧。在热水器里,铜盒子中的煤气火舌直蹿,在千支烛光的烈火下,绿色的金属掉下颗颗碎屑。她那散发出女性香气的躯体沉浸在水中,一条平静的水线没及她的乳房。小药箱的玻璃闪烁着,像墙上一片蓝色的凹处,宛如一个窗口,可以眺望暮色中的海洋,而不是灰雾迷漫的巴黎。我把浴衣搭在肩上,在一旁坐下,心中感到万分平静。

---

① 奇彭代尔(1718?—1778),英国著名家具木工,他制作的家具以优美的外廓和华丽的装饰为特点。
② 原为法国王宫,1793年起辟为国立美术博物馆。

这套房子似乎也变得洁净温馨，原来那股厌恶之感已经悄悄隐去。炉子很旺，火光熊熊，雅克琳正在做晚饭，飘来肉汁的香味。我感到宁静安详，悠闲自在，心旷神怡，手指舒展，现在情况就是如此。也只有度过这样的时光，你才能发觉自己的心灵曾经多么悲痛；而且，在你一直以为自己闲暇无事、东游西荡之际，其实正有异常艰苦的工作在进行。非常非常艰苦的工作，挖坑道，打山洞，开矿井，掘隧道，抬石头，推石头，运石头，干啊，干啊，干啊，干啊！干啊，喘口气，拉上来，吊上去。所有这些工作没有一项是从外面看得见的，全都在内部进行。这种情况之发生，是因为你没有力量，无可奈何，得不到公正的待遇和补偿。因此你只好在自己内心苦干，你展开斗争，进行搏斗，清算旧账，牢记屈辱，争论，反驳，否认，胡说，痛斥，成功，智胜，克服，辩解，呐喊，坚持，宽恕，死而复生。全靠你自己！别人都到哪儿去了？在你心中，在你体内，全班人马都在。

躺在浴缸中的斯泰拉也正在从事劳动。这我一目了然。我通常也都在干着艰苦的工作。可为的是什么？

人人都对我讲巴黎是个安逸舒适的地方，说什么"宁静、安定、豪华，还有快乐"①，可是还有这类艰苦的工作得做。每个得到珍视的人物，都在引人注目地追求发展，做着责无旁贷的工作。要是斯泰拉不尽力去做她艰苦的工作，我们就不可能住在这个所谓的宁静豪华的城市里。服装打扮、夜总会、娱乐消遣，摄影场里的排演、艺术家们的友谊——他们在我的心目中都是志趣高雅的人物，像我们的好朋友阿兰·杜尼沃——毫无安逸可言。我给你讲讲这位杜尼沃的事。他是巴黎人所说的那种"花天酒地的人"，意思是说，对他来说全是新婚之夜，或者说性生活放荡。最起码是这样。

不论如何，我还是喜欢待在美国，生儿育女。可是我却一时仍被困

---

① 原文为法文。

在这异国他乡。这只是暂时的。我们一定会冲出去。

我说过，斯泰拉撒谎超过一般人，实在令人遗憾。她告诉我的许多事情，都不是真的，而真有的事情，她却忘记告诉我。举例说，她说她从住在牙买加的父亲那儿收到钱。其实牙买加根本就没有这么个人。她也从来没有上过大学。她压根儿不曾爱过奥立弗。他并不是个重要人物。重要人物是一个叫坎伯兰的大投机商。有关此人的情况，并不是她第一个告诉我，是我从另一个人那儿打听到有这么一个人的。后来她对我说这个坎伯兰是个无赖。从道德的角度看，确实如此，但在生意场上，他不仅名声很好，而且生意做得很大。实际上他是那种有权有势的人物之一，他们的照片甚至不必上报，因为他们的势力已大得家喻户晓。这个人，斯泰拉早在读中学时就跟他有密切交往，他渐渐地树立起自己的威望，成了朱庇特①、阿蒙神②似的人物，目光如同帕洛马山天文台③那架新望远镜，邪恶得就像提比略④，是个权威人物和策划者。说实话，我对所有这班大人物、命运的支配者、智囊人物、马基雅弗利式政治家、精明狡猾的作恶者、大亨、骗子、专利主义者等等，全都厌恶透了。自从挨了巴斯特肖的揍之后，我发誓决不再受任何人摆布。不过这种誓约也许只是一种骗骗人的把戏，因为现在仍有一个这类人物的幽灵盘踞在我头上。老兄啊，你永远也摆脱不了，你只是自以为摆脱掉了而已。

我最初是从阿兰·杜尼沃嘴里听说这位坎伯兰的，大战期间杜尼沃在纽约从事电影业。明托奇恩和阿格尼丝都认识他。他原先是阿格尼丝的朋友。我们认识时，他告诉我说他是圣西门公爵⑤的后裔。我对世袭

---

① 罗马神话中统治诸神主宰一切的主神，相当于希腊神话中的宙斯。
② 古埃及的主神，相当于朱庇特和宙斯。
③ 位于美国加利福尼亚西南部的帕洛马山上。
④ 提比略（前42—37），古罗马皇帝，以暴虐闻名。
⑤ 圣西门公爵（1675—1755），法国最伟大的散文家之一，著有《回忆录》41卷。

门第一向很入迷,不过这位杜尼沃其貌实在不扬。在他那一脸横肉的面孔上,生着一对醉醺醺的蓝眼睛,已经不大有健康的气色。虽然他也许无意伤人,可是神情傲慢无礼。稀疏沙黄的头发梳得像一个英国军官,虽然平滑整齐,但遮不住秃顶。他的鞋子有羊毛衬里,他的长大衣全由漂亮的麂皮制成,一直拖到脚踝;他身材粗壮。他像只恶狼似的在地铁里追猎姑娘们。他会告诉你他是怎样把女人勾引到手的,按他自己的叙述,一当他把这些可怜懦弱的姑娘弄到无人之境,她们就会像遇到欲火中烧的凶神似的,如此等等。

他对我提起坎伯兰时,我们正在派拉蒙剧院的休息厅里等着斯泰拉。偶尔讲到奥立弗时,杜尼沃说,"他还在监狱里。"

"你认识那家伙?"我问。

"是的。跟了坎伯兰后跟他,她也太掉分了。那人我也认识。"

"谁?"

他没有意识到刚才他说了什么。他几乎没有意识到。我感到自己仿佛被一堆突然落下的污物打进一个深坑。极度的失望、愤怒、妒忌,全都从我的心中迸发出来。

"谁?哪个坎伯兰?"

于是他看着我,发现我不知怎的两眼冒火,而且万分痛苦。我看他非常吃惊,极力想不失身份地摆脱这一困境。

其实,一段时间来我就注意到一些奇怪的现象,这些事早晚得弄个明白。有人不断地向斯泰拉讨债,还有什么一辆汽车的事,可她并没有汽车;除此之外,还有住宅区一套公寓房的官司。她在住宅区有套怎么样的房子呢?我觉得,不提这件事就太不近人情了。她曾告诉过我,她不得不卖掉一件价值七千五百美元的貂皮大衣,还有一串钻石项链。有些邮寄来的商务信件,她从不拆阅。那些信封上有透明的长方块露出地址部分的商业信函,肯定有问题,这弄得我心神不安。

在这个时候,我怎么会把明托奇恩在土耳其浴室里对我说过的话忘记呢？我怎么会呢？

"这个坎伯兰是什么人？"我问道。

就在这时，斯泰拉从女士休息室里走了出来，我二话没说，上前抓住她的手臂，拥着她出了剧院，坐进一辆出租车。我们急驶回住所后，我立即大发雷霆。"我本该早就知道这当中有骗人的花样！"我对她大吼，"那个坎伯兰是谁？"

"奥吉，别生气，"她说，脸色煞白，"我本该告诉你的。可是这又有什么关系呢？这证明我爱你，生怕告诉你后失去你。"

"皮大衣是他送给你的吗？"

"是的，亲爱的。可是我嫁的是你，不是他。"

"还有那辆汽车呢？"

"那是礼物，心爱的。可是，宝贝，我爱的是你。"

"还有这屋子里的全部东西？"

"家具？嗨，这不过是些东西，只有你才是最要紧的。"

她渐渐地使我平静了下来。

"你最后一次见到他是在什么时候？"

"我已经有两年没跟他来往了。"

"我不能容忍提起这些家伙，"我说，"我受不了。不该冒出这么些见不得人的事情来。"

"可是，到头来，"她哭着说，"更不好受的是我。我才是那个真正受他欺凌的人。你只不过听到这事后心里难受罢了。"

由于这事已经挑明，结果倒变得难以收场了。她老想要讲讲清楚。为了证明我没有妒忌的理由，她非要把事情的全部情况原原本本告诉我不可。我怎么也拦她不住——你知道，像她这样一个爽快、活跃、直性子的人，可不是轻易管得住的。

"是个没用的东西！"她说，"胆小鬼！他一点人情味都没有。他主要是要我替他招待一下他那些商界的朋友,借这炫耀一番,因为他怕他老婆丢人现眼。"

这些话跟她享受那些东西的态度,可完全格格不入,比如对新泽西的那幢避暑别墅、赊购账户和梅塞德斯－奔驰轿车,态度就非常实际。她对于税收、保险等等之类的事非常精通,当然,一个女人懂得这些事也无可厚非。她为什么不该懂得这些事情呢?不过,我怕我得放弃我对她过去的生活那种理想的解释了。啊,算了,也不是非有一个解释不可。

"他不肯让我独立自主。要是他发现我有存款,他就逼着我把那笔钱花掉。他认为我应该无援无助。有一次,我认识的一位采伐公司的董事长打算在长岛开一家大赌场,出一万五千年薪聘我当女老板。坎伯兰听到这事后大发雷霆。"

"他什么全知道?"

"他雇了私家侦探。有关这家伙的作为,你还得好好学习哩。要是他用得着的话,月亮也会租下来。"

"我已经学会了我所要学的一切。"

"啊,奥吉!心爱的,别忘了你也犯过错。你参与过从加拿大偷运非法移民,你偷过东西,也有许多人引你误入歧途。"

行了,可有我爱她为什么她还不能满足,还不住嘴呢?她讲的那个采伐商是什么意思?她真的打算去做女老板?我常常坐在那儿对所有这种事苦思冥想,心情坏透了。就连那张椅子的扶手似乎也想刺穿我的两肋。那张花哨好玩的巴伐利亚床、那些小摆设和金黄鹂标本,一切都让我看不顺眼。我是不是又要错了?当我跟巴斯特肖一起在海上漂浮时,在小艇中我就曾想到自己一错再错。

不管怎样,我相信我们最终还是能恩爱相处下去的。我不想给人一种百分之百绝望的错误印象。事情还不至于这么糟。我不知道那位从沉睡中醒来的圣徒是谁,他仰起脸,张开嘴,诉说他那神秘的梦,梦见上帝的恩赐布满天地万物，但有些地方多些，有些地方少些。无论他是谁，对这类梦引起共鸣，实在是我的最大弱点。这是神秘的爱，就是对发生的事抱有神秘的崇拜。

在斯泰拉身上，既有一些单纯的思想，又有一些骗人的本领，一种天真的认真。她哭起来感情真挚，非常动人。可是要她改变对任何事物的看法，那就不那么简单了。比如说，我曾极力劝她把指甲留得短一些；她总是把指甲留得很长，结果一裂就裂到肉里，痛得她直哭。于是我便说，"天哪，你干吗偏要留得这么长呢！"然后拿起剪刀替她修剪一番，她乖乖地让我这样做。可事后呢，她仍把指甲留得很长。又比如，那只叫珍格儿的猫，被她宠惯得不成样子，半夜三更故意打翻台灯、盘子把你吵醒，好让你去喂它。我提出晚上应该把它关在厨房里，结果我只落得个自讨没趣。我毫无办法。

她一再说她要独立自主。

"当然，谁不想那样？"

"不，我是说我要做一些自己想出来的事情。这不单是钱方面的事。"她的意思是说，他压制她，她几乎吃尽了苦头，所以才不得不投向我，"每次他答应让我做些事，他都说了不算数。所以最后我跟他决裂了，去了加利福尼亚。我在那里认识一个曾让我试过镜头的人。我试镜头的成绩极好，所以在一部音乐片里弄到了一个角色。可是影片上映时，我讲的话全给剪掉了。我看上去像个傻瓜，只是笑，想说点什么，可是什么也没说出来。看了试映后，我就病了。这是他利用他的权势逼制片人那么搞的。我给他拍了个电报，告诉他我从此跟他一刀两断。第二天，我突然得了阑尾炎，住进了医院，大约不到二十四小时，他出现在我的病床边。我对他说，'你这趟旅行对你太太编了个什么借口啊？'从此我跟他就彻底吹了。"

每当听到夫妻间彼此讲起过去的婚姻和艳史，我总要皱眉头。我在这方面特别敏感。

我当然知道这是斯泰拉的苦差使。她还没有从痛苦中解脱出来，远远还没有。她只得一遍又一遍地来折磨记忆中的他，以此来勾起我自己的往事。

"好了，斯泰拉，你就别说了。"我终于说。

"什么好了？"她生气地说，"难道这事我连说都不能说吗？"

"可你一直在说，而且你说他比说别的任何人都多。"

"因为我恨他。他害得我到现在还背了一身债。"

"我们会把债还清的。"

"怎么还？"

"我还不知道。我打算跟明托奇恩商量一下。"

她不愿我这样做，一本正经地表示反对，可我还是去找了他。

他早已知道有关坎伯兰的一切，这一点也不使我感到奇怪。这事我们是在第五大街他的办公室里谈的。"既然你提起这事，"他说，"请恕我直言，她一直还在纠缠着他。他待她是不公平，但他现在是个老头子了，整个事情全都过去了。这对他的家庭是件麻烦事。现在已由他的儿子掌管公司，他说她威胁他们，什么也别想捞到。从法律上看，她也得不到多大好处。"

"威胁？怎么威胁？你是说她还一直在纠缠他？她竟告诉我说，她已经有两年没跟他来往了。"

"这个嘛，她没有告诉你实情——严格地说。"

这使我仿佛被一拳打倒在地，我感到羞愧难当。这还怎么能谈下去呢？要是你不为自己辩护，你会被气死，而要是你为自己辩护，你也会被羞死。

"我怕她急于要起诉，"明托奇恩说，"她做事很不慎重。"

我对斯泰拉说，"这件事你得立即停下来。不要再搞什么起诉了。你一直知道这人在哪儿，在做什么。你没有告诉我实情。这事你得立即停止。我过一星期又得出航，我可不想成年累月地把这件事挂在心上。"

你如果不答应停止下来,我就有可能不回来了。"

她终于屈服了。她伤心地哭着说我在威胁她,不过她还是作出了保证。我的这个斯泰拉,她有一张富于感情、易于变色的脸,她一哭起来,脸色就开始渐渐从粉红变成绯红,一直红进眼睛,这双眼睛似乎仍像我在阿卡特拉第一次见到时那样含情脉脉。她的鼻子和嘴从面庞上缓缓突起,她仿佛有着爪哇人或苏门答腊人的遗传特征。她在哭泣时,我坐在一旁,既感到伤心又感到安心。哭对某些女人来说是继续倔强不屈的表示,对斯泰拉却是流露真情的时刻。她坦白承认自己不该把那老头子说得那么多,千方百计把一切责任都推到他身上。

因此,我得以怀着较好的心情踏上航程,也就是这次,她给我买了一本养蜂的书。我悉心钻研,懂得了不少有关蜂和蜜的知识,不过我也知道,这不会有多大实际用处。

显然,她从事电影事业,全都为了对坎伯兰表明,她能独立自主地出人头地。她并没有什么了不起的表演才能,但事情往往就是这样。人们不去做他们有才能做的事,而是去做一心想做的事。他们明明擅长修车,可偏偏去演唱《唐·乔万尼》①;有副好歌喉的人,却去做建筑师;可要是他们对建筑有天分,则又希望做学校总监、抽象派画家,或者是任何别的什么的。任何什么!这是存心跟自己过不去。这是硬要证明自己绝对有信心,或者是不需要任何人为你做事的妄自梦想。

总之,斯泰拉在杜尼沃的电影公司工作,我则做着非法买卖——我这是歧视自己的说法,其实欧洲的生意大部分都是这样。的确是歪门邪道。我对此无可奈何。不过我必须讲明,我可是个满怀希望的人,我现在的希望都寄托在子女和安定的生活上。我还没能说服斯泰拉也抱同样

---

① 奥地利作曲家莫扎特(1756—1791)创作的两幕歌剧,于 1787 年 10 月在布拉格首演。

想法。因此，当我搭乘特快列车四处奔波，驶向那渐渐下降的地平线，越过阿尔卑斯山，冒着水汽快速行进，或者开着我的黑色雪铁龙轿车顶风飞驰，抽着雪茄，透过太阳眼镜注视着道路时，我心想未出世的孩子，远远要比想生意上的事多。

我心里想，这是一个过程还是什么的，不过有时候，我觉得自己已经是个父亲了。

最近在罗马，在去威尼托的路上，有个妓女想拉我。情况颇为奇特，我是个高个子，那拉我的姑娘却很矮小，胖乎乎的，穿着两三年的丧服，一张忧伤的脸。"跟我来吧。"她说。我可不想做个说谎的人，说我一点儿都没有动心，男人多少总会有一点儿。不过我毫不费力地拒绝了她。当我说不的时候，对她来说，好像深深受到了伤害。她说，"怎么回事，难道我配不上你？"我忙说，"啊，哪里的话，小姐，不过我已经结婚了。我有孩子。"结果她深受感动，并且说，"实在对不起，我不知道你有孩子。"她差一点为这一过失哭了起来。如果要做得合情合理，我本该向她说明，这是骗人的鬼话，是我随口说说的。不过我不妨告诉你，我知道有了孩子这一假话的出处。它出自我对弗雷泽提起过的那部斯泰拉参演的影片《孤儿》。在制作的过程中，这部影片我看了好几遍。在那间剪辑室里，那个有木板墙隔音、麻袋吸音、高卢牌香烟的臭味和高级香水的香味混合弥漫的房间里，影片中的有一个场景给我留下了深刻的印象。在那个场景中，斯泰拉为一个妇女和她的婴儿向一位意大利医生求情。他们教她用意大利语喊道，"我的玛丽亚，还有她的孩子，救救这孩子！"那医生却无动于衷，不耐烦地耸耸肩膀说，"快走开！快走开！"

我对这一幕看了一遍又一遍，非常伤心，感动得差一点要涌出泪水，对斯泰拉大嚷，"看啊，看啊，要是你想要为某事痛哭一场的话，这就是！要那些满口理论的人有什么用？要这班对这个世界毫无感情的魔鬼干什么？"悲愤的眼泪即将从我的眼睛中夺眶而出。

通常都认为，为虚伪的人物伤心落泪比较容易，比如为赫卡柏①那样的人。这当然比为你亲自伤害的人更容易动情，因为你对他们的敌人或迫害者，比对你自己摧残人生命或欺凌人要看得清。

尽管那样，总之这就是为什么我总想像自己已经有了孩子。

西蒙和夏洛特来到巴黎，住在克里隆饭店。我真盼望他们把妈也带来，尽管这对她来说也许没有多大意义。我心里想，将来总有一天得给她大尽一番孝心；我得拿定主意，怎么做对她最合适；现在我已经有钱，自己就可以为这作出安排了。西蒙见我现在在做生意，感到非常满意，夏洛特对我也增加了好感，不过她想知道更多详情。她才别想从我这儿打听出什么来哩！我带他们去了银塔餐厅、快兔夜总会、巴黎娱乐场、红玫瑰以及其他的娱乐场所，而且全部由我付账。这使得西蒙很引以为傲地对夏洛特说，"喂，你看怎么样？我这位弟弟现在已经成了个精通世故、靠得住的人了。"

斯泰拉和我隔着红玫瑰的桌子相对微微一笑。

夏洛特，这个务实、多疑的女人已经三十出头，她神态端庄，固执己见，一肚子怨气。以前她对西蒙有什么不满，便把气出在我身上。现在，我的境况看起来比以前有所好转，而且似乎还多少有些正确的见解，所以她可以在我面前发发西蒙的牢骚了。我很想知道他们之间的感情怎么样。开头个把星期，我发现的情况不多，因为我们一直在城里。杜尼沃帮了不少忙；他使他们很受欢迎，因为他是一位真正的贵族，饭馆、夜总会和高级服装店里的人都对他毕恭毕敬。斯泰拉也出了很大力。"多漂亮的姑娘！"西蒙说，"她对你也有好处，可以使你保持警觉。"他的意思是说，赡养一位漂亮女子具有稳定作用，她逼得一个男人去挣钱。"只是有一点，"西蒙说，"你为什么把她养在这么个猪圈

---

① 希腊神话中特洛伊王普里阿摩斯的妻子。

里呢?"

"在巴黎,靠近香榭丽舍大街一带是很难找到公寓房子的。此外,我们俩在家的时间都不多。如果我们必须在这儿定居的话,我打算在圣克卢弄幢花园住宅。"

"如果你们必须?听起来好像你们不想在这儿定居似的。"

"啊——对我来说,住在哪儿都一样。"

有那么多地方我们都没去,而是去了小展览馆参观慕尼黑美术馆的馆藏画展。这些伟大的杰作一幅幅都挂在墙上。杜尼沃也跟我们在一起,他身材魁梧,穿着那件红色麂皮长大衣和擦得雪亮的尖头皮鞋。西蒙跟他互相称赞着对方的衣着。斯泰拉和夏洛特都披着貂皮披肩,西蒙穿的是双排扣的方格呢上衣和鳄鱼皮皮鞋,我则穿着驼毛大衣,所以我们一行看起来相当时髦神气,成了一幅画有一群珠光宝气人物的意大利肖像画。

杜尼沃说,"我很爱画,可是受不了那些宗教题材的。"

谁也没有多大心思来琢磨画,也许只有斯泰拉,她有时会画上几笔。我也说不出我们怎么会去那儿,也许正好当时没有更好的展览开放吧。

西蒙和我一时落到了后面,我问他说,"丽妮怎么样了?"

一片深深的红色涌上了他那白皙的脸膛——他已经相当发福了。他回答说,"啊,求你啦,你干吗要在这儿问我呀?"

"我们现在可以谈谈,西蒙。他们什么也听不到的。她有了孩子了吗?"

"没有,没有,那只是吓唬人。根本就没有孩子。"

"可你说过……"

"别管我说过什么。你刚才问我,我现在正告诉你。"

我不知道该不该相信他的话,他是急于想撇开这个话题。他竟这样容易生气!他不想让人讲起这件事。

可是午餐时，当斯泰拉和杜尼沃回摄影场后，夏洛特开腔了。她坐得笔挺，披着貂皮披肩，戴着天鹅绒帽子，那帽子跟她的脸很相配，因为她的脸色红润，皮肤上还长有细细的汗毛。显然，西蒙和丽妮的事已成了芝加哥各家报纸的大新闻。她以为我一定看到过了。没有，我对此一无所知。这使我大为吃惊。在此期间，西蒙始终不做一声，也许他担心的是怕我会说出一些夏洛特所不知道的事情。我才不会哩！我也一样默不作声，什么也没问。丽妮控告了他，闹出了丑闻。她声称跟他生了一个孩子。夏洛特说，她本来也可以控告另外三个人。夏洛特心里明白，她所说的这些话，你完全可以相信，她是个消息灵通的女人。要不是案子很快就被法庭驳回，夏洛特准备提出大量证据。"我本想要她吃官司！"她说，"那个小娼妇！"在谈话过程中，西蒙对我们俩谁也没有理会。他虽然坐在同一张桌子旁，但可以说，他像是不跟我们一伙似的。"她跟他在一起的时候，她每分钟都在收集证据，"夏洛特说，"他们每到一个地方，她必定要拿一盒火柴，把日期写在火柴盒里。她甚至还留下他的雪茄烟蒂做证据。这一切都是在所谓相爱的时候干的。她爱上你的什么？"夏洛特突然厉声问道，"你那肥胖的大肚子？你脑门上的伤疤？还是你的秃顶？是为了钱！除了钱，别的什么也不是！"当她的数落滔滔而下时，我真想远远躲开；我缩起肩膀，她的话句句烧在我们身上，敲在我们心头。西蒙似乎依然没有引起多大不安，只是沉思着，继续抽他的雪茄。他从没回一句嘴。也许他心里想，他自己就是为了钱才这样，他不能因为丽妮为了钱就责怪她，可是他没有说出来。

"后来她居然给我打电话说，'你不会生孩子，你应该撒手放开他，他想要孩子。''好哇，要是你有本领，就把他拐走呀！'我对她说，'你知道你没法把他勾到手，因为你只是个不值钱的小娼妇，你跟他两个人都没用。'可是她居然叫法院对他发出传票，就在他们要送交传票时，我打电话给他，要他最好先去外地避避风。他非要我陪着他一起去不可。'你有什么可怕的？'我说，'那又不是你的孩子。是另外三个家伙的。'我当时正患流感，本该卧床休息，可是他不肯一个人走，我只好去机场跟他会合，而且正碰上下大暴雨。我们的飞机终于起飞了，可是不得不在内布拉斯加紧急迫降。他说，'我倒不如干脆死了算了，反正我已浪费了我这一生。'如果说他浪费了他的一生，那我干了些什么？我去那儿为的是什么？这关我什么事？一到事情搞糟了，他就跑来求我保护，我也就保护了他。要是他一开始就没有这种寻求欢乐的不正当念头，这种事情也就不会发生了。谁说他有权得到这一切的？谁有这种权利？根本没有这种权利。"她说。

背后，乐师们手中的琴弓正在他们的乐器上拉出轻柔的音符。

"现在她已经嫁人了，嫁给那三个家伙中的一个，不知道跟他去哪儿了……"

我真想要夏洛特住嘴。她说得太多了，什么在暴风雨中飞行，什么浪费掉整个一生；西蒙的神情则显得越来越冷漠，他能做的也只有像这样装出心不在焉。我开始咳嗽起来。我咳了好长一阵子。要我解释一下怎么回事吗？那是在很多年以前，当我还是个孩子时，一次去割扁桃腺。一戴上麻醉罩，我就哭了起来。一个护士说，"他是不是在哭？这么大的孩子了！"另一个护士回答说，"啊，不，他很勇敢。他不是在哭，是在咳嗽。"我一听到这话后，便真的咳嗽起来。此刻正是这种遇上困境时的咳嗽。它打断了这场谈话。侍应部领班过来查看是怎么回事，他给我送来了一杯水。

天啊！这种话西蒙得听上多少？她要再不住嘴，她会把他变成石头。要是没有丽妮这类女人，他早就变成石头了。你说你该怎么办？献出你的一生乖乖地过日子？这就是她要他做的，也是她说的"权利"的意思。十足是在杀人。如果她的意思是说，既然你反正得死，那么晚死还不如早死，那是犯罪谋杀。

他深感羞愧，羞愧得僵如石头。把他的隐私全都揭了出来。他的隐私！这些隐私就是加在一起又算得了什么？你认为它们有喜马拉雅山那么高?其实一切都在于他为了生而努力不当,为了生不是为了死。这才是他应该为之羞愧的。

"你最好去看看你的感冒。"夏洛特厉声厉色地说。

我非常爱我的哥哥。我每次见到他,心里都充满真挚的手足之情,他也一样,虽然我们俩似乎都在抑制着这种感情。

"这听起来像你从前得过的百日咳。"西蒙说着,又朝我看了一眼。

就在这时我突然想到,他最不幸的是没有得到那个孩子。

我没能在巴黎陪西蒙多久。明托奇恩打电话来要我去比利时的布鲁日跟一个人接头,那人想做一桩尼龙制品的大买卖,于是我就去了。我让我家的女佣雅克琳搭我的车去,她的家人在诺曼底,她要去跟他们一起过圣诞节,因为她带了两只满装礼物的手提箱,所以我就让她搭我的车同去。

雅克琳是杜尼沃介绍给斯泰拉的。他初次认识她是在法国战败后他出国的途中,她当时在维希做女招待。他们俩一定成了好朋友,不过这事有点让人费解,因为她的长相实在有点古怪。尽管那是在好久以前,但当时她肯定已经开始色衰。雅克琳的外眼角奇怪地往里凹陷,有一只诺曼人的钩形大鼻子,金发没有光泽,两鬓青筋突出,长长的下巴,紧抿的嘴巴,抹了口红也没有多大改观。她总是浓妆艳抹,身上散发出一股化妆品和清洁剂的甜味。她成天一副忙忙碌碌的样子,走起路来脚步既快又重,可是她脾气却很温和,尽管爱讲闲话,还怀有各种各样令人不可思议的社会抱负。除了做家务外,她还受雇做一家电影院的引座员,这多半是仗着杜尼沃的面子。因此,有关电影院以及下班后到圆屋顶咖啡馆歇脚喝咖啡时见到的粗野夜生活,她有许多社会经历可说。她时常遭到非理强暴,如打劫、强奸,流浪汉袭击她,或者在夜里想闯入她的房间。她虽然走路脚步轻快,但臀部肥大,腿上青筋曲张,再加上尖削的面孔,以及早已不成形的乳房。可是,让一个人觉得不值得弄到手的是什么啊？我可说不清。她对于自己的性感色欲和冒险精神具有一种扼杀不了的自负感，即使她外貌令人憎厌，又爱饶舌，这又有什么关系呢？

我们出发时，那架势像去大休假。她用茶为我擦去驼毛大衣上的一些污迹，她还说用茶去污最好，然后我提起她的两只塞得满满的、上了锁的纸板手提箱，把它们放进雪铁龙的车尾行李箱。

天气很冷，冷得像下雪天。我们绕过埃特瓦尔朝里昂方向疾驰而去。我本该取道亚眠，但为她绕了道，不过不算太远。她是个好心肠、让人高兴以及大体上是个温顺的女人。我们以飞快的速度穿过鲁昂市朝北直向海峡进发。她正讲着往日那美好日子里的维希，以及她在那儿认识的名流。这是她想把话题引到杜尼沃身上的狡猾办法，她从不错过跟我议论他的机会。她的真意是要提醒我多加提防，因为他是个不择手段的人。要知道，并不是她不感激他，可是她也很感激我，她还暗示他曾犯过种种罪。我意识到一直以来她只不过把他浪漫化了。他代表着她的心灵所渴慕的某种伟大理想。

我们离她的目的地越来越近了，我并没有过于难过，尽管那天天色忧郁、阴沉，而且我还得继续独自赶路前往布鲁日。从敦刻尔克到奥斯坦德这段路程，得穿过废墟，沿着海峡那阴森的海水，沿途的情景令人十分忧郁伤感。

在离她叔叔的农庄只有几公里的地方，雪铁龙的发动机突然开始失灵，最后终于抛锚了。我打开发动机罩，可是我对发动机所知无几，而且天气冷得要命。于是我们便动身步行越过田野朝农庄走去。我们到达那儿后，她会派她的侄子去镇上找个修车工。可是我们还得走很长一段路，得在田野里走上三四英里。田野一片褐色，全是泥灰、草根，很硬。这片田野经历过百年战争的多次战斗。战死的英国人，变成了白骨，送回故国埋葬在教堂的墓园里。豺狼和乌鸦把这片战场打扫干净了。过了一阵，寒气就逼得人喘不过气来。泪珠在雅克琳的脸上刻下了道道条痕，搽着脂粉的脸蛋一片通红。我的手脚也都冻得疼痛麻木了。

"我们的肚子也许冻结了，"我们大约走了一英里后，她对我说，"这很危险。"

"肚子？肚子怎么会冻结？"

"当然会。要是真的冻结了，你就得病上一辈子了。"

"用什么办法来预防呢？"我问。

"办法是唱歌。"她说，她脚上只穿着单薄的巴黎鞋，一个劲地把她的棉围巾拉到后脑勺上。她开始唱起一支夜总会的歌。

一群寒鸦从萧森的橡树林中扑翅飞出，连它们都冷得发不出声了，因为我没有听到它们哑哑的叫声。我听到的只有雅克琳那可怜巴巴的歌声，它在这薄雪覆盖、犁沟道道的田野上空看来好像也传不多远。"你绝对得唱，"她说，"要不可就说不定了，可能会出事。"由于我不想跟她争论医学上的迷信，不想以此来显示自己多么正确，多么高明，并且教她了解现代科学，所以我最后决定，管它的！我不妨也唱上一支。可我能想起的唯一一支歌是《蟑螂之歌》。我不断地哼唱着《蟑螂之歌》走了约莫一两英里，觉得非但没有帮助，反而更冷。当我们俩由于在凛冽的寒风中使劲喘着气，不停地采用唱歌疗法而把自己累得筋疲力尽后，这时她问道，"你唱的不是法国歌吧，对吗？"我说那是一支墨西哥歌。

一听到这她立刻欢呼起来，"啊，我一辈子的梦想就是去墨西哥！"

她一辈子的梦想？怎么，不是西贡？不是好莱坞？不是波哥大？不是阿勒颇？我开始一愣，过后才恍然大悟地看着她那泪花闪闪的眼睛，那冷得发抖的躯体，那描眉装睫、妖里怪气、诚挚热情、历尽沧桑、仿佛盖有薄膜，但仍有风姿的脸庞，它搽有优雅的粉红色脂霜，还有那陷阱似的红唇，仍有女性的妩媚，仍有淘气的模样，仍然满怀希望地富有顽强的诱人魅力。她会在墨西哥干些什么呢？我极力想像她在那儿的情景。多么奇怪！我开始纵声大笑起来，那么我在这诺曼底的田野里干什么？这又如何解释呢？

"你想到什么有趣的事了吧，马奇先生？"她说着，一面快步跟着我，两只胳臂在短大衣的羊腿形袖子里摆动着。

"非常有趣！"

这时她突然抬手指着前方。"你看见那些狗了吗？"① 农庄里的一群狗蹿过一条小溪，狂吠乱叫着在褐色的草皮地上朝我们飞奔过来。"用不着对它们担心，"她捡起一根树枝说，"它们跟我很熟。"一点不差，果然跟她很熟。它们蹿得老高，舔她的脸。

是火花塞出了毛病，很快就修好了。我起程向敦刻尔克和奥斯坦德驶去。英军曾在那儿遭受到痛击，整个城市都变成了废墟。在那些废墟上搭建了一些活动房子。古老的海水后面一片狼似的灰色。在那漫长的沙滩上，波涛碎裂成白色的浪花。是它们自己裂成碎片的。我看到，这白色愤怒的幽灵来自那凶猛的灰色。此时，我驾着车飞快地朝北驶去，急于想赶到布鲁日，好摆脱掉这条漫长的白线，这条白线就像永恒似的展开在当今世界的废墟近旁，白发苍苍，发出喃喃的怨言。我想，要是我能在天黑以前赶到布鲁日，我便可以看到碧绿的运河和古老的宫殿了。在这样阴冷的天气，我不妨享受一下这个城市的舒适。我仍然感到在田野里长途跋涉的寒气，不过一想到雅克琳和墨西哥，我禁不住又笑了起来。这是我内心那个"爱笑的怪物"，它总是要冒上来。有什么值得这样好笑的呢？是笑雅克琳那样一个受暴力迫害、命运坎坷的人，仍然拒绝过一种失望的生活吗？还是嘲笑大自然——包括永恒——嘲笑它自以为能战胜我们和希望的力量吗？不！我认为，它永远不可能。不过，这可能是开个玩笑，笑这个或者笑那个，而笑正是兼及双方的一个谜。瞧瞧我，走遍天涯海角！啊，我可以说是那些近在眼前的哥伦布式

---

① 原文为法文。

的人物中的一员,并且相信,在这片展现在每个人眼前的未知的土地上,你定能遇见他们。也许我的努力会付诸东流,成为这条道路上的失败者,当人们把哥伦布戴上镣铐押解回国时,他大概也认为自己是个失败者。但这并不证明没有美洲。

导 读[1]

◎ 克里斯托弗·希钦斯

在二十世纪三十年代某个新年的拂晓时分,奥吉·马奇站在芝加哥的湖岸边上:

> 我一边喝着咖啡,一边朝外打量着新年第一天那阳光明媚的早晨。隔壁的一条街上有一座希腊教堂,洋葱形的圆顶耸立在被大雪擦净的蔚蓝色苍穹中,十字架和王冠并峙,象征着天上与人间的力量的结合。雪积存在所有的缝隙处,像一层砂糖。我把目光掠过教堂,极目眺望着那广袤深邃的蓝天。虽然时代变了,苍穹却依然如旧。那些被海洋的巨腹带到这儿来的水手,当他们初次看到美洲,见到这美丽迷人的景色,就认定他们从没见过比这更绚丽的色彩了。

在《了不起的盖茨比》结束时,尼克站在长岛的海岸线上:

> 随着那轮明月越升越高,那些可有可无的别墅便慢慢溶化在月色之中了,直到我渐渐意识到,这就是当年让那些荷兰水手的眼睛大放异彩的那座古老海岛——新世界的一块清新、翠绿的前哨。

---

[1] 此文译自英国企鹅经典《奥吉·马奇历险记》导读。作者克里斯托弗·希钦斯(Christopher Hitchens)是美国作家。

（……）那些为盖茨比的别墅让道而被砍伐掉的树木，一度曾飒飒作响地迎合着人类最后的也是最伟大的梦想；在那如昙花一现、令人神魂颠倒的一瞬间，人类在面对这个新大陆时一定惊讶得屏住了呼吸，（……）在历史上最后一次面对面地用某种与他的能耐相称的眼光欣赏着这片蔚为奇观的美景。

一个男子在思考着一天的结束，另一个人则在思索一天的开始，作为残缺和可怜的人类，两个人度过了一天——尼克已经参加过几个葬礼，而且奥吉也帮助了一个并非其恋人的女孩从非法堕胎中死里逃生。（我顿了顿，注意到其中一个大腹便便，而另一个则喜欢胸部。）这两个人都从美国思想里汲取力量。但是尼克从中获得了安慰，而奥吉，更确切地说，是找到了灵感。对于盖茨比的无用追求——他的"美国梦"——尼克认为："他不知道那个梦早已成了他的身后之物，被远远丢在城市那边的一片无垠混沌之中，在那里，共和国黝黑的土地在夜色中绵亘起伏地向前延伸着。"奥吉并不太相信美国梦，但是他将到这块土地上冒险。

我不把自己当做是"伟大的美国小说"竞赛评委会的一员，如果只是因为我更喜欢花多一些时间看白鲸如何躲避追捕，那将有趣得多。然而，我们实在属于善于排名的物种，并且毋庸置疑这个竞赛是货真价实的。和《了不起的盖茨比》相比，《奥吉·马奇历险记》在其视野和乐观主义方面更显优势，而且我也愿意在其众多的规则之下冒险，或者说它的准则——在开篇的几页中，奥吉曾作过清晰的阐述，而且从来没有忘记这一点：

要不是我们大家都能成为贵族，丹东何必丢掉他的脑袋，又怎么会产生一个拿破仑？这种人人皆能成为贵族的观念，到处都在教导，使得西蒙也因此有了重荣誉的气概，（……）

西蒙是奥吉的大哥，但是这种"成为贵族所需要的普遍资格"，（拥有这种资格则意味着可以被选举和被青睐）就像是美国梦曾经被提出时那样具有说服力。西蒙并没有"做到"，但这不是重点。奥吉也同样没有完全做到，这意味着它只是一种理想状态，而不是一种许诺。他决定凭自己的一己之力与整个大陆为敌，既不去寻求任何人的许可，也不受限于任何思想。他的发展，就像他的大杂烩式的教育一样，自有属于他的风格。

一个移民，无论是在表现上还是思想上，他都像是一个合法的发现者，或者说是一个开拓者，这在美国文学史上还是第一次。迄今为止，关于移民美国的经历始终是这样误传下来的：许多移民来到新大陆，并不是为了谋求发展，而是为了适应并融入当地的社会。当我们初识奥吉时，他生活在一个犹太家庭里，贫困交加，但家庭氛围还算温馨。然而，他却对外面的世界充满了好奇和恐惧。而本书的主人公对外面的花花世界知之甚少，但却又心知肚明，"我是个美国人，出生在芝加哥。"在叙述自己故事的第一句话中，他就阐明了这一点。对于贝娄本人以及他所设想的读者们来说，正确地理解这句话的含义，以及把握讲述此话的时间节点，都是至关重要的。

大约半个世纪之前，《奥吉·马奇历险记》就已经出版发行了，亨利·詹姆斯也从欧洲回到了纽约，并且在极度不安之中找到了新的角色。在一九〇七年出版的《美国游记》里，"在和不可思议的外星人分享美国意识的神圣以及美式爱国主义的自我隐私"时，他记录下了自身那种厌恶的感觉（我的烦恼）。在下东区，他看到了"以色列那艰难的闪光点"。皇家咖啡厅里聚集了一群只讲意第绪语的作家和艺术表演家，他发现自己就身处这样一个时下流行的"类似刑讯室"里。于是他扪心自问："谁真的能够知道，无论条件如何，以色列的天才们确实可以或者无法'胜任什么'呢？"在表达情感和敏感话题时，大师们从不会语塞词穷。奥吉·马奇这个人，一开始就大胆而豪迈地采用了"美国人"这个称号，这也让他的后代们知道，天才们将"准备完成什么样的大业"。

索尔·贝娄，也被取名为所罗门，于一九一五年在横跨魁北克省的拉欣边界出生。（拉欣是由一位有着哥伦布般头脑的法国军官命名的，他曾经接受派遣，前去找寻中国。而且他还声称，自己已经找到了中国。）贝娄的父母带着当时还是婴儿的他，偷偷地穿越了五大湖，抵达美国。而他对自己非法移民的身份却始终蒙在鼓里。直到第二次世界大战爆发，他想报名参加美国武装部队的时候，才得知自己的非法身份。当局于是把他遣送回了加拿大，并且要求他再次申请才能入境——实际上也就是让他一直在境外徘徊。此外，《奥吉·马奇历险记》这部作品不仅让贝娄挥别了自己幼稚的童年，而且也让他告别了自己早年的那两部小说：《闲逛的人》（1944）和《受害者》（1947）。

几乎可以肯定的是，为了挑衅美国人，这部小说从未对同化和遗忘进行过赞美。作为一个热血青年，贝娄用意第绪语创作并表演了一个单人模仿滑稽剧，用来表现"J.阿尔弗瑞德·普鲁弗洛克的情歌"，同时他还一直清醒地保持着自己是个俄国人的潜意识。他给欧文·豪提供过帮助，也曾协助艾萨克·巴什维斯·辛格完成了《党派评论》的首次翻译。后来，他甚至还和后者一起分享了诺贝尔奖。《奥吉·马奇历险记》的另一大成就，就是带领意第绪语走出了"刑讯室"，甚至还走出了犹太人隔离区，同时也让它在伟大的美国语言之中成为一个不可或缺和不可分割的要素。我们中有些人继承了兰尼·布鲁斯、沃尔特·马修、伍迪·艾伦和菲利普·罗斯的精神，他们都认为意第绪语是本国语言中与生俱来的组成部分，这当然也包括那些语言教师和语言设备。但是直到一九五三年，意第绪语依然没有获得丝毫名分。

就在这前一年，贝娄的那些伙伴们，与一些志同道合的思想家和谋略家聚在一起，率先决定举办著名的《党派评论》研讨会，其主题就是

"我们的国家和我们的文化"。在那些岁月里,也就是在二十世纪三十年代,文化战线上的那些老兵——虽然不是全部,但是其中的绝大多数都是犹太人——他们都在探究:自己是否会永久地坚持反对的意见,改变这种观念的时机是否还未成熟。当时既有人对此持反对意见,也有人持保留意见,但是总而言之,那些原来"遭到边缘化的人",现在都可以作为美国合法收养者的儿女畅所欲言。至于那些特立独行的人,包括欧文·豪和戴尔莫·施瓦茨,他们并不相信,自己将会亲眼见证一个因循守旧时代的来临。但是,《奥吉·马奇历险记》这部表现书呆子的小说,竟然也能够在文学和商业上同时获得巨大的成功,这极大地震撼了那些评论家们,施瓦茨也对此怦然心动。他开宗明义,言简意赅地评述了这部小说:"索尔·贝娄的这部新小说是一种新颖的书籍。"他毫不吝惜赞美之词,并将它与马克·吐温和约翰·多斯·帕索斯那些最伟大的成就相提并论,而该书的精华,即语言和风格,也迅速地吸引和触动了他自己:

奥吉·马奇从现代都市的大街小巷中冒了出来,并以一种讥讽夹杂着嘲讽的赞同和认定,凭借着对肯定和拒绝的喜剧性超越态度来邂逅经验的现实。

的确,他对保守派的移民复仇态度是非常明确的:

这在小说里还是第一次表现出来,美国社会的流动性已经被转化成一种精神能量,而这种能量注定不会飞翔,不会背井离乡,不会被放逐和谴责,所以也就注定了没有亨利·詹姆斯那令人烦恼的超智能,或者说没有沃尔特·惠特曼那极度兴奋的喝彩。

施瓦茨,也就是贝娄《洪堡的礼物》中那个主人公的灵感原型

（"让我进去！我是一位诗人！我有一个大人物！"），他钦佩奥吉这个人物拥有崇高的品质，这令某些评论员简直难以置信：他坚持毫无准备地投入，或者就像奥吉一样"被招募"。在充满敌意的评论家之中，有一个叫做诺曼·波德霍雷茨的，他最近，也就是在二〇〇〇年的时候，重温了这种争执，而且——几乎是令人难以置信地，但是却也可能是无意识地——附和了亨利·詹姆斯的反犹太主义，指控贝娄"扭曲并且折磨了语言"！

如果我已经十分成功地梳理了这些来龙去脉，那么我希望自己已经协助解释了，为什么《奥吉·马奇历险记》仍然为现代美国文学树立了一个样板。正如它塑造并且改变了犹太人和盎格鲁-撒克逊人的时间观念一样——所以它依然在等候着读者和评论家们的光顾，并且帮助他们思考自己对美国的看法。（这种信号效应可以从马丁·艾米斯的作品中显现出来，他在一九八七年写下了："无论何种奇迹，《奥吉·马奇历险记》就像《雨王亨德森》一样，总是表现得像一场演讲，其主题就是命运连接着社会底层人士的方言词库。"一九九五年，他又开始撰写了下面这段散文："《奥吉·马奇历险记》是一部伟大的美国小说，这一点毋庸置疑。所有的痕迹都已经在四十二年前淡化了，此次探究只是弥补了以前很少涉猎的那些东西，并且终结了所有这一切。"也许这一切并不是毫不相干的，但是事情却发生了急剧的逆转，金斯利·艾米斯告诉读者们，大家充分感受到了贝娄那"快乐的情绪，温文尔雅的脾气，那夹杂着嘶嘶声的对话，以及其中蕴含的活力"，并以此向原著表示敬意。二十年之后他又写道："我相信，贝娄是一个乌克兰裔的加拿大人，一方面，这并不符合他的语言习惯，而另一方面，他又深受其影响。看着他在这两者之间尝试着选择自己的方式，是很痛苦的一件事情。"二十多年过去了，他又陷入了信任危机，他觉得在美国的每一个人，"不是犹太人就是笨蛋。"）奥吉自己简直就是"旅行者的私生子"。他早就告诉过我们，"各种各样工作"是他生命中的"罗塞塔石"。但是，关于资格的意识却一直深藏在他的脑海之中，而且他也一直在为此而奋斗，这样他永远都不会成为一个笨蛋。"据我猜测，"他的其中一个朋友这样说道——或者说准确地猜测道——"你也许患有高贵综合征，你不肯调整自己以适应现实情况。（……）你想要接受，可是你又怎么知道你接受的是什么呢？你接受这一切必须有几分傻气。（……）你应该接受从亲身经历中得出的数据资料。"对此奥吉自信满满地回答道，也许比其自身感觉还要更加自信，"我要想一死了之是完全不对的。如果你亲身经历得来的资料是这样，你就应该把这种资料丢弃一旁，不予理会。"

即使他仍然被困在芝加哥的家里，不知怎么地，他也知道，生活和美国都必须得更加丰富多彩，奥吉用神圣和英勇的光环覆盖了他那平庸的周遭环境。首先，他对一段描写犹太母亲的叙述大加赞赏：

> 属于那些被强力的爱所征服的女人中的一个，就像那些被变成鸟兽的宙斯所占有、后来还得躲避他那狂怒的妻子的女人。这并不是说，我可以把我那身材高大、性情温和、衣着破旧、整日忙忙碌碌的妈看作是逃避此等河东狮吼的大美人。

当然还有老艾洪，当地一位既跛脚又畸形的组织者、调停者和记录者，同时他也是一位作者，奥吉（"我把艾洪放入这些伟人之列，可不是开玩笑。"）把他与凯撒、马基雅弗利、尤利西斯和克罗伊斯相提并论。这是因为奥吉从一次微不足道、毫无价值，但却可能会造成严重后果的盗窃行为中死里逃生之后，是艾洪给他上了令人印象深刻的一课：

> 那样你就给自己招了灾啦。对，一点没错，奥吉，会打死一两个警察。你知道，杀死警察的，打从抓进警察局起，会尝到什么厉害——脸会被揍得不成样子，手会被打得稀烂，还有比这更厉害的，这还只是你人生的开始哩。你别对我瞎说，你这只是小孩子想

闹着玩。你干那种勾当到底为的什么？

紧接着，艾洪就开始扮演起奥吉那下落不明父亲的角色，并且向自己的听众奥吉宣泄了如火山般迸发出来的爱意，但是当时的他非常睿智，所以根本就没有承认这一点：

"别做傻瓜，奥吉，生活才给你布下第一个陷阱，你就失足掉进去了。你们这些在苦境中长大的小伙子，天生是使监狱常满的料——还有教养院、收容所之类的地方。州当局早就为你们预订好面包和豆子了。他们知道一定有些人到监牢里去吃的。他们也知道，预计能敲出多少铺路的碎石，可以指望哪些人来敲，预料什么人会到公共卫生所去接受痈病治疗。他们所预料的人，都来自这儿周围和全市类似的地区，以及全国各地相同的地区。这几乎已是命运注定的。要是你也让自己被这种命运所注定，那你就是个大傻瓜了。就像人们预料的那样，那些凄惨糟透的地方正等着你去哩——那些监狱、诊疗所和施食站知道什么人是天生的失败者，这些人很快会油尽灯枯、老朽无用，像个屁似的一下子变得无影无踪，毫无目标地鬼混一阵就完蛋了。要是你也这样，没人会觉得奇怪的。你现在摆的就是这个架势。"

接着他补充说，"不过我想，我会觉得奇怪的，（……）"

在艾洪完成他的说教之前，他又提及了另外一桩事情。"可是当我在考虑问题，在真正考虑问题的时候，我并不是个卑鄙的人。"这位台球房的王者和骗子天才说道，"最终，当然不能靠思考来拯救自己的灵魂和生命，但是要是你好好想一想，这世界就是最低的安慰奖。"

我认为，在这部小说里面，这应该算是一个转折点。有时候，小说在戏剧性的统一上颇有难度。为了这个正处于成长之中的小男孩，艾洪对监狱里的各种阴暗面进行了概括和总结，并且唤醒了我们记忆深处那些无所不在的暴力行为、不公正现象和愚蠢的举止。他对下层阶级有了更深层次的感悟，而我们对他的理解，似乎与我们阅读托马斯·格雷《墓园挽歌》时的感受相同：这是一个可能会成为伟人的人所拥有的潜质，只是尚未发挥出来而已。同样，他也感受到了自身所具备的资格，况且他还拥有对人生进行反思的本能。无论如何——这就是通俗的美式英语——而不是社会底层者的俚语。

所以当奥吉冲破藩篱，重新出发之时，他已经不再是赣第德或者科波菲尔，而这部小说也并不等同于霍雷肖·阿尔杰的故事。最后，奥吉很多处于社会底层的亲戚确实是在"那些机构中"终了一生的，他们之中的所有人都不幸地被言中了，还有一个家庭——即奥吉那个智力迟钝的弟弟"家"——也是如此地令人痛心。贝娄眼里的芝加哥和厄普顿·辛克莱笔下的《屠场》并没有太大的差别，即使是在和平繁荣的二十世纪五十年代，贝娄也只能回忆起各种欲望和遭受剥削的苦涩，在搭乘火车遭遇偷窃时遇到的流浪汉所散发出来的恶臭，各种尖锐的阶级斗争，以及在所有非黑种人都被荒谬地归类为"高加索人"之前的那段日子里，贫穷白人之间尖锐的种族分歧。（西蒙煤场的其中一位司机害怕在"东欧人"住宅区的附近撞倒小孩子——正是这种对抗噩梦的办法，现在则被用来对付芝加哥的南部黑人。）

在奥吉干过的所有零星工作中（这些行当包括管家、卖鞋子的售货员和卖颜料的售货员，以及文学上的高级检查员），这三种得到最佳描述的职业都间接或者直接地表现了他内心的抗拒。在所从事的这些工作中，他感触颇深：作为一个为上层阶级服务的小狗美容师，他觉得有种被浪费的荒诞感；作为一个出版书籍的偷窃者，他在经典名著方面的知识逐渐得到了增长，甚至还让他结识了不少拥戴马克思主义的知识分子；作为美国产业工会联合会的一名工会组织者，他也感受到了美国劳工运动的波澜壮阔。劳工运动确实也曾短暂地联合了所有的行业和种族，共同为诉求伸张正义。这些运动式的活动和扎克雷起义般的小插曲，在分类和拟声方面唤醒了贝娄那无穷的力量和潜能：

> 来的有在各家旅馆工作的希腊人和黑人女服务员、勤杂工、看门人、衣帽间职工、女招待（……）各式各样的人物不断到来，地下管道工、管仓库的、烧锅炉的都纷纷露面，还有维修工、快餐店职工，还有头戴凹顶软毡帽、俨如大公爵的法国人，自称是"美容厨师"，活像是个歌手，不摘下手套就在名片上签名。此外，还有一脸瘾君子苍白脸色的吸毒老头，手持早期世界产业工人工会会员证的人物，拿着介绍信来说明她们所提要求的东欧移民妇女，各种各样有着饱经沧桑面孔的人，体弱多病的人，醉醺醺的人，有的茫然失措，有的天真无邪，有的一瘸一拐，有的缓缓而行，有的精神错乱，有的固执偏激，从全身烂透的麻风病人到充满活力、腰肢笔挺的漂亮女人。因此，要是这些人跟组成薛西斯国王或君士坦丁大帝大军殿后的那些人没有相同之处，那么新鲜事物就一定产生了。但这些人留给我的印象是有一种古老陈旧之感。我以为幸福和欢乐是永远不变的，可是它们的反面会有多大的变化呢？

后来，当奥吉在墨西哥漂泊时，他遇到了反对派的化身，列夫·托洛茨基本人：

> 我被这位了不起的名人搅得心情激动。我相信，他之所以使我这般激动，是由于他那一瞬间留下的印象——不管他乘的是多么老式的汽车，他的随员是如何古怪——他使你感受到巨星的指引，最崇高的思想，用最普通的词句阐明人间最深奥的道理。要是你也和我一样，潦倒到远离高高在上的明星，漂泊在不同的航道上，只是在浅水湾里划着小船，从一个蛤耙爬到另一个蛤耙，一旦看到深水

的汪洋，内心当然是格外激动的。

（为了试图和托洛茨基见上一面，贝娄自己也曾经去过墨西哥。他是在这个老人被暗杀的第二天到达那里的，看到了那具沾满鲜血，却依然拥有一头白发的尸体。在这部小说早期的一篇草稿中，奥吉报名参加了放逐异教徒的工作。）

但是，反对只是奥吉内心的准则之一。而另外一个准则，如果不出所料，那就是爱情和性欲。坦率地说，年轻的马奇先生经常被自己的性欲所左右，他更喜欢用粗俗和直白的措辞来表达这种喜好，他曾一度提到"多漂亮的姑娘"，还有一次提到另一个女孩，她的美德就是"毫不畏惧地议论"自己所从事的活动。偶尔，他也会拥有狂热的性欲，或者身陷温柔乡之中。（纪尧姆的女朋友，那个小狗美容师，是个"十分丰满的大块头，臀部肥大柔软，一扭一扭的，非常撩人，胸脯像一块硕大的奶酪。"）在这部小说里，几乎没有比索菲·杰拉狄思更甜美的女孩子了，这个希腊工会里忠诚的小激进分子，一点也不让他觉得意外，（"她有一双勤劳的手，但是干粗活并没有影响她的美貌。我甚至一分钟也没法装出我没有迷上她。"）然而，他最终遇上了西亚·芬彻尔。

西亚豢养了一只老鹰，名唤"卡利古拉"。而且她希望奥吉去帮助她的"男人"，那只老鹰，训练它去捕捉墨西哥的那头成年蜥蜴。奥吉对这个计划举双手赞同，因为他已经疯狂地爱上了这个女人，他之所以爱她爱得这么彻头彻尾，是因为她对他也非常倾心——而这恰恰就是他的软肋。他可以欣赏这只鸟的华丽，但是，要把这只鸟培养成为一个训练有素猎手的计划却又让他颤栗不已。最终，这只高贵的鸟——卡利古拉，却被证明是只"鸡"（用西亚轻蔑的话来说）。它既不会和石器时代的蜥蜴进行战斗，也不会服从命令。有一次，西亚看到奥吉对此毫不介怀——事实也确实如此，奥吉在背地里早就偷偷地默许了它的种种行为——从那以后，西亚对奥吉的崇敬就消失殆尽了。并不是所有的评论家都欣赏这部小说里这些冗长而不可或缺的章节，甚至还有许多评论家也在冥思苦想这只鸟的重要性。（里面的老鹰象征着美国吗？如果它不是叫做卡利古拉，那么就不是了。如果它不是一只鸡，那么它也不是美国的象征。）但是，我认为这个部分是不可或缺的，因为它表现了奥吉被迫去赞美这些事物，尤其是一些这么高贵的，并且不被自己所驯化的东西。这种代价是高昂的，当他失去西亚时，他遭受了可怕的折磨，相思病和因爱生妒几乎很少能够被刻画得如此入木三分。但是这种扭曲的痛苦却又让他重新回到了芝加哥，"那座灰暗的城市"，他对自己进行了一番盘点和休整，决定重新开始新的生活。

大家都说，爱情、贫穷和战争是塑造一个男人的基本要素，这就像是一部教育性的小说。当战争罢黜了那些萎靡不振，虽然身份低微但却雄心勃勃，且又严格遵守纪律的人员之后，奥吉立刻报名参加了海军。他当时是这样考虑的："没有爱情的战争有什么用呢？"（这里顺便提一下，这可能是他曾经写过的最有男子汉气概的句子了。）他曾和斯特拉一起在战争中逢凶化吉，他那简短和接近尾声的战斗经历赋予他释放自己心中"疯狂欲望"的最好机会。一个曾经从事过"各种职业"的男人待在家里的时间，是永远不会多于他在轮船下层甲板上值守的时间，况且他还会利用伙伴们对自己的信任，来制造各种闹剧。这可以再一次证明，贝娄根本就不耳背：

"你以为我可能有自卑情绪，是吗？"他们中有个人问我（……）我给予适量的忠告，

完人是没有的。我特别提倡了爱。

当他的轮船遭受到鱼雷的袭击之后，他在救生筏上悲惨地漂泊了一段时间，（"因为他们总是找出一个又一个的理由，把我留在医院里。"奥吉简短地讲述着。）他希望在战争结束之后能够拥有一个安全而宁静

的港湾，但这是多么真实的想法啊："老兄啊，你永远也摆脱不了，你只是白以为摆脱掉了而已。"在稍纵即逝的一刹那，他想象自己变成了麦田里的一位守望者，操持着一家孤儿院，而他自己那个破碎的家庭也得以在这里安身立命。但是对于他来说，人生还远远没有结束，而且他自己也必须忠实地履行这部小说开篇中的那句豪言壮语："人人都知道，隐瞒是不可能做到面面俱到，完美无缺的。要是你想隐瞒住一桩事情，就得隐瞒住与其有关的其他事情。"如果想要抑制住他心底里的这种好奇心，那么这就是对他敦厚天性的最大背叛。因此在这部小说的结尾处，我们可以发现，他被讽刺性地安排在一家欧洲咖啡馆里的某张桌子旁。作为一个美国企业家的中间商，他在那里讲述，"我是个美国人，出生在芝加哥，以及其他的种种事情和看法。"（贝娄顺便还自诩了一番，在《奥吉·马奇历险记》这部小说里，其实没有一个文字是在芝加哥写就的。他自己曾经到过波西塔诺、罗马、巴黎和伦敦，但是却没有任何地方性的东西与他的美国主义有关。）

如果我们对奥吉进行反思，那么回过头来，我们就可以清晰地看到，在这部小说里面还有很多次要人物，他们同样被描绘得异常出色，甚至完全可以和狄更斯的相媲美，也可以和密西西比河上那个非同凡响的小男孩并驾齐驱，况且他也用"历险记"作为自己著作的标题。一个人也许不该拥有什么特别喜欢的东西，但是那个纪尧姆，那个奇怪的小狗美容师，他甚至过分依赖注射麻醉剂来对付那些倔强的杂种狗（"让这针麻醉剂来治一治你！"），所以这种事情总归还是存在的。还有那个吉米，那个处于底特律管辖区最深处，像斯特勒尔布勒格一样不死的警察，他在自己的脑海里记住了每个人的脸庞特征及其犯罪记录……

可以囊括贝娄小说中思想抱负的两个关键词分别是：民主的与世界的。这并不完全是巧合，这两个词正好也是美国成败的两大希望。这两种帮助奥吉渡过难关的品德，恰恰表现了其爱的能量和讽刺的本领。这些品德，再加上理智，就是人类不论成败的伟大希望。玄学派诗人使用能够唤醒人类记忆的词汇美国,来作为他们表达新事物和充满希望的术语,他们甚至在提到恋人的时候也使用这个名字。奥吉·马奇更加狡黠地总结道,从有趣的一面可以看到无趣的一面:

还是嘲笑大自然——包括永恒——嘲笑它自以为能战胜我们和希望的力量吗?不!我认为,它永远不可能。不过,这可能是开个玩笑,笑这个或者笑那个,而笑正是兼及双方的一个谜。瞧瞧我,走遍天涯海角!啊,我可以说是那些近在眼前的哥伦布式的人物中的一员,并且相信,在这片展现在每个人眼前的未知的土地上,你定能遇见他们。也许我的努力会付诸东流,成为这条道路上的失败者。当人们把哥伦布戴上镣铐押回来时,他大概也认为自己是个失败者。但这并不证明没有美洲。

(陈婉如　译)

企鹅经典丛书书目

第一辑

长夜行	【法】塞利纳
大都会	【美】唐·德里罗
纪伯伦经典散文诗	【黎巴嫩】纪伯伦
磨坊文札	【法】都德
去吧，摩西	【美】福克纳
人间失格	【日】太宰治
苏菲的选择	【美】威廉·斯泰隆
丧钟为谁而鸣	【美】海明威
神曲	【意大利】但丁
人间天堂	【美】菲茨杰拉德

第二辑

我是猫	【日】夏目漱石
看不见的人	【美】拉尔夫·艾里森
流浪的星星	【法】勒克莱奇奥
微物之神	【印度】阿兰达蒂·洛伊
漂亮冤家	【美】菲茨杰拉德
玻璃球游戏	【德】赫尔曼·黑塞
绿房子	【秘鲁】马里奥·巴尔加斯·略萨
炼金术士及其他鬼故事	【英】蒙塔古·罗兹·詹姆斯
老虎！老虎！	【英】吉卜林
小王子	【法】圣埃克絮佩里

第三辑

契诃夫短篇小说选	【俄】契诃夫
死屋手记	【俄】陀思妥耶夫斯基
双城记	【英】狄更斯
洪堡的礼物	【美】索尔·贝娄
局外人	【法】加缪
一九八四	【英】乔治·奥威尔
世界末日之战	【秘鲁】马里奥·巴尔加斯·略萨
圣殿	【美】福克纳
魔山	【德】托马斯·曼
暗店街	【法】帕特里克·莫迪亚诺

第四辑

飘	【美】玛格丽特·米切尔
海底两万里	【法】儒勒·凡尔纳
罪与罚	【俄】陀思妥耶夫斯基
了不起的盖茨比	【美】菲茨杰拉德
交际花盛衰记	【法】巴尔扎克
少年维特的烦恼	【德】歌德
一个女人一生中的二十四小时	【奥地利】斯蒂芬·茨威格
奥吉·马奇历险记	【美】索尔·贝娄
美妙的新世界	【英】阿道斯·赫胥黎
英国病人	【加拿大】迈克尔·翁达杰